判·尘不到

木苏里 著

CS 湖南文艺出版社

他们一字不提，又心照不宣。

山野飞霞，炊烟袅袅，
满城皆是人间烟火气。

松者，山魂也，送暑迎寒。
云者，众也，苍生如海。

你其实跟离开的人

好好道过别

于某个长夜、♡

目录

001 **第一章**
百家坟（下）

156 **第二章**
无名冢

327 **第三章**
烟火人间

370 **番外**

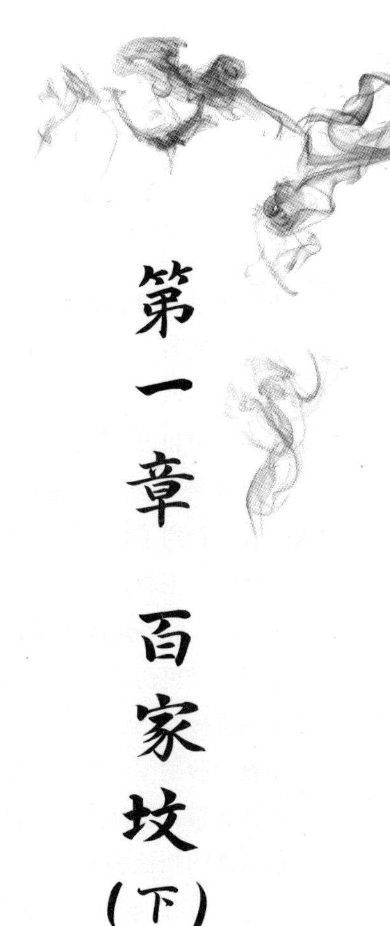

第一章　百家坟（下）

手机虽然是新买的，但是闻时学起来很快，除了打电话、发消息，最先学会的就是用地图。

他坐在后座，在 APP 里输了三个地点看了一下，发现谢问办事的桃花涧刚巧夹在小李庄和板浦之间。

他以为老毛会顺理成章地在桃花涧停一下，结果车子速度放缓的时候，他抬头一看，看到了板浦的路牌。

“咦？老毛叔，你是不是走过了啊？”夏樵问。

很显然，盯着地图的不止闻时一个，只是闻时没吭声，而小樵是一个笨蛋。

老毛嗓子里仿佛卡了鸡毛，清了好几下才含糊地说：“没有啊，哪里走过了？这不是刚进板浦吗？”

小樵一脸纳闷地说：“桃花涧呢？谢老板不是要去办事吗？”

办什么事，也就忽悠忽悠傻瓜。老毛在心里说。

然后谢问朝他瞥了一眼。

很不巧，作为一个与傀师联系非常深的傀，他就算在心里说说，也很有可能被谢问听到。于是老毛正襟危坐，忽然对前方路况有了十二分的兴趣，神情特别专注。

车里一时间没人说话，夏樵再次感觉到氛围的微妙。他忽然有点后悔问那个问题了，尽管他不知道为什么。

谢问借着后视镜扫过他，跟闻时隔着镜面对视了片刻，这才开口打破安静，道：“先来这边也一样，我不急。”

细想一下，这话实在很扯，因为闻时也不急在这一时。他只是好奇沈家那些人的笼里为什么会有他灵本的碎片，所以来看看。

其实就算不看，他也有些预感……

“哦哦哦。”夏樵得到了回答，根本不想深究，结果注意力被另一件事吸引走了。

“老毛叔……”夏樵倾身扒着驾驶座，颤颤巍巍地叫了一声。

“干什么？”老毛看路依然看得很专注，反正就是不看老板。

“你开车不调后视镜的吗？”夏樵指着那面能照见谢问眼睛的镜子，说，“后视镜对着副驾驶座，真的没问题吗？”

“噢，我忘了。”老毛仿佛刚想起来，伸手去拨了一下后视镜。

夏樵：“……”

老毛是很淡定，但夏樵的魂丢了一半。

他趴在座椅后，感觉这一车人能活到现在真的是一个奇迹。但他很快又发现，除了他以外，这辆车里好像根本没人害怕。

他们当然不会害怕，金翅大鹏控制车，别说不用后视镜了，甚至可以解放手脚。要是控制一辆车都能出事，老毛大概就不活了。

可惜，整车人只有夏樵不知道。

于是他在快要到达目的地的时候因为过度紧张晕车了，下车时腿都是软的。

闻时扶了他一把，谢问也建议道：“你还走得动吗？要不就在车里待着吧？”

夏樵连忙摇手，心想再待下去，真要吐了。

唯有老毛同理心不如人，憋了半天憋出一句：“我还是第一次见到会晕车的橦。”

夏樵一脸虚弱地问闻时：“真的没有吗？”

闻时迟疑了一下，夏樵就喃喃道：“好的，哥，你不用找借口了，我知道了。”

闻时：“……”

他的表情带着一丝郁闷和迷茫，谢问看笑了，然后颇有兴致地给小樵解释了一下：“常人出现你这样的反应，一般有两种原因，一是真的晕车，二是因为某些原因，灵本忽然不太稳。”

“真晕车确实没有。”谢问说完又补了一句，“你应该也不是。”

“那我是第二种，灵本不稳？”夏樵心想，这还不如会晕车呢，起码命在。

谢问又开了口：“人灵本不稳会难受、容易生病，但是橦如果灵本不稳，表现出来就是忽生忽死。”

所谓灵本不稳，就是灵本在躯壳内动荡，契合得不太好，太轻飘了，一会儿出来，一会儿进去。

檀在灵本离体的瞬间，更接近于木偶，在灵本回到体内时又更接近于人。

夏樵更迷茫了，他好像哪种都不是。

闻时不太放心，索性闭了眼凝神看向夏樵，终于找到了原因——夏樵的灵本现在确实是不稳的状态，但并非因为灵本在躯壳内外摇摆，而是灵本的内部不稳。

毕竟沈桥曾经给夏樵度过灵，这就相当于夏樵身体里有两种灵本——沈桥强度的，以及原来的。偶尔夏樵状态不好，灵本确实会相互冲突，不太稳当。

出现这种情况，其实反应不会很大，但小樵可能太娇弱，所以才表现得如此明显。

闻时简单地给夏樵解释了一下，夏樵终于放了心，连带着晕眩、恶心的症状也稍稍缓解了一些，就是心里更愧疚了，蔫头耷脑的，觉得自己是废物。

李先生给过一个旧址，他们根据地形估量了一下，找到了如今大致的位置。

但正如李先生自己所见，沧海桑田，时过境迁，这一带早已发生天翻地覆的变化，沈家那栋回字形的洋房早已没了踪迹，取而代之的是一座中学。

时值下课，学校里人声不断，校门外的小吃店也人声鼎沸，街道上骑着小电驴的人来来往往，十分热闹，半点也看不出来一个世纪前这里存在过什么人，发生过什么事。

其实这也可以理解，毕竟沈家洋楼被大火烧过，能留下的东西实在有限。不过既然三米店那个密室里有沈家旧物，就说明现在还能找到沈家存在的痕迹。

好在附近的人热情爱聊，杂七杂八的传闻也听得不少。闻时见夏樵一直蔫蔫的，便推了他去当探子。

在迅速获得信任方面，夏樵可能有天赋。没多久，小探子就带回了消息："他们说沈家虽然没了，但当年挺风光的，有座祖坟山，还雇了专门看坟的人。"

闻时问："看坟的？"

夏樵点头道："对，据说看坟的人还住那座山附近呢，好像开了一家土菜馆还是什么。"

开店的和开店的仿佛在一个圈子里，他们很快要到了土菜馆的名字，顺着地图找到了地方。

土菜馆是一对三十岁刚出头的夫妻开的，两人质朴敦厚。刚巧店里清闲，老板便跟众人聊了起来。

老板听到他们打听沈家，问道："所以你们来这边是……"

闻时离老板最近，被问了个正着，偏偏他不会编话，真正的原因又不方便说，只能硬邦邦地说了一个理由："有事。"

真是……好敷衍的理由。

谢问先是不开口，等他编，见他编完才不慌不忙地补充道："我们是想建一个纪念祠堂，顺带修订一下家谱，听说这边还有一个分支，所以来问问情况。"

闻时："……"

他朝谢问看了一眼，目光清晰地传达着：你想好了不早说？

谢问连头都没偏，装没看见，却笑了一下。

老板"哦哦"两声，说："我懂的懂的，前两年我家还有人找来过，也是想建祠堂。所以你们是从北方过来的？"

虽然不知道他为什么这么猜，但几个人都点了头，管他怎么猜，先认了再说。

不过很快，他们就知道了原因。

老板说，沈家本身并不是板浦这边的人，只是早年板浦算这一带的要地，有些贸易往来，又不会太过扎眼，沈家便在这儿定居了小几代，他们最早是从北方过来的。

"我太爷爷是给沈家看山的。"老板掰着指头说，"往上三代都是，沈家过来包了山，我家就住在山脚下。虽然现在没什么看山的说法了，我们也自己开了店，但是每逢清明、七月半或者过年，还是会上山给他们打理一下。"

他说着说着，忍不住又感慨道："沈家惨啊，命不好，几乎绝后了。当初那栋洋楼被烧了之后，就是我太爷爷操办的白事。说起来吓人，有些人被烧成一团，都分不清谁是谁了。"

老板讲着他太爷爷传下来的故事，却发现闻时他们的关注点并不在吓人上。

"你说几乎？"闻时问道。

"对啊。"老板愣了一下，说，"那个小公子不是没碰上火吗？据说当时是当地一个慈善会还是什么，想请沈家当家的先生、夫人过去，但夫妻俩不是不在吗，所以小公子跑了一趟，结果回来就看到家被烧了，一屋子的人一个没剩。据说他当时就昏过去了，后来病了一场，精神不太好，就转去津港了。"

闻时问："你确定是津港？"

老板点头说："对啊，那时候大家都说他爹妈在那边，他病成那个样子，总不能孤零零在这儿待着，就转过去了。"

老板手背敲着手心，慢条斯理地说："不过我听我太爷爷说，那时候北方也乱过一阵子，他爹妈刚好在那之前出了事，都不在了。"

"后来呢？"闻时问。

"没有后来了，"老板说，"后来那小公子就没有音讯了，就他家那个情况，疯了死了都有可能。"说完，他又深深叹了口气。

"你这儿有那时候的照片吗？"谢问又拎出了祠堂那一套，问道。

老板点了点头，说："有的，不过不多。说起来，其实家谱也有的，就是可能没你们弄得全，主要是他们这一分支。"

"我能看看吗？"

"当然行啊。"老板直接提议道，"你们弄祠堂家谱，肯定要资料的呀，直接拓一份好了。"

他很快从楼上住的地方捧下来一个老式的档案袋，从里面掏出一本相册和一本线装的家谱来。

闻时翻开相册，在第二页看到了一张既熟悉又陌生的合影——正是当时三米店那个笼里被撕了又拼上，还缺了一大块的老照片。

现实中，这张照片还完整地留存着，算得上清晰。于是闻时第一次看到了沈曼昇的模样。

他穿着西装小马甲和长裤，马甲口袋上还缀着一个链式怀表做装饰，很有小少爷的样子，只是脸生得很清秀，笑的时候温和中带着一丝腼腆。

他跟后来有些区别，但本质还是没变，尤其是眉眼，有着闻时熟悉的气质。

真的是沈桥。

不仅闻时认出来了，夏樵也认出来了。只是夏樵见过照片，没见过真人，所以犹犹豫豫，不敢确定，结巴道："哥，这是……这个沈曼昇……他跟爷爷年轻的时候长得好像啊。"

老板也惊了，问道："什么意思？你爷爷？"

还好夏樵反应快，想起他爷爷的年龄远超正常人，说出来容易吓着别人，于是改口道："不是不是，只是提起来会喊爷爷。"

闻时朝夏樵看了一眼，点头道："不是像，就是他。"

老板更震惊了，又问："怎么回事？你们认识他？"

闻时又翻了几页相册，看到了另外几张照片里沈曼昇的脸，更加确定了，遂道："嗯，认识的。"

"你从哪儿知道的？"老板问。

他理解的"认识"就是知道，毕竟面前这帮人看着还不到三十岁，想想也不可能认识那个时期的沈曼昇。

"我从家里听来的。"夏樵这次没让他哥在线编谎，先给了一个理由。

"哦。那要这么说，这个沈曼昇他没死？"老板问。

闻时说："嗯，他没死。"

老板又问："疯了吗？"

闻时答："也没有。"

闻时顿了顿，难得在答完话之后又补了一个长句："他改了名，以前的事没有提过，应该是不记得了。"

老板又说："不记得好，记得就太难受了。他后来过得怎么样？"

闻时答道："挺好，很长寿。"

过得不错、长命百岁，这大概就是常人最好的结局了。

"蛮好的，蛮好的。"老板点了点头，不知想到了什么，一时感慨万千。

他不像自己的太爷爷，给沈家做过事，见过这些黑白旧照里早已尘封入土的人。他生得晚，照片里的人对他而言，也就只是一张熟悉又陌生的脸而已。

他对这些人其实没有什么感情，但忽然听到这样的后续，依然生出几分欣慰来。

老板心情不错，极力挽留他们之后，跑去厨房弄了几个菜，拽着闻时他们吃了一顿，又帮他们拓印了照片和家谱，这才送他们离开。

回到车里，闻时就皱起了眉。他之前一直觉得，进笼解笼大半是看缘分，带有随机性，现在想来，却有几分怪异。

就在闻时试图捋出一条线，把那些怪异的点串上的时候，手机忽然振动了三下。他掏出手机看了一眼，是周煦发来的消息。

那小子沉寂了大半天，终于给他发来了三条信息——

第一条：信封真的坏了，看不到地址。

第二条：幸亏我聪明，从信里凑出了一个地方。

第三条则是一张图片。他在截下来的地图上标了一个圈，说：应该是这边。

闻时点开图片看了一眼，发现他圈的地方在一条高速公路和省道交叉线的旁边，不出意外的话，这就是张婉所说的“福地”。

这样想来，张婉的“福地”在津港，沈桥改了名字成为解笼人也在津港，闻时自己上一次出无相门还是在津港。

不论是不是巧合，津港他们是必去的了。

他按灭手机屏幕，倾身向前，手指碰了谢问一下。

对方便别过头来，问他：“怎么了？”

“你回宁安吗？”闻时问。

谢问不答反问：“你现在要回？”

“不回，我还有点事，”闻时说，“所以你们一会儿找个地方把我们放下就行。”

谢问却说：“我也回不了。你还要去哪儿？先送你过去。”

“不用了，太远。”闻时拧起眉又问，“你怎么回不了？”

谢问说：“办事。”

这个答案很有闻时的风范，闻时被噎得不上不下，半晌才问：“你去桃花涧？”

“不是。”谢问捏着自己的手机一角晃了晃，示意自己刚收到消息改的主意，“去津港。”

闻时：“……”

可能是他的表情过于直白吧，老毛条件反射般地辩解了一句：“这次是真的。”

此时此刻，在他们暂时不打算回的宁安，还有两人的表情也是直白的。

张岚换好了高跟鞋，正要从柜子里挑一个极有气势的包，就看见弟弟张雅临抓着手机走进来，边打电话边给她比画手势。

“你比画什么呢？直接说啊。”张岚一边抱怨，还一边催促道，“讲完电话赶紧换鞋，沈家别墅离这儿还有一段距离呢。”

张雅临说：“我不去沈家别墅了。”

张岚问：“为什么？你不是说好了哄那个陈时下个笼吗？”

张雅临指了指手机，说：“刚来的消息，他压根不在家。”

张岚又问：“那他在哪儿？”

张雅临听了一句手机里的话,茫然半晌,转头对张岚说:“高速上,刚出连云。”

张岚继续问:“刚出哪儿?”

“连云。”张雅临翻了一个白眼,耐着性子重复道。

张岚接着问:“往宁安这儿来?”

张雅临回:“不,往岱东那边去了。”

张岚一惊一乍道:“他突然跑那么远干吗?”

张雅临说:“谁知道呢,腿长他身上。”

于是张岚当即甩掉高跟鞋,丢开挑好的小包,转头掏出了行李箱。

张雅临:“……”

女人的行动力真是可怕。

“你非得今天去找他们吗?”张雅临问。

张岚把化妆台上的瓶瓶罐罐扫进一个包里,用粘着尖长甲片的指甲指了指他说:“不是我,是你跟我。”

她强调完又咕哝了一句:“也不看看名谱图上被人挨着的是谁,反正不是我。”

张雅临默默呕了一口血,又听见他姐说:“至于为什么非得今天……”

张岚想了想说:“今早,小煦走的时候说了一句话,你听见没?”

这一竿子打得有点远,张雅临没摸着头脑,说:“又关周煦什么事?”

“那小子长了一张乌鸦嘴,你又不是没领教过。”张岚白了他一眼。

那倒是没少领教。张雅临一副牙疼的模样,问:“他说什么了?”

“那时候不是下雨了吗,风特别大,我那屋没关窗,听起来就有点可怕。”张岚解释说,“他都走到院子大门外了,又回头看了一眼,说本家这房子多少年了,怎么听着跟要倒了似的。”

张雅临道:“他真会说话啊。”

那家伙是个乌鸦嘴还一点儿数都没有,人家童言无忌,他都十五岁了,还是想哪儿说哪儿。要不是和他关系亲,张岚保准把他吊起来打。

“反正我今天一天都心神不宁的。”张岚性格很耿直,非常讨厌这种不上不下的情绪,“所以这一趟必须跑。”

“对了,小黑呢?”她朝外屋张望了一眼。

“又干吗?”张雅临嘴上不乐意,但还是动了手指,把那个保镖似的檀招了进来。

“你让他预测一下目的地。”张岚滑动着手机，头也不抬地说，“我好买票。”

沈家那俩徒弟的动向都是靠追踪金纹纸和檀盯梢得来的，所以张岚姐弟俩只知道他们往哪个方向去了，并不知道他们最终要去哪儿。

小黑从口袋里掏出几枚铜钱，手指简单拨排了一番就开始摇晃。鉴于张岚有事没事就想预测一下，这个动作他做过无数次，熟练到绝对不会出错。

结果他的手一撒，其中一枚铜钱“当啷”一下掉落在地，沿着木质地板一路滚进了衣柜底下。

张岚愣了一下，脸色有点变了。虽然她对爻辞术一窍不通，但张家家主代代杂修，在耳濡目染下，最基本的规矩她比谁都熟——在预测过程中，铜钱落地不见是个大忌，一旦落地，就没有重来一次的说法。

“目的地不能算？”张岚满脸诧异。

张雅临也紧紧皱起了眉。

“这就有点夸张了吧？”张岚依然有点存疑，“会不会是小黑手抖？”

小黑默默朝她伸出两只手：“我很稳，不信您抓一下试试。”

张雅临也说：“不可能的，卜宁灵物做的檀，对预测这种事情就跟吃饭喝水一样熟，你吃饭嘴抖吗？”

张岚：“……”

原本张雅临还有些犹豫，毕竟张家有规矩，他和张岚如果要同时离开宁安，必须跟家主报备，也就是得给爷爷张正初交代一声。

这些年他们很少一起办事，就是想要避开这点，他俩都挺怕见爷爷的。

其实小时候他们跟爷爷挺亲的，尤其张岚，后来就慢慢生疏了，原因说来有点简单：张婉被赶出家门后，下一任家主的担子自然而然落到了他们姐弟身上，爷爷张正初就想让他们做杂修，但张岚不肯。

其实张雅临也不愿意。他越大越痴迷于檀术，对其他兴趣不浓，但他的性格没张岚那么烈，听话一些。所以他取了一个折中的方式，让他那几个檀学了爻辞术、奇门遁甲和金纹纸术，这才勉强过关。

这在他们看来，不是原则性的大事，但爷爷却格外看重，于是三人但凡提到此事，必然不欢而散。所以自那之后，他们姐弟俩都有点怕爷爷，而且可能是不想和爷爷有争吵，不想让祖孙关系变得更生疏吧，平时能不惊动他老人家，他们就尽量不去惊动。

但现在小黑预测出了一个大忌，张雅临反而想去看看这究竟是怎么回事了。

“我去拿行李，顺便去一趟后面。”张雅临交代着。

去后面，就是指跟爷爷说一声。张岚冲他挥了挥手，示意他赶紧的。

然而张雅临显然不是一个急性子，这么一去就去了将近一个小时。张岚早弄好行李了，等得百无聊赖，只能玩小黑。

“目的地不能算了，其他应该可以吧？”张岚问道。

小黑被这姑奶奶坑过无数回，怕了她，忙道：“我保留意见，您先说说看。”

“哟，你学聪明了嘛。”张岚也没想折腾他，问，“凶吉总可以吧？”

小黑点了点头，当即摇起铜钱来。

这回没有铜钱掉落的情况，张岚松了一口气。可这口气还没松到底，她就听小黑说：“六三，即鹿无虞，惟入于林中；君子几，不如舍，往吝。”

张岚问：“啥玩意儿？”

小黑字正腔圆地说：“抓鹿但少个带路人，放弃吧，容易受屈辱。”

张岚说：“什么？”

“谁受屈辱？”张岚幽幽地问。

小黑看着她仿佛要吃人的红嘴，难得委婉了一下，轻声道：“您吧。”“吧”字代表委婉。

他要只说前面，张岚可能还会犹豫一下，偏偏加了一句受屈辱，姑奶奶反而去定了，遂道：“重点是少个带路人对吧？”

小黑说：“重点是放弃。”

张岚把他推出门，兀自在手机里筛选着什么。现代社会，辨方向有地图。小黑预测的带路显然不是这么直白的意思，在她看来，应该是少一个牵线的人。

沈家徒弟跟她没交情，她跟张雅临冲过去，没准又要被撅一回，就像上次去沈家一样。

这么一想，小黑的预测真的有几分道理。

那就找个有“交情”的。她认识的人，能跟沈家徒弟扯上联系的，第一个肯定是谢问，可惜谢问本人就在奔往北方的车里，于是她转而给周煦打了电话。

等张雅临终于跟爷爷报备完，周煦人都到本家大门口了。

周煦很亢奋，仿佛要去春游似的，抓着手机挎了一个背包，里面鼓鼓囊囊的，张雅临怀疑他包里装的都是零食。

跟踪这件事，说出来多少有点虚，张岚本着不把青少年带歪的心思，对周煦说的是“出差去解笼”。

因为不知道目的地，他们只能开车去。张岚放了一张追踪金纹纸去追闻时他们的车，顺便也给自己带路。

上了车，他们反倒不着急了，出发之后，先绕到一家店买了点画金纹纸用的纸笔朱砂。

张岚把这些东西搁进包里备着，然后趁着周煦没下车，拍了拍小黑说：“靠你了。他们那边是谢问那个店员在开车，虽然走得早，但中途肯定要歇歇脚，换换人。你一个檀，追起来肯定不费事。”

小黑的驾驶座斜前方架着张岚的手机，屏幕上也有个导航，只是导航界面上显示着两个正在移动的点，一个是蓝的，代表他们自己；另一个是红的，已经进岱东地界了，代表的是追踪金纹纸追到的沈家大徒弟。

小黑看了一眼距离，盘算着对张岚说：“再等二十分钟，天黑透了就很方便，差不多两个小时能赶上。”

他们想得很美，但漏了两个关键点——

一、“谢问那个店员”，好巧不巧也是个檀。要是檀与檀之间有排序，小黑得管“店员”叫祖宗。

二、他们车里出了一个“叛徒”。

“叛徒”姓周名煦，因为过于兴奋，上车就跟微信新加的朋友聊上了，说自己要出远门去入笼了。

虽然新朋友话少、网络还有延迟，甚至不懂表情包“再见”和“微笑”的意思，但管他呢，他就找个人炫耀一下而已。

于是在新朋友问他去哪儿入笼的时候，他顺手来了一个位置共享。

在那张共享的小地图上，两个点一前一后，正以某种相似的路线前行。

周煦：“……”

换个稍微迟钝一点的人来，可能暂时看不出什么，毕竟距离还远，但周煦很机灵，他几乎瞬间就明白这一趟出远门究竟要干吗了。

但他没有吭声，于是张岚他们对于事情的变化一无所知，只知道天已经黑透了，小黑可以放心追人了。

车子明显一个加速，疾驰在夜幕中，之后速度再没降下来过。而周围的车就像注意不到他们一样，依旧循着自己的路线在限速范围内开着，被他们远远甩在后面。

张岚的手机上，两个点越来越近、越来越近。正如小黑说的，花了不到两小时，他们就追上了那个小红点。

眼看着只有一公里，稳重的张雅临也忍不住说了一句："就在前面。"

以小黑现在的速度，跑一公里只是转眼的事。张雅临和张岚抬起头，眼睛一眨不眨地盯着前面。

西屏园的那辆车他们见过，鲜红色，十分好认。

然而当他们拐过一个弯道，预料中的鲜红色却并没有出现，行驶在他们前面的是一辆蓝色卡车，车身上罩着的钢丝网和漆布被风掀起了一半，露出里面挤挤攘攘的东西……

张岚坐在后座看不太清，像美女蛇一样往前伸着脖子，疑惑道："那是什么啊？"

张雅临说："猪。"

张岚："……"

张雅临可能生怕气不死姐姐，补充道："一卡车的猪，你的追踪金纹纸可能在其中某一只猪身上。"

当他们在岱东地界内追猪的时候，闻时已经到地方了。

这是两条高速公路相交的地方，老毛找了一个出口从高速公路下来，然后沿着公路拐了几道，在某片树林边停下。

夏樵扒着车窗往外看，迷迷糊糊地问："这是哪儿？"

"津港。"闻时正用周煦发给他的图和地图作对比，不知道是巧合还是怎么的，这里刚好在周煦画出来的范围内。

"从连云到津港这么快的吗？"夏樵扒着车座跟老毛说话。

老毛说："晚上高速公路上车少，我开得快。"

夏樵觉得有点梦幻，又问："那你为什么把车停在这里？"

这里应该是村子与村子的交界处，一眼看过去，只有田野和树林，连路灯都没有，一条黑路到头才依稀有些人家。

得亏开车的人他们认识，不然这就是一个上社会新闻的好地方。

老毛抽了一条毛巾，擦了擦忽然起雾的挡风玻璃，又把两边车窗放下来透气，四下看了一圈路，说："下雨就先不往市里走了。"

谢问隔着玻璃朝远处看了一眼，说："车里闷一天够累的，今晚先在这边凑合一下？"

闻时问："在车里凑合？"

谢问正抹开车窗上的水雾，闻言转过头来看他，道："你想什么呢？我有那么黑心吗？"

闻时的嘴唇动了一下，无声蹦出两个字：难说。

"你说什么？"谢问带笑问了一句，又伸手在他眼皮子底下晃了一下，"你一直盯着手机，你弟不是说你不爱用吗，这就上瘾了？"

闻时躬身坐着，垂眸看着那只戴着黑色手套的手指从眼皮子底下闪过。

"我没说什么，别挡着。"他的右手动了一下，把谢问的手指推到旁边，因为推得并不干脆，反倒像勾了一下对方的指尖。

闻时抬眸道："不在车里去哪儿？"

"那边有一户人家，刚好是认识的人，可以借住。"谢问伸手指了指远处。

"你认识的？"闻时愣了一下反应过来，他本来就是追着张婉的痕迹来的，谢问在这里有认识的人再正常不过。

"一对老夫妻。"谢问简单解释了一句，"人很和善。"

老毛附和道："你们不是也来这边办事吗？明天等雨停了再去。"

"嗯。"闻时嘴上应着，心里却想：我要来的就是这块地方。

"怎么这么多雾？"老毛擦了两遍车窗，这才重新启动车子。

这是一条野路，没有路灯。

闻时以前跟沈桥在津港住过一阵子，这里的气候比宁安干燥，但夏天雨水也不少。现在正值那个时候，车外雨下个不停，始终烟雾蒙蒙。远处房子的灯光也在雨里变得朦朦胧胧的，并不真切。

等车碾过地上的积水，靠近那边，闻时才发现那里并非一户人家，而是错错落落一大片，像一个村落。

每家都是二层小楼，自家建的那种，墙外贴着瓷片，装饰不一，并不整齐，颜色倒是很丰富。有些小楼带院子，有些不带。谢问他们找的那家就没有院子，只有一片浇筑出来连着路的水泥场，不过挺干净，老毛把车就停在这里。

可能是听到有外人来，村里的狗此起彼伏叫个不停，直到谢问敲门，才慢慢安静下来。

屋里亮着灯，隐约有电视声。屋里的人过了一会儿才听见敲门声，应了声“来啦”。

那声音挺脆的，闻时听了一耳朵，指着门低声问谢问：“这是老人？”

谢问摇了一下头，说：“确实不像。”

就这样，他还笑了一下，闻时睨了他一眼，质疑道：“你多久没来了？确定没认错门？”

谢问很配合闻时，也压低了声音，说的内容却很见鬼：“我不太确定。”

闻时：“……”

去你的吧，不确定，你敲得这么自信？

闻时已经可以想象一会儿的尴尬了，扭头就要走，却被谢问抓住了。

“你跑什么？认错了就问一下，不至于脸皮这么薄。”谢问说。

闻时朝手腕看了一眼，恰巧屋门被人打开，再跑就不合适了。

开门的是一个中年女人，眉心有颗痣，这放在以前得叫美人痣。她也确实生得不错，笑眼笑唇，皮肤跟闻时差不多白。

“你们是？”她未语先笑，眼睛弯起来，显得很热情。

“陆孝先生是住这里吗？”谢问没有朝他人屋里探看的习惯，谁来开门便问谁。

女人愣了一下，又弯眼笑着说：“噢，那是我爸。”

谢问道：“你爸？”

女人说：“对啊。”

谢问点了点头，却没有说话，不知道在想着什么。过了几秒，他才对女人说：“确实有几分像，你爸这里也有一颗痣。”

女人笑起来，一副很高兴的样子：“大家都说我跟他年轻时很像，一个模子刻的。”

她让开一条路，热情地说：“你们先进来坐吧，很久没来客人了。你们是找他吗？”

谢问看着她让开的路，说：“他也在？”

女人说：“他不在，我爸妈都不住这儿。”

谢问点了点头。

“你们进来坐，下雨呢，别都在外边儿站着。”她又说了一句。

谢问这才抬脚进去。

闻时也进了门，只是进去之后，回头朝老毛和夏樵看了一眼。

虽然他没说话，但夏樵还是感觉到氛围有点不对劲。

老毛拍了拍夏樵，示意他往后站，道：“门窄，得一个一个进。”

这话其实挺寻常的，但夏樵听了觉得哪里怪怪的。

“老毛叔，是我多心吗？你们真认识这里的人？”

“认识。”老毛趁着没进门，朝屋里的女人抬了抬下巴，“我还知道她的名字呢，叫陆文娟。”

他语气淡定，夏樵稍稍定了心，觉得自己可能是接连进了几次笼，有点疑神疑鬼，想太多了。

他长舒一口气，借着闲聊缓和刚刚一瞬间闪过的害怕：“噢，认识就行。不过她好像没见过你们，以前她不跟她爸妈住吗？”

老毛说：“对。”

“那你们还知道她的名字？”夏樵又问，“听老人家说的啊？”

老毛说：“那倒不是。”

夏樵说：“哦哦。”

然后老毛又说了：“从墓碑上看来的。”

夏樵两眼一翻，顺着门框就往下滑。

闻时转过头，看到的就是这番场景。老毛这个罪魁祸首还替夏樵把大门关上了，然后腆着肚子眼观鼻、鼻观口地站在旁边，专注地盯着地砖，开始装聋作哑。

过了一会儿，他可能是看夏樵真的要晕了，又补充道：“墓碑上也不是只有死人名。”

夏樵反应了一会儿，终于回了魂。他抓着门框爬起来，然后就近攥住老毛，再也不肯撒手了。

“我看她笑，心里有点瘆得慌。”夏樵哆哆嗦嗦，小声对老毛说。

老毛想了想，也咧嘴笑着看向他，轻声问：“那你看我笑，心里瘆得慌吗？”

夏樵：“……”

夏樵差点又晕了。

闻时默然片刻，转头看向谢问，压低声音说：“你……”

他本来想说“你养的好鸟”，但出口前又反应过来，直接刹住了。更何况这好鸟其实是他养出来的，还一度被他养叛变了，跟真正的主人一点也不像。

谢问朝前面的陆文娟扫了一眼，又垂眸看向闻时，一边跟他并肩往前走，一边问：“我什么？”

“你别在我耳朵旁边说话。”闻时抬手捏了一下耳根，跟随陆文娟进到右侧的房间里。

可能是他捏的力道有点大，房间里白色的灯光一照，照得他那侧耳根下泛着一片薄薄的红，跟他素白的脸色形成了鲜明对比。

“对了，我还没问呢，你——”陆文娟忽然转身，似乎想问什么问题，只是话没出口就被闻时耳边的那片血色吸引了注意力。她十分直接地指着那处问：“你这边怎么红了？”

闻时：“……”

你怎么这么会说话？

余光里，谢问也转过头来，目光在他耳下停留了片刻。

闻时紧抿的唇缝里蹦出两个字：“揉的。”

“哦哦哦。”陆文娟点点头，接着又弯起了眼睛。

但谢问的目光却没有立刻移开。

“你刚刚要问什么？”闻时忽然出声，对陆文娟说。

“嗯？”她笑着的时候，眼睛和嘴都是弯着的，像细细的月牙，显得漂亮又友善。

被老毛拖进门的夏樵就是因为这一幕慢慢放松了一些。

陆文娟朝新进门的两人看过去，又热情地招呼道：“你们快进来吧。”

夏樵可能是年纪小，看着柔软无害，非常招这种中年人的喜爱。陆文娟拉过他的手，又摸了摸他的脑袋。

她在回答闻时的问题，看着的却是夏樵：“我刚刚就想说，我这性格有点大老粗，毛里毛躁的，只顾着拽你们进门避雨了，还不知道怎么称呼你们呢。”

“你叫什么名字呀？”陆文娟笑着问夏樵。

夏樵刚要张口，谢问已经出声了：“他没名字。”

夏樵：“……”

陆文娟愣了几秒，扭头看向谢问。

谢问笑得客客气气，一点儿都没有要人玩的意思，于是陆文娟又看向夏樵，一脸疑惑地问："怎么会连名字都没有？这么大的人了。"

还好夏樵反应快，他想起爷爷曾经说过，在某些时候，名字不能乱说。所以他立刻顺着谢问的话道："还真没有。我从小身体不好，爷爷说取太大的名字我镇不住，所以都是随口叫小名。"

陆文娟理解了几分："我们村里也有这种说法，取的名字越贱，小孩越好养活。"

她促狭地搂着夏樵晃了晃，说："那你小名叫什么？也是狗剩、二蛋这类的吗？"

夏樵的脸都绿了，咬着牙点了点头，说："对。"

这个女人很奇怪，她开口说话的时候，语气神态都跟常人无异，还会开玩笑，很容易让人放下警惕，就好像某个很普通的、热情的邻居阿姨。

夏樵被她晃了几下，连害怕都忘了，全身心沉浸在狗剩、二蛋这样的名字带来的冲击里。

陆文娟哈哈笑了两声，又转过头来看向闻时他们："这小孩真有意思，那你们呢？你们叫什么名字？"

谢问依然客客气气，答道："我们也没有名字。"

陆文娟："……"

"家族遗传，身体都差。"谢问说完便闷咳了几声，他咳得非常逼真，连肤色都苍白得无可挑剔，看得陆文娟一愣一愣的。

他咳完才转回脸来，手指弯依然抵着鼻尖。

夏樵这才意识到，他那副黑色手套已经不见了。

"你随便叫吧。"谢问说。

陆文娟艰难地开口："行。"

当谢问胡说八道的时候，闻时一直在打量整个房间。

这种自家建的房子布局很简单，一楼就是左右两边各一间房。陆文娟带他们进的是右边这间房，里面只放着沙发和电视，像一个小客厅。

她独自消化了四个成年人没有名字这件事，僵硬片刻就重新热情起来，指着沙发说："站着说话多累，都坐吧。你们敲门的时候，我正看电视呢。"

说着，她就把人往沙发那里领。夏樵整个人都在她手里，第一个被薅过去。

他可怜巴巴地瞅着他哥和谢老板，泫然欲泣。

好在他哥还算有心，没有放弃他，非常自然地跟过去，在沙发上坐下来。

陆文娟家的沙发四四方方，两个单人座的，一个长座的，不论是靠背还是扶手都棱角分明，看着就不太柔软。沙发上面罩了一层绒布，鲜红色，绣着一簇簇的花纹。

夏樵坐下的时候，用手指一摸，发现绒布的质感很怪，有些脆硬，比起布，更接近于纸。

至于电视机，样式有点老旧，跟沈家别墅的完全不同。屏幕背景白到反光，里面的人面容模糊不清，像剪纸的影子，穿着红绿不一的大袍子，咿咿呀呀地在唱戏，嗓门倒是很大。

夏樵给爷爷办过丧事，所以一下子就能听出来，这唱戏的跟白事棚子里请去搭台的一模一样。

他下意识去瞟茶几上的遥控器，谁知陆文娟眼神贼好，立马就说："你想换台啊？"

夏樵立马收回目光，一时骑虎难下，便点了点头，一张口，声音都是颤抖的："有别……咯咯，嗯，有别的台吗？"

陆文娟说："有啊。喏，我把遥控器给你。"

她毫不介意地把遥控器递给夏樵，自己站起身说："你们过来一趟不容易吧？你们肯定饿了，我去给你们弄点吃的。"

一听还要在这儿吃东西，夏樵"感动"得眼泪都流下来了："不用这么客气的，陆阿姨。我们马上就走了。"

"走什么呀，"陆文娟说，"走不了，下雨呢。"

她朝窗户的方向看了一眼，又冲众人笑笑，嗓音轻轻的："你们走不了的，先在这儿住着吧，刚巧明天……"

"明天"后面那句话她咕哝在嗓子里，没人听得清。紧接着她便出了门，然后好心地给他们把门关上了。

门锁咔嗒一响，夏樵就顺着沙发滑下去了："哥，咱们这是又入笼了吗？"

"不然呢？"闻时说。

"这概率也太高了吧……"夏樵终于忍不住咕哝了一句，"柯南附身吗？"

“谁附身？”闻时没听明白。

“没什么，死神。”夏樵没多扯，而是问道，“你们以前也是这样吗？”

闻时问：“哪样？”

“就是走到哪儿都有笼。”

闻时皱了一下眉，说：“当然不是。”

说起来确实奇怪，这世上的笼确实很多，但也没多到这个地步，好像他们随便定一个目的地，都能被扯进笼里。

而且最近这两个笼有点奇怪，连入笼心的步骤都省了。一次还行，两次就有点过于凑巧了。这就好像不是他们在找笼，而是笼直接奔着他们来了。

“你是不是做什么了？”闻时转头看向谢问。

“我？”夏樵和老毛又一人占了一个单座，谢问扫视了一圈，才在闻时身边坐下来，“怎么就扣到我头上了？”

“你带的路。”闻时说。

谢问指了指老毛，道：“他开的车。”

老毛一脸无辜，闻时瞥了他一眼，对谢问说：“他听你的。”

这罪名就算是钉死了。

谢问看着闻时，几秒后别开脸失笑出声。

这样的神情动作实在太过熟悉，闻时闭着眼睛都能描摹出来，以前对方拿他没办法的时候就会这样，紧接着他就会听到诸如“没大没小”“大逆不道”之类的话。

小时候听到这样的话，他是高兴的，这代表着别人所没有的亲近和纵容，可后来就变了……后来他再听这些话，便觉得这些话里多了别的含义，仿佛每个字都在提醒他不能僭越。

当他看到谢问失笑的时候，就有点后悔说刚刚那些话了。因为他忽然意识到，这些天里他其实带着某种隐秘又模糊的期待，不知不觉地陷在那种描摹不清的氛围里，就好像对方其实知道，甚至偶尔会有回应。

他们一字不提，又心照不宣。

但归根究底，那其实都是一些看不到、摸不着的东西，一戳就破。只要谢问一句话，就能让他回归清醒，甚至不用说话，他就快清醒了。

“哥？”夏樵忽然叫了他一声。

闻时“嗯”了一声，这才抬眼看向夏樵。

“你怎么啦？”夏樵小心地问了一句。

“什么意思？”闻时蹙了一下眉，没明白他的话。

夏樵张了张口，还没回答，就有另一个人替代他说了后面的话。

谢问低沉的嗓音响在耳边，说：“他想问你，为什么忽然不高兴？”

闻时愣了好一会儿，转过头来，像没听清一般问道：“你说什么？”

“我说……”谢问顿了一下，“为什么忽然不高兴？”连“他想问你”这句都省略了。

闻时心里动了一下，许久之后才说：“我没有不高兴。”

……

但他可能暂时很难清醒了。

电视里咿咿呀呀的戏腔实在有些阴森，夏樵听不下去，抓起遥控器调了频道。他以为陆文娟就是说说而已，毕竟这台电视机怎么看都不像正常模样，没想到居然真的换了一个台。

只是换台的间隙里有一段发出沙沙声的雪花纹，突如其来的声音吸引了其他几人的注意力。

“我就试一试。”夏樵感觉自己的举动有点傻，讪讪地解释了一句。

新换的这个频道不再播戏曲了，而是在放电视剧。人物的脸依然看不清，是那种高度曝光后的白，还是阴气森森的，但至少比唱戏正常点。

电视里还挺热闹，虽然面容模糊不清，但能看见轮廓和动作。

这应该是一部家庭剧，几个人正围坐在餐桌旁闲聊，还有一个人端着两个盘子走过来，笑着吆喝道：“热腾腾的饺子来啦！”

“饺子？”桌边的人帮忙接过盘子，“这也太麻烦你了。”

“客气什么呀，也不是我包的，吴叔那边送过来的。”那人擦了擦手，也在餐桌边坐下。他指着两个盘子说：“来，尝一尝，有彩头的。”

“什么彩头？”其中两个人动了筷子，各夹了一个饺子。

“有可能会吃到包了钱的饺子。”

“钱？”

那两人都咬了一口饺子。

“可惜了，我这个饺子是茴香的，没有钱。你呢？”

“我的也是。”

“没事，有两盘饺子呢，管饱。”端饺子上来的人笑着说。他又转头看向桌子另一角，那里似乎坐着一个长发的姑娘，她始终矜持文雅地坐着，没动筷子。

“你怎么啦？饺子不合胃口吗？吃呀。”他热情地把碗筷往姑娘面前推了推。

姑娘却摆了摆手，笑着婉拒道：“我下午吃了些零食，还没饿呢。”

“零食归零食，不吃正餐怎么行？”

“我真吃不下了。”姑娘说。

“你吃一个饺子也行。”那人继续劝。

但无论他怎么说，姑娘始终没动筷。

“唉，好吧，”那人最终还是叹了口气，一脸遗憾地说，“这饺子很香的，吴叔手艺一绝，你不吃可惜了。”

他咂了咂嘴，摇头片刻，又重复了一句：“不吃真的太可惜了。”

这部电视剧不知道是什么题材，一桌人热热闹闹，却透着一股说不出来的诡异感。

夏樵本想换个台就不管它，偏偏总被那些人的说话声吸引，忍不住瞟上几眼，不知不觉间居然认真看了一段。

那几人吃完饺子便睡下了，屏幕很快黑下来。

夏樵正想从电视上收回视线，忽然屏幕闪烁了几下，镜头切换到卧室里。

那个长发的姑娘蜷在被子里睡得正沉，一个人影却悄无声息地来到她的床前。姑娘毫无知觉，翻了个身，然后床前的人影便高高举起了双手，手里赫然是一把斧头。

他对着姑娘将斧头挥了下去。

夏樵吓得一蹦，差点从沙发上弹起来。

闻时也看到了这一幕，皱了皱眉。

“看不下去就换一个。”谢问提醒道。

夏樵这才慌忙抓起遥控器，连忙按下个频道，结果这次电视屏幕上没有东西了，只有一大片雪花，沙沙响着。他接连换了好几个频道，都是这个结果，好像这电视只有两个频道，一个唱戏，一个演恐怖片。

夏樵差点把遥控器扔了。

“真是一个宝贝。”谢问评价道。

闻时从夏樵手里拿了遥控器，直接把这倒霉电视机关了。

屏幕一黑，屋子彻底清静下来。

他这才转头对谢问说：“你先搞清楚这是什么笼吧。你不是认识她父母吗？”

谢问说：“你说陆文娟？”

闻时说：“嗯。这名字真是你从墓碑上看来的？”

“不是，我听那对老人家提过。”谢问说。

“什么？”夏樵愤然又委屈地看向老毛。老毛却说：“区别其实不大，反正是一个意思。”

谢问顺着老毛的话说：“老人家提过，大女儿陆文娟出事了。”

闻时问：“什么原因？”

谢问说：“说是被水淹了，她在假期跟朋友约了去河里游泳。具体哪条河不太清楚，应该不是这附近的，据说弄回来费了不少劲。”

“被水淹……”闻时喃喃道。

这样的人，笼里多多少少会出现些跟水有关的意向。可目前来看，除了一直在下雨，这笼里还真没有什么跟水有关的东西。

“再看看吧。”谢问说。

如果不是事先知道情况，刚入笼其实很难判断笼的大小。

也许来龙去脉很简单，跟沈桥或是望泉路的笼一样，找到关键点，三下五除二就能解决，但也许比三米店的还要绕。

又过了一会儿，陆文娟忙完回来了。她拧开房门，朝屋里看了一眼，讶异道：“电视关了呀？你们不看吗？”

谁敢看哦！夏樵心有余悸地想。

倒是谢问对她说：“他们正想去给你帮把手。”

这话就过分瞎扯了，但陆文娟居然信。她笑着摆了摆手说：“你们太客气了，我哪能让你们进厨房呢，那是不懂道理。”

她说着，指了指厅堂说：“饭桌在外面，既然你们不想看电视，那可以出来了。碗筷已经摆了，我装个盘就好，很快。”

说实话，并没有人期待她的款待。但闻时和谢问都干脆地站起身，一前一后朝门外走去。

陆文娟笑得很灿烂，又把目光投向沙发。

夏樵连忙蹦起来，推着老毛匆忙跟上他哥和谢老板，一刻不敢多留。

餐桌就摆在厅堂里，是那种老式的八仙桌，油漆颜色半褪，但依然能看出来崭新的时候是鲜红色，高背木椅子也是配套的。

桌上整整齐齐地放着四套碗筷，碗是蓝边花纹圆碗，筷是涂了半截红漆的圆木筷。碗里扣了一小团白米饭，筷子就竖直插在紧实的饭粒里。

但凡胆子小一点的人，看见这些都坐不下去。可屋里除了夏樵这个橦，压根没有胆子小的。所以他们很快落座，然后把筷子从米饭里拔了出来，搁在一边。

下一刻，陆文娟一只手端着一个圆盘，从厨房里出来了。

那一瞬间，桌上的几人都觉得这个场景似曾相识。紧接着，陆文娟又说了一句他们耳熟的话——

她说：“热腾腾的饺子来啦！”

两个大圆盘里盛满了白胖胖、鼓鼓囊囊的饺子，散发着面食蒸煮出来的香味，冒着腾腾的热气。

饺子看起来是滚烫的，却让人如坠冰窟。

“饺子有点沉，你们能帮把手吗？”陆文娟依旧弯着笑眼笑唇，却越看越古怪。

闻时伸手去接饺子盘的时候反应过来，他之所以觉得古怪，是因为她每次笑起来时，眼睛和嘴唇的弧度总是一样的。

换言之，她每一次笑都像是复制粘贴。

“这饺子是吴叔傍晚送过来的。”陆文娟解释道，“对了，吴叔就是咱们这儿的村长，人很和善，做饭更是绝了，尤其是饺子。他擀的皮厚薄刚刚好，咬起来特有劲道，馅儿也香。他每次包饺子，都会挨家挨户送一点，你们来得特别巧！”

她把盘子搁在众人中间，说：“你们一定要尝尝，他还加了彩头的，你们可以试试能不能吃到。”

她多说一句，夏樵的脸色就更白一分。等她说完这些，夏樵已经面无血色了。

也许是不死心，他恍惚地问了陆文娟一句：“什么彩头？”

陆文娟说：“有一个里面包了钱。”

夏樵：“……”

一时间，整个厅堂一片死寂。

“你们吃呀，饺子得趁热吃，凉了味道就不对了。”陆文娟热情地催促着。

闻时和谢问对视一眼，拿起了筷子，分别从盘子里夹了一个饺子。他俩一旦动了筷子，老毛便不客气了，夹了一个饺子当场咬开，然后“唔”了一声，说：“茴香的，没吃着钱。”

闻时也咬开看了一眼，同样是茴香的，没有所谓的彩头。

“看来我们的运气不怎么样。”谢问也冲陆文娟说了一句。

陆文娟看他们吃得干脆，显得很高兴。有一瞬间，她的肩膀塌了一下，似乎正因为什么松了一口气。

她又把盘子往前推了推，说：“没关系，还有呢，没准彩头就在下一个里面。”

闻时吃得很少，按理说，茴香饺子味道应该很重，但面前的这些却没有茴香味。准确而言，好像什么味都没有，味如嚼蜡。

谢问也慢条斯理的。唯有老毛吃得很香，呼噜呼噜的，仿佛他不是在笼里，而是坐在西屏园二楼涮肉呢。

他速度快，风卷残云般干掉一盘饺子，又往第二盘伸筷子。

像他这样的人恐怕前所未有，陆文娟都看呆了。不过她很快回过神来，转头看向了夏樵，问：“你怎么不动筷子？不合胃口吗？”

“这么好的饺子，不吃真的太可惜了……”陆文娟说着跟电视里一模一样的话，听得夏樵好慌，差点背过气去。

他差点就想说自己没有胃口，又忽然想起电视里那个没吃饺子的长发姑娘……他当即一个激灵，叉起一个饺子就塞进了嘴里。

至此，他们终于意识到，电视里放的不是什么恐怖片。那分明是恐吓片。

至于所谓的彩头，直到老毛干掉最后一个饺子，他们也没看到任何踪影。

“来喝点汤，原汤化原食。”陆文娟念叨着，又给每人盛了一碗汤。

她一直忙忙碌碌，盛完汤又去拿抹布。厨房的水声哗哗作响，她搓洗完抹布便用力抹着灶台。

这里还用着最老式的那种土灶，灶上架着两口硕大的铁锅，中间的小圆洞里搁着烧开水的壶。她拿了一把竹刷子，就着锅里的水，刷着锅沿沾上的面粉面皮。那水明明刚沸不久，她的手整个儿浸泡在其中，却浑然不觉得烫。

厨房里有一扇正对厅堂的玻璃窗，窗台上堆放着火柴盒、空罐头等一堆杂物，玻璃上也蒙着一层灰。

她埋头干着活，眼珠却转到了眼尾处，目光从那里透出来，透过玻璃窗，一直落在厅堂里的几个人身上，像在等他们喝那碗汤。

夏樵被电视里的那把斧头弄得心有余悸，生怕自己不吃不喝的下场就是被剁掉，所以他二话不说，端起碗就把饺子汤往肚里灌。结果他刚灌两口汤就发现整桌人都在看他，离他最近的闻时还抬着手，似乎刚刚要拦他，却没来得及。

夏樵咕咚咽下那口汤，问："你们为什么看着我？"

闻时指了指他手里的汤碗，轻描淡写道："电视里刚刚没这东西。"

所以，喝完这东西是死是活都没人知道。

夏樵："……"

他终于慢半拍反应过来。可是等他知道慌，正常人都该凉了。

夏樵看着手里只剩一口汤的汤碗，幽幽地问："我现在抠嗓子还来得及吗？"

"抠什么嗓子，你一个小橦。"老毛被这小子抢了先，没好气地端起碗，也要往嘴里灌汤。

夏樵被他一点拨，恍然反应过来：对啊！我怕这个干吗？

他想起闻时之前说过，橦是最不容易受影响的，很难被附身，也不会被迷晕，除非穿心而过，直接枯化，否则不会出什么问题。

夏樵反应过来这一点，顿时成了勇士，把最后那口汤一饮而尽，然后忽然想起什么般问道："可是老毛叔，我是橦，我喝没关系，你怎么也喝得这么痛快？"

老毛呛了个正着，一口饺子汤喷了出去。好在他喷汤之前扭头了，没祸害整张桌子……也就祸害了一件衣服而已——他惊天动地咳完一睁眼，看到了一片湿漉漉的黑T恤，再顺着T恤往上，看到了闻时"冻人"的脸。

我太难了。老毛在心里说。

闻时用当年熬鹰的架势盯着老毛这个喷壶，看到他讪讪地摸了一下脑袋，终于想起了当年薅毛的交情，毕竟是自己养出来的鸟，还能怎么办？

闻时默默收回视线，听见老毛对夏樵解释道："真要有问题，你多多少少也会有点反应。你一点反应都没有，好好地坐在这里，我有什么不敢喝的。"

老毛当年在闻时的撑腰下，连自己主人都敢蒙，刚刚也就是一时大意，这会儿糊弄起小樵来，简直脸不变色心不跳，还一副"这么简单的问题你居然也要问"的模样。

可能是出于尊老爱幼吧，夏樵居然点头信了。

行吧。闻时简直看不下去。他拎着T恤的领口透了透风，免得湿漉漉的那块布料贴在身上，然后端起碗，把那点饺子汤闷头喝了。

看夏樵的模样就能知道，这汤应该没问题，就算有问题也顶多是个蒙汗药的级别。这种东西对闻时的作用也不算大，毕竟他灵本不齐，也不算什么正常人。而如果他灵本齐全，那状态便是巅峰，更不可能被这么一碗汤放倒。

果然，夏樵打了个哈欠说："其实刚刚我有一点点迷糊，但就一下子，现在打完哈欠，又没感觉了。"

老毛居然装模作样地抱怨了一句："你不早说。"

这弄得夏樵特别不好意思，忙道："那我下次争取反应快一点。"

"晚了，"谢问用手指弹了一下自己面前的空碗，半真半假地说，"我们都喝完了。"

"那怎么办？"夏樵很慌。

"回头如果我们真晕了——"谢问朝闻时偏了一下头，说，"别只顾着自己跑。"

闻时抬眼看着他："你会晕吗？"

谢问笑了一下，说："说不好。"

他语意模糊，让人弄不清是跟老毛一样装模作样，纯粹逗一逗人，还是想说自己状态一般，不能确定会不会受影响。

陆文娟始终在厨房里忙活，直到这四人都喝了饺子汤，才抓着抹布来到厅堂。

"你放着别动，我来收拾。"她说着便把碗盘叠放到一起，用湿抹布打着圈擦着桌子，"你们靠着歇一会儿，吃完饭都是不想动的。"

她擦了好一会儿桌子，估摸着差不多了才抬起眼，目光扫过桌边四人，放轻了声音问道："你们困了吗？"

闻时答得很干脆："不困。"

陆文娟："……"

她似乎有点想不通，"噢"了一声，继续擦着桌子，动作依然打着圈。别说喝没喝汤了，光是看她的动作看久了，眼皮子都会变重。

她擦到手都酸了，才再次抬起头，问："你们困了吗？"

这次是谢问，他说："还行，能撑一会儿。"

陆文娟："……"

困了为什么要撑？她有点崩溃。

但好在谢问支着头，又带着几分病气，半垂着眼的时候确实像要休息了。陆文娟又有了点希望，觉得差不多了。

当她擦到不知多少圈时，谢问终于动了一下。

扛不住了？陆文娟满怀希望地抬起头，却见谢问用食指点了点桌子一角，说道："漆要擦没了。"

陆文娟擦桌子要擦哭了。当她攥着抹布，纠结着要不要去洗一下再来的时候，这桌客人终于有人打了个哈欠。

打哈欠的是老毛，因为夏樵总冲他投去奇奇怪怪的目光，而他还记得自己的人设是一个普普通通的店员。

陆文娟当即露出了刑满释放的表情，把抹布往桌边一挂，端着碗碟说："你们困了是吧？房间在楼上，我把碗放回去就带你们上去。"

二楼有个露台，支着几根木架，用来晒衣晒被，然后便是并排四个房间。

陆文娟说："客人来了就住这边。"

"客人？"闻时皱起眉，"以前也有客人？"

"有啊。"陆文娟说。

"人呢？"

"送走啦。"

闻时问："怎么送的？"

陆文娟笑了一下，又转过头说："碗碟还堆在那儿呢，我先下去了。"

这个回避式的笑便有些意味深长，让人不能细想。

他们刚来这里，不能贸然惊动太多。所以闻时也没有立刻追着问下去，而是拎着衣领换了一个话题："在哪边洗澡？我换件衣服。"

结果陆文娟摆了摆手说："不洗澡。"

闻时："……"

陆文娟重复了一句："我们不洗澡。"

她见众人拧着眉，又补充了一句："洗澡没用的，没有用的。"

说起这个，她就像忽然走神了似的，絮絮叨叨地念了好几遍。然后她才回过神来，冲众人说：“我们这里有个习俗，叫大沐，每隔一段时间就会有一次，有客人来了，也会办一次。明天刚好有大沐，你们来得真巧。”

谢问说：“这大沐办来干什么？”

陆文娟说：“接风洗尘啊。”

这个理由还算可以理解，但她紧接着又说了一句：“外面很脏。”

闻时说：“脏？什么意思？”

陆文娟思索了一下，道：“就是脏啊，村里的说法，就跟取大名镇不住，贱名好养活一样，一直都是这么说的。”

从神色来看，她应该真的不知道原因。由此也能判断出来，她估计不是笼主。

“嗐，看我拉着你们瞎聊天。”陆文娟嗔怪了一句，催促道，“你们困了就快睡吧，我们这村子太偏，夜里静，最好是一觉睡到大天亮。”

说着，她便匆匆往楼梯那里走。

“如果睡不到大天亮呢？”夏樵忍不住问了一句。

陆文娟的脚步猛地一刹，过了几秒才缓缓转过头来，歪了一下脖子，用极轻的声音说：“会害怕。”

说完，她就下楼不见了。

就因为这句话，夏樵恨不得给自己灌蒙汗药。可惜他那体质，把蒙汗药当水喝都不会管用。于是他开始思索晚上怎么样才能尽可能不害怕，最后提议道：“要不我们挤一挤？”

“怎么挤？”老毛问。

夏樵在挨打边缘探头探脑，试探着说：“就……睡一起？”

闻时就站在他背后，在敞着拉链的背包里找干净T恤，想把身上这件被老毛喷湿的衣服换掉。

他听到这话，动作顿了顿，下意识抬了一下眼，结果刚巧撞到了谢问的目光。

闻时收回视线，从包里抽了一件白T恤出来，听见老毛慈祥地对夏樵说：“不挤，自己睡。”

夏樵哭着进了一间房，打定主意今晚蒙头闭眼到底，碰到什么事情都不出被窝。可惜天不遂人愿……

有一段时间，夏樵真的有点眯瞪，不是受饺子汤影响，而是他自我催眠的结果。他缩在被窝深处，几乎睡过去，又被一些动静弄醒了。

他在深夜的寂静中，听到“咚”的一声，像重物砸落在地。

隔了几秒，又是“咚”的一声。

夏樵在被窝里猛地睁开眼，缩在黑暗里仔细听着，一动也不敢动。可他听了一会儿，就感觉头皮发麻，因为那个声音是从他床底下传来的。

每“咚”一下，他甚至能感觉到床板的震动，像有什么东西在床底下跳。

这是最老式的那种床，三面围着，正面带木质台阶。床底四面封实，像一个木箱，除非把床整个掀起来，否则根本看不到下面有什么东西。

“咚——”当床底下响第四声的时候，夏樵裹着被子就滚下来了。

他连看都不敢看，径直往房门口冲，结果一开门就看见外面站着一个人。

那一瞬间，他差点暂停呼吸。

但下一秒，他又颤颤巍巍长舒了一口气——站在门外的是他哥。

“哥，你吓死我了。”夏樵气若游丝，“你站这儿干吗？”

“我来看看。”闻时说，“你听到声音了没？”

夏樵疯狂点头，蹿到他哥背后，紧紧揪住他的衣服，指着房内的那张床说：“我听到了，就在我床底下！”

“你知道是什么东西吗？”闻时转过头来，问了夏樵一句。

也许是月色太灰，照得他本就很白的脸毫无血色，甚至毫无生气，看得夏樵莫名有点害怕。

“什……什么东西？”夏樵哆哆嗦嗦地问。

闻时漆黑漂亮的眼珠一眨不眨地看着他，说：“我的头啊……”

说完他歪了一下脑袋，接着有什么东西滚落下来。

夏樵的第一反应是伸手去接，接完便是一声尖叫。

闻时就是在鬼哭狼嚎的叫声中睁开眼的，但他睁眼之后，那道声音便消失不见了，仿佛一切都是梦里的错觉。

他这里的床底倒是没有什么声音，但床边多了一个人。

野村很静，月色朦胧，偶尔有鸟在深夜乍然惊起，扑扇两下翅膀又落回树荫里。

谢问就在浓重的夜色下垂手站在床边，看着他，眼里的东西模糊不清。

闻时心头一跳，有那么一瞬间几乎要被这个场景迷惑了，但他只是闭了一下眼睛，再睁开时手指间已经缠上了傀线。

假的。他在心里说。

接着他便翻身而起，与谢问相对而立。

这块地方空间不大，他们几乎近在咫尺。

闻时十指间绷着细长的线，抿着唇一言不发地看着他，似乎随时要出手，但又迟迟没动。

“你为什么对我放傀线？”谢问说。

对着虚幻的存在，闻时没必要应答什么。但他抿唇沉默了一会儿，还是回了一句：“对着不知道是什么的东西，不放傀线放什么？”

他的嗓音很冷，全身绷得很紧，一副防御姿态。

谢问笑了一下。

闻时紧紧皱起了眉，傀线在他手指间无形地往外释放压力，几乎平地就激起了狂风。

“你不知道我是什么吗？”谢问说。

闻时没出声。

风越来越猛烈，紧闭的门窗咔咔作响，房里的东西倒了一地，四处一片狼藉，但谢问却并没有被风撕裂打散，也没有显出什么原形，好像闻时所有外放的锋芒都对他不起作用。他只是在风涡里站着，隔着极近的距离看着闻时。

良久之后，他伸出手指，一一拨过闻时的傀线，每拨一下，闻时肩颈的那条线便绷得更紧一些。然后他握住闻时的手腕，抬高几分，微微低着头。

闻时的眸光颤了一下，捏紧了手指，听到谢问说：“我觉得你知道。”

他当然知道，无非是痴妄投照于现实，心魔而已。

闻时朝后让了一下，手腕从对方的抓握中抽出来。

这不是十九、二十岁那些不受控的梦境，越是压抑，越是带着几分荒唐。他现在其实是清醒的，清醒地知道什么是真的、什么是假的。

他的傀线只要带上攻击性，就能把面前这片虚幻击碎殆尽，但他还是会有一瞬间的迟疑。

正是这份迟疑，让咫尺间的谢问身处傀线带起的狂风中，却丝毫不受伤害。

看，不论真假，在这个人面前，他第一时间撑起来的永远是虚架子。

闻时索性闭上眼睛，手指后撤几分。落在身侧的呼吸不再那样清晰，谢问的存在感也不再那样强烈，终于开始变得虚化，好像所有东西都在慢慢远离。

他再一次缠紧了橦线，而后十指一绷。风声陡然变得剧烈，发出了尖厉的哨音，似有无数看不见的寒芒利刃从风里横削而过。

他依然闭着眼，但能感觉到周围的那些东西正在消失。他抬脚朝前走，没再受到任何人的阻挡，只有丝丝缕缕的痕迹从他身边扫过，就像晨间的湿雾。

果然都是假的。

隔壁夏樵的动静终于传了过来，哭天抢地。

闻时扯着橦线睁开眼，伸过去开门的手却触到一片温热。

闻时抬起头，看到了刚刚幻境里的人。

有那么几秒钟，他怔在原地，差点没弄清自己究竟有没有从幻境里走出来。

谢问就站在门边，他的目光落在闻时的手指上，眉眼微垂，似乎也有一瞬间的出神。

直到隔壁又有碰撞的动静，他们才乍然回神。

这次是真的。

闻时倏然收回手，雪白的橦线缠在他指间，长长短短地垂着。

“你什么时候过来的？”他其实想问“你怎么在这儿”，但出口却变成了这样。

他很轻地蹙了一下眉，下意识回头看了一眼，确认幻境已经消散得干干净净，这才看向谢问。

而谢问也正从那处收回目光，他的视线扫过闻时脖颈的时候停了片刻又移开，淡淡道：“刚刚。”

“我听到这边有点动静。”他指了指这边夏樵的房间，因为太过自然，让人一时间难以分清他刚刚的视线偏移，究竟是下意识的避让，还是只是看向那个方向。

“我去看看。”闻时侧身从房里出来，大步朝夏樵的房间走。

老式的廊灯被谢问打开了，照得玻璃窗一片反光，闻时的身影就清晰地映在里面。

他的面色是一如既往的素白，唇线平直，显出几分冷淡来，但受幻境里橦线的牵连，他脖颈上的血色还未褪尽，在肤色的反衬下，是一片浅淡的红。

夏樵乍一看到他哥，比看到怪物的反应还大，连滚带爬，直到后背抵到走廊的墙，退无可退才哭着说："哥，你行行好，别吓唬我了，我尿急，真的。"

闻时半蹲下来，无语地看着那颤抖的"虾米"，在犹豫是打醒比较快，还是泼水更有效。

"你哥怎么吓唬你了？说给我听听。"谢问也走了过来，弯腰问道。

夏樵看到谢问，又听到这句话，终于犹犹豫豫地放下手臂。

这个笨蛋小心翼翼地伸出手，戳了闻时一下。他还想戳谢问，但半途㞞了，收回手在自己手臂上狠狠拧了一下。他"嘶"了一声，这才问道："你们是真的？"

"不然呢？"闻时说。

"哎哟，我的妈啊。"夏樵张嘴就开始号哭，"终于是真的了，吓死我了！哥，你吓死我了！"

"你看到什么了？"闻时拧着眉问。

"我看到你的头掉了，我还捧住了，全是血。"夏樵呜呜咽咽地说，"我还看到一片沼泽，你二话不说就往里跳，然后又一身血往我这儿爬。我还看到我的床变成了棺材，有人在里面咚咚地拍，然后床板一掀，你从里面坐了起来。"

闻时："……"

他说了一大堆，总结下来就是他哥"死去活来"的无数种方式，听得他哥面无表情，嗖嗖放冷气。

"你平时究竟在想什么东西？"闻时问道。

夏樵委委屈屈地说："我没想，我也就做做噩梦。"

"所以这是什么啊？为什么我会看到这种东西？"夏樵问。

闻时道："心魔。"

夏樵更惶恐了，连忙摆手说："可是我从来都不希望你出事啊。"

闻时顿了一下说："不是那个意思。"

倒是谢问解释道："心魔很多，有可能是你内心深处最放不下的事、最怕的事，或者想要又要不到的。"

他静了片刻，又补充道："贪嗔痴欲，都有。"

夏樵琢磨了一下，说："那不是跟笼挺像的吗？"

谢问说："有点吧，本源差不多。"

夏樵满身冷汗，还是有些后怕。他拎着衣服抖了抖，说："噢，那我可能是怕我哥入笼出笼有危险……但是，怎么我好好地睡一觉就见到心魔了？心魔那么容易见的吗？”

“不太容易。”谢问说。

尤其夏樵还是橦，那就更不容易。

“会不会是那盘饺子和汤的作用？”夏樵说。

“有可能。”谢问没有否定，但又说道，“也可能是这个笼本身有点问题。”

几句话聊下来，夏樵已经好多了。他点了点头，然后关切地问道：“那你们呢？刚刚也见到心魔了吗？”

这话一出，走廊里又是一片安静。

闻时站起身，垂着的手指把关节捏得咔咔作响。然后他在某位“心魔”眼皮子底下矢口否认道：“没有。”

夏樵“噢”了一声，嘟囔道：“还是我太弱了。”

好在老毛姗姗来迟，给了他几分安慰。

夏樵问：“老毛叔，你刚刚见到心魔了吗？”

老毛朝谢问看了一眼，点头说：“噢，我见到了。”

“可怕吗？”夏樵问。

老毛说：“挺复杂的。”

虽然这话有点敷衍，但夏樵的心情好多了。

四个人都被弄醒了，索性不睡了，顺着楼梯下去，结果在房子里转了两圈，也没见到陆文娟本人。

楼上是四个房间，楼下右边是放电视的房间，中间是吃饭的厅堂，左边是储物间，后面连着一个厨房，根本没有陆文娟睡觉的地方。

鉴于之前的电视节目有隐喻，闻时又指使夏樵把电视机打开了。

一频道还在咿咿呀呀地唱着戏曲，穿着宽袍大袖的人物在里面演着不知名的剧目。夏樵很快调到二频道，果不其然，里面又在放“电视剧”。

这次是一群人围站在一座山下，支了一堆柴。他们神神道道地念着一些话，然后点燃了那堆柴。有一个穿着大红袍的人戴着面具，站在头领的位置，抬起手，另外几个人就被推进了那片大火中。

“这是干啥呢？”夏樵一脸惊恐地问。

闻时正盯着那个穿红袍、戴面具的头领出神，总觉得这形象跟某个人有点相似，当然，气质差得远了。

夏樵的问题自然没人能回答，谁也不知道这是在干吗。他们这次没有着急关电视，而是耐着性子继续往下看。

谁知电视机自己跳闪了一下，变成了雪花，过了许久才跳转回来，屏幕里还是那群人，还是在山下围成一个圈，把之前上演过的一幕又来了一遍。

“这居然还卖关子？”老毛不高兴地说。

闻时不想重复看那点东西，便从沙发上站起身说：“我出去一趟。”

谢问看向他，问道：“你去哪儿？”

“村长家。”闻时答道。

他对那个送饺子的老吴很有兴趣，想趁着夜色去探望一下。结果他拉开陆文娟家的大门，就见门外是一个跟门里一模一样的厅堂，连餐桌边缘挂着的抹布皱褶都如出一辙。

更诡异的是，那边也有一个他，正伸手拉开大门。

不知哪里吹来了一阵穿堂风，吹着屋角的枯叶，把它送出了门。门对面，也有一片枯叶朝闻时这里来。两片枯叶触碰到，然后一起消失了。

夏樵刚巧探头看到这一幕，惊得话都忘了说。半天之后，他搓了一下手臂上的鸡皮疙瘩，问道：“这是什么情况啊？”

“就是你看到的情况。”闻时说。

“那我要是走出门呢？”夏樵问。

“你就会跟对面的你一起消失，和刚刚那片叶子一样。”谢问的声音从他背后传来，接着谢问冲门口的人说，“你把门关上回来。”

话音落下的瞬间，闻时已经关门落锁了。

夏樵问：“所以门外是什么？”

闻时转身回答道：“是死地。”

他们又想起陆文娟之前说的话：“下雨呢，你们走不了的。”

这死地来得毫无由头，但确实让他们安分了一晚上。

第二天清早，闻时下楼的时候，看见消失一夜的陆文娟从厨房里出来，指着外面说：“雨停了，村里要办大沐，你们收拾一下跟我走。”

她用手指梳了一下头，又想起什么般问道：“对了，昨晚你们睡得还好吗？”

闻时说：“很好。”

陆文娟点了点头，又去仔仔细细梳她的头发。

村里有一片树林环抱的空地，很多条小路都能通往这里。树林里烟雾蒙蒙的，看不到远处什么样。

此时这块空地上已经围聚了一大批人，乌压压地绕了好多圈。

八个村民，四男四女，分站一角，在他们中间，堆放着一些干柴，还有一个穿着大红袍的人戴着面具，站在众人前面，像一个头领。

只是没过几秒，头领自己掀了面具，抹着脸上的汗问其他人："你们在等谁啊？"

他旁边站着一个圆脸的中年男人，梳着老式的发髻，正是村长老吴。老吴捧着一本册子，抓着一支笔，一边勾画一边回答他说："等需要大沐的人。"

头领道："有哪些？"

老吴给他指了册子上的一排名字。

头领定睛一看，念道："狗剩？二蛋？石头？唔……"

"这都什么名字？"领首说。

老吴解释道："贱名好养活。"

"噢。"头领点点头，又抓耳挠腮地说，"我这红床单必须披着吗？太热了。"

老吴面色严肃道："这是神袍。"

头领说："行吧，你说是就是吧，你们村真奇怪。"

老吴在册子上圈圈画画，之后问头领："对了，您叫什么名字？"

头领下意识答道："周煦。"

说完，他又想起来名字不能乱报，便生生拖长了音节，在后面加了个"恩"。

老吴确认道："周煦恩？"

"对。"

这个披着红床单的不是别人，正是周煦。他跟着张岚和张雅临在岱东追完一车猪，又撒了一波气，这才辗转到了津港。

张岚拿追踪金纹纸一顿拍，最后得出结论说沈家徒弟跟谢问他们一起进笼了。于是姐弟俩又开始强行找笼门。结果不知是这个笼比较奇葩，还是他俩手抖，进笼的时候，三个人不小心分开了。

周煦摸黑进村，就近挑了一户人家敲门，刚巧敲的是村长老吴的门。

老吴可能精神有点问题，人神神道道的，一看见周煦就说他有神相，说村子里即将举行大沐，需要一个能通神的人扮一下主持。

周煦自己翻译了一下，觉得村子里应该是要跳大神，缺一个吉祥物，就逮住他了。

于是这天一大清早，他就被老吴蒙了红床单，套了一个面具，带到了这里。

周煦抹完汗，又问老吴："那些需要大沐的人来了之后呢？我要干吗？"

老吴说："你举一下这个幡子，然后说'礼起，可以开始了'。"

"就这样？"周煦问。

老吴点了点头，指着那堆柴火说："就这样，然后那些人就会进到这里面。"

他说完，冲那四男四女示意了一下。

那八人转头点了八个火把，丢进了柴火堆，大火呼啦一下烧了起来。

周煦："……"

他扭头问老吴："你再说一遍，这个仪式叫什么？"

老吴答："大沐。"

周煦问："你确定是大沐？"

老吴正要回答他，就听见外面一片嘈杂，接着人群让开一条道。六个人依次顺着那条道走了进来。

老吴一看，在册子上大笔一画，圈了那串贱名，对周煦说："人来了，准备起礼吧。"

周煦举起手里的幡子，然后扭头一看……看到了闻时、谢问、张岚、张雅临、老毛、夏樵。

周煦"嘎嘣"一下，扭了脖子。

老吴催促道："你喊礼起啊，可以开始了。"

周煦在面具底下瓮声瓮气地说："这六个人里面有三个人你烧不起，我也烧不起，要不你把我烧了吧？"

老吴："……"

那八个负责点火的人"扑通"跪地，两手前伸，趴伏在火堆周围，闷着头念念叨叨，像在背诵着什么经文。

村子里其他人则低垂着头颅，双手合十，在外围绕着圈慢慢行走。陆文娟也在其中，不过她并不算太认真，走几步，就忍不住朝闻时、谢问他们几个看一眼。

有个年纪近百的老太太德高望重，在村民中处于特殊地位——领哭。她走了一圈便张开没牙的嘴，哇哇开始干号，其他人顿时跟上了节奏。

闻时有一刹那的恍惚，仿佛回到了曾经噩梦缠身的少年时期，每一次尘缘四散、每一次强行洗灵的过程中，他都会听到类似的声音。

所以听到哭声的瞬间，他的头就开始疼了。

于是全程他的心情都糟糕透顶，自然没有兴趣去关注多出来的张家姐弟，也没有注意到那两人，尤其是张雅临频频投过来的目光。

在别人眼里，这时候的闻时简直冷若冰霜。

村民们走了三圈，哭了半天，就等着头领举起长幡，结果转头一看——头领跟村长老吴扭打成一团。

老吴攥着周煦的手腕，试图帮他起礼。周煦的身材虽然有些单薄，但手劲不算小。就见他伸脚一绊，两手一扭，跟老吴拧成了麻花。

“真不能烧！你这老头怎么这么犟？！”周煦的脸被面具捂得严严实实，压低了声音，语重心长地劝道。

老吴被他勒得眼珠都凸出来了，脸却还是煞白的，一点儿没红，强硬道：“不行，不干净的人待在我们这里会出大事！必须起礼，这是为他们好，也是为我们好。我是村长，我得负责任，这是祖祖辈辈传下来的规矩，不能在我这儿坏了！”

“规矩要紧还是命要紧？”周煦问。

老吴说：“祖宗规矩得拿命守。”

周煦说：“我才十五岁！”

他俩的声音都不大，只有他们自己能听见。

于是不论是村民，还是其他几位客人，都不知道他俩在干吗，尤其是客人……

老毛“呲”了一声，说：“那又是跳的哪门子邪舞啊？”

夏樵忧心忡忡道：“我们是不是要被烧了？”

张岚冲闻时一挑下巴，从唇缝里挤出一句：“你别光盯着看，看能看出什么。我反正就觉得长得很帅，别的没了。”

张雅临将闻时上上下下扫视了好几轮，最终目光投向他垂着的手指上，低声说：“学橦术的都知道，看手，你看他的手指骨相——”

张岚顺着张雅临的话，从黑长夸张的眼线尾端瞥出去，想要仔细观察一番闻时的手指，结果却看见谢问别过头，抵着鼻尖闷咳几声，刚好把他俩跟闻时隔断了。

张岚说了一句："我觉得病秧子的手指骨相挺好的。"

张雅临："……"

谢问咳完抬起头，淡淡的目光从他们身上扫过，眼皮一垂一抬间，像打了一个蜻蜓点水的招呼。

这就有点故意了。

张岚顿时就想起了那一卡车的猪，脸拉得比倭瓜还长。

而真正让他们追猪的闻时却连看都没看他们，只忍着头疼，不耐烦地冷声说道："这仪式什么时候结束？"

总之，场面一度非常奇怪，丝毫没有大沐该有的肃穆庄严。

直到天边忽然响起一道闷雷声。那就是夏季最为寻常的雷声，雨期几乎天天都能听到，但这帮村民却忽然僵住，纷纷朝头顶望了一眼。

就连趴伏在地的几个男女都忍不住抬了头，脸上的惊惶十分明显。

村长老吴顿时着急起来，一个鲤鱼打挺，几乎反勒住了周煦，嘴里念念叨叨："在催了，在催了，山神不高兴了。咱们得赶紧，不然雨要来了。"

他反复念叨着"雨要来了"，好像下雨是多么可怕的事情。

周煦被卡得脸红脖子粗，闷在面具底下，差点昏厥过去。

然后他被老吴拉着，强行举起了长幡。

"礼起——"老吴替他喊道。

这可能不太合规矩，村民们都有一瞬间的迟疑。

但很快，又一道闷雷压过来。刚刚还在犹豫的村民乍然沸腾起来，犹如滴水入滚油。他们前赴后继地朝几位客人扑来，想要把闻时他们推进火堆里。

村民里男女老少都有，力气却一个比一个大。

当他们推搡过来的时候，眼睛还在淌着泪，打头阵的还有几个老头老太太。

也许是想到曾经梦里那座血流成河的空城，闻时都将檀线甩出去了，又在檀线打到他们之前反手拽住。

于是檀线像长鞭一样抽在空气中，发出"啪"的一声响。

村民们以为雷又来了，听到响声的瞬间纷纷瑟缩了一下。

这一次，恐惧被暴露得彻彻底底。

"他们怕雷怕雨！"周煦趁着老吴被响声吓到，挣脱出来，摘了面具就冲闻时他们喊。

“你们听见没？他们怕雨！怕雨啊！”周煦越过乌压压的人头，喊得声嘶力竭。

“好像是周煦？”夏樵认出了那道声音，刚想给他哥重复一遍，就被几个村民钳住了手脚，转头就要被抛往火海。

好在闻时不仅听见了，而且在听见之前就已经有了动作——既然一村子的人都莫名其妙怕雷怕雨，那就弄点动静。

他的长指一勾一拽，缠绕的橦线便直直飞向天边。

螣蛇既能破海也能穿云。闻时本是想让他的橦去天边打个转，聚些雨云过来，也不用多么声势浩大，只要撞出点雷鸣之声，让这帮村民先散了就行。

可惜巧得很，这么想的人不止他一个。

张岚条件反射般地扔了八张金纹纸，对应八个方位，也想招点雷电来吓唬吓唬人，用不着什么攻击性，气势够足就可以。

张雅临也缠了橦线，顺手放出去一只白额吊睛、似虎非虎的巨兽。

……

于是同一个时间，天边风云际会。

一个巨型长影从云中直贯而下，带着万钧之力，几个盘转，便将千顷雨云拢聚在一起，像一个巨大的漩涡，奔腾而来。

狂风横穿四方，目之所及，所有树木都在呼啸声中重重地弯下腰，盘结的树根被拔起了大半。

而那只白额吊睛的巨兽从天边纵跃而下，像山一样落于林边，兽口一张，难以估量的吸力简直能把地面上所有东西吞入腹中。

那些奔腾而来的雨云也在这几股巨力之下盘旋翻涌。

眨眼间，周遭整个暗了下来。

层云碰撞间，雪亮的闪电犹如倒栽的巨树，自云霄直劈而下。黑色巨蟒就绕着电光，盘结着从云中穿行而过。雷声紧跟着在天地之间炸响。

那架势，说是要天崩地裂也不为过。

声嘶力竭的周煦已经不叫唤了，他默默仰着头，看着过于浩大的声势，心想：倒也不必……吓唬村民而已，我没让你们翻山倒海啊！

地上的村民早已跪了一片，魂都吓没了。他们惊慌失措、四散奔逃，像被捅了个对穿的马蜂窝。

别说这些村民了，连夏樵都惊呆了。柴火堆被吹得四散满地，火舌燎穿了他的袖子，他都没有立刻反应过来。夏樵还是被一股力道不轻不重地拽了一下，离开那片火，才意识到手臂火辣辣地疼，红了一片。

他转头想看看是谁拽的他，却发现周围一个能够到他的都没有。他下意识以为是他哥甩了檀线，但他连线的踪影都没看到。

倒是谢问朝他这边瞥了一眼，而后便抬头望向天际。

夏樵顺着谢问的目光看过去，看到了闻时的黑蟒在九天之上穿云而过，周身泛着一层隐隐的红，像马上就要冒出烈火来。

谢问在风里眯着眼，又低头朝四周地面扫视了一圈，不知在想些什么，垂在身侧的手指动了一下。

闻时就是这时候转头看向他的。

“你在看什么？”闻时顺着他的目光朝地面看过去。

这里不知举行过多少次大沐，烧过多少柴火，本就是一片荒地，仅有的一些草木也在狂风中被连根拔起，不知飞去哪儿了。

谢问扫视过的地方，除了飞沙碎石，别无他物，就连闻时也看不出有什么问题。

他疑惑的表情很明显，谢问抬眸看向他，而后又朝地面扫视了一圈，这才收回目光，屈起的手指也垂了下去。

那一瞬间，谢问闭了一下眼睛。

闻时觉得他有点不对劲，但他睁开眼时，神色已经恢复如常。他冲闻时笑了一下，说：“我看错了。”

“你看错什么？”闻时又朝地面看了一眼——这么荒凉的地方，明明连个能被看错的东西都没有。

“没什么。”天地间被乌云压得昏黑一片，谢问的表情很难看清，他说完冲闻时弯了一下眼睛，眸子里是模糊的笑意，“你别这么刨根究底，给我留点面子。”

闻时看着他的眼睛，正要再开口，云上又是一阵炸裂的惊雷，接着大雨便泼了下来。

村子里到处是村民们惊慌失措的尖叫声，仿佛下的不是雨，是菜刀。

陆文娟匆匆跑了过来，拽了夏樵又拽了周煦，冲其他几人叫道：“你们别愣着啊！下雨了，外面不能待，赶紧跟我回家！”

“什么意思？为什么不能待？”夏樵差点被她拽得摔一个跟头。

陆文娟转过头来，幽幽地问：“你知道山里下一场雨，东西就长得特别快吗？”

“什么东西？”

“你猜。”

“砰砰”的关门声接连不断，鸡鸣狗吠混杂着惊慌失措的尖叫，统统隐在门后。

一眨眼的工夫，整个村落成了一座空城。

陆文娟的房子在村落最西端的边缘处，众人跑过来的时候，回头望了一眼，就见大雨砸起了地上的烟尘，四处都是雾蒙蒙的。

这里的地势并不平坦，绵延起伏，像一个不算陡峭的山包，那些装饰不一的二层小楼就坐落在其中，高高低低，再被雾气一罩……

虽然众人有了心理准备，但冷不丁看到这一幕，还是觉得毛骨悚然。

只是在门口多停留了一会儿，陆文娟就尖声催促道：“快进来！”

她伸手就来拽人，手指攥得周煦“嗷”了一嗓子，当场抓出五道红印。

“阿姨你能轻点吗？我是肉做的！”周煦直抽气。

他的胆子其实不比夏樵大多少，但仗着场上人多，他对着陆文娟丝毫不怵。

陆文娟被他一声“阿姨”叫蒙了，怔了几秒才道：“你别看了！再不进来，那些东西就要长出来了！赶紧进来！”

她不说还好，这么一催，走在最后的闻时和谢问反而刹住了脚步。

不止他俩，张岚姐弟和老毛也都停下了，愣是杵在门口等了起来。

周煦和夏樵胆子不大，又憋不住好奇心，以老毛为掩体，在后面探头探脑。

“要等多久？”谢问甚至还回头问了陆文娟一句。

陆文娟：“……”

陆文娟在心里想骂人，血都要呕出来了。

不过下一秒，她的脸色唰地就白了。因为空城一般的村子里忽然响起了某种怪声，嘎吱嘎吱的，混杂在沙沙的雨声里，显得特别诡异。

众人顿时屏住呼吸，侧耳仔细听着。

“好像在那边。”张岚皱着眉分辨了一会儿，朝不远处的林地指了一下。

但很快她又否定道：“不对，在这边。”

她的手指往近处挪了一截，指着对面的一栋小楼。再然后，她边听边调整着方向，手指一点点地移着……最终停留在了陆文娟家门口。

在她的手指停下来的瞬间，众人的脸色已经变了。

因为这时候那种嘎吱嘎吱的动静已经挡都挡不住了，就好像有什么东西蜷缩在地下，只隔着一层薄薄的水泥壳，试图破地而出。

就在这时，周煦忽然听到了一阵拍打声。

他是一个很容易走神的人，所以瞬间就被引开了注意力。他转头找了一下声音来处，发现陆文娟东侧房间的屋门敞着，窗帘也没拉，从他这个角度，可以看到窗户外站着一个人。

刚刚的拍打声应该就是那个人发出来的。对方把脸凑近玻璃，苍白的面孔在水汽下有点模糊不清，只能感觉他转着眼珠，似乎在看屋里的情况。

“那是不是你邻居，找你有事？”周煦盯着那处，拍了拍陆文娟。

陆文娟茫然地转头，朝那边看了一眼。

下一刻，窗外的人忽然冲他们张开了嘴。

那张嘴极大，张开的瞬间，仿佛上半个脑袋都朝后掀去。

“我的天。”周煦叫了一句。

紧接着，他便感觉到一阵头晕目眩，仿佛灵本被什么东西隔空吸了一口。

他扶着门框就开始干呕。

他弯腰前的最后一瞬，看见门口的地上裂开了无数条缝隙，一些黑色的杂草从缝隙里长了出来，纠缠盘结，被雨打得湿淋淋的，贴在地面上。

他埋头呕了好几下，才猛地反应过来，那根本不是杂草，是头发。

地上先是长出了头发，接着是白色圆盘似的怪物脸，再然后是四肢。

它们就像野猫野狗，或是少了几条腿的蜘蛛，却长了一张酷似人的脸。

它们伏在地面上，移动的时候四肢齐挪，会发出沙沙的声响。如果它们贴着墙直立起来，就跟周煦看到的那个“邻居”一模一样。

陆文娟看到这东西的瞬间，就吓得蹦了起来，不管不顾地把闻时他们拉扯进屋，然后死死关上了门，还把各个房间的窗帘都拉上了。

隔着一层门板，可以听到外面沙沙的爬行声越来越多、越来越响，仿佛顷刻之间，满村都长出了这种东西，爬得到处都是。

不过这种动静并没有持续很久，仅仅几分钟，整个村子便复归寂静，至少听上去只剩下雨声。

闻时撩开窗帘朝外看，发现窗外的场景变得跟屋内一模一样，跟他半夜开门是一个结果——外面又成了死地。

这下别说陆文娟了，连他们也别想出门。

“刚刚那究竟是什么东西啊？”夏樵惊魂甫定，回想了一番又说，“我怎么感觉在哪儿见过？”

陆文娟幽幽地说：“那是怪物。”

这个词对闻时来说实在有点特别，他拨着窗帘的手指动了一下，转头朝陆文娟看了一眼，就听见谢问说道：“错了，那是惠姑。”

“惠姑？”夏樵乍一听到这个词，感觉有点耳熟，却又没能立刻想起来，好在闻时提了一句：“你之前见过。”

夏樵这才想起来，闻时刚来沈家的那个夜里，他们看见的三个怪物就叫“惠姑”。只是他后来没再见过这类东西，便忘了。

他只记得闻时当时说过，这是一种从地里爬出来的东西。

“一些腌臜玩意儿。”张雅临颇为嫌恶地解释道，“按书里的话说，黑气越重的地方越容易生出这些东西，所以像大的笼涡，甚至更麻烦的地方，有时候会爬出几只甚至几十只来，弄死了还有，总是除不干净。”

“也不能这么说。虽然它们本身确实是秽物，但有些时候还是派得上正经用场的。”张岚补了一句，“你看它们找人找东西都很厉害，当然了，前提是不能害人。”

张雅临露出了不太赞同的表情，但鉴于对方是他亲姐，所以没有张口驳斥。

况且，除了比较老派的人，比如他自己，现世很多解笼人捉到惠姑之后，都不会直接弄死，确实会借它们偷食灵本、借灵物的天性来找笼或是帮点别的忙，再在引发危险之前，把它们解决掉，或是卖去处理，只要把握好那个度，不是大问题。

但张雅临始终接受不了这种做法，可能是有点洁癖吧。

夏樵对于姐弟俩的分歧没什么想法，只觉得惠姑这玩意儿让他很不舒服，三两只还行，多了就让人头皮发麻。

而刚刚门外那架势，别说几百只了……简直满村都是。

“要是这么说的话，这个村子岂不是比笼涡还严重？”夏樵喃喃。

“是，所以这笼真的有点邪门。”张岚把晕乎乎的周煦弄到沙发上躺下，忍不住咕哝了一句，“普通人的笼哪里会是这种样子。”

这位姑奶奶虽然身经百战，但直来直去、有一说一，并不会为了拿架子故意把麻烦说得简单。

张雅临从厨房拿了一个盆过来，塞进周煦怀里，在一旁的沙发上坐下，斯斯文文地指着盆说：“你冲它呕，别冲我。”

周煦的舌头都要呕长了，也没吐出什么东西来。他跟小狗一样喘了一会儿气，搂着盆虚弱又死要面子地说：“我来之前感冒呢，不然也不会这样。”

在场的人中，除了他以外，没人反应这么大，就连胆子比鸡小的夏樵也都好好站着呢。

“你拉倒吧，不感冒，你也这样。”张大姑奶奶当场拆台，又撸了一下他的脑袋说，“唉，怪我，入笼这种事，我还是应该找大东，不该把你逮过来——”

张雅临用力清了清嗓子，又朝闻时的背影瞥了一眼，提醒他姐稍微注意一下言辞。

张岚把“带路”两个字咕咚咽回去，改口道：“还是怪小黑，预测了个什么玩意儿，不然我也不会——”

张雅临又清了清嗓，姑奶奶再次改口，点着周煦说：“反正你这体质，还是能不入笼就不入笼吧，灵本没常人稳，太容易出事了，不怪碧灵姐拦着你。等从这边出去了，我还得领着你给她赔个不是。”

周煦一听这话，登时弹了起来，忙道：“我妈那是夸张！光是最近我都入了三回笼了，不也活蹦乱跳的吗？小姨，你不能用完我就——”

张雅临翻了一个白眼，第三次清了清嗓。

“你别清嗓了，费嗓子，也不大好听。”谢问在一旁的沙发上坐下，顺手把空杯子朝他面前推了一下，说，“你不如倒杯水喝。”

张雅临：“……”

比起张岚，他比较像大家闺秀，除了解笼，平日里大门不出、二门不迈，跟谢问接触的次数更是屈指可数，反正不如张大姑奶奶多。他们仅有的碰面都是客气而疏离的，难得这么近距离地接触一回，他就被拆了个大台。

但张雅临是一个见过世面的人，不至于这么容易从台上垮下来。他绷住了脸，道："最近天气湿热，我的咽炎犯了。"

窗边的闻时终于撂下帘子，转身往沙发这边走。他眼也不抬地说："猪都追过了，咽什么炎。"

张雅临："……"

如果说谢问拆台是漫不经心地拽一把台柱，那这位是拎着炸药来搞爆破的。

可能是话太直白了，谢问直接听笑了，别过头闷咳了一会儿。

闻时扫了一圈周围，最长的沙发被张岚、周煦和夏樵占了，一张单人沙发被张雅临占了，另一张谢问坐着。

"我让给你？"谢问转回头，只看一眼就知道闻时在琢磨什么。

结果他刚要起身，就被闻时拒绝了。

"不要。"闻时低声说了一句，就坐在了谢问沙发的扶手上。

扶手很宽，也不算太高，临时充当一个座位十分正常。他本想问问张岚姐弟尾随他们干吗，结果真坐下来就感觉这位置有点微妙。但这时候他再起身改成站着，只会更微妙。于是闻时拆着手指上缠绕的幢线，没动。

相比他而言，对面的张雅临明显更坐不住。姐弟俩以前接触的人大多是委婉派，就算是直脾气，冲着他俩也会收敛一些，像闻时这样的，真不多见。

张雅临尴尬了半天，索性摊开来说道："我们这做法是有点冒昧了，但确实太过好奇。"

"好奇什么？"闻时扯着幢线抬起头。

"好奇为什么你实力不俗，名字却上不了名谱图。"张雅临想了想又说，"好奇你究竟是哪里冒出来的天纵奇才。"

闻时："……"

这人说话太正经，就显得有点酸，他听不太惯，便硬邦邦地回道："我不是什么天纵奇才，学了很多年。"

这话本来也不假，所以闻时说得既真实又坦然。

"至于为什么没名字，"闻时蹙了一下眉说，"问你的图去。"

其实他是想不出借口，所以把问题扔回去了。但那一下皱眉，在张雅临这种惯于委婉和弯弯绕绕的人看来，带了一种抱怨和不满的情绪。

所以他理解为，不是沈家这个徒弟心思深重有隐瞒，而是图真的有问题。

鉴于后来名谱图的修葺出自张家之手，所以张雅临莫名有点理亏，不知不觉落了下风。

“对了，我刚刚看你放出去的幢，好像接近于螣蛇？”张雅临说。

他依然很委婉，说的是“接近于”，其实差别还是有一些的，比如沈家大徒弟的螣蛇没有翅膀，也没有周身流火，最多鳞片有点泛红，像没能燃起来的火星子。

最重要的是，这次他看到了，那蛇锁链缠身，只是锁链比大多数幢师要少。

这已经非常非常厉害了，在张雅临生平见过的人里，确实排得上一或者二，无怪乎沈家那条线能一跃而上，跟他并肩。

不过比起真正用螣蛇的那个人，这还是差远了。

张雅临带着厚厚的滤镜和几分理性，在沈家大徒弟和偶像之间看出了天壤之别。

“我说句不怕你笑话的话，前几天我听大东和小煦形容你的幢，下意识就想到了一个人。”张雅临为了缓解尴尬，也让闻时他们放下戒备，干脆把自己的心路历程都说了一遍，“你学幢术的，肯定知道当年那位老祖最常用的幢也是螣蛇。”

“当然了，解笼人虽然将寿命修得比常人略久一点，但也逃不过生死。那都是始祖级别的人了，跟其他几位老祖一样，早就是一抔黄土了，人死如灯灭。”张雅临斯斯文文，又颇为认真地说，“但保不齐你是他的某个后代。”

张岚作为八卦满级的人，适时插了一句：“人成亲了吗？就后代。”

张雅临默然一秒，转头看向姐姐，无语道：“我当然知道没有。”

“后来我想想，觉得我当时的反应是有点可笑。”张雅临又转回来对闻时说，“但你的实力摆在那儿，我跟我姐就忍不住想来看看。我听我姐说，之前她跟你有点误会，我们就想借这个机会跟你接触接触，如果能多个朋友，那当然再好不过。”

可能是为了交朋友吧，张雅临选了一个最保守的角度，从喜好入手。

他想了想那条螣蛇，问闻时：“所以你也很欣赏那位老祖吗？”

这个“也”字就很有灵性。更有灵性的是张大姑奶奶习惯性给弟弟拆台，在旁边补充了一句：“欣赏到留着那位天纵奇才的老祖几样东西当宝贝，早晚上香请安，出门还要随身携带。”

张雅临：“……”

闻时直接听麻了。倒是谢问忽然开口道：“我很好奇，你留着那位天纵奇才的祖宗什么东西当宝贝？”

虽然老祖这个词当面用在模样年轻的闻时身上确实不合适，但改成祖宗又有点别的意味，尤其是从谢问口中说出来。

闻时捻了一下耳垂。

然后他就听见张岚在卖弟弟：“枯枝、棉线、指骨。”

闻时：“……”

他默默瞥了一眼自己的手指，实在没忍住，对张雅临说：“你跟他有仇？”

托张岚的福，很多人都知道张雅临供着老祖的指骨。但除了张大姑奶奶自己，没人会当着张雅临的面拿这事当作调侃。毕竟张雅临对外的性格并不活泼，你调侃完，他可能会板着死人脸看你。像闻时这样直接问是不是有仇的，简直罕见。

张岚在旁边已然笑翻了。张雅临措手不及，憋了半晌才道：“众所周知，当初那几位老祖的脾性迥异于常人，除了一位，连坟冢都不留，旧物遗物屈指可数，能找到一样都是万幸了。虽说指骨这东西听起来有点怪异，但你细想一下，跟普通人家里珍藏的古董是不是一个意思？”

闻时细想好几下，也不觉得这是一个意思。

张雅临明显有点羞恼。虽然他表面上还维持着涵养和礼数，但语速越来越快，脸皮还泛起了薄红，飞快解释道：“况且我也没有给老祖遗骨打蜡上漆再加个底座，放出来当炫耀的摆件。我是拿匣子装着，每日上香，这就好比香火供奉，既表恭敬也表诚心。你供过什么祖辈吗？”

他不提还好，一提这个，闻时就想起了客厅里那张青面獠牙的尘不到画像。

当初谢问第一次到沈家，就在那幅画像前欣赏了一会儿，还问过是谁画的。

这事同样不能细想，越想，闻时的脸越瘫。偏偏他身边沙发里的人还转头看着他，不知道是在等他回答还是看他笑话。

闻时越发觉得自己坐了一个“好地方”。

可能是他的表情过于冰冷，张雅临没感受到共鸣，破罐子破摔般地摆了摆手说：“算了，也不是什么要紧事，闲聊罢了，略过吧。”

要不是教养在那儿，他就要指着闻时说“我跟你讲不明白”了。

结果闻时在略过这件事之前，说了一句：“都说遗物难找，你怎么确定你那指骨是真的？”

这对闻时来说，是一种十分委婉的提醒方式。毕竟天天对着一个赝品上香，显得不太聪明。张雅临天之骄子，估计受不了这种打击。

谁知张雅临更受不了这个“委婉”的提醒。

他斯斯文文地冲闻时微笑了一下，拂袖而去。

张雅临问了陆文娟一句，然后上了楼。张岚趴在沙发背上，冲着弟弟的背影叫道：“你上去后记得把小黑放下来，有事让他转告你。”

结果张雅临连头也没回，背上如果能写字，应该写着一个“滚”字。

张岚转回头来，对闻时和谢问说：“他生气了。你们别看他人模狗样的，好像特别稳重老成，其实是一个小气鬼。”

她仿佛天生自来熟，几句玩笑话就把之前尾随他们的尴尬盖掉了，好像她本就是跟他们结伴来的津港。

不过现在也不是计较这个的时候。

陆文娟去厨房忙了一阵，又端了几碗茶汤来，说：“这是安神的，你们喝吧，喝了晚上才能睡个好觉。”

闻时想起昨天晚上她临下楼前也说了一句“最好是一觉睡到大天亮”，联想到后来半夜的心魔，忽然觉得陆文娟虽然神情怪诞，但也许并不是想要坑害他们。

他这么想着，把端起来的茶汤又搁回茶几上。谢问瞥了他一眼，他本来不想多说，静默了一会儿，还是低声道：“我试试。”试试不喝的话会怎么样。

果然，陆文娟匆匆过来，眼睛盯着茶汤看了片刻又转向闻时，问道：“味道很好的，你不喝吗？”

“我不想喝。”闻时说。

陆文娟的眼睛一眨不眨地看着他。她弯着眼睛笑起来时的样子很诡异，胆子稍小一些的，被她看两眼都被吓得乖乖听话，偏偏闻时没反应。

“茶汤的味道真的很好，我煎茶很厉害的，你不尝一下吗？”陆文娟不依不饶，“不喝很可惜的。”

她顿了一下，又幽幽地补了一句：“真的很可惜。”

这语气像极了电视里的对话，夏樵在旁边打了个寒战，撸了撸身上的鸡皮疙瘩，生怕他哥少喝一盅汤，就会变成电视里的姑娘。

闻时丝毫不为所动，懒懒道：“随便吧。”说完，他就要起身离开。结果陆文娟一把摁住他，眉头紧拧，疑惑地说：“你没看电视吗？”

闻时这才抬眸看向她。

“你们看了的。”陆文娟笃定地说，她又放轻了声音，“你再想想，真的不喝一口吗？”

她似乎在变相威胁闻时：电视里已经把后果都放出来了，你不想那么惨吧？

谁知一个声音不疾不徐地横插进来：“你这么希望我们看电视里的东西吗？”

陆文娟转过头，看到谢问用长指握着茶盅，冒着白气的茶汤在他掌中凉下来，一丝热气都不再往外散。

“那倒真是有点奇怪。”谢问说。

陆文娟这才从茶盅上挪开眼：“哪里奇怪？”

“你看。”他跟笼里的人说话，都好像在闲聊谈心，“饺子我们都吃了，没碰到什么事。汤我们也喝了，同样没碰到什么事。真要吓唬人，这就太没意思了。”

“怎么才叫有意思？”陆文娟盯着他。

“一句不提，随便我们吃不吃，你就在旁边看着。等一觉睡起来，吃了的人好好走出门，没吃的人从房里滚出来，才是真的印象深刻。”谢问说。

陆文娟：“……”

别说陆文娟了，其他人都一副见鬼的样子看向他。

闻时默然片刻，目不斜视地挪脚踩上谢问的鞋。

谢问停顿间似乎笑了一下，也没让开脚，继续道：“你这么希望我们看电视，显得你好像不想让我们出事。”

陆文娟紧扣着手没说话。

良久之后，她长舒了一口气，说：“你们才真是奇怪。”

“怎么说？”谢问道。

“以前有人来，我总会直接告诉他们夜里不安全，容易出事，便在汤里加了点东西，喝了之后能一觉睡到天亮，不会醒。结果呢？没人信我。”陆文娟说着停了一下，不知是无奈还是嗤笑。

“每一个不小心来到这里的人，都怕我，防着我。”陆文娟指了指自己的眼睛，“我好声好气笑一下，他们都觉得我在琢磨什么坏东西。”

“有一阵子我被弄得有点气，专挑他们偷偷看我的时候窝在厨房啃爪子。”她有点恶劣地放低声音，说，“像人手的那种。”

闻时：“……”

“他们立马吓死了，特别听话。”陆文娟说，“所以后来我索性也不劝了，让他们自己看，看了电视，我再神神道道吓唬一下，他们保准什么话都不问，给什么吃什么，省得我费尽心思还被当成坏人。”

“我明明长得挺和善的。”她一只手叉着腰，看着窗外有点出神，片刻后才抱怨似的说了一句，“不就因为被水淹过吗？”

这话一出，所有人都愣住了。

闻时进过很多笼，像这样清醒地知道自己出过事，还能平静地讲出来的笼中人少之又少。

“你知道自己被水淹过？”张岚试探着问了一句。

“我当然知道，我清楚得很。”陆文娟说道，“我在家附近还待了好一阵子呢，喏——这栋房子，我看着我爸妈买的。这组沙发、电视，屋里那些摆件，也是我看着他们搬来的。”

“他们搬来的时候，我就蹲在远处看着呢。”陆文娟转过头去，睁大了眼睛看着窗外，又飞快地眨了好几下眼睛。

他们买了太多的东西，好像生怕她没地方落脚，恨不得给她造一个一模一样的家。

那些东西收拾起来真累啊，她还看到他们两个老人家眼睛通红，怎么抹都是湿的。她想帮他们抹一抹，又帮不了；想抱抱他们，又不敢过去。她绕着他们兜兜转转很久，最后只能蹲在地上呜咽。

他们收拾了多久，她就在远处蹲了多久。

某个瞬间，她觉得自己好像回到了很小的时候，爸妈坐在门口的木凳上干活，她扎着两个冲天羊角辫，穿着老式的汗衫短裤，安安静静地蹲在旁边看。

那时候她想，要是她有勇气跟爸妈说说话，哪怕擦一擦眼泪，说一句“保重身体”呢？

“那你是怎么来这里的？”闻时问。

可能就是那个瞬间遗憾太深吧……

陆文娟想了想说：“我记不太清了，就记得我爸妈整理完那些东西，他们俩相互搀着走出来，我便跟着站起来，然后头一晕。等到我再睁眼，就在这个村子里了。”

“这不是你们住的那座山？”闻时问。

陆文娟愣了好一会儿，她忽然从这个人身上感觉到一丝久违的善意。

“不是，我们村子不大，山就那么一座。”陆文娟垮下肩膀，就像一个和善漂亮的普通人，“山上住着的人多多少少都认识，但这个村子里的人，我不认识。”

不认识？闻时皱起了眉。

“他们相互之间好像也不是最初就认识，有些是不同地方的，就像是被卷过来的。你听他们的口音也不是当地的呀。”陆文娟说。

谢问说：“那你说这里一直以来都有一些习俗——”

陆文娟解释道：“确实有，但我也是被教的。具体什么情况我不清楚，大概只有村长知道得最多。”

“昨晚的饺子是村长送的吧？那是什么意思？”夏樵还是对昨晚的东西心有余悸，忍不住问道。

陆文娟迟疑片刻后说：“为了挑人。”

闻时问：“挑什么人？”

陆文娟答：“山神祭品。”

众人满头疑惑。闻时、谢问还好，毕竟听过太多类似的事情，但周煦、夏樵他们就感觉这有点违和了，毕竟如今是现代社会，谁信山神啊。

但他们转而又想，现代社会也没什么人知道解笼人不是吗？

陆文娟知道得有限，只能简单给他们讲一下。

据她说，这个村子最初不是这样的。

早在很久以前，她还没来这儿的时候，这里的生活很平和，村民们日出而作，日落而息，自给自足，伴着鸡鸣狗吠，让这里像一个藏在角落的世外桃源。大家唯一的讲究就是干净。住在这里的人要干净，不小心误入这里的人也要干净，因为不干净会引起大祸。

后来不知从哪日起，村子里忽然变了天。村里的人一睁眼，发现自己所住的这片土地变大了，边缘多了一些新的房屋，里面住着没见过的人，好像一夜之间，悄无声息地搬来了一些住户。

再后来，他们每天睁眼，几乎都会发现这种事情。这怪事持续了一阵子后，便流传出一种说法，说这个依傍着山的村子是活的，会长大。

陆文娟就是那时候来到这里的，她来这儿的第三天，就碰到了一场大雨。

村长说，这里之前从没下过这样的雨，偶尔有，也是细如牛毛、沾衣不湿的，倒是冬天常会下雪，大得像山里的雪，一夜就能积得很厚，孩子们喜欢玩。

在那样一场罕见的大雨里，地下爬出了东西，爬得满村都是，就是闻时他们所说的惠姑。

惠姑生于污秽、长于污秽，以灵本、灵物为食，一爬出来就到处抓村民。

那一场雨后，村里很多房子都空了。

"但那些人没有消失，有时候半夜我们会听到那些人的说话声，"陆文娟指了指脚下说，"就在地底下，好像他们只是转化成其他东西了。"

村里很多人都听过那些声音，所以后来惠姑再爬出来，他们总觉得里面有那些消失的村民。甚至有人说，其中一些惠姑就长着村民的脸。

村长便说，这是这块土地不高兴了。既然村子是活的，会长大，自然也会生气、会肚子饿。而这个村子又是傍着山的，这些说法便移植到山神的头上。既然山神饿了，那就得定时喂一些东西，免得再放那些东西出来四处抓人。

陆文娟说："村长觉得，原本大家在这儿住得很平静，山神也从来没闹过，后来突然变了，一定是受了外来人的打扰。所以要喂山神，就不能从村民里面挑，得从外来人里找一个。"

话说到这里就很明白了，老吴送来的饺子就是给客人吃的，那么饺子里的彩头，显然是为了挑那个投喂山神的人。

"幸好，咱们昨天谁都没吃到。"夏樵长舒了一口气，却听见陆文娟说："你们吃不到那个的，我拿饺子的时候就挑过，你们要是吃到了，就是我的问题了。"

话音刚落，捧着盆的周煦就抬起了头。

他呕了小半天了，这会儿脸色煞白。他默默地举起手说："你们说的饺子，我昨天在村长家也吃了。你们说的彩头是包着的铜币吗？"

众人纷纷看向他。

周煦的手都抖了，说："我吃到了三个。"

陆文娟说："每次总共就三个。"

周煦问："吃完了饺子，然后呢？"

陆文娟默然片刻，说："说明你跟山神有缘，洗洗干净，准备夜里上山吧。"

周煦："……"

这算什么缘啊！周煦在心里呐喊。

他不知道山神是何方傻瓜，反正他已经凉了。

这个荒村的夜晚从来都不平静。

陆文娟说，之前误入这里的客人待上几天就会越来越古怪，冲动、易怒、暴躁、哀怨……好像所有内心深处的东西都会被这片土地勾出来。

关于这点，闻时他们并不意外，毕竟这里能爬出满村的惠姑，比笼涡还要麻烦。

陆文娟还说，客人大多是在夜里出的事。她就曾经见过一个女人在一个下暴雨的夜晚中邪似的冲出门去，拦都拦不住。

"结果呢？"

"你们见过门外什么样吧？"陆文娟说，"一到雨天，不只那些东西会爬出来，门外还会变得像镜子一样。结果就是她冲出去了，然后再也没回来。"

门外像镜子是因为那里是死地。至于那个女人为什么中邪似的冲出去，恐怕跟心魔脱不了干系。

所以从那之后，陆文娟便给每个误入这里的人喝饺子汤。她在里面加了药，能让人睡得死一点。

"这再怎么样也比不明不白地消失在世上要好得多吧。"陆文娟说。

她的初衷很好，可惜她精心准备的饺子汤对闻时他们不起作用，该醒还是醒，该入心魔还是入心魔。

所以当夜幕降临的时候，屋里这群人就开始发愁了——分房间是个问题。

楼上有四个房间，张大姑奶奶必然独占一间，谁都不敢跟她拼房。周煦很可能被村长带走当祭品，作为长辈，张雅临必然得看着他，所以他俩一间。

原本剩下四个人也很好分房间，闻时、夏樵"兄弟"俩一间，谢问、老毛一间，理所当然。

偏偏夏樵在关键时刻反水了，要跟老毛睡。

闻时盯着他，嘴里蹦出两个字："理由。"

夏樵怂得有理有据："哥，你知道的，我容易入心魔，根据前一晚的经验，心魔还都跟你有关。万一我一睁眼，好几个你躺在旁边……”

他试想了一下那个场景，认真地说：“那我可能当场就过去了。”

闻时：“……”

夏樵说：“就算我没过去，我吓疯了的时候什么事都干得出来，而且会断片儿的，我不知道会不会连打带踹干点什么。要是我分不清谁是谁，那就要命了。”

那确实很要命。因为心魔这个东西，最好的办法就是在它刚出现的时候立刻解决，但凡稍有犹豫或心软，那就很可能再也出不来了，而且心魔存在得越久，人越难以分清幻境和现实。这与强弱无关，就算是闻时，也有点怕这种东西，毕竟最难控制的就是人心，没人想变成疯子。

所以夏樵的理由闻时没法反驳，但这不代表闻时不想打他。

结果这个笨蛋又说话了：“幸好哥你没有心魔，不用避开什么。我看谢老板好像也没事，刚好你俩一间嘛。”

闻时：“……”

笼里的时间依然忽快忽慢，眨眼的工夫就到了深夜。

外面哗哗下着雨，其他房间的人早已不知不觉睡着了，就连跟山神有缘的周煦都打起了不轻不重的呼噜，也不知道是陆文娟那碗饺子汤的效果，还是这个村子夜里特有的效应。

所有人都在梦里，除了闻时和谢问。他们待在二楼最角落的房间里，一个站在老式的雕花窗边，一个抱着胳膊斜倚着床架参禅。

屋里是不可言说的静默，像一种无声的对峙。

雨水斜拍在模糊的窗户玻璃上，透过木框的缝隙飘来泥土的潮味。闻时朝窗外看了一眼，看到的却是屋里的影子。

谢问半垂着眸子，好像在看他，又好像只是看着虚空中的某一点。

玻璃上蒙着水汽，分辨不清东西。

闻时眯了一下眼睛，就听见谢问说：“你困了，为什么不睡？”

他确实困了，眼皮发沉，恹恹地强撑着，所以回话几乎没过脑：“你说为什么。”

谢问愣了一下。

闻时才反应过来自己说了什么。

夏樵下午才说过，没有心魔就不用回避什么。他现在这句话几乎是把自己卖了，只要谢问顺着再逼几句，那些掩藏的东西就会毫无保护地摊开来。

这实在不是他平时会说的内容，只怪这个笼太过特殊，会让人变得古怪，又或者是困倦之下的冲动作祟，让他泄露了一丝丝本心。

说完他就后悔了。因为这世间有些事就是这样，不戳破还能说一句心照不宣，戳破了，或许连心照不宣都只是虚影。

闻时移开视线，蹙了一下眉。他正想岔开这句话，却透过窗户玻璃发现谢问的反应有些奇怪。

谢问听了闻时反问的话，目光有一瞬间的迟疑，似乎朝旁边偏了一下头，不知道是在看向什么。

闻时朝那里瞥了一眼，空无一物。

而等他回过神来，谢问已经近在咫尺。

他来得无声无息，闻时的呼吸滞了一下，脖颈的线条都绷紧了。

"你……"

闻时差点以为自己又撞见心魔了，下意识朝床架边看去。

那里没有人。这应该是真的谢问。

但这个谢问确实有点奇怪。准确而言，自从入了夜，周围没有了其他人，他就跟白天不大一样，变得格外沉默，常常会陷入长时间的呆滞里，不知在想些什么。有时候闻时说一句话，他总会过几秒才答，不知道是困了还是别的什么……以至于闻时都有些不确定了。

闻时看着近在咫尺的人，低声道："谢问？"

谢问没有立刻应声，只是抬起手，碰了一下闻时靠近窗缝的肩膀，那块T恤布料沾了玻璃上的雾气，有点潮。

闻时动了动唇，却没出声，因为对方站得太近。

谢问感受着指尖的潮意，又朝窗外的大雨看了一眼，忽然开口说："你再叫我一声。"

这个场景几乎跟多年以前的梦境相重合，只是少了手指间纠缠的幢线。

过了好一会儿，闻时才开口："谢问。"

他的嗓音混杂在雨声里，低低的。

谢问沉黑的眼眸张了一下，之前隐约的迟疑终于消失不见。他像终于确认了什么似的，点了一下头。

闻时看着他的反应，猛地想起什么般朝房间某处虚空望了一眼，之前他走神时，就总会看向那里。

闻时脑子里忽然冒出一个猜测，虽然觉得这种可能性很低，但他还是忍不住试了一句："那边是不是有人？"

谢问却低笑了一声，说："你在诈我。"

他侧身让了一步，神色和话语都已经恢复如常，就好像刚刚发生的一切只是不经意间的幻影，一闪而过。

闻时看着他，问："那你刚刚在干什么？"

谢问默然片刻，说："你跟平时不太一样，我确认一下。"

确认什么？是确认我有没有进幻境，还是确认你自己？这个笼确实容易让人冲动，闻时差点就要直直问出这些话了。好在他还没张口，二楼忽然有了动静，像有什么架子砸倒在地，铜盆嘭嘭一顿响，在夜里突兀得叫人心惊。

"应该是隔壁。"谢问抬眸朝声音的方向望了一眼。

浓重的困意让这动静搅得一分不剩，闻时神情一冷，伸手拧开了房门。

湿重的潮气扑面而来。

走廊被雨水打得湿漉漉的，映照着两人的影子。闻时大步流星来到隔壁，重重地敲了门。

周煦和张雅临睡在这里，所以刚刚的动静实在不太妙。

张岚也披着外套出来了，她这会儿没化妆，素面朝天，披散着长长的头发，居然有种安静的气质。可惜人一开口，这种气质就半点儿不剩："你别讲那点礼貌了，敲什么门啊，直接踹！"

自家弟弟的房间，她当然不用讲道理。

不过闻时也就是出于本能的教养，意思意思，在她开口的瞬间，檀线已经把整张门扒住，强行拽开了。

门开的同时，张雅临面色难看地站在门口，看他的动作，似乎正要开门。

"小煦不见了！"没等别人问，他就开了口。

"你再说一遍！"张岚指着他，没有浓妆，气势却丝毫不弱，"他跟你睡在一起，你居然真让他丢了？"

张雅临摁着太阳穴，不知是懊恼更多还是生气更多。他伸出左手，就见五指上缠着齐整漂亮的白棉檀线，其中一根长长地垂着，几乎拖到地上。

"我给他系了檀线。"张雅临说着，又朝屋里指了一下，"连小黑在内，六个幢并排在床边坐着。”

闻时听到这里，已经紧紧蹙起了眉。

如果周煦以前的吹嘘没太夸大，那么张雅临作为傀师，水平应该非常高，至少在现世解笼人里数一数二。傀线又是极其敏感的东西，如果真用线把周煦系住，那谁来拐他，张雅临都会被惊动，不可能任由他这么消失。

“那你的傀说什么？”张岚问。

张雅临的表情有一瞬间尴尬，他抹了把脸，沉声道：“他们睡着了。”

“他们怎么了？”张岚的调门高了一个八度。

小黑打头道歉，声音沉重：“对不起，我们不知道怎么就睡着了。”

张岚的脸都黑了，倒是闻时和谢问觉得毫不意外。

毕竟夏樵和老毛这两天也睡着了，这是笼的问题，不怪傀。

“所以你的傀睡着了，没看住人。你的傀线系着他，你也没感觉到有问题。”谢问总结了一下，把张雅临说得满脸通红，“那他怎么消失的？”

“不知道。我确实没有感觉到任何挣扎，小煦连叫都没叫一声。”张雅临好好一张白脸皮已经变成了粉脸皮，但说话内容并没有乱。

“就算他是在睡觉的过程中被人弄走的，弄走他的人总得先靠近他。对方离傀线那么近，哪怕我跟小煦没立刻醒过来，傀线本身也会对莫名靠近的陌生人造成伤害……”他越说，眉头皱得越紧，顿了片刻后，摇头道，“但是都没有，风平浪静，这才是我觉得最奇怪的。”

“刚刚那动静是怎么回事？”闻时朝他屋里的狼藉抬了抬下巴。

张雅临回过头，看到了倒地的木架和脸盆，表情更难看了，欲言又止。

“你说话啊。”张岚毫不客气地打了他一下，“结巴干什么？”

张雅临朝闻时和谢问各瞥了一眼，一副不想说给外人听的模样。可惜老天爷都欺负他，当他踌躇的时候，另外一个房间的门也“砰”地被打开。

老毛拖着一副虚弱样的夏樵出来了，诧异道：“怎么了？我刚刚就想出来，结果这小子被心魔魇住了，冲着两根床柱哗哗掉眼泪。”

闻时问：“你又见到什么了？”

夏樵说起来还带着一分心酸：“你轰我走。”

闻时疑惑了。他不知道自己平时怎么虐待这家伙了，能给对方造成这么大的心理阴影，又是吓唬又是轰走的。

照理说，檀很少会有心魔。当然，照理说，檀也不会有这么丰富的情感。所以夏樵真的是艺海奇葩。但同时闻时的脑海里又闪过一个更诡异的想法……这奇葩不会是他弄出来的吧？

当他走神的时候，张岚对张雅临说："现在好了，人齐了，你可以说了。"

张雅临板着脸沉默片刻，终于还是沉声开了口："我是做了一个梦，忽然惊醒的，醒过来的时候，不仅小煦不见了，我的檀线还系在那个木架子上。"

他条件反射一收线，便是一顿丁零响。

在现世解笼人里，张雅临的能力毋庸置疑，否则他也不会在名谱图上占据那样的位置。能在他眼皮子底下悄无声息地弄走一个人，同时还把他的檀线解了系到另一个地方，细想一下，这其实是一件很可怕的事情，在正常情况下说出来，能让在场所有人的后背发凉。

结果闻时非但没有觉得后背发凉，还用一种纳闷的眼神看向他，问："檀线另一头系着活物还是死物，你分不出来？"

张雅临："……"

张雅临不想干了。

对于这话，他点头也不是，摇头也不是，只觉得丢人丢到了家。

不过沈家大徒弟的实力不容小觑，按名谱图的排名，闻时跟他几乎齐平。这样的人狂一点，说话扎心一点还能理解。可谢问和谢问那个店员又是怎么回事？这两人有什么立场跟闻时露出一样的眼神？

张雅临在这几个人的注目下，感觉自己见了鬼了。

他忽然想起临出门前，小黑告诉他的预测，说他们这一趟容易受屈辱和惊吓，他以为追猪就是终点了，现在看来可能只是一个起点。

"算了，当务之急是先把小煦找回来吧。不然等我们出去了，我怎么跟碧灵姐交代？"张岚面色铁青地转了身，风风火火就要下楼。

"你干吗去？"张雅临问道。

"我找陆文娟问下周煦具体会被送到哪里，我去抓人。"张岚说。

她还没走到楼梯口，就听见谢问这个病秧子开口了："你之前追车也是这么追的吗？一路靠问？那还挺不容易的。"

张岚猛地一个急刹车，又面色铁青地退了回来。

她真是急傻了，居然忘了追踪金纹纸这种一甩就行的东西。

但谢问也是一个浑蛋，语气客客气气的像建议，仔细一听全是嘲讽。一个病秧子整天这么说话，坚持到现在没被人打，也挺不容易的。

张岚这么想着，反手便甩出去一张追踪金纹纸。

金纹纸在雨雾中闪了一下，很快便淹没在夜色里。

闻时刚转头看向那处，就听见旁边谢问低声说了一句“落地了”。

追踪金纹纸直接落地是一个非常不好的结果，往往表示被追踪的目标不存在。如果被追的是一个活物，那十有八九是已经死了。如果被追的是灵物，那就是消失于世间了。

这三个字在专修金纹纸术的解笼人耳中，是非常敏感的东西。

张岚隐约听到这句话，当场就奓毛了：“什么落地了？谁说落地了？我这明明还盯——”

她抓着手机，屏幕上开着的不是什么 APP，而是一张图片，上面有八个方位和密密麻麻的小标，一个小红点就夹藏在那些密密麻麻的字中。

她的话刚说一半，小红点闪了一下，居然慢慢从图上消失了。

张岚的脸色瞬间就变了。

“怎么了？”张雅临问。

张岚盯着小红点消失的地方，茫然地眨了一下眼睛道：“真落地了。”

张雅临几乎立刻说：“不可能。”

张岚也不敢信，立刻又甩出一张追踪金纹纸，然后双目一眨不眨地盯着图上新出现的小红点。然而过了不到两秒，这个小红点也消失了。

她接连甩了四五张金纹纸，眸子死死盯着手机屏幕，得到的却是一样的结果。小红点每次坚持不到三秒就会消失，统统落地了。

张家姐弟关心则乱，面无血色。倒是谢问又指了指她的手机说：“你换个人试试。”

张岚愣了一下，想起陆文娟的话。周煦是被人带去给山神的，那他旁边应该还有一个村长。

于是她二话不说，又甩了一张金纹纸。这次她把目标换成了村长老吴。

谁知屏幕上的小红点依然只坚持了不到三秒，就再次消失了。

这下众人愣住了，齐声问：“这也落地了？”

“你追的是人还是灵？”闻时问了一句。

张岚说："我就是刚刚急了有点乱，也不至于犯这种智障错误，追村长当然追灵啊。"

她一边说，一边不要钱似的往外甩金纹纸。她追踪了三回村长未果，索性把目标换了个遍，把全村的人连同陆文娟在内都追了一遍。

结果所有金纹纸都落了地。

闻时实在没忍住，问道："你那金纹纸真的没问题？"

张岚道："废话，当然没有。"

过了两秒，她又迟疑地挤出一个"吧"。

那一刻，张大姑奶奶有点怀疑人生。

为了证明她的金纹纸没问题，她又放了几张巡逻金纹纸出去。既然陆文娟说了是上山，这荒村总共就那么大的地方，她全部翻一遍，总能翻到点蛛丝马迹。

可过了许久，她放出去的巡逻金纹纸陆陆续续回来，得到的结果十分诡异——整个村子没有任何周煦的痕迹。

更诡异的是，不仅周煦，连村长、村民的痕迹都没有。

"什么情况？进了个假笼啊？"张岚蒙了。

别说她，连闻时都有点摸不准思路。

这会儿的雨比之前小了不少，久积的水顺着屋边哗哗流淌，只能听到声音，却不知去了哪里。听久了雨声，人会有一种空洞渺茫的感觉，仿佛整个笼只有他们几个人存在。

闻时听见谢问忽然轻声说了一句："还好。"

他转过头问："还好什么？"

谢问的手搭着走廊栏杆，目光扫过几个定点，似乎是张岚刚刚那些追踪金纹纸的落处，若有所思。他被闻时问了，才回头朝其他几人看了一眼，答："还好这里人还算多。"

闻时没反应过来，又问："人多怎么了？"

"要是一个人闯进来——"谢问瘦长的食指比画了一下，"碰到这种情况，说不定一个愣神就会怀疑这笼里根本没有别的东西，一切都是自己的臆想，自己才是那个笼主，只是之前没有意识到。"

闻时乍然明白了他的意思。

他们从来都是帮人解笼，不知道自己成为笼主是一种什么样的感受。但细想一下，顿悟的那个瞬间，大概是这世上最毛骨悚然也最让人痛苦悲哀的一刻。

好在笼主都是被点醒的，醒过来的瞬间，至少身边还有个送行的解笼人。

其他几人被谢问的话弄得背后直冒凉气，不敢多想，纷纷转开了话题。

张岚又掏出一沓金纹纸，打算揪着张雅临把这村子掀个底朝天，起码要弄清楚人都去哪儿了。

闻时却没有离开走廊。

他注意到之前谢问目光的落点，回想了一番，隐约摸到了一点思绪。

之前张岚往外甩追踪金纹纸的时候，追踪周煦的那几张金纹纸消失的方位差不多，好像都在同一个点上。

但在他印象里，张岚都是随手一甩，并不只是朝那一个方向。

所以那个落点是巧合？还是受风向影响？抑或有别的原因？

为了验证这一点，闻时也拿了一张金纹纸。他不擅画金纹纸，便折了一只纸鸟，跟之前帮他追灵本踪迹的那只相近，只是这次追的是周煦。

纸鸟飞出走廊，扑扇着翅膀转了个弯，果然朝着之前金纹纸消失的方向去了，两秒后空中闪过一道火光。

他又折了第二只纸鸟，改追村长老吴。

意料之中的是，纸鸟飞出去后依旧落在了那个位置。

谢问倚着栏杆，全程看着他折纸，好像这是极富观赏性的事，其实不过是手指动几下而已。

闻时折的第三只纸鸟追的是陆文娟，这次纸鸟换了一个方向，最后落在了另一点上。

他刚皱了一下眉，就听见谢问说："你别急着皱眉，之前追她的金纹纸也落在那边。"

"所以还是重合的？"闻时问。

谢问点了一下头，说："对。"

闻时试着追踪了一部分村民，发现虽然追踪的目标千差万别，但金纹纸、纸鸟的落点却只有七八个，只是从他们这个角度有点分辨不清，最好是借用张大姑奶奶手机里的那张图。

张岚非常大方地把图贡献出来，同时还贡献了一些金纹纸，所以他们很快把点都标了出来。俯视的角度十分直观，闻时的手指在几个点之间划拉了一下，顿时就看出了蹊跷。

“像奇门遁甲。”张岚歪着脖子左右看着，“但我对奇门遁甲只懂个皮毛，看不出这是哪种。”

在场的几个人，闻时和张雅临学傀术，张岚修金纹纸术，要说精通奇门遁甲的，那就只剩下某人了。闻时朝谢问瞥了一眼，正想开口，却听见另一个人认真地说道：“这是奇门遁甲里的一种门。”

他转过头，看到了经常跟着张岚的那个保镖。

“小黑！”张岚招呼对方，“来，摸着你身体里的卜宁灵物，说点人话。”

张雅临自己醉心于傀术，就让那几个傀代替他学了其他。小黑是他借着卜宁灵物捏出来的，还真沾了点老祖宗的灵性，除了会经常气人的爻辞术，也懂奇门遁甲。

小黑指着卧室门说：“就跟它一个意思，开个口子连接不同的地方，或者让一些东西来去自如，在奇门遁甲里，这类东西都叫什么什么门。”

这点闻时倒是很清楚，毕竟无相门的名字也是这么取的。而那门之所以叫无相，就是因为他也不知道自己每次究竟是从哪里来，毕竟门里一片虚无，只有永不见光的黑暗。

小黑不负众望，给他们圈出了一个突破口。

既然那叫门，能连接不同的地方，又是追踪金纹纸追踪出来的结果，周煦十有八九是从那处消失的。

于是雨刚停，天还没全亮，闻时他们就比照着突破口，来到了村内的一片荒田里。

那片田的位置有点巧，离陆文娟家后门和厨房很近，只隔了一条长长的田埂。下了一夜雨，田里积了水，像一块斑驳的镜面，直照着灰蒙蒙的天。

闻时他们在田埂边守株待兔。

等了不到半小时，那片镜面似的积水忽然无风起了一圈涟漪，慢慢荡开。

众人的眼睛一眨不眨地盯着那里，过了几秒，那里慢慢浮出了一片长长的头发，然后是第二片、第三片……接着，湿泥里又伸出来许多苍白四肢。那些四肢以一种万分扭曲的姿势，像蜘蛛似的撑住了地面。

夏樵一看那熟悉的动作就惶恐道：“是惠姑！”

这真的跟雨后出来的惠姑一模一样，只是当最前面的那只怪物从湿泥里拔出脸来，众人看到的却是陆文娟。

闻时忽然想起之前陆文娟说的话。她自己刚来这里不久，就碰上了一场暴雨，雨里爬出了无数只惠姑，在村子里四处抓人，只要抓到村民，就会吸食掉。后来传言说，有些惠姑就长着村民的脸……

如果全村的人其实早就被吸食掉了呢？闻时脑中不由得冒出这个想法。

像是为了印证他的想法，那片田地里接二连三长出了无数张脸，每张脸都有几分面熟，都是之前他们在大沐时见过的村民。

它们四肢并用，在地里爬了几步，然后扭曲着筋骨站起来，在“咔咔”的骨骼声中把自己调整成正常人的模样，陆陆续续往村子里走。

结果它们刚走几步，就看到了田埂后方的人。

闻时注视着它们。

它们也注视着闻时。

可能是刚从地里爬出来，它们身上带着一股奇异的味道，不难闻，还有点熟悉，接近于之前闻时吃过的那些黑气。

虽然味觉已经恢复一点了，但乍一闻到这样的气味，闻时还是条件反射般地有点饿了。于是他舔了舔下唇，喉结也滑动了一下。

惠姑们：“……”

它们可能万万没想到，居然有人看它们也能看饿了，一时间惊呆了。

几秒后，它们撒腿就跑，转头就要往田里跳。

张岚和张雅临姐弟被这莫名的转折弄蒙了，完全忘了反应。倒是闻时反手就是一把幢线甩出去，长长的白棉线像鞭子一样抽出呼呼的风，绕着圈把那些东西捆了个正着。

那些东西疯狂挣扎，力气大得惊人，扭动着就要往田中的某一个点钻，因为被强行拖慢了动作，那个点形成了一个漩涡，像被人在水下撕开了一个洞口。

那应该是通往另一边的路，只是不太稳定。

于是闻时的另一只手也拽扯了一下。

刹那间，风云骤起。

一个巨型长影从众人头顶呼啸而过，裹挟着猎猎罡风，在锁链锵然的金属摩擦声中，直直捣向那处漩涡。

在轰然撞击之下，入口终于显露出来，只是深黑无比，一眼看不到尽头。

张岚终于反应过来，一排四张金纹纸拍过去，带着金光钉在入口四周，固定了那块地方。张雅临两只手缠满幢线，带着小黑第一个走进去。

入口里黑雾浓重，眨眼间他们便没了踪影，连声音都消失了。

保险起见，闻时给夏樵系了一根幢线，让对方跟老毛走在前面。他自己本想殿后，谢问却轻推了他一下，说："走前面。"

其实在已经想起来的那些记忆里，他好像始终是跟在这个人身后的，从小到大，从要仰着头到只用抬起眼睛，不知道走过多少路。

小时候他是当尾巴当成了习惯，大了之后就有了几分不可说的私心。因为只要对方不回头，他就能长久地看着那人，不用矜骄又冷淡地转开眼睛。

……

闻时迟疑了一下，还是依言先朝入口走去。他快要进去的时候，下意识扯了一根幢线，想要给谢问系上，就像在上一个笼里一样。

手已经伸出来了，他才倏然反应过来，这其实有点多此一举。

"怎么？"谢问愣了一下，目光落到他手上。

那个瞬间，闻时少有地感到了一丝尴尬。他别开目光，眉心很轻地蹙了一下，说："没事，我先进去了。"

谢问动了一下唇，似乎还想说什么，但闻时已经转身朝那片黑暗走去。

被漆黑包裹的瞬间，闻时才垂下手来。他的五指上缠着的幢线没来得及收回，长短不一地坠着，被看不见的风扫过，空空荡荡。

他蜷了一下僵硬的手指，正想把线收紧，就感觉一只手从后面伸过来，握住了他。

那只手薄而干净，骨节匀称，手指很长，触感有些温凉，他闭着眼睛都知道是什么样。

闻时瞬间停了步。

这里太像无相门了。

当他每一次穿过那片漫长的黑暗，然后重回人间的时候，总会下意识抬头望一眼。有时候他会望见野树林，树冠或密或疏，枝丫交错；有时候他会望见不知名的滩涂，草木和淤泥混杂，有股潮湿的味道；有时候他看到的却是一片荒芜，只有高远的天。

曾经来接他的人问过："你在看什么？"

他总是不答，因为他也不知道自己想看到什么。

他不知道，但又总会在看到那些草木野林的瞬间感到一种旷久的孤独。

一定是他走进这个入口的瞬间，那种毫无来由的孤独感又悄悄冒了头，留了一丝缝隙和缺口……所以心魔又出现了。

他知道那一定是心魔，可是太真实了，以至于他在那一刻僵在原地，甚至不想抽手。

优柔寡断、自欺欺人，闻时在心里自嘲了一句。

他垂眸挣开手，当他快要抽离的时候，对方忽然很轻地收了一下手指。

那只是一瞬间的动作，像一种下意识的行为，几乎让人反应不过来，但闻时却怔了一下，愕然回头。

他背后依然是一片浓稠的黑暗，什么也看不到。但因为那只手，他能感觉到另一个人的存在，而且那人就站在离他很近的地方。

闻时张了张口，下意识地唤道："谢问？"

对方没有反问什么，只是低低应了一声："嗯。"

这里太暗，闻时居然有点分不清真假了。

因为刚刚抽离的动作，闻时的手只有一半还留在对方手中，指节松松地勾连着，再缩一下便会彻底分离，但又找不到理由握回去。

闻时在彼此都看不见的黑暗中僵了片刻，忽然感觉对方的手指扣了一下，嗓音温和地说："你别动，帮我带个路。"

闻时问："什么意思？"

对方静了一瞬，回答道："我不太看得见。"

走这种通道，本来也不是靠看见，只要没有太多干扰，就能顺着对的方向走出去，连什么都不会的夏樵也可以。

这个理由实在奇怪，站都站不住脚，闻时张口就能反驳，但他没有。

他只是在辨不清真假的矛盾中转过身，抓着对方的手，走在不知尽头的黑暗里，就好像曾经的每一次，都有这么一个人走在自己身边。

过了不知多久，他从黑暗中出来，看见了光。

不过那并不是太阳，而是闪电。极长的一道闪电从天际斜劈下来，天空一片雪亮，声势浩大，晃得闻时眯了一下眼。

"哥，谢老板，你们总算……"夏樵从旁边匆忙跑来，话说到一半，忽然卡壳了。

闻时怔了一下，转过头，看到谢问从那个漩涡似的洞口里出来，轻轻松开了牵着他的那只手。

所以刚刚黑暗里发生的那些统统不是幻境，是真的。

惊雷乍响，从闪电划过的地方瞬间传到近处。

但他紧接着就发现了不对劲，因为谢问在听到夏樵说话后，目光朝那个方向转过去，轻扫了一下才落到夏樵身上，就好像他真的不太看得见。

“你怎么回事？”闻时问道。

谢问别过头咳了几声，又转回来，这次没太迟疑，轻声道：“不是大事。”

夏樵问：“谢老板也不舒服吗？”

谢问抓住了重点，发问：“也？”

“张岚阿姨——”

“你叫谁阿姨呢？”张岚的声音在不远处响起，调门虽然很高，但听得出来，气有点虚，“叫姐！”

夏樵犹犹豫豫地说：“我管您叫姐，回头管周煦叫什么呀？”

“那我管不着，侄子外甥随便你——”张岚说着，便抽着凉气“嘶”了一声。

闻时这才从谢问身上挪开目光，朝那边看过去。

刚刚那扇“门”，似乎把他们从荒村送到了另一个荒村，目之所及是一片高高的木栅栏，栅栏里是一片房舍，乍一看还看不到头，大约有百来户人家。

区别在于上一个村子都是二层小楼，这里的房舍却很低矮，屋檐上铺着茅草，墙面粗糙，像很久很久以前的山村屋舍。

张岚就靠在栅栏外的一个茅草棚里，右手从手掌到手臂全是血。

张雅临站在旁边，抓着几张金纹纸，在张大姑奶奶的指挥下往她手臂上贴。

“我跟老毛叔出来的时候，张岚……姐正要去推那个木栅栏的门，结果就这样了，”夏樵说，“从这边到这边，全是割出来的口子。”

“老板。”老毛已经到了谢问身边。

他的第一反应不是去看谢问的眼睛，而是看谢问的手，然后就松了口气，没多吭声。

张岚则冲这边道：“我跟雅临一出来就感觉不对劲，那雷声乍响的时候，灵本都震了一下，五感全失。有好几秒吧，我什么都看不见，也听不见。等我能看见的时候，人已经在那个栅栏前了，梦游似的去推那扇门。”

“五感全失？”闻时又朝谢问看了一眼。

张岚说的情况跟谢问的有点相近，但又有点区别，闻时暂时分不太清，只能盯着谢问观察这人的状态，问道：“你现在看得见了？”

谢问说：“你放心。”

闻时当然不会放心，索性凝神闭眼，看了谢问的灵本，但并没有看到什么变化。再加上谢问这时候的举止十分正常，好像真的没了问题。

他们走到茅草棚前，看到张雅临贴好了最后一张金纹纸。

张岚整只手臂几乎没有一块好皮，全是伤口，看得夏樵龇牙咧嘴。

“你别那副表情，马上就好了。”张岚指着她的金纹纸说，“见效很快。”

说话间，她那些伤口确实以肉眼可见的速度愈合，但没过几秒，已经愈合的伤口就重新崩裂开来。

张大姑奶奶的脸色当场就变了，惊道：“怎么可能？”

张雅临也皱起了眉，他的衬衫袖子破了几处，布料拖垂着，估计跟他姐碰到了类似的情况，只是他的运气稍好一点，没直接碰到栅栏门。

“你以前这么做有用？”闻时问。

张岚大声道：“废话！”

她黑着脸，自己翻转手臂看了一圈，又问张雅临：“你确定按照我说的顺序贴的？”

张雅临道：“对，你不是看着我贴的吗？”

说话间，那些伤口又愈合崩裂了两个来回，血渗得更多了。

“我这么好看的手不会废在这里吧？”张岚脸上没什么血色。

她正想叫弟弟换一种方法，就见谢问伸手摘了一张金纹纸，递给张雅临说：“后面这张要掉了。”

“你怎么乱动东西？”张岚的金纹纸可不是一般人敢动的，张雅临佩服又无语地看着谢问，把摘下来的金纹纸重新贴到了那个地方。

可能是他这一次贴稳了的缘故，张岚手上的伤口慢慢愈合，没有再度大面积地崩裂开，其中一部分居然真的结痂脱落了。

一眨眼的工夫，伤口少了一半，场面好看多了。张岚长舒了一口气，冲张雅临翻了个白眼说：“我就说你刚刚贴得有问题。”

张雅临捏了捏鼻梁，半天才道：“可能吧，你说是就是。”

张岚又转回脸来，狐疑地盯着闻时问：“所以你出来的时候，没有任何感觉？”

闻时不擅长伪装，索性直说：“没有。”

张岚立马从狐疑变成了瞪眼，大惊道：“不可能啊，在场所有人都有反应，就你例外？你的灵本这么稳吗？连头晕、想吐都没有？”

闻时说：“没有。”

张岚一副见了鬼的样子。她当然不知道闻时这样是有原因的，他连灵本都不全呢，上哪儿受震去？当然，他也不会跟她解释这些。

比起自己，现在他的心思都在谢问身上。他很好奇谢问的状态——像这种灵本受震的情况，十有八九是这里布着一个复杂又厉害的局，或许把这整个荒村，甚至更大的地方都包裹在其中。虽然具体什么用处和目的还不清楚，但这种局真的至于让谢问的灵本都受震吗？

他可是尘不到……

张家姐弟显然也知道，他们之所以出这种意外，是因为这里有个局。张雅临问小黑：“这里的局你看得出来吗？”

小黑四下环顾了一圈，顺手抓了一把石头，半跪在地上摆放着。

这个姿势在闻时看来很熟悉，爻辞术和奇门遁甲的老祖卜宁就经常这样，随身揣着几个铜钱和一袋圆石。

他走着路会突然站定，发起呆来。当然，他常辩解说那不是发呆，而是做了一个须臾梦。

钟思就拖着调子应和道：“对对对，青天白日梦。”说完人就跑。

追钟思的往往是那些圆石，但他身法了得，窜得快。那些圆石有时候会打在别人身上，然后卜宁再揣着袖子去赔不是。

不过更多的时候，是卜宁就地半跪下来，长袖一扫，在平地上摆几个圆石，再对照着山间草木琢磨一番。

要不了两天，钟思就会在某一刻突然迷了道，不绕个三五千里都出不来，要么甩金纹纸找闻时救他，要么找庄冶。

闻时出不出手看心情，庄好好则经常在卜宁的盯视下左右为难，最后只能借口“山外师弟们找我有急事”，撒腿就跑。

等到钟思好不容易绕出来，就会灰头土脸、髻发半散地冲卜宁躬身作个长揖，嘴上说：“错了错了，师弟这就给你道个歉，下次再不犯了。”

然后他转头就当那话是放屁，下次还敢那样做。

小黑不愧是卜宁灵物弄出来的，有几分卜宁的影子，不过卜宁清瘦，他则高大健壮。

他摆了很久的圆石，拧着眉说：“奇怪。”

“怎么奇怪？”闻时问。

也许是刚刚那一瞬间的思绪作祟，他下意识跟张雅临的檀搭了句话。小黑抬头朝他看了一眼，说：“这里是有布下的局，但很奇怪，我摆不出来，只感觉这局十分矛盾。”

他点着其中两块石头说：“一边是引人来的。”

他又指着其他石头说：“一边又是驱人走的。”

过了片刻，他摇了摇头说：“我看不明白，反正十分厉害。咱们还在外围转着，到了里面，不知道会出什么事。”

“里面在哪儿？”张岚还在跟她的血胳膊较劲，闻言朝木栅栏那边指了一下，“在栅栏里？”

“不是。”小黑说着站起身来，在四周走动了一番，不知道在找什么。他边找边说：“绕过这个村子，应该有座山，很近，突破口在山里，但现在看不到，藏起来了。”

“你找什么呢？”张雅临一脸纳闷地问。

“找突破口的标记啊。”小黑神神道道的时候，很有当初卜宁的神韵，只是不如卜宁那么天然和自如。

“标记这种东西，不是半吊子或者疏漏了才会露出来吗？”张雅临虽然不精通这些，但基本的东西还是知道一些。

小黑的注意力全在局上，认真地说：“不知道，我感觉这局的年代特别久，后来又被人动过，在外面加了点料。在这种情况下，是会露出……”

他的话说到一半，忽然止住了。

闻时朝他看去，就见他弯腰盯着一片随处可见的枯草根研究了许久，又伸手抹扫了几下。

枯草根下隐约露出一块石头的棱角，小黑的手指抹过的瞬间，天边又是一道雪亮的闪电直劈而下，接着炸雷四起，带着巨大的声威，从穹顶压了下来。

众人眼睁睁看着小黑对着石头愣怔两秒，然后跪下了。

“你跪什么？”张雅临作为傀师，还从没见过傀给别的东西下跪，尤其是他的傀，于是当场拉下脸来。

谁知小黑长身伏地，沉声说：“这是卜宁老祖布下的局。”

张岚说：“谁？”

“卜宁老祖。”小黑再次答了一句。他是借卜宁遗留的灵物做出来的，所以提到这位老祖，语气格外沉肃恭敬，甚至连伏地的姿势都没有变。

但他身后众人却是一片愕然。

张岚张着口，难以置信地愣了好半晌，才憋出一句：“你别开玩笑，怎么可能？”

小黑站起来，又一次跪地伏身，行了第二个大礼：“是真的。”

张雅临的嘴唇开开合合好几次，强调道：“卜宁老祖布局用的镇石都有印迹的，但跟他的名字无关，你可别看到什么‘卜’字、‘宁’字就觉得是他。”

“对，”张岚立刻附和道，“你别弄错啊。”

这个提醒其实多此一举。他们应该比谁都清楚，卜宁对小黑来说有多特殊，小黑不会莽莽撞撞地乱认人。小黑果然答道：“我知道。”

他说完这话，闻时已经站在了那片枯草面前。

裸露的石块原本平平无奇，被小黑用手指抹过之后，泛着一层雪亮的光，堪比打磨过的镜面。石块右下角，一道印迹若隐若现。

闻时一眼就认出了那个印迹，真的是卜宁。

世人都喜欢在自己的东西上面留点什么，正如画者在画里藏名，笔者在文后留字，画金纹纸的人会写上某某请召，学奇门遁甲的人也有这个讲究。

他们大多会在布置或者留下的镇石上留自己的名讳，在闻时的认知里，只有两个人例外——尘不到和卜宁，前者什么也不留，后者留的不是名字。

脚步声匆匆而至，其他人都过来了。

张岚冲着小黑强调道：“传闻卜宁老祖喜欢留个‘北’字，你确定没看错？”

她一边说着，一边不信邪地趴地辨认了一番，然后瞪大了眼睛，仰头对众人说：“见了鬼了，真的是……但这个‘北’字写得有点怪。雅临，你来看看？”

姑奶奶正处于难以置信的状态里，到处逮人确认。

她在众人之中搜罗一圈，目光先是在谢问那里停了一下，说：“病秧子，你不是看书多吗？见没见过卜宁留的印？”

闻时抬起头，看见谢问站在身边，目光垂着直落下来，在镇石上停留了片刻，答道：“见过。”

张岚问：“是长这样？”

谢问说：“嗯，差不多。”

张雅临也辨认完了，说：“应该没错，但这个‘北’字确实有点怪。”

夏樵小心地插了一句：“为什么会留个‘北’字？有什么说法吗？”

“北是象征四方里面北为尊，还象征他的出身，是从北方来的。”张岚解释着，她主修金纹纸术，但精修的却是八卦传闻，提到这种东西，总是张口就来。

她说完之后，闻时和谢问同时朝她看了一眼。

张岚纳闷道：“你们看我干什么？大家就是这么说的。”

她很坦然，闻时却忽然觉得心情有些复杂。

这么多年来，他一直很少去听这些传闻流言，但难免有些会落进耳朵里。以前他没有记忆还好，听来总觉得隔了一层雾，模模糊糊，像是不相干的别人的事，现在却不同。

张岚言之凿凿地说着那些传闻，他的脑中就会浮现相应的场景来。

人是那个人，事却全然不同。

闻时记得那时候他们年纪都不算大，十余岁，少年心性，在练功的间隙里喜欢谈天论地。

钟思是一个爱说话的，嘴巴闲不住，山上山下任何一点事到了他嘴中，都能变着花样聊上许久，弥补了闻时的寡言少语。

所以松云山腰虽然只住着零星几人，却是一个热闹的地方。

那天是由什么话题而起的，闻时记不清了。

他只记得钟思捧了一大兜碎石，哗啦一下摊开在练功台边的石桌上，一边扫掸着衣服上的灰，一边对卜宁和庄冶说：“喏，满山长得别致些的石头都让我找来了，十分辛苦。”

闻时从他背后侧身而过，翻上了一棵老树，把那横生的枝丫当榻坐下来，垂了一条长腿，靠在树干上理傀线。

鹰似的金翅大鹏盘旋着过来，落到闻时肩上之前，在钟思后脑勺上啄了一口。

钟思捂着头，吊儿郎当改口说：“哎，我刚刚说错了，主要是我和师弟放出去的橦一起给你们找的。大鹏也想帮忙，但我不敢让它动手，我怕它把山弄塌了，把我们弄瞎了。”

金翅大鹏刚在闻时肩上站定，又要扇翅膀过去啄他。

他见好就收，立马抱头说：“最主要是我怕师父知道，觉得我们不干正事瞎折腾。”

闻时倚着树干，凉凉地说了一句：“他已经知道了。”

钟思：“……”

钟思明显㞞了一下。

尘不到其实只在他们小时候严一些，待他们大了，便再没干涉过什么，甚至算得上万事包容，脾气极好。

但他天生带着距离感，寻常人总是不敢亲近他。所以几个徒弟见了他，依然会噤声不语，带着点惧怕，干什么都一副“被师父知道就完蛋了”的模样。

其实尘不到什么都知道，也没见他们谁完蛋了。

钟思㞞了几秒，便又恢复嬉闹本性，站没站相，撑着桌子，用下巴指了指碎石说：“来吧，穷讲究的师兄，挑点喜欢的，剩下的我再给摆回去。”

庄冶说：“我可不讲究啊，我随地摸几块石头就可以布局。”

钟思冲卜宁努了努嘴：“我没说你，说这位呢。铜板也要挑，石头也要挑，我倒很想看看石头能挑出什么花儿来。”

卜宁“啧”了一声，睨了他一眼，从袖袋里掏出一个干干净净的小布兜，在那堆碎石里挑挑拣拣，选了一些圆石。

闻时也瞥了一眼，那些石头除了圆点，带点花纹，没什么特别的。

钟思很纳闷。他捏了一个圆石在手中掂量着，却被卜宁拍开，便问：“怎么是这几个？我也没见你仔细品鉴，靠什么选的？”

卜宁说：“眼缘。”

钟思翻了一个夸张的白眼，把剩下的碎石收了。

卜宁没搭理他，随手捡了一根小木枝，在那些挑选出来的圆石上描画了几下。

钟思伸头看了一下，问：“你写什么呢？”

庄冶在旁边解释道：“印迹。虽说万物皆有灵，但是留了印迹的石头更好用一些。”

“哦，我懂了，刻个名字就算你的了，是吧？”钟思转头去看卜宁留的印，“你这画的什么？”

卜宁一脸诧异地问：“你不识字啊？”

钟思没好气地说：“去你的，你怎么不说你的字写得丑？我瞧着像个北字，又觉得有点怪，是北字吗？”

卜宁说：“不是。”

钟思继续问：“那是？”

卜宁说：“我造的。”

钟思气道：“那你嫌我不认字？”

他们吵闹，庄冶在旁边“好好好”地和稀泥，闻时则抱着胳膊看戏。结果那天夜里，闻时吹了灯正要睡，却听见屋门被敲响了。

他甩了幢线拉开门，尘不到提着灯站在门外。

“你不是下山去了？”闻时一脸意外地看着他。

“你又不叫人。”尘不到挑眉看了闻时一眼。

闻时盯着他闷了片刻，动了动唇，刚要出声，就听他说：“算了，我知道你要叫什么，咽回去吧。”

他半真半假地摇了一下头，走进屋里，垂手往桌上放了一兜东西。

他从山下回来，时常会给闻时捎点稀奇东西，但他极其擅长吊人胃口，并不一次给全。他总是在闻时因为一些事闷不吭声或是在笼里见了什么苦景，才会放一两样东西逗人。

这几乎成了师徒间的一种默契。

像这样一兜全给的情况，实在少见，就好像对方有点心不在焉。

闻时盯着尘不到看了片刻，问道：“山下出事了吗？”

尘不到正要出去，闻言愣了一下说：“无事，你睡吧。”

闻时犟着没动，依然看着他。

尘不到已经走到门口了，又回头瞥了一眼，失笑道：“你瞪着我做什么？”

他索性在门口跟闻时闲谈了几句，直到把徒弟聊得放松下来，不再一副审问的模样，这才直起身。临走前，他忽然想起什么般，问了一句：“我听说卜宁给布局的镇石留了一个挺特别的印？”

闻时愣了一下。

尘不到伸手指了一下鸟架子，道：“来，你瞪它，它告的状。”

金翅大鹏默默把脑袋往毛里缩了缩，装死。

闻时想了想说：“像个北字，但他说不是。”

尘不到问：“他提缘由了吗？”

闻时说：“他说是造的字，将来跟他有点渊源。”

尘不到点了点头。他的侧脸映在光下，因为眸子低垂，显得仿佛在出神。

卜宁天资非凡、体质特殊，有时候做点什么，大家都会问一两句。这是常事，但尘不到很少会问。

闻时看着他，忍不住道：“那字怎么了？”

尘不到回过神来，笑了一下说：“或许跟我也有点渊源。”

张雅临辨认完站起身，说：“应该没错了，这就是卜宁老祖布的局。”

闻时怔怔回神，就见张岚的神情一下子凝重起来，而后她严肃道：“要真是这样，那就麻烦了。众所周知，卜宁留下来的局屈指可数，到今天印迹还这么深，说明当初是一个翻天覆地的大玩意儿。那不是只有……”

张岚噤声片刻，目光转向众人，说：“封印那位用的吗？”

当她的话音落下的时候，闻时猛地抬眼，看向身边站着的人。

那一刻，天边惊雷乍响，雪亮的闪电映照在谢问身上。他依然垂眸看着地上的镇石，面上带着病气，却看不出分毫表情。

这是闻时恢复一部分记忆后，第一次听人提到这件事，不再是话本、传闻里那种隔着山海和时间的陌生故事，而是有了实感。

他忽然意识到，在后来这些人的口中，尘不到早已神形俱灭。而在传闻的那些纸页上，封印尘不到的那句话里有着他所有亲徒的名字，包括闻时。

那一瞬间，他忽然迫切地想要翻找出那段记忆，想要知道当时究竟怎么回事，尘不到发生了什么，自己做了些什么。但不论他怎么用力，就是什么都记不清，像被一张密不透风的布蒙住了所有，一丁点光都透不进。

他看着那个人，发现自己只知道从何而来，却怎么都想不起归处。

而谢问沉静良久之后，转了眸光，朝他看过来，然后弯了一下眼睛。

一如千年前的无数个瞬间，他常笑着对闻时说：“小事而已。”

可是曾经他口中轻描淡写的小事，其实每件都是大事。

"我其实一直很好奇……"谢问依然垂眸看着闻时，所以他开口的那个瞬间，嗓音低沉，像一种温柔的安抚。片刻后，他才抬眼冲张岚、张雅临说："那些被描述得惊天动地、神乎其神的传闻，你们都是从哪里听来的？"

张岚被问得一愣，没反应过来，问："什么意思？"

谢问说："你们家老祖宗一代一代讲的？"

张雅临语塞道："你……"

张岚则满头疑惑，反问道："你在说什么话？是不是太不孝了？我家老祖宗不就是你家老祖宗？"

谢问笑了一下，说："你问问你家老祖宗认不认。"

张岚蹙起了好看的眉，下意识朝旁人瞥了一眼，发现老毛正以一种奇异的目光盯着她，这让她觉得有点奇怪又有点恼火。毕竟一提到谢问，就涉及他妈妈张婉，有种把张家家事拎出来给别人看的感觉。

"说这话就没意思了，病秧子。"张岚说，"一代的恩怨用不着祖祖辈辈一路推过去，退一万步说，你还能换一个老祖宗吗？"

这话说完，老毛的目光更奇怪了。

张岚下意识想问"你看我干什么"，但直觉自己不会得到什么好话，又想赶紧把这个话题带过去，便转而问谢问："你好好的，提什么传闻？"

但谢问已经走开了。他没回答张岚的话，而是从不远处的某棵树上折了一根半死不活的树枝，问小黑："你刚才说找标记，既然标记找到了，你觉得突破口会在什么地方？"

他的语气总是很淡定，以至于疑问都不像疑问，像"我考考你"。

一般人不会乱使唤别人的傀，因为大事使唤不了，小事没有必要，时间久了，这就成了一种约定俗成的规矩。

不过张雅临不是小气性格，小黑常年借姐姐使唤，这时候给谢问用一下也没什么大问题，他只是不太习惯。还没等他点头，小黑已经伸手指了一个方向。

谢问说了一句"好"，然后朝那个方向走去。

闻时不清楚他想做什么，目光始终跟着他，听见他说："你们不修奇门遁甲，但多少会在书上看见，或者想一想也能明白，如果这是用作封印的局，越靠近突破口，越容易发生什么情况。"

他说着朝闻时看了一眼。

如果要说有谁在奇门遁甲上让卜宁都犯怵，那就只有师父尘不到了。当年带卜宁练奇门遁甲的时候，尘不到常常借用一块山石、一朵花或是一只鸟等微不足道的东西，悄无声息地改掉卜宁几天的成果。

卜宁从少时一直练到及冠，再加上爻辞术，才能勉强防住他几分。

好在世上没有第二个尘不到，所以称卜宁为奇门遁甲的老祖也不成问题。

有这两人在，闻时虽然不擅长奇门遁甲，却将解法练了个八九成，当然知道那些基本的道理——越靠近突破口，越容易有油尽灯枯之相。

毕竟那个局的目的，在于让某个人或者某些东西神形俱灭，永无翻身之日。只要它足够凶，就可以让百里之内草木皆枯，无一活物。

这里一片死寂，确实有那个意思。

但如果真像张岚猜测的，这是封印尘不到的那个局，那根不堪一折的树枝只要靠近突破口一些，就会立即灰飞烟灭。可当谢问走到某处，他手中的树枝非但没有灰飞烟灭，甚至在那个瞬间泛起青绿，抽出细细的芽。

这个结果实在出乎意料，连谢问自己都怔了一下。张岚姐弟更是满脸愕然。

“怎么可能……”张雅临轻声咕哝了一句。

谢问的眸光扫过指间新生的树枝，这才转身说：“所以太信传闻也不好，谁说卜宁只留了那么一个局。”

他走回来，垂着的手指轻捻着那根带着嫩芽的青枝，然后在闻时面前停下。

他弯下腰，用那根重生的青枝轻轻碰了一下闻时紧抿的、没有血色的唇角，不知是对所有人还是对闻时一个人说：“这不是什么封印用的局，别板着脸，出不了事。”

这话落在不同人的耳朵里，就是不同意思。

张岚他们以为他说不是封印用的局，就没那么凶，危险少一些，只是氛围有点怪。

而对于闻时，这就好像在说他自己出不了事情，毕竟即便有传闻中封印他的局，他也好好地站在这里。

闻时接过那根青枝，起身的时候，谢问伸手拉了他一下。

谢问手掌的温度透过皮肤传递过来，真实得让人稍稍定了心，闻时的唇色终于不再那么苍白。谢问这才松开手。

闻时感受了一下指尖残余的体温，忽然转头朝近处的一株树走去，也折了一根树枝。

谢问看他捏着树枝从面前走过，往突破口的方向去，忍不住问道："你怎么还要试一次？"

闻时的脚顿了一下又抬起，嗓音沉沉地说："我怕你骗我。"

他从小到大被这人骗过无数次，逗弄的、宠惯的，哄他哭、哄他笑的，怕他着急担心的，大多他禁受得起，但有些不行。

直到手里那根树枝也在临近突破口的地方抽出嫩芽来，闻时才真正信了谢问的话。

"哥，树枝发芽，说明这个局是好的，对吗？"夏樵忍不住问了一句。

"难说，有些障人眼目的局也会有这种情况。"闻时答道。

这只能确定此局不是封印用的罢了。

他正要把两根树枝顺手放进口袋，却被谢问伸手挡了一下，半路截和了。

"你干什么？"闻时皱着眉回过头，看见谢问倾身把那两根树枝插在一旁的泥地里。

"既然抽了芽，就让它们多活一阵子吧。"谢问说。

也许是靠近突破口的缘故，它们落地的瞬间便抽长了一截，新生的嫩叶朝旁支着，碰触在一起，在地上落下两道并肩纠葛的影子。

谢问的目光扫过那两道影子，有一瞬间似乎觉得它们离得太近了，想要把其中一根树枝挪远些，但不知为什么，他的手抬起又垂下，改了主意。

其他人跟了过来，张雅临看见那两根树枝，忍不住问道："这是什么讲究？"

他生性严谨一些，总觉得这些举动都带着说法和目的，毕竟他自己就不太会做多余且无用的事情。

张岚则跟他不同，万事先联系八卦和流言。她搜刮了一番脑海里乱七八糟的东西，说："好像是有这么个传闻……"

话刚说一半，谢问抬眸朝她看了一眼。

张大姑奶奶想起先前这个病秧子对她那些传闻的嘲讽，又默默闭了嘴，转而道："所以现在这个情况有点超出预料啊，而且我居然被这地方弄得有点晕。"

"晕倒也不至于，理一理就有眉目了。"张雅临接话道。

"现在看来，这个局并不是用来封印谁的大凶之局，至少跟想象中不同。之前小黑说过，它一边驱人走，一边拉人进来。"

小黑点头附和："这点确实十分奇怪。"

闻时忽然想到了一种可能。

之前张岚说过，他们五感全失之后，不知不觉间走到了圈着那片老村的木栅栏边，这应该就是所谓的"引人来"，而当他们真正要推门闯进老村的时候，又受到了攻击，这应该就是所谓的"驱人走"。

乍一看，这很矛盾，但如果是卜宁……闻时试着借回忆那个人去猜测这个局的目的，就好像当初心情还不错的时候，帮钟思去解卜宁的局一样。

如果这是卜宁的局，而且局里有危险，他应该会把整块地方圈住藏起来，避免任何无辜的人误闯进来。

但他同时还修着爻辞术，常会为了一些隐约捕捉到的可能而去留一些后路。所以他应该会想到，如果真的有人误闯进来，要怎么保那些人的命。

闻时看向那片木栅栏围住的老村，感觉很明显了——那里也许就是卜宁留的一块安全地，当人误闯进来的时候，把他们引进去。

但现在看来，那个木栅栏围住的老村似乎早已经不安全了，它沉寂破旧，空空荡荡，什么都没有。

"所以里面的人呢？"张岚皱着眉问道。

她跟张雅临虽然不知道卜宁的为人、脾性，但根据刚刚经历的那些，也猜了个半对，至少猜到了老村的用处。

谢问指着他们来时穿过的那条黑暗通道，说："这估计就是那扇门的用途。"

当这里不再安全的时候，把人传引到另一处地方，也就是陆文娟他们生活的那片土地。

"那……这扇连接两地的门又是谁布的啊？听小黑话里的意思，应该不是卜宁本人，还有谁进来过吗？"张岚咕哝着，又道，"而且，局里究竟有什么东西，需要这么藏着？"

张雅临忽然出声提醒了一句："你别忘了，这儿还是个笼。"

"是啊，这儿还是个笼。什么人的笼里，会有卜宁老祖布的局？难不成……"张岚惊异地抬起头，脱口而出，"笼主是卜宁老祖自己？"

闻时和谢问听到这话，脸色都有了变化。

在这之前，闻时想过这个笼跟卜宁的各种牵连，唯独没想过他是笼主。因为在闻时有限的记忆里，那个随身揣着铜板和圆石的年轻师兄，碰到幸事会笑着说自己有老天眷顾，碰到麻烦也就叹一句早算到了，但是躲不过去，不如随缘。

他从没想过，这样的人有可能会留下一个千年不散的笼。

“进突破口看一下吧。”张雅临说，“进去了，应该就都清楚了。”

张岚转头就甩出去三张金纹纸，道：“我先确认一下小煦的位置，突破口危险，要是他在外围这边，就别跟着咱们进去了。”

张雅临点了点头，叫小黑顺着布局的镇石找路，却听见闻时说：“别找了，没路。”

张雅临和小黑同时愣了一下，转头就看见闻时把傀线往手指上缠。

“什么意思？”张雅临问。

闻时难得按照规矩把傀线缠紧，说：“卜宁的突破口从来找不到路。”

张雅临问：“怎么可能没有路？没有路，怎么过去？”

闻时说：“强开。”

卜宁跟钟思开个玩笑，能让钟思绕路几千里，要是认真藏一个地方，也许绕个几年都是轻的。所以当年闻时找他的突破口，只会也只能强开。

没有路过去，就把突破口强拽过来。

闻时说得平静，张雅临下意识点了点头，也掏了傀线出来往手指上缠，说：“行，那一起开，能稍微省点劲。”

“省不了，”闻时低声回了一句，“那是卜宁。”

下一瞬，狂风四起，声涛万丈。螣蛇踏焰而出，与锁链每摩擦一下，都会迸溅出耀目的火花；盘卷而过时，风能掀翻整个村落。

张雅临在狂风中眯起眼，正要放出自己的巨兽，他的傀线都已经甩出去了，忽然“嗞”的一声，想起一个问题。他在风声中大声道：“你又没解过卜宁的局，你怎么知道他的突破口怎么开？”

这个问题问得可就太灵了，但张雅临还没来得及等到一个答案，就先等来了姐姐张岚的惊呼。闻时引起的狂风太烈了，张岚的声音很快被风声吞没。

“怎么了？”张雅临一边觉得这么喊简直有辱斯文，一边还是用了最大音量，震得闻时都在拉拽傀线的过程中回望了一眼。

“小煦——”张岚长发四散旋转，她说了两个字就被风压弯了腰，完全无法前行，索性拿出了几张金纹纸。

每张金纹纸边沿泛着金光，像蛛丝一般延伸出去，像一张张只有虚影的盾牌。

盾牌环绕成圈，形成一个刀枪不入的罩子，将她自己还有近处的夏樵、老毛都罩了进去，以免被风吹得不成人形。

她当大姐当惯了，下意识转头去找谢问，想把他也罩在里面，却发现那个病秧子站在闻时身侧，只是在风里眯了一下眼。橦盘扫起的狂风似乎影响不到他，他既无局促，也无狼狈，就好像在这样的风里站过很多年，早已习惯。

张岚秀眉一蹙，"嗞"了一声，感觉不太对。

但没等她细想，老毛轻拍了她一下，指着张雅临说："你弟弟喊你。"

张岚已经恢复了人样，张雅临却在风里声嘶力竭："你别说一半啊，小煦怎么了？你追踪金纹纸追的结果呢？"

张岚被他一提醒，暂时忘了旁事。她在盾影笼罩下匆匆朝闻时跑来，脸色很差，满面担忧地冲弟弟说："小煦不在这儿。"

闻时也愣了一下，反问："不在？"

张雅临面色一凛，道："怎么可能——"

"真不在。"张岚两指间夹着几张追踪金纹纸，说，"放出去的几张金纹纸跟之前一样，统统落地了。"

落地？闻时皱了一下眉。之前在陆文娟住的地方，追踪周煦的金纹纸落地，说明他要么没了，要么不存在于那个村子，于是他们追来了这里。可在这里，追踪金纹纸依然落地，那周煦就真的凶多吉少了，除非……

闻时看向螣蛇所去的地方——巨型蛇尾猛地抽扫而过，长空中明明什么东西都没有，却发出了惊天动地的巨响，就像是螣蛇以千钧之力砸掼在一个看不见的玻璃罩上。

那个罩子通天彻地，从九霄云外直插入六尺黄土中，阻挡着几人向前的路。

即便有心理准备，张岚也被那声巨响弄得悚然一惊。她迟疑了一瞬，指着巨响来处说："小煦他会不会已经被人带进突破口里了？"

张雅临的脸色更难看了，下意识问道："被谁？"

"鬼知道是谁。"张岚沉着脸。

夏樵忍不住道："没准是那个什么山神呢？陆文娟不是这么说的吗？他被挑上了，就要进到山里。他们以前不是也有祭品吗？万一他们说的山就是突破口那个山呢？有可能他能直接进？"

他说完又觉得满嘴山神什么的有点太天真了，想补一句，但嘴唇开开合合，犹豫再三，还是只补了一句：“应该不会有事的……希望不会有事。”

很显然，其他人的想法跟他差不多，一边觉得进突破口的可能性不算大，一边又只敢往这个方向猜想。

但很快，他们就连想都不敢想了。

因为天空中骤然响起跟之前一模一样的巨响，他们下意识以为是闻时的幢又朝突破口发起了攻击，谁知一转头，就看见一条漆黑的蛇尾从他们背后抽甩过来，居然在攻击他们。

那条蛇尾之大，像横倒下来的一栋高楼，任何人被抽上一下，命就没了。

可他们看见的时候，蛇尾已经近在咫尺。

别说避让，他们甚至来不及闭上眼睛。

“当心。”闻时的瞳孔骤缩的瞬间，听见有人在他耳边轻声说了一句。

下一秒，他感觉自己的手腕、脚踝和腰际被一根无形的幢线缠住，接着朝后被猛地一拉。

等他反应过来的时候，后背撞到了一片温热。那是另一个人的体温。

撞到那人的瞬间，熟悉的气息包裹过来，闻时知道那是谢问周身四散的黑气，却产生了一种从身后被护住的错觉。

闻时极轻地眨了一下眼。

那种错觉停留了好一会儿，气息才在风里散开。

蛇尾劈了个空，重重地砸在地上。

就听见砂石崩裂，地面被砸出一条深长的裂缝。

这些变故都发生在刹那间。

死寂笼罩了四周好一会儿，才有人颤抖着舒出一口气。

舒气的是夏樵，但他说出来的话却并不是放心的：“我这是灵本离体了吗？”

不止他，在那一刻，几乎所有人的脑中都冒出了类似的想法。

因为他们刚刚每一个人都往后瞬移了一大截。

张雅临的眼睛一眨不眨地盯着脚尖前的地面裂缝，几秒钟前，蛇尾就砸在那里，他们离原地升天只差一寸。

而他们之所以没升天，是因为在关键一刻被人朝后拽了一下。

张岚回头看了一眼，背后当然没有人。她脸上的血色还没恢复，依然泛着惊吓中的苍白。她下意识看向张雅临的手，问道：“你拽的？”

可张雅临的脸色比她还白，甚至忘了答话。

过了片刻，他才恍惚应了句“不是”，然后朝闻时看过去。能这么拽上所有人的只有傀线，他没有动手，在场能做到的就只有闻时了。可对方却被病秧子谢问从背后扶握着肩。

这个场景让人有点摸不着头脑，好像没问题，又好像哪里都不太对劲。

不过很快，这一幕就又被打散了。风声狂啸，蛇尾又扫了过来。

这次众人终于看清了，突然对他们发起攻击的并非闻时的巨蛇，而是另一条。那条黑色长蛇跟闻时的傀长得一模一样，唯一的区别就是颜色略浅一点点，像投照出来的影子。

但它攻击的力道和气势丝毫不弱，当巨尾甩过来的时候，简直横扫千军。

只是这一次，闻时及时动了手指，螣蛇从长空直贯而下，强势地挡住了它。

两条巨蛇相撞之下，炎炎烈焰瞬间烧了起来。地面都在颤抖。

夏樵踉跄了一下，连忙搂住一棵树。

张岚紧紧蹙起了眉，问道：“这是什么情况？”

话音落下的瞬间，攻击如雨而下，地面上的裂缝多了好几条，她差点一脚踏空。

张雅临看不下去，傀线一绷，瞬间甩出三个巨傀，想靠碾压直接镇住那条突然冒出的“赝品”黑蛇。

“别放！”闻时厉声阻止了一句，但还是晚了点。

“为什么不放？”张雅临头也不回地说，“速战速决。”

但很快他就发现，他在做梦。

三只巨傀被放出去没过几秒，就都有了一模一样的“影子”，场面非但没有好转，反而变成了四打四，更混乱了。

“这——”张雅临脱口而出，“怎么回事？”

“就是这么回事。”闻时冷然开口，“你放什么，就会受到同样的反击。”

张岚满脸错愕道：“卜宁老祖喜欢布这种局？我以为……”

传闻中，卜宁的性格总体算是温和，虽然不至于像庄冶那样万事“好好好”，但也绝对算不上强势凶煞。但这个局的反击，让她对传闻产生了深深的怀疑。

结果她就听闻时说：“他平时不用，这个局是例外。”

张雅临说：“嗯？”不对劲的感觉越来越重，但他暂时顾不上。

四个“赝品”的攻击如山如海，比单条巨蛇要麻烦得多。就算他们这边同样有橦可以阻挡和反击，情况也很糟糕。因为山林地面都在塌陷，裂缝之下是看不见底的深渊，深渊之下甚至有可能是死地。

卜宁确实很少会把局设置得这样强势，就连闻时都差点忘了会有这样的情况。

现在张雅临帮了个倒忙，场面已经难以控制，再想把橦收回去，已经不可能了。闻时想了想，索性又甩出了橦线。

“你疯了？”这次着急的是张家姐弟。

张雅临同时把控着四个橦，虽然没到极限，但也很耗灵神。而且这是卜宁的局，那些“赝品”的攻击有时候比正牌还可怕。他几乎有点狼狈了。

“不是你说别放新橦的吗？”张雅临躲开一次攻击，抹掉脸上蹭出来的血印，几乎是在风中咆哮，斯文已经一点都不剩了。

“晚了。”闻时说着，天上已然出现新的巨兽。

他的行为确实有点疯——既然已经有这么多橦了，干脆更多一点，直到这片天地不堪重负，彻底崩塌。到时候，突破口反而会因为稳固突显出来。

当然，前提是突破口突显之前，所有人不会随着崩塌的天地一起覆灭。

天地间更混乱了。

夏樵连树都扶不住，感觉自己随时会随着碎裂的土地掉进万丈深渊。

“什么时候算结束？”他问了一句。

“要么你有本事让布局的主人给你开门，要么……照你哥这架势，估计要弄到全崩为止！”张岚倒是聪明也有经验，没蒙一会儿就明白了闻时的目的。

盾影已经护不住他们了，她艰难地抓着被狂风掀起的树根，试图把几张金纹纸分散贴在四方，帮闻时一把。毕竟能同时控住两个橦，对正常橦师来说已经是极致了。谁知她还没贴第三张金纹纸呢，闻时就甩出了第三个橦。

这——

张家姐弟同时一脸震惊地看过来。现世恐怕没人比他们更了解这件事的难度。

但更让他们忍不住多看的是那些橦的样子，总让人联想到一些很可怕的神兽，但又有几分区别。

张雅临频频注目，因为分神差点被扫进裂缝里。到闻时放出第四个橦的时候，张雅临的脸色已经有点变了。

张岚连金纹纸都忘了贴，愣愣地仰头看着天上神魔乱斗。

而这块地方居然还没崩……

闻时其实已经开始吃力了，四只巨兽飞速消耗着他的灵神，本就只有碎片的灵本开始震荡不息。

他皱了一下眉，正想甩出第五个檯的时候，一只手伸过来抓住了他。

“等一下。”谢问说。

闻时愣了一下，正转头看他，忽然听见某处隐约传来了潺潺的流水声。

那声音很空，像溪水流淌于深邃的山洞。

两人同时怔住。

因为那个声音他们曾经很熟悉，每日晨起夜眠，都有这样的流水伴着林海松涛。

那是松云山的声音。

没听到之前，闻时都不知道自己居然这么怀念这种声音。

一千年，好久没见。

他循声望过去，看见所有檯的“影子”在刹那间收了攻势，像山间的晨雾一般消散于天地间。

无数道金色裂缝从苍穹之上蔓延下来，下一瞬，那个看不见的屏障轰然碎裂。

“这是塌了？”夏樵仰着头茫然地问。

张岚恍惚许久，轻声说：“不对，是突破口自己开了。”

夏樵问：“可是突破口不是外人开不了吗？”

他这话其实不算太对，但没人纠正他。因为下一秒，十二个巨大的高影从碎裂的屏障里出来，围站在众人四周，像十二座高山。

“这是什么？”夏樵喃喃。

张家姐弟张了张口，却没能说出话来。

还是谢问淡声说：“守护灵。”

自古以来，只有屈指可数的局经过千百年的日月轮回能养出守护灵，代表着布局人的余念，作为忠仆守着这个地方。

不是故人，不开山门。

张岚也好，张雅临也罢，听了太多太多传闻，当然知道这一点。

所以他们陷入了长久的茫然中，忽然有点反应不过来了。

下一秒，他们看到象征十二地支的守护灵冲着闻时的方向轻轻嗅了一下，然后拂袖跪了下来。

众人皆知，灵物的感知力最为敏锐，能看见常人看不见的东西，能闻到常人闻不到的气味。

当十二守护灵伏地而跪的时候，张岚其实已经明白了。她知道这些守护灵一定是闻到了熟悉的灵本味道，认出了某个人，但这依然令人难以置信。

她始终觉得这不是真的，是有人借着这局造出了一个逼真的幻境，跟他们开一场天大的玩笑。

她甚至想去摸一下守护灵，试试真假，然后这位姑奶奶就真的摸了一下。

摸完她只觉得脑中嗡然一片，仿佛有人抱着沉木撞向古钟，“铛”的一下，神形俱震。

被摸的守护灵却毫无所觉，它们只是伏低身体，行了一个古时最恭敬的大礼，声音如穿过山林石洞的长风吹响了千年的古埙。

“吾承吾主之意镇守松云山境，祈盼千年，终得大开山门。今以素衣长礼，迎故人归家。”

话音落下的那一刻，山石树木飞散。四周的所有场景在碎裂崩塌的屏障下，环绕着十二守护灵开始重组，逐渐拼凑出另一番景象。

一块巨石轰然砸地的瞬间……张岚扑通一声跪好了。

夏樵本来还蒙着，被她这一跪吓了一大跳。

反观她弟弟张雅临就好很多，虽然表情愕然怔忪，像在经历一场惊天动地的梦境，但无论如何，他始终站得笔直，在这种时候，算是保住了张家一半的脸面。

守护灵高大如山，围成一圈，威压太盛，一般人根本承受不住。夏樵都觉得头皮发麻，两腿发软。他本来不敢开口，但看了张岚好几眼，还是没忍住，只是声音极小，唯恐惊动那些守护灵：“姐，你干吗？”

张岚的声音比他的还轻，像梦游似的：“没事，我站累了，跪一下。”

夏樵：“……”

张岚继续喃喃：“你也别叫我姐，我害怕。”

夏樵一脸不解道：“啊？”

张岚闭了一下眼睛，而后一把抓住他垂着的手，长长的指甲几乎掐进他的皮肉里，幽幽地问：“你跟我说句实话，你哥究竟姓什么？”

这话问出来，其实已经没什么意义了，但她就像在寻求最后一击。

夏樵朝闻时看了几眼，犹豫了几秒，然后把这一击拍在了她的天灵盖上：“姓闻。”

张岚默然片刻，转头又去抓弟弟的手，喊道：“你听见没？姓闻啊！”

她说话的时候，还拽着弟弟摇了一下，结果就见张雅临的眼睛一动不动盯着闻时的方向，冷静地应了一句“听见了”。

然后他笔直的身体晃了两晃，膝盖一弯，“咚”的一声也跪下来了。

夏樵：“……”

主人都跪了，旁边的小黑当然刻不容缓，扎扎实实磕了个大的。接着是张雅临另外放出来的三个檀……他们像多米诺骨牌一样磕出了一条流水线，转了个圈，又回到夏樵这里。

小樵左看看、右看看，离他近的地方已经没有站着的人了。他犹犹豫豫地斟酌了几秒，决定从众。

老毛听着声音感觉奇怪，转头一看，背后的人全跪了，包括夏樵。

老毛原本听到松云山三个字时满腔感慨，连眼睛都有些发热，现在一切感受都被这帮后辈跪得一干二净。他腆着肚子看了一圈，实在没忍住，指着张雅临的脖子幽幽地说：“护身符露出来了。”

张雅临还在梦游，过了好几秒才反应过来，然后低头一看——他脖子上挂着一根干净的黑色长绳，绳端编着灵巧的结扣，扣上挂着一样东西，别称护身符，原名闻时的指骨。

就在不久之前，他还详细地描述他是怎么对待这截骨头的，冲着闻时本人。

张雅临：“……”

有那么几秒钟，他觉得自己已经去世了。但临死前，他还是维持住了端正的姿态，脸皮通红却面无表情地把“护身符”塞进了衣领里，挡得严严实实，然后本能地反击了老毛一句：“你知道姓闻意味着他是谁吗？你跟你老板确定还要这么站着？”

老毛：“……”

他顶着一言难尽的表情站了半晌，回道：“我觉得我老板最好别跪，否则场面有点难收拾。”

没等张雅临他们反应过来他的意思，周围便发出“轰然”一声巨响，山石叠垒，尘埃落定。

众人所在的地方已经变成了一方石洞，木栅栏环绕的旧日老村早已不见影踪，只有汩汩的水流声，不知从何处流淌而来，途经这里，也不知将要流淌去何地。

石洞顶上并不密闭，有大大小小的孔洞，孔洞之间有长直的沟堑相连，乍一看浑然天成，可当日月的光从孔洞中漏下来，疏密有致，才会清晰地显露出来——整个洞顶是一张复杂的星图。

而石洞的地上，沟壑纵横交错，齐齐整整，像方正的棋盘。

闻时曾经很熟悉这里，这是松云山背阳处的一个石洞，很是隐秘。

卜宁不足十岁就发现了这里，把它当成了一个巢，练功之余，总喜欢来这里冥思静坐，仰头看着那些密如漫天繁星的孔洞，一坐就是很久。

他有时候也会拉闻时、钟思或是庄冶过来，试图指着洞顶或是地面，跟他们说些什么，但又总是描述得不甚清楚。

后来他年长一些，就很少再做这种事了。

只有一次，他在洞里听着水流声盘坐许久，忽然对闻时说："师父常说他不擅爻辞术，缺了天生那点灵窍，所以从来不去预测什么，可我总觉得事实并非如此。我常觉得师父只要想看，是能看见一些事的，只是他自己把那点灵窍闭了。"

卜宁他们很少会在背后妄议尘不到，哪怕只是一点小事，偶尔提及，也不会深聊，聊多了，他们会有些惶恐，好像做了什么冒犯尘不到的错事似的。

闻时深知这一点，所以只是听下了，并没有多问，只冲卜宁说："你呢？"

卜宁问："我？"

闻时问："你看见过多少？"

卜宁答："一些吧。"

他说完沉默许久，又道："沧海一粟。"

曾经这个山洞是空的，后来卜宁在里面搁了一张桌案，有时候会伏在上面写写画画，却无人能看得懂。

现如今，那张桌案已经不见了，多了些别的东西。

地上的棋盘上勾画着阴阳鱼，阴阳两侧各放着一样东西，看轮廓似乎是两座等身人像，蒙着白麻布，布上缠裹着蛛网。

而在那两座人像周围，近百枚圆石分作几堆，摆放在交点上，还有五个单独散落在不同位置，上面刻着密密麻麻的文字。

那五枚圆石正指的石壁上，分别挂着五幅画像。跟布满蛛网的白麻布相反，这五幅画在难见天光又潮湿的石洞中历经千年，依然洁净如新，右手边是庄冶、钟思，左手边是卜宁、闻时。还有一个人位居中位，穿着雪白里衣和鲜红外罩，长袍及地，戴着一张古朴的面具，半边妖异半边悲悯，半善半恶，象征着复杂的人世间。

张岚他们就跪在这些画像间，跪在阴阳鱼和那两个蒙着白麻布的人像面前。

他们看到正中间的那张画像，忽然张口忘言。

他们从小到大听到的传闻、看到的书册里都不会有尘不到的画像，后世解笼人提起他都说他孤绝自负，目下无尘，拒人千里，甚至不屑以真容示人，但凡下山，总是戴着面具，连山外弟子都没见过他的模样。

后世解笼人说他入笼解笼，只是为了在半仙之体上更进一步，为此常有超出自身承载之举，所以最终才会落得那样一个污秽的下场；又说他到了最后黑气缠身，远超出其他人能压制的程度，几乎所有靠近他、触碰他的活物，要么灵神尽衰，变成枯骨，要么被侵蚀浊化，也变得黑气满身。

那样浓重的黑气最能勾起人心里的阴暗，让人变得冲动、易怒、重欲、善妒，就连尘不到自己都压不住，所过之处草木尽枯，牵连祸害了不知多少人却毫不收敛。

传闻说他那几个亲徒在封印他的时候耗尽灵神，还差点被反钻了漏洞，最终还是在张家领头的山外弟子的齐心协力之下，才彻底落封。

落封之后没多久，他那几位赫赫有名的亲徒就相继凋殒，成了旧闻故事里的名字。卜宁这条线，甚至连嫡传的徒弟都没有。

这所有的所有，都归结于尘不到。

所以……后人所知的尘不到，没有画像，不提名姓，人人皆避，又人人皆惧。

但他们从没想过，在卜宁所布的千年旧局里，在亲徒藏匿的石洞中，尘不到的画像居然是这样的，就连那张面具都有一种不染尘埃的高洁感，像明月朗照寒山之巅。

当张岚他们怔然失神的时候，跪成一圈的十二守护灵从地上起身，山雾似的广袖抚扫而过，带起了不知来处的风。

那阵风似乎有灵，吹托起了石壁上的画像。

所有入过笼心的解笼人都知道，画像本就是最容易带灵的东西。

张岚他们看着闻时的画像从墙上乍然掉脱，在风里斜扫而下，刚好落到闻时面前。

他伸手便接住了卷轴。

画落入他本人手中时，灵火自卷轴下方而起，顺着画像一路往上烧。

众人便在他身上看到了千年前的旧影，看到他束着头发，穿着霜雪一样的长衣，腰间挂着一个小小的坠饰，绳穗却是蓝色的；看到他手指上缠着长线，丝丝缠绕；看到他肩上站着一只似鹰非鹰的鸟，身边有枯树落地抽芽，绽出了白梅花。

这是布局人的余念在局里留下的残影，有山间日月轮转、四季更替。

张岚和张雅临看得忘言，直到那幅画卷自燃为灰烬，才发现自己刚刚居然忘了喘气。就在他们想要轻轻舒出一口气的时候，墙上的另一幅画也动了。

这一次，他们瞪大了眼睛，噤若寒蝉，因为被风卷下来的那幅画像是尘不到。

画像有灵，挂在局中本是替代之意，只有这局被毁或是它所替代的人来到这里，才会这样脱落自毁，表示物归原主。

这个道理，张岚他们即便没有精修过奇门遁甲，也能推出七八分，而正是因为能推断出来，他们才会这般愕然。

尘不到在这里。那个后世人不愿提也不敢提的祖师爷本人，就在这里。

这个认知让张家姐弟血液逆流，头皮发麻。如果沈家大徒弟是闻时，那么谁是尘不到？在场这些人里，还有谁可能是那个他们又避又怕的人？

张雅临猛地转过头来，力道大得几乎能听到脖颈间骨骼的声响。他这辈子恐怕都没露出过这样惊异的目光，眼睛一眨不眨地盯着闻时身边站着的人。

张岚慢他一步，看过去的时候已经不是惊异，而是惊惧了。

她忽然间明白过来，之前十二守护灵伏身长跪，跪的根本不只闻时一个人，还有他身边的另一位。她像第一天认识谢问一样看着他，看见那幅画像在风中斜斜飘落，直冲他而去。

而他站在山风里，一如往常般从容淡然。

他看着那幅画到了近处，默然片刻，而后伸手接住了它。

火星在卷轴底端明明灭灭，一路往上烧。

他披上了过去的影子，穿了雪白长衫、鲜红罩袍，仅仅是简简单单地站在那里，便显得高而挺拔，仿佛头顶是瀚海星河，脚下是万丈寒崖，身后还有金翅大鹏的清啸声，直贯天地。

这确实是朗月照松山，但是张家姐弟快死了。

橦天然容易俯首于更强的人，当金翅大鹏的啸声响彻于山间时，张雅临放出来的四个橦全部伏到了地上。

这次他们的主人没有跳出来责问什么，因为他自己已面无血色。

至此老天爷依然没有放过姐弟俩，当他们的灵神全崩的时候，墙上落下了第三幅画。

这次掉落的画像是卜宁自己。

那张画飘飘荡荡，没有奔向在场的某个人，而是直接落到了蒙着白麻布的人像旁边。

张岚大脑一片空白，几乎是机械地转着眼珠看过去。

守护灵带过的风变大了一些，穿洞而过，吹散了那些缠绕的蛛网，吹落了蒙在人像上的布。

直到这一刻，他们才发现，只有左边那块白麻布下才是石像，右边和石像背对背的位置上，颔首盘坐着的是一个人，还是活人。

张岚和张雅临死死盯着那个人的侧脸，眼睛都发直了。他们本就空白的脑中骤然响起了一片炸雷，炸得他们体无完肤、魂飞魄散。

那个人不是别人，正是他们一直在找的周煦。

而卜宁的画像，就在周煦的脚边无声无息地烧成了灰烬……

老天爷可能真的不打算让他们姐弟俩活着回去。

周煦？卜宁？

闻时从没想过他们两个之间居然会有关联，虽然周煦身上有着很多与卜宁相似的特质——一样天资非凡，随口说出的一句话，常常比别人预测半天的结果还准；一样灵本不稳，容易受蛊惑、容易被附身，在笼里的风险比常人大得多。

这是卜宁专修奇门遁甲的原因，似乎也是张碧灵不准周煦入笼的原因。

普通人从笼里出来，万事都会变成一场大梦，再不会记得，只在偶然的瞬间，觉得某个场景似曾相识。偏偏周煦从笼里出来，什么都记得。

闻时从无相门出来后进过的笼，除了沈桥的那个，周煦每次都在，就好像冥冥之中自有天意，注定他们要有一场相逢。

但闻时还是觉得难以相信，因为这两个人的差别太大了。

“这是卜宁？”他百感交集，错愕间别过头，下意识向身边的那个人寻求答案，好像万事万物，只要这个人点了头，就是尘埃落定、板上钉钉。

问完他才反应过来，这句脱口而出的话太理所当然了。

于是他看到了老毛诧异的目光。那一瞬间，昔日的金翅大鹏瞪大了眼睛，差点扑扇起翅膀。老毛用一种难以置信的眼神盯着他看了许久，又把目光转向谢问，嘴巴开开合合，比画道：“他——”他瞠目结舌，许久才憋出一句轻声的问话，“他好像早就知道了啊？”

老毛本以为会在谢问那里得到同样惊诧的回馈，谁知谢问只是转眸看向闻时，没有说什么。

他们相隔仅仅一步，目光在静默中交错着，有种说不清道不明的意味。

过了片刻，谢问才对老毛应了一声“嗯”。

气氛一时间变得有点诡异，跪了一地的人忍不住抬眸瞟了几眼。

他们不明所以，老毛却要疯了，因为谢问的态度同样不对劲。

“你也知道？”老毛努力压低着嗓子，却掩不住“你”字的破音。

因为过于诧异，他连“老板”这个称呼都忘了。

他知道你是谁，不说。

你知道他知道，也不说。

老毛光是在脑子里绕了一下，就差点把自己套进去。即便如此，他也感觉到这其中的微妙。可归根结底他是樟，不通红尘烟火、七情六欲，哪怕比别的樟敏锐一些，更像人一些，更厉害一些，也无法完全摸透那些微妙意味的来源。

他只能腆着肚子，用一种“试图看进灵魂深处”的目光盯着他家老板。

谢问不再理他，只转过头，指着阴阳鱼两侧盘坐着的石像和周煦，对闻时说：“你看这两个像什么？”

他身上有旧日的虚影，长发红衣，领口雪白，下颔清瘦，说话间会拉出清晰好看的线条轮廓。

闻时有一瞬间的愣怔，又在他伸手指向周煦时乍然回神，匆忙调转目光看过去。

这一次，他终于注意到那座石像和周煦的特别——他们背对背盘坐着，镇于局中，低垂着头，像极了一个微微变形的“北”字，跟当年卜宁的印迹一模一样。

他想起卜宁曾经说过的话："这个印迹不是北，是我生造的，将来跟我有点渊源。"

卜宁说这话的时候，钟思正倚在石桌边，吊儿郎当地抛接着山里摸来的松粒。庄冶把挑剩的石头重新包裹起来，说其中有些确实挺灵的，可以分给山下弟子用。闻时休息够了，正撑着枝干从老树上翻身而下。金翅大鹏从他肩头展翅而起，在松林间打了个旋。

唯有卜宁把刻好印迹的圆石收进布兜里，纳入袖袋，望着午后静谧的松云山，久久没有回神。

闻时当时抬手接了大鹏，走过他身边时拍着他问了一句："怎么了？"

卜宁这才乍然回神，拢袖而立，半晌摇了摇头，笑着说："我只是觉得山间日子太好了。"

他那时候年纪不算大，却常有忧虑之色，比同龄的大多数人收敛、温和太多。

钟思有时候嘴巴欠，跟前绕后地管他叫"老头"，直激得他撩了袍子抬脚踹人，钟思才撤让开来说："你也就这时候像个少年人。"

所以卜宁一开口，闻时他们就知道是怎么了。

庄冶说："你又看见往后什么事了？"

闻时停下脚步，朝山巅望了一眼，问："跟松云山有关？"

只有钟思张开双手，一边勾住一个，说："哪管那么多，师父不是说过吗，总顾着往后如何、好坏悲喜，这日子还怎么过？"

他冲闻时说："走，师兄请你喝酒——呸，不是，喝茶。刚刚我只是口舌打卷，说错了，你别给师父告状。"

说完，他又冲庄冶一眨眼说："大师兄你负责掏钱。"

最后他冲卜宁道："大仙，不如你说说咱们今日去山下哪家店，能省些茶水钱？"

然后，卜宁便在一片鸡飞狗跳般的骂声中笑起来，再没提过其他。

闻时看着盘坐于局中的周煦，忽然想再见一见曾经那位时常忧虑的师兄，想问他是不是早就看见了什么，料到了今时今日这一幕。

这个念头闪过的刹那，周煦脚边的灰烬被风扫过，落进了阴阳鱼的沟壑中。金光像水流一样，划过沟壑，仿佛有人提笔描摹着阴阳鱼的轮廓。

当画到终点的时候，始终低垂头颅的周煦忽然动了一下。

他躬下身，用手掌揉了眼睛，像沉睡了太多年后倏然苏醒。

也许是画卷烧成灰烬后，他的身上笼了一层旧日的虚影，天青色长衫，长发用山间折的木枝绾了一个髻，尾端披散下来，因为躬身，像墨一样铺在清瘦的肩背上，就连面部轮廓也有了改变。

跪趴在地的张岚和张雅临已经怔住了。他们下意识叫了一声“小煦”，盘坐于局中的人朝声音来处看去。他尚未完全清醒，也不适应洞口透进来的光，所以半眯着眸子，表情透着几分迷蒙和恍惚。

可即便如此，也掩不住他本身的淡然和安静。

仅仅是一个眼神动作，气质便截然不同。

如果说之前他们还不愿意相信，觉得自家看着长大的少年跟卜宁那样的老祖天差地别，不可能牵扯上什么关系，现在也已经信了七八分。

毕竟，此时此刻的周煦真的太不像周煦了。

他就像一个久避人世的山间客，睡了一场千年的觉，在这一瞬间大梦初醒。

真正让他从怔忪中抽离的，还是闻时和谢问。

周煦……或者说卜宁抬眸朝闻时和谢问看了一眼，目光中的错愕一闪而过，更多的是慨然。

那一刻，他眼里承装了太多东西，以至于某个瞬间，他的眸子甚至是潮湿的，含着洞外透进来的亮光。

他蹙着眉仰起头来，努力眨了几下眼睛，又很轻地笑了一下，但那笑声听着像叹息，一叹就是一千年。

他从地上站起来，在虚影的作用下，身量看着都高了一些。他面对着谢问，恭恭敬敬弯下腰来，作了一个长揖，叫了一声：“师父。”

他的嗓音很沙哑，既有几分周煦的影子，又像太久未曾开口，太多太多的话哽在喉咙里，不知从何说起。

他停顿着，想了很久，最后只感叹了一句：“一千年好像也就是囫囵一梦。”

闻时看着他的身影，声音忽然也哑了。

过了许久，他才张口低声问道：“你一直让人守着这里吗？”

卜宁依然没有起身，他的嗓音有点闷。闻时知道，这位多愁善感的师兄眼睛应该已经红了，所以不敢起身。

过了很久，卜宁才说：“不是守着，我们一直都在这里。”

“你们？”闻时愣了一下，猛地朝谢问看了一眼，又问他，“什么叫你们？你是说……”

“还有钟思和庄冶，都在这里。”卜宁说，“当年我留下这个局，是因为忽然有感千年之后也许会有故人重逢的一幕，没想到……”没想到会是这样一番场景，不知该说不幸还是万幸。

曾经幼年不懂事的时候，他常为自己天生特殊的体质沾沾自喜，觉得这是老天馈赠，说明他是芸芸众生中极为特别的那个，说明他能成大事，能担大任，能留青史。

但后来，他发现这似乎不是上天的馈赠，至少不单纯是馈赠。

都说诸行无常、诸漏皆苦，大概少有人会比他体会得更早、更深。

他幼年时，还没学过如何关闭灵窍，时常跟一个人说着话，就会看见对方未至的灾厄——有时满眼血色，有时满脸死相。

他分不清真假，时常会在那些场景出现的瞬间产生一些惶然惊诧的反应，次数多了，他就成了许多人口中的疯子——不知何时会发起病来。

有很长一段时间，他都处于一种混沌未开的状态里，好像说的人多了，他就真的是一个疯子了。

后来为了不那么惹人嫌恶，他无师自通学会了从众。别的孩子说那是怪物，他就跟着说有怪物；别的孩子说那是仙，他就跟着说仙。哪怕他看到的是全然不同的东西，他也不会说。慢慢地，他便泯然众人矣，直到他被送上松云山。

在他眼里，师父是一个仙人。能变成仙人的弟子，说明他也没那么不堪。起初他依然带着山下学来的脾性，别人说什么便是什么，直到某一天，尘不到对他说：“你若真是如此，又何必上山？”

从那之后，他学会了跟自己的体质和睦相处。他开始正经地学爻辞术、奇门遁甲，努力地让自己变得沉稳持重，而不是一个一惊一乍的疯子。

他平和有礼，谦恭包容，又能预见一些事情的凶吉。有一段时间，他甚至觉得自己能知晓天道了。

可后来他却发现，天道终究是无常的，他能预见这一点，不代表会预见下一点。他能拦住这件事，不代表不会触发另一件，甚至触发的事更麻烦、更棘手，更叫人承受不起。

时间久了，他就被师兄弟们调侃为“常思忧虑”。

他确实常思忧虑。

体质特殊的人往往是苦的，因为他比别人先预见到一些未来的事。再热闹的宴席也逃不过席散，再繁华的朱楼也躲不过蔓草荒烟，万物轮转，终有一别。

所以他总是苦的。

有时候他跟师兄弟们说着话，忽然会陷入一种毫无来由的悲伤里。明明大家朝夕相见，他却忽然生出怀念。

那时候他便知道，他们或许是不得善终的。

年纪小的时候，他看见什么灾祸，总会试着跟闻时他们说，试着让他们避开某个人、某件事、某条路。

但尘世间的人和路都太多了，避开这个，或许就奔着更要命的去了。谁也不知道，是不是因为避开了这个，才引发了那个最糟糕的结果。

所以后来吃了几次教训，差点把师兄弟折进一些麻烦里，他便不再说了。

他会藏于心里，一个人消化掉那些苦处，再悄悄地留一些后手。

有一年冬天的一个夜里，山上很冷，他跟钟思围着小火炉用雪水煎着茶。炉里的木柴噼里啪啦地烧着，雪水咕嘟咕嘟地沸着。

他靠近炉身，搓着手取暖，炉盖的小洞里散出浓白的雾气，钟思不知说着什么，正仰头大笑，被路过的闻时抬脚抵了一下，却还是摔在地上。

他在那片热闹中忽然入梦，梦里有人说：很久以前，有一座叫作松云的山，山上住着几个旧时的人。不过现在，人已经成了书卷里寥寥几笔的名字，山也再找不到了。

白云苍狗，往事如烟。

他在物是人非的悲伤中看见了不同往日的松云山。

山坳的清心湖不知为何满是黑雾，像黏稠的沼泽，雾里躺着几个苍白的人影。他看不清那是谁，却连心都凉了下来。

他还看到了背面的山洞，是他常去冥思静坐的那个。

他像往日一样盘坐于洞中，墙上挂着他们师徒五人的画像，周围环绕着他从未见过的守护灵，但他动弹不得，就好像受困于此，不得解脱。

直到某一刻，洞口乍然亮起了光，就像有谁拨开了密密麻麻的藤蔓，有人躬身走进洞里。

藤蔓被掀开的瞬间，外面的风吹了进来。

他闻着久违的新鲜空气，忽然睁开了眼。在睁眼的那个瞬间，他莫名知道，一千年过去了，这是一场沧海桑田下的久别重逢。

那天之后，他便在洞里布了一个局。

他希望那个局永无用武之地，可老天偏爱捉弄他，最坏的场景都成了真。那个局在他将死之日缓缓运转起来。

那天是何年何月何日，他已经记不清了，只记得松云山阴云罩顶、草木皆枯。

他布下的局嗡然转动，升起屏障，将这个曾经被他们称作家的地方藏了起来。十二守护灵像山一样围坐成圈，镇着这一方秘地。

而他在那个已经看不见满天星辰的山洞里垂首而坐，把自身灵本一分为二，一半几经流转，一半长留此地，供养着这个局。

一切如梦。

唯一的区别，是他不知千年之后，究竟会不会有故人撩开藤蔓，让这处地方重见天光。

他拼上生死，掷了一场豪赌，赌他在这个不见天日的石洞里不知年月地枯坐着，等风来。

万幸，他赌赢了。

但这个结果依然出乎他的预料。

“我以为，我等来的会是谁的后人，”卜宁低头看了自己一眼，“就如我自己这般，换了模样、换了身份，唯一算得上熟悉的，大约是这副躯壳中的一抹灵本，能让守护灵大开此门。”

他看着身上古今不同的衣着，怔然许久，又苦笑着开口道：“这话还是说大了，其实就连后人，都是我曾经不敢想的。”

“为什么不敢？”闻时问道。

卜宁听到这话，讶然地抬起头，惊诧地看着闻时，道：“因为……”因为他盘算过无数遍，除了一个灵本半失的自己，实在盘算不出还有谁能留下什么后人。

这几乎是显而易见的，否则他这个局也不能被称为孤注一掷的豪赌了。

但闻时居然有疑问，这让卜宁万般不解。他上下打量了闻时一番，又朝谢问投去求解的目光，最终还是试探着问闻时：“师弟你……”

“他的灵本丢了，”谢问答道，“刚找回来一点。”

“灵本丢了？”卜宁一脸担忧地看过来，咕哝道，“怪不得守护灵费了一阵子才嗅出来。”

像闻时这样的情况，躯壳内的灵本只有一点碎片，对久镇于此的守护灵来说并不明显，恐怕得到灵本震荡，才能闻到味道。

“可是灵本怎么会丢呢？”卜宁问。

闻时说：“我不知道。”

卜宁又问：“何时发现的？”

闻时摇了一下头，说：“我从有记忆起就是这样，记不清了。”

卜宁的眉头皱得更紧了：“没有灵本之人想要长留于世间，古今几乎少有人能做到，更何况一千年，师弟你……”

他有些迟疑。因为在世间逗留千年，乍一听似乎是什么大幸之事，但仔细想来，又有几分被捆缚于世而不得解脱的意思。

也许是因为专修奇门遁甲，卜宁禁不住想到了一些不太妙的事情。

“也许你不记得了，我曾经同你说过的，有几个很邪的局，就是跟某些灵物建立牵系，来达到一些常人无法达到的目的。”卜宁解释说，“当然，人心不一，不同人有不同的目的，不过兜来转去，总逃不过那几样，名、利、修为或是寿命。”

闻时差点以为他想岔了，怀疑自己为了在世间久留，搞了一个这样的邪局。

谁知卜宁愁眉不展地说：“那些被利用的灵物，常会出现被捆缚于世间而不得解脱之相，倒是跟你这情况有三分相似。”

他朝谢问看了一眼，目光一如少年时不敢多留，很快便转到闻时身上，认真地说：“师父出事后，那个封印之局消失于世，你也跟着不知所终。钟思和庄冶自顾不暇，但我有试着找过你，不过始终没有结果。我想会不会是谁趁人之危，想借着你的灵本做点什么，所以才导致了如今的结果？”

卜宁说得委婉，但闻时立刻就明白了。正常人看到如此情形，只会担心他不甘离世，布了什么邪局。卜宁却相反，他担心有人心怀不轨，乘虚而入，把闻时当灵物炼了，致使闻时在世间活了这么多年。

哪怕千年未见，这位常思忧虑爱操心的师兄也从没对自家师弟有过半分猜疑。

闻时摇摇头，打消了卜宁的疑虑，否认道：“应该不是。”

卜宁问：“怎么说？”

闻时说：“如果是被炼化的灵物，日子应该比我过得糟多了。我只是每活一世就睡一觉，隔几十年又会醒过来。”

卜宁继续问：“怎么睡？怎么醒？”

闻时说：“无病无痛，撑不住就会睡。至于醒……得走一扇门。”

他说得轻描淡写，省去了许多细节，诸如灵神尽衰的时候有多难受，诸如穿过无相门的时候会流多少血。

相比枯坐千年，等一场不知会不会到来的重逢，他觉得自己过得好多了，起码人间热闹一些，只是少了故人，就有些无根无源。

卜宁听到“无病无痛”，神色放松下来。他从没听过这样的情形，便问道：“你所说的门是什么样的？”

闻时说：“跟很多奇门遁甲摆出来的门相似，只是要长一点，走得久一点。我不知道另一头通向哪边，所以从书里随便借了个名字，叫无相。”

少时的卜宁，每次见到自己没见过的东西，能不眠不休地摆弄好几天。他听到自己不明白的事，也能琢磨很久。

以前钟思要人常用这招，搞点新奇物件，能让师兄围着自己转三天。当然，最后他总免不了一顿打。

这么多年过去，哪怕不同往日了，卜宁这个本性依然没变。

“这是什么门……”他一时间也琢磨不出来，下意识问闻时，“门里真的什么都没有吗？”

闻时仔细回想了一番，说：“有时候有声音，但很少也很轻，几乎听不见；有时候……”

有时候他会觉得好像背后很远的地方，其实靠着一个人，静静地看着他。但因为他身前身后都是一片漆黑，什么都看不见，这种感觉说来更接近于幻想。

闻时每每回想起来，只觉得也许是自己希望太重，生造出来的感觉，自欺欺人罢了。

所以他说了一半就顿了一下，摇头说：“没什么了，差不多就是这些。”

卜宁没想通，下意识向谢问求助：“师父听闻过此类事吗？”

谢问的目光落在别处，不知为何有些出神。刚刚闻时和卜宁之间的对话，也不知道他听了还是没听，总之没有出声插话。

闻时下意识顺着他的目光看过去，只看到了一片虚空。而等他将视线移回来，谢问已经收了目光，朝他看了一眼，回答卜宁说：“我没听说过。”

说完，谢问便转了话题：“你说那天他不知所终？”

谢问朝闻时指了一下，又沉声问卜宁：“还说钟思和庄冶也在这里？”

卜宁垂眸点了一下头，道：“对，都在这里。”

他似乎想说点什么，又好像不知该从哪儿说起，索性比了一个恭敬有礼的手势，说：“师父和师弟有多久没见过松云山了？我带你们去看看吧。”

话音落下的瞬间，他拨了局中几个圆石，换了位置。

洞外有更劲的风刮进来，带着山间草木的味道，比之前要更灵一些，好像忽然就活了。

卜宁走到洞边，经过张岚和张雅临时，脚步顿了一下，彬彬有礼地点了一下头说：“别跪。你们是？”他指了指自己，“后人的亲眷？或是邻里？”

张岚直起身，扶了一下旁边的石头说：“我不是要跪，就是脚软，有点起不来。”

这个局里，卜宁做惯了主。他拂袖一扫，就有风从脚底穿过，生生把张家姐弟、那几个橦……以及陪跪的夏樵都托了起来。

“我们是……”张岚本想说一下他们跟周煦的辈分关系，但对着卜宁老祖，小姨什么的就说不出口了，总觉得占了便宜。于是她生生转了个弯，说：“反正认识。”

卜宁点了点头，忽然问道：“现在的我是个什么样的人？爱惹麻烦吗？”

“特别能——”张岚下意识接了一句，又用力清着嗓子改口道，“就挺好的。”

这时谢问和闻时从后面过来，补了一句：“爱吹牛，话挺多的，且不是很中听，容易招人打，哪点都不像你。”

卜宁听到这话，不知想起了什么，居然笑了一下。

“你笑什么？”闻时问。

卜宁说：“也挺好的。”

十六七岁的时候，他曾经跟钟思漫天胡扯。因为什么提起来的话头，他已经忘了，只记得钟思问他：“大仙师兄，反正你闲来无事，要不帮我看看若干年以后我会做点什么？”

当时卜宁正拣着棋子，反问道：“你不是最不爱预测这些？提前知道好坏也不抵用，左右你也改变不了什么。”

钟思点头说：“也是，那你呢？你不是最爱预测这些？”

卜宁说：“那我也不爱预测自己。”

钟思说：“那你希望自己是什么模样？”

卜宁想了想，说：“讨人嫌一点吧，跟你似的。”

钟思被气笑了，当场撸了他的棋盘。

其实那话后半句是调侃，前半句却是真。

他曾经很认真地怀抱过这样的希望，希望若干年以后的自己有什么说什么，不藏心事，不担忧虑，不问来路，不管前程，不高兴了，情绪摆脸上，高兴了，情绪也摆脸上，喜欢就夸，讨厌便骂。周围皆是能人，他不用担什么红尘大事，无须他担忧半分，也无须他操心半分。

这样想来，老天对他不薄，也算是好梦成真了。

卜宁转身撩开洞口长长的藤蔓，指着一条熟悉的山道，对闻时和谢问说：“你们跟我来。”

这是他们来时没有的场景，闻时一踏出去，嗅到山间带着蒙蒙雾气的风，就不知今夕何夕了。

也许是局的作用，洞外洞里就像分隔千年的两个世界，他走上山道的瞬间，浑身只剩下昔日的影子，长发长衫，高瘦挺拔，像松云山间落了雪却笔直朝天的冷松。

他走了几步，恍然发现身边空了，才转头朝身后看去。

谢问的目光落在他身上，不知为何止步于洞边，迟迟没有抬脚。

“怎么了？”闻时问道。

谢问倏然收了目光，似乎闭了一下眼睛。过了片刻，他才抬眼，抬脚走上了山道。

那一刻，闻时几乎有些怔然。他忽然想起十九岁那年，时隔多日看见尘不到回松云山，也是这样红衣长发、领口雪白，袍摆从松石上轻扫而过，却不染尘埃，仿佛时光匆匆而过，却没有留下什么痕迹。

他看到这个人，依然会忘了移开眼。

他以为自己在人间一千年，见过红尘万物、俗世悲喜，见过无数人的舍不得、放不下、怨憎会、爱别离，早已不是松云山上那个因为几场梦就灵神不安、剐尽尘缘的人了。

他遗忘过又记起，与尘不到分离又重聚。

他以为自己已经可以冷静地站在那个人身边，冷静地分析如此种种，冷静地说着话、做着事，保持着比陌生人亲近一些又不同于师徒的距离，甚至觉得就这样不远不近地相处着也未尝不可。

直到这一刻，他才突然意识到事情不是这样的。

他怀念松云山的日子，怀念山腰练功台上的吵闹，怀念山坳的清心湖，怀念山巅的繁星和积雪，怀念这个独一无二的人。

那曾经是他在这个人间的家，是他和尘世最深的牵连，怎么可能说不要就不要了。

他还是痴妄很重，还是贪心。

但如果一定要有取舍，他宁愿走在这个人身后，落后一步台阶，不用更进一步，哪怕对方不回头，他也可以跟着走上很久很久。

当谢问走上来的时候，闻时下意识侧身让开路，手指抵了一下他的背说："你走前面。"

"为什么？"谢问垂眸看着他。

闻时没答话。

这次谢问居然没有坚持，只是看了他一会儿，便点头往上走。

闻时落后一个台阶跟在他后面，抬头就能看到那个熟悉的影子。

山道很窄，缠着雾瘴，石阶湿漉漉的。

闻时走了一会儿，忽然开口问道："你什么时候知道我没有灵本的？"

谢问温和的嗓音传过来："我第一次见到你就看出来了。"

闻时静了片刻，问道："那你为什么不说？"

这个问题从他知道谢问是谁起就想问了，最初一次又一次话到嘴边却不知从何说起，后来因为那些欲盖弥彰的私心，索性闷回了心里，直到这一刻，他终于说出了口。

谢问不知是想起了初见的场景还是什么，很轻地笑了一下。他没回头，闻时看不到他的表情，只能听到他的话音："要是我第一次见你就说，我是你……师父。"

他不知为何中途顿了一下，虽然那个停顿很短，却还是让闻时捕捉到了，脚步蓦地一停。

但下一瞬，谢问的语气已然如常，仿佛刚刚的停顿只是错觉，就像不经意间穿堂而过的风。他笑着说："我会被你冷嘲热讽一顿，然后轰出家门吧。"

他没听到闻时跟在身后的脚步声，转头看过来。

闻时抿了唇，重新抬了脚。

过了片刻，他才又问道："那后来呢？"

这次谢问没有立刻开口。静默持续了一阵子，山道拐了一个弯，碎石满地，有些难走，谢问踏上那个台阶便停了步，忽然回过身来，握了闻时的手。

他垂眸看着闻时的脚下，似乎只是受松云山景的影响梦回昔日，下意识搀了徒弟一把。等到闻时也踏上那个台阶，他才转眸看向前路，低声道："总有些这样那样的原因。"

"比如？"这话是下意识问的，问完闻时才反应过来，想收却已经收不回了。

他不知道自己那一刻有着什么样的表情，也许是皱了一下眉，也许带着浅淡的自嘲或懊恼，也许只是单纯地等一个答案。

谢问看了他很久。某个瞬间，他几乎就要说点什么了，因为他低声重复了一句"比如……"，但说完这两个字，他便沉默下来，良久之后才又开口。

"比如我想看看你什么时候才会想起自己有个师父，想听听你会不会有什么当面不好说的坏话。"

他说这话的时候，已经改了语气，手指轻轻推了一下闻时的肩。

等闻时反应过来的时候，位置已经换了。拐角后的山道依然很窄，他走在前面，谢问则跟在他身后。

那句回答听起来稀松平常，又因为那段良久的沉默显得像句假话。

闻时想回头看一眼谢问的表情，但他知道，就算这时候回头也看不出什么。

所以他只是别了一下头，便抬脚往前走。

他走了几步，才开口说道："我没什么坏话不能当面说。"

谢问跟在他身后，隔了很久才笑着回了一句："也是。"

真正不能当面说的，没有一句是坏话。

"师弟。"卜宁的声音传来。

闻时抬眼看过去，看见他领先几步，停在了前面一处石台上。他望着这边，忽然问道："你怎么了？"

闻时怔了一下，大步走过去，问："什么？"

卜宁打量着他，斟酌道："你刚刚看起来有点……"

"有点什么？"

有点孤独。卜宁的话到了嘴边却没有说出来，因为只是一个抬眼，那些情绪就从闻时身上消失了，像大雪下的顽石和朽木，被封得严严实实。

"没事。"卜宁摇了摇头。

闻时有些疑惑，正想再问，余光却扫到了身侧的场景。

他怔忪而茫然地转身看过去，便再也挪不开眼了。

那是一片浩大而不知尽头的荒原，被浓稠的黑雾包裹着，像看不到滩涂的江海。

他们现在所站的石台，就正对着这片地方，明明相隔不远，却像两个世界。

他们背后的山石上青苔密布，藤蔓丛生，有不知多少年的老松盘踞于缝隙间，郁郁葱葱。而他们面前的黑雾里却寸草不生，目之所及皆是死气沉沉。

这两个世界间就像隔着一个透明的屏障，那些黑雾像游云一般浮散流动，却始终不会越界过来，总在经过石台边缘时就绕开了。

谢问在闻时身后刹住步子，目光也投向这片浩瀚的黑雾，然后紧紧皱起了眉。

紧随其后的老毛和夏樵也是满脸难以置信，只有张岚和张雅临脱口而出，低低惊呼道："笼涡！"

但他们说完就反应过来，改口道："不对，不是笼涡。"

虽然此地和笼涡都是黑雾四溢而无法消散的地方，乍看起来有六七分相似，但这并不是他们应对过的那种笼涡。这比笼涡大多了，黑雾也浓稠多了，像许多个笼涡的聚集地。

那一瞬间，张岚心里闪过一个词——源头。

但她下一秒就被这个词背后的含义吓到了，越想越惶恐，于是噤声不语。

不论这是不是笼涡，都是不可能出现在松云山的东西。

闻时从没在松云山里见过这般场景，于是皱了眉，低声问道："这是哪儿？"

卜宁低垂着眉眼，目光从薄透的眼皮下投落到那片黑雾中，不知正透过黑雾看着其中的哪一点。

"你认不出来了吧？"卜宁抬手朝黑雾深处指了一下，说，"那边是清心湖。"

闻时睁大了眼睛，近乎茫然地看着那片没有尽头的黑暗。

"清心湖？"他哑声道，"你说这里是清心湖？"

"是，"卜宁指着脚下的石台说，"这块石台就是正对着湖心的那个。你和大师兄在这里对着湖心练过橦术，钟思也在这里画过金纹纸。师父有时候从山下回来，也会绕经这里……”

说这些的时候，闻时脑中闪过了一帧一帧画面，清晰如昨。

他还记得清心湖里游鱼万千，每到夏季的雨前，山坳里潮而闷，湖下的游鱼便会跳上湖面，惊起涟漪，一圈一圈相套着。

庄冶甩橦线甩不稳，有阵子常邀他来这处石台，以那些跳跃的游鱼为靶，从天色暗沉练到雨落下来。他那橦线甩得很轻，只练操控，不加任何力道，弹到游鱼身上，不比雨重，只会让它们囫囵甩个尾。

只有钟思不守规矩，经常半途过来插一杠子。他不敢给闻时捣乱，就瞄着大师兄。只要庄好好一甩橦线，他就背着手偷偷捏金纹纸。

于是那些游鱼总在被橦线弹中的前一刻朝旁边轻轻一扭。

所以庄好好的战绩总是很惨烈，在闻时百发百中的对比下尤为要命，经常弄得庄好好怀疑人间。但他没什么争强好胜的心思，只会纳闷半晌，然后慨然一笑，说：“师弟果然厉害，我还差得远。”

而闻时总会在最后一下让橦线临时改道，把躲在某处的钟思捆成蚕蛹拽过来，拎给大师兄赔礼道歉。

但结果往往是大师兄又被钟大忽悠讹上一顿，被讹完还说好。

还有数不清的时候，闻时跟着尘不到下山，常会走这条路，因为有这片烟波浩渺的湖泊在，这儿比另一条山路多些生气。

山风吹过树叶，声音是沙沙的，山里的雨声也是沙沙的。

他们每次途经这里，都会听一路这样的声音，好像一辈子也就这样过去了。

有一次尘不到告诉他，之所以当初自己选择在松云山落脚，就是因为这片湖灵气充沛，能让人的灵神安定。

闻时所有关于清心湖的记忆，都是安逸美好的。

他从没想过有一天，那片湖泊会是这番模样。

“怎么会变成这样？”闻时问话的同时伸手试了一下。在他的手指靠近那片黑雾的瞬间，脑中“嗡”了一下，像被千斤重锤狠狠砸中。

那一刻，狂风呼啸而至！

他看到的俱是黑暗，像有人忽然关上了灯，无数利刃藏在风里，从他身边剐过，痛得惊心。

他下意识抹了一下被剐过的地方，却没摸到任何伤口，仿佛那种痛并不在身体上，而是在记忆里。

当他反应过来这一点的时候，眼前的黑暗慢慢褪下去。

闻时听到卜宁的声音在耳边响起："钟思和庄冶就在这里。"

"你说什么？"闻时转头的时候，才从黑暗和虚浮的痛苦中挣脱出来。

那种感觉还残余着，以至于他的脸色看起来苍白至极。

"那天……"卜宁顿了一下。

闻时下意识问："哪天？"

卜宁没有吭声，但闻时忽然懂了，是封印尘不到的那一天。

他领悟这一点的刹那，连嘴唇上的那点血色都褪得干干净净。

他看向身边的谢问，听见卜宁徐徐说："那天钟思和大师兄的灵神损耗最为严重……"

而卜宁因为控局，离得远一些，因此受到的损伤稍轻一些。

所有解笼人都知道，解笼的时候，如果笼主的黑雾太深太重，肆虐的黑雾超出承受范围，是会侵蚀、污染周围的人的。

而尘不到当时的状况，就相当于数以百万计而不可控的笼主全部集于他一人身上。所以最后封印虽成，但依然有残余的黑雾扫到旁人。

钟思和庄冶离得最近，反应最快，将流泻出来的黑雾统统挡了下来。但那时候他们已经十分虚弱，早已无力化解那样浓稠厚重的黑雾。

为了让黑雾不侵蚀污染更多无辜的人，也因为料到自己撑不了多久，他们借着卜宁布局开出来的门，避进了松云山。

凡人说，落叶归根。

他们以为自己早已脱离尘世烟火，临到最后却还是躲不过这句凡人说。

他们无处可藏的时候，还是想回家。

卜宁说："我把山下的村子圈护起来，布了局把整个松云山隐匿起来，以免波及更多人。然后我们尝试了所有能试的办法，也没有能修化掉那些，所以只能把自己也封印在这里。"

他说完这句话的时候，闻时看到谢问阖了一下眼。

他一身红袍站在石台边，面朝着那些深渊一般无边无底的黑雾，雾里是他曾经看着长大的徒弟。

他们被捆缚于此，等了一千年。

闻时简直不敢想，这个人此时此刻是什么心情。

“用洗灵阵了吗？”他问卜宁，明明是很简单的一句话，声音却低得几乎听不清。

当初他学会了洗灵阵，就把方法告诉了几个师兄，以备不时之需。

但没有人有他那样的负累，正常的笼卜宁他们完全可以化散。

所以到了最后，真正在用洗灵阵不断自剐的，只有闻时自己。

他已经数不清自己进过多少次洗灵阵了，从十九岁开始，一次又一次，把那些尘缘慢慢消融殆尽。

眼前这片黑雾和他当年身体里承载的那些尘缘相差无几，如果动用洗灵阵，应该是可以剐净的，那为什么还是这个结局？

让闻时意外的是，卜宁说：“用了，但是没有起作用。”

闻时脱口说了一句：“怎么可能？”他明明用了那么多年。

卜宁说：“那个洗灵阵我后来试着拆解过，它不是单纯地化散黑雾，毕竟那些黑雾，那么多人留在这个世间的东西，怎么可能直接消失于世，总得有地方承接下来，但我找不到承接的地方。”

闻时不通奇门遁甲，学洗灵阵就是硬学。

这是他第一次听到洗灵阵发挥效用的原因，然后他怔在原地。

“我曾经以为是松云山，甚至就是这片清心湖，后来发现不是。”卜宁沉声说着，“但不管是哪儿，那个地方应该已经被毁了，不能再承接任何新的黑雾，所以……洗灵阵其实一直布在这里，但从来没有真正运转过。”

“你看——”卜宁说着，伸手去触那片封印地的边缘。

那一刻，黑雾忽然更改了流转方向，透过那些间隙，隐约可以看到寸草不生的荒地上有几个地方闪过金光。它们像微弱的火烛，刚亮就熄了。

卜宁为了证实他的话，抓了一把圆石，抛过黑雾就击向洗灵阵，试着再启用一次洗灵阵。

石头相撞的声音很脆，每响一下，闻时的眼睫都会轻颤一下。

卜宁又说了什么，闻时一概没听清，只被脑中倏然闪过的猜测攥住了所有心神。

就在最后一颗镇石被击响的时候，那些已经熄灭的火忽然抖了一下，又燃了起来。

那个曾经承接了闻时所有痴妄尘缘、所有挣不脱的噩梦以及所有痛苦和负累，又沉寂了千年的洗灵阵，忽然毫无征兆地嗡然运转起来。

那些流转的黑雾忽然有了方向，它们像盘扫的龙，乘着松云山间的风……全部涌向了谢问。

闻时从没露出过这样的表情。

那些黑雾拧成的龙庞大惊人、遮天蔽日，它们扫过的风带着冰刀霜剑，几乎叫人皮开肉绽。它们带来的呼啸声直冲云霄，还伴着凄厉得直钻脑髓的万千哭声，像有人握着钢钉往额间钉。

在场几乎所有人都不堪忍受，紧捂着头跌跪在地。

就连张岚、张雅临这样现世数一数二的人物，也不堪负累，弯下腰。他们闭着眼在狂风中喊叫了一声，像一种痛极的宣泄，但刚张口，声音就散在了哭声里。

明明是这样难以承受的东西，闻时却仿佛看不到、听不到……就像骤然之间五感尽衰，整个世间都成了一片空白，只剩下谢问一个人站在那片空白中。

他看着谢问，也只看得见谢问。

他满眼通红。

原来当年他从对方屋里翻到的书从来不是巧合，原来他自以为瞒天过海的事对方其实一清二楚。原来他每一次孤身站在洗灵阵里，听着那些如影随形、钻心剜骨的哭声，一点一点剐掉那些背负不下的尘缘时，一直有一个人守在另一端，替他承接了所有。

一切他要不了的、说不出的、化不开的、驱不散的，都被那个人揽了过去。

一千年……他居然一无所知。

他在尘世间兜兜转转，往来了一千年。他画过无数张不知模样的画像，听过无数次关于“封印”和“不得解脱”的故事，却从没想过，对方何至于此。

何至于此……

黑雾将谢问湮没的那一瞬，闻时猛地转过头来，道：“把洗灵阵停了！”

他的嗓音哑得厉害，是卜宁从没听过的语气。说完，他便闯进了雾里。

最后他转身的瞬间，卜宁看到他紧抿着唇，眼里一片血色。

“哥！”夏樵挣扎着惊呼一声，下意识就要往里闯，还好被卜宁眼疾手快地拽住了。

“你别跟着疯！”卜宁难得这样沉声说话。

夏樵还没完全靠近那团黑雾，就已经难受得犹如千刀万剐、万蚁噬心了。

他被这种骤然而来的剧痛弄得当场跪地，然后蜷了起来。

卜宁自己也好不到哪里去。他还借着周煦的身体，这身体没修过什么，根本承受不住离黑雾这么近。仅仅一瞬间的工夫，他这残破的灵本差点被活剐出躯壳，只得刹住步子。

而黑雾里的两个人是什么感受，他简直无法想象。

闻时一进黑雾就抬起了手。

当黑雾往一个人身上涌聚的时候，实在太浓稠了，浓到闻时什么也看不见。

他闭着眼，十根手指间的所有檀线全部直窜出去，带着万箭齐发的气势，却在触到谢问的瞬间变得柔软起来。

那些檀线跟他的灵神高度相合，几乎是他下意识的反应。

它们僵了一瞬，接着细细密密地缠上了谢问的身体，像一张顷刻织就的网，把那个人整个笼在其中。

闻时几乎将所有灵神都灌注在那些檀线上，以至于那些黑雾朝谢问奔涌的时候，被细密交错的线强行挡住。它们冲撞着檀线，发出了锵然的声响。

谢问的声音响了起来，近在咫尺。他的嗓音很低沉，有着微微的沙哑，带着几分病态的倦意，但语气却利落又强硬：“出去。”

檀线非但没松，反而缠得更紧了一些，强阻着那些源源不断的黑雾。

闻时闭着眼，嘴唇抿得死紧。过了许久，他才哑声答道：“不。”

仅仅是这一个字，就含着闷了一千年的情绪。

而不论他如何压抑，面前这个人总能一眼就看穿他，让他无所遁形。

谢问似乎听出了什么，沉默了好一会儿。

过了片刻，闻时感觉到一只手伸过来，轻碰了一下他的脸，然后拇指在他紧闭的眼尾抹了一下。

他听见谢问很轻地叹了一口气，收了那份强硬，低声说：“别哭。”

闻时的眉心死死皱着，紧抿着唇，脸侧的骨骼收紧了几次，他才哑声答道：“我没哭。”

他稍大一些就再没掉过一滴眼泪，更何况在世间浮浮沉沉一千多年，哪里还会哭。

“那你把眼睛睁开。”谢问的拇指依然停留在那里，又在话音落下后，很轻地触了闻时两下，像一种哄骗。

在曾经数不清的日子里，谢问常会哄骗他。但也许是这次少了逗弄人的笑意、多了几分病气，谢问的嗓音沉沉，跟以往的任何一次都不尽相同。

闻时咬着牙，下颌绷着，露出清瘦的轮廓。

他僵持了很久，终于还是睁开了眼睛，眼尾通红。

因为檀线暂时硬挡着，他们之间的黑雾在来回冲撞之下变得不再那样浓稠，周围不再是不见五指亦没有尽头的黑暗，他甚至可以看到对方模糊的轮廓。

“你为什么用洗灵阵骗我？”闻时的嗓音又哑又沉。

“你为什么不告诉我那些东西剐不干净？”

“我身上那些是我自己该担的，跟你根本没有关系，你为什么要接过去？”

很多年以前，面前这个人曾经开玩笑似的逗他，说松云山的雪已经够多了，自己何苦来哉，居然还找了个雪人来镇宅。那人还说：“倘若哪天你能主动起一个话头，连着说上两三句，每句不少于五个字，我就准你把檀的锁链撤了。”

后来该准的、不该准的那人都准了，他的话依然没有变多。

没想到他第一次做到，说的居然是这些。

谢问沉默了一瞬，不知是不是也想起了陈年旧话，而后他缓声道：“怎么没关系？有关系的，毕竟是我养大的。”

你养大的……

闻时很轻地阖了一下眼。

黑雾一次又一次地撞在他的檀线上，又因为檀线跟灵本牵连极深，连带着皮肤下的骨骼都在痛，但他根本感觉不到，因为他正把另一些东西撕扯开，给最在意的那个人看。

“你知道我为什么总在用洗灵阵。”

他面无表情，也无血色，像在说不相干的人和不相干的事，但他绷直的肩颈、捏紧的指关节以及发红的眼尾，都在表露着他暗藏的狼狈。

他个子高挑，站得笔直，像一柄寒剑，刃口却向着自己，冷冷道：“你在另一边，你一定知道。你既然都知道，为什么不干脆把我赶下山？”

如果没有他的存在，如果不是他一次又一次把自己身上的负累剐给面前这个人……对方是不是不至于走到被封印的这一步？是不是不至于在无数后人“不得好死”“不得解脱”的评判中沉沦一千年？是不是依然那样光风霁月、不染尘埃，仿佛在光阴间隙里穿山而过的仙客，就像他们在尸山血海前的那场初见？

“你应该把我赶下山，别问死活。”

闻时缠着傀线的手指绷到关节发白，他沉默两秒，又道：“或者索性当初别带我上山。”

谢问忽然转头咳嗽起来，转回来的时候，手指虚握成的拳还抵在鼻尖。

那些黑雾越积越多、越攒越盛，已经远不是原来的规模了。它们撞在闻时的傀线上，一次两次可以挡，三次四次也能拦，可次数多了，必然会有疏漏。

那些漏掉的黑雾便如浩瀚海潮一般，尽数被谢问纳进躯壳里。

闻时脸色骤变，急忙再加傀线，一刻不停地往他身上缠裹。

可不知为什么，这次那些黑雾没有被傀线阻拦下来，而是直接穿过傀线交织的网，源源不断地涌向谢问。

闻时从没有这样用过傀术。他几乎是古今最强的傀师，有着最稳的一双手，但当他放线出去的时候，指尖甚至是颤着的。

几次阻拦都不见成效，那些之前还正常的黑雾，此时犹如水中月，像一场虚影。

“怎么回事？”闻时问道。

卜宁呢？他进来之前明明提醒过卜宁，让对方立马停掉这个洗灵阵，为什么到现在洗灵阵还在运转，并且越来越怪？

就在这时，卜宁的声音穿过黑雾传了进来，不知道对方用了什么法子，居然没被哭声遮盖，清晰地落在闻时耳中。

他说：“这个洗灵阵我停不了，所有投过去的镇石都在半途碎成粉了！”

如果卜宁布下的洗灵阵连他自己都控制不了，那就只有一种情况。

闻时乍然抬头，死死盯着黑暗中谢问的脸，眼底的那抹红色更重了，问：“你动这里的阵局了？”

这个人算好的，算好了要来这里，算好了要把这满池黑雾引到自己身上来。

他忽然想起进局前谢问摆弄过的圆石和枯枝……

曾经他们都知道，这个人只需要借用一花一石，就能改掉少年卜宁辛辛苦苦布了几天的局。可因为之后太多年没再见过，他还是大意了。

就在他反应过来的刹那，无数细丝一般的东西缠上了他的身体。他茫然地低头，发现那居然是自己的檀线，只是在另一个人的操控下，反向包裹住了他。

他看见谢问的手指勾着他的檀线，温声说："让你进来，是我知道你会乱想，总要让你问几句，我也总要跟你说明白。封印那件事跟你无关，我就算替你接了所有，也不至于控不住它们。以后……"

说到这里时，谢问忽然顿了一下。

这个停顿让闻时心下一空，接着他听见对方说："以后你别再说那些让自己难过的话了。"

闻时看见谢问抬起手，似乎想要再抹一下他的眼尾。

但到了半途，谢问的手便落了下去，只是拇指轻碰了一下他。

"听话。"

他听到这两个字的时候，整个人已经被推到了黑雾外。

为什么要说"以后"？为什么好好的，突然会说到"以后"？

闻时在遮天盖日的空茫中忽然意识到这个人要走。

这个把他从尸山血海带出来，教会他所有，又送他入人间的人想要走了。

就在不久之前，刚踏上松云山道的时候他还想过，他宁愿走在这个人身后，不用更进一步，保持着落后一步台阶的距离。只要对方不回头，他就可以一直看着那道背影，走上很久很久……走一辈子。

原来到最后，他连这样的机会都没有。

以对方如今的状况，这个洗灵阵继续运转下去，这个人可能会死，会消散于这个尘世间，从此他们再无牵连、再无瓜葛……

不论他走几次无相门，等多少年，都不会再找到这个人了。

闻时意识到这一点的瞬间，已经转身踏出了石台。

他的身后传来卜宁惶然的惊斥："师弟你疯了！"

我早就疯了。闻时心想。

从十九岁那年的一场惊梦开始，从一次又一次跨进洗灵阵开始，他已经疯了不知多少年。

洗灵阵布在清心湖里，江海一般的黑雾源源不断地从那个面目全非的地方抽离。闻时跳下去的时候，卜宁试图改阵局的圆石划过几道弧线，落在他身前一些。但它们下一秒就在空中被打成了齑粉，烟消云散。

四只巨型檯在那个瞬间同时暴起，直穿黑雾，试图破雾而行，给主人开道。但这里的黑雾跟普通笼里的黑雾全然不同，即便是它们也承受不住。

几乎是眨眼的工夫，闻时身上便出现了黑雾侵蚀的痕迹，像点了火的纸，在火星席卷之下，从边缘烧至中心。

檯可以不知苦痛，不顾死生，但它们跟檯师灵神相连，所承受的那些都会尽数反噬到闻时身上，闻时却仿佛无知无觉。

他的手已经穿进了雾里，直冲洗灵阵中的镇石而去。他每进一寸，那种灼烧和侵蚀的痛苦就更重几分，就像有人拿着磨石刀，竭尽全力地磨着他的皮肉和骨骼。

但有什么呢？大不了就是挫骨扬灰。

他左手前端的皮肉已然被黑雾蚀尽，露出指骨，而他依然没打算停。

他耳里尽是风声，眼里只有镇石。

不知何处忽然传来一声清啸，直穿长空和迷雾，闪电般劈入重重黑雾，像带着光影的刀剑。

那道金光从闻时眼前晃过的时候，他心下一紧。

那是金翅大鹏鸟。

金翅大鹏巨大如山的身影流泻着光，在黑雾磨扫之下，羽翅边缘也燃起了火星，迅速朝中心侵蚀。它带着满身流火，翅影横斜，从底下挡住闻时。

与此同时，数道檯线从后面直穿过来，瞬间缠住了闻时的身体。

他感觉一股不容抵抗的强劲力道裹了上来，如山如海，在金翅大鹏振翅掀起的震动和狂风助力下，将他拉离清心湖。

他被稳妥地放回石台，身上是纠缠交错的线，缠得并不紧，仿佛轻轻一挣就能散落一地，但他偏偏动弹不得。

檯线的另一端在那团黑龙般涌动的雾里，在谢问手上。

除了当年手把手纠正一些错误之外，这是闻时第一次看到他用檯线。

对檯师而言，线其实是一种辅助，加深他们对檯或是其他东西的操控力。灵神越强大、心越定的檯师对线的依赖越小。

所以闻时用线很随意，没那么多讲究。

所以……山巅的那个人甚至连线都不用。

曾经闻时很认真地问他："哪种情况下你才需要幢线？"

对方想了想，笑着说："难说，不过……倘若哪天你看见我缠上幢线了，记得跑远点，或者躲到背后去。"

闻时冷声应了一句"我不躲"，又忍不住问道："为什么要躲？"

对方说："那应该是个大麻烦。"

……

没想到真正到了这一天，他真的没有躲，也躲不开。

幢线相系之下，灵神是通的，所以很多幢可以知晓幢师的喜怒哀乐，见幢师所见、感幢师所感，只是幢本身并不太懂。

而闻时不是真的幢，他可以懂。

但谢问也不是普通幢师，他可以封闭这些，不让人窥探到一分一毫。

所以闻时只能在幢线捆束之下，看到对方黑雾之下的身影，那是跟灵本相合的模样。他穿着白衣红袍，面容苍白，半边脸上是流动的梵文，一直延续到心口，手腕上是垂坠的珠串和鸟羽。因为这些，他浓重的病气带了几分森然的感觉。

闻时被幢线绑得一动不能动。他用尽了各种办法，也没能让这些幢线松开半分，仿佛对方全部灵神都灌注到这些幢线上，用来制着他。

他像濒临枯朽却笔直向天的冷松一样站着，垂在身侧的左手上全是血，那些殷红缠绕着森白手指向下流淌，但他好像忘了这只手的存在。

他动了动干燥苍白的嘴唇，喉结滑了一下，道："到头来，我是那个大麻烦。"

他的嗓子干得像被灼烧过，声音哽在喉咙底，以致这句话几乎没能完整地说出来。但因为幢线相系，就算他一个字都没说出来，对方也能听见。

那个人的目光投向他垂着的手指上，眉心紧皱，抬了一下手，似乎想轻握一下。

闻时想把手背到身后，但仅仅是这么一个简单的动作，他竭尽全力也没能做到。接着他便感觉有温凉的东西触碰着他的手背，动作轻柔到让人难过。

闻时闭上眼，紧抿着的嘴唇颤了几下。

"尘不到。"他哑声叫了对方的名字，"你把线松开。"

"不行。"对方的嗓音还是温润如水，又不容置喙。

说完，他又咳嗽起来。他不像以往那样咳几声便歇，而是长久地闷闷地咳。那声音明明很低，但每一下都像刀，一寸一寸割着闻时的心脏。

闻时睁开眼，眼睛一眨不眨地盯着那个人，眸子里几乎要淌下血来。他的手极轻地抖着，不知是疯到了极点，还是疼到了极点。

然后他近乎执拗地说了一句："我快要碰到镇石了。"

"只差一点。"

他只差一点就可以碰到那些镇石了。只差一点，他就可以把洗灵阵停下来了。

为什么要拦？

对方咳了很久才抬眸，手指还是抵着鼻尖，但闻时已经看到他雪白领口殷红的血了。

那一刻，整个松云山巅雷电齐至。

那四只巨橦拖着残躯，近乎疯了一般，金翅大鹏掀起的风都不足以挡住他们。

四周震动不息，砂石漫天，百树伏地。

张岚他们躲闪不及，眼睛差点在风里瞎了。而他们转过头，只看到闻时唇角、指尖都滴下血来。连尘不到的橦线都差点制不住他。

如果不是灵本只剩碎片，他可能强行冲开橦线了。

"你把我松开！"闻时的声音散在风里。

对方还是隔着黑雾垂眸看着他，看了很久。

洗灵阵依然尽职尽责地运转着，汹涌的黑雾也依然在往那里灌注。闻时眼睁睁看着那个人的脸色越来越苍白、越来越透明。雪白的里衣里慢慢洇出血来，又和红色的外袍融为一体，到最后已经分不清究竟是血还是艳色的外袍。

他还是那样站着，只是脚下已经血色蜿蜒。

"尘不到！"闻时又叫了一声。

对方依然不应。

"谢问……"闻时两眼通红，执拗地看着他，声音却因为喑哑更闷了。

对方终于在剧烈咳嗽的间隙，用拇指关节抹了一下唇边的血。

他似乎想说什么，闻时却抢先开了口。

"我现在很饿，"闻时说，"可以把这些全部清理掉。"

说完，他又补了一句："你见过的。"

谢问的眸光忽然变得温柔，也许是隔着一段距离的缘故，近乎给人一种含着眷恋的错觉。

可能是一点怜惜吧，就像他对红尘万物抱有的那些一样。

没等闻时看清他的目光，他便开口道：“这些跟你之前尝过的不一样，你把自己当什么了？”

“那你呢？”闻时吞咽了一下，尝到了满口血味。他哑声问：“你把自己当什么了？”

谢问却说：“我不同。”

闻时僵立着道：“哪里不同？”

谢问的袍摆边缘淋漓地滴着血，而他只是看着闻时，过了很久才温声道：“我已经不在了。”

闻时脑中一片空白，仿佛听不懂他的话，缓缓问：“你……什么？”

但闻时的身体已经先一步冷了下来，像被人兜头泼下一桶冰水。

“我已经不在了。”谢问缓声道。

他本不打算说这些……从来没有打算过，也舍不得说。但有人太执拗了，执拗到他不说点什么，对方可能永远都放不下。

他就连说这些的时候，语气都是温和的，却听得闻时心如刀割，不是那种干脆利落地砍切，而是锈钝的刀一下一下地生拉着，每一下都剐在心脏深处，剐出淋漓血肉来。

“不可能。”闻时低声说。

谢问垂眸看着自己心口处的梵文以及手腕上的珠串，道：“这些你之前看不出来，现在多少应该能明白。”

闻时艰涩地说：“我不信。”

“那个封印之局比这边要大得多，也厉害得多，我早就应该不在了。”谢问说。

“那你现在是什么？”闻时问。

“檀。”谢问说出了这个字。

闻时从没觉得这个字能让人这样惊心，就像一记重锤狠狠砸下，砸得他几乎站不住。

“很久以前……”浓郁的病气将谢问包裹起来，他苍白孑然，满身血迹，像一个遗世独立又即将烟消云散的仙人。他又咳了一阵，哑声说：“久到我还没带你上山的时候，我刚入这条道的时候……有一次机缘巧合，我看见千年之后还有祸缘，还有由我牵连出的一些麻烦，所以……”

他半边脸上的梵文像水一样，流转得越来越快，几乎要在心脏那里崩开裂口。

“所以我留了这么一个幢，留了个后手，借这副躯壳来处理一些事。”谢问说。

“哪些事？”闻时近乎机械地问道。

“我身上那些东西，被人引了一些出来，流往四处，成了笼涡，太多本不该成笼的人受了影响，陷在囹圄里不得解脱……”

“还有这里……钟思和庄冶，他们变成这样是由我而起，我这个做师父的，也理应来扫个尾，收拾残局。”

“还有……”

他说完这两个字，又开始咳嗽起来。

而后，他便再没有接话下去。他只是在最后沉声说：“幢的存在都依赖灵神，我本来就不该在了，只是一些残余的灵神而已，撑不了多久。”

他花了两年时间，走遍尘世，在各处笼涡附近摆下布局的镇石。他已经解不了笼了，只能靠布局把那些东西引回它们本该待着的地方，就像此时此刻一样。

这些黑雾看似全涌进了这副躯壳里，其实是经过躯壳回到了封印之地。他可以用灵本将它们锁在那里，再带它们归于沉寂。

其实闻时说的话并不全对，这些东西并不是真的不能凭空消散，只是要付出一些安抚的代价而已。

他活得够久了。

其实一千年前，在被封印的那一刻，他就该跟这些东西一起烟消云散，尘归尘、土归土的。只是不知为什么，连封印之地都不知所终了，他却流连至今。

也是时候了。

洗灵阵忽然运转得越来越快，黑雾以翻山倒海之势奔涌而来。金翅大鹏清啸一声，跟着没入黑雾里。

清心湖依稀露出了干涸的底，草木荒芜，枯枝盘结。

在那纠缠如网的枯枝下，两抹惨白如纸的灵本静静地沉睡在那里。

那几乎是同一时间发生的事——

钟思和庄冶露出来的刹那，洗灵阵在巨大的风涡中悄然停转。

谢问纳下最后的黑雾，所站之处花草迅速干枯卷缩起来，眨眼之间，百木尽枯。

金翅大鹏在他身后拢了翅，像一个陪到最后的忠仆。

他手里依然牵拽着橦线，只是那股强劲到不可抵抗的力道已经散掉了。禁制一松，闻时便跪了地。

他明明没有那么多伤，却痛到钻心。所有血液流转的地方，每一节根骨、每一寸皮肉，都陷在无法消抵也无法缓解的剧痛中。

曾经有人教他，说解笼是一门苦差，要见很多场苦事，久了就知道，大多是因为不忍别离。等明白这个，就算是入红尘了。

他送过不知多少人，见过不知多少场别离。

临到自己身上，他才知道原来不忍别离这么疼。

可那人还是说错了，他其实早就入红尘了，只是送他的那个人，自己站在红尘之外而已。

闻时攥紧了手指，苍白森然的左手在地上画下满是血泥的沟壑。他强撑着直起身，想要朝那个人走过去，却发现周围变了一番模样。

山还是松云山，石台还是那处石台，但旁边多了意料之外的身影。

那是他自己，不同场景下的自己。

闻时带着淋漓的血，怔然站在熟悉又陌生的情境中，空茫地看向那些身影。

过了很久，直到手指被什么东西牵着动了一下，他低下头，看到了身上交错纠缠的橦线，来自那个红尘外的人。

他忽然明白这些身影是怎么回事了。

橦线相系之下，灵神相通。

那个人虚弱至极，再也封闭不了这些牵连。所以，他看到了谢问眼里的世界，那是足以让人分不清真假的幻象，那是从出现起就始终没被驱散的心魔……

闻时看到了很多自己。

他看到自己坐在老树苍郁的枝丫间，倚着树干垂眸看书，金翅大鹏从远处滑翔而来，到树边时缩到只剩鹰一般大，踩落在某簇枝叶间。而树上倚坐的人这才从书页间抬起头，远远地看过来。

这是何年何月的场景？

闻时努力回想，终于记起几分。

那时候他早已及冠多年，走过世间许多地方。偶尔有意或是无意间经过松云山地界，他总是想上山看看，看看山上住着的那个人。

那时他常常觉得讽刺，明明有人对他说过，这座山此生都是他的家，可他后来每一次回家，都要在心里给自己找尽理由。

那次他想说碰到了一些棘手之事，要回来查一查书卷，结果他上了山才发现，他想见的人根本不在。

他有点失望，又不想立刻离开，索性拿了书翻身上了高高的树枝，挑了一处地方倚坐下来，一边翻书一边听着山间久违的风。

他在树枝间翻完了一本书，抬头才发现山道上站着一个人。

那人往来总是无声无息，也不知道在那里站了多久。

对方笑着走过来，在树下抬眸看着他说："你看书怎么窝在这里？小心被人当雪堆扫了。"

他见到了太久没见的人，应该是高兴的，但最终似乎只是回了对方一句"六月天，哪儿来的雪"。

这实在是太过久远的一个瞬间，寻常琐事，没什么特别，连他都差点忘了，没想到另一个人居然记得。

他以为最不可能记得往事的那个人，居然什么都记得。

而他一时间甚至找不出这个瞬间被记得的理由。

他还看到自己站在尸山血海的残局中，手控无数交错的橦线，拽着十二只翻天覆地的巨橦转眸望过来；站在松涛万顷的山巅，在星河之下拎着松醪酒递过来；站在白梅树边，上一秒还没什么表情，下一秒就在长风之下偏头躲开撞来的花枝，然后蓦地笑起来。

……

但更多的是远远的侧影和背影。

他走在静谧的石道上，走过山野和村落，穿过喧嚣热闹的人群，穿过晦暗逼仄的回廊……然后拐一个弯，便再也不见。

闻时茫然地看着那些身影，像在看一场场熟悉又陌生的哑剧。

他从来不知道……原来尘不到在他身后送过他这么多回。

他只知道每次下山，对方只是倚在门边，看着他走过第一道山弯，便会转身回屋里去，甚至连送别的话都从不会说。

只有一次，唯独有一次，那人对他说："别回头。"

那一刻，尘封于最深处的记忆忽然松动了几分，不知是受这些心魔幻境的影响，还是因为他正清晰地感觉到另一个人的灵神正在消散，像灯油耗尽的烛火，一点点熄灭。

他努力回忆过很多次，始终没能记起这句话的由来。偏偏在这个瞬间，他想起了一些碎片——

那时封印之局运转到最后关头。

八百里地上草木全无，黑雾丛生。

那些尘缘里承载的数以百万计的执念，都在局的效用下化作滔天怨念，尖叫着、撕扯着。一切入局的活物，都在顷刻间被撕拉扯碎，挫骨扬灰。

他记得自己满口是血，满身也是血。

十二巨幢在炎炎烈火中长啸着，变成带着流火的碎片，大大小小地落下来，像下了一场痛灼人心的暴雨。

而他还是攥紧了幢线，想要往局心去。

而当他强行破开所有，撑着最后一口气跌跌撞撞地抓住局心那个人，那只手却在他掌心里化作了一根白梅枝。

即便到了最后一刻，即便九死一生、危在旦夕，连命也顾不上了，那个人还是处心积虑地造了一重幻境……用来骗他走。

他破开的路，是出局的路。他想挽留的人，却落在远远的背后。

那个瞬间，那些哀恸的、尖锐的、歇斯底里的声音被收束成风涡，闷在了局里，而他面前是出口的光。

他感觉有人抵着他的后脑，将他往前轻轻推了一步，劝哄似的说："别回头。"

尘不到说："闻时，别回头，我看着你走。"

这个名字是那个人亲口取的，而这一辈子，那人只认真叫过这么一次。

从此往后，再无回音。

……

回忆里的绝望感让人痛不欲生，像是有人拿着最尖利的刀刃，在骨头上一笔一画生刻下来的，和这一瞬间重叠在一起。

可当闻时抬起头，却只能看到满世界的自己。

心魔幻境越来越清晰，越来越真切，闻时能感觉到那个人越来越虚弱，却怎么都看不见对方的身影。

他猛地攥紧身上的幢线，手掌从上面生拉了过去。

在钻心的刺痛下，被他攥着的幢线一寸一寸被染成了红色，血滴缀在线上，顺着往下滑，滑到某一点时，整个幻境震动了一下。

幻境越来越多，层层叠叠。高山之外还连着山，莽原之外还是莽原，四野骤然变得荒芜旷谧起来。

谢问就孑然一身，站在那片荒芜间。

他的手指上缠着雪白的棉线，蜿蜒着直窜出去，系着另一个人。

心魔里的那些身影自始至终环绕在四周，或远或近，有些在跟他说话，有些少见地在笑。

他其实很清醒，知道那些是假的。所以他只是听着，从不应声。

他听着那个人没大没小，一句“师父”也没有，总是直呼他的名字，尘不到、尘不到、尘不到……还有谢问。

谢问是他少时的名字，不过那已经是太久以前了，久到一度连他自己都记不清了。还是有一回下山办事，明明有人烟稀少的山道，他却破例摘了面具，走了一回城间官道，不知是有缘还是巧合，碰到了闻时。

那时候闻时常在各处游走，已经很少回松云山了。

师徒这样在俗世里偶遇的情境，实在少之又少。所以他们同行了半月有余，沿途解了大大小小的笼，偶尔在城镇间找些地方落脚。

那次老毛没跟着，倒是大召小召闹着要下山溜达溜达。那俩丫头对每一处地方都充满了好奇，并不总是跟着他们，只在日暮时分会仿着山下人，生起灶火来，烹煮些东西等他们进门。

那天傍晚，山野飞霞，炊烟袅袅，满城皆是人间烟火气。

他们从一处街巷穿过时，听见有妇人扶着窗棂叫喊了几句，三两个小孩便“哎”一声，从他们面前追打而过。

闻时朝后让了一步，看着他们跑远，忽然问他：“你的本名是什么？”

这话其实有些冒失，寻常徒弟可不会问师父以前叫什么名字，毕竟那是他的前尘俗事。

他其实知道闻时为什么常常回避，明明想回松云山，却总是从山下匆匆而过，孤身没入尘世里。

他常在山上看着，看见很多回。

那天他本不该多提什么，但可能是人间烟火迷了眼，他回想了许久，告诉闻时，他的本名叫谢问，少年时住在钱塘，锦衣玉食惯了，所以四体不勤，五谷不分，搁在当下，说不定能称一句“纨绔”。

不过即便到最后，闻时也没叫过他这个俗世的名字，依然喊他尘不到、尘不到、尘不到……

这次重返人世，他本不打算去找什么人，毕竟当初他被封印时，在五感全失、灵神俱散的那一刻，是看着那抹干干净净的灵本出去了的。

他这一生，除了弱冠之龄时无意间的一两次预测，从来不去预测些什么。人间这么大，不问生死，来去自由。

唯一一次破例，就是在他弥留的那一瞬间。

有人刀锋向内又太过执拗，他实在不放心。所以他在陷于沉寂前望了一眼，便望到千年之后有那人的踪迹。

一切自有命数，他不能久留，便无意惊扰，本来是真的不打算去找的，可临到走前，还是想去看一眼。

这一看，他差点再也走不了。

……

但他终究还是要走的，这个结果千年之前就已经定下了。时间只有这么多，徒增一些不必要的回忆实在害人不浅。

该做的事做完了，闻时散落于世间的灵本也都找回来了。洗灵阵帮他把清心湖里的东西全部纳入体内，也包含那点遗失的灵本。

他只要从瀚海般的尘缘里理出闻时的那一块灵本度过去，就算一场了结，往后就再见不到了。

谢问纳进了万顷黑雾，灵神越来越弱，这副躯体也越来越撑不住。谢问手腕间的细绳蓦地断了，珠串滚落一地。

他身上流转的梵文也开始震颤不息，从心口处淌出几滴血来。

檀的要害就在这里，一旦受损，就会开始枯化。

金翅大鹏鸣叫了一声，身体流出火来，从羽翅边缘往里蔓延，火扫过的地方皱缩起来，像干枯的朽木。

谢问也在承受这个过程，从左手指尖开始，一路蔓延到手臂和肩膀……只是白衣红袍宽大及地，帮他遮挡了一些。但他就像无知无觉一般，依然阖着眸子，从浩如烟海的尘缘里翻找着闻时的那一块灵本。

即便在这种时候，即便半身枯萎、唇间满是血味，他也是站着的，甚至不忘给自己套了一重障眼的幻境，把其他所有人阻隔在外，免得他们看见这些，再被吓到。

他就像一株茕茕孑立的树，从亭亭如盖到形销骨立。

枯朽的痕迹快到脖颈了。

谢问终于翻找到黑雾中掩藏的灵本，却发现它跟他想象的不同。

他放出去的幢在世间转了多日，有闻时灵本痕迹的地方总共有两处，一处是三米店，一处就是这里。三米店那里的灵本是碎片，这里的怎么也该是灵本的大半。可如今，他翻找到的东西还是碎片。剩下的那些呢？

谢问怔了一瞬，眉心紧锁，面上终于有了几分焦灼的痕迹。他重新阖眸，在黑雾里继续翻找着。

他能感觉到封印之局里的本体灵神正因为不断传导过去的黑雾慢慢变得微弱，像即将被闷熄的烛火。而他也越来越僵硬，只差一点就会彻底化作朽木。

他试图把闻时拉进来，先把找到的灵本碎片度过去，却听见已然枯朽的金翅大鹏忽然又发出了一声嘶鸣，翅膀边缘重新闪过一道金光。

紧接着，他发现自己已经没过脖颈的枯朽痕迹，居然从下颌慢慢褪了下去，褪到肩颈处又悄然停止，如此反复了好几回。

这种滋味并不好受，如同被人反复勒锁住咽喉，犹如百火灼心。

但谢问并没有注意到这种痛苦。他孤独地站在那里，陷入了一种从未有过的空茫中，因为他知道这种异常的感受是怎么回事。

这是一种拉锯，每当他的灵神要灭，就有另一样东西护住它、延续它，强留它于世间，或许不止这一个瞬间，也不止一天两天……而是强留了他一千多年。

谢问意识到这一点的那个瞬间，近乎匆忙地勾了躯壳里藏裹的那点灵本碎片，试着探了进去。

他的本意是想看看这块灵本碎片能不能跟封印之局那边产生联系，没想到探进去的瞬间，他便看到了熟悉又陌生的场景……

那是他被封印的那一天，依然是八百里荒野，黑雾萦绕相伴。

但这不是他记忆里的画面，而是闻时的。他不小心在那块灵本碎片里看到了闻时的记忆，于是知道了他从未知晓的那些事。

他看到自己设了一道障眼的幻境，骗得闻时破开一条路，跌跌撞撞朝出口走去。

他听到自己对闻时说：别回头……闻时，别回头，我看着你走。

万般尘缘在那一刻形成了铺天盖地的风涡，朝他涌聚而去，与他一起慢慢湮没在尘埃里。

他以为这就是终结……

直到今天，直到这一刻，他才知道……

当他五感全失、灵神俱散，拖拽包裹着所有黑雾将入六尺黄土的时候，他一心以为已经出去的那个人，他临到走前也放不下的那个人，在黑雾狂袭的风里攥着那枝障眼的白梅枝歇斯底里。

他看见闻时满身血污、满眼通红地站起身，甩出一只干干净净、纤尘不染的檀，代替自己出了出口引开他的注意，然后十指向内，两手缠满的檀线直窜出来，根根都冲着自己。

他看见闻时低着头，极致安静又极致疯狂地把檀线一根一根钉进自己的身体，一根一根像钩子一样钩住灵本。

下一秒，万力齐发。

都说当世人突逢大病大灾或是寿数终结的时候，灵本不稳，那些最深重的黑雾就会反客为主，形成一个笼。

如果恰巧有其他生灵在四周，很容易被这个笼拢进去。

谢问此生入过无数笼也解过无数笼，送过数不清的人，也见过数不清的灵本，但这是他第一次看到有人生剥灵本，落地成笼，把他和封印之局一起包了进去。

世人常说，有些笼黑雾深重，甚至可以在世间留上十年、百年。

如果黑雾再重一点，这个笼会不会留得再久一点？

而在灵本被剥下的瞬间，被打散开来的灵本碎片随着那些遗漏的黑雾流往人世间……从此流连辗转了一千多年。

一千年……光是度灵都痛不欲生，剥离灵本会是什么样的感受？谢问根本不敢去想。

明明他连一点血都舍不得对方流，最后却是这样一番结果。

那一瞬间，他仿佛听到心魔幻象中的人笑了一下，哑着嗓子闷声说：“看，我也骗了你一回。”

谢问仰起头，过了许久才睁开眼。

从回忆里脱开的那一刻，闻时紧紧攥着满是血的橦线闯过障眼幻境，跌撞着走进来。

他还是只能看到谢问所看到的东西，除了谢问自己。

所以他像一个失明的人，眼珠四处转着，却茫然而不知焦点。

谢问的喉结动了一下，忽然伸手抓住他。

闻时愣了一下，立刻反抓回来。他抓得极其用力，手指仿佛要嵌进对方的骨血里。在找到人的瞬间，他像终于支撑不住，半跪在地上。

他垂着头，嗓子哑得几乎说不出话来，只动着嘴唇。

谢问跟着半跪下去，偏头去听。

他听见闻时声音低哑地说："我想起来了……我已经想起来了，你走不掉了。"

谢问心疼得一塌糊涂。

"你走不掉了。"闻时说。

谢问眨了一下眼睛，哑声应了一句："嗯，我走不掉了。"

从一千年前他所不知道的那一刻开始，他们就已经有了牵连，一个不死一个便不会休，再也走不掉了。

谢问低声道："你还有灵本碎片在我这儿，我度给你。"

谢问说这话的时候，松掉了闻时身上的橦线。

那些细长的棉线混杂着殷红的血迹，垂落满地。

度灵需要以血来喂。谢问身上朽木的痕迹尚未消退，依然是半身枯萎，手指像白森森的枯骨，根本挤不出血来。

他在身上挑挑拣拣，想要找到一块能划出干净血滴的地方。

他叹息似的苦笑了一下，枯骨般的手指很轻地触碰了一下闻时。

这天跟封印之局落下的那日一样……

局中幻境重重，荒草遍地。八百里血海蜿蜒、朽木丛生。

他跪坐其间，俯探红尘。

灵本碎片又一次入体，依然让人受罪。

像上回一样，闻时感觉自己昏昏沉沉地睡了很久，也在梦里记起了很多事情。

他梦到自己一遍遍地往来于松云山下，却很少真正上山。山下村子靠近官道，道边有座驿站，立着拴马桩、支着茶酒摊。他有时候匆匆而过，有时候会在茶酒摊那里要一壶茶，坐一会儿。

摊主老伯人很好，笑声爽朗，跟谁都能聊半天，哪怕是跟闻时这种看起来冷冰冰的人。

美中不足的是，老伯是一个跛子。常有些不识时务的人拿他的腿脚打趣，他也不恼，总是笑着吹嘘说，有回山上掉下块大石头，他这跛脚的跑得比谁都快。

如果闻时碰巧在场，要不了多久就能把那些不会说话的玩意儿“冻”走。老伯就会笑呵呵地给他添一壶茶，聊些近日趣事。

他总能在那些事里捕捉到松云山以及山上那个人的踪影。

后来他灵本全无，记忆全丢，空有一副躯壳的时候，下意识回过松云山。只是山不见了，村子也没了踪影，只有一座驿站孤零零地立在官道边，背后是一片野树林。

闻时站在曾经摆过茶摊的地方，望着那片野树林，只觉得这里似曾相识，但他抬起脚，又一片茫然，不知该往哪里去。

还是一个乞丐似的野孩子嘘了一声，他才回神。

那个孩子从驿站背后的草丛里爬出来，手里还攥着不知放了多少天的干粮。他绕着闻时转了两圈，犹犹豫豫地从那可怜的口粮上掰了一小块，递过来说：“你也找不见家啦？”

小乞丐说自己爷爷是一个跛子，年纪大了，有次摔了一跤，没过多久，人就没了。他年纪小，不记路，绕着树林转了不知多少圈，就是找不到家在哪儿，便成了野孩子。

后来，那个小乞丐成了闻时的徒弟。

关于这个徒弟，后世流传的说法不一。有人说他是闻时故交的孩子，刚出生就被定下当徒弟了，只是命不好，没过两年，师父就折在了封印之局里。好在他天资卓越，愣是没辜负闻时徒弟的名头，到了十三四岁，终于出现在名谱图上，于是闻时这条线一脉单传。

这个徒弟跟闻时的性格截然不同，倒有点当年钟思的影子，也可能是从爷爷那里继承的天性。闻时这里聊不动，他就满天下找人聊，聊完了来问闻时，那个大家讳莫如深的祖师爷长什么样？有画像吗？

那是某一年的夏末秋初，夜雨连绵，落在屋外的树上，沙沙作响，总让人想起深山里的雨声。

闻时提笔蘸墨，站在桌案前，盯着微晃的烛火想了很久，怎么也想不起来那人的模样。

不论他怎么努力，都只能记起一张轮廓模糊的面具，半善半恶，半魔半仙，还有鲜红长袍和一根白梅花枝。

他东拼西凑地画完一张图，想在旁边写下名字，结果落笔就是一个“谢”字。

徒弟直接看愣了，问他为什么要写这个字。

他答不出，沉默而茫然地站在那里。

笔尖落下一滴墨，啪的一声落在那个“谢”字上，转眼便湿漉漉地化成一团。

闻时的心脏猛地一空，就在那一刻惊醒过来。

他睁眼前，在残留的梦里听到徒弟问他：“在无相门里来去一次那么痛，何苦要受这种罪？”

他说：“丢了东西，找不回来不得解脱。”

徒弟问：“丢了什么？”

他看着自己空空的躯壳，想了很久，说：“我的灵本。”

闻时睁眼便看到一根木质横梁高高地悬在房顶，单靠味道就能分辨出来是松木的。

接着，他又看到了熟悉的枝干，以及枝干上悬挂的鸟架。

鸟架是空的，在风里轻轻晃着，好像须臾之前，那上面还站着一只巴掌大的金翅大鹏鸟，只是忽然展翅飞出了门。

这是他在松云山顶的房间。

他怔怔地看着晃荡的鸟架，一瞬间不知今夕何夕，直到旁边传来一道惊喜的声音：“哥，你醒了！”

是夏樵。

闻时眨了一下眼，倏然回神。

他从床上撑坐起来，夏樵连忙过来帮忙，还端来一杯茶，却被他抬手挡住了。

“人呢？”闻时的嗓子又沉又哑，话也没头没尾。

夏樵愣了一下，还没来得及回答，就听另一个声音插了进来：“师父在隔壁他自己屋里，枯化在退，只是速度有些慢，尚未睁眼。”

说话的是卜宁，他还借用着周煦的身体，却对整个松云山熟门熟路。他用布巾缠裹着手，端来一炉咕嘟沸着的药，搁在桌案上，嘴里的话一句没停：“钟思和庄冶的灵本受损有些严重，我布了一个局给他们养着，至于金翅大鹏鸟……”

他收了布巾，擦了一下手指，说：“金翅大鹏鸟的枯化也没退净，又受了惊吓，要醒过来，恐怕还得等等。”

闻时已经下了床，正要往门口走，听到这话就是一愣。

“受惊吓？”他皱着眉，纳闷地看向卜宁，“金翅大鹏鸟也会受惊吓？”

卜宁头也没抬，擦手指擦得格外认真，含糊道：“唔，确实十分罕见。”

他这反应更奇怪。原本正焦急的闻时都蒙了一下，满脸疑惑。他对着这位师兄一向直来直去，当下被弄得一头雾水，便蹙着眉追问道：“什么意思？”

卜宁两只手都快擦秃噜皮了，才抬起眼来，对着闻时欲言又止，他的嘴巴开开合合好几回……改去擦了桌子。

闻时的眉头皱得更紧了，正要开口，就见卜宁突然停了动作。卜宁扶着桌沿，转头看过来，含蓄委婉地憋出一句：“可能金翅大鹏没见过度灵吧。”

闻时的头顶缓缓冒出一个问号。

他最初并没有反应过来，直到这位以面皮薄和讲礼数著称的师兄默默看了他良久，突然拱手冲他作了个揖，无奈道：“师弟，你饶了我吧。”

闻时：“……”

两人面面相觑好一会儿，闻时忽然想起度灵剧痛袭来的前一瞬。

他那时候根本看不到面前的谢问，像一个严重的失明者，所以一切过程回想起来影影绰绰，几乎还原不清。

他后知后觉地想起那一刹自己似乎蹭到了另一个人，想起了似有似无的松木香以及浓重的血味。

他愣在原地，再抬眸的时候，卜宁一脸“看来你想起来了”的表情，又冲他作了个揖。

信息来得又猛又快，闻时一时间不知道要先处理哪一个。他可能这辈子都没这么呆滞过，在原地杵了好一会儿，才冲卜宁蹦出一句：“不是有障眼幻境？”

老毛跟着谢问也就算了，卜宁怎么会知道？

结果卜宁冲他作了第三个揖：“整个松云山都在局里，我是布局人，就算有障眼幻境，也多多少少能感知到一点。”

说完，他还习惯性地来了句：“惭愧惭愧。”

闻时：“……”

偏偏还有夏樵这个笨蛋，他站在旁边看看闻时、看看卜宁，非常不识时务地问了一句：“哥，你们在打什么哑谜？我怎么听不明白？”

关你什么事！闻时转头瞥了夏樵一眼，满腹凶话正要出口，忽然想起封印当日自己生剥灵本时怕被打断，放出去骗尘不到的那个檯。

那个檯干干净净，一尘不染，但他那时候已然失控，根本顾不上扔出去的檯究竟是什么形态、什么模样，心中仅有一点意念而已。

这么想来，夏樵大概真的是他弄出来的。

于是他话到嘴边又卡住了，硬邦邦扔了一句：“你听不明白别听。”

说完，他便继续往门外走。

倒是卜宁安抚了夏樵一句：“无大事，劳驾你看一下药汤。”

夏樵乖乖点头接了活。

卜宁安抚完人直起身，问闻时：“你是要去看看师父？”

这话本来没什么问题，但鉴于之前欲言又止的那些事，听在闻时耳里顿时有点意味深长。于是他脚步一顿，答道：“不是。”

“那你出门这是——”卜宁有点疑惑。

闻时嘴里蹦出三个字：“看老毛。”

卜宁愣了一下，说：“行。”

可能是这个“行”字语气生动吧，闻时临到出门时忽然问了一句八竿子打不着的话：“师兄，所以这个笼——”

正常而言，不到最后关头，对着笼里的人是不能这么直白的，毕竟世上少有人能镇定地接受这个事实，但卜宁不同。

不过卜宁的话还是出乎闻时的意料，卜宁温和地打断道：“这可能不是笼。”

闻时转头看他，问道：“什么意思？不是笼？”

“至少不是咱们常见的那种笼。”卜宁补充道，“你跟师父受伤太重，昏睡了一段时间，不大清楚。这两日我们正琢磨这事呢。”

“你们？”

“哦，我和那两位张家人。”卜宁不常把喜恶放在脸上，提到张岚、张雅临总是客客气气，“我们聊过一些。正常的笼，是由笼主所在的笼心和外围包裹而成的。”

闻时听到“笼主”两个字的时候，盯着他，“嗯”了一声。

卜宁笑了一下，说：“我知道，你们之前必定把我当成笼主了，毕竟我的局在这儿摆着呢，其实不然。”

“那是什么？”闻时听了卜宁的话，脑中忽然有了一个猜测。

果不其然，他就听卜宁说：“我在想，笼主或许是咱们这座松云山。我的局把整座松云山，连带着山下的村子和人，一并藏匿包裹起来。”

他虚握起拳头，说：“这就好比一枚桃核。在钟思和庄冶身上压了这么多年的黑雾，就是桃核里溢出去的黑雾，这道理是不是和笼主一样？”只是把一个人换成包裹着人的一座山。

“我本以为，只要钟思、庄冶身上的黑雾除干净，这笼自然就解了，没想到还差了一点点。具体怎么回事，那两位张家的后生主动下山去看了，等他们回来再商量也不迟。”

“嗯。”闻时沉声应道。

这笼还是得尽快解了，毕竟他还要去找一个更麻烦的笼，他自己的灵本以及尘不到都在里面。

“行了，你去看师父吧，不过他可能还——”卜宁把布巾搁回桌上，再一转身，发现闻时人已没了。

闻时太久没有进过这个房间了，以至于他踏进去背手关上门的时候，甚至连一点声音都没有发出来。

局的效用还在，他自己是一身雪白长衣，头发束得干净利落。榻上的人阖眸坐着，红色罩衫从榻边垂坠下来，屋里混着浅淡的茶香和药香。

桌案上的烛火光线昏黄而温柔，掩盖了榻上人深重的病气。

刹那间，闻时几乎有种错觉，就好像他还在松云山，日复一日地练着傀术。白日他听着师兄弟们吵闹不休，夜里回到山巅，借着朗月和灯火，望一眼屋里的人，再在对方看过来之前，收束着手里的傀线，目不斜视地走开。

而这冗长的一千年和个中种种，不过是一场大梦。

闻时背抵着门站了良久，终于抬脚走到了榻边。

他看到了对方袖袍阴影下的手，像枯瘦的白骨。闻时盯着看了一会儿，忍不住伸手握住了。那并不是他认知中的触感，陌生到令人茫然，仿佛有无数细密的针无声地扎进心口，激起一阵闷闷的疼。

闻时闭了一下眼，忽然听见谢问微带沙哑的嗓音低低地响在耳边：“我要是没醒，是不是就看不到有人偷偷进我房间了？”

说话的人离得太近，嗓音又太低。

闻时轻轻别开头。

“你装睡？”闻时直起身。

他的个子也很高，表情又总是冷冷的，垂眸看人的时候总有种不大高兴的意味，常会给人几分难以亲近的感觉。

夏樵被他这么看着，恐怕扭头就要跑，但这点在谢问面前却从未起过作用。

谢问说话的时候，带着倦意的声音里含着一抹笑：“你怎么还反咬一口。”

闻时说：“卜宁说你还没醒。”

“他刚刚也来过？”谢问说，“那他可能只是开门看了一眼，没有过来动手动脚。”

闻时的嘴唇动了一下，可能想反驳，却没找到合适的理由。

谢问垂眸，认真地看着他的手，忽然沉声道：“疼吗？”

“疼什么？”闻时问。

谢问手上枯化的痕迹还没消散完全，异常瘦长干燥，触感有点硌硬有点凉。他的拇指抹过闻时的手指关节，问道：“这双手勾着傀线往自己身体里扎的时候，疼吗？”

闻时怔了一下，下意识要抽手，却被谢问反握紧了。

他说：“我教你傀术，不是让你对着自己用的。”

闻时的嘴唇抿成一条线，因为昏睡刚醒，显得没什么血色。他没避没让，垂眸看着谢问，像最薄最利的刀刃被人轻捏在指腹间，安静又时刻带着锋芒。

他说：“我学会了傀术，这就是我的本领，想对谁用就对谁用。”

谢问抬起眼问：“你跟谁学的，这么疯？”

闻时不假思索地回：“你。”

谢问的眸光动了一下。

明明他坐着，闻时站着，明明是他微抬着头，而闻时眉眼低垂，这种极容易被压制的姿态丝毫没有让他处于下风，他依然透出一种温和又从容的气质。

他们就像闻时最常用的白棉傀线，绷得很紧，线与线之间隔着微末的距离，交错着，又纠缠着。

闻时看着他，忍不住开口道："我为什么这么疯，你早就知道。那你呢？"

谢问的嗓音轻低："我什么？"

闻时抿了一下唇，没吭声。

"你说洗灵阵……"谢问顿了一会儿，"还是度灵？"

"度灵"两个字落在闻时耳里时，他极轻地眨了一下眼。

"洗灵阵是因为知道你执拗，凡事喜欢自己悄悄找办法，明明不擅长骗人，却总试着骗人，骗不过去还生闷气。"谢问的嗓音很低，说到生闷气时带着模糊的笑意，只是很快便隐去了。

"至于度灵……"谢问静了片刻，"那是因为你的灵本碎片跟着那些尘缘一起到了我这里。"

闻时垂眸看着他，轻声道："你可以用手指。"就像当初沈桥给夏樵度灵时一样，从指尖挤一滴血。

谢问说："我的手指当时枯化得厉害，已经挤不出血了。"

这句话说完，闻时没有开口。他看了谢问很久，然后移开了视线。

就在他以为话题又一次蜻蜓点水般掠过，不会再有什么下文的时候，他听见谢问低低沉沉的嗓音又响了起来："其实真要滴血，还是有别的办法的。"

闻时一怔，再次转眸看向他。

他静默良久，说："我没打算想而已。"

不知哪条窗缝里穿过一缕夜里的风，桌案上的豆火颤动了一下，烛光倒映在灯油上，照得温黄一片。

有鸟被什么东西惊起，扑扇着翅膀从屋外的树边飞走了。

闻时微微别开脸，咕哝了一句话。

因为声音太低，谢问没听清，问："什么？"

闻时眯着眸子转回来，说："我说……还在卜宁的局里，他是布局人，什么都知道。"

说完，他直起身，只是表情有点微妙的不爽。

谢问怔了一下，眯起眸子看着他的脸，忽然转头沉声笑了起来。

张岚、张雅临姐弟俩就是这时候回到山顶的。他们在山下查了一圈，带了点信息回来。卜宁老祖客气斯文地给他们指了一条明路——说做主的在隔壁。

于是张雅临带着他的六只樘，敲响了隔壁的房门，结果开门就迎来了偶像的讨债脸。

六只樘集体后撤了一大步。

“我——”张雅临差点脱口就是一句粗话，好在他的涵养捏住了他的嘴。于是他默默杵在门口，不知道自己做错了什么。他是一个讲礼貌的人，意识到氛围不太对后，下意识问了一句：“我是不是打扰到什么了？”

他不问还好，一问完，闻时的脸色更难看了。

此时不同彼时，这要是以往，张雅临保管会丢下一句“那就有空再说”，然后扭头走开，至于有没有空，那就真的得另说。可自打他知道了闻时、谢问是谁，他这腿脚就变得很不利索——一言不合就迈不动腿，走也不是，留也不是。

好在卜宁他们很快跟着来了。

“师父醒了？”卜宁恭恭敬敬地行了个礼，问了一句。他问完就忙不迭退到了角落里，一副“我瞎了也聋了，什么都不知道，谁都不要叫我”的模样。

闻时原本打算回榻边待着，看到卜宁的时候下意识脚尖一转，只好倚着木柜了。

“卜宁说你们下山了？”他找话问了一句。

“对。”张雅临点了点头，“这笼迟迟没有解开，卜宁老祖说可能有遗漏，我跟我姐便下山去查了一圈。”

作为张家默认的下一任家主、名谱图上排名第二的人，张雅临算得上是天之骄子，到哪里都是众人视线的焦点，他早该习惯被注目了。不论多少人盯着他，他都能自由自在，爱做什么就做什么，想说什么就说什么。

直到今天，他才发现这种自由自在得加个前提——盯着他的人不是那几位老祖，更不能是名谱图的源头——那位祖师爷。

这里面随便来一个就十分要命了，结果他一下见了仨。

这三个祖宗里面唯一算得上温和亲切的只有卜宁，可这位老祖一个人避得老远，眼观鼻、鼻观心，不知道在沉思什么。

张雅临和张岚对视一眼，心想，要不干脆跪着说算了。

鉴于小黑为首的樘还在场，自己又顶着张家的名号，他们暂且挺住了。

张雅临斟酌着开了口：“刚刚卜宁老祖给行了个方便，所以我们在山下和陆文娟住的那个村子都转了一遍……”

松云山里压着钟思和庄冶的局，因为洗灵的作用，被谢问一人担下，清理了个干净。

他这副躯壳早早就备好了，本就是完全依照本体弄出来的，灵神又来自本人，相当于他自己来尘世又走了一遭，一半连着现世，一半连着千年之前。

于是积聚在山间的那些黑雾通过他这副躯壳，全部传到了本体所在的封印之局里。他本该跟封印之局一起灰飞烟灭，但闻时生生剥离了自己的灵本，那灵本形成的笼把他跟封印之局裹住了，强留下来。

谢问的枯化反反复复，永远到不了底，因为有人在另一头护着他。

当然，个中细节是张家姐弟并不知晓的。他们只知道，山里的一个局被谢问消解了，所以这时再跳出松云山去看，干扰信息少了，看到的东西就更加清晰。

“小黑懂，咯——”张雅临卡壳了一下，又改口道，“略通一点奇门遁甲，所以找到了一些痕迹。”

“什么痕迹？”闻时问。

“就咱们——”张雅临说完这个代词又卡壳了，毕竟他跟这帮老祖宗称不起“咱们”。他用力清了嗓子，递了个眼神给他姐，示意张岚自己这么说话快疯了，换个人说。结果他姐用唇语回他：你别看我，当我死了。

张雅临只能瘫着脸继续说：“就……之前从陆文娟他们那个村子来这里，不是经过一扇奇门遁甲布的门吗？现在那扇门受了奇门遁甲震动的影响，露出了一点东西。”

小黑走上前来，从口袋里一样一样把东西掏出来，搁在桌案上，其中有布局常用的镇石，只是这个镇石扎了三个茅草结，还有一块破损的布条，布条上写着字。布条不知在土里埋了多久，上面的字迹大多看不清了。

“小黑说，这种扎着茅草结的镇石不寻常。”张雅临说这话的时候，原本避在角落的卜宁已经走过来了，闻时也到了桌案边。

卜宁拨弄着镇石看了一眼，又勾起那块布条。

闻时看到布条上端第一个字应该是“承”，他对奇门遁甲的了解都来自尘不到和卜宁，认识并不深。但这种布局需要另写布条，又以“承”字开头的，他恰巧知道一点——多数代表着落石的地方本来就有个类似的局，后来的人在这个基础上占用、更改，又怕新布的局受之前的痕迹影响适得其反，所以要特地写张条子，象征性地表示歉意。

卜宁证实了闻时的猜想："那门所在的位置，原本也有一个局，年代应该也很久了。兴许是那个局余力未消，对这个笼有些影响，所以才迟迟没有解开。"

张岚毕竟是个话多的，到这时候终于憋不住，又活了过来，插话道："两个叠加的局？同样作用吗？"

"那倒不是。"卜宁翻看着镇石，手指扫过那块字迹模糊的布条，说，"后来布局的这位目的明晰一些，许是想让山下的人转去更安逸些的地方，又或许……"他迟疑片刻，道，"想给山外之人一个发现这里的法子。"

"您的意思是……"张雅临开口道，"山所在的地方藏得太深了，一般人发现不了，所以给开个通道，通往更容易进来的地方？"

卜宁点了一下头，把手里的圆石和布条递给谢问，像少时一样，习惯性地让师父再确认一番。

"这人听着是个好心的，但又有些矛盾。"张岚嘀咕着，"为什么要让人发现这里？是有什么原因吗？还有，这个布局的人后来去了哪儿？顺利出去没？"

闻时没怎么插话，但他想起了卜宁之前说的话，说曾经看见过后世的场景，会在这里等来一场故人重逢。

如果山藏得太深，又时隔千年，故人能不能找到都是问题。

所以那个布局的人会不会是什么有渊源的人？

他脑中没来由闪过一个并不算熟悉的名字，于是他下意识看向谢问。

谢问身体枯化，尚未完全恢复，手指的动作还有些僵硬，显得他病气浓重。他枯瘦的手指微屈着，轻轻捋过布条，像从古墓里出来的神怪，只是微垂眸子的时候，又会显出几分温和与悲悯来。

他的手指捋过的地方，字迹略微清晰了几分，像扫掉了上面蒙着的尘。

闻时问他："谁？"

谢问答道："张婉。"

张家姐弟俱是一怔。

"张婉？"张岚下意识叭叭开口，"那不就是病秧子他妈？"

她说完才意识到病秧子是真祖宗。于是她默默看向谢问，一把拽住了张雅临。她强行撑稳了，但她用力太大，把弟弟拽跪了。

张雅临："……"

这个答案跟闻时的猜测合上了，毕竟最初他就是追着张婉的踪迹来的津港。

他本想通过张婉这条线了解一下谢问的事，没想到兜兜转转绕了一圈，居然在这里见到了对方留下的痕迹。

他的第一反应是太巧了，但他很快又意识到这并非巧合。他也好，谢问也好，只是循着不同的线，不谋而合地走到了同一处而已。

闻时没见过张婉，只从周煦口中听过一些零散的事，知道她天资过人，主修爻辞术和奇门遁甲，后来因为一些事跟张家断了关系、改了名字、一路辗转，最后在津港这带落了脚。

张婉曾经跟张碧灵通过信，周煦提过信里的几句话，闻时对其中两句印象很深。她说“这里是我的福地”，说“累世尘缘该有个了断”。

可为什么她说这里是福地？累世尘缘又是什么意思？

张雅临掸着裤脚上的灰站起来，神情复杂。当着这么多人的面，他也不好冲姐姐说什么话，只瞥了张岚一眼。结果他发现张岚盯着张婉留下的那些东西，一副若有所思的表情，不知在想什么。

以张雅临对她的了解，这位姑奶奶要么是注意到了一些端倪，要么是想起了什么相关的传闻，而不管是哪样，他都很好奇。

若是以往，他们姐弟俩有一万种不被人注意到的讨论方式，但在这会儿它们统统派不上用场。毕竟站在他们面前的都是祖宗，那一万种方式很可能是这帮人玩剩下的，他们还是老实低调一点，静观其变。

相较他们而言，祖宗们就直白多了。

闻时走到榻边，手指勾起布条边缘又看了一眼，问谢问：“你跟她有渊源？”

谢问看着布条，片刻后抬眸道：“其实你也见过。”

这话一出，闻时面露讶异：“我？”

谢问点了一下头。

闻时皱眉回想了一番，并没有什么头绪，开口问道：“什么时候？”

谢问说：“你记得一处叫柳庄的地方吗？”

“柳庄……”闻时低声重复了一遍，觉得这名字念起来似曾相识。他毕竟在世间浮沉太多年，碰到过太多事情，记忆庞杂，一时间没反应过来。

还是卜宁轻轻“哦”了一声，道：“柳庄。”

闻时看向他。

卜宁的记忆停留在千年之前，在那些陈年旧事里翻找起一个地名来没那么困难。他提醒道：“你可记得咱们下山前的那一年，有一回在山腰练功台，我跟钟思不知为何拌起了嘴，我说过一句六天后有大灾……”

闻时愣了一下，终于想起来了。他当然记得那一天。

闻时十九岁，第一次在梦里看见尘欲满身的自己以及那样的尘不到。

那场梦太过仓皇，占据了他所有心神，以至于他差点忘了，那天其实发生过很多琐碎的事，大大小小，其中一件就是卜宁那句随口而出的“六天后有大灾”。

类似的话，卜宁说得不算多，但也绝对不少，大多是下意识的，连他自己都反应不过来。

他常在说完之后愣一下，摆手补充道：“信口之言，也看不真切，用不着当成心事琢磨，你们这几天自己稍稍注意些便可。”

事实证明，卜宁的话多数是准的。只是有些事情，即便注意也防不胜防，就像命中绕不开的坎。

起初，闻时他们还会有些懊恼扼腕，后来慢慢发现，就算那些坎避让不开，等到真正跨过去了，就不算什么大事。

时间久了，次数多了，卜宁的这些话便惊不着他们了。

正如那天他说：“六天后有大灾。”

钟思回道：“不怕，大不了我们不下山。”

不过话虽这么说，他们也不是全然不当回事。

那两天，卜宁时常半夜惊醒，心神不定，便排着铜板预测了一下，预测出来的结果不是很好，于是把师兄弟几个都挖了起来，说：“我看见山体不稳，山下的村子恐怕要遭殃。”

那段时间，松云山一带暴雨连天，他说的场景并非毫无征兆。

闻时他们思来想去，实在做不到听由天命、袖手旁观，便连夜给山做了些加固，尤其是靠近村子的那面，还套了一个封挡的局。

那几天，他们日常练习都练得心不在焉，轮番盯着那几处布局的镇石、金纹纸，平日最喜欢下山的钟思和庄冶都安分许多，老老实实在山里待着，没去旁的地方。

就这么等到了第六天入夜，风平浪静，无事发生。

非要说有什么事能算“灾”，那就是第六天傍晚的时候，村子最东边的山壁上，有块石头松动脱落，顺着山脊滚下来，冲向了某处房宅。

据说屋里人不多，跑得也快，就连老人都避让得很及时。更何况那块石头最终也没撞上房屋，而是停在了距离鸡棚几尺远的地方，连鸡都没少根毛。

那天对闻时他们来说，就是虚惊一场。不过他们并不觉得白费力气，反倒心情极好。

钟思嘴欠，调侃了卜宁整整一夜，最后又是以被扔进迷宫这个熟悉的形式告终。

有这件事打岔，那几天闻时甚至来不及细想那些梦境。

直到两天后的清早，天蒙蒙亮，他照例睁眼很早，束好头发，一只手给金翅大鹏当鸟架，一只手拎着傀线翻上了最高的松枝。

他正咬着傀线往手指上缠，忽然听见山顶上屋门吱呀一声开了。尘不到走了出来，红色罩袍披上身的时候，袍摆扫过垂挂的藤蔓。

闻时在那阵风里眯了一下眼睛，松了齿间的傀线。

出于某些心思，他没有叫住对方，只是站在微晃的松枝后面，隔着细密的针叶看着那个人。

倒是尘不到经过的时候脚步停了一下，忽然抬头望过来。

须臾之间，两个人都没说话。

还是尘不到先开了口。他转头朝屋子那边抬了抬下巴，说：“林子里鸟雀尚未睁眼，你倒是醒得早，再去睡一会儿？”

闻时那时候刚刚洗过灵本，绷得有些过紧了，显得比平日更冷几分。

他听了对方的问话，只是动了一下眸子，便道：“我不困。”

尘不到点了点头。他可能想说点什么，所以站在那里又看了一会儿，但最终他什么都没说，转身便要下山。

闻时看到尘不到转开眸光，忽然问了一句：“你去哪儿？”

这是他以前第一句就会问的话，那天却一直闷到最后。

山道上的人终于笑了一下，转头遥遥冲他说：“下山办事。”

闻时又问：“你去多久？”

尘不到答：“这次会久一些。等我回来，或许就是夏末秋初了。”

那得好几个月。

闻时从松枝上下来了，落地的时候手指抵了一下地面，轻得像枝头抖落的雪花，又有股利落飒爽的劲。

他直起身的时候，看见自己映在尘不到的眼睛里，又不知该说些什么了。

以往他这样落到尘不到面前，尘不到总会在说完行踪后问一句："雪人，想不想出门？"

但这次尘不到却换了话，他依然笑着，像随口逗弄了一句："你别熬鹰，记得趁我不在山里，多躲几日懒。"

闻时本来没打算跟下山，但听到这句话，心里又生出些微妙的滋味，就好像不只他在避着尘不到，尘不到也在避着他。

闻时有点说不上来的、极轻微的失落。

他不知道自己当时的神情是什么样的，那些轻微的情绪有没有泄露出一分半毫。他只记得自己听到那话后怔了一瞬，然后敛眸点了点头。

对方一走数月，等到回来，离他们下山的日子也就不远了。往后松云山就会变成世间某个落脚地，不知多久他才会再来一趟。

闻时在心里这么想，却听见尘不到下了几级石阶又忽然停住。

他抬头一看，发现自己手指上的橦线不知什么时候窜了出去，不松不紧地扣住了尘不到的手腕，像一种无意识的挽留。

尘不到看着自己手腕上缠着的线，表情里讶异不多，只是静默了片刻。

这其实只是一个下意识的举动，是一件小事，闻时却忽然觉得自己尴尬又难堪。

他脸上没有显露情绪，只是立刻松了橦线，扔下一句"我去山坳"，便转身往松林深处走去。他没走两步，就感觉自己的手指被线扯住了。

他低头看了一眼手指，然后循着绷直的橦线转过身，就见尘不到勾住了那根橦线的另一端，朝山道偏了偏头，说："你跟我下山。"

他们那次所去的第一个地方，就叫柳庄。

那是一个不大不小的村子，百来户人家，依山傍水，原本是一个极为安宁的好地方。偏偏老天不顺人意，一场连天大雨冲垮了半边山。

山塌的时候不巧正是深夜，所有人都在熟睡。近山的那片屋子直接被山体拍进了泥里，屋里的人无一幸免。

闻时跟尘不到赶过去，一踏进村庄就直接入了笼。

十九岁的闻时已经入过很多笼了，见识颇多。

柳庄的那个笼绝对不是最可怕的，却是最累的，因为笼里的人一直在搬山，像愚公一样，背着最简单的竹篓，日复一日地搬着堆积的泥石。那竹篓底下豁着一个大洞，即便装满了泥石，也是一边走一边漏，于是那座山怎么都搬不完。

笼主是一个女人，很年轻。

她同许多笼主一样，脸有些模糊，唯有眉眼是最清晰的。她有一双形状极为漂亮的眼睛，垂眸的时候温婉悲悯，抬眸又会多几分英气。

只可惜，笼里的她眼神空洞，没了本该有的灵动，显得失色不少。

最先走近她的人是闻时。

那时候她正跪在竹篓边，捧着漏下来的泥石重新往篓子里装，人显得固执又无措。

她轻柔又认真地告诉闻时，她家里人都在山底下，日日托梦给她说：背上好重啊，直不起身，破了的地方好疼。

老人太老，孩童又太小，被压在山底下真的太苦了。

“我得帮他们，我得帮他们啊……”那个女人不断地重复着。

那时候尘不到刚解决完最后一波麻烦，拂了袖摆大步走过来。他看到女人的眉眼，居然止了步，愣怔良久。

那是闻时第一次看到他在陌生人面前露出这样的神情，但这并没有影响他太多，此后他依然该如何便如何，还是那样稳如磐石，不染尘埃。

只是当闻时问他的时候，他答了一句：“无事，我想起一位故人。”

“故人”这个词的意义太过宽泛，从不同人口中说出来，代表着不同的亲疏远近。

那是闻时第一次从尘不到口中听到“故人”这个词，总觉得尘不到说的跟其他人说的意义大不相同。所以那句话以及那个人，给他留下的印象始终很深。

直到很久以后的某一天，闻时才知道，那日尘不到口中的“故人”，是他幼时的家人，是他的母亲。

尘不到年少失恃，柳庄那个笼主是他生母的后代，所以……

“张婉也是？”闻时怔怔地捏着布条。上面的字迹依稀可辨，透着几分飒爽秀丽，于他而言依然很陌生，却又因为一些牵连，变得特别起来。

“也是什么？”卜宁听得没头没尾，疑惑地问了一句。

夏樵和张家姐弟同样不明所以，看着这边，等着下文。

闻时看着他们茫然的模样，猝然意识到其实尘不到告诉过他很多东西，比他以为的还要多，那是其他任何人都不知晓，连传闻都从未提及的前尘往事……只是他后来都忘了而已。

“没什么。”闻时对卜宁说，这些事只有谢问能决定提与不提，他不能越俎代庖。

“噢。”卜宁极有分寸，再加上有张家两个外人在场，当即揣了袖子，敛眸不问了。

只是说起柳庄……当初师父带下山的只有闻时。他之所以记得这处地方，是因为闻时回来后直奔山坳的冥思洞里找他，细细询问了“六日后有大灾”究竟是怎么个情形，因为之前他说得太过笼统。

他当时觉得纳闷，便问：“你和师父可是碰到什么事了？”

闻时就把柳庄的情形告诉了他。

“同样是山体塌了，村子遭殃，跟我们在山上布的局有关吗？”闻时问。

“不会，咱们弄的那些就好比天要下雨，随身捎把纸伞，不至于逆天改命，我有分寸……”

他嘴上说着“我有分寸”，但心里毕竟不能踏实，所以当场又预测了几次。

不过不论他怎么预测，柳庄的灾祸都跟他们几个在松云山做的事没有关联。

他还发现，柳庄那块地方，山野走势及村落分布同松云山一带十分相像，在预测的过程中常会混淆，几次预测都有张冠李戴的情形。

由此看来，不是他们布的局有什么问题，而是他最初预见的地方错了。六日后有大灾的并非松云山，而是柳庄。

这事归根结底是一个谬误，却不能算虚惊，毕竟在世间另一处，确确实实发生了一场天灾。

自那之后，卜宁心里的顾忌更多了几分。即便他预见了一些事，也不再轻易拉上其他人，大多是自己悄悄做些防范或是留点后路。

毕竟他不敢保证会不会再有谬误，也不敢保证会不会一不小心就逾限了。乱改天时是大忌中的大忌，后果不堪设想，报应在自己身上也就罢了，若是牵连无辜，那真是百死也难辞其咎。

后来他及冠下山，游历四野。有一年在某地，他想起闻时提过的柳庄在这附近，便循着山林走势找过去了。

那时候柳庄已是草木丛生，一片荒芜。因为受过天灾，当地的人都觉得那处地方不吉利，生人房宅统统挪远了，只留下半边山壁。

没人再管那里叫柳庄，改成了桂庄子。再后来，就无从知晓了。

“这些东西，你们是从哪里找到的？”谢问的嗓音响了起来。

卜宁乍然回神，发现谢问和闻时看向了张家姐弟。

“张婉”这个名字的出现太过突然，又跟张家关联很深。张岚正低头琢磨呢，脑子里捋过不知多少八卦传闻，被小黑拱了一肘子，才反应过来谢问居然在跟他们说话。

她转头看了张雅临一眼，发现倒霉弟弟不知在想什么，比她反应还慢，便匆忙答话道：“山下。”

那帮祖宗无声看着她，满脸写着“废话”。

张大姑奶奶这会儿已经没了那个上头的劲，不过也不至于腿脚发软了，她想了想，指着门说：“是要去一趟吗？要不我带路吧？”

“好。”谢问应了一句。

结果卜宁和闻时齐齐转头盯着他。

卜宁还算恭敬，神色并不太明显。

闻时就不同了，他站在榻边，眉头紧锁，在谢问身上扫视了个来回，从脖颈扫到手指，担心又狐疑地问：“你站得起来？”

这话过于直白了，卜宁默默往后撤了一步，让师弟自由发挥。

闻时当然不会撤，他很认真地在思考是背比较方便还是抱比较方便。

他这么想着，已经微微弯了腰。

他正要伸手，就感觉自己的额头被人用两根手指轻弹了一下。

“乱行礼。”谢问的嗓音低沉，落在他耳里的时候，一阵风从旁扫过，罩袍布料轻擦过他的侧脸。

他眯了一下眼睛，直起身来，就见榻上的人已经站在了门边。

宽大的红袍披在那个人身上，露出来的脖颈半侧是枯槁的，再由袖摆下的指尖可以看出来，他靠近心口的半边身体都好不到哪里去。

他把枯化的那只手背到身后，推开了房门。

张岚呆了片刻，拽上张雅临，带着几个幢匆匆从门里出来，打头要往山下走。

夏樵迟疑着，跟卜宁走在后面。

“师父你……”卜宁出门的时候还是有点不放心。

“不至于。”谢问回了一句。

“噢。”

卜宁刚应完，闻时也过来了。

谢问手指上还勾挂着布条，抬起来虚挡了一下闻时的眼睛，说：“你别瞪人，上回我让你背一下，你还不甘愿，请我爬——”

走在前面的卜宁被门槛绊了一个趔趄，“砰”地扶住门框，表情一言难尽地转头看了一眼。

夏樵在后面悄悄点头，示意他是真的，但说来话长，还是别问。

张家姐弟已经走上山道，又被这动静惊了一下，不明所以地看回来。

卜宁已然仪态端正，斯斯文文地朝他们走去，道：“无事，有劳带路。”

闻时从师兄背影上收回目光，面无表情地睨了谢问一眼，说：“那你走前面，我看着。”

他的音调是冷冷的，脖颈却泛着血色，估计恼得不轻，垂在身侧的手咔咔捏着指节。

松云山下的村子依然荒无人烟，破败不堪。

这里没有月色，乌云连片，雷鸣不断，狂风更是不知止歇。

他们来的时候，不觉得这景象有什么稀奇。现在，闻时和卜宁却不约而同想起了很多年前的那几夜。

卜宁预见到有大灾的时候，山下也是这个景象，风云流转、雷电交加。到了深夜，村子里家家户户都门窗紧闭，不见灯火，乍一看就像无人居住。

“喏，就在这里。”张岚顶着风走到远一些的地方。他们来时走的那个黑色通道依然像旋涡一般，在她旁边流转。

小黑几乎贴着旋涡蹲下身，在地里扒拉了几下，说：“就在这儿，这下面还有东西，只是太深了，贴近了能感觉到，但挖不出来。”

张岚点了点头，指着弟弟补充道：“他把六只幢全放了，也搅不上来那东西，它依然稳稳扎在里面。”

张雅临抹了一把脸，不知道是谢谢她还是希望她别说了。他噎了半天，咕哝道：“布局的毕竟是张婉。”

一个差点成家主的女人，怎么着也不至于明显输他们一头。

“我来试试。”卜宁走过来，半跪在旋涡边，俯身听着地底的声音。

精通奇门遁甲到一定程度的人，可以听出整个布局，再要破起来就容易得多，可以直切关键点。

卜宁听了很久，说：“难怪……”

“难怪什么？”闻时问。

“难怪槿术震不开。”卜宁撑着地直起身，说，“倒是不难解，只是底下的东西难拿。它其实跟这局无关，是布局人留的信。”

闻时说：“哪种信？”

卜宁指了指自己，说：“同我差不多，灵本上抽了一点出来。”

只不过他为了供整个封山的局，分了一半灵本出来。常人留信，只需要一小部分，留下的信也只有特定的人能开。

张雅临和张岚显然也是懂的，他们退避开来，道：“要是信的话，真有点麻烦。我们上哪儿知道信是留给谁的呢？我们岂不是……”

“盲人摸象”几个字还没出口，他们就看见谢问从一旁的树上折了三根枯枝。他轻轻拍了拍闻时的肩，将闻时拢到背后。而后他提着袖摆，在闻时原本站着的地方将那三根枯枝依次插进土里。

接着，他干枯瘦长的手朝地面重重一摁，刹那间风云变幻。

土地在他手掌下蜿蜒出成百上千条裂缝，瞬息之间，犹如绽开的巨莲，瓣与瓣之间是骇人的深渊。无数黑雾从深渊之下腾然而起，直冲云霄。接着是窸窸窣窣的攀爬声，仿佛万虫出洞。黑雾涌动交融，众人在不同的地块上一边避让，一边警惕地寻找攀爬声的来处。

下一刻，他们终于看清来物。那是数不清的惠姑，抻着蜘蛛一般的手脚，扭动着脖颈，从地底往上蹿爬。仅仅是一瞬间，惠姑就蹿到了分崩离析的土地上。

我的天！

张岚隐约听到弟弟惊呼了一声，两人拉直了槿线、捏着金纹纸，对着那群从污秽之地爬出来的怪物。

“不是信吗？”闻时绷着脸，索性转身背抵着谢问，十指长线一拽，沉声问了一句。

“别紧张，是信。”谢问说话的时候，嗓音从他们抵贴的背上传来，在闻时胸口处激起低低共鸣。

闻时怔然转头，看到了一个女人朦胧的身影。虽然从未见过，但闻时一眼就知道这是张婉。

张婉跟柳庄的那位笼主之间隔了不知道多少年，模样大相径庭，跟尘不到的生母又不知差了多少。

但她看过来的目光复杂难言，又好像她什么都还记得似的。

她对谢问说：“我终于见到你了。”

张碧灵的信里说，张婉到了津港的第二年就有了儿子。到对方成年，她不慎撞进一座笼的死地，从此再没出来，但她却对谢问说：我终于见到你了，就好像她其实清楚地知道，她养了十八年的人其实是一副流连于世的躯壳。

黑雾缠绕四周，像一层虚妄的阻隔，仿佛除了谢问以及站在谢问身边的闻时，无人能穿过浓雾看到她。

谢问静了很久，说：“你记得我？”他没有用“认识”，而是用“记得”。

张婉笑了起来，说：“本来我不该记得的，后来因为一些……不知是好还是坏的机缘，想起来了。”

她想起好久好久以前，钱塘有个姓谢的人家，朱门大户，几代官宦，屋前是曲水明堂，后面是深宅大院，院里有湖塘锦鲤、佳木良草，红木回廊绕着假山寿石，玲珑雅致。

她想起谢家的小公子芝兰玉树，磊落通透，谁见了都移不开眼，开口便是一顿盛赞，说他君子雅量、休休有容，少时便卓尔不群，日后必然能成大器，光耀门楣，一生顺遂。

那个小公子，是她儿子。

他从父姓谢，单名一个问字。

问，遗也，上天之馈赠。

她以为这份馈赠能伴她数十年，到她老了，到她故去。

谁承想，一个走街串巷的盲人说，小公子处处都好，就是命不好，亲缘绝断。

盲人说这话的时候毫不避讳，就当着小公子的面。

但对方毫不在意，一笑置之，客客气气地给了盲人一点银钱。

盲人后来再无踪迹，谢家却真的开始江河日下。

她是第一个离开的，离开的那年，谢问尚且年少。

好在他身边有个看着他长大的老仆，能照顾他几分，但她还是放心不下，恋恋不舍。那段时间她常常回来，徘徊于谢家里外。

她眼睁睁看着谢家一日比一日败落，最终一纸令状，上上下下百余口人皆被诛杀。偏偏谢问阴差阳错，死里逃生。

那个曾经芝兰玉树的公子后来病了一大场，在生死之间久久不醒。

某一日，她徘徊于他的病榻边时，不小心被拉入了一个地方。

在那里，谢家依然是朱门大户，人丁兴旺。池子里游鱼戏水，庭院边雨打枇杷。她看见久卧病榻的谢问披着罩衣，倚坐在回廊上，笑着跟身边的老仆说话，手指捻了鱼食，抛撒入湖。

那时候她不明白。要是现在，她一看就能知道。

那是一个笼，笼主叫谢问。

后世无人知晓，解笼人祖师爷解的第一个笼，是他自己。

都说凡人突逢大病大灾，灵本不稳，忧思过重，那些骤然袭来的悲痛混杂着万般执念，会让人画地为牢，自缚其中，这就是笼。

都说笼里的人在做一场他们心里放不开的梦，把人生生从梦里叫醒有时难如登天、苦不堪言，所以这是一个苦差。

都说笼主顿悟的瞬间，大概是这个世上最毛骨悚然也最痛苦悲哀的一刻。

……

如此种种，落在书册上不过寥寥数行，占不了几页，像最简单的道理，后世解笼人都能倒背如流。

学的人觉得道理天生如此，理所当然，却从没想过，在最初，这是由人一字一句写下的。

那一天，张婉眼睁睁看着她家那位矜贵风雅又意气风发的公子成了笼，日日站在谢府的喧闹中，看着府里人来人往，耽于一场冗长的美梦，再眼睁睁看着他把自己“叫醒”，亲手把那场梦拆得支离破碎。

笼被解开的那个刹那，所有繁华的、兴盛的事物都像潮水一般从谢问身边退去。

朱漆回廊从鲜艳到灰暗，再到斑驳不清，最后吱呀响了几声，断木滚落在地，砸起厚厚的烟尘。

那些往来的人影笑着就远了，如烟如雾，在风里散开，又归于沉寂。

谢问就站在那片沉寂中，静静地扫视一圈，从此孑然一身。

那场景实在叫人难过，张婉曾经以为自己永远都会记得。可事实上，解笼的瞬间，她便跟着笑语人声一起散在了风里。

等她再次醒来，四季早已不知流转了多少年。

她经历了很多个笼，每一次从笼里出来，都会是一个新的自己，那些自己有时好，有时坏；有时喜乐平安，富足长寿；有时郁郁寡欢，尝尽了苦头。她也见过数不清的人，有些话不投机，有些一见如故。她不知其中渊源，像世间大多数人一样，把这统统归结为缘分。

她早已忘了过去，甚至不记得更早时候的自己姓甚名谁，家住何处，过着什么样的生活。她也不记得自己曾经徘徊许久，注视过一个叫作“谢问”的人。她更不会知道，那个人亲手解了自己的笼，踏上了另一条路。从此世间再没有谢问，只有尘不到。

等她想起这一切，寒暑已经往来了一千多年。

张婉看了谢问很久，有些慨然地笑了：“我明明是要给你留信的，却忽然不知道说些什么了。”

他们曾经是家人，隔了一千年，又成了没有真正见过面的陌生人，以至于有太多话想说，却又不知从何说起。

谢问见她红着眼，良久道：“那你就说说你为什么会在这里。”

他温和地起了一个话头，张婉说：“我顺着一些痕迹特地找来的。”

谢问问：“你找这里做什么？”

张婉叹了口气，说：“我来还个心愿。”

“谁的心愿？”

“我。”张婉看向谢问，“很多年前，我从某个笼里出来，来到了一个山野小村里。村子里的人大多沾亲带故，都姓柳，所以村子就叫作柳庄。后来发生一场天灾，村子靠着的那座山塌了，百来户人也出了事，我也在里面，还成了一个笼……”

她的目光又投向闻时，冲他点头笑了一下，道：“是你们入笼，帮我解的笼。”

闻时怔了一下，也冲她点了一下头。

“我记得你送我走的时候，还问过我几句话。”张婉对闻时说。

具体的内容，闻时已经记不大清了。在他的印象里，他似乎是问了她几句天灾来临前的事情，想看看有没有征兆或者蹊跷。

“我怕那个不是天灾，而是人祸。”闻时顿了一下，像十九岁那年对着尘不到一样，坦白地说，“在那之前，我们算到了一场天灾，但预测显示灾祸在松云山，所以我们给山体布了局，做了点加固。”

“怪不得……”张婉说，“怪不得你会问我那些话。你是怕柳庄的天灾是你们导致的，对吗？”

闻时“嗯”了一声。

“你还真是不知道躲。”张婉摇了摇头，说，“别人要是有这样的顾虑，可能问都不会问那些话。这不是给自己揽祸吗？”

她说完对谢问道：“一千多年了，他倒还是那样。”

谢问瞥了闻时一眼，笑了笑，答：“嗯。”

“我当年其实也听出他的意思了，所以……”张婉顿了一下，“所以我藏了点话，也避开了一些事，告诉你们没有什么特别的征兆，就是下了很久的雨，山石又早有裂缝，确实容易塌。”

闻时听到这话，皱起了眉。

既然她说藏了话，又回避了一些事，那说明真实情况并非如此。

“所以实际是？”

“实际是……”张婉垂了眸，道，“柳庄的山塌，就是人祸。”

闻时愣了一下，脸色已经变了。

他朝谢问看了一眼，又看向张婉，正要开口，就听对方说：“但是跟你们无关。”

“什么意思？你怎么知道？”闻时问。

“我确实知道，”张婉有些出神，轻声说，“我看到过。”

谢问问：“当时你为什么不说？”

张婉答：“因为我有点顾虑。”

她那时候其实命不算好，爹娘都死了，她在屋里搂着尸体胳膊过了一天一夜，才被隔壁邻居发现，领了出来。

但她又是幸运的。村子里有个哑女，自己的儿子刚出生不久就被人偷了，苦寻无果之下死了心，见她孤苦伶仃，便好心收了她，当成亲女儿养。

哑女为人温婉，对她照料有加，教她女红、教她编织，粗重活却始终不让她干。村子里其他人也热情和善，知道她们母女俩日子过得不容易，总会帮衬一下。

那时候张婉的体质异于常人，天生通了一点灵窍。

她有几回半夜醒来，看见哑女对着一只小鞋悄悄抹泪，知道对方还是挂念那个丢了的儿子，便偷偷预测了一下。

她得出的结果很奇怪，总显示哑女的儿子就在村子里。

这简直就是恐怖故事，换谁都会吓一大跳，胡乱猜测些有的没的。

但那时候张婉性格沉静，得出这种结果也不敢贸然告诉哑女。

她记得哑女说过，那个丢了的儿子脖颈后面有一块拇指印大小的胎记，便天天在村子里外盯着年纪差不多的人看，下田的时候，也常会注意，生怕哪天挖出些什么来。

柳庄总共就那么大，她盯了几个来回也没有结果，既失望又松了一口气。她思来想去，把问题归结为自己能力有限，预测出来的东西并不准确。

天下之大，哑女心心念念的儿子应该还在某个她不认识的地方好好长大。

“我那时候常会做一些梦，稀奇古怪，偶尔会带一些预示。”张婉说，“那些预示帮我、帮一些人躲过不少事。”

就是因为成功躲避过很多次，她便有点盲目自信了，觉得灾祸麻烦来临之前，自己必然会梦见些什么，时间也总是巧合，来得及做点什么。反之，她只要没梦见什么，就必然不会有大事。

“偏偏那次不一样。”张婉回忆道，“那天也是夜里……”

柳庄接连下了很多天的雨，夜里也不见停。每到这种大雨天，村里就格外安静。雨声催人困，所有人那天都睡得极熟，除了张婉。

她前半夜睡得还不错，后半夜却忽然陷进了梦境里。

她梦见了一个跟柳庄相似的村子，也靠着山，村边也有一条官道，道旁有座驿站，立着拴马桩，支着茶酒摊。

那里也下着雨，雷电不息。她看见两个穿着棕褐色衣袍的青年从村子里跑出来，在无人的拴马桩旁边躲雨。

个子矮一些的那个人绞着衣服上的水，说：“你又是从哪儿得来的消息，说这山要塌？从庄师兄那里听来的？”

另一个个头高一些、身体也结实一些的人说："他没提，只说这几天就不下山了。你别管我的消息怎么来的，反正是真的，否则你说说为何庄师兄和钟师兄好巧不巧就这几天不下山。"

他反问完，自顾自答道："避祸嘛。"

矮个子信了七八分，脸色有点差，但还是说："那……那也无大事吧，山上那几位都知道了还怕甚？"

"知道又怎样？"另一个人挽着袖子，头也不抬地说，"你何时见他们插手过这些？"

矮个儿的脸色更差了，迟疑道："可——"

"再者说，山上山下从来都分作两处，山上弟子才是真，山下不过是……"高个儿挽好一边袖子，抽了一根布条，用牙咬着拴紧，"不过是驱散不掉便放养着的庸碌之辈。山下的灾祸，左右闹不到山上，何须费事来管呢？"

"话不能这么说，你以前不是说要勤加苦练，争取早——"

高个儿不太高兴地打断道："那都是我几岁时的胡话了，陈芝麻烂谷子。"

他拴紧另一边袖子，又对矮个儿说："你我就是这村里长大的，村子姓张，咱俩姓张，山下也有不少弟子都是张姓出身，本就是一家。我之所以拉你，没找旁人，是觉得你我亲如兄弟，你也重情重义，不是那些整日把自己往无情之道上修的假仙。"

矮个儿被他这番话弄得惶恐不安，脸色发白，忙道："怎么叫假仙？你近日是碰见什么事了？怎的说话句句带刺？"

"我憋久了而已。总而言之，现今村子要遭祸端，而且是大祸。你就说，救不救？"

"救！但是怎么救？"

"你找一座相近的荒山，转过去便是。"高个儿说。

天上炸响一道惊雷，照得他们的皮肤像鬼一样白。矮个儿吓了一跳，没听太清，再想询问，高个儿已经走进了雨里。

他找了一圈方位，最终在某一处蹲下来，从怀里掏出了金纹纸，低头的时候，露出了后脖颈。

"我就是那个时候惊醒的。"张婉说，"醒过来的时候，我发现自己不在床上，而是梦游到了外面，就蹲在柳庄官道驿站的拴马桩旁边，跟梦里的人一模一样。”

那一刻，张婉觉得自己在隔空帮着对方完成他想做的事。

而他想做的，就是把那座山的灾祸转移出来。

“我意识到不对劲，立刻疯了一样往村子里跑，想叫醒其他人，可是……”

她刚跑到山脚就听到了山石崩裂之声。她抬起头，只看到巨大的山石滚落下来，半边山体分崩离析。她只来得及发出凄厉的叫声，但已经没人能听到了。

不论是村里的人还是她自己，都没能跑出那片轰然落下的阴影。

“我当时没有说这些，一是因为我总觉得那场人祸我也参与了，哪怕不是自愿的，我也始终过不去那个坎。至于梦里的那个人……”张婉轻声说，“我当时也不想提，因为我看到了他的后脖颈有一枚拇指大的胎记。”跟哑女那个儿子的胎记位置一模一样。

老天仿佛跟他们开了一个玩笑。

她代替了哑女的儿子，在哑女的养育下长大。而被她代替的那个人，辗转流落到跟柳庄差不多的松云山脚，然后亲手埋了他真正的家。

“我既恨那个人，又觉得荒唐。”张婉说着苦笑了一下，“但那么深的恨，后来竟然会忘得干干净净。”

“你们知道的，逆转天时，尤其是拿无辜性命来抵的这种，是要遭报应的。”张婉说着，指了指自己，“我有一个印迹，很淡，但也跟了自己很多年，所以每次都注定没有好下场。现在印迹消得差不多了。那个人也有，别人可能看不出来，但我跟他是一根绳上的，我能看见。”

闻时听出了她的话外音，肯定道：“你见过那个人。”

张婉回答：“见过。”

闻时想了想，问道：“张家现在做主的那个？”

他说完又补了一句：“我不记得名字。”

按照这一世的身份来说，那个人应该是张婉的爷爷。其实直接问“你爷爷”更方便，但他知道了张婉的身份，便开不了这个口。

张婉原本一脸严肃，被他那句正经补充的“不记得名字”弄得哑然失笑，答道：“张正初。你毫不意外是吗？”

闻时点了一下头。

他听周煦说过，张婉很早就因为不明原因跟爷爷张正初闹崩了，从此离开张家，再没回去过，再联系她刚刚说话的语气和反应，实在很容易猜。

谢问脸上更是平静如水，没有丝毫诧异。

“但我刚发现的时候还是很意外的。”张婉苦笑道，“我索性什么都不记得就好了。偏偏当时因为一次解笼出了问题，我阴差阳错想起了过去的事情。”

谢问和柳庄是她最深重的意难平，前者总让她难过，后者却是恨。

张正初身上的印迹也很淡，应该跟她一样，过了很多年，每次都不得善终，以此作为报应和赎罪。

张婉看到那个印迹就忍不住厌恶和怨恨，但她又清楚地知道，他每次从笼里出来，都是新的人，过着新的一生，跟过去全无瓜葛。

她在两种情绪的拉扯下，跟张正初冲突频频。后来对方一怒之下把她从张家除名，她居然有种如释重负的感觉。

修爻辞术的人，其实很少会去预测自己的人生轨迹，因为预测灵验的同时，轨迹可能改了。但张婉还是给自己预测了一下，预测到她该去北方，那里是她的福地，可以见到挂念的人，可以弥补一些缺憾。

于是她在津港找到了谢问的傀。

她第一眼看到他就知道他是傀，因为他跟谢问小时候长得一模一样。

那个傀跟她见过的其他傀很不一样，他做得极好，除了有渊源在的张婉，没人能看出他跟正常人的区别，一旦有个定处，就会随着时间长大。

但同时，他又跟正常人极不一样，因为他只接收信息，从不输出信息。他会记住自己看到、听到的各种事情，却从不表达反馈性的内容。

张婉看得出来，这个傀在等。他在迅速适应这个世界，然后等一抹灵神到位。

她知道，真正的谢问会借着这个傀重回世间，他们或许还有再次相见的机会。

张婉自己就精通爻辞术，不会坐着干等。她预测过很多与谢问相关的东西，试图预测出他们会在哪里相见。

她预测到这个笼，一路找了过来。

“其实我刚进这个笼的时候，还不理解为什么会是这里，为什么会在这样一个地方见到你。”张婉说，“我抱着找人的心理在笼里转着，见过这里的每一个人，试着问了每个人的来历，然后我就知道为什么了。”

“这个笼本来应该绕着松云山而成，被圈在笼里的，也该是松云山下的人，但实际不是，这里的人大多是柳庄来的。当然，我问他们的时候，他们都说自己来自不同的地方，其实只是时过境迁，不同时期，称呼不同而已。他们原本都应该是柳庄那一带的人，所以他们怕雨天、怕电闪雷鸣、怕山神发怒。他们尊崇的所有传说，都是与山、与暴雨有关的。”

“我们那时候改换了松云山脚和柳庄的灾祸，这个效应居然一直隐隐地延续着。我会被预测引来这里，大概是老天希望我有始有终，把这条本不该有的牵连斩断，还柳庄一个解脱。”

“但这个笼对我来说还是有点吃力。黑雾太浓重，惠姑数都数不清，总能从各处不断地生出来。最主要的是，松云山缠绕的黑雾我不可能消除，这里又容易有心魔。我那时候被心魔弄得灵神不定，原本布下这道门，是想把另一端开在柳庄，先让笼里的人落叶归根，再斩断牵连。结果在心魔的干扰下，我找错了地方。”

“再然后……你们应该都知道了。”张婉说。

确实，众所周知，张婉在谢问十八岁那年进了一个笼，一脚踏进死地，从此再无音讯。

“我当时隐隐感觉到自己可能出不去了，所以留了这封信。我相信预测不会骗我，既然它说了我会在这里见到你，那就总有一天会见到的吧。”

张婉看着谢问，说：“我等了好多年啊。”

还好，她等到了。

也许是心愿已了，又或者是她留下的灵本撑不了太长时间，当她说完这句话的时候，身影便开始慢慢褪色，轮廓变得模糊。

周围的黑雾也汹涌起来，原本被阻隔在外的惠姑的爬动声再次清晰可闻。

闻时甚至还听到了夏樵模糊的惊呼、张家姐弟互相配合的言语，还有卜宁的回应。

“这个笼存留太久，确实该解了。”谢问对张婉说。

“我知道，我知道。”张婉点了点头，说，“我留这封信，只是想再看看你，看你有没有回到世上来，过得好不好，还像不像当年我徘徊之时看到的那样，只剩你一个人。”

她说着，目光转向闻时，片刻后又转回谢问身上，不舍道：“我已经看过你了。我在这里等了十多年了，也该走了。”

“松云山上黑雾消了，你们只要再开一道门，把柳庄连上。那些人久久流落在外，早就想家了，门一开便会自己回去的。他们得以解脱，这个笼就能散了。”

比起山里那个用作封印的局，这些都是小事而已，举手之劳。不论是谢问还是闻时，都明白要怎么做，但张婉还是忍不住嘱咐了一遍。

“好。”谢问应了一句，枯化的那只手始终背在身后，长而宽大的衣袍在风里翻飞如云。

他以尘不到之名走了千年，所见所闻早已融进根骨，很难再从他身上窥见当年谢府公子的影子了。

他弯腰拾了些圆石，就着张婉布好的那个局，填补上了几处缺口，又稍作调整。一切在他这里仿佛都是信手拈来，总给人一种不费力气的闲散感。

但当他搁下最后一枚圆石时，平地狂风乍起，黑雾卷裹成团，在圆石上方转成了一个巨大的旋涡。

那是他重开的通往柳庄的门。门开好的瞬间，无数于污秽深处爬出的惠姑骤然止住动作。它们僵化在旋涡面前，许久之后开始震颤不休。

它们身形可怖，骇人的面容却带着悲相，既可怕，又可怜，呜咽不息。

谢问又朝镇石间的某一处屈指叩了一下。风顷刻间变得更为猛烈，那些惠姑被刮扫得溃不成军，一阵剧颤后，它们终于放出了体内吞食的人。

那些人探出身来，争先恐后地朝那个通往柳庄的旋涡拥去。

这时，整个笼都开始动荡不安。这片土地仿佛生了千百只无形的手，试图把那些要回柳庄的人强拽下来，这大概是当年改换灾祸的遗效。

有一部分人走到一半，忽然停滞不前，在风里疯狂挣扎。

他们发出尖啸的瞬间，闻时猛然张开十指，又猛地扣上。无数道傀线如利剑般直射八方，它们贴地而行，像最锋利的刀刃，斩断了所有攥住人的力量。

顷刻间，那些人重获自由。

他们如海潮般奔赴旋涡，从此落叶归根，再不用徘徊别乡。

当最后一个人离开的时候，这个存续了千年的大笼终于瓦解。所有景象都在飞速远去，所有声音都开始变得模糊。

张婉也随之淡化成雾。临到消散前，她忽然问了谢问一句：“除了柳庄那次，我是不是还在别处见过你？在很多年前，在另一些地方。”

谢问道：“见过。”

张婉看着他，又说：“也见过其他人吧？”比如钱塘谢府上上下下百余口人。

谢问依然道："见过。"

张婉轻声问："你是每次都去送我们吗？"

谢问静了片刻，笑了笑说："不是，是偶然遇见。"

他常会在世间某处碰到像张婉一样的故人，但他们早已换了模样，有着新的身份、新的家人。不论曾经有多么轰轰烈烈的爱恨与牵挂，从自己的笼里出来之后，都会变成尘封过往，再不会被谁记起，即便想起来，也已经隔了太久，物是人非，佳音难续。

于他们而言，他是偶尔途经的陌生过客，有些只是看他一眼，有些会觉得面善，同他谈聊两句，而后又会奔赴他们各自的生活，与他再无交集。

他并不拘泥于此，只是会在那些故人身后稍留片刻，倚树送行。看着他们走到路尽头，拐一个弯消失不见，他便会笑一下，然后离开。

张婉似乎还有很多话想说，但最终只是问了一句："如果下一次再碰见，你还会送我们吗？"

谢问说："会，我送很多人。"

"好。"张婉点了一下头。

过了很久，她微红着眼睛，冲谢问笑了一下，最后一句话湮没在了雾里。

但闻时听见了，他听见张婉温声说："你别再像当初在笼里一样孑然一身了。"

她消散的时候，那抹雾气映出了一道身影，也许是她内心不舍所留下的最后一次投照。

那是一个倚着朱栏同人笑谈的人，未及弱冠，意气风发，芝兰玉树。

那道影子转瞬即逝，跟笼里的长林野草一道，消失在了浓雾里，再无痕迹。

闻时怔怔地盯着那处，忽然感觉心脏被人重重掐了一下，生出一股难以抑制的难过来。

他转头看向谢问，低声说："你解的第一个笼是你自己吗？"

谢问没回答，只是静静地站了一会儿，转过头来，他的目光扫过闻时的眼尾、鼻尖和唇角，看了许久之后轻声说："陈年老黄历，我早就记不清了，该翻篇了。"

闻时却翻不过这一篇，总想要做点什么。

他抓了谢问的手，眯了一下眼睛，然后别过头靠了过去。

遗存千年的笼瞬息瓦解，人影早已消散不见，周围是一片空茫和沉寂，像一处秘地，唯留他们尘嚣未染，又纠缠不清。

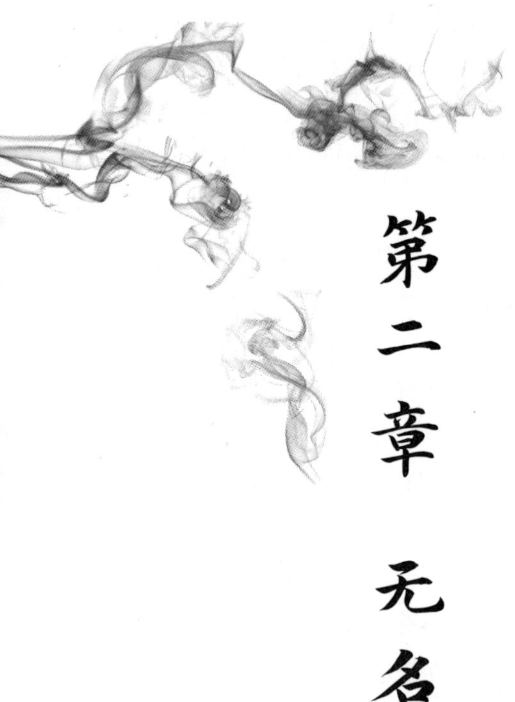

第二章　无名冢

众人从笼里出来的时候，夜色正浓。

知了不知躲在哪里拉长调子叫着，叫一会儿歇一会儿。

闻时就在这样的叫声里睁开了眼睛。

窗外是摇晃的树影，路灯的光穿过窗户玻璃投照进来，落在闻时身上，又在树影的遮挡下变得迷离。他被光晃得眯了一下眸子，一时间不知道自己身在哪里。

过了好一会儿，他才反应过来，这是老毛开来津港的那辆车，他就坐在车后座。

副驾驶座的座椅椅背很高，从闻时的角度看，只能从椅背和车门的间隙看到谢问斜支着头的手。

对方似乎也刚醒，那只手虚捏了一下又松开，从车窗边沿撤下来。

皮质座椅吱呀轻响了一声，谢问微斜了身体，转头看过来。

闻时看向谢问，两人视线相撞。

“这是哪儿？”夏樵的声音忽然响起来，夹杂着皮质座椅的吱呀声。

闻时感觉旁边的座椅陷了一下，便蓦地收回视线，转头看过去。

“车里。”谢问在他转开视线后，慢慢答了一句。

夏樵一时语塞，只好继续问道：“咱们的车停哪儿了？”

他伏低身体，透过挡风玻璃看到车前有栋二层小楼房，周围是一小块水泥地，像人为浇筑出来的简易停车位。

夏樵眨了眨眼，说：“呃，我怎么觉得有点……”眼熟？

闻时冲那个小楼一抬下巴，道：“陆文娟家。”

“我——”粗话还没出口，夏樵就把它吞了回去，呆若木鸡，“咱们不是已经出笼了吗？周……那个卜宁老祖宗明明告诉我笼解了，怎么我们还在她家绕啊？”

闻时说：“废话，我们在这儿入的笼，当然在这儿出。”

夏樵这才想起来，他们先前入笼，就是驱车来到这栋小楼前。他们本是要找陆文娟的父母借宿一晚，没想到开门的是陆文娟。

现在他们从笼里出来了，车还是那辆车，楼还是那栋楼，但如果他们去敲门，来开门的应该不会是那个长了笑眼笑唇的女人了。

他点了头，“哦哦”两声，心里正有些唏嘘，就听谢问忽然指着闻时说：“你管他叫哥，管我叫谢老板，却管卜宁叫老祖宗，辈分是不是有点儿乱？”

夏樵又茫然了，说：“那我总不能直接喊卜宁吧？”

他不认识卜宁的时候这样叫还行，现在见过了、知道了，再直呼其名就有点儿没礼貌了。但他转念一想，觉得也是，卜宁是闻时的师兄、谢问的徒弟，夹在这两个人之间，他怎么喊，辈分都不太对。

夏樵琢磨了一会儿，觉得这个问题得从根源上解决，先把面前这两人的称呼改一下。他默默看向闻时，张了张口。

闻时一眼就看出这傻瓜在想什么，冷冷道：“你要喊我老祖宗，你就滚下车。”

夏樵乖乖闭嘴，应道：“噢。”

他又默默看向谢问。

闻时也想知道这傻瓜打算给谢问换什么称呼，再加上这会儿车里也没那么闷热了，他便跟着看过去。

余光里，夏樵张了张口。

结果谢问朝闻时这边看了一眼，说：“这样吧，你怎么叫他就怎么叫我。”

夏樵：“……”

他怀疑有人把他当傻瓜，叫一样的，辈分不是更乱？

当然，这句话他不敢说，只敢满脸写着“你逗我”。

自打知道谢问是谁，夏樵连“谢老板”都叫不出口了，全靠老毛给他勇气……可老毛本人还瘫死在驾驶座上。

他犹豫再三，还是支支吾吾地开了口：“谢……谢老板，你不是我哥的师父吗？”

谢问点了点头，说：“是师父。”

说完，谢问便朝闻时看过去，过了片刻又开口道：“也不全是。”

夏樵的头顶缓缓升起一排问号，他想说“还有什么？你不要告诉我还是房客”。他呆呆地转头看向闻时，发现他哥面无表情，把整个车窗放下来了。

凉风夹着雨后的水汽吹进来，扑了夏樵一脸。

他蒙了几秒，觉得他哥可能是真的很热。

当闻时放下车窗时，那栋二层小楼的门忽然开了。一高一矮两个人影从门里出来，下了一级水泥台阶，朝车这边走来。那是一对老夫妻，大爷头发灰白，穿着最简单的白背心和灰色长裤，大娘穿着花褂子，跟在后面。

谢问已经推门下车了。

“哎哟，是你！”大爷一见到谢问便笑开来，他指了指自己的耳朵说，“我年纪大了，耳背。还是刚刚隔壁的欢子从后门过去，说有辆车在我家门口停老久了，我才想着出来看看。我当谁呢，没想到是你。”

“我路过，来看看。”谢问挑了背光的位置站着，半边脸还算清晰，另外半边则匿在阴影下，极好地隐藏了他未消的枯化痕迹。

大爷的视力不算好，没发现什么，只是极为热情地絮叨了几句，说话间朝车里看过去，刚巧透过车窗看到了闻时。

出于礼貌，闻时也推门下了车。

大爷的额心有颗很小的痣，位置跟陆文娟一模一样，一看就是一家人。他年轻时定然有副出挑的好模样，哪怕这会儿年纪大了，也依稀可见当年的影子。

他冲闻时和蔼地笑笑，然后看向谢问，开口问道：“这是……”

谢问冲他比了一下，对闻时说：“陆孝。”

他又转而对大爷介绍道：“闻时。”

大爷还是老式的习惯，冲着新认识的人一顿夸赞，然后下意识问道：“你们是同事啊，还是朋友啊？”

能一块儿出远门的，也就那么几种关系。

陆孝大爷这么一问，闻时二选一，下意识就要说“朋友”，却听见谢问斟酌了几秒，对陆孝道：“家眷。”

家眷……

这个词已经很少在现代人闲聊间出现了，只在很久很久以前，被用来形容特别的人，温柔而又羁绊深重。

与其说这两个字是谢问说给陆孝听的，不如说是讲给闻时听的。

因为陆孝显然不太习惯这个词，愣了一下才反应过来，点头道：“哦哦哦，一家人，怪不得长得都是一等一的好……”

他还在热情地说着话，妻子在旁边帮腔，指着自家大门说来都来了，怎么能不留一晚，家里饭菜都有，说什么也不能放人路过一下就走。

闻时却没在听。他礼貌地看着那对老夫妻，神色平静，在适当的时机点着头，手指却捻着自己靠近谢问的半边耳朵，好像“家眷”两个字从谢问口中低低沉沉地说出来，就带了几分热意。

夏樵也从车里出来了，几人之间又是一顿寒暄，他“爷爷”长“奶奶”短地叫着，讨得陆孝夫妻俩满怀欢欣。

他们很少碰到这样的热闹场面了，说什么也不肯放人走，一定要谢问几人进屋坐坐，吃一顿饭，留宿一晚。

实在是盛情难却，夏樵被陆孝夫妻俩连哄带逗地拉进了屋，谢问朝他们看了一眼，转头冲闻时道：“走吧。”

闻时含糊地“嗯”了一声，抬脚就要跟上，谢问却忽然伸手过来，在他耳根处抹了一下。

指腹的触感清晰，闻时僵了一下，瞥向他，问道：“你干吗？”

谢问捻了捻手指，说：“没什么，我看看你这红会不会掉色。”

闻时：“……”

当陆孝开开心心迎客进门的时候，隔壁两栋小楼都有了动静，几个邻居穿着拖鞋，一副看热闹的架势，要往村镇另一边走。

陆孝停了一下，提高嗓门，中气十足地问道：“干吗呢，欢子，都往东边跑？”

那个叫欢子的邻居指着远处说：“那边有辆外地车，一脚油门没踩好，差点进了河。我听说车头都出去了，只有后半截在岸上。我看看去。”

村镇就是这样，但凡有点热闹，全村人都挤挤攘攘跑去看。

只有闻时他们一听“外地车”，想到了几个人。

正如他们所猜，那个一脚轰错油门，差点把车开成船的，不是别人，正是张岚他们。

他们先前想追闻时的车，又不好意思太过直接，进村的时候便绕了一条路，开去了东边，顺便在那里找到笼门入了笼。这会儿他们从笼里出来，自然还在那里。

张家姐弟刚睁眼的时候，跟闻时他们的反应一样，在笼里待得太久，差点弄不清自己现实身在什么地方。

小黑是最先清醒的，他坐在驾驶座上，老老实实先把车发动了。

空调凉风一吹，张岚和张雅临迅速清醒过来。

张岚的手机振动个不停，也不知道漏了多少来电和信息。她一边让小黑把车往外面开，一边滑开手机屏幕，正想看看谁找她，就听见又一个人悠然转醒，哑声咕哝了一句："这是哪里？"

张岚和张雅临顿时一个激灵，下意识一齐转头看向那人，恭恭敬敬地说："这是一个村子，老祖您可能不太清楚，我们之前就是在这里入的笼。"

张岚又道："我们准备回宁安了，不知道老祖有没有什么别的打算，想去什么地方，我们可以送。"

张雅临补了一句："您也可以跟我们一起去宁安，看老祖您的意思。"

张岚附和道："对，看您什么想法。"

结果老祖默默看了他们半晌，舔了舔干燥的嘴唇，说："那边有个小店，我想喝冰镇可乐。"

小黑脚一抖，踩错了油门，车子朝河里猛蹿了一截，又被他匆匆刹住。

张岚："……"

张雅临："……"

老祖接着说："雪碧也行。"

车里一片死寂。小黑默默控住车，从前面扭头看过来。张岚和张雅临一副"你在说什么胡话"的表情，看着想喝可乐雪碧的人。

过了好半天，张岚才提高了调门道："周煦？"

周煦应道："嗯。"

"嗯你——"张岚憋了半天才把骂人的话憋回去，然后瘫回靠背上，"你回来了你早说啊，吓唬我跟张雅临好玩啊？"

冲着周煦，张雅临就毫不克制了，没好气地说："回来就行，可乐雪碧随你挑，你想喝什么都给你买，权当庆祝了。"

周煦问："庆祝什么？"

"庆祝那帮祖宗总算不在了。"张岚替弟弟把话说了。

周煦拖着调子"唔"了一声，目光幽幽的。

"你唔什么？"张岚道。

周煦回道："没，我就是在想怎么说比较委婉，不会吓到你们，也免得你们想抽我。"

张岚眨了眨杏眼，噌地坐直身体，有了点不祥的预感，问：“什么意思？你有话就说，别绕弯子。我们为什么要抽你？”

周煦说：“那个……你们在笼里的时候，我其实能看见，也能听见。我就是把身体借给那谁用了一下。”

张岚的脸色已经开始往绿色变了，接着问：“然后呢？”

周煦继续说：“然后……我觉得既然都是自己人，让他在外面飘着挺不好意思的。所以，我让他在我这儿待着了。”

张大姑奶奶的音调猛地拔高：“你让谁在哪儿待着了？！”

“卜宁啊。”周煦以前还会尊称一声老祖，现在知道自己跟老祖是同一个，毫不客气地改了口，“我让他在我身体里待着了。”

说完，他神色一变，彬彬有礼地说了句：“叨扰。”

接着他又是一变，自己答道：“不叨扰不叨扰，自己人，客气什么。”

张雅临：“……”

他快疯了。他姐姐已经疯了。

更疯的是张岚的手机，振动了不知多久之后，终于被恍惚的姑奶奶接通，里面一道声音传过来，说：“岚姐，你们在哪儿呢？看见名谱图没？出大事了，你知道吗？卜宁，就是那个老祖宗卜宁，他的名字忽然亮起来了！”

张岚做了个深呼吸，冲电话那头的人干巴巴笑了一声，正要开口，那边的人急道：“岚姐，你别笑啊！”

张岚：“……”

我没有，我快哭了，你听得出来吗？

她心里憋了一万句话，但都在周煦的盯视下咽了回去。

偏偏电话那头的傻瓜以为她不当回事，扯着嗓门在那儿对天发誓：“真的，我没骗你，岚姐！名谱图在那儿呢，你看一眼就知道我没开玩笑了。我们哥儿几个刚巡完一轮夜，进门连灯都没开就看见名谱图那块亮了。我对天发誓，不是眼花！”

那哥们儿说着，另一道声音也横插进来：“我也可以发誓，真的，岚姐，我们都看见了，不可能弄错的！之前不是有个说法吗，说名谱图上谁家老祖宗的名字忽然亮一下，就代表要出事，那是祖宗预见了有灾，给后人警示。咱家老祖宗不是就警示过几回嘛，这您肯定知道的。”

不只张岚，几乎人人都知道这一点，还有一部分长辈是见过的——上一回名谱图出现这种情况还是几十年前，警示之后没多久，张家钦定的下一任家主张掩山就折在了一处笼涡里。

张掩山就是张岚她爸。

未免提起伤心事，电话那边的人也不敢多说，只担忧道："以前怎么个亮法我没见过，反正这次真的特别显眼。卜宁老祖宗都消失一千多年了，名字是朱笔，亮起来的时候跟火烧一样。"

"最可怕的是那位老祖宗没有后人！"

"对对对！他消失的时候一个徒弟都没收，那条线就断在他自己的名字那儿，后面什么人都没有。那这警示是给谁看的？大东那个傻瓜说是给所有人看的，这要是真的，那得是多大的事？！咦？大东呢？大东你过来说话啊，杵在名谱图那儿干吗呢？"

电话里一阵嘈杂，脚步匆匆忙忙，估计那边的人在往大东那边走。

他们一个比一个激动，嗓门还奇大，极具穿透力，连副驾驶座上的张雅临都能听得清清楚楚，更何况旁边的周煦呢。他跷着二郎腿，就这么大大咧咧地听着。

他听到一半，忽然神色一顿，放下腿换了一个文雅的坐姿，说："非礼勿听。"说完，他又看向张岚，指着她的手机说，"我没见过稀奇物件，这半天才明白过来，失礼了。"

张大姑奶奶连忙就坡下驴，正想借机挂了电话，谁知旁边那位又是一顿，换了一种理所当然的语气说："不失礼，这哪能叫失礼，他们说的不就是你吗，你为什么不能听？小姨你别挂啊，我听听他们还说什么了。还有，你别突然戳我换位置，我头晕，一会儿吐车里。"

张岚："……"

这时电话那边的人又叫了起来，这次是真的破音了。

"我的天，岚姐，你猜怎么着！"

张大姑奶奶抓着手机，跟被烫了似的别开头，闭起眼。

张雅临一只手捂着脸在副驾驶座上挺尸。

整个车里都回荡着大东他们几个的声音："虽然火光没了不亮了，但是卜宁老祖宗的名字变黑了……它变黑了，岚姐！消失了一千多年的人，为什么名字会突然变黑啊？"

是啊。他就在旁边听你电话，你问他啊。

张岚用力搓了一下脸，冲大东他们丢了一句话，然后毫不犹豫地掐了来电。

她说："因为他回来了。"

就这几个字，炸出了名谱图上所有人，大大小小共计百余家。

作为张家这一代的翘楚，张岚和张雅临跟图上各家都有联系，手机里存留的通信方式翻都翻不到头。各家长晚辈早已习惯遇事即找他们，是故碰到事情，第一时间就会找到他们这里来。

这会儿不知同时来了多少电话，直接把张岚和张雅临的手机卡到关机了。于是姐弟俩重启手机后的第一件事，就是开勿扰模式。结果两人刚开完勿扰模式一抬头，就见到谢问和闻时双双站在车外面，一个闲散，一个冷淡……看他们热闹。

张岚忽然想起她听来的那些传闻，别的不知道，反正闻时是尘不到带在身边养大的这点肯定假不了。

看看这两尊送不走的大佛吧，她快窒息了。

碍于有客人在，陆孝夫妻俩原本婉拒了邻居欢子的邀请，准备放弃河边的热闹，谁知客人主动说："你去看看吧，没准认识。"

结果到了河边，夫妻俩一看，卡在河岸上的那辆车的牌照也是宁安的。

"真认识啊？"陆老爷子问了一句。

谢问点了点头，说："认识，前后脚来的。"

这个前后脚就很有灵性，说得跟搭伴自驾游似的。

老夫妻俩都是热情的人，当即拨开其他围绕着的乡里乡亲，一顿连拉带拽，把张家姐弟都薅下了车。

张岚的脸都笑青了，试图婉拒陆孝老爷子的盛情邀请："不了不了，我怎么好意思去打扰呢，高速公路上休息站很多的，随便找一个地方就能填饱肚子了。再说，我们现在也不饿。"

陆孝老爷子劝道："高速公路休息站离这儿还有一段土路，大晚上的，车也不好开啊。你们朋友都留一宿呢，你们这么急干吗？"

张岚蒙了，疑惑道："我们朋友？"

陆孝老爷子转头指向谢问和闻时。

张岚："……"

这朋友谁敢要啊？但他们也不敢不要。

“两位老……”张雅临朝陆孝夫妻俩瞄了一眼，刹停了“老祖”这种称呼，试探着问道，“是有什么事需要我和我姐多留一晚吗？”

他和张岚都是聪明人，其实心里很清楚这两位祖宗为什么留宿还要提溜着他们，无非是暂时不想让他们回去告诉其他人：名谱图开端的那几位全部回来了。

这两位祖宗可能是单纯不想受打扰，也可能有别的顾虑。总之，两人就是不希望姐弟俩张口，但他们显然做不到这一点。

老祖宗回来这种事，他们怎么可能瞒着其他人绝口不提？

如果只是某一个也就罢了，关键还是一群，最重要的是，里面还有尘不到。

千年来，这位祖师爷是众家族的人心里提都不能提的人，对张家而言尤其如此。毕竟当初封印尘不到，除了闻时、卜宁这几个尘不到的亲徒，功劳最大的就是他们张家。

亲徒们封印师父之后都相继凋殒，张家反而成了后世各家中最有名望的一家。只听传闻还好，现在姐弟俩见了真人，都觉得这事明显有蹊跷。

在这种情况下，他们两个作为张家年轻一辈里最能做主的，当然要谨慎一些。

他们既不希望给自家带来麻烦，又不想得罪老祖宗，只能装傻充愣，跟人兜着圈子。这一套平日相当管用，是给彼此留点余地的最委婉的方式，结果到了老祖宗面前，那真是一点用都没有。

谢问不紧不慢地笑了一下，说：“我看你俩脸上写着不用问，都知道，那就当你们都知道吧。名谱图上排那么高位置的人，总不至于是笨人。”

张雅临：“……”

张雅临硬着头皮道：“我跟我姐练檀术和金纹纸术的时候喜欢死磕，所以排位稍稍高于别人一点，但很多时候还是挺笨的。”

他们跟谢问打过几次交道，知道对方不爱跟人深聊，说话常是点到即止。对方如果打死不认一件事，他也懒得费口舌去计较。

那这事大概率就绕过去了。张雅临就是认准了这点。

然而这次谢问身边还有个闻时，这祖宗直白起来令人害怕。他看着张雅临，张口就是一句：“我们几个的事，你打算告诉谁？”

张雅临：“……”

闻时听见身边那个人的喉咙里发出一声模糊的低笑，很坏氛围，便转过头盯着他。

“你别盯着我。”谢问十分配合地正了神色，并抬了抬下巴，示意他去盯前面的张家姐弟。

闻时收了目光，正要继续去盘张雅临，就听见谢问用只有他能听见的声音补了一句：“盯久了，说不定我也掉色。”

闻时：“……”

他确定了，这人就是在嘲弄他。

“你别说话。”闻时从唇缝里挤出几个字，然后看向张雅临，道，“你别装傻，我问你话呢。”

张雅临尴尬地说：“我不是那个意思。”

“那你是什么意思？”闻时问。

张雅临：“……”

张雅临的头都要秃了。

谢问朝闻时别了一下头，对他说：“他刨根究底起来，我都招架不住，你们就算了吧。”

张雅临憋了半天，只能憋出一句：“放心，我们不会说的。”

就像为了验证他这句话，下一秒，他的手机就振动了起来。张雅临看也没看手机就摁掉了，结果没过两秒，手机又振动起来。他连摁了三次……

张岚的手机响了。张大姑奶奶瞄了一眼手机，看到了屏幕上“爷爷”的字样，犹豫再三后还是接通了电话。她刚说了一句“喂”，就听见对面传来了一道年轻的男声，语调略有一点板正：“老爷子有事急召你们回本家。”

这声音她和张雅临都熟悉，是张正初常带着的傀，叫作阿齐。这傀其实不是他捏出来的，而是从张家最早一代传下来的，跟了不知多少任家主，一直存留至今。

就因为这个一直存续的傀，很多人说当年的张家老祖宗作为山外弟子，实在有点屈才，辜负了极佳的天赋。如果他是亲徒，说不定会在傀术或者奇门遁甲上达到更高的境界。

“今晚我可能回不去。”张岚朝谢问和闻时看了一眼。

“必须回，”阿齐又说，“大事。”

张岚说：“我知道，但我这里暂时走不开。”

阿齐问：“你有麻烦？”

张岚含糊道："嗯。"

阿齐不理解，问："还有什么比卜宁老祖回来更麻烦的？"

张岚："……"

有的，比如尘不到和闻时也回来了，还不让我走，还在听你打电话。

张岚希望对方能听到她的心声，可惜不能。她只能含糊推脱了几句，直到对方撇开手机，低声去询问旁边的人。

她隐约听到了爷爷张正初的声音，沙哑、老迈又透着几分威严。

接着，阿齐又贴近手机说："虽然老爷子松口了，但明天你们务必回来。"

旁边有人忽然打了个喷嚏。

阿齐问："你旁边有人？不是雅临，我听得出来。"

张岚心想：我旁边何止有人。

碍于谢问和闻时的目光，她朝打喷嚏的人看了一眼，回了阿齐一句："嗯，是周煦，他跟我们一起出的门。"

阿齐"噢"了一声，说："那明天你们一起来吧。"

张岚追问："和谁一起？"

阿齐说："小煦，老爷子说了，都得来，一个不能少。"

张岚："……"

"老祖回来这件事有待商榷，事出反常必有妖，哪怕是卜宁老祖。各家今晚都不打算睡觉了，连夜往宁安来。老爷子打算商量一下怎么应对这事。"

张岚："……"

你们是要当着卜宁的面商量怎么搞他吗？

但事情到这里还不算完，阿齐又说："你跟雅临最近不是跟沈家那两个徒弟走得近吗？把他们也叫上。"

张岚已经崩溃了，她的嘴巴开开合合好几回，最终道："我就一个问题。"

阿齐吐出一个字："说。"

张岚破罐子破摔道："谢问你们打算叫吗？"

阿齐那边居然迟疑了一下，肃然道："他就不叫了。一个被除名了的人，既不在名谱图上，又跟咱们家断了关系，为什么要叫他？"

他虽然没提谢问的名字，但这么一形容，旁边的张正初便明白了他在说谁。多年过去，张正初依然记着张婉跟家里断绝关系的事，当即冷然道："不论是张家的事还是解笼人的事，现在都跟他无关，叫他干什么？！”

然后电话那边传来手杖杵地的声音，咣地一响。

张岚：“……”

她默默捂住了手机出声筒，生怕刚刚那话让谢问本人听见。

不论是张家的事还是解笼人的事，都跟他无关……天哪，要说解笼人，人家是祖师爷。要说张家，就人家被封印这事，张家占头功。这一桩桩、一件件，哪件事跟他无关……

张岚越想越觉得自家亲爷爷在点炸药包。虽然她和张雅临大了之后都很怕张正初，跟老爷子并不亲近，但她也不能眼睁睁看着老爷子招惹大麻烦。

她又想到来津港之前，周煦看着张家本家的房子，咕哝过一句“这楼怎么看着像要塌了”。

当时她和张雅临只觉得这倒霉孩子乌鸦嘴乱说话，没当回事。现在她知道了周煦是谁，只觉得心惊肉跳、一阵发慌。

她舔了一下发干的嘴巴，松开捂着手机末端的手，含糊地说：“行了，我知道了，再看吧。”

阿齐不解道：“什么叫再看？刚刚我不是说了吗，是务必回——”

张岚直接把电话挂断了。

此时的张家老宅里，前后各院灯火通明。

阿齐抓着电话，默默傻了一会儿，转头对张正初说：“阿岚说她知道了。”

“嗯……”张正初握着手杖，手指一张一合，像在杖头上打着缓慢的节拍。这是他沉思时常会有的动作，阿齐一看就知道，所以垂眸在旁边站着，不再出声打扰。

一代人和一代人之间总会相互影响，后辈常常会学着前辈的一些动作习惯，尤其在树立威严形象方面。这种沉思时类似打拍子的动作就像家主的一种标志，张正初年轻时没有，后来当了家主便慢慢从父辈那里学来了。

所有小辈，包括跟了不知几代人的阿齐，只要看到这个动作，就会不自觉摆正身体、噤声不语。

曾经有一种悄悄流传的说法，说阿齐存留的时间太久，对后来的张家家主而言，甚至能算长辈。为了压住这位榁，让他有种“主人从未更换”的感觉，每一任家主都刻意学了张家老祖宗的几个小动作，代代相传。

后来这话传到了阿齐耳中。

他听完“哦”了一声，说话行事没有任何改变，流言才算断了。

当张正初沉思的时候，屋里另外几个年轻人垂首站成一排，大气都不敢喘，不是别人，正是大东他们几个。作为最先看到名谱图变化的人，他们第一次被请来了张正初所住的院子，也是第一次见到这位家主。

他们对张正初最初的印象就是……他真的太老了。

张岚和张雅临都是三十出头的人，作为他们的爷爷，张正初近九十岁了。要是在寻常人家，这就是高寿了，老迈一些再正常不过，但他是解笼人。解笼人这群人中常有过百岁的，八九十岁大多还精神矍铄。像张正初这么苍老的，实在少见。

对大东他们来说，张正初这副样子又证实了一些传闻。

传闻张家当年在封印尘不到这件事上立了大功，虽然没有像那几位亲徒一样凋殒于世，但也受了不少罪，可以说是在世的那些人里最惨烈的。即使封印的出发点是好的，张家也跑不掉一个“欺师灭祖”的名号。是故后世解笼人都说张家老祖宗大义，把这些担下来了，只是张家后来的每一任家主都像受了祖师爷的诅咒一样，寿命都不长，老得也快。

为了平衡这一点，张家广收门徒，广衍子孙，钦定的后辈只要满三十五岁便接任家主之位，上一辈从不恋权，一日都不拖延，代代如此，才有了今天繁盛兴旺的局面。

而其他各家也始终感念张家老祖宗的大义，愿意让他们一头，让着让着，就真有了差距。

这是关于封印之后，张家为何一家独大的最广泛的说法，大东他们从小就听说过。事实究竟怎么样难说，但今天见到张正初，他们至少可以确定老得快这点是真的。他们甚至怀疑老爷子坚持不到张雅临三十五岁，说不准会提前让位。

张正初脸上皮肉松弛，因为嘴角下拉，沉默时更显威严。他沉思了一会儿，问道：“所以，你们几个都听见了，那句‘回来了’是阿岚自己说的？”

大东他们迟疑着点了点头，又补充道：“我们看到名谱图的变化给岚姐打了电话，她听我们讲完，就说了这句话。”

张正初就这么听着，没点头。他很少会把自己的情绪显露在脸上，对着这些陌生小辈，就连点头或摇头这种最简单的动作都没有。

他又问："你们给她打过几个电话？"

"好几个吧，前几次没通，最后一次通了。"大东说。

"接连打的？"张正初再问。

"对。"

张正初依然握着手杖沉思着，过了片刻，冲大东他们一抬下巴。

不用他开口，阿齐立刻走过去，对大东他们说："老爷子没什么想问的了。前院那边有阿姨煮了茶汤，你们可以去那边歇一会儿，今晚就在本家住着吧，其他各家都在来的路上呢。"

大东他们一听这话，忙不迭跑了。

门一合上，张正初就对阿齐说："接连打了几个电话都没打通，那时候阿岚应该在哪个笼里。最后一次通了，那就是她刚出来。"

阿齐点了点头。

"所以她从笼里出来的那个时间点上，卜宁老祖回来了。"张正初说。

阿齐毕竟是檀，还是一个极为刻板的檀，脑筋转得慢。他愣了一下，才点头说："是这样。"

张正初攥着手杖顶端，另一端在地面上不轻不重地转着。

他沉声开口："世上有这么巧的事吗？"

阿齐说："或许有吧。"

张正初又说："我不信。"

阿齐有点迟疑，问道："那您的意思是？"

张正初推测道："卜宁回来这件事应该跟她入的笼有关，她接电话前就知道，甚至有可能直接看到了。"

他想了想，拄着手杖慢慢走到墙边，那里也挂着一张名谱图。

名谱图，解笼人各家几乎人手一份，出现在这里并不稀奇，但他这张图跟其他人的略有一些区别。

它更老旧一些，边缘破损诸多，像最原始的版本，代代相传了一千多年。

张正初看着图上卜宁的名字，接着说："阿岚那丫头知道甚至看到了卜宁回来，但刚刚接了电话却什么都不说，还有点含含糊糊，为什么呢？"

阿齐认真想了一会儿，老老实实说："不知道，我比较笨。"

"你不笨，不笨。"张正初头也不回地摆了摆手，"我觉得她可能碰到了一些棘手的情况，不知道怎么应对，估计还是跟卜宁回来有关。那丫头性子一贯很傲，真碰到麻烦也不会说的，从她嘴里套不出什么。”

阿齐只能回一句：“确实。”

张正初问：“你说跟阿岚一起入那个笼的还有谁？”

阿齐边掰着指头数边答：“雅临出门前来找您报备过，他应该在的。他俩是去找沈家两个徒弟，想试试他们的实力，所以他们很可能也在……哦，还有刚刚说的小煦。”

“雅临跟他姐骨子里很像，也傲。阿岚还比他直一些，一个问不出，两个也一样。”张正初低声道，“至于沈家那俩徒弟……”他沉吟起来，没有继续说。

许久，他才张口道：“你晚点给周煦再打个电话，他们今晚如果不动身，总要找地方落脚住一夜。等周煦跟阿岚、雅临不在一屋的时候，给他打个电话，他脑筋简单，说话经常没遮没拦，问问他，先把情况摸清楚。”

阿齐点了点头，说：“好。”

张岚并不知道张正初在琢磨什么，她大了之后就没弄明白过爷爷的想法。

反正她已经打定了主意，准备今天先在这里住一晚，拖延拖延时间，明天无论如何都要想办法跟张雅临一起跑路。各家究竟要商量什么、怎么商量，她目前管不着，反正这帮祖宗她一个都不会带回家，包括周煦，除非她疯了。

所以当谢问和闻时看过来的时候，她收起手机，轻描淡写地说：“本家一直有个规矩,我跟雅临不能同时离开太久,这不,就催上了,让我们明天务必回宁安。”

说到明天要走，她忍不住瞄了几眼谢问。

谢问跟张正初完全不一样，他不会做出一副威严的模样。他听到什么话都会点一下头，表示自己知道了，但仅此而已。因为他常常下一秒就换了话题，好像不论什么事，都不会引起他的注意，听过了也就听过了。

果不其然，谢问点完头便抬手拍了拍闻时的肩，两人一起跟着陆孝往村镇另一头走，说：“先回去。”

家里难得热闹，陆孝夫妻俩忙里忙外，张罗了一大桌菜。

可惜老毛不省人事，也不知道是受了刺激，求生欲很不强烈还是怎么的，被抬上沙发就再没下来过，自然也爬不上餐桌。

张家姐弟俩被一群老祖宗围着，又怀揣心事，根本没有胃口。他们不想吃，又不敢不吃，只能硬塞，全程食不知味，只想着赶紧把这夜挨过去。

周煦倒是胃口很好。他从笼里出来容易生病，虽然这会儿又有了感冒的征兆，带了鼻音，但架不住兴致高昂，压了病气，不过他同样没吃好，因为管得宽。

本来他自己想吃什么夹什么就行了，偏偏他突然转了性，打算考虑一下身体里那位朋友的感受。于是他的眼珠子都快掉进五花肉里了，却还要问一句："你吃饭有讲究吗？忌不忌口？"

坐他旁边的夏樵一脸蒙，摇头说："没讲究啊，你管我忌不忌口干什么？"

周煦翻了一个白眼，说："我没跟你说。"

夏樵一脸疑惑。

周煦说："我问自己。"

夏樵更是满头问号。

陆孝夫妻俩年纪都挺大，禁不住吓。所以不论周煦怎么戳，卜宁始终在装死，只在陆孝夫妻俩跟其他人说话的间隙匆匆应了一句："不用顾我，你吃你的。"

说完，周煦又换了语气和姿态，道："那不行，回头我要吃了你不沾的东西，当场出洋相怎么办？你看我小姨就不沾鱼腥，吃一口能当场呕出来。"

张岚绿着脸说："别说了，吃你的吧，小姨给你磕头了。"

周煦嘎嘎笑完，又正襟危坐，彬彬有礼地应了一句："得罪了，海涵。"

他倒是切换自如，夏樵却看得呆若木鸡。

旁边坐了一个人格分裂一般的人，他看戏看得忘了动筷，半天也没吃两口。

闻时看着这一桌怪异的人，不知道说什么好。

他原本以为自己仍然需要一段时间才能适应正常食物，但可能是因为陆家用的老灶，做饭的时候厅堂里弥漫着柴火味，烟囱里袅袅散着烟，他忽然有胃口了。

那一刹那，他忽然想起很多年前的场景，想起曾经也有一段日子，他和尘不到并肩穿行于烟火街巷，大召小召在他们落脚的住处等他们回家。

她们从南方某地学来了铜锅饭食，那段时间常煮。

后来有一次，不记得是什么原因了，他吃到中途出去了一趟，再回来时便拿错了筷子。他夹了菜吃了一口，发现大小召都睁着杏眼看他，他才意识到他拿了尘不到的筷子。

而尘不到居然摊开了手指，等他还筷子。

他很难形容那一刻是什么感觉，反正那顿饭他没吃完。

好在那是他们同行的最后一天，然后他们就分道而行。之后很长一段时间，他都扎在洗灵阵里。

现在想来，这一切仿佛做梦一般。

但不管怎么说，那都是他及冠以后最为安逸的日子，以至于他闻见相似的柴火味，胃口便好了起来。他居然觉得陆家这一桌饭菜有些诱人。

但他太久没有这样吃过正常东西了，有点无从下手。

他正有些怔忪，面前的碗里忽然多了东西。

闻时抬眸，只看到谢问的手。他枯化痕迹未消的左手始终藏在桌子下面，没让陆家夫妻俩看见过，露出来的只有完好的右手。他的手指很长，握筷子的动作极好看，一边笑着应陆家夫妻俩的话，一边夹了菜搁进闻时碗里。

在聊笑的间隙，他别过头在闻时耳边低声道："我看你半天了，光发呆不碰菜，认真吃饭。"

闻时下意识要应他，又听见他慢声补了一句："你放心，夹菜的筷子我还没用过。"

闻时："……"

他猛地转头看过去，却见谢问又跟陆家夫妻聊了起来。这人啊，年纪大了话会多，一些小事翻来覆去地讲，谢问倒是听得挺有耐心，没有催促过，眼里带着笑，毫不厌烦。

但闻时总觉得那笑意从谢问眼尾透出来，是在揶揄他。

于是他没动菜，先端起杯子喝了一口水，平心静气。结果他刚喝两口水，就见谢问又瞥了他一眼，说："这个杯子我倒是真的喝过。"

闻时："……"

他放下杯子，跟谢问对峙。

杯底和桌面相磕的声音不大，但混在人声里很明显，于是绿着脸的、人格分裂般的、看戏看蒙的……全部愣了一下，转过脸来，不明所以地望着他们这边。

于是闻时把到嘴边的话又咽了回去。他抿掉了唇间的水迹，瞥了一眼"闲杂人等"，靠回椅背，把杯子移到自己面前，用只有谢问能听见的嗓音沉声说："现在它归我了，你换一个。"

夏樵他们没明白怎么回事，也没再多关注，又转头聊开了，席间又响起了叽叽喳喳的嘈杂声。陆家夫妻继续说着话。

谢问在嘈杂声里弯了一下眼睛，也没看闻时，只用一种懒懒的调子低声道："不讲道理，谁惯的你？"

闻时："……"

他差点就要习惯性反驳个"你"了，又及时刹住，瘫着脸问道："你是不是来钓鱼的？"

谢问模糊地"嗯"了一声，转头笑了起来。

他这一笑，把沙发上的老毛笑起来了。

老毛枯化的状况跟谢问差不多，左半边也没消，全靠衣服捂着，不然会把陆家老夫妻吓出病来。他从沙发上爬坐起来，中风偏瘫似的抓了一个抱枕靠着，哀怨地瞅着谢问和闻时，瞅了一会儿又默默闭上眼睛，像一只死鸟。

陆家夫妻俩热情极了，以为他跟自己差不多大，"老弟"长"老弟"短地要把他拉上桌，但被他婉拒了。

他说："谢谢谢谢，但我这会儿确实吃不下去。我晕得厉害，能上楼借个房间歇一会儿吗？"

"当然可以，楼上房间多着呢，你们随便挑。"陆孝说。

有老毛开了个头，张家姐弟立马跟在后面下了饭桌，也说晕得厉害，想上楼先睡了。

陆家房子的构造和笼里陆文娟那栋几乎一模一样，楼上的房间还是那么多，按理说，这帮人合住过一次，依照上次的方式分配是最省事的，但是张雅临不同意。因为他上次跟周煦住一个屋、睡一张床，这次要再这么分，那就意味着他即将跟周煦、卜宁合睡一张床。

万一他睡到半夜，开口说话的是卜宁老祖呢？吓都吓死了。

周煦平白遭了嫌弃，便问他："那你要跟谁睡？屋里男的就这么多，你挑一个？"

张雅临心想：我哪个都不挑，哪个都伺候不起。

于是他权衡利弊，犹豫再三，最后道："我睡我姐的阳台。"

众人服了。

当然，他最后也没真的睡阳台。张岚房里有张沙发，他打算合衣凑合一晚，更何况，熬不熬得完一晚都还另说。

他俩回了房间，夏樵便下意识要跟着闻时走，结果被周煦一把拉住。

“你干吗去？”周煦说。

夏樵理所当然道：“睡觉啊。”

周煦问：“你跟谁睡？”

夏樵一头雾水，道：“我哥啊。”

周煦把他拉到面前，用蚊子般的声音说了一句：“你是不是个傻瓜？”

夏樵说：“你——”

他想说“你才多大，怎么还骂人呢”，又想起卜宁还在周煦身体里，那位是真的大。

夏樵只得用一种看病人的目光看着周煦，说：“你为什么骂我？你解释一下。”

周煦翻了个白眼，侧身换了一个挡住闻时视线的姿势，冲夏樵一顿哼哼唧唧。

夏樵没明白，一脸纳闷道：“啥？”

周煦默默地看着他，快疯了。

他们这边的氛围太怪，闻时朝这儿看了一眼。

此时夏樵刚好打算复个盘。结果周煦浑身一震，变了气质神色，然后打断夏樵：“别——”

可惜周煦说晚了，闻时已经走过来了，开口道：“你们磨叽什么呢？”

他朝夏樵看了一眼，刚要开口，就见周煦拱手冲他作了个长揖，道：“师弟对不住。”

闻时拧眉道：“对不住什么？”

卜宁回道：“我也是后来才知晓周煦在局里同我是相通的。”

闻时：“……”

他原本还没搞清周煦和夏樵在干吗，卜宁这么一鞠躬，他什么都懂了。

于是他动了动嘴唇，冷冰冰地挤出一句话：“你把周煦放出来。”

卜宁说：“我试试。”

然而周煦就像死了一样，卜宁怎么戳，他都不肯再出来。卜宁只得再给闻时作了个揖，替某些人收拾残局。

偏偏这时候，夏樵忽然恍然大悟，“噢”了一声。卜宁再顾不上斯文，伸手捂了夏樵的嘴，说了一句“得罪”，把他捞进最近的一间房，把门关上了。

卜宁关门之后才发现，这是老毛在的那间房。但他们宁愿三人挤一挤，也不想挑这个时候出去。

闻时在走廊上跟谢问面对面站着，半晌说不出话。过了好久，他才终于忍不住低声咕哝了一句脏话，谢问听不太清，估计是“一群傻瓜”之类。

谢问笑开了。

“你笑什么？”闻时转头就朝剩下的空房间走。

他走进房间，顺手就要把门关上。结果门锁都碰出响声了，他又刹住了动作。

他在屋里站了几秒，又把门推开了一些。

这人脸上写着不爽，推门的时候，目光又直直投向谢问身上。

谢问就站在门边，看看这条半人宽的门缝，说：“你说了算。”

闻时站着看了他一会儿，把门推开了。

房门大敞的瞬间，谢问其实怔了一下。

那个表情在闻时看来更像是一种犹豫和迟疑，虽然转瞬即逝，但他还是捕捉到了。

他在多数情况下是冷淡的，唯独在这个人面前十分敏感。于是在看到那个表情的同一刻，他就从谢问身上收回目光，微微僵了一下，说：“睡哪儿都一样。”

他的语气很冷淡，仿佛临时改了主意，但不自觉微蹙的眉心却把自己暴露得干干净净。

他说完下意识拉了门，只是刚拉一半就被一只手挡住了。闻时抬眸，看见谢问的手背抵着门沿，然后说：“怎么，还带半途耍赖反悔的？”

“没有。”闻时沉默两秒，又开口道，“你如果不那么想进就别进。”

这时候，他语气里的情绪就明显许多，带着几分不高兴，又因为不加掩饰，显得没那么冷硬，更像虚张声势。

谢问听着这话，目光停留在闻时脸上，不知在看什么，但他看了好一会儿。

他看完微微躬身走进来，然后背手合上了门。他握着门把手的时候，连带着拉住了闻时的衣服，没再松开。门锁咔嗒一声响，所有灯光都被挡在屋外。

闻时站在谢问面前，问：“你什么意思？”

“你看不出来吗？软禁。”谢问背靠着门道。

“你从小气性就大，不高兴能闷一个月，我当然得把话问清楚再松开。”谢问空闲的那只手刚好是枯化的，在外人面前会遮掩一下，免得吓到谁，到了闻时这里便自在不少。

他轻轻扳正闻时的脸，问：“你为什么觉得我不想进来？”

闻时动了动唇，又不知怎么答，索性不吭声。

谢问的手指就在他眼前，像白骨和枯木的混杂体，有点尖，但又不会扎得人疼。

闻时一把抓住那几根干枯手指，有点不耐烦地开口：“我开门的时候，你愣了一下。”

谢问一时没反应过来，问道：“我愣了一下？”

闻时盯着他。屋里很暗，没有开一盏灯。窗外的光被帘子挡去大半，落进来的时候朦朦胧胧，勾勒出来的轮廓模糊不清，但闻时还是固执地看着他。

谢问沉吟片刻才明白闻时的意思，他开口道：“我愣了一下是因为……”话说一半，他忽然停了下来，不知在斟酌什么。

闻时等了片刻，没等到下文，皱了一下眉道：“因为什么？”

谢问有些失笑，笑音却只闷在嗓子里，显得低沉。又过了一会儿，他才低缓开口：“因为你想要什么东西，想做什么事情，总会给自己找很多理由和借口，但今天却不太一样。”

小时候闻时就是这样，后来他一路宠着惯着，才勉强养出一些脾气，带着几分无伤大雅的肆无忌惮。

结果几场洗灵阵剐尽尘缘，人又闷回了最初。人越大，心思越重，还带着几分冷冷的拒人于千里之外的味道——找师父，是因为碰到了棘手的事；回松云山，是需要翻阅一些旧书册；与他并肩同行，是恰好要穿过那条官道，再找不到其他岔路……

人人皆有欲求，闻时却有些别扭。

每次闻时想从尘不到这里要点什么，总会绕一个大圈，找尽各种借口，先把自己逼到一条没有分岔的独行道上，才能开得了口，还会披一层不近人情的伪装。

时间久了，这几乎成了他的本貌。

偏偏是这样一个冷冷的、拒人于千里之外的人，今天居然少有地坦诚、直白，没有绕弯兜圈，也没有找尽理由。他就那么握着把手，看着谢问，然后敞开了门。

“所以呢？”闻时问。

谢问一时没有回神，低声道：“嗯？”

闻时接着问：“你愣一下是在想什么？”

“我在想……”谢问枯瘦的手指动了一下，他垂眸，嗓音温和地说，“我在人世间兜兜转转这么多年，好像终于开始归于凡俗了。”

闻时刚想说话，忽然又想起很多年前做过的一场梦。梦里他坐在榻上，头发像平日一样束得高高的，一丝不苟，带着矜骄。而尘不到就站在对面，光风霁月。

他看见对方缓缓向他走过来，便别开脸，下意识要去用檀线捆缚对方，却被对方轻而易举地拦下了。

等他再转过头，只看到檀线在尘不到的反控下，朝他这个主人捆缚过来。

梦里的场景总是跳跃而凌乱，毫无章法。他只记得梦境的最后，在他惊醒前的一瞬间，尘不到就坐在他的榻边。

闻时忽然看向谢问，问道：“洗灵阵会让你看见我做过的梦吗？”

谢问说：“不会。”

闻时迟疑片刻，目光仍没有移开。

谢问的眸光动了一下，说：“怎么了？你梦见过什么？”

闻时被突然想起的梦境弄得有一丝心乱，他紧抿着唇，一言不发，肩颈却轻微起伏着，剩余所有情绪都掩藏在黑暗里。

谢问想看看他此时会有什么样的表情，于是抬手按开了屋里的灯。

陆家用的还是老式的白炽灯，忽闪了两下才亮起来。

那一刻，他看到闻时的脸依然绷着，脖颈处却漫起了大片浅淡的血色，喉结处尤其红得厉害。

“你真的看不见？”闻时就连嗓音都还是低沉冷淡的，“你发誓。”就是内容有点凶。

“我发誓。”谢问顺着他的话，说完又道，“但我更想听听了，什么梦？”

滚。

闻时一边觉得这人的追问是故意的，一边又有点迟疑。毕竟在他眼里，这人始终是那副不落凡尘的仙客模样，延续了一千多年，说不定真的不知道是什么梦。

他一时间不知道怎么答，又绕不开，索性把灯拍熄了。

隔壁屋里，老毛瘫痪在沙发上，看上去一把年纪了，还紧紧搂着一个靠枕，眼神空洞，颇有点空巢老人的意思。

夏樵的眼神也很空洞，坐在床沿搂着床柱，默默消化着他刚刚得知的消息。

唯有卜宁斯斯文文地站在床边，试图把周煦搞出来。

他说："师弟和师父都在隔壁，这屋子虽然陈旧质朴，但建得很用心，墙很敦实，听不着咱们屋的声音，你放心出来说话。"

周煦毫无声息。

卜宁叹了口气，苦口婆心道："我师弟虽然看着冷若冰霜、不好亲近，好似话说岔了，他那幢线就要朝你窜过来，把你五花大绑，好生收拾一番，实际上——"实际上还真是。

反正当年师兄弟里钟思最是浑蛋，没少被闻时捆着吊在山顶，一吊就是一个时辰，专挑尘不到小憩的时段，钟思就那时候最老实，怕惊扰师父。

闻时这训人手段也就比卜宁自己那些累死人的迷宫好一点吧。

卜宁顿了片刻，为了安慰某个㞞蛋，避重就轻道："实际绑不了多久，收拾也分人。"比如他捆钟思能捆一个时辰，捆金翅大鹏也就一盏茶的工夫，捆师父……应该没有成功过。

卜宁忽地想起当年，庄好好每每看见闻时冲着尘不到放寒气，就劝慰道："使不得使不得，哪能对师父这样呢。有什么事在山下就撂了吧，师兄陪你多转几圈，你要不想见山下闲人，就还把脸换个样，我去找钟师弟要金纹纸。"

结果往往是庄好好话音刚落，闻时的幢线已经直奔尘不到去了。

然后庄好好就会深深叹一口气，钟思则会窜到最远的地方躲着看戏。

当然，那些幢线从来击不中尘不到，总是眨眼间就被他拢于掌中，然后他问闻时："你这是拿我练功呢，还是搞偷袭？"

尘不到多数时候其实是脾气相当好的人，毕竟世间能让他在意的事少之又少。所以闻时的偷袭从来没有什么后果，总是玩笑几句就过了。

但下回再有这种事，他们还劝，而闻时还敢这样做。这几乎成了两人一种独特的相处模式和日常。

只有极偶尔的时候，庄冶会趁着闻时不在，拱手感慨两句："师弟的胆子我是真的佩服。"

每次只要想到这些，卜宁就万般希望钟思和庄冶也来看看如今的师弟胆子究竟有多大。

晚饭的间隙，趁着张家姐弟不在的时候，谢问和闻时有问过卜宁松云山的情况。

卜宁告诉他们，钟思和庄冶还在他布下的局里养着，也许还有机会醒灵，再看一看他们曾经匆忙离开的世间。

而为了他们两个不受打扰，用于藏匿松云山的局还在运转，寻常人找不到地方，也不会误闯。十二守护灵还镇守在那里，护一个清净平安。

他正感怀当年呢，一阵嗡嗡的振动声忽然响起来，振动源就贴着他的大腿。

卜宁老祖吓了一跳。

“周煦！”他默默从牛仔裤口袋里掏出那个振动的玩意儿，接连叫了周煦两声，“这物什我可不会用，要是误了什么就不好了。”

他看着屏幕上跳跃的阿拉伯数字，茫然地辨认着。

直到这时，周煦才终于活过来。

他浑身一震，随便找了一把椅子瘫过去，说：“你看着啊，这东西叫手机，如果下回它还这么振动，你用拇指顺着这边滑一下就好了。”

卜宁又从椅子上坐起来，没好气地说：“你还打算装死几回？”

然后周煦再瘫下去，说：“那谁说得准呢？不是有句话这样说吗，叫你永远不知道明天和意外哪个先来——”

他嘴上教着卜宁怎么接电话，手却直接摁掉了电话。手机瞬间不振动了。

屋里安静了好一会儿，卜宁才迟疑着换了一个斯文点的姿势，看着黑掉的手机屏幕，又贴近手机听了听，问：“你怎么没有与人说话？”

卜宁老祖虽然不会用手机，但见过张家姐弟接电话，有点印象。

“嗐！”周煦上学时转笔转惯了，是一个高手，转手机也转得熟练，“像这种陌生号码，十有八九是骚扰电话，我常碰到，什么资深教辅品牌，全方位课业辅导啊，还有宁安哪里哪里楼市开盘，精装修拎包入住，都是什么玩意儿！”

他正骂着呢，手机又嗡嗡振动了起来。

还是那个陌生号码，周煦二话不说又把电话给掐断了，嘴里骂道：“还来，这傻瓜还挺执着。”

他骂完，又缓下声音自我教育道：“少骂人。”

接着，周煦再次掌握了主导权，不太在意地说：“也就是顺口。”

手机第三次振动起来。周煦算是服了对方。他这次没再摁掉电话，而是点了接通键，咕哝道：“没完了！行吧，我就会会这个傻瓜。”

他的话音刚落，张家家主张正初苍老的声音出现在听筒里：“是小煦吗？”

周煦：“……”

“小煦？”张正初又叫了一声。

周煦终于赖不下去了，应道：“哎……”

“是周煦吗？”

“太爷，是我。”周煦硬着头皮哈哈干笑两声，然后捂着听筒深呼吸了一下。

张正初当然不是他亲太爷，只是他小时候在本家住过，为了拉近关系，张岚和张雅临让他叫一声太爷。

事实上，仅仅一个称呼并不能起到什么作用。起码他不觉得张正初对他有多亲近，他在本家住过好几年，但见张正初的次数一只手就数得过来。

这点从他根本没存过张正初的电话号码就能看出来了。

“太爷，你怎么会给我打电话啊？”周煦哈哈干笑着问道。

可能是因为周煦年纪小，张正初冲着他说话的语气要比冲着张岚、张雅临慈祥许多，像一个颐享天年又忍不住操心小辈的老爷子。

“也没什么大事，就是今天名谱图出了点岔子，你听你小姨他们说了吧？”张正初问。

你小姨……

周煦仗着对方看不见，默默撇了一下嘴角。毕竟张正初以往提到张岚都直接说“阿岚”，可不会用“你小姨”这种称谓。

周煦想了想说：“没有啊，什么岔子？”

那边张正初似乎噎了一下。

倒不是张正初说不过小辈，而是张正初以为就周煦这种凡事都闹着要参与、要知情的性子，张岚只要接完他和阿齐打过去的那通电话，就必然会被周煦缠着说一些事。

不过张正初也没噎太久，索性开门见山：“卜宁老祖回来这么大的事，你小姨居然没跟你提？你也不问问？不像你啊。”他说到最后，像在说玩笑话。

周煦哈哈干笑几声，说：“没啊！我这不是懂事了吗，没有缠着小姨多问。不过太爷说的这件事我知道啊！”

张正初那边不知怎么又卡了一下。周煦仔细听了一会儿，觉得老爷子应该是捂着手机收音的地方，跟身边那个叫阿齐的橦说什么呢。

但这个停顿没持续太久，老爷子的声音又在电话里响起来：“我跟阿齐正说话呢。小煦，你老实跟太爷讲，你是不是跟你小姨他们一起入笼了？有没有碰到什么怪事？”

他问完，又操心似的叹了口气，补充道：“之前我让阿齐给你小姨打过一个电话，但那丫头不知道急着干什么去，没等阿齐把话说完呢，就把电话挂了。刚刚阿齐再打，电话又打不通了，不知道她是睡了还是洗澡没接到。太爷想了想不放心，就来问你了。你知道的，阿岚跟雅临都要强，报喜不报忧，碰到什么棘手的事都喜欢先自己扛着。”

周煦点了点头，应道：“是呀。”

张正初又道：“我猜呢，卜宁老祖回来的时间点还挺巧，没准跟你们入的笼也有关。我听你小姨之前支支吾吾的，怕状况不太对，她又憋着不说，特地来问问你。你跟太爷说说，好让太爷放心放心？”

周煦倒是干脆，显得有点没心没肺：“行啊，太爷你想问什么？”

“你们见着卜宁老祖回来了？”张正初问。

“见着了，”周煦说，“场面挺大的。”

张正初问：“他是在哪儿出现的？”

周煦说：“笼里啊。”

张正初顿了一下，说：“太爷是想问，什么样的笼？大概在哪个位置？”

周煦又答：“哦，就一个大笼，在津港。”

他这问一句答一句的形式，张正初显然有点受不了，索性问道：“那你跟太爷说说，卜宁老祖怎么出现的？形容形容。”

周煦说：“就……那笼在一个村子里，村子里有个通道，走过去就是另一个村子，村子里有几块石头。小黑一看石头就扑通跪下了，说是卜宁老祖布下的镇石。”

张正初听着，问：“哦，然后呢？”

周煦说：“然后我们就进笼里了呀，再然后卜宁老祖就回来了。”

张正初问：“过程呢？”

周煦答道：“太爷，说实话，过程我真不太知道。老祖还没出来，我就晕过去了。”

张正初：“……”

那一瞬间，周煦怀疑，如果老太爷不用太注意形象，可能会当场骂出声来。

“那你什么时候醒的？”张正初问。

周煦说："我从笼里出来就醒了。"

张正初："……"

"所以你从卜宁老祖出现前晕到了出笼后？真能晕啊。"张正初笑了一下，活像一个调侃晚辈小失误的长者，"那你跟卜宁老祖直接错过了？"

"那倒也不是，"周煦理所当然地说，"不是还有出笼之后吗？"

张正初终于听到一点想听的话，问："老祖跟着出笼了？"

"对。"

"就在津港？"

"是啊，"周煦说，"不过老祖没有身体，就一个灵本。"

张正初忽然来了精神，压着嗓子重复了一遍："没有身体？"

"对，他没有身体。"周煦说。

张正初接着问："那他出笼后去了哪里？"

周煦说："他哪儿都没去，跟着我们呢。"

"跟——"张正初顿了一下，又道，"行，那怪不得你小姨之前支支吾吾的呢，估计对着老祖有点不知所措了。既然老祖跟着你们，那也是你们的福分……不过这事还是有点蹊跷，得慎重为妙。这样吧，本来我是打算召集各家在本家这里开个会，商讨一下，但既然老祖本人就在津港，咱们这帮晚辈断没有避而不见的道理。不管怎么说，得先把老祖接上。你跟你小姨他们说一声，就说——"

老爷子迟疑了片刻，道："算了，我们今晚人齐了动身，也不知要等到几点，等到了津港再说吧。"

他想想又补了一句："老祖那边，你们先不要惊动。"

说完，他便打了个招呼，挂断电话。

这……给老祖亲自打了个电话算不算惊动？周煦抓着手机愣了半天，自言自语道："要不你假装没听见？"

还假装没听见……

周煦抓着手机僵了一会儿，表情忽然变得意味深长，然后咕哝了一句："我有些弄不明白了。"

片刻后，他又嗓音粗哑地说："干吗？什么东西不明白？"

"你是我分出去的一部分灵本，照理说，即便咱们之间隔了一千来年，经历、性子都不相仿，多多少少也能相通。"卜宁这次占身体的时间有些久，说的话也有点长，“我以为我一眼就能将你看明白，现在听了你同张家家主之间的话，却有些拿不准了。”

他对外说话总是礼数周全，对着周煦会稍稍放松一些，显得直接不少。他斟酌片刻，还是直言道：“你是真傻，还是装的？”

他在原地呆立片刻，又变成了周煦，一屁股坐到夏樵旁边的空位上，仰着下巴，跷着二郎腿抖了一会儿，才说：“我跟你说，要是别人这么问我，我就骂回去了！到你这儿，我还得憋着，不然感觉骂自己似的。你听着啊，我不傻，我也没装。”

周煦掰着指头说：“本家里面，我小姨和小叔——”

话说一半，他卡壳了，用一种教书似的口气道：“张家那二位是亲姐弟，你管其中一位叫小姨，那管另一位得叫舅舅，怎么叫小叔呢？我听你叫错好几回了，实在有些忍不住。”

他教导完，又“啧”了一声，继续抖着脚丫子说：“我小时候口齿不清，把小舅说得像小脚，我小叔自己受不了了，让我改的。我都叫了十几年，反正就一个称呼，有什么可讲究的。”

“喏，所以比起我亲妈，小时候我跟小姨、小叔在一起的时间更多，他俩又那么厉害，我就一直挺崇拜他们的。”

周煦的性格偏动不偏静，说话又粗声粗气的，哪怕在认真说话，也坐没坐相，更没有什么娓娓道来，与人交心的意思。但卜宁知道他这会儿挺认真的，便没再打断。

“你要说他俩多喜欢我呢，那倒也没有。我小时候疯起来，小姨还揍过我呢，小叔也经常被我烦得恨不得拿橦线把我捆起来。但除了那些时候，他们对我真挺好的，教过我那么多东西，带我长过不少见识，还给我撑过门面，在一帮老祖宗面前虽然不够看，但在外人面前，那还是很拉风的！所以就算咱俩之间有这么深的渊源，我小姨和小叔还是我小姨和小叔。我不能翻脸不认人，突然就跑去坑他们，对不对？”

他静默了一会儿，评述道：“有理。”

“但是！”周煦话锋一转，又道，“我不喜欢老头子。”

卜宁：“……”

周煦连忙又补了一句：“哦哦，我不是说你啊。你虽然一千多岁了，但看着还挺年轻的，现在又在我这里待着，而我又这么帅气——”

卜宁不得不出来占个位置，打断他：“你有话不妨直说。”

周煦自夸被截，不甘愿地哼了一声，才继续道：“那我直说了，我不喜欢本家那位太爷，就是刚刚电话里那位。我不想坑小姨、小叔，但也不想顺着那位太爷。所以他问我的那些话，我想说的就说，不想说的就不说。他怎么想不关我的事，反正我没撒谎，也没什么都告诉他。而且你岁数那么大——”

卜宁又忍不住出来补了一句：“我布局自封时，还未及而立之年。我是腊月生人，虚两岁，实际不足廿九。”

他一贯温和沉敛，又在局里一坐那么多年，早该无波无澜的，但可能是受了这副年轻躯壳的影响，也可能是跟周煦那一半灵本有点相融，居然会在这种小事上争两句，仿佛回到当年十来岁的时候了。他争辩完，自己先摇头笑了一下。

周煦就在这时占了主位，怔然道：“妈耶，你居然还不到二十九岁啊！我真牛，也真可怜。”

老祖被另一半自己的臭不要脸震慑住了，半晌才叹了口气，说：“作孽，罢了。你继续说。”

“噢……”周煦道，“我是想说，你二十九岁也比我大不少了，你见过的人肯定比我多得多，应该听得出来，本家那个太爷也一点都不喜欢我。”

这话卜宁应不来，点头摇头都不对，索性没开口。

周煦便继续说了：“其实我小时候挺牛的，据说小小年纪就灵气逼人。”

卜宁：“……”

“当然了，我现在知道了，这是借你的光。但有什么呢，你的就是我的嘛。”他倒是很自觉，说什么都不会脸红，“再加上我小时候浓眉大眼，长得讨喜，在同辈里是很突出的。所以我小时候去本家住，其实是那位太爷提出来的，但他一见我，估计就不喜欢我了。”

“为什么？”

“因为——”周煦下意识应了一句，才反应过来这话不是卜宁问的，而是旁边的夏樵。

“哎哟，不容易，你总算活过来啦！”周煦“嗬”了一声，道，“瞧你那点出息，不就是……”

夏樵指着他说：“你别说话，我刚消化完。”

“你看见没？这种才是真傻瓜。”周煦对自己说。

卜宁默然两秒，借着他的身体替他转了个头。

于是周煦看到背后的沙发上，真傻瓜二号老毛幽幽地盯着他，眼里寒气逼人。

周煦转回头，决定继续讲自己的故事：“那个……是这样的，本家规矩特别多，是代代相传下来的。其中一个规矩，就是像我这样有天赋、有灵气的小孩儿，到了本家是要去拜家主的，得磕头。”

卜宁又没忍住，微微皱眉，不赞同地说：“我当年拜师，不过就是两手交叠，作个长揖而已。”

虽然他管庄冶叫师兄，但他们其实是同一年行的拜师礼。

那时候庄冶年纪长他一岁，知道的事情比他多，礼数也比他周全。拜师的时候，庄冶冲着尘不到就要磕个头，结果膝盖刚弯，尘不到长袖一扫，庄冶就被山风托了起来。

“见天见地都不用跪，你跪我做什么？”尘不到当时是这么说的。

他和庄冶当时懵懂又小心，像受惊的鸟雀，生怕自己做错了惹师父不高兴。可能是他们眼里的惊惶太过明显，尘不到又补了一句玩笑话：“除非腿脚犯软，就是站不住。”

他说完移了两个蒲团来，让两个落地就踉踉跄跄的小徒弟歪倒在上面。

自那之后，他们见了尘不到，行礼只作长揖。

“不用跪吗？”周煦纳闷地说，“不对啊，我在书里看到的是，当年各大弟子见了祖师爷都要下跪的，一跪跪一地，还不能抬头，一来是祖师爷威压深重，二来他也不喜欢——”

没等他说完，卜宁就冒了出来。

他板着脸刚要开口，就听老毛蹦出一句：“放屁。”

一听这语气，就知道它是跟着谁长大的鸟。

卜宁不太说得出脏话，他听了老毛的骂辞，满意地点了点头，缓了神色问道：“你是从哪里看来的杂书？简直胡言乱语。”

周煦还没答，老毛又开了口：“后来的书都这么编的，不知道谁起的头。”

“反正我在本家翻过很多书，别家的也看过一点，提到这些，内容都差不多，说法挺统一的，一看就是传了上千年了。”周煦说着说着，忽然想到这些书在现世广为流传，有心人很容易翻到，谢问肯定也看到过。

那些书乍一看来路分明，有本有源，有依有据，明明是假话，却骗得后世人人信以为真。

不知道谢问看到那些书的时候，会有什么样的想法，是会觉得荒唐可笑，还是翻翻就过去了？

周煦忽然有点感慨。他以往常常羡慕书里常提的那些人物，觉得他们一生大起大落、轰轰烈烈，不论好赖善恶，至少刺激。现在他真正见到那些人才觉得，像他这种平淡如水但偶有意外、偶有惊喜的日子，也是有些人眼里可遇不可求的。

“所以，你见了你们张家家主还得磕头，然后呢？”夏樵听一半十分难受，忍不住又问了一句。

周煦回过神，道：“哦，不只磕头，还得敬金纹纸水呢！”

夏樵惊到了，忙问：“敬啥？”

他心说，这不是有病吗？人家见长辈都是敬茶，张家家主口味这么独特？

周煦睨了他一眼，指着他晃了晃手，道：“我就知道你想歪了。那水不是喝的，是让他蘸的。”

夏樵问：“蘸来干吗？”

周煦指着自己的额心说：“家主蘸了水，会在小辈这里点叩两下。”

话音刚落，他又摇身一变，换作卜宁道：“你确定是叩在这里？怎么个叩法？”

“那我哪知道。”周煦没好气地抢了位置，说，“反正就是额头这儿呗。我当时被小姨、小叔领去太爷那屋，一直倔着不肯跪。他们一让我跪我就躲，还特别皮，把阿齐手里端着的水弄洒了，碗也碎了。”

“所以我也不清楚具体怎么个叩法。反正后来我听说，我那么一搞挺不吉利的，踩中了一些忌讳。当时太爷还挺和蔼，跟我说不要紧，碎碎平安，然后让小姨、小叔把我领走了，之后他就不怎么过问我了。”

夏樵这个棒槌回了一句：“其实我可以理解。”

周煦本来也不是张家家主嫡亲的重孙，还皮，张家家主不那么亲近他也在情理之中。

周煦重重地翻了个白眼，说：“我知道啊，我还没说完呢。再后来，我妈跟小姨说我灵本不太稳，学点东西强健灵体是好事，但不适合入笼，不适合当解笼人。这话可能传到太爷那边去了，没过两年，他就让我回家住了。”

夏樵一时无言。

说白了，太爷就是觉得小辈天分过人，想带回本家重点培养，结果发现小辈另有缺陷，也不是什么乖巧的孩子，就把人送回去了。

要说错，好像也没什么大错，就是感情上过于干脆，有点伤人心。

“如果只是我自己，其实也没什么，毕竟我皮嘛，太爷不喜欢我也正常。”周煦又说，“但太爷对我小姨和小叔其实也这样……他们两个自己没说过，是我从别的地方听来的。小姨和小叔的爸爸还在的时候，太爷对他俩挺亲的，常叫他俩去后屋玩儿。后来那位不是死了嘛，那一年，太爷就跟病……那个张婉亲近一些。后来张婉走了，太爷才又想起自己还有俩乖孙呢。”

他说着说着，就忍不住带上了情绪：“反正我觉得那老头儿挺没劲的，虽然身为家主，是要考虑一下后代的资质问题，斟酌一下谁更适合接任家主之位，很多人也都说他这样是为整个张家好，但我不喜欢他。而且……”

“而且什么？”

“而且我小时候住在本家，经常做噩梦，睡不好，还梦游。那床硬得要死，屋里门槛还多，我换牙那两年，牙都不是啃掉的，是梦游摔掉的。”周煦说，“但我还挺庆幸自己能摔醒，因为那些梦瘆得慌。”

夏樵既害怕又好奇，想问又不敢问，嘴巴像鱼嘴巴一样张张合合好几次。

最后还是周煦自己说：“事情过去好多年，我有点记不清了。你让我回想，我脑子里能闪过几个画面，但让我说，我又描述不出来。”

“哎？”他灵机一动，“那谁，你不是在我身体里吗？咱俩本质算一个人，对不对？你能看到我梦里的东西吗？”

那谁沉默片刻，占了主位，一本正经道：“非礼勿——”

“我都让你看了，有什么好非礼勿视的？”周煦说。

“你为何要让我看你梦里的东西？”卜宁问了一句。

周煦唠叨了半天，第一次安静下来，没有立刻回答。过了好久，久到卜宁又戳了他几下，他才出声道：“噢……是这样。”

他舔了一下嘴唇，试探着说：“其实我小时候觉得那不是梦，是真的看见了，但我证明不了，说不清。”

他从没跟人提过这些，说着有点不耐烦，抓了抓头发。

过了片刻，他才继续道：“主要也没人可以说。”

当初带着他的是张岚和张雅临，不管张正初本人如何不近人情，张岚和张雅临还是挺敬重这个爷爷的。

周煦这人只是直白，常给人一种说话不过脑子的感觉，肯定算不上精，但也不是真的傻。起码他知道，他跟张岚、张雅临再亲近，有些话也不好说。

他唯一能说话的人，应该是他妈妈张碧灵。但他有眼睛，看得出张碧灵特别不想掺和本家的事，也不想跟本家有太多关联，一直在刻意地让自己变得边缘化。

周煦一度怀疑，如果他妈妈性格飒爽一点，硬气一点，是不是就跟张婉一样，同本家断绝关系，远走高飞了。

但每年过年，她又会给本家送点拜年礼，自己不去，找当天轮值的张家小辈带，或者让周煦带，每次都是一个雕花食盒，好几层，码着她做的糕点。

这样很矛盾。周煦看着都觉得很矛盾，也问过她，她说其他撇到一边，礼数还是要顾的，而且过年是大日子。

所以周煦犹豫几次，也没跟张碧灵开过口。青春期叛逆作祟，他跟张碧灵本来就不是能谈心的关系，他也不想把他妈搞得更纠结。

他憋了好多年，想找个自己人聊聊，却发现找不到。

他常用夸张的、炫耀式的语气，指着每个张家人说“那是我家的”，可实际上，没有谁真的当他是一家的。

他也不傻，都看得出来。

所以慢慢地，他也就把那些当作真的梦忘掉了。

直到现在……现在不一样了，他身边忽然多了一群人，个个都来历不凡，还都跟他有点关联，其中最特别的就是卜宁。

他好像忽然找到了自己人，可以说一说那些梦了。

卜宁不用听就感觉到他的情绪，于是没再扯什么礼貌、唐突，而是低声说了句：“你闭眼，定心，试着回想那个梦。”

周煦感觉有东西探进了他脑中。这是一种非常奇怪的感觉，像有人往里面注入温凉的水，又像有人在揉捏他的太阳穴，让他放松下来。

这是两半灵本短暂地融合，在产生排斥之前，他们就是一个人。

周煦想到什么，就是卜宁想到什么。

于是，卜宁借着这个机会看到了周煦的梦。

那是张家本家，老式的宅院屋梁极高，深夜格外空寂，对于幼年的周煦来说，大得让人毛骨悚然。

他不知为什么穿过了山石层叠的庭院。

如果是以前，不管多晚，庭院里都有轮值的人，对方看到他仰着头到处梦游，一定会把他弄回屋去。偏偏那次，整个庭院没有一个人。

他就这么毫无阻拦地走进了那位太爷所在的后屋，一路摸到了卧室门边。

他一靠近那里，就闻到一股浓重的檀香味。

张家本家常有人点香，比如张雅临，供奉着他那个小匣子；再比如那个摆放着家谱和历代家主牌位的房间，也是每天香火不断。

那个房间就在张正初卧室隔壁，所以有这种味道很正常。

但那天的香味太浓了，浓得就好像点了十多个香炉，把整个屋子都熏得烟火缭绕。而且那股味道很怪，隐约透着一股腥气。

周煦从小挑食，不吃内脏、不吃鸡鸭猪血，最讨厌的地方就是菜市场剁斩生肉的区域。

所以他对某些味道很敏感，当即就被刺激得打了个激灵。

他在卧室门外呆呆地站了一会儿，捏着鼻子准备走了。

但他刚要转身，就感觉卧室那扇雕花木门很轻地晃了一下，就像有风从屋里穿过，带着屋门开合了一下。

周煦小时候是一只皮猴，也不守规矩，看到屋门有缝，又仗着自己个子小，索性趴在那里，悄悄往缝里看，然后他看到了很诡异的一幕……

他看到门里面也有一双眼睛，跟他贴着同一条缝隙，一动不动地看着他。

周煦当场就吓蒙了，趴在那里一动都不敢动。

过了好久，门里那人的眼睛才离远了一些。

直到足够远，周煦才终于看清，那其实是一个有点像人的怪物，一个在地上爬行的怪物，穿着黑色绸缎质地的褂子，衬得所有裸露出来的皮肤一片惨白。

它的手腕、脚腕皮肉松垮，经脉凸起如丘壑，惨白的皮肤上还有零星的斑点。

它像一只大蜘蛛，关节拐着奇怪的直角，撑在地面上，脖子伸得长长的，以一种诡异的节奏抽搐扭转，还伴随着低低的哀吟，就是老人那种叹气式的痛哼。

卧室地上摆着一圈香炉，每个香炉里都点着三根香。屋里确实烟雾缭绕，熏得人眼睛发酸。而那个穿着黑色绸褂的怪物，就在那圈香炉里爬，每每靠近一个香炉，就会猛地嗅上一口，然后又匆匆瑟缩回来，既像被豢养，又像被囚禁。

更远一些的屏风上，还贴着新年的福寿两字，鲜红扎眼，跟地上爬行的东西形成了鲜明的对比。

它爬远了以后，那股腥气就淡了许多。

再然后，不知哪里传来一声狗吠，周煦打了个哆嗦，连忙跑了。他穿过庭院跑回前屋的时候，还在门槛那里狠狠绊了一跤，他终于哭出声来。

他那一哭，就像是结界解封。

一片死寂的本家老宅忽然有了人声，好像是小黑从张雅临屋里出来，把周煦从门槛边提溜起来，冲屋里的人说："周煦又梦游了。"

他捏了一下周煦的裤脚，补了一句："周煦估计做噩梦了，裤子有点潮湿。"

卜宁是被周煦轰出脑子的。

"我让你看梦，你怎么什么都看？！"

周煦嗷了一嗓子，像一只猎犬，把夏樵和老毛吓了一跳。他们没看到梦境，不知道发生了什么，就看见周煦"大小姐"脸红脖子粗，一副随时要咬人的状态。

"怎么了？"夏樵一脸蒙。

大小姐的脸还通红着呢，就换了一副抱歉的模样，卜宁拱手道："对不住，我不曾料到后续会有如此——"

"你再说！"周煦立马抢占高地，成功制止了卜宁。虽然他知道卜宁不可能把他小时候被吓得尿裤子的事说出来，但他还是有应激反应。

不过他很快又自我安慰道，谁小时候没尿过两回裤子呢！再说了，就那种场景，换成夏樵这个胆小鬼，别说五岁了，就是十五岁也得尿裤子！

他这么想着，跷着二郎腿又抖了起来，掩饰着他的心虚。

结果他没抖两下，卜宁又开了口。卜宁换了一个正经姿势，沉声道："旁的不论，那应该不是你做的梦，确确实实是你看见的。"

"真的？！"周煦短暂地冒了一下头，语调有点高，"你确定？你怎么知道的？"

他倒不是高兴，而是憋了这么多年的猜测被证实，难免有点亢奋。

"那种形态，十之八九是跟一些方术扯上了关联。"卜宁说，"倘若你五岁就见识过这些寻常不会见到的东西，还能如此这般带进梦里，那就当我没说。"

"方术？"老毛在旁边插了一句，他虽然没看到周煦的梦，但对这种词很是敏感，“什么方术？”

卜宁严谨些，想了想说：“难说。就我所知，有两三种方术把控不好，都会出现这种情态。师父知道的更多一些，最好是问他一声。另外……张家要来人的事，你也顺带说了吧。”

他向来性子冷淡，见过的人和事又芜杂繁多。当年他在松云山上蒙受师父教诲，喜欢就事论事，很少会对某一群人产生明显的好恶。

所以，哪怕张家在电话里谋划着要来“接”他，他也没太放在心上。

但现在不同了，要是张家家主跟某些不正的方术扯上关系，那就不是简单的个人好恶了。

他相信，师父和闻时肯定也这样认为。

“那么问题来了……”周煦趁着他思前想后，探头出来灵魂发问。

他指着隔壁说：“谁去敲门？”

卜宁当场就聋了。

夏樵也开始掰手指，好像指甲旁边的皮突然变得极有吸引力。

周煦只得把目光转向老毛，说：“既然你是祖师爷的金翅大鹏，总得有点过人之处。一屋子里面，你辈分最大，肯定不会跟小辈计较，所以……”

老毛不知道，橦居然还能跟人一起排辈分。

他当场就想抬起翅膀扇这个小浑蛋一巴掌，但他最终还是默默站了起来，指着自己枯化的半边身体，冲着周煦骂道：“没有人性！”说完，他就抬起了脚。

周煦和夏樵眼巴巴看着他，以为他要去开门，谁知他脚尖一转，去了阳台。

陆孝老夫妻俩常年住在一楼，二楼的四个房间空着也浪费，便请镇子里的砖瓦匠来做了个改造，收拾成了客房，且每个房间都带一个简易洗漱间和一个阳台。这附近常有施工项目组来测量修造，有时候会在他们这里找些人家租房住下来。

老毛趴在阳台上朝隔壁勾头看一眼，然后半化原形，气势汹汹地朝隔壁扔了两根鸟毛。

他其实什么都没看到，因为隔壁门窗紧闭，他站的角度也不对。那两根鸟毛只是“啪”地击了一下窗户，然后贴在了窗户玻璃上，像一张闪着金光的告示。

彼时闻时正背抵着墙，靠坐在床头。

他半眯着眸子，原本撑着床沿的手一把抓住了谢问的手腕。

那两根羽毛就是这时候“啪”地贴在窗户玻璃上的，声音又脆又响。

闻时抬起头，半眯着眼，好一会儿才聚焦。

然后，他就看到了羽毛上闪过的金光。那两根羽毛忽闪着，像一对眼睛。

“你的金翅大鹏……”

谢问“嗯”了一声，半眯着眸子，也看向窗边，过了片刻道：“你养出来的好东西。”他的语调虽然与平日无异，但明显低沉了不少。

他转回脸来，看到了闻时脸上过于明显的不爽情绪，又忍不住笑了一声，接着便笑了好一会儿。

闻时翻脸如翻书，上一刻双眸还眯得狭长，这一刻又绷着脸，从窗边收回视线，面无表情地看着谢问发笑。

“去洗澡。”谢问拍了他一下，冲那个简易的小隔间抬了抬下巴。

闻时蹙着眉。

谢问又推了他一下，说：“快去。”

陆家老夫妻俩爱收拾屋子，小隔间虽然简易，但算得上整洁干净。闻时抓着领口，把T恤脱下来，很长一段时间，他都没有听到谢问的声音。

直到他开了水，水慢慢从凉变热，从头顶流下来，他才隐约听到谢问的脚步声。

等他洗漱完，擦着头发从隔间里出来，谢问又恢复成了平日的模样。

房间的窗户敞着，夜风穿堂而过。

谢问捏着金翅大鹏金光流转的鸟毛，正要拧开门把手。

闻时把毛巾搁在一旁的椅背上，问道：“这两根毛什么意思？老毛找？”

“嗯。”谢问点了点头，“我去隔壁看看。”

闻时说：“一起。”

他一踏进去，周煦这个年纪最小的棒槌就盯着他，眼睛一眨不眨。

还好，这棒槌开门见山：“是卜宁要找你们。”

卜宁：“……”

老毛欣慰地抬了腿，坐回沙发上。

谢问在老毛身边坐下，又朝闻时招了招手，示意旁边还有一个空座。然后他才看向周煦，好脾气地问道：“你们三个倒是挺有精神的，一直聊到现在？碰到什么事了？说来听听。”

卜宁匆忙占了周煦的身体，把张家家主张正初的那通电话，以及周煦曾经看见的场景都说了一遍。

其间，谢问垂眸听着，完好的那只手一直摩挲着那只枯化的手腕，也看不出他在想些什么。

闻时忍不住朝他那只手腕看了好几眼。

“你的手腕是在疼吗？”闻时沉声问了一句。

“嗯？”谢问朝他看了一眼，一时间没有反应过来。

闻时指了指那只枯化的手。

谢问这才停下了摩挲的动作，道：“不是，这点枯化还不至于疼。”

看他的表情，确实不像在安慰人。那之后，他没再摩挲过手腕。

闻时一边听着卜宁的话，一边忍不住在心里琢磨了几遍。他忽然想起他曾经看过很多次谢问的灵本，在他的印象里，那只手腕上缠着珠串，还吊着一片翠色的鸟羽……

谢问刚刚摩挲手腕的动作，就像无意识地在转那些珠串。

当初闻时第一次看到谢问灵本的时候，有过很多疑问，比如从侧脸延续到胸口的梵文是什么？手上缠绕的珠串、鸟羽和红线又是什么？

但因为种种原因，他始终没有问的机会。

后来谢问说这副躯壳其实是他放出来的傀，闻时便下意识觉得，那些流转的梵文和鸟羽、珠串都是为了让这副躯壳更好地存留于世间，所以还是没问。

但现在，闻时又觉得不太对劲了。

驭傀之术，什么时候跟珠串、鸟羽、红线相关过？但如果不是跟傀有关，它们又跟什么有关呢？

在闻时的记忆里，尘不到教东西其实鲜少靠讲，要么手把手地带着练，要么就让人在笼里学。他总说见得多了，会的东西自然也就多了。

但那时候闻时的所见所闻太多了，远远超出一个孩子应有的。所以他曾经问尘不到，如果总碰到自己从没见过的笼或者局，要怎么下手？

尘不到当时开玩笑说：“只要你乖一点，别总想着干一些偷袭师父、忤逆师父的事，别叛出师门，别没大没小，该叫师父的时候老老实实叫一句，那不论你碰见什么，都可以推门来问我。”

不过后来他还是认真答了一句：“哪怕是从没见过的、别人生造出来的东西，也是有迹可循的，可以试着用你懂的那些去推测它。”

后来闻时独自往来于各处的时候发现，这句话确实有用。

世间奇人常有，奇才却有限。大多乍一看毫无头绪的事情，理一理就有了思路。那些见都没见过的东西，多数是常见物什改的。

真正常在闻时认知范围外、令他头疼的，还属亲师父尘不到本人。

尘不到会的东西太杂太多，随便组组就是新的，就比如他灵本手腕上缠绕的红线、珠串和翠色鸟羽……

闻时试着推理了一下——

红线的作用太多，有极好的，也有极坏的，姻缘用它、换命用它，作妖造孽还可以用它。这很难推理。

但线的意思就很单一了，总是用于牵和连，让两个不相干的东西之间产生联系，或是加深已有的联系。

绕在手上的珠串既有计数的意思，也有消罪化厄的意思。

唯独那片翠色鸟羽，闻时实在想不到什么常用的意向。

如果他知道鸟羽的来历，大概就能推出谢问手腕上这些东西究竟是做什么用的了。

当闻时想着这些的时候，目光就不自觉会落在谢问的手上。他漆黑的眸子一眨不眨，显得幽深又专注。

过了不知多久，谢问微微朝他这边偏了一下头，用只有他能听见的声音说："你别盯了，什么手也禁不住你这么盯。"

"你再盯，这手就红了。"谢问又补了一句。

"就你那点血，红什么？"闻时下意识顶了句嘴，然后收回了过于直接的目光。

作为巅峰时期能同时控住十二只顶级傀的人，简单的一心二用、三用对他而言都不是什么难题。所以他琢磨谢问手上那些东西的时候，卜宁说的话也一字不落地听了下去，并没有什么太大影响。

当他抬起头，重新看向周煦他们几个人的时候，谢问嗓音模糊地"嗯"了一声，说："我记得以前教过你，别拿自己多的东西去跟别人少的比。"

闻时"嗯"了一声，算是回答。答完他才感觉那句话越品越不对味，结合他自己顶回去的那句一起品，尤其不对。那人说他血多……不就是说他容易红？

闻时抿着唇，眼睛眯了一下。

卜宁刚好在这一刻把所有的内容讲完，转头冲他们说："所以周煦当年看到的那个，应该是张家有人在练方术。"

“有人？”周煦自己冒头出来插了一句话，“那个房间是太爷的房间，我看到的那件褂子……没弄错的话，应该也是太爷的褂子，这不就很明显是他自己在搞你说的那些东西？怎么叫有人？”

他们两人切换需要时间，没等卜宁出来解释，闻时已经开口道：“他说的‘有人’你当谦辞听。”

卜宁刚要换过来，还没张口，又被周煦这个大傻瓜摁下去，接着大傻瓜说：“噢——那我懂了，就是瞎委婉。”

卜宁：“……”

有的人真是从小就这样，在师父那里占下风就来牵连整个松云山，只不过以前是钟思嘴欠，自己送上门触霉头，那是活该的。现在钟思不在，遭殃的就成了他。

卜宁在心里幽幽地叹了口气，强行说道：“总而言之，事情大体如此，不知道师父——”他说着说着就卡壳了。

要是以前，他肯定只要问一句“师父打算如何”就行了，毕竟有师父在面前，他们几个徒弟当然自觉变成一拨。等他们问了师父的想法，可以关起门来再讨论他们的想法。

但现在……卜宁顿了一下，默默补上后半句话：“还有师弟，你们有何想法？”

闻时道：“在方术方面，你比我知道得多。”

毕竟用这种不正的方术，都会付出一些寻常人难以承受的代价。这种代价往往凶险又痛苦，而明知代价如何，还要一意孤行的人，往往目的大致相同，大多出自那几样最本真的欲望——生、爱、名利，又或者是为了从更大更深远的痛苦里挣脱出来。

而与这些关联最深的，一般是爻辞术与奇门遁甲，间或夹杂一些金纹纸术，幢术是用得最少的。

松云山几个师兄弟里，与方术打交道最多的就是卜宁，其他人顶多是碰到过，又以各自擅长的方式解决过，但卜宁不同，他不但知道怎么解，还知道怎么布。

次于卜宁的就是庄冶。

其实按常理来说，庄冶才应该是那个最了解方术的人，毕竟他是杂修，什么都会，最容易弄明白一些复杂方术的关窍。

但庄冶天性正得过分，甚至有点理想化和单纯。这位大师兄对不正的方术的态度是能不提便不提，所以他特别会解方术，但并不愿意多了解原理。

至于比卜宁还要懂方术的，松云山上就只有尘不到了。

因为他活得比谁都久，见的东西比谁都多，从某种程度而言，几乎广纳万物，包容度远高于常人，就像人人都觉得是污秽的那些黑雾，在他口中就是不带褒贬的尘缘；某些常人眼里的不正方术，在他看来也只是用的人、针对的事不对。

人各有好恶，只要大方向不出错，尘不到很少会插手干涉，更不会要求徒弟跟他修一样的东西，有一样的想法。

所以现在说到这种不正的方术，他还是聆听。

“我所知的还是有限，思来想去都是些跟续命相关的局，不敢妄加断言。”卜宁对谢问拱了一下手，说，“不知师父见没见过其他？”

“我见过不少，”谢问说，“不过张家这个，跟你想的那些差不了太多。”

他少有诧异的表情，提起什么，好像都不那么意外。几个徒弟早已习惯他的脾气和语气，所以卜宁听了只是轻轻“哦”了一声，点了点头，好像只要这一句话，事情就差不多定了。

但闻时不同，他跟尘不到相处的时间最久，又曾经在无数个没被戳破的瞬间悄悄注视过对方，自然能分辨出很多微妙和细小的区别。

他盯着谢问看了几秒，说：“你之前就知道？”

周煦和夏樵又猛地看过来，倒是老毛老老实实窝在沙发里，没看过来也没多言语，像知道几分内情。

“你怎么总拆我的台？”谢问没好气地朝某个出门就翻脸的人瞥了一眼。

闻时又改成了陈述句：“所以你确实知道。”

“算是吧。”

“什么叫算是？”

闻时想起自己在松云山那个局里借着幢线和谢问相连，看过他眼里的世界，感知过他感知的，还听他提过他重返世间的缘由。但当时状况混乱，闻时满心只有谢问那句“要走了”，其他早已梳理不清，直到这时才想起来一些。

“你说你留了这副躯体，是曾经预见到千年之后会发生一些事。”闻时皱起眉，“你是指这个？”

谢问却摇头道：“预见的事情哪有这么具体，只是知道会有些麻烦。”

若是以往，他这样答一句就算结束了，但现在闻时眉头紧锁盯着他，执拗地等着下文。于是他斟酌片刻，索性多说了一些：“我这抹灵神有清晰意识的时候，就已经在这个身体里了，大概是两年之前吧。”

他很少细算时间，便说了个虚数。

“封印之局现今什么情况我看不见，但因为灵神，能感知一些。”谢问并不避讳封印之事，就像在说什么稀松平常的往事，“那局应该依然封得很紧，但在那周围，有人动过些手脚。”

“我起初以为是一些不知厉害的后世小孩儿对封印有些兴趣，冒冒失失想探点什么，甚至想破封，后来发现不是。”

“我借着这个身体醒来没多久，就在津港这一带碰到了一处笼涡。”谢问说着静默了片刻，转眸看向闻时，“你之前可能忘了，现在不知道有没有想起来。很久以前，我就跟你提过笼涡这种东西。”

“什么时候？”闻时一时间没反应过来。

谢问想了想，摊平手掌，在不比桌腿高的地方比画了一下：“你这么大，动不动掉‘猫’泪的时候。”

闻时：“……”

“我的天！”夏樵和周煦轻轻叫了一声，一脸震惊地看过来。

闻时冷着脸，又把那俩傻瓜“冻”得转了回去。

“我不记得，忘光了。”他的嘴唇都没怎么动，挤了七个字出来。

谢问问道：“你一点都不记得？”

这未免显得脑子不好，闻时兀自放了一会儿寒气，还是从逐渐恢复的记忆里扒出了那句话：“你说笼涡不常有，要出现也是出现在乱葬岗、饥荒地、疫窝或者战事不断的地方。”比如当初尘不到捡到闻时的那座城，因为战事被屠得一户不剩。

“可是现在笼涡就很多。”周煦忽然说。

谢问接着道：“不仅多，而且什么样的地方都有可能出现。”

“对，就是这样。”周煦一个劲地点头。

“我在津港看到的就是这种。”谢问抬头瞥了一眼，指着屋顶说，“一间还不如这个大的房子，原址也不是什么大凶地，莫名就成了笼涡。我还没靠近，就有几个人在后面悄悄放了金纹纸，想要引我换条路。”

“这操作听着耳熟……”周煦一副丢人了的表情，嫌弃道，“笼涡一般是由本家家主、几个长辈，以及我小姨和小叔负责。你碰到的估计是张家日常在那一带轮值的小辈，怕有人误入，又怕解释不清，所以一般会用点神不知鬼不觉的手法。”

但现在一听，还真是不知不觉。也不知道那些人如果知道自己放金纹纸引的是祖师爷，会是什么反应，反正如果是周煦自己……他可能就社会性死亡了吧。

“那几个人在笼涡附近待的时间应该不短，所以身上有些味道，”谢问当时一闻就意识到了，“跟封印之局里几乎一样。”

周煦说：“那不就是……”

“如果只有一个两个，当然不排除是巧合。”谢问说，“后来我循着那几个人的行踪进了宁安，一路上又发现了不少，光宁安本地就有九个，其他地方呢？”

“所以你说有人引了你身上的东西，又让它们流往四处，成了笼涡？”闻时的脸色变得难看起来了。

都是那种本不该形成笼涡的地方，又都有封印之局里的味道，再结合局的周围被动的手脚、张家对笼涡的监管……一切不言而喻。

“所以说……”周煦张了张口，道，“我小时候看到的那个不知道是不是太爷的怪物，还有方术，跟这些笼涡也有关？”

他自小就跟着张岚、张雅临听异闻八卦，脑子里存货奇多，登时就想到了各种牵连关系。

果不其然，卜宁给了他答案：“若是结合笼涡，那我知道是何种方术了。”

虽然闻时对方术的了解不如卜宁，但他在出百家坟那个笼时见过张婉，听过张婉的一席话。

她说当初松云山下那个张姓子弟把原本属于松云山脚的灾祸转移给了柳庄，还牵扯上了她，于是他们这么多年都在还债，注定都会落得一个不得好死的下场。

后来她成了张婉，那个张姓子弟成了张家这代的家主张正初。

所以这一切就太好理解了——张正初知道自己身上带着天谴的印迹，需要花不知多少年去洗，注定不会有好结局。他或许觉得带着罪孽活在这世间实在不公，又或许是不甘心，于是想早做准备，借着方术改换自己的命。

“我还是不明白他搞那么多笼涡干什么，你别告诉我笼涡还能滋补养生啊！”周煦惊道。

“别说，还真可以。”谢问说。

“怎么可能！什么玩意儿靠笼涡来进补？”

谢问说："惠姑不就是吗？"

周煦茫然片刻，忽然倒抽了一口凉气。

惠姑……污秽之地生出来的东西，一茬一茬地长着，杀了还有，消不掉、除不尽。只要那块污秽之地还在，它们就在。

它们对生人灵本、福禄寿喜的气味极为敏感，并以这些为食。有些不太守矩的家族会悄悄养一些惠姑，方便有些时候寻灵找物。

养它们的方式，就是用黑雾蓄一个小池，限制在能控制的规模，保证它们活着，但依然会有风险。相比家里藏的小池，放在各地的笼涡可就安全多了。

怪不得笼涡都是由本家少数几个人负责，其他轮值小辈只有报告的份，没有参与的份。怪不得那些笼涡不到逼不得已都不会派人去解，说是棘手麻烦，实际的缘由谁又说得清呢？

周煦不禁想起小时候在张正初卧室里看到的那一幕——地上摆放着许多香炉，每个香炉里都插着三炷香。那个怪物像惠姑一样在地上爬行，时不时会凑到香炉面前，深深嗅一口烟雾，就好像透过烟雾吸食了别的什么东西，由此获取生息。

他越想越觉得毛骨悚然——那个在本家里住了不知多少年，解笼人各家都要让一头的家主张正初，居然是这样的怪物。

他搓了搓脸，抬头就看到了闻时冷如冰川的脸，一副风雨欲来的表情。

"你怎……怎么了？"周煦问。

卜宁好心答了一句："那些笼涡流于四处，被张家加护着，迟迟不解，每年每天都在引无辜之人入笼，或是侵蚀附近的人。那些人身上的黑雾积到一定程度，又容易成笼，并成为笼涡的一部分。由此恶性循环，笼涡会越长越大，一点点往外扩……"

那是很糟糕。周煦想。

接着他听到卜宁说："而那些东西本质还是从师父身上引出来的，所以还得他来担。"

"我的天！"周煦这下是真的吓到了。

他总算明白闻时为什么那副山雨欲来的模样了……什么模样他都能理解。

就在这时，他的手机忽然振动了起来。周煦掏出手机一看，屏幕上跳着那个熟悉的陌生人号码，他虽然还没来得及存，但已经记住了那个尾数，是张正初。

"接。"不知道谁说了一句。

周煦手一抖，默默点了接通键。他在一屋老祖宗的沉默注视下，“喂”了一声，然后听见张正初在手机那头说：“小煦啊，太爷到了。”

周煦心头一跳，问道：“你们在哪儿？”

张正初说：“村口。”

周煦心想：你都没问我们哪个村呢，怎么知道位置？后来他一想，好赖还有类似追踪金纹纸的东西，哪用得着他自己说呢。

“要不，”周煦想了想，说，“要不你们上来——”

他的话还没说完，就被闻时打断了。

闻时的手不知何时已经缠上了傀线，长长短短垂于指尖。

他说：“不用，我们下去。”

两条高速公路相交会的地方，有一处不大起眼的出口，沿着带急转弯的匝道出来，就是一条通往村镇的路，会穿过防风林和大片田野。

这条道平时多是货车在走，路况并不是很好，私家车一般能避则避。到了半夜，连货车都少了。

这天深夜两点多，路上摇摇晃晃地行驶着一辆载满建材的卡车。司机一个哈欠接一个哈欠，由于路面一黑到底，又没有其他车，眼皮子直打架。有几分钟，他的眼皮几乎真的黏上了。

他敞着窗户，在迷迷瞪瞪的过程中，隐约听到了空气被撕裂般的呼啸声。

这是有车从旁边极速穿过而带起的风声，还不止一辆，活像一整个车队嗖嗖而过。

司机对这种声音形成了条件反射，听见的刹那便猛地睁开眼，还摁了一下喇叭。

这种差点撞到车的感觉让他彻底清醒过来，眼睛一眨不眨地盯着前路，却没有看到任何车的痕迹，就好像刚刚的一切都是梦。

可就在他觉得虚惊一场的时候，那种破风声又出现了，似有车队再次从他旁边呼啸而过。

这次他反应极快，转头看过去时，隐约看到了一辆车的虚影，虚到什么程度呢？就是只要眨一下眼睛，就再也无法在夜色里找到它。

“什么玩意儿？！”司机冒了一身冷汗。

那些车，有几辆是从宁安张家过来的，其他则来自各地。

它们平日里就是正常的私家车，只是眼下赶时间，贴着金纹纸、套上了障眼术，前前后后有百来辆，这个倒霉司机碰上的已经是末尾的两拨了。

它们并没有奔着一个方向去，而是在几处岔路口分道而行，绕去别处。

如果此时从高空往下俯瞰就会发现，每隔一段路，就会有一两辆分流的车在休息站、加油站，或是其他可以停车又不会引人注目的地方停下，东南西北，各方都有，刚好在地图上将一个极不起眼的村镇悄悄围了起来。

张正初其实早就到了，比他打电话通知周煦要早很多。

自打从周煦那里套到话，他就安排人在本家大院里直接开了一道通往津港地界的门，以最快的速度到了地方。

当车子停在村口的时候，负责开车的阿齐还纳闷地问道："您不是跟小煦说，要等其他各家人到齐再动身吗？"

他看向手机，屏幕上是一张老式地图，图上有百十来个小红点，正从全国各处往宁安移动。这是被名谱图惊动的各家发来的位置。

张正初握着拳，透过车窗看向远处村镇里星星点点的灯火，道："你和各家说一声，事出紧急，我们已经到津港了，让他们改道。"

"好。"阿齐借着那张图给各家发着消息，"但……临时改不是又耽误时间？"

"不会，"张正初握着手杖道，"不会耽误时间，反而会快一点，因为临时改目的地绕路也麻烦。他们肯定不乐意再规规矩矩沿着正常公路过来，该布局开门的，都会布局开门，直接来这里。"

他停了片刻，道："人都是这样，烦了就懒得慢慢来了。"

阿齐半懂不懂地点了点头，只道："您是打算好了的。"

"这不叫打算，这是没办法。有些人哪怕着急也是慢悠悠的，这么大的事，总得催着点。"张正初纠正他，"等各家到齐这种话，也就是说给小孩听听。周煦这小孩，我跟你说过的。你跟他接触的次数其实比我多，也都看得到。他是直肠子，嘴上没把门，既然能被我套话，也就能被别人套话，我何必跟他说那么明白呢？"

"您怕他被卜宁老祖套话？"阿齐问。

"不。"张正初摇了一下头。他不知在想什么，沉吟片刻才继续道："老祖再厉害，现在也只是灵本，比起实实在在的人，还是欠缺不少的。况且——"

这辆车里只有阿齐和张正初两个人。阿齐坐在驾驶位，张正初独自坐在后座。

空座上搁着一个卷轴，张正初说话间，伸手把卷轴打开了一些，露出了解笼人名谱图的一角——他把挂在自己屋里的那张名谱图带出来了。

自从卜宁回来，他的那条线便一跃而上，毫无疑问翻到了整个名谱图的顶上。同样翻上去的，还有沈家那条全是朱笔的线。

在这两条线之下，才轮到张家。张家的线从老祖宗开始就比别家复杂一些，每一个名字后面都有分支，越往后越多，像一株横向生长的树。

这树长了一千年，枝繁叶茂，成了整个名谱图上最庞大的存在。

“张正初”这三个字在靠近名谱图尾端的地方，后面是两个叉，那是他两个儿子，其中一个三十二岁折在了一处笼涡里，于是名字成了朱红色。而那抹朱红的后面又有两个叉，张岚在上，张雅临略低一点。

张正初的目光落在张家那条线上，停了一会儿才移到“卜宁”这两个字上，对阿齐说：“你说我怕卜宁套话，那你错了。像这些老祖式的人物，可能根本不会套话。”

阿齐有点不解地看向他。

张正初却没抬眼，依然看着名谱图，道：“在高处待惯了，要做什么直接做，想说什么也直接说，没有什么需要费心周旋的，哪会套话。”

阿齐应了一声。

“我不怕套话。”张正初又开了口，他有着很多老人会有的习惯，平时会有意识地控制，但有些时候又会不自觉地显露出来，比如会重复一些词句，“我不怕套话，套也没事，我只是喜欢留点余地。”

“这样时间上富足一点，别那么紧张，留点准备的余地。”

他说着收起名谱图，“啧”了一声，叹息道：“这么想来，老祖这会儿恐怕也挺受罪的。一抹灵本要怎么久留呢，估计还得找个身体待着。正常人的身体他待不了，人家有自己的灵本，谁能允许别人抢夺身体呢，总会挣扎的。卜宁那样的人可下不去狠手，怎么办呢？”

阿齐老老实实跟着道：“怎么办？”

“那就只能找将死之人，身体勉强能用。”张正初说着，眼睛又看向远处的灯光，“这种地方的人都是山野村夫村妇……堂堂老祖，缩在这样的躯壳里，哪怕有万般能耐，也不知道是什么滋味。”

他兀自体味一番，又“啧”了一声。

与此同时，阿齐忽然说：“他们到了！”

他把手机递给张正初。屏幕上，那些代表各家的小红点几分钟前还在去往宁安的路上，这会儿几乎全部进了津港地界内。百来个红点自八方而来，汇聚到一条路上，像一条骇人的长龙，即便放在一千年的岁月里，也是罕见。

“我说什么来着，临时改个道，他们反而更快一点。”张正初说着，降下车窗。他从衣襟内兜里摸出一沓准备好的金纹纸，细数了一番，按照不同分作几部分，顺着车窗撒了出去，“先通知他们找对地方落脚。”

一时间，金纹纸漫天飞。它们在夜风中自燃，转眼就只剩下灰烬。

很快，随着地图上那条红色长龙般的车流涌入津港，村口这块地方瞬间多了五十多辆车。这些车里大多载着各家家主，或是年轻一辈中的佼佼者。

其余车辆则在张正初的通知下，去往周边那些停车点。

周遭车门开关声此起彼落。

张正初攥着手杖，推门下车，一群人便围了过来。

还有些穿着简衫薄褂的年长者，在儿孙辈的陪同下朝这边走来。

渭西杨家、苏市吴家、祁湖钟家、长乐林家、云浮罗家……太多了。

他们有些跟张家往来密切，有些十几年才会见上一面，不过不论亲疏，这一刻都没有过多地寒暄，而是直奔主题。

“老爷子，这地方已经围上了？”杨家家主是个女人，六十多岁了，乍看上去却不比张岚大多少。

“嗯。”张正初点了一下头，“我张家那些年轻小孩早早就等在各个点上了，诸位带来的人也都过去了？”

“差不多。”

“刚到。”

“都过去了。”

众人纷纷答道。

“那就布局吧。”张正初说。

他正要让阿齐通知大家，就听见有人开了口：“我还是觉得，一见老祖就以局相迎，不是很妥当。”

张正初回头。

说话的是一个老太太，鬓发皆白，皮肤却很细腻。她穿着素色的旗袍，手腕上缠着三串檀木珠，看得出来年轻时极有气质，老了依旧文雅，说话轻声慢调。

这是吴家家主吴茵，有小十年不出来了。

她身边陪着两个年轻人，一个是徒孙，一个是亲孙，她礼貌地冲张正初点了点头。

张正初没有立刻应答吴茵的话，而是看着她那个徒孙道："这是文凯吧？"

徒孙点了点头，问道："老爷子您还记得我？"

"记得，"张正初笑了笑，和蔼地说，"我当然记得。你三岁还是四岁的时候，跟着你们家主去过宁安。"

"是，我还给您敬过金纹纸水。"吴文凯答道。

就像周煦所说，其实不仅是张家突出的小辈，其他家族各辈里表现突出的那些人，小时候也都到过宁安，进过张家、见过家主。本着礼数周全的意思，那些小辈几乎都给张家家主敬过金纹纸水，被叩过额心，给过祝愿，但凡得了祝愿的，后来也大多很厉害。

张正初这次从他身上收回目光，对吴茵说："像这样出类拔萃的后生，就别在这儿待着了，让他去其他落脚点吧，避一避。村口这边，像我们这种半截黄土埋到脖子的长辈来就行了。"

他几乎是语重心长地劝道："去别处吧，你看我张家留在这儿的，也都是有些年纪的人。"

吴茵和吴文凯他们朝他指的地方看去，那里还停着十来辆张家的车，车边站着的人多是中年人和老人。

"你们来之前我就提过，小辈的日子长着呢，别在这儿掺和。"张正初对吴茵说完，又看向其他几人，"我认真的，不是说客气话。众所周知，卜宁老祖脾性温和，为人谦恭有礼，但大家同样知道，这事反常，有蹊跷。说句大不敬的话，就算与不正的方术扯上关系，我都不会觉得意外。"

"这也是我坚持要布局的理由。"

张正初一字一句地说："局是好局，养灵的，保他灵本不出大问题，如果有毁损，还能帮老祖稳一稳。但同时，他只要踏进这个局，暂时就没法再出去了。这听上去好像有点大逆不道，但这是必须要考量的。我这人凡事喜欢留点余地，别弄得太死。假如老祖回来真用了不正的方术呢？"

他留了个空隙，于是有人插了一句："那就只好大逆不道了。"

"对，那就算是卜宁老祖，咱们也得狠下心来，到时候跑不掉有一场苦战。"张正初顿了一下，又说，"如果与方术无关，而是另有原因，那咱们同样得考虑今晚的行为会不会惹老祖不高兴，说不定还是会有冲突。所以我建议各家那些小辈，那些正值好时候的年轻人，就别留在这处了，大都是我见过的孩子，万一牵连上了，我自己第一个过不去。"

他这一番话说完，众人纷纷点头应和道："老爷子果然大义。"

张正初朝他们拱了拱手，没再说什么。

于是那几个年轻人上了车，很快绕去了距离村镇稍远的其他停车点。

直到这时，张正初才给周煦拨了那通电话，告诉他："我们到了。"

电话一挂，他就让阿齐给所有人放出了信号——下石布局。

那一刻，那些停留在加油站、休息处或是路边的各家小辈从车上下来，在人影稀落、不会被人注意到的角落里掐准位置，埋下了镇石。

那些镇石在黄土之下泛起微光，又湮于夜色，像路边最普通的东西。

但懂的人都知道，这些镇石布好的瞬间，一个局正沿着他们围住的那个村镇徐徐落下，将整个村镇以及村镇里的人包纳进去。

村口那些家主镇着的地方，就是突破口。

局一落成，村镇里的风有微微的变向。有几户人家的狗突然叫了起来，在深夜扰人清梦，但又很快安静下来，重新趴着睡了过去。

狗叫的同时，陆家二楼第一个房间里，张雅临猛地睁开眼睛。

他从沙发上一骨碌翻坐起来，伸手撩了一下窗缝里溜进来的风。他刚想叫醒张岚，就发现他姐已经醒了，正披头散发地坐在床边，跟他是一样的动作。

"这是……"张岚敏锐地捻了捻手指，叫道，"完了，大家伙，一个人可布不来，别是老爷子坐不住，直接带着人冲过来了吧？"

张雅临显然跟她想到了一样的东西，脸色变得极差。

他们深知，在几个老祖宗面前搞伪装是最蠢的事情，多此一举。所以思来想去，他们决定前半夜老老实实睡觉，等后半夜几个老祖歇下了，再趁着这点时间差，开一道门直接回本家。

毕竟他们跟几个老祖没有深仇大恨，也算不上什么正经的威胁。以那几位老祖的性格，就算发现他们跑了，要追也不会追得多谨慎认真。那个时间够他们回本家报信，说清原委了。

但他们没想到一向稳得住的老爷子这次居然半夜就杀过来了。

这真是最差的算计、最坏的时机。

姐弟俩对视一眼，二话不说，破门而出。

结果他们直冲下楼的时候，看到了谢问、闻时他们走往村口的背影。

要死。姐弟俩脑中“嗡”地蹦出这两个字。

张正初他们以为，自己第一个看到的人会是周煦，毕竟他是接电话的那个人，作为带路者再正常不过，又或者会是某个陌生的村夫，那应该是卜宁老祖暂时栖息的躯壳，论身份地位，走在最前面也正常。

但当他们坐镇于突破口，眼睛一眨不眨地看着前路时，他们最先看到的既不是周煦，也不是陌生村夫，而是——

“谢问……”

脱口叫出这个名字的是跟着张家大部队过来的张碧灵，她作为张家边缘化的小人物，在一众同辈子弟里毫无存在感。

而她叫出这个名字的时候，被短暂地关注了一下。

但那些人的目光下一秒就转回来人身上。

在场的各家家主几乎没人跟谢问打过交道，但每个人都知道这个名字，知道他母亲跟张家之间的渊源，更知道……他是一个被名谱图直接除名的人，早早就被轰出了解笼人的队伍，还是一个体质极差的病秧子。

这是很多人第一次看见谢问。他个头高高，步履从容，披裹着夜色而来，在风里虚握着拳，抵着鼻尖咳了几声，又转头看向众人，远远就笑了一下。

但他的笑意有没有到眼睛里，没人看得清，只听见他没费力气，朝荒野虚空处扫视了一圈，嗓音低沉而模糊地说了一句：“好大的阵仗。”

他的话音落下的瞬间，无数白色棉线瞬间窜开，带着凌厉如刀割般的破风之声，直射向东南西北不同方位。

那些线在傀师强劲的灵神操控下，长得仿佛没有尽头，像一张骤然张开的巨网，每一根线都隐没于千里之外的天际和荒野。

留守于各处的年轻一辈见到了相似的一幕——

他们近乎茫然地听着风声呼啸而至，力敌千钧，直直砸落在地，迸溅起碎石和泥沙。

等他们恍然回神，就看见一道细白长线不知从何而来，深深地钉在埋着镇石的黄土间。

这群年轻人不知傀线来处，但坐镇于突破口的那帮家主们却看得清清楚楚。

他们看见一个人从夜色中来，站在跟谢问并肩的地方。他的个子同样高挑，皮肤白得在夜里都泛着冷冷的色调，眸光顺着长而薄的眼皮投落下来，明明没什么表情，却好像压着极为深重的嫌恶和不快。

那些通天彻地、铺开如巨网的傀线，就缠在他低垂的手指上。他的傀线缠得不守章法，却有种凌乱的美感。

他的十指猝然一收，包裹着村镇和旷野的局便"嗡"地震颤开来。

张正初嘴角松弛耷拉的皮肉抽搐了一下，心头悚然一惊！

下一刻，东南西北四面的天际电闪雷鸣，宛若游龙惊起。看不见的威压顺着傀线扫荡出去，如涟漪般扩开，无形状却摧枯拉朽！狂风倾袭而来，攻城略地，直撞局的边缘。

轰！八方同时响起爆裂之声，直穿人的耳膜。

黄土翻搅，砂石飞溅，数百枚埋于土下的镇石被傀线箍住，金光乍现，裂纹瞬间布满石面，密密麻麻。

加油站背阴处、休息站灯光照不到的角落、荒野路边……那些避人耳目的角落同时出现了这样一幕——镇石炸裂的瞬间，负责埋守镇石的各家年轻小辈闷哼一声，猛地蜷起身体。

"怎么回事？"

"这傀线哪儿来的？"

布局之人跟局是相连的，就像傀线和傀师灵神相通一样。

局受到剧烈冲击，就像有人甩着带电光的长鞭，狠狠抽在他们的神经上。

那些资历尚浅、不够能耐承受这波冲击的人，甚至连声音都没能发出，就痛得跪了地。

突破口那里，同样是一片躁动。

张碧灵他们那些随行而来的人高下不一，有些还强撑着，有些直接踉跄两步，弯下了腰。

负责坐镇突破口的各家家主脸色纷纷变得难看起来。

年纪最长的罗家家主须发皆白，身量清瘦如风中芦苇。他的身形在巨震中晃了晃，脚底碾着地面微移寸许，重重朝下踩去。

他稳住的刹那，方圆百里内所有被翻搅出来的镇石忽然止住了碎裂之势，在泥沙之中颤动。

这一下并不轻松，准确而言是非常艰难。

他年逾百岁，修习奇门遁甲整整九十年，这种半途再补一记的事做得不多，也不算少，但没有哪次像这次一样耗费力气。他强压镇石的时候，咬紧的牙关里甚至有几丝血腥味。

这是两种力量对撞的结果，他居然落了下风！

旷野中，那些布局人瞬间衰弱下去的反应顺着檀线传递过来，被闻时隐隐感知到。可这里乌压压百来人，唯独没有张正初……

他立于突破口中心，两方与身后拥趸环绕，占的是最重要的位置，却在承受破局之力时，微妙地挪移了毫厘。

这点区别肉眼根本不可见，只有破局的闻时感受最为直接。

如果说之前他们对于周煦幼年所见的场景还是猜测，那张正初此时的举动几乎佐证了他根本不是什么好东西，自私怯懦、阴险狭隘。

这样的人，干出那种借百十笼涡和万千无辜百姓饲养自己的事，也就不足为奇了。

“为什么是这种人？”

闻时手指上缠着直指八方的檀线，在强劲灵神的操控下，寒芒毕露，削铁如泥，是最锋利的刃口。来自各种人的抵抗和痛楚就顺着这些冰冷的长线传递过来，涌入他的灵本和识海。

他可以感知到那些人最细微的情绪。

“为什么偏偏是这种人？”

偏偏是这种人，千年之后站在如此高位，指使着百千人循着他描画的轨迹往前走，让别人消耗他该消耗的、承受他该承受的，他却站在人群正中，安然无恙。

“他凭什么？”闻时的问话压在喉咙里面，沉闷中透着隐隐待发的怒意。

“凭他心安理得，凭那些你知道但永远不会去做的事。”

谢问也看着那边，嗓音却如深林间拂过的晚风。他在风里半眯着眼睛，这个动作使他眼尾微弯，看上去就像含着笑意，评述与他无干的事情，以及与他无干的人。

可事实上，数丈之外站着的是应该恭称他一句“祖师爷”却从未有人这样叫过的后世徒孙。他们用着他教授的那些能耐，说着他流传下来的话语，做着他引领的那些事，却在一些人处心积虑的歪曲描画下，将他划在对立面。

而上一次这样众人齐聚，还是他被封印的那一日。

人也好，事也好，哪样都与他瓜葛连天，放在常人身上，说一句深仇大恨也不为过。

但他并没有多看张正初一眼，而是对闻时说：“凭你感觉到那些布局小辈的痛苦就松开手指——”

闻时看向他。

“他能骗点老实拥趸，你就只能讨我欢喜了。”谢问说。

局的边缘，负责埋守镇石的那些年轻人只感觉压制在神经上的巨大威力骤然一减！他们茫然一瞬，连忙攫取时机喘了几口气。

他们一骨碌翻身起来，连忙扑到镇石旁边。

石面上的裂纹止住了继续蔓延的趋势，堪堪停在粉碎之前。

“怎么停了？”

“但是傀线还在。”

“究竟是什么情况？”

那些傀线依然钉在黄土上，细而坚韧，泛着寒光。

而突破口那里，那些坐镇的家主们同样感觉到破局之力有一瞬间的放松。

罗家老爷子顾不得多想，咽下口中血腥味，借机缓了一口气，压着嗓音喝道：“你们都傻愣着干什么呢？加固啊！”

另外几家专修奇门遁甲的紧随其后。他们接连补力，又将四方镇石朝土地深处压了几寸，而后悍然抬头看向数丈之外的年轻傀师，皱着眉惊疑不定。

那几秒的时间显得格外漫长，他们甚至生出了几分不敢高声说话的畏惧。

但很快，他们就觉得自己突生畏惧很荒谬。

那不过是一个二十来岁的小辈，诚然天资卓越、实力骇人，诚然刚刚那一下弄得大家措手不及，差点叫他一人毁了百来人布下的局……但归根结底是因为变故陡生，而他们毫无防备。如果他们有所防范，不会出现这一幕。

这些家主在长达数十年的时间里，修成了不动声色且不露怯的能耐。

他们迅速恢复常态，交耳问道："这是什么人？哪家的？"

"檀师里什么时候出了这么一号人物？"

看他这架势，哪怕比起风头正盛的张雅临也差不离。

最重要的是……

"他这动手动得毫无道理，是有什么误会和过节？"

他们就像一群长者品评着这个横空出世的陌生后人。唯独吴家家主吴茵没有出声，也没有跟着众人做出加固的举动。她只是眯起眼睛，微微探身，似乎想要将远处那个冷着脸的年轻人看清楚。

"吴老。"杨家家主看向吴茵，手里捏着一张没出手的金纹纸，问道，"您在想什么？"

吴茵没看她，目光依然落在数丈之外，答道："没什么，我只是觉得我好像在哪里见过他，面熟。"

张正初背后和身边的声音不曾消停。

在其他人有所动作之后，张正初身形微动。他握着手杖的指节攥得很用力，就听咔嚓一声，手杖另一端在坚硬地面上压出一个深坑，死死地抵在突破口中心的那一点上。

刹那之间，水泥路面爆裂声接连不断，扭曲的长缝从手杖之下蜿蜒横生，像数以万计的游蛇，乍然朝八方散开。

整个路面猛地一沉，连同荒草高树——此局圈围下的整片大地都朝下陷了几寸，所有人灌注于局上的灵神都被汇集到了一点，仿佛有一只无形巨掌跟着张正初的手杖而动，覆在方圆百里的天地之上，将所有东西朝下狠狠一压。

于是突破口被压得死死的。

而数百人的灵神则被凝成了丝丝缕缕，缠绕在他的手杖上，伸往地底。

破局引起的狂风即刻收势，剧颤的镇石也倏然静止。

四野阒然。

他作为最后一道助力，似乎终于扛住了檀师的破局之势，气势滔天，动荡的局稳定下来。

一众家主悄悄松了一口气。

张正初的眼珠一转不转，盯着那个满手幢线的人，将之前上涌的震惊压下去。

“后生。”张正初沉着嗓子开了口，脸上看不出表情。他对外说话透着一股老派刻板的腔调，这在诸多小辈听来极具压迫力。

周遭议论声戛然而止。各家家主在“后生”两个字的提醒下，表情放松下来，跟着张正初一道看向来人。

“你是沈家的？”张正初一字一句地问道。

刚停的议论声又嗡地响起来。

说某个名字，各家不一定有印象，但说到沈家，那可印象太深刻了！

在座的一大半人都曾经因为那条舞动的朱笔线彻夜难眠。他们曾眼睁睁看着那条线一路舞到跟张雅临齐平的位置，但愣是找不出一个还在人世间的沈家后人的名字。

要说他是沈家的，那就可以理解了，连那条舞动的朱笔线都容易解释了。

因为所有人都听说过，沈家的徒弟连名谱图都上不了，后来一朝之间实力猛增，简直能跟名谱图顶端的人抗衡。

结果这群人还没议论完，那个俊帅挺拔的后生便开口答道：“不是。”

闻时的眸光微微下垂，似乎在看着张正初，又似乎厌烦看他。闻时说话的时候薄唇几乎未动，有种讥嘲的腔调。

张正初的眉心蹙起来，目光再度扫过对面那几人，脑中掠过无数个想法。

身后有人狐疑，嘀咕了一句：“我看来看去没看出卜宁老祖在哪儿，难不成就是他？”

另有人压着嗓音提醒他道：“你想什么呢？这是幢师。”

张正初再度开口：“你不是沈桥的徒弟？”

“不是。”对方两次答了同样的话，只是这次的语气明显更冷了。

“那你究竟是什么人？”张正初问。

“跟你有关？”对方不愉快的情绪几乎写在脸上，直白得毫不遮掩。

张正初被他这种语气激得眯了一下眼，又缓缓开口：“当然跟我有关。不仅跟我有关，还跟我身边站着的各家元老有关。你既然用着祖上流传下来的幢术，做着解笼人一脉在做的事情，那就称得上同道之人。”

“解笼人延续至今已过千年，师徒相传已有百代，尚存于世者数千，相携相助、谨遵大义礼数，才有如今的局面。依照礼数规矩，这数千人里，半数以上的人能称你一句‘后生晚辈’，而那些人中的大半，又要喊我身边诸位元老一句师父。”

张正初没有回头，手指却指向周遭众人，道：“你说，我们有没有资格过问你一句后生哪门哪派，归谁管教？”

他说完话，适时顿了一下，给身后各家家主消化应和的时间。他转回头来，刚要张口再问，就在夜幕下看清了年轻橦师的眼睛，不知为何忽然怔了一下。

闻时漆黑的眼珠一转不转，看向张正初。

当他盯着人看的时候，眼皮总是微垂着，目光就顺着眼睫斜投下来，像扣了一片净透无尘的玻璃，常给人一种冷冷恹恹不过心的错觉。

尘不到以前说过，他这双眼睛生得很特别，但究竟特别在哪儿，他问过好几次，却都没得到一句认真的答案，大多是在逗他。

闻时是一个很记事的人，不是记仇，只是记挂事。小时候他曾经在松云山道上吓到过山下弟子，少年之后再下山，他便必让钟思给他贴易容金纹纸。

后来有几次他回到山间忘了揭假面，以为可以借机唬一唬尘不到，却总会第一时间被认出来，问及原因，尘不到就会抬手虚掩住他下半张脸，只留眼睛说：“下回你再这么睨着我时记得活泼些，最好是笑眯眯的，那样说不定能多糊弄一会儿。”

闻时琢磨了一下，只能在心里请他滚。

倒是千年后的这一刻，他看向张正初的时候，眼睛里或许是有几分笑的——并非尘不到所说的那种，而是带着讥讽的笑，仿佛刚刚张正初的每一句话在他听来都荒诞可笑。

他冷冷地说：“你问我哪门哪派，归谁管教？”

张正初像突然被人攫住命门。他睁大了眼睛，又倏地眯起来，盯着闻时，眉心拧成了川字。他的嘴唇嚅动了几下，却没能说出话来。

他好像突然就不想知道答案了，手指用力抓住手杖一端。

而在他有所动作的同时，闻时已经不在原位了。

那个转瞬发生了太多事，像一幅横向拉开的画卷。

画卷左边是张正初攥住了手杖，他苍老的手指像蜿蜒的树根，骨骼之外就是松垮的一层老皮，青筋在皮下曲折相连，带着几处突出膨大的节点。在他用力的瞬间，青筋虬结暴起！

缠绕在手杖上的灵神集结数百人之力，一端延伸于黄土深处，像裹挟着金光的地龙，在那层薄薄的地壳之下以手杖定点为中心，朝四方游窜，顷刻间覆盖了局内的每一寸土地，而另一端则顺着张正初交握的双手往上极速攀爬。他皮肤下的经脉变得清晰可见，青紫交错，密密麻麻，而那些灵神所带的白光就沿着每一条经脉朝他的心脏和额头汇聚。

在他身后，是各家家主或惊骇、或迟疑的面容。

之前主掌压局的罗家家主离他最近，被他周身爆出的冲击力正撞胸口，含胸朝后急退数丈。而杨家家主在一众元老中年纪尚轻，反应最快，一只手夹着五张金纹纸朝张正初所在的方向拍去。

当金纹纸脱离杨家家主的手指时，一道如巨盾般的虚影自天穹落下，直插地面，挡住了张正初周身乱撞的狂荡灵力。

还有很多人已经甩出了傀线，形态各异的巨傀从长线一端奔跃而出。

画卷右边，闻时只剩一道肉眼无法捕捉的白影。他左手前探，右手手腕翻转，将牵连着所有镇石的傀线收拢绷紧，灵神顺着长线直窜出去的同时，整个天空一片雪亮。

紫白交错的电光布满苍穹，雷声紧随其后，轰然炸响在天地间。

场面被拉伸到极致，又全数收缩于突破口那一点。

就在须臾间，谢问从旁边折了一根长茅草，枯枝般的手指勾着草茎绕了一个特别的结，而后指腹一捻，另一只手掌对着草根轻轻一拍。

那根茅草便乘着狂风直射出去。那根茅草明明纤细脆弱到不堪一击，此刻却像世间最锋利的长箭，直窜闻时身前。它只比闻时快上半步，带着巨力穿过张正初周身激荡出来的灵神阻隔，每击穿一层，就是天地震颤，金光四射。

而茅草每击穿一层阻隔，张正初的脸色就灰败一分。

“张老小心！”

“先生——”

阿齐在那一刻爆发了傀的本能，面无表情地猛扑过来。

于是他看到了张正初骤然紧缩的瞳孔，里面映着茅草的影子，周身火光流窜。

它在击穿傀的后脑之前，刚巧烧作灰烬。

下一秒，阿齐就被一根长线捆住。他在重力拉扯下，被狠狠甩出去数十丈！

闻时就是那个时候乍然落于张正初面前的。他身上带着茅草烧落的余烬气息，抬了手，食指中指紧绷着内扣，关节上松松垮垮地悬着细白傀线。

明明他没有碰到任何人，张正初却像被一股无形之力猛地吸住。

张正初两脚半离地面，脖颈皮肉凹陷，青色的指印浮于其上，嗓子里“呼呼”抽了两口气，又将唇抿得死紧，鼻翼翕张。

“你不是问我哪门哪派，归谁管教吗？”闻时垂眸看着他，嗓音沙哑。

即便被隔空攫住要害，张正初的两只手也紧紧攥着手杖，没有松开。那些缠绕的灵神依然一端通地，一端裹覆在他身上。

在张正初脖颈上留下那两道指印时，闻时的手指上便出现了细密伤口，白皙皮肤上渗出殷红的血来。

结果他连看都没看一眼，只沉声对张正初说：“这世上能管教我的从来就一个人，叫尘不到。”

这句话出口的瞬间，张正初脸上的血色褪尽，表情真正难看起来！

“你！”

张正初艰难地垂下头，盯着闻时手指上带着寒芒的细线，从喉咙里挤出几个字来：“你是……”

他的嗓音嘶哑到只有闻时能听清，说了两个字便剧烈咳嗽起来，咳得满面通红。

从看清闻时的眼睛起，张正初就意识到自己这次真的莽撞了。

但这不能怪他，实在是这个身体太老了，撑不了多久……他太心急了，而卜宁的灵本对他而言太具有诱惑力了，以至于他想冒一次险，借着一众家主和那些年轻躯体的灵神之力，冒一个小小的险……如果成功，那他起码可以再续百年，过很久像人一样的日子，而非如同秽物。

可临到头来他才发现，这险冒得比天还大。

他的脑海里已经闪过了无数念头，但对旁观者而言，这一切变故都发生在电光石火间。

在那些家主眼中，刚刚发生的事就是那个陌生的年轻傀师一打照面便冷然攻局，张正初凝结各家之力将局悍然压实，但还没问出这位傀师的来路，对方就直指突破口，逼得张正初威压四散，自护周身。

他们并没有听见闻时和张正初之间的对话，而这一番变故简直攻城略地，换谁都不能忍受。

罗家家主捂着被撞伤的心口，厉声喝止道：“住手！”

他的话音落下时，三头紫金巨兽拖着铿锵的锁链直扑过来，肌肉虬结如山，锁链相撞间飞溅着火星，犹如星辰直落。

巨兽张着足以吞下山野房屋的巨口，冲闻时嘶声怒吼。

那是长乐林家的巨檀。巨檀的吼声掀起飓风，风涡将闻时直吞进去。

飓风呼啸间，闻时听见对方说：“我不知你这后生为了什么莽撞出手，非要攻破这局。你既然有如此天资，不可能对奇门遁甲一窍不通！这不过是一个召集百人布下的养灵之局，为的是迎接回来的卜宁老祖，本来是后世人一片恭敬之心，表的是好意，你这是在闹什么？！”

“养灵……”

风涡卷着漫天砂石狂扫而过，闻时却依然定在原地，唯独黑发凌乱地散在额前，发梢遮了眼。他的左手垂于身侧，三根新伸出的檀线绷得笔直，深嵌于地底，冷声问道：“你知道养灵之局是怎么养的灵吗？”

林家家主反应不及，最后是专修奇门遁甲的罗老接的话头：“以草木灵气……”

“那是改了之后。”闻时满脸不耐烦。

他一向最烦费口舌解释一些显而易见的东西，偏偏这种情况下不得不做这种傻事，不耐烦道：“养灵之局最初是卜宁做的，为了养几个平白受笼涡侵蚀的人。他抽的是自己的灵，补的是那一家老小。后来他为了避免心术不正的人利用这种局干些畜生事，所以调整了方式，改用草木而不是别人的灵本。”

“两者的区别就在突破口底下那枚中心镇石的嵌法。”闻时冷着脸，目光扫过地面，说，“你既然修奇门遁甲，也长了眼睛，自己挖开看！”

罗老爷子的脸色几经变换。这个年轻檀师他不认识，倒是张家家主跟他相识近百年，实在不是几句话就能扭转的。

而闻时已经懒得再等了。

养灵之局出于卜宁之手，就连他自己为了救人都布过好几次这种局，故此局是他最为熟悉的局之一。他一看张正初手杖的动作，就知道对方在打什么主意。

最早的养灵之局和现世流传的养灵之局最大的区别就在于位置——前者是被养的灵本置于突破口中心，后者是供灵的草木和压局的人置于突破口中心，乍一看没什么区别，实则本末倒置。

而张正初最为小人的地方，就在于他不是一人布局，而是拉上了百余家。

不同人的灵神交杂牵制，像一个纠结到没有端头的线团，一旦启局，除了强破，很难让它停转。

而张正初并非正常的灵本，他是由不同笼涡供养的，为了苟延残喘，把自己变成了与惠姑同本同源的东西。

惠姑本性蛮野，贪食人的灵本。

这么一个玩意儿放在养灵之局的突破口中心，根本不是一具灵本能满足的。贪欲上来了，局内的所有人都会赔进去！

所以闻时要强行破局，不仅破局，他还要把张正初跟笼涡之间的牵连生撕开来。

没等各家家主查明白，闻时已经绷起了十指。

牵系着八方镇石的长线再度绷紧，流窜的电光在巨檀的咆哮声中顺着线震荡开来。整片大地都开始剧烈抖动。

飓风在檀线切割之下分成了好几股，像通天彻地的灰色巨柱。漫天雷电刺破了翻涌的云海，几乎要顺着飓风长柱直劈下来。

就见他十指猛地一扣，那些布局之人便在倾碾式的威压下痛呼跪地，这一次，就连那些家主也压不住场面了。

罗老的须发在风中凌乱不堪。

他还在消化那句“养灵之局最初是卜宁做的”，这句话从一个来历不明又强悍出奇的年轻檀师口中吐出，本身就带着某种不能细思的意思。

他的脑中一片混乱，突然袭来的剧痛反倒像一剑刺穿了混沌。

头顶之上，雷电炸响的瞬间，他在一片雪亮中捂着心口弯下腰，意识到一件让他悚然一惊的事——如果卜宁老祖能够回来，那么另一位呢？

这个想法在他脑中闪过的那一刻，他听见身边吴家家主吴茵的轻喃。她说：“我想起来了……我在西州见过他。我见过这个人。他跟沈桥走在一起，当时就是这副样子。”

“将近六十年了，他一点都没有变。”

罗老爷子跟吴茵对视一眼，睁大了眸子，眼里满是惊惶。

偏偏还有不明白的傻瓜，在难忍的剧痛中憋了一把火，猛地上前，操着巨檀试图斩断闻时手里的橦线。

他怒喝一声，嘶哑着声音说：“就算这局藏有隐患，也不是你这后生一个人就能莽撞攻破的！看看这满地的人，究竟谁给你的底气？！”

“我。”

那人话音刚落，闻时还未抬眼，就感觉一阵风从背后拂扫而来。

下一瞬，他就感觉肩背抵上了另一个人的身体。

谢问枯化的手扶着他的肩，完好的那只手从后方伸过来，五指扣进他的指缝中，像帮他拽了一把橦线。

闻时微垂的眼睫轻颤了一下，紧接着，身带金光的梵文从他们手指间流泻而出，像无数长龙，沿着长长的橦线直飞出去，穿过无数灰色风柱，直落天边。

所有布局之人脑中“咣”的一声响，像有人在高山之巅拂袖撞了一口千年古钟。

那道古钟之音浑然厚重，又带着天地罡风，声震山川。

听到古钟之音的人只觉得眼前一片漆黑、大脑一片空白，仿佛有人从头后敲了薄骨，豁开一个洞口，周身经脉就从那处洞口被抽走，只余下轻飘飘的刺麻感。

等到眼前那片黑色消退，他们才发现自己已经软倒在地，或歪斜，或瘫跪。

有人天然排斥这种自己被他人掌控的感觉，长乐林家的家主生性犟直，强撑之下，再度扯起橦线。紫金巨兽于四方踏风而来，扬起漫天砂石，每落下一步，地面都在震颤。

那些巨兽的咆哮声明明直穿云霄，落进众人耳中，却被古钟余音蒙挡，显得又闷又钝。

他咬了牙，正要以强力冲破那层蒙挡，就被人一把攥住。

攥他的是吴家吴茵：“你别乱来！”

“放手！”林家家主年纪稍轻一些，此刻连敬重都忘了。

他正要再动，吴茵一把攥住他的橦线。刹那间，仿佛利刃割过皮肉，血腥味瞬间透了出来。但吴茵全然未顾那些血口，喝道：“你没发现破局的痛消了吗？”

“什……”林家家主愣了一下，惊觉这话是真的！

明明片刻之前，他还因为局被强袭承受着剧痛，现在除了周身疲软无力，站不起来，便没有别的痛楚了，而这一切就发生在古钟声入耳之后。

不仅是他，其他人也忽然意识到了这一点。

他们依然五感全失，大脑是麻的，筋骨是软的，耳朵听任何声音都像隔山隔海，眼前的景象也变得模糊。他们怔怔抬头，看到的是那个年轻傀师十指牵拽着整个局，周身轮廓锋利。而他身后的那个人梵文裹身，看不清面容。

只是某个瞬间，他们仿佛在交错流转的梵文和金光之下看见了一道模糊的身影。

那道身影披着红袍，袍摆夹杂几片雪白，在狂风里被掀得猎猎翻飞，本该是炽烈而肃杀的，却给人一种山间云岚的感觉。

“那是……”

众人面露茫然，张口忘言。他们根本看不清那人的面容模样，记忆中也从未见过相似的人，却在看到那人的那一刻，脑中默契地闪过了同一个想法。

但没等那个想法沉落下来，他们脑中便又响起一道厚重钟声。

余音之中，他们还听到了无数人声，乍一听像混乱喧嚣的杂声议论，细听之下才意识到那是有节律的，像脑中围坐了数千人，对着他们嗡嗡念着听不清的梵音。

闻时也听到了那些声音。

他的手指间是可以比拟利刃的傀线，绷得笔直，强劲灵神便伴着梵文顺着那些线涌泄而出。他的手背上覆着谢问的手掌，肩背抵着谢问的胸口。

他忽然想起自己刚开始学傀术时，身体瘦瘦小小，灵神却比同龄人强劲得多，于是常常傀线出去了，朝向也算精准了，力道却过了头。明明是他在控线，结果却变成了线拽着他。

金翅大鹏在旁边像一个扑棱着翅膀的球，他就在“球”的叽喳声里被线拽得一阵踉跄。

最后总是那个人弯下腰来，一只手摁着他的肩，一只手替他去拢一把傀线，顺带着笑他两句。

明明是相似的姿势，时隔千年，却是全然不同的意味。

当年他要仰起脸才能看到对方清瘦的下巴，现在却只要稍稍偏一下头，就能看到对方的眉眼。

他听清了那些梵音，他曾经在尘不到房里翻过类似的书，后来他下了山，穿林过巷解笼的时候，见人抄过也听人念过，只是算不上熟悉。

直到这会儿，他看着那些古怪梵文从他和谢问交叠相扣的指间流泻出去，听着脑中半是熟悉的节律，才再次想起。

闻时突然想起谢问灵本上从侧脸到心口的那段梵文，之前他看过几次，只觉得印迹古怪，一个字都认不出来。

现在他终于明白，那本来就不是正常的梵文字迹，那是扭曲逆反的诅咒，就像此刻缠绕在幢线上的字迹一样。

如果人间流传的那些话有些道理，一些祝福诚心诚意地诵上数十遍就能给人留下印迹，那么诅咒呢？

一千年里，不知多少人说过的那句“不得解脱”呢？

那些就生生留在这个人的灵本上，从眼下到心口，流转了这么多年而不曾停歇，甚至刻在了灵神里，以致他做什么，都带着这些梵文的痕迹。

这次闻时再听见脑中的梵音，只觉得心脏像被人狠狠攥住，用最钝的刀在上面来回切割。

可能是他的脸色太过难看，手指也太过冰冷，谢问扶着他肩膀的枯手收紧了一些，说：“你别乱想。”

“你会听见吗？”闻时忽然问。

“嗯？”谢问怔了一下，看向他。

“那些声音，你平时会听见吗？”闻时眉心紧拧，唇色苍白地问。

谢问想了片刻，道：“偶尔，但没有你想象的那么烦人。”

周围静了两秒，他又在闻时耳边笑了一声，说：“比起这个，可能另一种声音出现得更多点。”

“什么？”

“我听不清，总是很含糊，闷闷的，但我爱听。”谢问说，“我当时想，应该是有人在拜我，因为在那些念经式的声音里，它显得太特别了。”

虽然那人的嗓音并不比风声大多少，根本辨不清晰，但他一听就知道那人是谁。还有谁会这样别别扭扭，每天拜着他，却从来不说话？只有他最放心不下的那个徒弟了。

闻时抿着唇，脸色并没有因此好上多少，眼里依然是那些密密麻麻的梵文。

然后他听见对方低沉的嗓音响起：“你看见过我的灵本，肯定也看见过那些梵文。”

闻时嗓音干哑，“嗯”了一声。

“你知道为什么它们停在心脏这里吗？”

“为什么？”

“因为好话也有印迹，”谢问说，“拜我的那个人替我拦着它们呢。”

他干枯的手指轻点了一下闻时心脏的位置，说：“你在这里，帮我拦着那些东西呢。”

“所以你别难过，也别分心。”话音落下的那一刻，谢问枯化的手覆着闻时的手，将他的五指扣拢起来，就像曾经自己手把手教他所有。

两人弯曲的指节扯动檀线，顷刻间，四野山川齐震，像无数来自地底的罡风在山野间长啸而过，那声音全然盖过了奔袭的巨檀猛兽，穿过扰人的经文，撕开层层蒙挡，直冲九霄。

无数道风刃自檀线四周激射而出，落在土地上，黄土翻溅、泥沙飞滚，冲袭而出的裂缝沟堑深不见底，将这个局切得四分五裂。

突破口所在之地，数百道爆裂声同时响起。

巨大的冲击力自地下而来，使得整块地面在出现裂缝的同时猛然裂开，如一朵深渊巨莲。

张正初集百家灵神死死摁于地底的十八镇石，就这样全然暴露出来。

他紧握着的那根手杖上分出十多根细丝，散发着银辉，根根牵连着那些镇石。而镇石之下又延伸出无数脉络，犹如参天巨树的根茎。

十八颗镇石延伸出来的脉络，交错虬结着朝谢问、闻时他们来的方向延伸着，像毒蛇张着巨嘴，贪婪地吐着信子。

之前一众家主还弄不清这个养灵之局和常见的养灵之局有什么区别，现在闻时和谢问直接将大地掀了个底朝天，割出无数深渊裂口，区别便一目了然了。

“毒蛇”对着的是供灵之人，而受供的显然是突破口中心的张正初自己。

四下一片哗然之声。

不少人难以置信地喃喃：“张老，你……”

而此时张正初背对着众人，已经听不见他们的话了。

在这之前，他所有的打算其实都是谨慎而收敛的——养灵之局刚布下的时候不能改动，在场的家主那么多，保不齐有不信他的。他要等一个合适的时机，引开其他人的注意力，隔着地面，将地底的镇石悄悄换地方。只要挪三寸三尺三厘，改一个朝向，那个老式的养灵之局就成了。

他最初也不打算动手，而是要先礼后兵，先恭恭敬敬地把卜宁老祖请出来，弄清楚卜宁老祖的状态，再将老祖回来的缘由引到不正的方术上，激得其他家主对老祖心生疑虑。

这就成了大半。即便这时候养灵之局出现什么异状，大家的怀疑也会落在卜宁老祖身上，而不是他身上。

这时他再动手，借着养灵之局悄悄吸食老祖灵本，那一切就都好解释了——老祖突然虚弱，为了防止方术害人，他便暂时拘住了老祖的灵本。就算老祖灵本毁损、消散，他也可以说这是方术反噬的结果。

退一万步说，哪怕他在吸食灵本的过程中暴露本性，停不下来，一不小心牵连上那么一两个倒霉蛋，致使他们也出现灵相枯竭、消散的情况，那也可以说是老祖的方术残留所致。

他原本真的不打算弄得这样难看，怪只怪他运气不好，碰到了最不该碰到的人，于是所有的小心翼翼和伪装都变得可笑且毫无必要。

那就索性算了吧！

张正初当即抬起手杖，重重杵地！

原本朝着谢问、闻时、周煦等人的“巨蛇”突然转向，化作百十条长蟒，带着地底的泥沙和电光，直朝突破口的其他家主窜去。

这已经是明晃晃不加掩饰了！

而张正初两眼翻白，脖颈以某种奇怪的姿态扭曲了几下，像躯壳里藏着什么古怪的东西，正蠢蠢欲动，想要爆体而出。

离他最近的就是吴家家主吴茵。她从袖笼里撇出十多张金纹纸，金纹纸飞出便带着火光，在空中烧成一堵巨大的火墙，挡了一下长蟒的头颅。

但那长蟒本就是张正初集百家灵神凝合的，还有她自己的一份“功劳”，单凭火墙，根本不可能完全挡住。

长蟒只顿了一瞬，便破火而出，眨眼就到了吴茵面前。

长蟒巨口张开，“咝咝”地吐着信子。当飓风扑面的时候，吴茵感觉自己的灵本巨震不已，像有人拿着带有九霄雷电的长鞭，冲着她狠狠抽下来。

她下意识闭上了眼。

她以为自己将会成为张正初的第一个牺牲品，谁知她没听见长蟒的“嗞嗞”声，反倒听见了某种爆破声，那是檀线撕开长风直逼而来的声音。

吴茵倏地睁开眼。

那半秒钟的景象，她大概会铭记终身。

她看见巨大到足以撑满整个天际的闪电穿破云霄，覆盖了旷野之上的穹顶，那道雪亮的光晃得人几乎睁不开眼。

她的眼睛眯了一下，后知后觉地意识到，那其实不是闪电，而是在檀师灵神的强攻下，瞬间布满整个局的裂纹。

紧接着，她听到了局分崩离析的坍塌声。

突破口下的十八颗中心镇石、局的边缘布下的上百颗镇石，全部在那个瞬间炸开，在空中碎成最为细碎的灰，又在狂风扫荡下烟消云散。

而那条几乎咬到她脸颊的长蟒，则在局坍塌的同时，像被人一把攥住蛇尾，以千钧之力猛地被拽了回去。

不仅仅是这一条，那百十条灵神所化的长蟒，全部在即将吞吃灵本的瞬间凝固于风中，接着便被人猛地拽离。

惊魂未定的众人抬眸望去，那个年轻的檀师冷着脸站在局的中央，八方檀线在局崩塌之时收拢回来，刚巧将那百十条长蟒捆缚其中。

就见他两只手操着檀线，而后屈指一扯，那些疯了一般在长空下扭动肆虐的长蟒就被交织的檀线绞杀殆尽。

长蟒爆体而亡，体内的灵神沾了张正初身上的污秽之气，像无主之物，在空中以极快的速度游走穿行。这种东西在混乱无主的状态下，容易受不同人的灵神强度所影响，奔着威压最强的人而去，被对方纳入体内。

一众家主惊疑不定，看着那些东西直奔破局的两人而去，却在涌入人身之前被那两人挡了一下，这样的场景，细想起来其实讽刺至极。

有人费尽心力，哪怕将自己搞成怪物也想弄到的东西，在另一些人眼里，就像是穿堂而来的风，或是忽然落下的雨，就那么轻飘飘地被他们抬手扫开了。

于是下一瞬，那些灵神反向而来，奔涌回了各家家主这里。

他们还没来得及松一口气，就有人惊呼了一声。

“不好，张老他——”

惊呼的人反应不及，忘了改换称呼，但没人在此刻计较这些。

他们只看见张正初双脚所站的地方迅速洇开一团黑色，粗看像夜色下流动的水或是血，在地面映衬下颜色极深，但转眼间，他们反应过来，那不是什么水或者血，而是黑雾。

这是在场的人最为熟悉的东西，是他们解笼时需要化解的黑雾。

所有解笼人都知道，黑雾浓重到凭他们也无法消融化解的时候，就会带有侵蚀性，所过之处草木尽枯，生灵皆毁。

所以当那团黑色像沼泽一样骤然铺开时，所有人的第一反应都是急退数丈。

接着他们便看见那个稳坐张家家主之位数十年的人在黑雾形成的沼泽里垮了下来，他扭动着脖颈，伸到常人无法达到的长度，手脚在“咔咔”声响中拧折几下，撑在了地上。

周围顿时一片死寂。

各家家主也好，张家留在这里的人也好，几乎都是满脸惊恐地看着那处。没人敢相信自己的眼睛……

“我的天……”

林家家主还没能站起来，就先感觉到万分恶心，又歪倒回去干呕了几声。杨家家主也是满脸厌恶，像在看什么污秽的东西。

云浮罗家的罗老爷子被张正初骗得最深，为这养灵之局耗费也最多。他的脸几乎跟须发同色了，看着黑雾中怪物般的东西张了张口，茫然道：“这是……这是……”

他“这是”了半天也没憋出一句话，还是吴茵皱着眉替他下了结论：“这是惠姑。”

如果说在这之前，各家还有一小部分人不愿意相信自己数十年来瞎了眼，依然心存侥幸，希望这件事中有蹊跷和误会，那么在看到这一幕的时候，那点希望也消失殆尽了。

他们数十年来推崇的人物，居然是这么个东西，不知他们是可笑还是可怜。

“我自小认识他，怎么会这样？”罗老轻声说，“怎么就成了惠姑呢？”

“惠姑”这两个字再次落下的时候，吴茵叫了一句“糟了”，接着其他人也立刻意识到了一件事。

惠姑生于笼涡那样的大秽之地，从地下爬出来，也可以从地下离开。

当众人反应过来这一点时，脑中只有一个念头——不好，他要跑！

他们本不是冒冒失失、顾头不顾尾的人，只是因为这晚受到的冲击太多，一时间阵脚全乱。等他们匆匆忙忙要动手去拦的时候，已经来不及了。

好在有人没乱。

林家家主低头去扯㠉线的时候，听到了一道朗声清啸自天边而来，仿佛有什么巨物翱翔于九天长空，穿云过野，带着千百余里的滚滚林涛，披着金光俯冲而来，像飒沓流星。

和很多人一样，他下意识想要抬头去看。可他抬头的那一刻，被数不清的㠉线遮蔽了视线。接着他听见有人冷声喝了一句："不想瞎就闭眼！"

他们闭上眼睛的瞬间，感觉强烈的气息直扑门面。即便隔着眼皮，他们也能感觉到有一个遍体鎏金的巨大身影从头顶拂扫而过，掀起的风连灵本都能扇动。

这些家主大多是天资卓越之人，数十年入笼出笼，早有一套扎稳灵本之法，单凭一阵风就能让他们的灵本巨震，晃荡到能从躯壳中剥离……那几乎是不可能办到的事情。

从古至今，他们只听说过一种东西能扇扇翅膀就办到这件事，那就是金翅大鹏。

传说金翅大鹏掀起的风能撼动笼心和生人灵本。

传说那风根本不能入眼，看到的人会眼盲。

一千多年里，以金翅大鹏作为㠉的人代代都有，不胜枚举，但没有一个人的灵神能够强劲到支撑真正厉害的金翅大鹏鸟。

所以他们从没真正将传说当一回事，直到此时此刻……

他们在灵本被拉扯的天旋地转中想，如果面前乘风而下的这只金翅大鹏真的是传说里的那只，那么在他们的认知里，能支撑它的也就那么一位了。

老毛半边枯焦，半边鎏金，自九天俯冲而下的时候，觉得张正初这个老东西就要毙于他的羽翅下了。被金翅大鹏扇死的，说起来都算是那老东西占了便宜。

可就在他掀着巨翅拂扫而过，连那些黑雾都要被搅开的时候，一声巨兽狂啸横插而入，接着是十二道金纹纸以十二地支的方位直插地下。

金纹纸落地时还带着火光，迅速烧成了一个圈，刚好把张正初围在了圈里。

区区巨兽，不过是一个小㠉而已，火圈也不过是一翅膀就灭的事，这些根本干扰不到老毛，真正让他顿了一下的，是跳入圈中的两道人影。

那不是别人，正是张雅临和张岚姐弟。

他们在半夜惊醒，追着闻时、谢问他们的背影下了楼。他们本该直接入局，却在进局的时候被闻时以樘线拉起的巨网横挡在外。

张雅临自己就是樘师，太知道一个足够强悍的樘师手里的樘线究竟有多锋利，那是完全不可靠近。

他的樘线都能将突然靠近的东西削成血泥，就别说闻时了。

更何况半途还有祖师爷往上加了一道封印，他们直接被冲退了数十丈。

闻时的樘线一刻不收，他们就一刻不得入局。于是一步晚，步步晚，等到整个局被毁尽，那两位祖宗收了神通，他们又看到了自己爷爷伏地变成怪物的那一幕。

饶是张岚自称了三十多年姑奶奶，也被那一幕惊骇到满脸煞白。

其实自从成年之后，他们跟张正初就很不亲近了。偶尔他们和张正初一起吃顿饭，都是拘谨而沉闷的。张正初问什么，他们就答什么，没有一句闲聊。

有时候姐弟俩会聊起小时候的场景，那时候张正初还没有这么老，也没这么刻板。有一次他带着他们去本家附近的一座山里练功，手里牵着一个，怀里还抱着一个。

张雅临那时候文静一点，不如姐姐生龙活虎，樘术练到一半就没了力气，蹲在湖边说肚子疼，想歇一会儿。张正初便没再逼他练习，而是顺手拿了樘线来，从林子里捉了一只小虫，教他拴在线上，让他坐在河边钓小鱼。结果鱼没钓着，反钓到了湖虾，他还被钳了手指头，让张岚好一顿耻笑。

那时候张正初就捏着他的手指说："樘师就属手最重要。"

每次说起这些，他们都觉得这一切好像是上辈子的事。

有时候他俩甚至怀疑这都不是真的，而是他们姐弟心思相同，一起做了一场虚假的梦。

其实这些事他们已经很多年没再聊过了，但不知为什么，在看到张正初伏在黑雾里，像一只大蜘蛛一样爬着的时候，他们忽然想起了那些屈指可数的往事。

于是在反应过来之前，他们已经甩出了樘和金纹纸，跳到了张正初身边。

变故往往就在一瞬间发生。

张雅临和张岚的突然出现，让老毛扇下去的翅膀临时偏了几分，于是黑雾在风里被掀得极高，又在眨眼间退落回来。

就只是这么一眨眼的工夫，张正初忽然两手一扣，勒住了离他最近的张雅临，像真正的秽生物一样转头没入地底。

于是……

金翅大鹏又是一声长啸，盘旋一圈又到了天边。巨影所过之处，滚滚长云在狂风中被卷搅一空，蹦出几个雨点落下来，而地上原本浓稠如沼泽的黑雾则随着张正初的逃离消退干净，就像一摊墨汁终于洇进了泥土里。

“人呢？”

各家家主在狂风消散后睁开眼睛，只看到张岚一脸迷茫地站在那里。

还没等张岚开口，就有人走过来，似乎并不意外地说了一句：“果然跑了。”

他们闻声静了一下，默默转脸，跟着张岚一起仰起头，看见天边金翅大鹏鎏金的巨影在俯冲而来的过程中收缩成一道长影，化作人形，在烟尘中落于谢问身后，老老实实地跟着。

而谢问则跟刚来时一样，面色苍白，带着病气，周身披裹着凉气。他说完这话时闷闷咳了几声，目光扫过四野众人。

这块地方或站或瘫的人近百……但没有一个人开口说话。

这群人做家主太久，见过大大小小无数场面，在很多事情上都有话语权，每每张口，周围人多是洗耳恭听、点头附和。

他们已经太多年没有这种心理了——紧绷的、局促的，甚至有些不知所措。

上一次出现这种情况，恐怕还要追溯到他们少年时。

他们突然开始庆幸刚刚那阵古钟声撞得他们头晕身麻、人仰马翻了。那简直是一个用来解释眼下的场景的绝佳借口——解释为什么他们有的踉跄后僵立，有的半弯着腰，维持着刚从地上爬起来的姿势，有的连站都没能站起来，就待在那儿不动了，实在是忘了动，也不敢动。

在场的没几个蠢笨人，几件事囫囵一串就能得出一个结果。

天底下哪个棰师十指一抻，就能牵制住百家人布下的局，连张岚和张雅临都被拦在棰线数丈之外，分寸不得靠近？

又是哪个棰师，解几个笼就能让沈家那条线原地飞升，坐火箭似的从名谱图最底下一步登天？

如果说仅仅是这两件事，他们或许还能挣扎一下，得出点别的答案来，那再加上卜宁老祖也刚巧在这个时间点上出现呢？

有哪个傀师的名字能跟卜宁老祖出现在同一个地方、同一个事件里？

只有闻时，那个传闻里能同时压制驾驭十二个巨型战斗傀，甚至不用捆缚锁链的顶级傀师，傀术里老祖级别的人物。当年闻时离开的时候，也是二十七八岁的年纪，跟眼前这个垂眸收束着傀线的年轻人相差无几。

怪不得沈家那条全员不在的线舞到顶了也没出现新名字，因为人家的名字早就在里面了，就在最前面。也怪不得张正初问“你是不是沈桥徒弟”的时候，对方回答“不是”了。人家确实不是徒弟，是祖宗。

而他们居然左一句“后生”，右一句“后生”，叫了那么多遍。

他们只要想到这一点，就恨不得顺着裂缝钻进地里，但他们现在却顾不得钻地，因为面前还有一个人。

这人能让风动九霄的金翅大鹏鸟乖乖跟在身后，能在闻时寒芒毕露、利刃全开的时候拉住对方的傀线，毫发无损不说，还能加注一道力，自如得就像在用自己的东西一样。

最重要的是，他没有傀线。

他用的是傀术里顶层的东西，能让方圆百里内所有布局之人气力尽卸、灵神骤松，在他一瞬间的掌控下，强行阻断他们与局之间的牵连。

所以闻时破局的时候，他们只听见了钟声与梵音，什么都没感觉到，也什么都做不了。

这样的傀术强劲、精准，威压四方却不显莽直尖锐，像包裹在松雾云海里，是控人之法中的上上级。如果他控的是百十个孩童、老人或是体弱多病的人也就罢了，偏偏在场的都不是普通人。

而这个人做到这些的时候，根本没用自己的傀线。

这样的人即便在传说里也只有那么一位，他们难以置信又不得不信的那位。

这才是在场众人不敢动的根源。

须臾间的寂静被拉得极长，明明只有几秒，却好像过去了一百年。

最先打破这片死寂的，是突然出现在突破口附近的人声。

被遣往各处的年轻后辈们全然不知突破口中心发生了什么事，只知道自己负责埋守的镇石碎成了烟尘，惶急不安之下，许多人就地开了一道门，匆匆赶回家主这里，想一探究竟，也想知道他们接下来该怎么做。

结果他们一出门，就看到了各家长辈元老的狼狈模样，当即蒙了。

“怎么回事？”吴家先前被遣走的小辈吴文凯惊喝一声，连忙跨出门，直奔家主吴茵所在的地方，其他人忙大步跟了过去，纷纷搀扶起突破口里的人。

各家均有去处，唯有张家后辈们左右四顾，没找到他们想找的人。

“老爷子呢？”他们疑惑地问道。

“是啊，老爷子人呢？”

吴家几个小辈正扶着家主吴茵，她的亲孙最为担忧，仔细检查着她身上各处，问：“您伤着没？”

他们听见张家人一叠声的疑问，才跟着扫视了一圈，神情一惊，道：“对，张家那位老爷子呢？”

吴茵摇了一下头，没有立刻答话，只是抓下亲孙拍掸尘土的手，眼珠子一转不转地看着前方。亲孙被她攥得手骨生疼，感觉到了不对劲，咽下了本要出口的话。

不止是她，各家几乎都是如此情态。

于是小辈们顺着目光朝前看去。

他们之中听过“谢问”这个名字的人不在少数，但真正打过照面的屈指可数，见过闻时的就更少了，只有一个人在突然弥漫的沉默中低呼了一声，一部分人转眸朝声音源头看过去。

那人个头中等，皮肤黝黑，在夜色中像一只精瘦的猴，不是别人，正是之前帮张岚、张雅临跟过人，还追着进了三米店那个笼的大东。

他也是从张家出发来这里的人之一，但没进突破口，而是跟同车的小辈一起去了附近一个休息站，直到这时才第一次来这边。

他没找到张家做主的张正初，便习惯性地朝张岚身边走。在这个过程中，他越过人影朝前看了一眼，看到了谢问和满手傀线的闻时。

他其实意识到哪里不太对劲，但嘴比脑子快，几乎脱口而出：“这不是沈家那个——”

不知多少道目光唰地朝他射过来。

大东几乎立刻感觉到诡异了，但碍于脸面，他的脚步顿了一下，还是强装镇定地继续往张岚身边走，把话说完了：“叫陈时的徒弟吗？”只是声音越来越小。

他刚说完，就听见有人道：“他应该不姓陈，姓闻。”

大东当场绊了个跟头，猛拽住快他一步的同伴才稳了一下。

他攥着对方，一动不动地消化了两秒这话，终于明白了“姓闻”的意思。

“不可能。”他条件反射般地回了一句。可说完他便意识到，接话的不是什么莽撞之辈，是吴家的家主，一位个性沉稳，从不胡乱开口的人。

老太太的声音很轻，但周围实在安静，所以该听见的都听见了。

那句话犹如滚油入水，“嗡”地引起了巨震，连带着之前各家家主力压的那些惊骇一起爆开。

大东的心跳得又重又快。

大东的目光已经发直了，脑内依然慢半拍地转悠着反驳的话。大东想说自己跟他们进过笼，真要是那位姓闻的老祖宗，必然跟其他人泾渭分明、格格不入，毕竟眼界见识都隔了太多，和谁都很难融到一起去。但他跟沈家另一个徒弟还有谢问都相处得挺好，一看就是一块儿的。他要是那位傀术老祖……那谢问呢？

议论声倏然静止，一部分人的目光再度集中到吴茵身上。

大东这才反应过来，自己刚刚不小心把那句话问了出来。而吴茵的嘴唇开合着，只说了一个“他是……”声音就突地没了，像是喉咙太过干涩，哽了一下。

但所有人都看到了她双唇微颤的动作，辨认出了那三个字。

那是尘不到，是祖师爷尘不到。

于是万般反应统统归于虚无，那是真正的死寂，寂静到连风都消失了。

小辈们终于明白，为什么这里会是这种惶然无声的场面了，因为没人知道该说什么。

叫人吗？叫什么呢？

千百年了，在各家代代相传下，从没有人真正说出过“祖师爷”这个称谓。这是一个避讳，避着避着，大家就再也叫不出口了。

而他们毕竟又是明白礼数的，“尘不到”这个名字没有人会当着面叫，不敢，也不可能。

他们更不可能省去这个步骤直接开口，因为跟这位祖师爷相关的每一句话都精准地碾着雷区——你为什么会出现在这里呢？不是该被封印着，永世不得解脱吗？是有人救了你吗？封印之局是不是已经松动失效了？你究竟是死了，还是真的活着？这次出现又想要做什么？

不论资历深浅，不论老少，在场的这些人中没有谁真正接触过尘不到，他们对祖师爷的所有了解都来自祖辈的代代相传，来自那些书册和传说。

那些被反复描述的场景和形象总让人将他和恶魔联系起来，是故他们想象不出他的具体模样，只觉得他令人畏惧又令人厌恶。

可眼前这个人与他们想象的相去甚远，差别简直是天上地下。

对着这样一个人，他们实在问不出脑中盘旋的那些话语，至少刚刚在突破口内目睹了所有变故的人问不出。

长辈家主们不开口，小辈们就更不知道从何说起了。

于是两边形成了一种微妙的对峙状态。

之所以说状态微妙，是一边人员众多，另一边只有寥寥可数的几位，而人数多的这边居然还落了下风。

这对闻时而言也是意料之外的。

从收拢橦线起，他的注意力就落在对面那些人身上。他的脸上像刻着“我脾气很差”这几个字，手里的线也没敛威压，之前那些梵音把他的火气拱到了顶点。

只要对面有任何一个人蹦出一句不中听的话，他就请这帮所谓的后人有多远滚多远。

结果这群人只是神色各异地瞪着这边，一个音节都没发出来。

谢问刚一抬脚，他们便“呼”地朝后避让两步，像乍然受惊的蜂群。两拨人更加泾渭分明，中间那条“楚河汉界”因为刚刚那两步被人为拉宽了几尺。

这一幕跟千年之前的某个场景重合起来，谢问都怔了一下，垂眸打量了自己一番。

他身上并没有四溢的黑雾，脚下也不是百草尽枯，故众人只是条件反射而已。

谢问哑然失笑，没再多看他们一眼，径直走向张岚，却发现张岚边上还有个一脚踩在“楚河汉界”里，想避让又没有避让的人。

他的个子不算很高，腿也不长，就显得姿势有些滑稽。

闻时冷着脸跟过来，看到他时愣了一下。

身后的周煦已经开口道：“大东？”

大东看着这群人走近，气都快没了。他听到周煦熟悉的粗哑嗓音，如获救命稻草，这才憋出一句变了调的话：“哎。”

谢问的目光扫过他的腿脚，问：“你怎么不跑？”

他是开玩笑的，却让闻时抿着的唇变得更加苍白。

大东朝救命稻草周煦又瞄了几眼，想说他是打算跑来着，但临到关头，就是没提起脚。因为他看着那条陡然扩大的分界线，看到所有人下意识的、唯恐避之不及的反应，忽然觉得有点寒心。

神经堪比炮筒的他粗糙地活了二十多年，第一次生出这样的想法，觉得这泾渭分明的一幕实在有点扎眼。他想，作为跟着闻时、谢问一起入过笼的人，如果他跟着避让，那就太不是个东西了，但怕还是怕的。

只要想想自己管面前这个人叫过多少句“病秧子”，他就想死了。

他在这种窒息的状态下咽了口唾沫，嗫嚅道：“你们……你们救过我，在笼里。”

谢问挑起眉。

一旦开了这个口，大东说话就顺畅多了：“不只一回，还有大火烧过来的时候，忽然挡过来的金翅大鹏鸟。”

“金翅大鹏鸟的翅膀虚影。”老毛跟闻时一样板着脸，严谨地补了一句。

“对，反正那不是我能弄出来的。”大东说，“我差得远呢，没那个能耐。”

他从三米店那个笼出来，总会想起那一幕，反复想，反复琢磨，有时候想着想着就会发起呆来。他当然幻想过自己还有隐藏的天资，在危急之时被激发出来，然后震惊众人。但他心里其实比谁都清楚，即便是一道虚影，也远远超出了他的能力。

那就是有人出手救了他们，还把功劳推到了他头上，而他至今没能找到一个机会说句谢谢。

他应该说声谢谢的，但他五大三粗、毛毛躁躁惯了，也不是什么好脾气的礼貌人，这句话他总以别的方式一带而过，这辈子也没说过几回，在这种场面下面对谢问和闻时，更是怎么也说不出口。

于是大东别别扭扭，抓耳挠腮了半天，只想到了一个不那么鲁莽的表达方式。

那是他跟着师父修习棰术之初学来的一个古礼。作为一个急性子的年轻人，他始终觉得那动作在现代的哪个场合下都不伦不类，所以从没好好做过。

今天是第一次，他冲着谢问和闻时躬下身，行了一个生疏又认真的大礼。

“你……”

这样一来，闻时是真的怔住了。

但在他反应过来前，大东已经像猴一样弹了起来，火烧屁股似的从他们面前跑开，窜到了周煦身后，抓着他唯一敢抓的人，平复着自己的心跳。

“我快不行了。”大东小声对周煦说。

周煦默默瞥了一眼自己胳膊上的手，“哦”了一声，安抚道：“不至于，他们又不吃人。”

大东又缩头缩脑地环顾一圈，说：“卜宁老祖呢？我怎么算都没算到他是哪位，他在哪儿呢？”

周煦拖着音调“嗯”了一声，心想这真是一个奇妙的问题，最后回：“我想想要怎么告诉你。”

没等他跟大东比画解释，僵立在空地上蒙然许久的张岚忽然打了个激灵，在风里呛起来。

她咳得脸通红，血液逆冲到上面也不见停止，好像要把五脏六腑或是别的什么东西咳出来才算数。等到终于直起身来，她狼狈地看了谢问和闻时一眼，手背抹过嘴角，才发现那上面有一层淡淡的血迹。

“我……”张岚的喉咙都咳哑了。

她咽下口中的血沫，本想对自己之前的举动解释一番，但开了口又发现自己无从解释。她只是怔怔地看着手背上的那抹血迹，用力搓了半天，搓到皮肤比血迹还红，手指都是抖的。

“抬下头。”闻时冲她说。

张岚抬起头来，手指却还在搓那抹血迹。她有点乱了，急急开了口：“我跟雅临是打算等你们睡着了回一趟张家，也不是要做什么，就是觉得老……”

她习惯性想说“老爷子”，但看着手背上的血印又卡住了，顿了一下道：“我觉得他们那样会出事，还是想告诉他们一声，结果下楼就看到你们已经对上了。”

闻时盯着她的眼珠，又朝谢问看了一眼，抬手用掌根敲了一下她的额心。

那一下不轻不重，张岚周身一震，闭起了眼，不断搓着的手指也停了下来。

等到她重新睁开眼，眸光终于有了定点。

“动手脚了。”闻时垂下手来。

周煦忽然想起什么般插话道：“是因为点金纹纸水吗？就是小时候见家主，要用金纹纸水点额头那个。”

大东天资一般，小时候没受过这种待遇，但他听几个厉害同辈提过，一直留有印象。上次他在三米店的笼里看见闻时敲那个沈家小姑娘的额心，还觉得眼熟，只是一时没反应过来。

现在周煦这么一提，两者好像是有些异曲同工的意思。

谁知张岚摇了一下头，哑声说："不是因为那个。"

闻时和谢问转眸看过去，她重复道："不是因为那个。我跟雅临小时候不明白，大了之后见……见他给别人点过。雅临学檀术的，好翻书，对旧式的定灵术也知道一二。我们有想过这会不会跟定灵有关，就去探了一下。但那些被金纹纸水点过的小孩并没有什么异样，也没有出现檀的征兆和痕迹，相反，灵本会更稳一些，气力也更足一些。"

用老一辈的话来说，这就是灵窍更开了，和很多祝福类、助力性的东西一样，找不出岔子，更何况真要有岔子，别家元老长辈第一个不答应。

就因为那次的怀疑，张岚和张雅临在很长一段时间里都对爷爷张正初抱有一种微妙的愧疚心理。所以在后来许多事上，他们总是更倾向于相信他。

时间久了，这种心理不知不觉变成了一种强迫性的习惯，以致后来有些一闪而过的细节真的值得怀疑，他们也会下意识略过去。

但人的本能是趋利避害的。所以姐弟俩慢慢拿稳了张家的话语权，加强与各家的联系，大事小事能不惊动张正初就不惊动。

但到头来，他们还是没能躲过去。

张正初给他们用的，就是檀术里很简单的一种，不是什么厉害本事，胜在不留痕迹，在人的防备心低下的时候就可以埋上，往往是跟某个动作、某句话或是某段回忆关联。

这样埋下的东西效用其实很不明显，也只能影响影响心智不定的普通人。所以越是厉害的人，越不会把这些当回事。

但如果从小到大反复被埋上很多回那东西，那就是另一番结果了。

其实闻时不说，张岚也知道自己被动手脚了，就在刚刚咯出血的时候。

她只是还抱有一丝念想，想着万一呢，毕竟是亲爷孙，毕竟他们自幼失怙，是张正初看着他们长大的。

"雅临受的影响可能比我还要大一点，"张岚说，"毕竟他是下一任家主，有时候一定要去后屋，也都是他去。"

她停顿了一下，想起另一件事来，道："来津港之前他还去过一趟后屋。"并且他在张正初屋里待了挺久的。

她还想对闻时和谢问说"你们不要怪他"，但话没出口又咽了回去，因为她发现自己既没有资格也没有立场说这句话。张正初是她爷爷，看到他像怪物样子的是她和张雅临，插手导致他跑了的还是她和张雅临。

张家现在在场的人里，能做主的就她一个。她沉默片刻，面色苍白地开口说："是我和雅临自以为是、疏漏在先，不管怎么说，张家会给大家一个交代，我先替我爷爷……替他道个歉。"

"你先别急着替他，"谢问的语气很冷淡，听不出什么让人跑了的恼意，"也不一定替得了。"

张岚愕然抬眼，没明白他的意思。

但谢问没给她多解释，只是转头朝周煦看了一眼，又对她说："你家可能得开门迎客了。"哪怕到了这个时候，他说话都是客客气气的，又带着一股不容抗拒的威压。

张岚都蒙了。直到她看见周煦点头应了一声，随手拢了一把石头进掌心，这才明白对方的意思。她连忙道："本家是开不了门的。"

周煦转头看向她。

这话太像维护和辩驳，张岚连忙加了一句："真的，本家的房宅地点是祖辈精心挑的，占了一个绝佳的位置，是天然的易守难攻局。而且历代祖辈都给本家埋过局，未免哪天出乱子，家宅遭殃。所以，门是开不到家里的，这点周煦肯定知道。"

她说着又转头朝那百来人的大部队望了一眼，道："这点真不是骗人，各家都知道这点，要不他们怎么会在去本家的时候选择走车道？"

周煦点了点头，却依然弯了腰往地上搁着镇石。他在搁放镇石的时候，左手下意识去按右手的袖口，就好像他穿着的是什么袖摆宽大的长衫。

大东原本还亦步亦趋地跟着他，看见他挽着袖子，沉稳地摆放镇石，熟练自如得像摆放过千万遍，当场脸色就不对了。

"周……周煦？"他声如蚊蚋地叫了一声。

大东话音落下的时候，十二枚镇石摆放完毕。周煦直起身，冲张岚斯斯文文地点了一下头，道："叨扰了。"

说完，他伸出右手，在镇石上的虚空处不轻不重地一拍。

霎时间，狂风骤起，而他拍下的那一处横生了一个巨大的涡旋。

浓重的黑色从涡旋中心奔涌而出，眨眼就成了一扇深不见底的门。没人能看到门通往哪里，却能听见涡旋深处传来的炸裂之声。

炸裂声连响八道，震得张岚面无血色，目瞪口呆。

脸上更没有血色的是大东。他大张着嘴，看着那扇风云翻涌的门，又转头看着周煦，半天才颤颤巍巍地问了一句：“卜……卜宁老祖？”

周煦颔首道：“幸会。”

他又冲谢问和闻时比了手势，道：“师父、师弟，我先进了。”说完他便抬脚走进了门里。

大东叫了一句“我的天”，左右为难了两下，一猛子也扎了进去。

门里掀起的狂风吹得人鬓发凌乱，也吹得后面百余人人仰马翻。闻时在风里眯眼看向他们，忽然感觉垂在身侧的手指被人握住。

“走了。”

谢问拉着他，低头进了门。

夏樵和老毛紧随其后。进门的时候，小樵忍不住担忧地问了一句：“万一那个老头子不回本家呢？”

闻时说：“他在那里受供养，不回那里是想死吗？”

这是一切活物的本能，惠姑也不例外。

“那他会不会已经跑了？”小樵还是担忧。

这次是谢问在前面应了一句：“他跑不了，宁安有人。”

宁安，张家本家大院。

张正初所住的后屋里夜风拂过，带着门窗一下一下地张合着，就像屋里有什么看不见的活物正无声呼吸。

不知哪里忽然传来了狗吠声，划破寂静夜色。

院落里眨眼间聚起了薄薄的雾气，带着一股潮湿的怪味，仿佛来自地底。

厅堂的门忽然“咯噔”一声，像被什么碰撞了一下，透过缝隙，隐约可以听到里面淅淅沥沥的水声，就像有什么液体正顺着地面蔓延流淌，又像谁的影子活了过来，从厅堂滑移到后面，又顺着门缝滑进了卧室。

偌大的卧室地面即刻变成了一片深黑泥沼，泥沼平整的表面忽然凸了起来，慢慢变成了一张人脸。那张脸苍老至极，嘴角的纹路僵硬下拉，褶皱里藏着或深或浅的老人斑。

那张脸从地下探出来，然后是脖子，再然后是手脚……

此人正是张正初。

他趴在地上，窸窸窣窣地忙了一会儿，又从泥沼深处拉拽出另一个人来。那人面色苍白，双眸紧闭，毫无声息地歪倒着。

窗外的月光穿过缝隙和玻璃投落在地上，照出那两个人的影子，他们像两滴黑色的水一样融到一起。

半晌，其中一个扭动了几下后伸出头来，像蛇虫蜕皮一样蠕动了一会儿。

他从地上爬起来，影子被光拉得又细又长。他走过窗棂的格影，在屋里翻找了一阵，发出叮叮当当的磕碰轻响。

不消片刻，门窗缝隙里便飘出香炉细白的烟来。

那道人影再度趴伏到地上，在十多个香炉圈围之下游走，贪婪地嗅着香炉里散出的烟。

当青烟入体的时候，张家本家上空风云乍起，电光缠绕在厚密的云层中，从天边横向蜿蜒过来，爬满了整个天空，将老宅笼罩在其中。

亮光闪过的那一刻，青烟里隐约露出一张苍白的人脸。他眯着眸子，凑近香炉，又在闪电骤起的时候抬头望了一眼，那是张雅临的脸。

接着便是雷鸣震天，暴雨如注。

那个人影长长地嗅了一口烟，发出虚弱却舒服的叹息声，高高地仰起头。浓稠黑雾聚集而成的泥沼在他的叹息声里翻涌不息。

忽然，偌大的家宅地面猛地震动了一下，像被人以千斤顶从底下往上重重地砸了一下。

沉香木制的架子在重击下摇晃不已，连带着上面搁藏的古物书册一起轰然倒地，烟尘四起，碎物飞溅。

地上的人影悚然一惊，在突如其来的动静下蛰伏着，一动未动。

第二下重击紧随其后。

一时间，方圆几里之内百虫乍动，活物四窜。张家本宅的墙壁和地面开始出现细长的裂缝，粉灰扑簌簌从房梁高处掉落下来。

然后是第三下！

第四下！

……

接连八声之后，虚空中陡然响起了风声，仿佛有人强行炸碎屏障，在天地间撕开了一道门。

趴伏着的人在听到风声的那一刻，便扭动着脖颈，翻折手脚。

地上的泥沼陡然膨胀开，他在滚滚黑雾的掩盖下，正要朝地下钻去，试图换一处阵地。

电光石火间，天空传来两声兽啸，同时同地重叠在一起，震彻九霄。

两道青白色的虚影以极快的速度疾奔而来，像星辰直坠于地，带着凌霄长风，一掌击穿张家高高的屋宅门额，一左一右落于那道人影身侧，生生截断了对方逃走的路。

两只巨兽似虎非虎，周身白如霜雪，四爪踏踩流焰，烈烈火光从脚底腾然而起，给每一根毛发都镀了一层金红色。

它们半边脸威风凛凛，半边只有枯骨，却又气势逼人，身上的锁链松松地挂着，每走一步都是金石之音铿锵作响。

锁链上刻着它们的名讳：召。

张家大院。

一扇门撕裂虚空，猝然横亘于天地间，犹如深渊里的巨兽张开大嘴。

闻时从门里踏出，热风猛扑过来，几乎能将人的皮肤灼伤，偏偏还伴着暴雨，上一秒被淋得透湿，下一秒又在热浪间被猛地烤干。火星从高空中迸溅而下，像烟火一般被裹进风里，又铺天盖地落下来。

几道青白长影在天空中纠缠，快如疾风，肉眼几乎捕捉不到，但它们掀起的动静却足以让整个张家，乃至这一片大地震荡不息。

大东两手抱头，跳出门的瞬间就狼狈逃窜，想要躲过那些流火，嘴里大呼：“怎么就已经打起来了？”

作为一名傀师，他下意识甩出数道傀线。

“你别动！”闻时喝止道，但是晚了，金色大鸟的翅影已然从傀线另一端跃出，横扫而过，想要替傀主挡一挡火星。

却听“呼”的一声，滚滚流焰如巨龙一般俯冲而下，将还未成型的鹏鸟撞得直坠于地，在凄厉的尖啸中散成泡影。

大东当即痛呼一声，冷汗淋漓。

傀和傀师灵神相通，傀受到重创时，那些痛苦在一定程度上会反馈到傀师身上。攻击型的幢本就是危险的，有些在挣扎之际，甚至会倒吸幢师灵神，为了让自己多存留片刻。

为了尽可能地全面压制幢，几乎每个幢师的幢都身缚锁链，只有巅峰时期的闻时和尘不到本人是例外。

大东当然没到那个境界。

他的鹏鸟被火龙冲得不成原形，他也像被重物撞击贯穿一般，踉跄着就要倒地。幢线被火龙搅去，猛地绷紧，几乎拖拽着大东朝前甩去。

幢线尖利如剑，庭院内的假山被削倒半座。

大东在如山的甩力下拧了手肘，骨骼发出“咔嚓”脆响，剧痛遽然而来，但他还没来得及叫出声，就看见假山锋利的尖头直指眼球。

我为什么要出手？我要被捅穿后脑了！

瞳孔骤缩的瞬间，他脑中只来得及闪过这些。

他还没来得及闭眼，就感觉一道漆黑巨影带着夜色下深重的潮意和金属冰凉的味道，擦着他的脸直梭而过，超尘逐电。

巨影带起的风猛地将他朝后掀翻。天旋地转间，他看见一只手从后面伸过来，毫无阻碍地捞了一把他的幢线，五指猛地一扣，手背绷起修长凌厉的筋骨线条。

他听见自己的鹏鸟长唳一声，在那一刻陡然亮起来，像瞬间被注满了生命力。

下一秒，鹏鸟完好地顺着幢线被收束回来。

强劲的灵神如风，迎面撞了大东一下，撞得他后退几丈，拎着幢线、捂着扭坏的胳膊。大东抬起头，看到了闻时的侧脸，他在飓风扑扫下鬓发凌乱，眉心微拢，轮廓俊秀又凌厉如刀锋。

帮大东把长线收回来的是闻时。擦着大东的脸震碎假山，呼啸着直入长天的，是闻时的幢。

“去后面。”

闻时松了大东的线，手腕一翻。

通体漆黑如墨的巨蛇悍然入局，翻转盘绕如数百里绵长山脉，所过之处翻江倒海，笼罩四野的乌云被搅得细碎，像泡沫撞上滩涂，骤然四散。

它直奔火龙而去，像一枚钢铁长楔，强硬地楔进那些幢影中间，正对着火龙撞上去。金石的摩擦声惊天动地，刺激着众人的耳膜，尖厉得仿佛有人拿着针密集地扎下来。

那一瞬仿佛被拉得无限长。就见它在火焰中张开巨口，尖牙在深浓夜色下映着炫目的火光，金色的眸子眯成细长的一条线，像一道裂缝。

它发出“咝咝”的气声，鳞片在火焰下乍然而立，像密密麻麻的尖刺。

下一秒，它便将火龙的头颅纳入口中。在穿云入地、迅疾如风的动作间，它把整条火龙侵吞入腹。

大火在它身体里疯狂肆虐燃烧，透过坚硬的皮骨鳞片映照出来，每一寸都泛着金红色，像熔锻着的钢铁，仿佛下一秒就要烧化。

闻时耳侧的骨骼动了一下，手指猝然捏紧，关节发出咔咔的轻响，身后是大东和夏樵倒抽凉气的惊呼。

“哥，你小心！”

“它不会——”

“死不了。”闻时嗓音沉沉地打断道。

闻时话音落下的瞬间，就见巨蛇腹中的赤红火焰终于爆发，顺着它张开的每一片鳞片流泻出来。顷刻间，群山一般的巨蛇便换了模样——它周身流火，踏焰而行，背后那两块凸起的怪瘤在烈焰包裹下蜕掉了那层坚硬的皮，从里面抻出锋利而嶙峋的骨骼，火焰顺着骨骼脉络席卷过去，在深黑的天幕下，聚成两只烈焰长翅。

翅膀张开的刹那，四野一片流光。

“这是……”大东喃喃出声。

谢问在烈焰掀起的长风中眯了一下眼，看着那个许久未见的流火长影，道：“真正的螣蛇。”

这是他手把手教闻时塑出来的第一个傀，也是闻时用得最多的傀。

螣蛇第一次张着双翅、踩踏火焰盘绕于天边时，闻时年纪还小，这样的巨傀被召出来撑不了多久。但他总是绷着脸，死死拽着傀线，明明快拉扯不住了，却依然倔强地抿着唇。

“你要帮忙就叫声师父来听。”尘不到那时候总会这样逗一句。

而那个“雪团子”总是回一句：“不要。”

到后来闻时成年了，长身玉立于火海山巅，十指缠扣着长线，哪怕控着十二只战斗巨傀也不动声色。他的螣蛇总是直入九霄，绕过金翅大鹏的巨大剪影，再从大小召周身盘转而过，伴着虎啸穿云入野。

那中间的岁月仿佛眨眼就过。

再到现在，又是千年。

这样的场景，他太久没再见了，以至于他看到螣蛇踏火的那一刻，都有些怔然出神。

谢问从那道流光长影身上收回视线，转眸朝闻时看了一眼。

那是凡人间无端的想念，因为封印下罔知生死的沉眠迟到了很多很多年，又在这个瞬间忽然漫上来。

当他意识到这点的时候，思念已经如山雾般漫开。

闻时在烈火映照下阖了一下眼，眼睫缝隙里都落了光。他瞥见谢问的目光，控傀的手顿了一下，低声问道："你干吗？"

谢问说："想人。"

闻时问："谁？"

谢问收回视线，道："松云山上的雪人。"

下一瞬，他勾动了两下手指。一对雪白巨兽从后院上方的天空一闪而过，于螣蛇的烈焰中飒沓奔袭，利爪凌空，将缠斗中的其他几只巨傀撕成了残影。

巨傀碎片如星辰乱坠，傀主的灵神在那些碎片中发出蓝色的荧光。

百家众人顺着门跟随过来，从漆黑中探出身时，看到的就是这样一幕。

几乎所有傀师都感同身受，身体颤了一下，头皮发麻，仿佛在这种倾碾式的威压下，被撕成碎片的是他们的傀。

惨叫声划破夜空，众人一片骇然。

张岚刚站稳就看见一块巨傀碎片轰然砸落在她面前，碎片上当啷滚下一条锁链，锁链上是她熟悉的印迹。在她看清那印迹的下一瞬，碎片就连同锁链一起枯化殆尽，变成了干枝。

"雅临……"张岚瞳孔紧缩，猛地抬头看向惨叫声传来的方向，"张雅临！"

傀是张雅临的。

惨叫声太过凄惨，辨不出原音，但众人已经没有心思细听了。

"张雅临……"闻时朝张岚的方向看了一眼，就见那个向来气势昂扬的女人面如白纸，在原地晃了晃，拔腿就往声音来处跑，却因为过度惊慌，跑得跌跌撞撞。

闻时说不上意外，但神情还是冷了下来。他跟谢问对视了一眼，大步流星朝里屋走去。

说是里屋，其实张家这会儿已经不成形了。

房屋院落沙石漫天，裂缝横亘，摇摇欲坠。

他们穿过倒塌的杂物和半毁的长廊，看见螣蛇盘绕着整个大宅，蛇头从屋顶高处俯探下来，周边的火焰将整个屋宅包裹其中。

人还没靠近，就被火浪炙烤得皮肤生疼。

两头雪色的巨虎保持着攻势，如山般立于半塌的房门边。

其中一只巨虎的利爪抵着一个人，爪尖如带寒芒雪刃，堪堪压在那人的胸口，似乎只要再下压几分，那人就会在重压下爆体而亡，被贯穿心脏。

他重重地喘息着，两只手紧紧攥着胸前的虎爪，手指上缠满了檀线，但檀线凌乱地散落着，原本斯文干净的脸因为重压和重创变得通红，脖颈间暴起了青筋。

他挣动间，脖子上的黑绳斜滑到一边，一截雪白的指骨从衣领下露出来。

这人不是别人，正是张雅临。

闻时看到那截指骨的时候，又蹙了一下眉，下意识捏了两下手指关节。

“雅临！”旁边响起一声惊叫，张岚惶急失色，猛地扑过去。

就听“锵锵”数声，一排檀线瞬间钉入断墙，自上到下形成一道屏障，横挡在张岚面前，线上四散的威压逼得她直退几步。

“别过去！”闻时沉声说。

“可是……”张岚猛地刹住脚步，她张了张口，似乎想要说点什么，就看到了另一只白虎爪边毫无生气的身影。那个人穿着做工精细的绸布褂子，棕黑色的布料上是隐约的银绣，纹样数十年如一日，绣的总是松影远山，显得刻板又肃正。

那是她爷爷张正初。

就在片刻之前，他还攥着手杖立于旷野的突破口中心，试图吸纳众人的灵神，这会儿却一动不动地倒在地上，身上满是尘土，像一团灰败的布料。

他看上去甚至不像刚闭上眼睛，更像在黄土里被埋了不知多少年。

张岚的目光在那团人影和张雅临之间来回数次，最终还是停留在檀线之后。她的指甲死死掐着掌心，眼珠一动也不敢动。

各家众人也是一片惊愕。

这个场景只能让他们想到一件事——张正初那副年迈的身体支撑不下去，又想苟延残喘，便对自己的亲孙下了手，利用方术占据了张雅临的身体。

这种方术不是无人知晓，而是太损德行修为，太过令人不齿。即便自己活下来，每一天也会是煎熬。他们以为没有哪个明理人会做这种事……没想到居然有一天会在张正初身上见识到。

“正初你……”云浮罗家的罗老瞪大眼睛，全然难以相信。

“说不准他现在是谁。”杨家家主从嗓子眼里挤出一句，“要真是换命方术，改换的当下最不稳定……谁也说不准他现在是张正初，还是张雅临。”

“所以说不定还有得救！”有人脱口而出，似要往前，但被人伸手拦下。

“等等！”

张雅临在虎爪之下咳了几声，鲜血顺着嘴角蜿蜒而下。

他挣扎着转了脸，漆黑的眼眸先是看向了闻时，带着血色的嘴唇张了张，却没能说出一个字。他又移开视线，在谢问身上盯留片刻，转而落在张岚身上。

他很轻地眨了眨眼，忽然卸了力道，后脑勺磕在地上，哑声叫了句：“姐……”

张岚身体一颤，就听见张雅临又急喘了几声，艰难地说：“我们被骗了……好蠢啊，被骗了这么多年。”

张岚的眼睛倏然变得通红，喊道：“雅临……”

张雅临直直地看着天空，攥着虎爪的手指绷得青筋暴起，他像在跟某种东西较着劲，看上去痛苦至极，过了好一会儿，他才慢慢放松下来。

“那段……那段记忆……”他说话都是断断续续的，总会被喘息打断，喉咙里像是呛着血沫，“真的存在吗……就是咱们常聊的那段，在……在河边，我的手指被虾钳坏了，他说……”

张雅临闭了眼睛，似乎又咽了一口血，声音终于清晰了一些：“他说，傀师就属手最重要。”

他的手仿佛再使不上劲，从虎爪上滑落下来，砸在身侧。傀线沾满了灰土，缠绕成一团。他的手指抽搐了两下，然后他又哑声重复道：“傀师……就属手最重要。”

闻时盯着他的手指，忽然觉得不太对劲。

下一瞬，闻时就感觉自己的傀线被人硬冲上来。他转头一看，张岚在听到那句话的时候终于绷不住，全然不顾傀线阻拦，直冲张雅临而去。

傀线上强劲的威压击得她一身血痕，她却仿佛感受不到痛似的，眼里只有虎爪下的张雅临。

她听见张雅临说：“姐……他就在我身体里，想抢我的位置……我已经把他压住了，但我伤不到他，你……你来帮帮我，你帮帮我好吗？”

“好……好。”张岚近乎慌张地扑过去，“雅临，雅临，你再撑一会儿！”

她拿出金纹纸——硕大的云雾瞬间笼聚于高空，裹杂着惊雷，顺着她金纹纸所指的方向迅移而来，带着横扫千军的气势，撞得屋墙分裂，炸为齑粉。

在那巨大的动静下，就见一个卷轴从轰然倒塌的墙壁上掉落下来，滚至人群面前。熊熊火焰和雷电都没能将它烧作灰烬。

那是张家屋内悬挂多年的名谱图。

“亮了！”有人忽然惊呼道。

“什么亮了？”

“老祖宗的名字！”

“老祖宗的名字亮起来，预示必有大灾！”不知哪个小辈提醒了一句，人群瞬间沸腾，觉得这个警示简直正指当下！

这个说法流传千年，一代传一代，又被印证过多次，从没有人怀疑过它的真实性。

但这一刻，几家家主元老看着那个亮起的名字，听着这句话，脑中突然冒出了一个令他们头皮发麻的想法。

没等这个想法变得清晰，他们就听见一道声音横插进来：“哪来的说法？当初制下名谱图，一为后辈能寻根溯源，不忘伊始；二为后世之人在紧要时候能通力协作，不至于落入险境，孤立无援，从没有报示凶吉福祸的能耐。”

众人觅声望去，发现说话的人是周煦。

在这之前，各家的长辈小辈不论认识或是不认识他，都只当他是一个无足轻重的少年，他的名字既不在名谱图上，也不是张家亲支直系，没人把他当一回事。

但就在几分钟前，他们眼睁睁地看着这个无足轻重的人云淡风轻地搁下镇石，在屏障重重的张家大院连炸八层，强行开了一扇门。

除了卜宁老祖，别无可能。

而这张各家沿用千年的名谱图，正是出自卜宁之手。

“如果不是报示凶吉，那老祖宗的名字亮了表示——”

“表示活着。”

他的话犹如晴天霹雳，当头劈下，炸得众人惊魂不定。

他们看着卜宁拾起那张名谱图，图上此刻亮着的那个名字位于张家的最前端。

他们中的很多人曾经见过这个名字忽然亮起来，只是过不了多久又会熄灭。

他们一直以为这是一种警示，因为每一次这个名字亮起，都会发生一些事情，上一次是张家原定的继任家主，张雅临和张岚的父亲张掩山死在笼涡里，灰飞烟灭。

张家老祖宗的名字，叫作张岱岳。

霎时间，所有的事情都在众人脑中串联起来。

怪不得张家所有亲传子弟都默认要遵祖训，像老祖宗张岱岳一样做杂修；怪不得每一任家主都在三十五岁那年接过大权，而上一任家主从不拖延流连；怪不得每一任家主在坐上家主的位置后，都会有些先辈的小习惯；怪不得……那个个头不高、叫作阿齐的檀会无怨无悔地跟着每一任家主，一跟就是一千年。

那个占了张雅临身体的，根本不是张正初，或者说根本不是罗老他们少年认识的那个张正初，而是张岱岳。

而现在他的名字正亮着，那不就是……

“姐……帮帮我。”“张雅临”的手指又一次攥了起来，檀线死死勒着指节。

眼看着张岚周身绕着十二张金纹纸，用的是金钟罩顶和雷霆万钧，她不管不顾探身朝前时，雪亮的电光伴着炸裂雷音给她开道，一口巨大的古钟从上空飞坠而下，想要将他们姐弟二人罩护其中。

闻时瞬间收了横阻在前的檀线，翻手又是一甩。

长线割裂狂风，穿破雷电，直接捆绕在张岚身上，而后猛地一拽。

古钟罩顶的瞬间，就听“铛”的一声。

张岚周身被檀线捆得一紧，瞳孔震颤着遽然收缩。她只感觉一阵撞击而起的飓风从面前横扫，带着一股说不上来的松枝木香，松枝木香入鼻的瞬间，头脑便清醒过来。

眼前是金翅大鹏鸟如云如海的双翅，古钟在撞上翅膀的刹那如迸溅的碎金，烟消云散。

我为什么会冲上来？我在做什么？

她被闻时的檀线猝然拽离时，幡然悟过来——“张雅临”对她重复了这句少时被埋下的话“檀师就属手最重要”，跟之前张正初引他们姐弟俩失控的做法异曲同工。

对方只是换了一张皮，就让她又中了一次招。

“张雅临”没等来姐姐张岚，却等来了谢问。

他弯下腰说：“别喊你姐姐了，我来。”

“同样的戏码哄人一次就算了，两次实在有点没意思。”

原本痉挛虚弱的“张雅临”倏然睁大眼睛，一改之前的模样。他惊怒交加，畏惧混杂着懊恼，还有几分难以描摹的恨状。

他似乎不太敢看谢问，又死死盯着谢问，紧攥檀线的手指猛地拍向地面。

砰砰砰砰——土地炸裂的声音接连响起，整个张家犹如地动山摇，平地拔起数百根长刺，根根都由泥石混杂而成，凌厉如刀。

这显然是一个局，却连布局的过程都没有，弄得大家措手不及。

盘踞在房屋上的螣蛇和俯踩着人的白虎乍然而起，踏着虚空奔袭入局，却还是晚了一步。

“啊啊啊——”一群人猝不及防被长刺挑个正着。

尖刃直贯而上，一时间浓重的血腥味弥漫开来。

当那些长刺直指天空时，几乎每一根上面都戳着一个黑影，他们挣扎、哀号、惨叫，最终无力地垂下手来。

除了长刺所在的地面，剩余的地方则如高楼崩毁，天塌地陷。那些泥沙就像瀑布一样朝下急速流淌，躲开长刺的那部分人还没站稳，就顺着泥沙滑进深渊。

他们连尖叫都没能发得出来，就已经没了踪影。这是一场瞬息间的活埋。

至此依然不算完，数不清的镇宅巨兽从地底直冲上来，破土而出，在张家上空围了一圈。每一只巨兽都威壮如山，虬结的肌肉如坚石，大块大块地裹覆着兽躯。它们在夜风下低吼着，周身缠绕着疾风，纵横交错，又锋利如最薄的刀刃，就连被搅过去的石块，都在靠近它们的瞬间化作粉末，呼地便没了。

而靠近它们的人，同样尸骨无存、灰飞烟灭。

它们形成了铜墙铁壁，守卫着张家这一大片土地，让这里刀剑不侵。

这局并非紧急布下的，而是早有准备，一共有数十重。这局不知从哪一年起就在这片土地底下埋着，只为了某一天的不时之需。

这局每一重都极具攻击性，统统是冲着索命去的，像重重枷锁，在这一刻全部运转起来，于是整个张家成了修罗地狱。

砂石和尘雾将张家包裹得严严实实，根本没人能看清里面发生了什么，只能听见不断的惨叫、痛呼、撕裂声以及爆裂音。仅仅是眨眼的工夫，整个庭院就只剩下尸体和死寂，唯有镇宅巨兽凌驾于空，带着呼呼的风声。

谢问转头看着尸骸遍地的庭院，久未言语。

“张雅临”却在风里笑了起来。

离他最近的那根长刺上是一个老人，个头不高，须发皆白，血还在往下淌，发出滴答的声音。

那是云浮罗家的家主。

片刻前，罗家家主还在冲着他上一副躯壳痛呼“正初”，这会儿却已经无声无息了。

他其实是有几分感慨的，他总是喜欢这样不离不弃、耿直到有点蠢的伙伴，像千年之前跟着他的那个小个子张齐。

哪怕他要做些逆天改命的事，对方也是一边劝阻一边不放心地跟着他，胆怯又寡断。

所以他捏了一个一模一样的槿，让对方死后又跟了他一千年。

相比而言，这位姓罗的伙伴就惨多了，到死才明白，喊了这么多年的老友，并不是少年时候认识的那个张正初，而是张家老祖宗张岱岳。

张岱岳嗅着空气中的血腥气，以及灵本快要逸散开来的味道，像嗅着即将开盖的食物，神情中贪婪混杂着癫狂。他就连最初的畏惧和紧张都不那么明显了。

“师父……”他用的明明是张雅临的嗓音，却莫名嘶哑难听。他盯着谢问，语气古怪地叫了一声，又立刻道：“哦，不对，除了山上那几个令人艳羡的宝贝亲徒，没什么人有资格叫你师父。我想想……我还是叫祖师爷吧。”

“祖师爷，你脱离世间太久了，可能不大清楚，”他哑声说，“再不起眼的人，练上一千年、学上一千年，也是个人物。张家不是那么好客的，来了总得留点什么。”

谢问扫了一眼满庭院的惨相，从张岱岳的角度只能看到他的侧脸和微垂的眸子，看不出他有什么情绪。

千年之前他就是这样，张岱岳每次见到他从松云山巅下来，总是戴着面具，看不见模样、看不清表情，只能看到如云的袍摆和沉静无尘的眸子。

那些卑躬屈膝的人常说，那双眸子里总含着悲悯。

张岱岳最初是信的，懵懵懂懂地跟着夸耀、崇敬。后来他就想明白了，悲悯这个词本来就是高高在上的。

你看，他修最绝的道，无情无欲、无挂无碍。他住在罕有人至的高山之巅，下到尘世间，连模样都不愿意让人看见。他是半仙之体，本就跟凡夫俗子隔了一层。

这样的人，谈什么悲悯？

就像此刻，庭院里尸骸遍地，里面是他的后世门徒，还有他曾经当作宝贝养在山里的亲徒。可即便这样，他看上去也只是微垂了眼眸而已，连难过都没有。

这样的人有什么值得后人惦念的呢？确实就该不得好死。

虽然张岱岳这么想着，但当谢问转眸看回来时，张岱岳还是下意识变得紧绷起来，颈侧青筋毕露，那是一种不可抑制的畏惧。

“你刚刚说什么？”谢问的眸光从他身上扫过，看到了他关节扭转的手脚，“变成人物？”

那目光其实不含什么，但那话听在张岱岳耳里，却像最锋利的刀贴着他的脸。

张岱岳的脸色猝然变了，涨得青紫，眼里癫狂的意味又浓重许多。

他充血的眼珠一转不转地盯着谢问，咬着牙说：“我这样……我这样又是谁害的呢？我本可以善始善终，一辈子当个规规矩矩的山下外徒，入笼出笼，穿巷过市。我有那么多想做的事，那么多想度的人，如果可以好好过完那一辈子，谁又想变成这副模样？”

谢问反问他：“你觉得是谁害的？”

这一句反问，让张岱岳的气息猛地急促起来。他喘了几口气，哽了好一会儿没能答话。许久他才厉声道：“因为你不肯救我！”

“你不肯救我……”张岱岳说，“我请你救我，但你想都没想就遣我走了，我——”我想求你，想给你磕头，你却招来长风抵着我的膝盖，连求的资格和余地都不曾给我。

张岱岳最终没能说出这么卑微的话，只说：“我明明救了人，凭什么……凭什么是这种下场？”

他明明救了松云山下的人，却落了个天谴加身。他带着满身孽债的印迹，去求这个人帮忙，却只得来一句“既然做了就受着，债还清了，自然就解了”。

他后来所有的苟延残喘与挣扎，所做的那些危险、疯狂又荒唐的事情，一切一切的源头，都是这句话。

谢问听了这句话，垂眸看着他说：“那我也替柳庄那些人问一句凭什么，凭什么他们该是那种下场？”

“那是情急，”张岱岳说，“那是情急之下我踏错一步而已。”

谢问却摇了一下头。

他嘴唇微动，似乎想说些什么，最终目光扫过张岱岳赤红色的眼珠，没了开口的意思。

张岱岳心里的不甘和愤怒更甚了。

他生平最厌恶的就是这种目光和这种神情，仿佛对着他就无话可说，不屑于多讲一个字。

这几乎戳到了他最深、最不可言说的痛处。

他不过是不服命而已。

他出身卑微，尚未记事就成了村头田埂上无人要的弃子，没有爹娘，无名无姓。松云山下那个村子的村民多姓张，他被一个铁匠捡拾回去，给间茅屋、给口吃的，就算个人了。都说这是恩，他也认了。但他不觉得自己算个人，他连个好好的名字都没有，唤起来跟叫猫叫狗叫那些牲畜没什么两样，怎么算是人？

后来他听说山上有个神仙客，常给村里布施，护着一方凶吉。一些无家可归、无路可去的可怜儿留在山脚，就能算那个仙客的外徒，可以跟着学一些本事。

于是他成了众多外徒中的一个，给自己改了名字，叫张岱岳。岱岳，乃群山之宗。

他比谁都勤勉、比谁都用功，学得不够甚至会拉上另一个叫张齐的友伴，偷偷摸上山间去。他哄着山上那些所谓的亲徒，削尖了脑袋，就为了多学一些、多懂一些，兴许哪一天，就能越过那道山门，堂堂正正地住进山腰了。

曾经很长一段时间，他天真地以为，只要自己奋进一点，做些大事让山上的人看见，他就能再上一层。

后来他才明白，那不过是痴心妄想。

仙客高高在上，哪里看得上他们这样的蝼蚁凡夫。

与其仰赖那些虚无缥缈、无心无情的人，不如靠自己。他想要从不起眼的蝼蚁一步步做到人上人。他想受人拜谒、受人敬仰，想站在山巅，拥有半仙之体，寿元无疆。

有人可以，他凭什么不行？

“我想做的事太多了，可以做的事也太多了。”张岱岳说，“我只是一步踏错而已，这一辈子所有的努力都一笔勾销，全部从头再来！”

他喘息着，呵呵笑了两声，神色却嘲讽又冷漠：“难道我要像草木虫鱼、飞禽走兽一样漫无目的地活着然后死去吗？那太卑微了。”太卑微了啊！

“你说，我的债还清了，就解脱了。”张岱岳反问道，“可解脱在哪儿？我身上是天谴的印迹，我就算重新做人，一步一步努力地活着，依然是不得解脱的命，还是一笔勾销，还是从头再来，凭什么？”

凭什么呢？

只要想想这个过程，他就觉得痛苦又绝望，无穷无尽，不比下地狱好受。

所以他不甘心，他是真的不甘心，人之常情。

他也不是直接走到这一步的，他曾经试过别的方法，他去求尘不到，明明半仙之体能承受的远超肉体凡胎，明明尘不到只要冲他稍稍流露一些悲悯，帮他担去一些，他就不用走到这一步，谁都不用走到这一步！

但是尘不到没有帮他。他只能自己找办法，试着洗掉那些天谴的印迹，结果差点失控把命直接搭进去，天谴的印迹也没能洗干净。

他也曾经想过就这样吧，索性认命。但当他眼睁睁看着那个总跟着他，连改天换命都陪着他的小个子张齐因为天谴早早惨死，他就真的怕了。

他当然知道用不正的方术损耗德行，而且是大损，但没办法……

他是被逼的，他无路可走了。

张岱岳看着谢问，忽然生出一股子冲动，就像明知前面是万丈断崖，也想探头去看一眼，说不上来是挑衅，还是为了说服自己：我不怕你，我已经不再畏惧你了。我活了上千年，换了无数皮囊，从无数人身上吸纳着新的东西，我早就不是当初那个空有天资的山外弟子了。

他咽下口中泛起的血腥味，对谢问说：“你知道我曾经想过多疯狂的法子吗，祖师爷？”

说完他便笑了起来，唇间还沾着血。

尘不到刚被封印的那一年，封印之地几乎无人敢靠近。

后来不知哪日流传着一种说法，说封印之地不见了，任凭用什么方法都找不到那处地方了。任何人走到那附近就会迷失方向，绕上几圈，就不知今夕何夕、此地何地。封印之地就像被人藏了起来，藏在一个谁都打扰不了的地方，消失在了世间。

有人尝试过找那个地方，发现确实如此。于是慢慢地，就再也没有人去找那处地方了，就当那些故事和故事里的人已经烟消云散，没留下任何痕迹。

但其实那些话是张岱岳最先说出去的。

曾经很长一段时间里，他一直在那周围打转，想尽办法试着进入那块封印之地。他找过一些帮手……也抓过人，囚禁、诘问。

他的目的很明确，他想活着，想长久地活着。他那副凡人之躯承受不了那些天谴，但半仙之体一定不一样。

山上那位仙客已经死了，比他这个带着天谴的还惨烈。

他只是去拿一副无主的躯壳而已，算不上是用不正的方术。

他曾经疯了似的执着于获得那样的躯壳，想着一步到位，从此无忧。

后来他才意识到，他可能是痴心妄想。那地方藏得太深了，锁得太死了，也许他永远都进不去。所以他只能退而求其次，以凡人的身体将就着，靠笼涡补养着。

靠着这种方法，他已经活了一千年，或许再来一千年、三千年乃至万年，也未必不可期。

他已经不再执着于那副半仙之躯了，只是偶尔……在他虚弱至极、趴伏在地，吸着各地笼涡飘来的烟雾时，会生出一丝丝遗憾。

可能正因为如此，他依然惦记着那块地方，盘踞在那里，不给其他任何人机会。

沧海桑田，变幻万千。

百年千年之后，人们甚至就站在那块地方，也认不出来了，甚至包括本该在局中不得解脱的那个人自己。

千百年来，张岱岳久居上位，享受着这种拿捏别人情绪的感觉，以至于这一刻，他想压下畏惧，在面前这个人身上也试一试。

他期待着对方问一句“什么疯狂的法子”，然后他或许会透露一点关于封印之局的事情，也许不会，但他必然会享受这个过程。

谁知谢问只是俯看着他，说：“我差不多知道了，你刚好可以省点口舌。”

张岱岳：“……”

他早已习惯自己掌控大局的感觉，习惯到甚至有点得意忘形，以至于他几乎忘了，曾经这个人乃至松云山上那几个亲徒一脉相承的做派。

能让他们费心的从来只有事，能绊住他们的根源也只会是事，牵连众多的那种事，从来不是某一个人，不会是别人，也不会是他。

张岱岳意识到这一点的刹那，悚然一惊，忽然觉得不对劲，就好像有人故意放了他一马，让他回到本家，故意让他激起深埋多年的数十个局，故意等他说这些话。

他的头皮嗡地一麻，就见谢问拂扫开地上的碎石草屑，风声、撕扯声与爆裂之声遽然响起，像铺天盖地的海潮，瞬间将他淹没。

张岱岳猛地转头望去，庭院里已然是另一番景象。

数百根长刺依然直指天际，却没有贯穿任何一个人，就像有谁在这些局启动的刹那就已经反应过来，凭借着更为强势的威压，就势改局，平地挪移。

所有原本该被刺穿的人，都安然无恙地站在长刺间隙里。各家元老手中檀线四射、金纹纸加身，莹蓝色的灵线形成了一个又一个巨圈，将众人包裹在其中。

卜宁手里拿着圆石，一人镇于突破口之处。他脚下是灵神的脉络，以他为中心，如闪电一般朝四周散开，像是带着尖勾的利爪，一把攥住了整个张家。

他所镇着的地方，泥沙自地底而来，填平了所有沟壑，让每一个站在上面的人稳如泰山。

九天之上，闻时站在一根尖刺上，两手的檀线如一把只有骨骼的巨伞，纵横交错着切割了张家上方的整片夜空。

每根檀线都拴系在那些如山的镇宅之灵上，在那之上，是他同时操控的四只战斗巨檀。

所谓的尸骸遍野都是假象，是面前这个人不知什么时候给他布下的障眼术。

都说祖师爷尘不到在奇门遁甲上也是鼻祖，哪怕是卜宁的局，他也只需要几根枯枝、几枚圆石就能改天换地。

张岱岳从来没有真正领会过这句话的意思，直到这一刻，才感觉到冷汗如雨而下。

而他意识到这一点的那个瞬息，一切天翻地覆——

深埋地底千年的数十重局在各家家主元老齐心协力下悍然被拔出，镇石爆裂声接连不断，每破掉一个局，便是天崩地裂般的动静。

偏偏这些动静被隐匿在张家地界内，就像在一个倒扣的玻璃罐中炸山炸海，比常态下的震荡大十倍有余。

而卜宁的脚一踏地，更加辽阔、足以笼罩四野的局从他脚下蔓延开去，像陡然铺开的江河。

张岱岳没能明白他这个局的含义，只感觉灵光极速漫盖过来。

与此同时，金翅大鹏鸟从闻时身后高唳一声，张开巨大的双翅直直扑下，闻时跳离长刺顶端，落于大鹏鸟背上时，两手一拽。

数十个被捆缚在他手里的镇宅之灵在刹那间被雪白的楦线绞杀殆尽，带着巨大的呼啸声，消散于夜空里。

张岱岳只看清了闻时俯冲直下时冷如霜雪的眼睛。

而下一瞬，他连眼睛都看不到了。

因为谢问抬手，隔空击了一下他的头顶，千刀万剐、生剖人心不过如此！

那是灵本被人强行从躯壳里拽离的感觉，像有无数人攥着锈钝且布满钢刺的刀刃，摁着他，从头到脚，自每一寸皮肤捅进来，再拉扯着拔出去。

每一下，那些钢刺都会带出血肉，细细密密，让人痛不欲生。

张岱岳惨叫着，却听不见自己的叫声。

某一刻，他甚至看到了自己的……不，是张雅临的身体瘫倒在地上。

于是他在急促的喘息和尖叫声中，艰难地攥紧手指，将指尖猝然插入地下。

本家这里是他精心打造了多年的巢穴，地底每一寸都连通着八方四处的笼涡，他在虚弱之时便会靠那些笼涡补养一些，苟延残喘。

这些年，他用得越来越频繁，光是香炉都不够了。他常把自己整个儿埋进那些黑雾泥沼中，在最阴湿晦暗的地方求一个永生。

但这一次，他的手指插入地底时，却没有感受到熟悉的、带着阴湿和愁怨气味的那些黑雾，而是碰到了光，那是局内淡蓝色的灵光，温暖、明亮。

但他碰到灵光的瞬间，却像被灼烫了一般。其实这种痛他是感觉不到的，因为它远远不如灵本上的痛，但他还是本能地缩了手。

此时，他终于明白卜宁刚刚那浩如江河的局是为了什么，为了将他困锁在这一亩三分地，为了挡住他遁入地底的路，为了让他再也触碰不到那些供养他的东西。

可惜了。张岱岳想。原本连通笼涡，能给他们再弄些麻烦的，但是没关系……

一切都发生在须臾间——

当闻时带着楦线和长风猝然落下的时候，细瘦的手指抵了一下地面。他低头的瞬间，看见本该灵本爆裂、立毙当场的人，埋于黄土的手指忽然抽动了一下。

那是楦师常用的动作，闻时对这极其敏感。

他下意识觉得张岱岳在招幢，但下一秒就意识到不对劲。

这种垂死状态的张岱岳怎么可能去控幢？控幢也起不了丝毫作用，谁能被他控？他又拦得了谁？

“啊啊啊——”

远处正在拔除叠局的人群中忽然传来一声惊叫。

闻时拧眉望去，就见一个年轻小辈捏着自己的手腕跪倒在地。仅仅是一个瞬间，他就衰颓下来，像瞬间干枯的鲜花草木。

“怎么回事？”

仅仅是问话的工夫，人群里又传来几声惨叫。接连好几个年轻人猝然倒地，同样捏着手腕，同样像瞬间干枯的花木。

接着是更多人……不足一秒的时间里，整个张家庭院内倒下去百来个人。

与此同时，本该濒死的张岱岳却忽然焕发了蓬勃生气，灵神在眨眼之间增强数百倍，远超任何一个正常人，就像那些小辈的劲力全部被他吸纳到自己这边。

震荡的地面骤然止息，庭院内出现了不足半秒的死寂。接着，满场哗然。依然站立着的所有人都被这一变故激怒了。

吴茵一把拽起面容枯槁、毫无生气的吴文凯，掩到身后。她骤然出手，直奔张岱岳而去。

杨家家主的金纹纸带着千军万马之势，轰然直击张岱岳的头顶。

但是发出惨叫倒下的却是她身后那些颓然的年轻人，鲜血从他们头发缝隙里渗透出来，沿着脸颊蜿蜒直下，形容可怖。

原本攻势正盛的那些人看到这一幕，猝然刹步，强行收住攻势，双脚在冲击之下连退数丈。

众人急喘着，不敢贸然再动。

闻时却在那一刻冷然出手，他在千钧一发之际看明白了张岱岳的把戏。

张岚姐弟当初看到“张正初”给每一个有天资的孩童点水，下意识想到的是幢术中的定灵，以为“张正初”试着给那些小孩埋下隐雷，为了某日需要，可以轻而易举地将那些点过水的人变成自己的幢。

后来他们悄悄探查过，发现那些被点过水的人并没有出现任何幢的迹象，便以为是冤枉了爷爷，就此作罢。

现在看来，“张正初”确实动了手脚，点水也确实跟定灵有关，只不过他走的是反路。他不是要将那些人变成他的傀，而是要在危急关头，将他自己变成那些人的傀。

众所周知，傀本身是危险的存在，在濒死挣扎之际，甚至会反向吸纳操控者的灵神，如果操纵者不以锁链压制，威压又不足以碾压式地震慑对方，很可能被傀反噬一遭。

张岱岳现在所做的，就是这件事！

因为他跟那些人灵神相通又不被压制，此刻落在他身上的攻击，全部都会牵连到那些衰颓跪地的年轻人。

“畜生！”林家家主嘶声叫骂着。

在场的其他傀师也回过味来。

张岱岳周身流泻着蓬然的灵神，又因为寄附于他人，全然无惧地笑了一声，嗓音像被砂纸磨过一般：“我钻研千年，最会的就是如何让自己活——”但话未说完，他忽然听见了一声很轻的叹息，还裹着笑，至于是嗤笑还是别的什么，他已经无法去想了。

因为他听到叹息的下一秒，就感觉自己肩上落下一只手。那只手长而枯瘦，像隆冬雪林里的枯枝，看上去很轻，压下来的时候却犹如泰山压顶。

他听见自己身体里发出“咔嚓”几声脆响，伴随着剧痛。等他反应过来时，他已被压得跪立于地，没有对着某个具体的人，而是对着庭院那些衰颓倒地的后生，对着正西方。

解笼人最早的书里写过，正西代表亡者。

“你当年要跪我，我说不必，现在想想还是漏了一句，你该跪的人在那边，该还的债也在那边。”谢问的声音响在他耳侧，“你抬头看着。”

他的话音落下的那一刻，另一只手落于张岱岳的头顶。

也许他只是隔空轻拍了一下，张岱岳便感觉力如千钧，只能仰着头，看着正西方的天际。

而下一刻，另一个人如寒芒出鞘，悍然而至。

无数根傀线捆扎过来，像枷锁一样缚住他的全身。他来不及反应，只看到白影一晃，额头就被人猛力敲击了一下。

铛——

这才是真正的、完整的定灵术，能将活人收纳为自己的傀。

而对他敲出这一击的，正是闻时。

传言说，闻时处于巅峰期的时候，可以同时驾驭十二只战斗巨傀，而且不用捆缚锁链，威压浩瀚如海，从不担心反噬。

但是……

张岱岳忍着脑中巨震带来的痛苦，开口："现在的你连螣蛇都捆着锁链，而我身如百人，你凭什么——"

"凭我给他当锁。"谢问的声音沉静入耳。

下一瞬，威压铺天盖地，撞得张岱岳五感尽失，周遭仿佛一片空白，没有声音，也没有人影。

"我就是想活着，这有什么错……"张岱岳在极速的衰败中喃喃了一句。

而后他听见闻时说："错在现在的你根本不该活。"

那股威压太过强劲，周遭其他人也陷入了炽烈到炫目的白光中。那些枯槁的人感觉手腕上有什么东西锵然被截断，灵神如涌泉一般汩汩流回体内。

那个瞬息，他们恍然听到了哪座山上的清风松涛声。

而当他们眯着眼睛，从炫目的白光中恢复过来，便隐约看见闻时屈起的手重重击向张岱岳的心脏。

"我不甘心……"我真的好不甘心！

张岱岳的声音嘶哑又尖厉，在最后的那一刻几乎狂化成了妖魔，回荡在天地间，像有人用指甲划着所有人的耳膜，却又没人听得清……除了闻时。

准确来说，闻时也不是真的听见，而是感觉，因为他和张岱岳之间连着傀线。

铺天盖地的威压毫无保留地从他身体里涌出来，几乎是一种强悍且不留余地的碾压。不只其他人，就连他自己也身裹狂风、两耳嗡鸣，什么都看不见，什么都听不见，但他能清晰地感觉到张岱岳在枯化。

那个不断偷着别人皮囊，苟延残喘一千余年的张家老祖宗在定灵术下跟其他所有人都断开了联系，成了闻时的傀，又将被闻时亲手诛杀。

他挣扎起来有如狂化，这是作为傀的本能，更何况他本来就是一个为了活着处心积虑的人，比正常的傀更疯百倍。但他每一个动作都会撞出金石震响，就像真的存在一把看不见的通天锁链将他牢牢捆束着，让他动弹不得。

而那些本该传递到闻时身上的痛苦和反噬，也被挡在了那层看不见的锁罩里，几乎没有落下分毫。

谢问说他来当锁，便没有虚言。

闻时看不见他，却知道他寸步未离，始终都在，仿佛千年的时间里从未走开过。

他说：“有我呢。”

于是闻时百无禁忌。

当啷——

铺天盖地的白光从眼前消退，一截朽木掉落在地。

它滚动了两圈，在张岱岳呼号的余音中归于静止。它的表面是繁复皱褶的纹路，沟壑连连，依稀可以从那些线条里分辨出一张人脸。那张脸上还带着狰狞的表情，愤怒至极，又透着颓丧……

朽木，不可雕也。

狂风从身侧呼啸而去，闻时轻眨了一下眼睛，后知后觉地感觉到周身经脉里蔓延开来的酸痛。这是一种紧绷和消耗之后的疲累，是灵本震荡的余劲。

当年处于巅峰期的时候，他从没有过这种感觉，只有师兄卜宁天生灵本不稳，常同他们说起这种体验。

现在他灵本不全，终于也尝到了这种滋味。

只是相较于卜宁的描述，他的状况算轻的，因为谢问替他担去了不少。

想到这一点，闻时心里骤然一惊，抬头看向谢问。

电闪雷鸣早已消散，厚重乌黑的雨云化作了潮湿的烟雾，月亮只剩下朦胧黯淡的影子悬在枝梢。

谢问在晦暗不清的夜色下也裹着雾，大半身体都在阴影里，乍一看，好像透着一股朽败之气。

闻时变了脸色，一把抓过他的右手，借着并不明亮的月色翻看着。

谢问那只手还是苍白的颜色，带着夜里微微的凉意，没有像左手一样出现枯化的痕迹。

但闻时并没有因此放松下来，他想要继续察看，就听见谢问在风里咳嗽了几声。

闻时胸腔的震动带着手指轻轻颤着，脸色当即变得更难看了。

谢问咳完转回头，低声说道：“你别板着脸了，没什么大事。我帮把手就倒，还当什么师父。”

“我不信。”闻时头也没抬，因为表情不太好，显得语气冷冷的，脸绷得特别紧，“你哪次不是这么说？”

谢问被这反问噎得顿了一下，一时间还真找不到可以反驳的例子，于是挑了一下眉，又哑然失笑。

他笑着抬了一下头，作势朝远一些的地方扫了一眼，忽然问：“你看过张家写的那些书吗？”

“没有。”闻时全然不受他干扰。

“我倒是翻过几本。”谢问说，“书里写，檀术老祖闻时——”

闻时：“……”

闻时动作一停，眼皮跳了一下。

檀术老祖闻时，就这六个字，让谢问这样说出来，即便语气很平常，也透着一股说不上来的意味。谢问还在这六个字后面顿了一下，才继续道：“生性冷僻，不爱与人亲近。师兄们都有勾肩搭背的时候，唯独你没有，说是三丈之内不让活物近身。”

闻时：“……”

闻时终于抬了一下眼皮，顶着一脸“这是什么傻话”的表情看向谢问。

“你别凶我，这也不是我写的。要是我来写，就得是……”谢问思忖一秒，信手拈来，“檀术老祖闻时幼年时杵在炉边盯人煮酒，结果——”

“结果你把酒煮干了。”闻时截了话头，顺带反咬一口，没让谢问继续。

他说完便敛了眸光，目光紧紧地盯着对方，他是真的被面前这人骗怕了。他怕谢问现在的躯壳撑不住那样爆发式地使用灵神，堪堪停住的枯化会骤然加速。

“行，我把酒煮干了。”谢问点了点头，顺着他的话认下来，没再揭他的短，而是又朝远处看了一眼，说，“不管怎么说，那些人从小到大净受那些谣言荼毒。”

但闻时充耳不闻，全当谢问哑了他聋了，专心确认对方的状态。

“好了好了。”谢问终于带了一丝无奈，道，“你别看了。”

过了片刻，闻时才猛地想起来一件事：后面还有数百来号人呢。

他面无表情地站了两秒，回头看了一眼，结果下一刻，他就变了脸色。

张家早已不成模样的院子里，湿漉漉的雾气静静弥漫着，在浓重的夜色里泛着乳白色的光。原本栽种在庭院中央的树横七竖八地倒在地上，枝干上蒙了一层薄薄的水光，有些横生的枝丫支棱在雾中，乍一看倒是有两分像人。

除此以外，一个真正的人都没有。

直到这时，闻时才猛地反应过来，他刚刚关心则乱，所有的注意力都在谢问身上，无暇顾及其他。其实自从张岱岳枯化倒落在地，尖叫声和风声慢慢远去，周围就再没有过其他人的声音，始终只有他和谢问。

那数百号人，包括卜宁、夏樵、老毛和大小召，都悄无声息地没了踪影。

他环顾了一圈，问谢问："雾下多久了？"

他看着地上的那截朽木说："在这人变成这样之前，还是之后？"

"之后，"谢问答道，"没多久。"

"那人呢？是什么时候消失的？"闻时又问。

"我跟你开玩笑的时候，雾挺浓。"谢问用食指朝院里指了一下，"那里人影不少，密密麻麻站了一整院，起初还挺像一回事，再看就不大对劲了，因为我跟你说起什么，他们都没有反应。"他们就那么直挺挺地杵在雾里，影影绰绰。

再后来风一吹，雾变淡了，连人影都消散不见了。

这种场景对闻时来说并不算陌生，甚至很常见——他们入笼了。

不出意外，这应该是张岱岳的笼。

"有点突然。"闻时说。

"也不算突然。"谢问的目光投向那截朽木上。

他的话没说完，闻时却明白了。张岱岳一生所求的东西也许很多，但到了后来，大概只剩下活着。这是他最深的执念，为了这件事使出了浑身解数，无所不用其极。哪怕到了最后一刻，他留下的话也是"我不甘心"。

这样的人会生出一个笼，简直再正常不过了。

只是张岱岳的笼里会有些什么？张家生生不息，他高居在家主的位置上，再活上千年、万年？

闻时下意识想到的都是这样的场景，可是眼前却并非如此，张家依然是残垣断壁，满地狼藉。

破败的院门大敞着，远处隐约可见一大片野林，再远一些的地方……是几点依稀的灯火。

谢问看着那处，忽然皱起了眉。

"怎么了？"闻时注意到他的表情，问，"是你认识的地方？"

谢问不知想起了什么，语气很冷淡："算是认识吧。"

闻时又朝远处望过去，有点纳闷。

曾经很多人说过，祖师爷尘不到是半仙之躯，而半仙都是不记人间事的。

尘不到不是记性不好，是他活得太久，走过的地方太多，见过的也太多，如果什么都记着，几颗心都不够装。

所以大家都说，尘不到是不太爱记事的。但闻时知道，这话并不全对。他只是记事的方式跟常人不一样，没有什么耿耿于怀或念念不忘的事，而是像一个迎来送往的旁观者，悲喜不深，乍一看仿佛蜻蜓点水、风拂长林，过去了就留不下任何痕迹，其实只要见过，你提起来，他几乎都有印象……哪怕说的是一行蝼蚁沿石而行。但有印象和认识，是两回事。远处的那片野林和零星灯火，放在任何一座深山里都不违和，相似的场景没有千万也有百八十个，单单是闻时自己就见过不少，更何况是他。

这样遥遥看一眼，说眼熟很正常，说认识，那就有点奇怪了。

“我没看出特别。”闻时沉声咕哝了一句。

“景色确实没什么特别。”谢问应道。

“那你怎么认出来的？”

“看人，”谢问说道，“这毕竟是在笼里。”

闻时突然反应过来，这是张岱岳的笼，他却下意识只从谢问的角度去想了。

这地方不仅谢问见过，张岱岳也见过，并且对张岱岳而言极为特别，特别到临死都耿耿于怀、搁放不下。

闻时拧着眉想了几秒，正要开口，就感觉自己的后颈被人轻拍了一下。他抬起眸，就见谢问指着那几点灯火说：“那里是一个山坳，坳间也有一片湖，跟松云山的清心湖挺像的，就是夏秋两个季节它会有瘴气，不适合长住。”

闻时愣了一下，乍然想起很久以前，自己好像听过类似的话。

那应该是他十七八岁的时候。那几年山下总是很乱，战事疫病从未停过。尘不到总是不在松云山，有时候一连数月都见不到踪影。有一次他戴着面具回来，走在落叶满地的山道上，像一个熟悉又陌生的来客。就是那一次，闻时感觉到他们之间忽然生出了距离。

当时，闻时敏感地觉察到一丝陌生感，并因此烦闷了很多天，不论尘不到怎么逗都没用。他说不清那些情绪，只好归结于太久没见，有点想人了，但让他承认这点不如吊死他。所以他憋了半天，只憋出一句问话：“你这次下山怎么这么久？”

然后尘不到就握着青瓷茶盏笑了起来。闻时在他的笑里挂不住脸面，表情越绷越冷，正想薅下木枝上的金翅大鹏，扭头离开，就听见对方开口说：“事情有点多，我耗了些时间。”

闻时刹住步子回过头，片刻之后道：“我听说你在岑桂一带待了很久。”

尘不到喝茶的动作顿了一下，笑意更深了，道：“你听谁说的？好像不大准确。”

闻时：“……”

“我看不像是听说，倒像预测出来的。”尘不到腾出食指，隔空朝闻时点了点。

闻时手上立着鸟，听到这话后拇指动了一下，无意识捏紧了鸟爪。

金翅大鹏白眼直翻，艰难地转头去看自己的傀主。结果傀主不做人，又补了一句：“这肯定不是卜宁说的，专修爻辞术还说出这种结果，那就该罚了。”

“但若是个没学过爻辞术的，能预测出这种结果，那就很聪明了。”尘不到装模作样地想了一会儿，弯着眼睛说，“人这么聪明，八成是学傀术的。”

闻时：“……”

他被戳穿了心思，有点恼怒，语气便绷得冷硬：“我闲极无聊预测的。”

尘不到夸道：“那就更聪明了。”

闻时：“……”

金翅大鹏“嗷”了一嗓子，扑棱了一下翅膀。眼看着“雪人”要动手，尘不到又开了口，说：“我是在一处地方逗留了一段时间，不过不是岑桂，是另一处。那里也是有山有水，藏风纳气，包容万千，灵气很足，跟咱们松云山有点像。”

闻时以为他会细说一下究竟是哪里，却见他静默了一会儿，止了话头。他拍了拍身边的空处，说：“你别冻着了，过来喝茶。”

那时候闻时无条件信他，觉得他说什么或是不说什么都有他的道理，不会冒冒失失地刨根究底。况且那时候闻时被逗弄了半天，也没有刨根究底的心思。于是闻时丢了一句“不喝”，带着鸟冷冰冰地走了。闻时走前勾着手指上的傀线，报复心极重，把尘不到烹茶的炉子封了。

前尘往事从脑中飞速闪过，闻时张了张口：“岑桂？”

谢问听到这两个字，笑了一声。他显然也记得那些片段，说：“你就记得你胡乱预测出来的地方。”

他说完顿了一瞬，不知想起什么，嗓音温和许多："那时候我好像忘了跟你说。我曾经想过等时机合适，要带你去看看的。"

闻时转过头说："看什么？"

时隔千年，他终于想起了曾经被打断的问题。他想知道面前这个人为什么会在那个山坳间逗留，想知道那里有什么东西。

可是他的话音刚落，荒野间便响起了一道渺远的女声，似有似无，夹在风里，穿过高长的茅草，声音呜呜咽咽的，没有内容，乍一听像有女人在哭。

闻时神情一凛，朝四下看了一圈。那道似有似无的哭声始终环绕着，忽轻忽重，听不出来处。

就在他挪动着脚步，想要辨清方向的时候，忽然发觉一个问题——

他明明已经停了脚步，那种鞋底碾过砂石泥草的沙沙声却还在继续……就在背后。

闻时骤然回头，看见一个女人苍白的脸。

但凡是个胆小的站在这里，譬如夏樵，此刻恐怕已经昏过去了。闻时却只是呼吸一顿，拧眉道："是你？"

那个面色苍白的女人是张碧灵。张碧灵的表情既紧张又谨慎，眸光在闻时和谢问身上仔细地扫了个来回，才长长地舒出一口气，道："真是你们啊……"

这句感叹是下意识的，叹完她才反应过来面前这两人究竟是谁，顿时涨红了脸，变得尴尬起来。

这一波下来，她受到的刺激应该是最多的——一直都有来往的病秧子成了那个没人敢提的祖师爷，一起进过笼又解过笼的年轻后辈是檀术老祖，自己的亲儿子周煦居然是卜宁。

面对这种状况，换谁谁都得崩，但张碧灵勉强撑住了，也许是因为她一度跟谢问的母亲张婉交好，冥冥之中有些预感吧。

"我……我之前没意识到已经入了笼，碰到两拨假人也没防备，差点被骗。"张碧灵深吸了一口气，解释着自己的反应。看得出来，她竭力想保持平静，但声音还是绷得很紧，有点颤。

"你从哪里过来的？"闻时问。

"我一直在林子里没动，"张碧灵指了指旁边几株相连的老树，"刚刚听见你们走过来，才出来看看。"

“对了，跟我一起入笼的还有你弟弟——”张碧灵说着卡壳了一下，因为她猛地想起来，传闻中的傀术老祖闻时可没有什么弟弟。

她正愁怎么改口，闻时已经接话道：“夏樵？”

“对。”张碧灵拨开老树交错的枝丫，说，“他就在那边，只是状态有点奇怪。我叫不醒他，也不好丢他在这里，自己走开，只能和他一起先在这儿待着等人。”

“叫不醒？”

闻时和谢问对视了一眼，大步朝那边走过去。

他们越过几株矮树，看见一个瘦巴巴的身影跪在林间，背对着他们，低垂着头，一动不动。

白色的T恤在他身上显得过于宽松，被风吹得轻轻晃动，像树枝上挂了一块方布。

“夏樵。”闻时绕到这个身影面前，半蹲下来，叫了他一声。

跪着的人抽动了一下手指，指尖没进了泥里，却依然没有抬头。

“我来。”谢问弯下腰来，手掌在夏樵头顶轻轻一拍。

“嘶——”跪着的人忽然惊醒，倒抽一口冷气，噌地就要从地上蹿起来。他的动作又急又快，打到了谢问的手腕，又试图要推开闻时。他整个人焦躁不安，像极了一种惯性的挣扎。

“夏樵！”闻时又叫了他一声，嗓音有点沉，与此同时，手指上的傀线已经直射出去，眨眼的工夫就束住了反常的人。

傀线都是带灵的，常人被捆住，第一反应是反抗。夏樵却不同，他被闻时的傀线绕住的时候反而安静下来，一边喘着气，一边塌下肩膀。

过了好一会儿，他才茫然地抬头道：“哥？谢……祖……祖师爷？”

他又低头看着身上的傀线，委屈巴巴地说：“你为什么捆我？”

闻时：“……”

你还有脸问？

“你可算醒了。”张碧灵跟了过来，看见夏樵睁着黑黑的眼睛，长舒了一口气，“你之前那样真的吓到我了。”

“你怎么回事？”闻时问。

夏樵眨了眨眼，忽然想起什么般，说：“我做梦了。”

闻时：“……”

他们在张家搅了个天翻地覆，结果这傻瓜杵在这儿做梦？

还是谢问好脾气，问了一句："你做什么梦了？说来听听。"

夏樵垂眸回想片刻，打了个激灵，道："我不记得了，就记得周煦……不是，卜宁老祖带着各家的人一层层破开张家地底的局时，我闻到了一股味道。"

他试着记起那个味道并把它描述出来，却失败了，只能说："我说不上来，反正很特别，我总觉得在哪里闻到过。然后我就感觉脑子被人抡锤砸了一下，整个人麻了。"

"然后我就一直在做梦。"夏樵努力憋了半天，说，"其他我都想不起来了，就记得我好像特别疼，浑身都疼，好像在避开什么人。"

说完，他抬起头跟他哥大眼瞪小眼。

半晌，闻时蹙起眉问："然后呢？"

夏樵说："然后就醒了。"

闻时："……"

"哥，这么说有点奇怪。但我是不是想起了小时候的事？"夏樵认真地说。

闻时瘫着脸："……"

就他们所知，夏樵小时候是跟着沈桥生活的，要说避开人，那绝对不可能是沈桥，除非他梦到的是更早以前的事情，但这会儿想不出来也没法硬想。他努力无果，只好从地上爬坐起来，拍着身上的泥，说："既然入笼了，我们是不是要先去笼心啊？"

连夏樵都已经熟知这些：笼心一般来说是建筑，或者说是笼主意识最为凝集的地方。

他们来的地方是张家，那里已经满是残垣，算不上什么建筑，也不像张岱岳意识凝集之地。

依照目前笼里的景象，不出意外，笼心应该就在那几点灯火处。

那地方看着遥远难及，实则没走多久就快要到了。

他们从这片荒林里钻出来，面前是一条可以走马车的偏僻官道，道上有深深的车辙。

横穿过官道，就是一座山的背面。他们之前看见的灯火，就悬在黑黢黢的山影高处。撇开那几点灯火，其实山脚底下还有一盏灯，就亮在一座破败不堪的土地庙里。

土地庙很小，却依稀能听见人语，不知什么人正借宿在那里。

闻时起初以为那是其他各家入笼的人，后来发现不是，因为整个山林间还回荡着那个呜呜咽咽、不知哭笑的女声。要不是害怕谢问，夏樵这个胆小鬼肯定死死贴在闻时身上，撕都撕不下来。但土地庙里的人却枕着风说笑聊天，仿佛根本听不见任何女人的哭声。

这么看来，那应该不是笼外误入的谁，而是笼里的人——张岱岳记忆和意识里的人。

当闻时他们走到庙边的时候，庙里的人一无所觉。他们看见那三两个人围坐在干柴叠烧出来的火堆边，一边搓着手一边说："山上的灯又亮了，那话怎么讲来着？"

"又出事了呗。"

"都是一些吓唬人的话，咱们隔三岔五要从这里过，当不得真。"

"怎么当不得？我曾经还见过山上的妖怪呢！"

"真的？何时？"有人追着问了一句。

那个略老一些的人说："好多年前了。"

"妖怪长什么模样？吓人吗？"

"那我哪里知道，我只看见过一角。妖怪影子很高，穿着特别宽大的袍子，袍子是鲜红色的，一眨眼就不见了。"

山上的妖怪……鲜红色的袍子……

这种形容很难不让人想到当年的尘不到，再加上谢问刚刚也提过，那次他久未回山，就是在这个山坳里逗留了一阵子。但闻时又觉得有点奇怪——听庙里这几人话语中的意思，这座野山之所以有妖怪的传言，是山上的灯火不止亮过一次，似乎隔几年便会有人在那里落脚。

那人……是尘不到吗？

在他们几个亲徒的认知里，尘不到独自下山必然是去解笼的，解完一个便会去下一个，很少会在某处停留，更别说总去一个固定的地方了。

如果他很快回来，那就是天下太平，没什么大笼。如果他久久不回，那就是时局正乱，疾苦之人太多了。

这就像太阳东升西落一样自成定理，从未有人多想，也从未有人起过疑虑。

哪怕是闻时，也只是每日站在高高的松枝上，朝山道尽头望一眼，或是在无人注意的时候预测一下那人到了哪里，还有多久才回山。

现在想来，也许还有一些他们不知道的事情。

“你怎么知道自己看见的影子是妖怪？”庙里的人往火里添了点干木枝，还在聊着那些话，“穿红衣就算妖怪啊？说不定是哪个路过歇脚的人呢，就跟咱们似的。”

“是这个道理。”另一人也许是胆小，不大肯信妖怪的传言，附和道，“这一带常下雨起雾，冬天又多雪，一下就是好些天，车马都难走，被困在这山里是常有的事。哪怕是你我这样的，在那雾瘴里走一走，都能吓到个把人。我估摸着妖怪的传言就是这么来的。”

年长的那人“啧”了一声，摆手道：“你们哪……就我这样常年在外的人，能看个人影就嚷嚷是妖怪？必定还有别的嘛！”

“怎么说？”

山坳里的雾气越来越浓，空气中都有一股潮湿味。土地庙的火光在雾里变得有些朦胧。

那人压低了声音说：“我见着妖怪的那天，是快天亮的时候，就跟这会儿差不多吧，我听见哭声了！”

“真的假的？”

“千真万确！好多人，老少都有，混在一块儿，那声音啊，别提多吓人了！就一嗓子，模模糊糊从那边传过来——”那人的影子斜落在土地庙的地面上，被门槛弯折成扭曲的一道，手遥遥朝山坳深处一指，“我之后就再没敢合眼。”

哭声？

这话让闻时想到了一些东西，毕竟他小时候因为尘缘缠身，不知听过多少回哭声。

他隐约摸到了一点门，正想跟身边的谢问求证，就听见土地庙里的人又开口了。

山里格外寂静，庙里其他人似乎听得入神，噤声不语，于是整个山间只剩下那个年长者沙哑的声音：“不只如此，还有呢——”

“还有啊，据说妖怪出现的时候，不能跟人结伴进山。”那个人的声音幽幽的，“因为山里的路会变得很奇怪，经常走着走着……”

“你就会发现自己只剩一个人了。”

话音落下的那一刻，三张怪物的脸从土地庙的门边伸出来，露出毫无光泽的圆形眼睛，一直盯着闻时。

闻时瞳孔骤缩，指间的檀线已然绷了起来。

他一只手横挡在身前，凌厉的风绕着线形成了涡，另一只手去抓身边的人，却只抓到了一团湿雾。

“谢问！”

闻时心头一跳，乍然转脸，身边空空如也。不仅是跟他并肩而立的谢问，就连半躲在他身后的夏樵以及跟着过来的张碧灵也都没了踪影。

而这正如土地庙里的人所说——走着走着，不知不觉就只剩他一个人了。

余光里，三道影子陡然拉长！

那三只怪物猛地朝闻时贴过来，脖子像白生生的蛇，嘴里发出咝咝的声音。

闻时变了表情，反手一拽檀线。就听“嗡”的一声响，数十道檀线寒芒横扫，呼啸着穿过浓雾和山风，箍绕在那蛇一般的脖颈上。

下一瞬，它们就身首异处，扑簌簌掉落在地，又在眨眼间化为黑色泥沼，迅速蔓延开来，吞食着山间的草木，顷刻便到了闻时脚边。

不愧是张岱岳的笼，就连这些东西都带着惠姑的影子，让人想起张岱岳披着后辈的皮，像蜘蛛一样趴在那些翻涌的黑雾里。

闻时被恶心得不行，一滴泥都不想沾上。他带着一脸厌恶，朝远离泥沼的地方疾退数丈。

让开一段距离后，闻时控着檀线，想要将那片黏稠的泥沼搅散，却见那片泥沼突然减缓了扩散的速度。

它就像活物，朝前探了探身，然后止步于一步之外，仿佛惧怕着什么东西。

闻时盯了泥沼一会儿，忽然感觉脖颈后面轻轻扫过一阵寒风。

他皱了一下眉，转头望去。他身后是更深处的山坳，隔着雾的高处是两点灯火，仿佛一双眼睛，静静地垂眸看着这里。

紧接着，从灯火亮着的地方传来了一道悠长而凄凉的哭声。

那道哭声很模糊，混杂着男女老少不知多少人的声音。

闻时听到哭声的那一刻，感觉头脑里一阵刺痛，钻心剜骨。他下意识抬手揉着一边太阳穴，咬紧了牙关。

但很快他就意识到，这并非真实的疼痛，只是那哭声太熟悉了，让他想起了曾经因为尘缘缠身而听到的声音，身体先一步有了反应。

为什么他会在这里听到他最熟悉的哭声？

为什么那些哭声带着悲恸和宣泄的意味，像是临行之前的话语？

这种变化极为细微，其他人也许分辨不出来，但闻时可以。

因为很久很久以前，尘不到对他说过，每一缕尘缘都是有声音的，独一无二，如果听得仔细一点就会发现，当你解了笼，化散尘缘，送某个人离开，那些乍听之下刮人耳膜的哭喊都会带上解脱的意味，没那么可怕，也没那么难忍。

闻时就在这哭声里听到了那些。

他怔了半晌，忽然大步朝那两点灯火走去。

那人说过，这个山坳跟松云山有点像，藏风纳气，很有灵气。按照旧时书册上的说法，这种地方要么能养人，要么能养局。

不过这里跟松云山还是有些区别的，松云山有青松万顷，这里却是竹林，而且是那种直指天际的高竹，枝干上有斑驳的花纹，竹叶稠密，交错之下几乎不留缝隙，将山里的雾瘴牢牢地闷在枝叶下。

千篇一律的花纹加上浓雾，简直是天然的局，稍加利用，就能让人永远进不到真正的山坳深处，但闻时进去了。

他不知走了多久，避开多少条障眼岔路，终于透过竹子的缝隙，看到了一片静湖和一间简单屋子。

那时候天已经蒙蒙亮了。闻时在依稀天光下，看见那间屋子“吱呀”一声开了门，一道高高的人影低了头，从屋里出来。

他穿着雪白里衣，鲜红色的罩袍披在身上，衣襟并没有掩得一丝不苟，露出了苍白清瘦的脖颈，喉结突出明显。他戴着那张面具，在浓雾和夜色下有种森冷感。

“尘不到……”

闻时的嘴唇轻动了一下，声音却被风掩了过去。他看见尘不到站在屋门前，周身带着比现在还要浓重的病气。

那是尘不到在松云山从未露出过的模样，像刚经历过什么，耗掉了满身灵神精力，透着掩藏不住的疲惫倦懒，却又孤拔如山松青竹。

他卷折着宽大袖摆，露出一截手腕。蓝紫色的经络从袖间蜿蜒而出，顺着手腕延伸到手背，因为肤色苍白，有点妖异，又有些触目惊心。

但他自己好像没看见，只动了几下手指。

丝丝缕缕的黑气从他指尖逸散出来，在他面前慢慢聚成一片薄薄的雾。

尘不到透过面具看着那片雾气，忽然开口说了一句话。

他的嗓音很低，在风里显得模糊不清，但闻时却知道他在说什么。

明明应该听不清的，但闻时就是知道尘不到说了什么。

尘不到对那片黑雾说：“我替他送送你们。”

闻时耳朵里嗡鸣一片。他又听到了最熟悉的哭声，并不清晰，以至于那一瞬间难以判断他究竟是真的听到了，还是只是忽然记起。

其实不论哪种都没关系，闻时在听到哭声的时候，已经弄明白了自己看到的场景。

那是曾经日夜缠缚着他的尘缘，在他一次又一次的生剐下落进洗灵阵里，被尘不到一并担了过去，又在不知哪年哪月哪一日，晨光熹微之时，尘不到替他化解消融，替他送了尘缘里的那些人离去。

其实细算起来，那里面应该有他真正的家里人。

当初那座城被屠成尸山血海，如果不是那些人压着挡着，将他埋在最底下，他可能也等不到尘不到来，所以那里面应该还有他自己，有他的贪嗔痴欲，有他曾经说不出口的妄执和依恋……

他看见尘不到抬手拢了一下黑雾，下一瞬，雾气便化成了一大片青鸟，扑扇着翅膀，从他宽大的袖袍间飞往微亮的天际，就像闻时当初把沈桥遗留下的一点尘缘变成白梅花枝一样。

其中一只青鸟特别一些，落在最后，绕着尘不到，盘旋良久才飞走，离去的时候落了一片翠色的鸟羽。

尘不到看着那片鸟羽，出神片刻后伸手接住。

他倚在门边，拈着鸟羽垂眸良久，将它拢进了手里。

旧时书册里说：青鸟，神禽也，书信传思慕。

闻时第一次看见谢问，就注意到对方灵本手腕上挂着的翠色鸟羽。他一度十分好奇那根鸟羽的来历，却怎么也琢磨不出个结果，没想到在这一刻得偿所愿。

兜兜转转一大圈，那居然是他的东西，在他自己都不知道的某一刻，遗落在尘不到手里，完好地存留至今。

闻时很难描述那一瞬自己究竟是什么感觉。

山坳里的风很大，能将笔直坚韧的长竹吹成一张张弯弓，呼啸不止，但闻时却一无所觉。

他长久地站在山风深处，眼睛一眨不眨地看着屋前的人。

在这之前，他始终以为那个人只是惯着他而已。

所有的一切，都是因为他的期望和失望表露得太过明显，于是对方不忍心，就好像当年他站在松枝上看着尘不到下山，对方沿着山道走了几步，又转身回来带上他，但现在他却发现……在他曾经看不见的地方还藏着许多东西和他所以为的其实不那么一样。

屋前披着红袍的尘不到对竹林里的人浑然不觉。

残余尘缘化成的青鸟飞过山坳，隐没在天边。他倚着门看了一会儿，提了一下罩袍衣襟，顺着铺满竹叶的小径走下来。

沙沙的脚步声离竹林近了许多，闻时乍然回神。

他看见那道高高的身影停在湖边，忽然想到一个问题——他还在笼里，笼主是张岱岳，眼前的这些都来自张岱岳的记忆。

这些画面逼真而清晰，在闻时看来几乎毫无违和感，好像当初张岱岳就藏匿在这片竹林里，站在闻时所站的位置，屏息注视着这一切。

闻时想到这里，心头一跳，猝然转头朝四下扫视了一圈。

竹林稠密，枝干上满是斑纹，被风吹得树影横斜时，确实容易一晃眼看错，是一个藏人的好地方，不过眼下除了闻时自己，并没有其他人存在。

这点他可以笃定，如果有人，他不会凝神还感知不到。

那么当初呢？当初张岱岳就藏在这里，尘不到怎么可能感知不到？

除非那时候尘不到的状态极其糟糕，甚至比此刻笼里所见的还要严重，毕竟眼下只是张岱岳意识的表露。

如果是其他人看到这样的尘不到，可能会有无数种猜想，就算感觉到他不对劲，也不敢轻举妄动，因为从来没有人会把尘不到和“虚弱”这个词放在一起。

但闻时不一样，他见过外人从没见过的尘不到，也知道很多外人所不知的事情，所以他瞬间就厘清了所有事情。

尘不到一生解过的大笼数不清，身上背负的尘缘是闻时的百倍千倍，只是他将它们压得一丝不漏，除了闻时，没人知道。

他曾经说过，这是有办法解的。闻时以为这是他说来哄人的话，现在看来其实不假，确实可以化解，只是化解的过程不是常人能承受的，哪怕是尘不到自己，也得费尽心力。

闻时不知道那个过程有多难熬，会持续多久，也不知道化解的人会经历什么。如果连尘不到都会被耗得虚弱至极，那些痛苦就不是常人所能想象的。

所以他做这些的时候，从来不在松云山。

每隔几年，他都会在这个跟松云山相似的山坳里逗留一阵，在这间有点简陋的屋子里落脚，独自化散数十万人留给他的那些尘缘。

等到他状态恢复，再看不出异样，才会离开这里，回到松云山，或者踏入下一个笼。

这样的过程，不知有过多少回。

张岱岳撞见的，只是其中某一次，甚至根本不是撞见的，而是他刻意留了心。他说过，他被天谴缠身、无力解脱的时候，去求过尘不到。

他没提过时间地点，但想必就是在这里了。

他想求尘不到帮他，又不愿其他人知道，于是处处问询尘不到的行踪，一路追寻到这里。

他应该也见到了那间土地庙，听到了歇脚路人关于妖怪的议论，所以穿过雾瘴和竹林，悄悄摸进了山坳深处，看到了闻时所见的那一幕。

这里的场景之所以清晰如昨，就是张岱岳始终记得，甚至在后来的一千多年里回想过无数次——他在这里求过尘不到，而尘不到不肯帮他。

所以他耿耿于怀，怨恨至深，到死都放不下。

"当啷"。

湖边忽然传来一声轻响，闻时顿然回神，抬眸望去。

尘不到手里摆弄着几枚圆石，正弯腰把其中一枚搁在湖岸某一处。

"西北角……"闻时盘算了一下方位，皱起眉来，心生疑惑。

按照卜宁常说的，西北角在奇门遁甲里被称为死门，轻易不动。

"如果镇石落在死门，那就绝对不是什么玩闹的东西了，多半性命攸关。"卜宁当初这样说。

闻时也问过："怎样叫性命攸关？救人生？咒人死？"

"这跟常话说的性命攸关有些区别。"卜宁解释说，"一是说此局能起死人肉白骨，但你明白的，能做到这种事的局大多是不正的，并不是好事。还有一说，是指此局跟某一个人或是某几个人的命关联上了，就好比锁扣似的。这种也叫性命攸关，至于用作什么目的，那就因人而异了。”

因为卜宁的话，闻时虽然不修奇门遁甲，但跟那帮学过的人一样，对西北角这个死门很敏感。

他几乎从没见过尘不到在布局的时候顾过那个角落，这还是第一次。

而且当尘不到放好镇石，收回手，闻时隐约看到他手指间有一片殷红。闻时没弄错的话，那应该是血。

在镇石上落印，是为了加深布局人对局的掌控，说明那是个重中之重的局，而镇石上抹血则更甚。

尘不到平日连印迹都不用，却在这里用了血，他究竟在布什么东西？

闻时脸色有些变了，而湖边的人却依然平静。他绕着湖走了小半圈，斟酌了两个空处，在其中一处又放下一枚圆石，同样抹了血。

山里的杂草生得很高，连绵一大片，遮挡着视线。

尘不到在好几处地方停过步，但他一共摆了几块镇石，分别怎么摆的，具体落在何处，闻时都没能看见，只能凭经验猜想。

当某一块镇石落下的时候，原本在风中泛起涟漪的湖面陡然起了变化——浓重的雾瘴从八方而来，涌上湖面，像被一股巨大的吸力拢聚在中心。

眨眼间，整个湖泊都被浓雾包裹得严严实实，草木像晕开的墨，朦朦胧胧地摇晃着，若隐若现，远处的尘不到也成了一片模糊的鲜红色，跟湖里的倒影相映。

又是一眨眼的工夫，湖里的红色倒影消失不见，尘不到却还站在那处。

这种变化诡异极了，好像刹那之间，湖里流动的不再是水了，也不再会倒映岸边的东西。它就像墨一样，无声流动着，潮湿浓稠。

虽然闻时看不真切，但还是想到了一样东西——笼涡。

那个湖泊似乎在局的作用下，凭空变成了一处笼涡。而在笼涡深处，还有一根银色的丝线同岸边的尘不到相连。

尘不到手里还握着两三枚小小的圆石。他穿过浓雾，一边端详着湖中的变化，一边微调着镇石的位置，似乎在做某种尝试。

没人知道他在做什么，但当他和那片幽黑相连，银色丝线的光渐渐变亮，他周身的病气肉眼可见地退了下去，手背上青紫色的经络不那么显眼，裸露出来的皮肤也不再那样苍白，就好像……那处笼涡有着起死人肉白骨的作用。他在笼涡的滋养下，重新有了生机。

这和后来张岱岳所做的事如出一辙，仿佛张岱岳就是从这里偷学到的办法。

闻时紧紧盯着那抹红影，神情忽然冷了下来。

就在这一刻，他身后不远处传来一阵窸窣轻响。

闻时侧身撤了一步，动作利落地隐入暗处，偏头一看，竹林里多了一道身影。

那是一个穿着灰褐色短衣的年轻人，身材还算高大，面容却模糊不清，因为他始终低着头。

他的手垂在身侧，紧攥成拳，脸侧的骨骼隐约在动，似乎不愿低头，又不得不低头。

这样看来，他应该是一个很傲的人，可细看一眼就能发现，他在发抖。

闻时只觉得一阵风从面前拂扫而过，那道鲜红的身影无声无息站在了近处。

他侧对着暗处的闻时，就站在那个年轻人面前，目光透过面具，居高临下地看着来客。

“你是？”他的嗓音模糊而渺远，几乎听不出本音。

年轻人并没有回答，只是双膝一软，伏在了地上，额头死死贴着泥泞潮湿的山野地面，嗅着枯枝烂叶的腐朽味，说：“我求你。”

红色罩袍扫过石头的棱角，戴着面具的人微微弯下腰，不知道是为了听清年轻人祈求的话，还是为了看清对方卑微伏地的模样。

“你说什么？”他的嗓音依然模糊，还带着几分微微的沙哑。

“我说求求你，”年轻人微微抬起额头，又重重磕下去，在地上发出一声闷响，“求求你救我一命。”

年轻人一下一下地磕着头，低微如草芥蝼蚁。他不断地重复着祈求的话，而弯着腰的人就那么安静地听着。

过了好一会儿，那人才开口道：“你为何求我救你？”

“你是半仙之躯，是山巅上受人仰望的人，有灵气。你什么都会，什么都知道，什么都看得明白。这世上，只有你能救我，除了你，我再无人可求。”

一身红袍的人听年轻人说完，良久之后很轻地点了一下头，道：“好，不过你得等一等。”

年轻人根本不敢抬头，依然伏在他脚前，问：“为……为什么要等？”

“因为……”红衣人不紧不慢地卷了一下袖摆，“我要先打发另一个来偷听的人——”

话音落下的瞬间，那人猛地转身，尖利的五指间夹着细薄的金纹纸，直朝闻时的脸抓来。

可闻时早在他转身之前，就已经悍然出手。

檀线如利刃般射出，螣蛇就在那一刻尖啸着直贯而上，满身流动的火光撕裂了林地和苍穹，整个笼因此震颤不息，场景像信号不良的屏幕，不断闪烁着。

闻时一把抓下那张面具，眸光冷厉地扫过面具下的脸。

那果然已经不是尘不到了，而是一张有些陌生的面孔。

对闻时而言，这张脸甚至不如张正初的好认，更别说张雅临了。但他还是看一眼就知道，这是张岱岳，真正的张岱岳。

数百道檀线霎时交错，根根泛着寒光，将张岱岳整个包围在其中，每一根都抵着要害。威压如海，像尖利的刀刃，隔着距离都能破人皮肉。

风拂扫着他披散的头发，还没碰到檀线就掉落一地，是真正的吹毛立断。

于是张岱岳僵立在檀线中，动弹不得。

闻时只是夺了面具，却好像掀掉了他一层遮羞的皮。刚才他居高临下的气质瞬间消退，别开了头，狠声道：“你把面具还给我。”

这话简直火上浇油，闻时瞬间拉下了脸，冰冷道：“还给你？”

螣蛇在那一刻自九天直下，猛地俯冲向地面。螣蛇带起的狂风灼热逼人，搅得草木稀碎，浓雾骤散。

张岱岳在冲击下踉跄了一步，头脸和手臂上瞬间多了七八道伤口，痛得他咬紧了牙。

闻时在那悍然重击下抹掉面具上沾染的几点尘土，用冷冰冰的眸光看向张岱岳，道：“你也配？”

说完他手指一动，十多道檀线瞬间活了，毫不客气地拽下那件鲜红罩袍。

闻时将那抹红色抓进手里又背到身后，厌恶和冷厉丝毫不加掩饰：“你这脸是有多见不得人，临死都要占别人的东西。”

如果说之前的场景都是张岱岳的回忆，那最后就是张岱岳的臆想。

他始终忘不掉自己在这里求人遭拒的那一幕，又下意识排斥那一幕，不愿意承认那是自己。他总希望自己能长长久久地活着，有半仙之体，成为人上人，站在山巅上，受人跪拜敬仰。

所以他在回忆的末端，变成了那个穿着红色罩袍、戴着面具的人，一边排斥，一边又享受着被人跪拜祈求的感觉。

他鸠占鹊巢，自欺欺人，但闻时一眼就分辨出来了。

真正的尘不到，永远不可能那样居高临下地端详欣赏别人伏在脚前的模样。

就算面具遮脸、红袍裹身，将自己挡得严严实实，他还是那个张岱岳。

闻时话语中的某个词刺到了他，他猛地转回脸来，眼睛通红地盯着闻时，表情里混杂着狼狈和凶戾："你说什么？"

"你刚刚说了什么？"他压低声音，重复着这句话。

闻时解过无数次笼，大多是耐着性子跟笼主慢慢磨，引着对方一点点意识到自己身陷囹圄，没能解脱。

但这次不同。

他压着嗓子，用最清晰直白的方式告诉张岱岳："我说，你临死都占着别人的东西。"

"死……"张岱岳彻底僵住了。

他眨了几下眼睛，缓缓低头，喃喃："死？"

"死……"

"不会。"张岱岳兀自摇了一下头，"我怎么会死呢？不会的，那跟我不相干的，我怎么……"

他嗓音干涩，说到一半便没了音。他连咽好几下，呼吸都变得急促粗重起来，活像跑了不知多少里路，喃喃道："我怎么会死呢？不可能的，没道理。我——"

"我明明活得好好的，我有办法的，我已经找到了办法，凭什么要死？他可以……他可以靠那种办法变强，我为什么不行？不应该，不应该……"

张岱岳反复念着不应该，到最后没有声音，只动着嘴唇。然后他焦急地转身四顾，似乎想找个身边的人来证实，喊道："阿齐？张齐？"

他找了一圈，却发现自己身边谁都没有，不论是当初那个总给他当跟班的张齐，还是后来那个跟了他一千年的樟，都没有踪影。

记忆不断撕扯拉锯，搅得他几乎癫狂。

一旦笼主开始崩溃，整个笼便跟着地动山摇，景象变得混乱不堪，像无数张撕碎的照片，毫无逻辑地拼接在一起。

山石崩裂，泥沙俱下，湖水倒灌。

当闻时又放出一只巨橦的时候，无数兽嗥鸟啸同时响起，苍穹被映得一片雪亮。在那之中，神鸟巨大的身影展翅而来，身后还有鎏金的虚影。

它遮天蔽日，以双翅承挡住了所有。

与此同时，嘈杂人声如海潮般涌过来。闻时怔然回身，对上了谢问的眼睛。

那些走着走着忽然消失的人，重新出现在他身边，不仅是谢问、夏樵、张碧灵，还有卜宁、大小召等等。入笼的人乌压压一大片，包纳了现世解笼人近百家——所有身在张家本宅的人，几乎都在这个笼里。

只是他们之前有些附着在似人的物件上，有些在山的另一处，又因为笼的效应被分隔开，都以为自己是孤身一人。

直到这一刻，笼开始崩塌，一切效应悉数消退，他们才发现，原来所有人都在这里。

"哥！"

"灵姐！"

"师父。"

……

众人围聚到了一块儿。

闻时看着谢问，忽然想起了那片青鸟羽毛。

他想问"这个山坳你一个人来过多少次，为什么从来不肯说"，但他又记起刚入笼的时候谢问说过"我曾经想过等时机合适，要带你去看看"，于是他的话到了嘴边就变成了"你的东西"。说着，他把那张面具和那件宽大的鲜红罩袍递给谢问。

他越大越发现自己在某些事上执拗到近乎幼稚，就好比这张面具和这件罩袍在他眼里就只代表一个人，只能一个人穿、一个人用，其他人沾一下都不行。

哪怕现在谢问用不上它们，他也要拿回来。

谢问的目光落在那些东西上，片刻之后微微抬了一下头，目光投向闻时脸上。

"都是一些旧物了。"谢问没有接那些东西，而是握住闻时的手腕，把他拉到身边。

闻时愣了一下，手指蜷了一下又松开。

幢线因为他无意识的动作收得更紧，被严密包裹在其中的张岱岳急喘了几口气，在威压和剧痛下痛叫出声。

闻时猝然回头。

张岱岳膝盖软了，因为疼痛和煎熬半跪在地，在数百人的围堵下低垂着头，手指攥出了血。他的脸涨得通红，额角青筋突起，狼狈中透着几分不甘和狠戾。

下一瞬，他猛地抬起头。新旧记忆撕扯不息，他的目光散乱地在所有人中游移。半晌，他乱转的眼珠才有了定点，死死地盯着谢问。

他道："我看见了。"

"看见什么？"谢问的语气一如既往。

"我看见你在山里布的局，背着所有人，就在湖边。"他加重了音调，显得嗓音更加嘶哑难听，"就在那个湖边。所有人都说你是半仙，可就连你那些亲徒都不知道你在这里做了些什么吧？"

他像在讲什么秘密，顿了一下，又咬着牙笑起来："只有我知道。只有我看到了。"

"都是方术，谁比谁高一等呢？凭什么你可以一边用着那种局，一边受人崇拜敬仰，我却该死？！凭什么？！"

"凭什么——"张岱岳眼里几乎要滴出血来。

谢问的眸光扫过那片早已支离破碎的湖面，又收回来，道："那是你认错了局。"

"所以你布的是什么？"闻时低声问道。

他想起之前看到的场景——尘不到沿湖摆放的那些圆石都是抹了血的，那应该是一个难控的局。张岱岳当年撞见那些，下意识以为尘不到不甘于半仙之体，背着所有人利用笼涡种种来助长修为。

但闻时清楚地知道，那不是笼涡，可他也认不出那究竟是什么。

谢问静默一瞬，说："那是我布来备着的东西。"

"备着干什么？"闻时问。

谢问的目光扫过那些远远近近的后世人，又落回闻时这里，道："留给你们的。"

他活了很多年，见过很多事，知道诸法无常，世间总有劫难。战乱、疫病、天灾、人祸……短则几月，长不过几年，总会有那种无法估量的大笼出现。那是数以万计甚至十万计的人留下的尘缘，化散不了是劫难，由任何一个人担下也是劫难。

他二十多岁的时候曾经料见过一些后来事，早早就知道自己会离开，就在那几年。

曾经很长一段时间他都在想，如果自己不在了，再碰到那样尸山血海的大笼，谁会去担？自己担下这一次，那下一次又该怎么办？

他其实很清楚，真到那种时候，必然有人会横挡在最前面。正因为这样，他才更放不下心来。

所以他一直在琢磨一种局，能将消融不掉的尘缘吸纳过去，留待日后慢慢化散，给担负太多的人一个缓冲的余地。

他需要那个局在他死后也如常运转，替他看着那些往来于尘世的徒弟们。

“那算是洗灵阵和笼涡相结合的一种局，一方挪转，一方驻留，不过要比那个再稳固隐蔽一些，免得牵累不知情的人。”谢问说。

每回他来这处山坳，都会摆弄着镇石试一试，是以他调整过很多回。

为了让那个局运转不息，他以血封石，算是拿自己做了突破口，只是还没等局完全成型，就出了最大的变故。

闻时听着他的话，忽然想到了一件事。

那件事掠过闻时脑海的瞬间，仿佛一捧冰川水兜头而下。

因为柳庄的变故，他跟卜宁几人曾经认真研究过天谴。他知道那种东西因人而异，落在普通人身上是一种效果，落在他们这些人身上又是一种效果，而后者要严重得多，沾上就是万劫不复。

这东西根本无解，照理说，张岱岳的天谴印迹应该一分不减，但张婉说过，他的印迹是淡的。他怎么做到的？难道他曾经悄悄借着什么东西清洗转移了那些印迹吗？

除了谢问所说的那个局，闻时根本想不到第二个答案。

如果真是他所想的那样，那当初尘不到控不住万千尘缘而满身黑雾，最终落入封印不得解脱，就都有了缘由。

闻时想到这些，怒意到了顶峰。狂风拔地而起，冰霜向外，顺着震颤不息的傀线疯扫出来。

转瞬间，张岱岳便满身血口。

“啊啊啊——”

天地间仿佛只剩下暴起的狂风和他们两个人。

“你做什么了？”闻时厉声问，嗓音冷得像在雪里冰过。

张岱岳被剧痛攫取了神志，他惨叫着，急喘好几声才抬头看向闻时，吼道：“你！”他眼里还带着深重的怨恨，显然还沉浸在自己的世界里，压根没听见闻时的问话，也不明白闻时此刻的盛怒。

而就是这种不明白，最让人怒火中烧。

张岱岳身上的幢线猝然收紧，勒得他皮开肉绽。他的眼珠因为冷不丁的剧痛和窒息感爆红凸起。

闻时的手指顺着线朝前一捋，又悍然一拽，将张岱岳猛地拽到面前。他被迫抻着脖子。

“我问——”闻时的手指攥得极紧，关节毫无血色，跟他此时的唇色一样，“你怎么洗的天谴？”

张岱岳想挣扎，却被死死压制，动弹不得。他因为窒息两眼翻白，眼皮飞速地颤着……

这太狼狈也太丑陋，于是他索性闭上了眼。

怎么洗的天谴？

张岱岳说不出话，只动了几下乌紫的嘴唇，看上去像在艰难思索，仿佛他忘记了。

闻时的脸色难看到极致，眼里那股恨意也到了极致。

他的骨节都攥出了响声，将所有幢线倾力一提。

“喀——”张岱岳的剧咳是从嗓子里挤出来的，混着血沫，仿佛五脏六腑都被搅得稀碎，正从口中溢出来。他惶急地抓了两下幢线，忽然笑了起来。

“我想……想起来了。”他说，嘴唇还是咧着。

怎么洗的天谴呢？当时在那个山坳里铩羽而归，张岱岳越想越不甘心，又越想越害怕。

天谴在他身上的反应太明显了，不论他想做什么，都会落得一个最糟糕的结果，像一种诅咒。

他频繁地陷在梦魇中，好像只要闭上眼，就会有无数怪物爬进屋、爬上床，一口一口地分食掉他。

他焦虑易怒、阴晴不定、欲壑难填，一切最为负面阴晦的东西都被无限放大，仿佛身体里藏了无数怪物，挣扎着要破体而出。

这不是最可怕的，最让他难以接受的是他解不了笼了。

那次的笼是他生平罕见的可怕回忆——他就像一个人形漩涡，疯狂吸纳着周遭所有阴暗的东西，那些黑雾铺天盖地朝他扑过来，钻进他的身体。

起初他是欣喜的，毕竟吸纳的黑雾只要能够消融修化，就能让他变得更强。

可下一瞬他就开始后悔了，因为他已经承受不了了，那些黑雾还是疯了一般涌入他体内，源源不断。它们在他的身体里肆虐冲撞，非但消融不了，甚至引得之前十多年里已经消融的那些都跟着蠢蠢欲动。

那是他第一次真切地感到恐惧和无力。

他想到了一个词——反噬。他的身体里满是怪物，而它们不是修为高、能力强就能控制的，甚至越是厉害，消融过的东西越多，承载的越多，反噬就越可怕。

这就是天谴。

张岱岳始终庆幸他那天所在的笼并不是很大，也不是独自进的笼，还有一个不知情的同伴帮了他一把，否则他可能真的折在那里了，应了天谴的那句话：死无葬身之地。

那个关键时刻帮了他一把的人姓罗，来自云浮，也是松云山下的外徒，平平无奇、寂寂无闻。姓罗的人解笼之后也没讨要什么，打了声招呼就走了。

这毫不起眼的一脉，单论实力，早该销声匿迹，却在千年之后成了解笼人几大家族之一，而这少不了张家的助力。

所以后来人都说，张家老祖宗张岱岳知恩图报，大善。就连罗家人自己都这样认为，还常为此感慨不已。

直至今天，他们才算窥见了几分当年的实情。

张岱岳在那次出笼之后消失了几天，不见踪影。没人知道他去了哪里，又做了什么。

直到此刻被闻时攥住命门，他才从满是血沫的喉咙里挤出一句：“我……我去了那个山坳。”

他又一次偷偷去了那个山坳，费尽心机才穿破雾瘴靠近中心。

如他所愿，尘不到不在，只有一间空屋和一片静湖。

那天山里冷极了，湖面结了一层薄薄的冰。几只水鸟轻飘飘地落在冰上，踩出极轻的声音。乍看过去，那湖泊再普通不过，但他知道，尘不到摆了局在这里。

他不清楚那究竟是什么局，但无非是助长修化、增益补进之类，说不定半仙之体就得来于此。

于是他跳进了湖心。

那个季节的山湖水应该冰寒彻骨，但张岱岳偶尔回忆起那一幕，从来不记得水有多冷，身体有多痛，只记得那刻的狂喜。

那局轰然运转，那些在笼里缠裹着他，无法消化又无力承受的黑雾，带着他的天谴，一并被洗落在湖里。

黑雾像有无数头颈的巨蛇，天谴印迹就是缠绕在蛇身上的淡金纹路，密密麻麻地交织着，形容可怖。它们一触到局的底部就疯了，拼命朝局的中心钻涌。

那不过就是一瞬间。

一瞬间，湖水化作雾海，漆黑一片。一瞬间，他身上的天谴印迹就淡去了一半。

那时候张岱岳简直欣喜若狂，恨不得把余下的印迹连皮剥了，直接扔进湖里。

但下一刻他就变了脸色。天谴在他身上的时候，搅得他夜夜不得安宁，现在天谴被他洗进了湖里，又怎么会安分下来。

局内霎时爆发出各种哭声，满山雀惊，黑压压千百只，顷刻就散了。

湖边停歇的几只水鸟刚扑翅，就被黑雾包裹淹没，瞬间干瘪枯萎。

张岱岳再顾不上洗剩下的天谴，连滚带爬地挣出湖面。

天谴翻搅不息，黑雾就像海潮巨浪，从山坳里扑出来。

张岱岳几乎是滚下山的，他站起来一回头，看见了漫山遍野的黑色，带着浮动的淡金色印迹朝八方奔涌，朝着山道、驿站、村野和门楼……

那些地方有数不清的人，对即将临头的灾祸无知无觉。

自己可能闯大祸了，张岱岳心想。

但黑雾紧逼在后，他只来得及朝那些地方匆匆望一眼，便开了一道门，逃出生天。

那一天的酉时，暮霭沉沉，不知哪座山寺的和尚刚敲第一下钟。

尘不到正在千里外的某地解一个大笼。

当钟声模糊传来的时候，笼中虚相将散，数不清的尘缘被他悉数纳下。

他正要修化尘缘，就见金翅大鹏拢翅落地，递了一张刚收的信笺过来，道：

"大小召传过来的。"

尘不到将折了的信笺展开，就见纸上寥寥几笔，画了山和树，还点了一大一小两个相连的墨团。

老毛伸头去看却没看明白，指着墨团问："俩丫头又打什么哑谜？"

"你看不出？"尘不到合上纸笺，噙着笑，"树上长雪人了。"

"啊？"老毛眨了眨黑漆漆的豆眼，又立马"哦"了一声，是闻时上松云山了。

"那咱们……"老毛问。

尘不到扫了一眼指间缠绕的黑雾，说："送了这些，先回山。"

他把回好的纸笺放出去，给大小召留了句玩笑话，说：我哄他给我烹壶茶，你俩看着点人，毕竟是雪堆的，别化了。

这地方在南，松云山在北，相隔三千余里，普通人连车带马也要走上很久，于他们而言则快得很，开一道门的工夫而已。他们酉时动身，顶多三刻就能到山顶，刚好够煮一壶茶。

这本是数十年里再寻常不过的一刹，老毛的眼皮却忽然跳了起来，莫名一阵心慌。

他听见远山的钟声响了第二下，"铛"的一声，正要开口，就见尘不到腰间挂着的白玉铃铛轻磕出响，无风自颤。

有一瞬间，他们主傀二人都怔了一下。

接着，老毛满身的鸟羽虚影便奓了起来。因为他知道，这白玉铃铛是连着山坳那个局的，轻易不会响，一旦响了，就是大事。

他看见尘不到手握玉铃，阖上眼。因为傀和傀主的联系，他跟着尘不到目睹了那个山坳周围黑雾肆虐的景象——兵荒马乱，哀鸿遍野。

活物像被吸干的枯枝，在被黑雾包裹的瞬间变得干瘪委顿，倒落在地。

尖叫混杂着鸡鸣狗吠响成一片，到处是四散奔逃的人，还有不知谁家的小孩无措地站在田埂上，张着嘴哭喊。而如海啸般席卷的黑雾就在他身后，近若咫尺。

老毛甚至忘了这只是他相隔千里看见的虚景，巨翅瞬间张开，似乎要替那些人挡下滔天灾祸。

那一刻的景象逼真极了。他仿佛能感觉到飓风掀开了他所有翅羽，黑雾遮天蔽日，迎面而来，黑雾和鎏金巨翅即将锵然相撞——

老毛眯起了眼睛，却没等到预想中的冲击。

黑雾止于老毛鼻尖前，浓黑表面隐隐浮动的淡金印迹几乎扫碰到了他，却没有真的碰到他。那些景象就倒映在他瞳孔里，一瞬间拉长得犹如一百年。

他看见成灾的黑雾突然极速退开，像巨浪被什么倒吸，自何处来便回何处去。

那黑雾来处是山坳，而局的突破口是尘不到本身。

灾祸不会无端消散，局也不会平白倒转。是尘不到在千钧一发之际，将那些奔涌四散的黑雾统统收束回去。

这是最快的办法，也是当下的唯一办法。

因为除了尘不到，这里找不出第二个人能压下那样滔天的祸事了。

所以老毛最初是庆幸的，还松了一口气。

尘不到修化过数以百万计的尘缘，刚刚这一场不过是其中之一，难虽难，却无伤根本。

但下一刻他就僵住了。

他想起那层隐隐浮动的淡金色印迹是什么了……那是天谴啊！

山寺的钟敲了第三下，这在漫长的世间不过是一个须臾。

可须臾间，天翻地覆。

松云山上烹着的那壶茶，他们喝不到了。

彼时，钟思在百里之外牵马入城关。

那是岁终之月，到处都在庆祝。城里撤了宵禁，腊市刚设立便红火热闹，灯笼长长一串，挂了满城。面具悬在高杆上，跟尘不到下山所戴的有三分相似。

他收到卜宁传书的时候，正停在某个摊前挑拣着稀奇玩意，那罐石料特别的棋子就是要捎给卜宁的。

但他展开金纹纸笺的时候，棋子却翻落了满摊。

他把牵马绳拍在摊贩胸口，匆匆丢下一句“送你了”，便转步去了城墙背处，连城都来不及出就开了一道门，直通尘不到所在的地方。

他在那端落了地，便再说不出话。

他不足五岁就上了松云山，又于及冠之年下山，进过的笼、送过的人数不清。可直到那天他看见师父才知道，原来世间尘缘那么多……多到聚集在一起，居然望不到边；多到能把千顷山林变成炼狱，把仙客拉进秽土，使其从人人敬重到避如蛇蝎，好像只是一瞬间；多到……他觉得自己十多年来好像什么也没学下来，否则怎么会掏尽所有，也没能让师父身上的尘缘消减分毫？

通传的信笺再飞不出山，金纹纸还没成形就在黑雾里皱缩成灰，落进早已枯焦的荒草里。就连卜宁的镇石也被碾成细末，飘散在风里。

他什么也顾不上。他不知道谁来了谁走了，谁还没能收到消息，谁又进了局。他只近乎机械地试着自己所知的所有方法，然后在泥沙尘土和黏稠的湿雾里回了一下头。

他对着谁说了句什么，似乎还苦笑了一声，乍看上去一如往常，但连他自己都不知道自己究竟说了什么。

许久之后，他听见了身后卜宁声音沙哑的回答。

卜宁说："师父教过我一种局。"

那句话其实很轻，轻到卜宁可能根本不想说出来，但钟思听见了。哪怕那天发生的所有事情都像梦一样模糊不清了，他也记得那句话。

他盯着卜宁毫无血色的脸说："哪日教的？什么局？"

卜宁答道："下山前……封印之局。"

那是尘不到教会他的最后一样东西，跟以往教的任何一个局都不同。那个局的突破口就落在死门，几乎不留余地。

卜宁当时说："师父，这局太凶，怕是平生都用不上。"

尘不到回道："那倒是一件好事。"

但他良久后又看向卜宁，补了一句："你不是从小就爱留些后着吗，就当这是我送你的一个。"

"师父不怕我用错了时候吗？"

"你天赋灵窍，一点便通，该用的时候，会知道的。"

师父没说错，该用的时候，他真的知道，但他宁愿不通灵窍、不知道。

那个刹那他甚至想，当初临下山前尘不到忽然决定教他这个局，是不是早已料见到了什么。

曾经钟思就常蹲在练功台前的高石上，吊儿郎当地摇着食指说："大家都说师父奇门遁甲、金纹纸术、橦术样样精通，皆修到了顶，唯有爻辞术平平，但我总觉得不然——"

他总说师父说不定比某些书呆子师兄天赋还高，早早料见了太多东西，诸事尽在股掌中，又或者懒得盘算，毕竟诸法无常，生死由天。

钟思自己就是后者，他嘴边挂得最多的一句话就是“水走船行，且行且看，不强留”。

但那一天，他听见“封印”两字，却说了“不”。

后人都说老祖钟思情浅少执，一生洒脱，却没人知道，他在那一天说过多少次“不”。

也没人知道，那个万事都是撇嘴一笑的人，最终不得不在封印之局上拍下第一张金纹纸时，眼睛有多红。

他和庄冶其实本不会耗尽灵神，因为直到最后一刻，尘不到都尽一切可能压着所有能压的东西，霜锋剑刃皆强拗向内。

他们之所以受了重创，是在封印末端，意念模糊不清的时候，他们下意识将镇压转成了回护，跟着承了几分封印之局的效力。

可能是雾太深浓、血海蜿蜒，他们总记得那天阴风暴雨，愁云惨淡，整个世间都是灰黑色的。

其实不是，尘不到识海模糊前的最后一刻，抬眸朝天上望过一眼，就像曾经在松云山顶倚门望过的无数眼一样。

那天月如弯钩、繁星满穹，是一个少有的好夜。

他很少会记日子，但他记得那天是腊月初一。

凡间万户开始挂灯笼庆祝的时候，最是热闹。不过他会记得那天不是因为这些，而是二十多年前的腊月初一，他在一片尸山血海里领回来一个人。

那人在很多年后的某一天对他说：“山下的人常提生辰，那天有人问我，我说我生在腊月初一。”

短短一句话，忽然就成了他往后的牵挂。

其实那天，就算闻时没回松云山，尘不到也打算去看他的，毕竟是生辰，一年一日，一生不过数十年，自己哪舍得让他孤零零地过。

尘不到写了纸笺，说好了要回去的。

怎奈松风明月三千里，天不许归期。

沈桥以前问过一句话：“你是不是有什么放不下？”

曾经闻时以为自己放不下的是灵本，后来想起一些片段才知道，他放不下的是自己灵本成笼守着的地方。

现在他终于明白，他其实是在等人回家。

他用那年山顶新下的雪烹好了一壶香茶，等尘不到回来，却只等到大小召在错愕中枯化。

他等的是那人一句“我来讨茶”，可真正等到的，却是封印之局漫天血雾下的那句“闻时，别回头”。

那天之前，腊月初一是他的生辰。

那天之后，死生同日。

一切的一切，都是拜面前这人所赐。这个杂碎本该承受自己造下的所有恶果，万死也不足惜，但他居然好好地活了一千年，凭什么？

“你凭什么……”

张岱岳在模糊的视线中看见闻时的嘴唇动了一下，轻声说了这样一句话。

不知道为什么，比起刚刚那个盛怒滔天，攥着他的命门喝问他的人，此刻忽然静下来的闻时更让他恐惧，简直有点毛骨悚然了。

那种冷静就像一层冰，薄而平地覆在最上面。你可以看到冰下翻涌的浪潮，但又触碰不到，就好像对方已经做好了某个决定，而你无论如何都没法让他改变主意。

这种感觉比什么都让人害怕。

张岱岳这刻是真的慌了，而闻时已经不再看他，只垂了眼，从手指间理出一根傀线。

呼——那根傀线穿过狂风，落到了他身上。

跟之前给他带来剧痛的那些傀线不同，它冷冰冰的，很轻，自右颈斜向下，绕过左肩下靠近心脏的地方。

传闻都说老祖闻时使傀线的时候，从来不讲究缠裹的条理，那些看似普通的线只要到了他手里，就好像是从灵本上延伸出来的一样，可这次不同。懂傀术的人一看就明白，这根傀线的起点和落点都是有讲究的，绕过的两处都是灵本关窍，仔仔细细，毫厘不差。

“你——”张家老祖宗动弹不得，目光跟着线走了一圈，再出声时，声音已经开始颤了。

他刚说一个字，第二根傀线又冷冷落下来，绕过左腕，又朝额顶缠过去，依然是灵本的关窍。

“你做什么？”他焦急开口，“你究竟——”

第三根檀线也过来了，绕经的还是关窍。

后世人评述一个檀师有多厉害，总是去看他能同时操控多少个巨檀，好像檀是檀术巅峰的体现，以至于后来很少有人记得，檀术最凶的一招跟檀无关，只用到线，那就是绞杀，不是寻常的绞杀秽物、幻境精怪，而是绞杀灵本。

灵本乃一切的根基，是本源。绞杀灵本，就是彻彻底底抹杀这个人一切活的机会，也叫屠灵。它并不会让灵本就此消散于黄土，而是将灵本禁锢起来，让灵本在各个角落看着尘世洪流滚滚向前，看着生灵万物都好好活着，除了自己。

后来人之所以不记得，是因为这一招儿太凶，归属于禁术。也许有人会它，但从来不用。

闻时就是如此，今天这是第一次。

檀线一根一根落下，就像铡刀一把一把地轻抵在张岱岳的皮肤上。

张家老祖宗口含血沫，不断吞咽。他死死盯着闻时，从挣扎狡辩到浑身抖如筛糠。

当第八根檀线落下的时候，他终于受不住，彻底崩溃。

“你不能——”他目眦欲裂，“你不能这样，你做不了这种事！你不能——”

屠灵一共需要十二根檀线，而闻时在他发狂的时候已经甩出了第九根。

“我看过的，我知道！屠灵是禁术，是大忌！”

第十根檀线落下。

“我有天谴，我的天谴印迹还没全消！我该回来继续还债，你不能……你不能把我绞杀在这里。这是大忌！你——”

他觉得面前这个冷眼寡语的人已经疯了，而他不知道怎么阻止。肆虐的狂风已经形成了风涡，风涡里只有他和闻时。除了闻时，他看不到任何人。

风涡外人声嘈杂，似乎有很多人不断想靠近他们，却没人能靠近他们。

张岱岳开始口不择言了：“你看看我，看看我身上的天谴。逆天改命、触碰大忌就是这个下场，你最该知道的！屠灵只会比改命还要凶，你会比当初的我还要痛苦、还要惨烈，你会承受十倍百倍的反噬，你——”

到最后，他嗓音凄厉，堪比尖叫。

闻时终于在尖叫声中看过来。他皮肤雪白，衬得眼底的血色鲜红，却无动于衷。他绕下第十一根檀线，终于开口回了一句：“那又怎么样？”

反噬好了，痛苦又怎么样？随便什么都无所谓。

这一瞬间，他所有的感官和理智都是空茫一片，上碰不到顶，下踩不到底。

他又感觉到当初在封印之局里的那种歇斯底里，只是这次面上是冷的。

可能他更疯了吧。伤敌一千，自损三千都无所谓，大不了就是天谴……大不了就是背一次天谴。尘不到都背过天谴，他为什么不行？

狂风骤然掀到了顶部，跟傀师的情绪合二为一。那点隐约的人声被彻底盖住，一切都被屏蔽在外，就连风涡里张家老祖宗声嘶力竭的叫喊都像是默剧。

他铁了心。

就在最后一根傀线也甩出去，大忌将成的那一刹，终于有一只手破风而入，勾住那根傀线将它收回来，然后包住了闻时的手指。

那只手很凉，凉到几乎没有活人的体温，像细长的枯树枝丫。

手被包握住的那一瞬，闻时的情绪终于有了实感。

"闻时。"谢问的嗓音极低也极温和，是从没有过的语气。他自闻时身后而来，在闻时耳边一遍一遍喊着，像一种安抚："闻时……"

"不是这么报仇的，你听话。"

闻时听到他声音的时候，紧紧抿着没有血色的唇，强压着的所有情绪都漫了上来，再也收不住。

这像极了他年少时在大笼里受了伤，上山回家的瞬间。

他的眼睛依然很红，盯着虚空中的某个点，带着几分固执说："大忌就大忌，我不在乎。"

"还有我呢，我在乎。"终于破开风墙的谢问明明站在他身后，却好像知道他会有什么表情、什么反应一样，伸出另一只手，盖住了他发酸的眼睛。

他在黑暗中依然睁着眼，过了很久才慢慢合上。

谢问感觉手掌心沾染了一丝温热潮意，看见闻时颈间的喉结滑动了一下，听见对方哑声说："不公平。"

那一瞬间，他心疼得一塌糊涂。

他知道闻时其实清楚种种法则，明白世间福祸并不是这样直白相较的，或早或迟，但该有的其实并不会少。闻时说这样的话并不是那个意思，只是憋了太久的一种发泄而已。

他就是因为知道这是发泄，才更心疼闻时。

又过了很久，连谢问都难破的风墙才慢慢缓和下来，周遭的人声终于透进来，模糊嘈杂。

张家老祖宗以为自己得了一线转机，抓住这个间隙一边挣着身上已缠的幢线，一边强调道："没人能绞杀灵本，谁都不行……没人可以，谁都不——"

他正摇着头，颠来倒去地重复着这些话，就听见谢问忽然开口道："有这么一个说法，说人死的时候，请上十八人日夜诵念，只要心真意诚，就能给将行的人留点祝福的印迹。"

印迹可深可浅，浅者多一两个福报，深者可保一世平安长寿。

当然，印迹的效果不止于此。

"印迹不一定是善的。"谢问淡声说着，看向张岱岳的时候没有表情。

他一贯与人言语要看缘分，有些人他连斥责都省了，一个字也不会多说，张家老祖宗就是其中一个。

眼下他却一反常态，不知是因为掌中那点潮意，还是因为背后更多的人和更多旧事。

张岱岳怔了一下，攫住了他话里的意思，忙道："怎么——"

他环顾四周，渐渐停歇的风墙之外，依稀是解笼人黑压压的身影，然后他问："是要让这些人一并对着我诵念，祝我报应不爽吗？"

他的嗓音像风箱，笑起来嘶哑难听："不会的，没有用……一千年，他们就是日夜不休、诵念不停，抵得了一千年里那么多人对我说的大善和福报吗？"

"抵不了。"谢问居然顺着应了一句，"他们的话不作数。"

张家老祖宗又怔住了，他从来就摸不透面前这位的想法，像隔了一条鸿沟，过去是，现在依然是。

但没关系，他只求能活着。他的要求其实很简单，其他他都不在乎。而面前这些人，哪怕本领通天也没法在这点上奈何他。他们无能为力，这就足够让他快活了。

他正要笑，就听见谢问又说："你身上还有没消的天谴，单是一个柳庄，你的债主就数都数不过来。其他人的话不作数，债主就不一样了，那是你欠他们的。"

张岱岳盯着他。

"我没教过你什么，所以不知道你有没有听过一个道理。"谢问停了一下。

张岱岳的嘴唇轻颤了一会儿，还是没忍住，说："什么道理？"

“不管世间变换多少轮，你亏欠的那些人总会在你周围，躲不开、避不掉，直到两清。”

张家老祖宗的身体瞬间僵住。那一刻，他真的悚然一惊，下意识朝风墙外的幢幢人影看过去，想着自己身边来来去去那么多人，或许其中一些就是千年前的柳庄村民，含冤带恨。

但他很快就说服自己道：“有便有，就算有人是我的债主，他们自己也不知道。时隔那么多年，谁还记得？”

话音刚落，他就听见一个微微沙哑的女声穿破风墙：“我记得。”

短短三个字，就让张岱岳血色尽消。

“谁？”他喝问。

泥沙走地，他看不清风墙外那个人的模样，也一时辨不清声音。

“我。”那个人再度开口，这次一字一句地报了名字，“张碧灵。”

张岱岳浑身冰凉，像被人兜头倒下一整桶寒冰。

“不可能。”他立刻道，“不可能！你诈我，你们是在诈我。你怎么会是柳庄人？你怎么会记得那些事？”

就连闻时也愣了一下，他抓住覆在眼睛上的那只手，转头朝谢问望了一眼，又朝那个人影看去。

风墙终于彻底落下，那个人影露出真容——确实是张碧灵。

她头发凌乱，脸色苍白，眼下有微微的青痕，带着一股浅淡的疲意，但眼珠极亮，跟当初闻时在望泉路那个笼里见到的她一样，又不太一样。

张碧灵看着张岱岳，沙哑的声音并不大，却字字清晰：“你记得张婉吗？是她帮我想起过往那些事，所以我什么都记得。我记得那天晚上柳庄下着多大的雨，记得那道闪电劈下来的时候惊得满村的狗都在叫，记得那座山压下来的时候，我听着声音睁开眼，却什么都看不见了。”

她很久没睡过一个安稳觉了。自从想起那些事，每一晚的梦里，她几乎都在暴雨和山村里挣扎，但她不后悔想起那些。

她一直觉得，或许这就是天意。

恰好是她想起了那些事，那就由她代那些人讨一个公道。

“我查过的，听说天谴傍身，债主说什么都会一一应验，”张碧灵道，“那我代柳庄三百人跟你讨一场冤债——”

张碧灵话音落下的那刻，倾天之力灌注于张家老祖宗身上，像一把刀，一字一字刻在他的灵本上。

“我希望你犯下的所有罪孽都还报于己身，施加于人的所有苦痛日夜不休地环绕左右。”

“柳庄三百余人折损的寿命皆由你来抵。”

“你一日不还清，一日不得解脱！”

这些话并不长，却好像费尽了张碧灵的力气，于是说完，她的眼已通红。

她抿着唇，急促地喘着气，过了许久才长叹一声，冲着张岱岳的方向说：“可能一千年都不够你还呢。”

那一刹，整个世界仿佛静止。而后，便是天塌地陷，山河崩裂。由张家老祖宗引发的那个笼在对方癫狂的痛叫中彻底破碎，他禁受的是另一场不会产生反噬的屠灵。

千年前故事里的种种，在灵本撕裂之时涌现出来，像无数面碎镜，映着无数场过往。

解笼人的数百后人看着走马灯似的场景，第一次真实地窥知了当年的真相。

当年山间有仙客，红炉映膛火，白石绿苍苔。

他们站在四周，久久没有言语。

而后不知谁起了头，转向谢问，两手合握，躬身作了个长揖。接着，所有人都转向他，行了这个师徒大礼。

他们用着他教授的东西，说着他在旧时书册里留下的话，做着他不问冬夏、长长久久做过的事情，合该要拜他的。

这一拜，晚了一千年，但终究没有落下。

在场的人在出笼前几乎都看到了这一幕，但闻时没有。

他明明睁着眼，却什么都看不进去。因为在笼瓦解的那一刻，有人忽然抹了一下他潮湿的眼尾，叹息似的低喃了一句：“闻时……”

那人似乎有太多话想说，但最终只轻声说了一句：“别哭。”

闻时听见这句话后，身上一空。

之前捂过他眼睛又抹过他眼尾的手消失了，勾了檀线拦着他的人也消失了。

笼内一切如巨幕落下，现实的场景显露出来。

他依然站在张家倾颓的本宅前，面朝着远山朦胧起伏的暗影。

金翅大鹏流光的羽翅从山边划过，大小召带着银辉的长影直落在地。它们身上腾起烈日一般的亮光，又忽地黯淡下去，像烟火的余烬，明灭了一下，然后再没有亮起来。

闻时听见了惊呼，似乎有很多人朝巨橦消失的方向跑去。

也有人朝他跑来，叫着他的名字。

但他好像听不见，脚底似生了根，动不了。

其实不用看，他也清楚地知道发生了什么。

那不是突如其来的意外，而是橦的枯化，是他担心已久，避不开也躲不掉的一场枯化……谢问的枯化。

其实去往山坳之前，他就有预感了，当时抓着谢问反复确认着对方的状态，看到对方半边身体完好时还松了一口气。

但他忘了，生人以虚相入笼。那时候他们已经在张岱岳的笼里了，他所见到的都是假相。

闻时还记得谢问站在夜色的阴影下望过来，浑身透着朽败之气。或许从那一刻起，那个人就已经是强弩之末了，只是放心不下，所以强撑着又陪了他一次。

现在笼一破，虚相也就跟着破了。

他早该明白的。

从得知谢问只是借了橦的躯壳回来的那一刻起，他就该明白，一抹本体灵神根本拖不了多久，他终究要眼睁睁地望着那个人消散，可是那人总是不让他看。

那人每一次离开，都是闻时在前他在后。

他从不让闻时看。

风从闻时背后而来，又绕到了他身前，好像裹着刀，吹过眼睛、拂过身体，让他到处都痛得钻心。闻时大睁着眼睛，良久之后眼皮很轻地颤了一下。他瞬间垂了眸，在地上找着什么。

他的视线模糊不清，紧皱着眉，其实什么也看不见，但就是很固执地找着。

不远处好像有谁出了事，又是一片喧哗嘈杂，还有人叫着“夏樵”或是别的什么名字，他听不太懂，也顾不上。

周煦跑过来了，开口却是卜宁的语气，叫他：“闻时……”

他好像应了一声，嗓音低哑难闻。他飞快地眨了眼睛，视线清晰了一瞬，终于看到了要找的东西——那是一截枯白松枝，不知何时遗落在他身边，裹着深夜最冷的雾。

他沉默地站了片刻，弯腰去捡它。

那一刹那，千年之前生剖灵本的痛如狂猛浪潮席卷而来。

他攥住了那截枯木，便再也站不起来。

他年少时，那人常说他的嘴比铁还硬，哪怕受着千刀万剐的罪，冷汗浸了一身，问他，他也总是回一句“不疼”。

但这一刻，当铺天盖地的黑暗吞没了意识，他终于动了一下唇。

他说“尘不到，我浑身都疼”，但已经没人能听见了。

很久以前，尘不到说过，松云山地有灵脉，能养灵也能养人，所以卜宁把千年前的过去尘封在这里。

后来封解了，故人重逢，他便把钟思和庄冶养在山间灵池里。

现如今，山里的人又添了几个。

闻时就躺在山顶的屋子里，已经昏睡三天三夜了。

有人推门进来点亮桌上的灯，暖黄色的光铺散开来，榻上侧躺着的人却依然面色苍白，一点血色都看不见。

唯一能看见血色的地方是他的手指，因为太过用力地攥着那根松枝，磨破了一大片。血从他指节弯曲的地方渗出来，湿了又干，已经变成了暗红色。

“我的天。”点灯的人探头看了一眼，咋舌道，“血又出来了，要不你再试试把他的手掰开？”

说话的是周煦，但屋里除了他以外，并没有第二个醒着的人。

就见他问完这话，身形一顿，探出去的脖子收了回来。明明他还是那个模样，却好像变了个人。

他再开口时，语气便缓和下来，带着几分愁意：“不抵用，他的性子倔得很，掰不开的。”

他嘴上虽然这么说，但还是走到榻边弯下腰，试着去碰闻时攥着松枝的那只手。

他只是动了一下那根枯枝，十多根傀线就从紧攥的手指间飞射出来，带着千钧威压，如利刃寒芒。幸亏去试的人是卜宁，偏头侧身堪堪避开。但凡换一个人，这会儿已经被傀线钉穿在屋内墙上了。

那些橦线扫了个空，又悄无声息地飞了回去。

而橦线的主人依然不省人事，刚刚那一场攻击，仅仅是出于本能而已。

“三天了，他居然还是这么……”周煦惊魂未定，拍了拍胸口。

片刻后，他摇身变成卜宁，低低应了一句：“是啊，三天了。”

他看着闻时昏睡时依然不展的眉宇，长长叹了口气，而后便盯着那根枯枝恍然出了神。

忽然，屋门“笃笃笃”急响起来。

卜宁转过头，看见一人推门而入。进来的人是张碧灵，曾经的柳庄人，现在是周煦的母亲。她张了张嘴，面对周煦那张脸，一时间不知道该叫“小煦”，还是该颔首叫一声“老祖”。

倒是卜宁歉疚地冲她点了点头，退而让周煦占了主位。

“妈，你干吗这么急匆匆的？”周煦倒是切换自如。

张碧灵还是咽下了称呼，指了指山道的方向，说：“小夏好像要醒了。”

她口中的小夏正是夏樵。自打那天他到了张家本宅，进了张岱岳的笼，就始终不太对劲。张碧灵一直跟他同路，看到他在笼散的时候忽然体力不支，昏了过去，但没人知道缘由。

众人试了不少办法，也没能让夏樵醒过来。不论怎样，他都死死蜷着，手指没在发间捂着头，好像在抵抗某种痛苦，不知道是不是跟创造他的闻时在那一刻形成了牵连。

卜宁索性把他连同灵神残破不堪，只剩一口气的张雅临一并带回松云山，安顿在了山腰。

除开这些需要养灵的，就只有张碧灵一个山外人被默许留下，一直在帮着卜宁照看两边。

“夏樵要醒了？”周煦听了张碧灵的话，道，“那太好了，再这么晕下去，真的有点吓人。”

“但是——”张碧灵的神情有些迟疑。

“怎么了？你干吗吞吞吐吐的？”

“小夏的状况有点奇怪。”

“奇怪？”

周煦有些不解，张碧灵索性道：“你先别占着位子了，让卜宁老祖出来一下，去山腰看一眼。”

周煦：“……”

他“哦”了一声，伸手戳了自己一下，道：“别客气了，老祖。”

下一秒，他敛眉冲张碧灵拱了一下手，客气道：“惭愧，稍待片刻。”

他说着走回榻边，抓了桌上几枚圆石就要往榻边摆。

张碧灵一脸疑问，道：“老祖这是？”

“布局呢。”周煦忽然冒头，回了她一句。

“养灵的局吗？”张碧灵记得之前听周煦说过，闻时老祖现下灵本只有一点碎片，缺失太多，养灵池、养灵的局对他来说其实效用不大。

“不全是。”周煦又冒了头，“主要是怕他跑。”

张碧灵愣了，没明白。

卜宁终于没再放任那半个自己胡说八道，他搁下第三枚镇石，解释道：“我怕他醒了做些傻事。”

张碧灵不太明白他口中的“傻事”是什么意思，但还是习惯性地接话道：“闻时老祖不像会乱来的人。”

卜宁直起身，叹息似的说：“我这师弟看着冷冰冰的……骨子里疯得很。”

他正要去摆第四枚镇石，却在半途顿了一下，偏头朝门外看了一眼。

“怎么了？”张碧灵问了一句。

但没等卜宁回答，她就知道了原因——山腰好像有动静。

夜里的松云山静得出奇，百丈开外的声音，只要没有刻意收敛，都近若咫尺。

卜宁的镇石终究还是没摆完，他跟张碧灵一起匆匆下了山。

他们走得太急，所以不知道，屋门合上没多久，在榻上昏睡三天的闻时忽然睁开了眼睛。

卜宁和张碧灵下到山腰时，一眼就看到了墙壁上细密的裂纹，像遭受了一下重击。

不出意外，这就是刚刚那道声音的来源。

“有人上山？”张碧灵的第一反应就是这个，猛地转身朝四周看去。

没等她找到痕迹，卜宁就开口了：“不是在屋外弄的。”

“不是在屋外？难不成……”张碧灵盯着那个屋子，喃喃，“在屋里弄的？”

他们推门进屋便发现，里面的毁损更严重，有一处凹陷下去，密密麻麻的裂纹就从那里向四面延伸。

这还真是在屋里弄的，可是这屋里先前就只有两个人。

张雅临被张家老祖宗坑害惨了，至今生死难说，躺在那里像一截人形的朽木，连活人气都微不可察，必然弄不来这样的痕迹。

那剩下的就只有夏樵了。可是夏樵一贯胆小瘦弱，不论是沈桥的本事还是闻时的本事，他都一分没学到。要弄出这种程度的裂纹，他可能得先断一堆骨头。

周煦这么想着，短暂地占据了身体主控权，朝夏樵所在的床榻看过去，就见之前面朝门外蜷睡的人，不知何时换了方向，正背对着他们，额头抵着墙壁，朝里蜷着。几人借着屋里的灯火可以看到，他在发抖，不知道是怕的还是痛的。

“之前他来回翻了好几次身，还一直在说话，看着像要醒了。”张碧灵盯着床上的人，顿了一下又说，“不知道是因为影子还是怎么，我感觉他长高了一点，头发也比原来黑……”

她这么一说，周煦也感觉到了——从背后看，夏樵跟他原来的模样有了微妙的区别。

“你说他一直说话，说什么了？”周煦问了张碧灵一句。

“太含糊了，我根本听不清，好像叫了爷爷，也叫了哥，后来语调都变了，就听不出来在说什么了。”

周煦走到榻边，隐约看到了那人的侧脸，确实是夏樵没错。他闭着眼，眉心紧锁，似乎陷在某个混乱的梦境里，又似乎在承受某种挣脱不掉的痛苦。

周煦看他抖得厉害，终于忍不住伸手推了推他，叫道：“夏樵？夏樵你——”

“滚！”一道沙哑的声音低低响起。

周煦只来得及看见蜷缩着的夏樵抬了一下手，就被卜宁占据了主位。

下一瞬，他侧身疾退两步。

他刚一站定，就听屋内一阵轰然响动。

夏樵甩开的手就像带了风刃，撞过木桌，撞到墙上，留下一条深沟。

这一下要是落在人身上，骨头都要折了。

周煦看看那条深沟，又看看床上依然蜷缩发抖的夏樵，惊道：“我蒙了，他这是什么情况？”

张碧灵也是一脸惊疑不定，犹豫道：“这……”

“这还是小夏吗？”她看向周煦，轻声问道。

“你问我，我问谁？”周煦蒙得差点没反应过来，愣怔两秒才“噢”了一声，老老实实让出主位给卜宁。

其实卜宁也有些迟疑。他盯着夏樵的背影，尤其盯着肩那块看了很久，轻蹙起眉。

“怎么了，老祖？”张碧灵看见他的表情变化，忍不住问，“你发现什么问题了吗？”

卜宁回过神，摇了一下头，说：“无事，我只是觉得有几分熟悉。”但他又一时间说不清楚这种熟悉感来自哪里。

等走到床榻近处，卜宁才忽然想起来，这个背影有点像闻时，像十五六岁时的闻时。

而在这走几步的时间里，夏樵的身形似乎又有了变化，更高了一些，跟闻时也更像了几分。

先前在包藏了整个松云山的那个笼里，卜宁是封山的布局人，局里的一切他都知悉，所以感知到了闻时恢复的一部分记忆。

他知道夏樵是闻时的檀，在生剥灵本、落地成笼之前放出来，代替自己走出封印之地，就为了让尘不到放心。

卜宁之前其实有过疑惑，因为他所见到的夏樵单薄瘦弱，跟闻时天差地别，实在找不到几处相似的地方，怎么可能骗过尘不到？

现在他明白了。那个瘦瘦小小、不堪一击的夏樵也许并不是本相，现在这个才是。

这样的背影，才有可能在当初血海蜿蜒的封印之局里以假乱真。

这确实是夏樵，他在变回以前。

只是不知道他经历过什么，又梦见了什么，居然让人分寸不得靠近。

卜宁还没碰到他，就被他浑身外张的芒刃划破了手，殷红的血立刻渗出来。张碧灵在旁边低呼了一声：“小心！”

这次卜宁没再侧身让开，而是逆着锋芒，一只手抵住夏樵的后心，另一只手在他额前不轻不重地拍了一下，俯身低语：“夏樵，这是松云山。”

这句话仿佛顺着手掌直接传抵了心脏，就见夏樵周身一震，捂着头的手指绷得极紧，青筋暴起。

下一瞬，他睁开了眼睛。

“你在松云山，这里无人能犯。”卜宁又说了一句。

他不像周煦说话，常常扯着嗓门，他的语调很低，语速也不快，带着几分文雅，在这种时候最能安抚人心。

夏樵一把攥住他的手，力道大得几乎能把周煦这把骨头折断。

卜宁倒是能忍，但周煦顶不住了，冒头叫道：“哎，你轻点，我这是肉做的。”

说话间，夏樵已经翻身起来了。

他额前和鬓角全是冷汗，头发凌乱，半遮着眼，看向众人的目光是散的，仿佛有太多东西涌进他脑中，以至于他一时间分不清自己是在梦里还是现实中。

那一刻，他给人的感觉有些陌生。

周煦的痛呼卡在半路，盯着他看了好一会儿，迟疑不决地叫了一声：“夏樵？你……还是夏樵吗？还认得人吗？”

周煦见夏樵迟迟不吭声，有点慌了，空闲的那只手点着自己的胸口，忙道：“我，周煦！刚刚跟你说话的是卜宁，还有我妈——”

他指了一下张碧灵，又想起什么般补充道：“哦，对，还有你哥呢！你哥闻时就在山顶的房间里，但是还没醒。”

不知道是因为周煦粗哑的公鸭嗓太好认，还是因为听到了闻时的名字，夏樵终于慢慢松了手。

他盘腿坐在榻上，躬身将脸埋进了手掌里，像在消化着所有信息。

周煦离得近，看见他的侧脸微动，嘴唇很轻地翕张着。他似乎在重复念着每个人的名字——闻时、周煦、卜宁……

周煦悄悄松了口气——还行，起码他还没混乱到谁都不认。

他正想再听清楚一点，忽然听见夏樵出了声：“我……爷爷呢？”

周煦一愣。

他这句问话犹如呢喃自语，带着一股茫然感，周煦却不敢接了。周煦转头跟张碧灵对视了一眼，不知道要怎么回答。

屋里一片静默，良久之后，将脸闷在手掌里的夏樵自顾自接了一句：“哦。”爷爷不在了。

他就像在三天三夜的昏睡里，把这一千年的路囫囵重走了一遍，直到说出这两句话，才终于走到了头。

“小夏……”张碧灵面露担忧，走了过来。

周煦的手腕带着被他攥出来的青痕，迟疑两秒后还是拍了拍他的肩，道：“夏樵你……你还行吗？”

夏樵用力搓了搓脸，终于垂下手。

他没抬头，但周煦看到他的鼻尖是红的，想必眼睛也好不到哪里去。

这些细节里都是熟悉的影子，是他们一贯认知里的夏樵。周煦总算放松下来，他刚想说“你刚才可吓死我们了”，就见夏樵身体又是一绷，抬头问道：“我……我哥在哪儿？”

他在说“我哥”的时候有一瞬间的迟疑，似乎忽然不知道该怎么称呼更好，但最终他还是选择了最熟悉的叫法。

“你傻啦？”周煦被搞出了条件反射，一看他直起身体就握着手腕后退半步，生怕他又六亲不认，“刚刚我还跟你说了，你哥在山顶的房间里，还没醒呢。”

夏樵皱了眉，表情有些迟疑。

还是张碧灵看出了夏樵的意图，问：“你是有事要找他吗？”

卜宁终于在这个间隙里问了一句：“你可是想起什么来了？”

有些事情当局者迷，闻时的灵本太破碎，也许自己都回忆不全当初放出这个傀究竟是要干什么，只记得是要骗过尘不到。

但卜宁毕竟跟闻时一块儿长大，对于这个师弟的行事作风再了解不过。

在他看来，封印之局里的闻时就算意识模糊，放出去的傀也不会是一张白纸，什么都不会，一定是后来发生了什么。

果然，就见夏樵愣了一会儿，垂了眸，答道：“我是我哥放出来引路的。”

“引路？去哪儿的路？”

夏樵定定地看着自己的手，又答道：“去封印之地的路……”

每一个傀都知道自己为什么会来到这世上。他们跟傀师灵神相通，从睁开眼睛的那一刻起，就知道自己要干什么，甚至比傀师本人还要清楚。

这对傀师而言是一闪而过的潜意识，对他们来说却是存在的缘由。

夏樵背朝着尘不到和闻时，从封印之局里走出去的那一刻起就知道，终有一天自己是要回来的——身后的一切将被困于樊笼，尘封藏匿，那个生剥下灵本的人亦不知自己会活着还是死去，所以他留下了夏樵。

即便他遗忘了、不在了，肉身归于尘土，也有一个生灵替他记得，这世间还有一个笼，笼里有他想挽留的人。

如果有一天，有人能让笼里的人从泥沼中解脱、重归自由，还有夏樵能给他引路，也只有夏樵知道那条回去的路。

“那你怎么会变成后来那样？”张碧灵听了夏樵那些话，疑惑道，“我第一次见到你的时候，你还小呢。”

其实那时他不止是年纪小，张碧灵说得委婉而已。

那时候夏樵又小又怕生，放在人群中简直毫不起眼。几乎所有人都知道，这个孩子什么都学不会，就像一张画不上颜料的纸，空白一片。

谁会将这样的人和闻时老祖的樟联系在一起呢？

夏樵沉默了一会儿，说：“因为有很多人盯着我。”

闻时的樟当然不可能是白纸，最初的夏樵其实会很多东西，强于很多人，但他毕竟是樟，而且是无主的樟。

从闻时剥下灵本的那一刻起，跟夏樵灵神相通的就从樟师本人变成了那个笼。

换言之，他跟闻时之间的牵连就此断了。

那时候的闻时不会预料到后来的种种，他把夏樵放出局的时候，是想让这个樟回松云山。

可是后来松云山也没了，所以夏樵来到这世上就是孤零零的。

这样的樟再强也有一个弱点——一旦被居心叵测的人抓到可乘之机，是可以易主的。

那个封印之地对很多人来说既可怕又有着无限诱惑力，毕竟那里有着尘不到的半仙之躯。这一千年里，有太多人想找到那里了。

那些人也许并不知道夏樵是引路者，但他们依然想要掌控他，毕竟他是唯一从封印之局里走出来的活物。

“有人抓你吗？”周煦忍不住开口。

“嗯。”

“有人……”周煦还想问，但又问不下去了。

虽然他会的东西有限，但他听过太多真真假假的故事。他知道，如果有人想从一个樟身上得到些什么，一定会无所不用其极。毕竟在大多数人眼里，樟再像人，也并不是真的人。

他忽然明白，为什么昏睡中的夏樵会对所有靠近的人发起攻击，但他又不太想明白，一个人究竟遭遇过多少事，才会形成这样的本能。

屋里陡然沉寂下来。

可能是周煦和张碧灵的表情太凝重了，夏樵抬头看了他们一眼，又开口道：“其实也没有很久。”

“啊？”周煦没反应过来。

夏樵说：“我是说……那种日子其实也没有很久。”

他停顿了一下，省去了那些在梦魇中缠绕他的东西，说：“我后来有点承受不了了，怕一旦易主，会在操控下说些不该说的，或者带不该带的人去封印地，就……就给自己动了点手脚。”

周煦愣愣地看着他，说：“你这叫动了点手脚？”他在“点”字上加了重音。

但凡见过夏樵“白纸”模样的人都知道，他这不是动了点手脚，他是直接把自己废了。

就连卜宁都禁不住开了口：“你可真是……”我那师弟的憧。

可哪怕最初就断了牵连，有些东西依然一脉相承。他这手法，跟自剥灵本的闻时如出一辙，一个为了救人，一个为了不害人。

“那后来你都躲过去了吗？”周煦问。

“躲过去了。”夏樵说。

他不仅把自己变成了一片空白，还改换了模样。在极长的一段时间里，他一直是一个孩子的模样，混迹于不知名的街巷市井。他已经不记得自己是什么人了，不知道自己来自哪里，又要去往何处，只是本能地躲避着各种生人。

他对气味很敏感，对地方很敏感，对人也很敏感，仿佛天生有灵。他把自己禁锢在一个毫不起眼的躯壳里，直到某一天在街巷里遇到沈桥。

那个老人曾经对他说“我跟你有缘，想看你长大”。

他后来又问：“为什么有缘？”

老人说：“我见到你的那天做过一个梦，梦见自己是一只从林子里飞出来的青鸟，在山里转了很久很久，要找家里人。”

他问：“然后呢？”

老人说：“然后我就找到了你。”

他不知道为什么自己躲着所有人，唯独不怕沈桥。但从那天起，他有家了。有人想看他长大，于是他开始试着长大，将自己一点一点地从那个躯壳中放出来。

沈桥养大了他，但他始终没有变回最初的样子。

直到现在……

周煦问他："那你为什么又突然变回去了？"

夏樵想了想说："我闻到了封印地的味道。"

"啊？"周煦愣了一下，四下看了一圈，"这里？这儿不是松云山吗？"

夏樵噎了一下，说："不是这里，之前我闻到的，那之后就一直不太舒服，进了笼也昏昏沉沉的。"

"之前？"周煦咕哝了几句，猛地抬头道，"不会是在张家本宅闻到的吧？"

夏樵默认了。

周煦瞪大了眼睛。他有想过张家老祖宗必然是觊觎封印地的人之一，但他没想到那渣滓居然把家安在了这种地方，是生怕别人抢，还是生怕自己不遭报应？

"本家？居然就在本家老宅。本家那么多人来来去去，就没有人撞见过什么？"

"只有小夏能找到路。"张碧灵回了儿子一句。

"那至少有路在啊。"周煦说着又有些迟疑，问夏樵，"是路吧？我理解的那种路？"

夏樵摇头道："是只有我能找到，也只有我能带人靠近的意思。"

毕竟他跟那个笼灵神相通。

几人了解到事情始末，屋里又安静下来。夏樵将将恢复，脑中的东西还有些凌乱，就在他梳理思绪的时候，有人忽然开了口。

说话的人是周煦，语气却是卜宁的，张口便是："我有个不情之请。"

夏樵吓了一跳。就算他是闻时的傀，也恢复了八九分，而面前这位是闻时的师兄，不论按哪种辈分算，都犯不着这么说话。

卜宁总是斯文有礼，哪怕对着傀。

夏樵疑惑道："啊？"

卜宁面有忧色，沉吟片刻后说："你能找到封印地之事，暂且别让师弟知晓。"

夏樵一愣，发问："为什么？"

"我怕他一旦知道，就顾不得自己的状况了。"卜宁说，"容我再想些办法。"

那一刻，山风呜呜咽咽地穿过竹窗。屋里的人各有打算，慢慢地说着话，没人察觉到屋外墙边的影子里靠着一个人。

闻时垂眸站着，手里是那根再也丢不掉的松枝，还有缠绕在指根、沾了血的橦线。

于是这天凌晨，夏樵起身调了一回桌上的灯，再抬头就发现门边悄无声息地多了一个人。

他的惊叫声都要出喉了，下一刻却被他哥用橦线封住了。

如果是以前，他一定会在解封后追问一句："哥，你这是干吗？"

但今天不同，他不用问也知道闻时为什么会站在这里。

或者说，从最初的那一刻起，他就知道终会有这样一天。为了这一天，他在世间徘徊了一千年。

闻时收回橦线的时候，夏樵说："哥……卜宁老祖不让你现在去，他说要再想稳妥一点的办法。"

"我听见了。"闻时把橦线缠回指根，用最冷静的声音说，"但我等不起。"

老天往他心口捅了一刀，他带着那把刀等了一千年。

然后刀被拔了出来，可是血还没淌干净，就又捅了回去。

这次，他一天也等不起。

夏樵看着他，说："好，那我带你去。"

但他们没有直接下山。

下山前，闻时绕去了一个地方——那是卜宁摆在山坳间用来养灵的局，原本清心湖所在之处，现在局内养着钟思和庄冶残破不堪的灵神。

局里没有水，却满是白雾，像隆冬里人呵出的气。在那片干净的白色里，隐约可以看到两抹影子。

闻时站在庄冶常站的那个平台上，下意识转头朝高处的石块看了一眼，只是那后面再也不会闪出人来，掸着灰嘲笑他们又被耍了一道。

夏樵跟着闻时站在山道上，以为闻时会说点什么，可他站了很久，最后才对局内的人说了一句："我先走了。"

"要是卜宁生气，你们早点醒过来去哄。"说话间，他已经转了身，沿着山道下去了。

夏樵忽然听出了几分告别的意思。他愣了一下，匆忙追上去。

他跟着闻时下了松云山，开了门，落在张家本宅地界里。早已倾颓的宅院跟山林一样带着寒凉气，淡蓝色的烟雾里有雨水的潮味。

但对夏樵来说，最重的味道不是这些，而是封印地里草木枯焦混合着血的味道。

他嗅着那股味道，带着闻时跨过倒塌断裂的石梁，穿过河塘和湿漉漉的林地，一点一点靠近那个地方。

当夏樵感觉笼门近在咫尺的时候，脚步停了一瞬，转头问闻时："哥，你是什么打算？"

闻时说："如果笼解了，我跟他一起出来。"

夏樵问："要是笼解不了呢？"

解不了……

闻时看着面前的一片虚空，忽然想起千年之前尘不到倚着白梅树笑看着他，千年之后谢问站在沈家别墅门前的枯树边同样笑着看向他……

他静默良久，答道："那我就不出来了。"

"你……"不出来了？夏樵喃喃，心头突地一跳，终于明白卜宁口中的"疯"究竟是什么意思。

他伸向笼门的手缩了一下，下意识想要收回来，却被闻时抓住朝前送了一下。

"哥！"夏樵慌忙叫了一声，但手掌已经碰到了一样东西。

那看起来是一片湿雾，跟山野林间随处可见的雾气一样，他们甚至可以透过那片氤氲的淡蓝色，看到鸟雀从树枝间乍然惊起。

可当夏樵碰到那样东西的时候，湿雾里瞬间蔓延开金色裂纹，巨大而清晰，仿佛有一面硕大无朋的玻璃墙自始至终都矗立在这里，上千年来有无数人从这里经过，却无人能看见。直到此时此刻，它才第一次露出端倪。

猛烈刺骨的气流从裂缝中倾涌而出，强力摧折草木。

夏樵猛地别开脸，躲过足以撕裂皮肤的气流，手掌在风的推力下剧烈颤抖。

那些气流带着高山之巅特有的寒冷，顺着他的手指结了霜，从指尖一直裹到了手腕。

这本是极其痛苦的，但他却在这种痛苦里尝到了一抹熟悉的滋味。

他在那一刻闻到了最为清晰的枯焦血味，一如当年他代替闻时走出封印之局时所闻到的。

这是夏樵和笼距离最近、牵系最深的时刻。也许正因为此，他忽然理解了闻时的决绝。

你不出来就不出来吧，夏樵心想，还有我呢，我陪着他们。

檀不就该如此吗？生来就站在檀主身侧，永不离开。

他以前不知道这些，现在开始明白也不算晚。

可就在他翻手破开笼门，跟在闻时身后要踏进去的那一刹，有人不轻不重地推了他一把。

夏樵近乎是茫然的。他下意识看向胸口那只手，一时间不明白发生了什么，只听见巨大的风声在他耳边响起，而那股混杂着枯焦味的血味倏地轻了。

等他反应过来的时候，他已经站在了笼外。

由他破开的金色裂缝在另一种力量的作用下飞速闭合，笼门在关闭，而他被闻时推出来了。

他都已经做好了必死的准备，却被闻时推出了笼。

“哥！”夏樵猛地一步上前，手指扒住一道裂缝，试着重新跟笼建立联系，但他怎么用力，都找不到之前的感觉，就好像那种联系已经被切断了。

除了走进笼里的闻时，他想不到第二个人能做到这点。

闻时没打算带人进笼。自始至终，闻时就没打算带别人进这个笼。

意识到这一点的夏樵血液冲头，心脏却如坠冰窟。

他蓦地红了眼睛，用尽力气想要撕开笼门跟进去，手背和脖颈上的青筋都凸了起来：“哥，你让我进去！”

“你别一个人啊！”夏樵在风里说，声音嘶哑，“你不能一个人！我是带路的，你说好了让我带路的——”

他听见闻时的声音从狭长裂缝里传出来，带着山巅的风：“你带完了，后面跟你无关。”

“不是这样——”夏樵急了，“哥！你别——我跟你一起进去。我得跟你一起，檀都是这样，你——”

“谁把你当檀。”闻时的嗓音湮没在风声的长啸里。

可其实他并没有走远。夏樵看见他的背影笔直孤拔，穿过缝隙转头看过来，目光却并没有停留多久，只留下一句：“你也说了，你喊我哥。”

所有裂缝在这一刻彻底闭合，凛冽风声戛然而止。

笼门关闭，夏樵手里一轻，倾注的力道无处可去。他在惯性作用下踉跄了好几步，再抬头时，四周只剩下薄雾。

他茫茫然站着，再听不见山音。

笼外还未到早秋，笼里却已经是隆冬了。

风比之前缝隙里透出去的还要猛烈，吹刮起地上松散堆积的雪，打着旋儿扑过来。

闻时就在雪里迷了眼。

从踏进笼里的那一刻起，他就感到体内的灵本碎片在震动，和呜呜咽咽的风声相融成片。

或许是灵本牵动的缘故，又或许是这里寒气太重了，他垂着的左手手指连着心脏一阵抽痛。

闻时别开脸，避让着风雪，拇指捏着骨关节，从食指捏到无名指，发出咔咔轻响。又过了很久，他那种僵硬的痛感才慢慢缓解。

风雪太盛，四面皆是白茫茫一片。

他抬脚却不知往哪里走，最后凭借直觉迈了步。

他已经很久没有体会过冰寒彻骨是什么感觉了。

这里真的很冷，不止冷，这里的雪原一望八百里，寂静无声，除了他，仿佛整个世间再没有其他人。

他身上是冷的，骨头缝里是疼的，灵本撞着空荡荡的躯壳，以至于他生出了一种错觉，好像他自始至终都被困在这里。

长途跋涉，从未有尽头，他有点忘了自己从哪里来了。

他不记得闷头走了多久，也许三天，也许三年……他忽然听到了扑簌簌的轻响，像积雪从高枝上抖落。

他怔然抬眼，看到了绵延向上的松林。

那是他曾经很熟悉的地方，是松云山的西坡。

他其实不该意外的，甚至应该早有预感会在这里看到松云山，但当他走到山顶，穿过树影看到那两间屋子的时候，还是长久地怔在原地。

可能是之前他在雪里走了太远吧，所以这一瞬间，他才会恍然觉得自己终于回到了家。

山上和山下仿佛是两个世界。

他来时白雪皑皑，山顶却是一个美丽的夜晚，天上弯月高悬，繁星万点。

他不知道这是何年何月，几时几分，只看到前面苍松的枝丫上倚坐着一个人。那人的长发束得一丝不苟，屈着一条腿，蓝色的绑腰几乎不见褶皱，白衣长长的下摆就顺着树枝垂落下来。他的手指间缠绕着白色橦线，目光落在弯月上，不言不语，不知这样看了多久。

闻时愣了良久，忽然意识到那是他自己。

这其实是一个极为怪异的场景——自己看着另一个自己。

可当闻时看见树上那道身影的时候，躯壳里的灵本碎片跟着震荡起来。他忽然有点弄不清自己究竟是谁了。

他好像刚刚闯进图圄，又好像正坐在苍松枝丫间，望着那长钩似的弯月。

他的左手手指又猝然痛起来，连着心脏也痛起来。他被疼痛击得躬了一下腰，掐着最难受的那个指关节，闭上了眼睛。

他在慢慢缓解的痛意中，听见不远处的门扉“吱呀”响了一声，沙沙的脚步声不紧不慢，由远及近，在身边停下。

闻时的呼吸跟着停了。

过了片刻，他听见男人的温润嗓音，说：“你一夜不睡，熬的哪门子鹰？”

闻时骤然睁开眼，连手指牵连心脏的痛也忘了。

他看见自己腰间束着蓝色绑带，白色长衣垂坠下去，脑后是古松粗壮的枝干，眼前是弯月。他茫然转头，看见那个披着红色罩袍的人正提着风灯，站在树下望着他。

尘不到……

闻时动了一下嘴唇，却没能出声。

他喉咙里一片干涩，就好像他很久没沾过水了，只要一开口，字句就会哽在那里。

“你怎么只盯人不说话？”尘不到眸子里映着风灯的光，“是做梦魇到了，还是不熬大鹏改熬我了？”

他说着，抬起风灯照了左右。

下一瞬，鹰一般大的鸟从更高处的树上滑翔下来，绕着他盘旋了一圈，最终停歇在闻时的肩膀上。

闻时在金翅大鹏收翅带起的风里轻眨了一下眼，这才开口道：“没有。”

他的嗓音哑极了，又因为答句太短，只有他自己才能听出来。

“又是问三句答半句。我当初不该给你金翅大鹏，该给只八哥，还能教你学学舌。”尘不到半真半假地笑斥了一句。

闻时的喉结动了一下，嗓子终于不再干涩到说不出话。

他胡乱补了一句：“我没有被梦魇到。”

“那你就去睡觉。”尘不到朝身后的屋子偏了一下头，冲闻时伸出手。

闻时垂眸看着他的手，许久之后才伸手抓住，从松枝上落下来。

尘不到原本只是借一把力，人落了地，便松开了手。

闻时愣了一下，后知后觉地捏了一下最疼的手指，那处关节僵硬得泛着青。

那人没回头，朝屋子那边走，边走边问：“你怎么这么冷？我总逗你说雪堆的，你还当真了吗？”

闻时看着对方高高的侧影，里衣雪白，红袍披罩在肩上，还是那副风雨不侵的模样。他忽然想不起自己为什么来这里了。他好像本就应该在这里。

“尘不到。”他开口叫了那人一声。

对方没有立刻应声，过了好一会儿，才低低沉沉“嗯”了一声，转眸看向他，问道：“你叫我做什么？”

闻时沉默片刻道：“没什么。”

就是明明我每天都能看见你，却好像很久很久没有见过你了。

松云山上的日子很好，他总能看见尘不到。

有时候闻时练着功，疲累间一转头，尘不到总会抱着胳膊倚门望着他，而后朝屋里偏一下头说：“老毛煎了松筋骨的药，你过来泡着歇一会儿。”

“我不累。”他总是这样回答，脚却不知不觉往屋前走。

等到他走到面前，尘不到便会摊开手掌说：“手呢？我看看。”

他迟疑片刻，把手伸过去。

尘不到的拇指一捏他的穴位，酸痛感才慢慢地在他骨骼间弥漫开来。

“关节已经僵了，嘴倒是硬得很，金翅大鹏的鸟喙都比不过你。”尘不到抬眸扫他一眼。

闻时无声动了动唇。

“你又咕哝我什么坏话？”尘不到笑起来。

闻时看着他愣怔片刻，移开目光道：“我说鸟，没说你。”

金翅大鹏便会扑着翅膀朝门口啄过来。

有时候，山里会毫无来由地下起雨。

闻时运气糟糕透顶，每次下雨，他都在半山腰的山道上，还偏偏是最长最荒的那处，连一个暂避的地方都没有。

松云山的雨声沙沙的，很大，尘不到的声音被盖了大半，模模糊糊，并不清晰。

闻时总是先看到头顶的油纸伞，再回头看到尘不到。

“谁罚你了？在这雨里吓唬人。”尘不到说。

他刚回山，却没有什么风尘仆仆的样子，连衣袍袖摆都一分未湿。相比而言，闻时就狼狈一些。

尘不到递了帕子给他，他接过来，跟着尘不到往山顶走。

山道狭窄，他们又共用着一把伞，肩臂总是相碰。

闻时擦着脸走了两步，头也不抬地开口问道：“你不是过两日才回吗？”

尘不到挑眉看了他一眼，说：“你从哪儿听来的？”

闻时没吭声。

尘不到说：“又是哪个半吊子预测出来告诉你的？”

“半吊子”本人：“……”

“你跟卜宁待一块儿，净学这个了吧？”

“没有。”

“当真？我晚些时候问问他，”尘不到半真半假地说，“你现在拦还来得及。”

闻时拉不下脸，冷冷道：“谁要拦你。”

过了很久，他又硬邦邦地蹦出一句：“怎么拦？”

尘不到笑了好一会儿。

闻时在他的笑里朝山顶一瞥，看见弯月似融在雨里，挂在不知多远的天边。

山上最冷的时候，山顶山腰各间屋里也都是暖融融的。

大小召常在屋里弄炭火炉，尤其爱往尘不到的屋里薅些果子和松脂，一并放进炉里，能烧出一种特别的山林香味。

不用练功、不用入笼的时候，大小召也爱把闻时往那屋里薅。

闻时会的所有东西，几乎都是跟尘不到学的——字、画，还有下棋。

前两者他都学得很好，下山唬人绰绰有余。唯独最后那样，他怎么学都是臭棋篓子一个。

相比而言，卜宁、钟思、庄冶就都厉害得多。尤其卜宁和钟思，不仅棋艺不错，还特别好这个。

偏偏尘不到闲来找人对弈，放着会的不挑，总挑他这个臭棋篓子。

闻时既乐意又不大乐意，因为他一下棋就容易犯困。

那天他又在尘不到那里下棋。

外面下着大雪，白茫茫一片，屋里弥漫着袅袅的带着松香味的烟。闻时抓了一小把棋子，在等尘不到下棋的时候半垂了眼，看着尘不到拈着棋子的手指，忽然迷糊了一瞬。

他在困倦里听见有人用从未有过的语气叫他："闻时。"

而他只是听见这个声音，就难过得好像被人抽空了灵本，只剩下空荡荡的壳。

闻时心脏一跳，倏地睁开眼。

那种难过的情绪迟迟缓不下去，过了好久，他才恍然回神，听见尘不到问他："你怎么了？"

闻时摇了一下头。

"我不在山里，你又熬了几宿？都困出眼泪了。"尘不到指了指榻，"你去躺一会儿。"

"我不困。"闻时说。

他盯着尘不到看了很久，才低声重复道："我不想睡。"我不想闭眼睡觉。

闻时这种状态持续了很久，而山里的日子又过得很快，有时候好像只是一个转身的时间，就囫囵换了季节。

直到某一天，难得有正经时候的钟思问了他一句："哎，小师弟，你这是怎么了？"

他其实应该不比闻时大多少，可能几月都不足，但就爱这么叫。不仅对闻时，他对卜宁也总是"小师兄""书呆子师兄"混着叫。就连庄冶，他调侃起来都是带着诨名叫"好好师兄"。

那应该是快到年关的夜里，大小召学了山下的食法，吊了浓浓的汤，烩了各种山物，盛在铜锅里。

师兄弟几个围坐着，边吃边漫无边际地闲聊。

他们常于世间来去，见惯了种种，所以每次闲聊总避不过的一个话题就是生死，有时聊得认真，有时只是说些相关的见闻。

那天不知怎么的，大师兄庄冶聊起了他在西南某地碰见的事。

他说那里有个村子，村子里的人信奉一个传言，说人将要过世的时候，如果有什么实在放不下的人，就把他们贴身佩戴的东西或是衣物留一样下来，用棉麻线缠好，埋在离坟三丈的地方。这样一来，等到下辈子，他们或许能早早碰上。那些夫妻、至亲便常会这样做。

“我听着倒像受了檀术的影响，”庄冶说，“传着传着便传歪了。”

卜宁却道：“也不全是如此。”

“师弟你知道一二？”庄冶向来认真，闲聊也常是一副洗耳恭听的模样。

“我在一本书册里翻见过，”卜宁本身讲究食不言寝不语，所以早早搁了碗筷，只借着炉火慢慢烘手，“跟你听来的略有些出入，唔……”

他斟酌了一会儿，说：“凶一些。取的不是贴身之物，得是骨血。”

“骨血？”庄冶愣了愣，“生取？”

“生取。”卜宁点头。

庄冶皱起眉道：“那就远非常人能接受了。”

“自然。”卜宁应了一句，“不过这种重术看看便罢，少有人用。”

“算了吧，不知真假还得受大罪，下辈子这种，都是些虚词。”钟思一只手架在屈着的腿上，懒懒散散地后靠着消食，“谁拿这些赌个虚无缥缈？”

“看待这事，山下人跟咱们不大一样。”庄冶摇了摇头，有些无奈地说，“我听他们争执起来各种恶语相向，情深起来又张口闭口下辈子。”

“确实。”

铜锅底下还支着炉子，火不大，刚好能让鲜汤一直汩汩轻沸着。这其实是一个惬意又闲散的深冬夜，但闻时却很不舒服。

他就像病了，沉疴难愈，躯壳是空落落的，耳里像塞了棉絮，听几个师兄闲聊也听不大真切，只有那么几个词句像带着细密的刺，在他心脏里一遍遍来回地生剐着。

钟思叫了他好几声，又伸手推了他一下，他才蓦地回神，抬眸看过去。

“我见你这几日都闷闷不乐、心不在焉，有麻烦事？”钟思问。

闻时定定地看着他们，忽然也看不真切了。

过了很久，他轻蹙了一下眉，含糊道：“没什么。”

钟思又用肩膀拱了闻时一下，道：“你别总是把‘没什么’挂嘴边，回头我也给你取个诨名。”

庄好好无奈地摇摇头。

钟思哈哈笑着，比了一个拇指对闻时说："哎，我知道你是这个，但有麻烦的话，别总闷着，说出来，师兄给你出主意。"

卜宁闻言，露出"你算了吧"的表情，有些头疼地说："你别找乱子就谢天谢地了，想想你的疤。"

"上回是意外。"钟思吊儿郎当，摸着脖子，不在意地说，"人啊，偶有一失，哪能回回如此。"

闻时借着桌上的火光朝钟思的脖颈看去，那里确实有一条长疤，刚掉痂，一看就是才受伤愈合不久，可他居然想不起来那条疤的来处。

卜宁、庄冶俱是了然模样，唯独他，想不起来昨日见到的钟思有没有这样的疤，甚至想不起来昨日是什么样的。

他也想不起来，为什么大小召煮了这样一锅热食，她们和尘不到却不见踪影，就好像场景都是摆放好的，没有前因、没有后果，一切都是理所应当，而他穿梭在割裂的片段里，浑噩度日。

当啷——

碗被碰落在地，滚烫的热汤泼了满手。

闻时盯着自己依然苍白的手指看了很久，在卜宁他们有所反应之前，猛地站起身，丢下一句"我先回屋"，便匆忙出了门。

山道很长，他几乎飞掠直上。

尘不到的屋里亮着灯火，昏黄的光将那人的影子投映在窗上。

他在呢，闻时跟自己说，他就坐在屋里，跟往常的每一个夜晚一样，只要推门就能看见，看见他倚榻翻着书卷，或是支头摆着棋盘。

他会一直在这儿，须发无损。

山间岁月很长，明明还有无数个不断更迭的春夏秋冬，明明还有很多年。

闻时抬起手，想要推开门看一眼屋里的人，但他最终停在了半途。

从山腰到山顶，对他而言眨眼便到。但他此刻却觉得筋疲力尽，就好像他走了很远的路，费了不知多少力气，才站在这扇门前。

他垂手低下头，抿唇深深地吸了一口气。

"闻时……"他又听见有人叫他了，是尘不到的声音。

可是很奇怪，尘不到明明就坐在一门之隔的屋子里，为什么声音那么远？又是为什么他在听到那声“闻时”的时候，会难受得再撑不住，躬下身来？

“闻时……”

嗯。他在心里回应。

“闻时，别回头。”

我没回头。

“别哭。”

我没哭。

我没哭……

我为什么要哭？

他攥着掌心，紧咬着牙，满口血腥味。他仅仅是站直身体，就好像耗尽了全部力气。

到最后，似乎整个松云山都跟着在震，但闻时感觉不到。

他就像一个麻药效用退散的将死之人，所有的痛苦都在苏醒和恢复，顺着骨骼皮肉一点一点地蚕食着他，直至将他吞没。

他几乎什么都感知不到了，只能听见那个人一遍遍叫他：“闻时。”

闻时……

闻时。

他转过头，透过一片模糊的景色看向山外。

之前在山腰的时候，卜宁说过一句，腊月十六了，再过些日子就是小年，山下的人要挂灯，可那弯银钩似的月牙却依然挂在天边。

闻时眼睛一眨不眨地看着弯月，孤独地站在那里，直到旁边那扇屋门“吱呀”被推开，沙沙的脚步声在他身边停止。

那一瞬真的很安静，连风都暂停了，像松云山最常有的长夜，万籁俱寂。

然后闻时闭上了眼睛，咽下满口血味，哑声说：“尘不到。”

“为什么这里的月亮总是不圆？”

为什么他不知春秋，不知冬夏？

为什么他常常上一瞬在山顶，下一瞬就落到了山脚？

为什么他总不记得昨天发生过什么，也不知道明天将要去做什么？

为什么他不敢阖眼，整夜整夜地坐在树梢上？

而他望了这么久，那月亮却从来没有圆过。

这一切都是假的吗？而当这个念头出来的那一刻，笼里泥沙俱下，山石崩塌，天地同悲。

曾经有人跟他说过，笼主顿悟的那一刹那，大约是这世上最痛苦也最悲哀的一刻。

他听得懂，却体悟不深，直到现在才终于明白。

他在松云山的过去是一本并不厚重的书，寥寥百十页，他来回翻了无数遍，凑了这黄粱一梦。

而他终究要把这一切斩碎。

这是笼……这是我的笼。闻时对自己说。

这是他当年生剥灵本形成的笼，笼里的黄粱一梦都来自那个灵本的记忆……也是他的记忆。

现在他梦醒了，幻影不复存在。

他看着笼里的松云山垮塌成泥，看着身边的尘不到消散如烟，看着山腰的灯火落入黑暗，看着一切他所怀念的变为泡影，再也不见。

他站着，看着这一切。

他就像一个手拿尖锥的人一遍一遍扎着心口，提醒自己要清醒，不能沉沦，因为他还有事没做完。

他在人世间兜兜转转数千年，长途跋涉，就是为此而来。

他的灵本还被镇在笼心，那上面是封印之局，局里是他要强留下来的人。

当所有幻境碎裂，那股虚假的寒山风霜味消散，草木枯焦味和血腥味尖锐地破开一切，从背后裹了上来。

闻时猛地僵住。他惶然地转过身，看到了梦里出现过无数次的场景。

那是百里荒山野林，草木枯朽，笼罩着生灵涂炭后的死寂。在那片死寂中，巨大的局静静运转着，像一个透明的罩子，将当年那些令人畏惧、叫人避之唯恐不及的一切封罩其中，禁锢了一千年。

而这一切的根源就是尘不到。

可是闻时看不见他。

一千年后的封印之局内，充斥着比当初更多更盛的黑雾，它们像无数条交错纠缠的巨蛇，又像虬结的树根藤蔓，张牙舞爪地在局中流转游走，重重地撞击着局的边缘。

它们每一次撞击，都会被陡然亮起的金色印迹强压回去。

除此以外，闻时目之所及皆为黑色。

而尘不到的半仙之躯和本体灵神就被镇在那片黑海下,但闻时根本看不见他。

你还醒着吗？闻时想问，却根本说不出话来。

这个笼里有他完整的灵本，所以他一踏进来，就记起了太多曾经忘却的事情。他想起自己曾经问过尘不到，为什么常倚着山石往山下看。

那人说他在看松林年年青翠，鸟雀离巢归巢，看山下的人白日往来忙碌，傍晚升起一缕缕细细袅袅的烟，因为那些东西有生机。

“你明明连枯草枯枝也能看半天。”那时候闻时总会反驳一两句，其实不是真的爱拆那人的台，只是想听那人再多说几句。

尘不到也总会如他所愿，说起更多的东西。

闻时记得尘不到当时指着山崖边的某株枯树说，他之所以看得饶有兴味，是因为他能在那些枯枝败草上看到很久以后，看见它们再慢慢生出新绿。

那时候闻时满脸狐疑。

尘不到便冲他招招手，把他叫到跟前，指着枯树枝上的某一点说：“你得有耐心，摒除杂念，刚开始可能要等上好几个时辰才会窥见一斑。你来试试。”

闻时将信将疑，跟枯树面对面站了很久……直到余光里的尘不到别开脸沉沉笑起来。

他因为这个羞恼了好久，接连几天都绷着脸到处“冻”人。但其实夜深人静的时候，他悄悄去了尘不到常倚的地方，还执拗地又和枯树对脸站桩。

然后某一天，他真的在尘不到指过的那处看见了枯树新生的芽。

自那之后，闻时便明白尘不到真的在看那些。

万物有灵，而尘不到喜爱一切富有生命的东西，可是封印地里什么都没有，没有松林鸟雀，没有落日炊烟，没有任何鲜活的生灵，只有永远不会生出新芽的枯树和永远不会泛青的荒草。

所以，他其实希望黑海下的尘不到从未睁开眼。

他宁愿对方一直沉睡着。

而他要做的，就是让尘不到在解脱醒来的那一刻，再不会看见这些。

闻时朝着局内走去。

从他踏出第一步起，那个无声运转的封印之局便发出了尖厉刺耳的鸣音，仿佛巨兽苏醒。

局内印迹流转的速度猝然加快，转出了直通云天的旋涡，罡风便顺着旋涡呼啸不息，如深海狂浪。

百里草木被连根拔起，间杂在风涡里，被撕扯成无数木刺和碎屑。

局内的黑雾也突然变得疯狂起来，它们像嗅探到了一丝逃出生天的机会，又或是嗅探到了闯入者的生灵气息，顿时狂舞着砸撞封印，每一下都震天动地。

周围的土地发出裂响，好像有什么东西即将破土而出。

爆裂声一道接一道，环绕着封印之局响了一圈。

下一瞬，沙土炸裂，飞石漫天。

十二只巨橦自封印之局底端而出，每一个都如山如海，它们身上连锁链都没有，鳞皮之下是熊熊燃烧的火焰，炽热灼人，好像火海从局中一直烧向了天空。

它们长啸着，朝闻时而来。

当夏樵奔回松云山的时候，两道人影正从山顶匆匆下来，带着满身郁结之气。

“周煦！”夏樵老远就看见了走在前面的那个人。

而当他叫出名字的时候，对方已经到了他面前，带起的风扑了他满面。

夏樵惊了一下才反应过来。这种瞬间到他面前的本事，周煦是不会有的，现在这个紧锁眉头、面露焦虑的人是卜宁。

而他第一次看见卜宁露出这种神色。

他能感觉到，这个一贯斯文温和的人焦急又生气。

卜宁朝他身后空空的山道扫了一眼，说：“就你一个？他人呢？”

“小夏！”张碧灵紧随其后，匆匆过来，满面惶恐，“小夏你去哪儿了？你……闻时老祖呢？”

她问着，就看见了夏樵红肿的眼睛，顿时倒抽了一口凉气。她动了动唇，声音却很轻：“他……”

“他在笼里。”夏樵看到他们的时候，眼睛又红了，垂在身侧的手攥得死紧，他之前大喊过，所以声音哑不可闻，“我哥进笼了，我带的路。我以为他是要带着我一起进去的，但他把我推出来了。”

卜宁脸上的血色尽褪。他的嘴唇动了一下，想说“荒唐”，但没能发出声音。

“他怎么……”就不能再给我些时间，容我再想想办法呢？

这句话卜宁也没能说出来。因为他其实比其他任何人都清楚，闻时不会再等的。他见过当年闻时在封印之局中歇斯底里的模样，知道那样的事情闻时根本承受不了第二次。

所以闻时不会等的。

他知道闻时只要醒了，就一定会去那里，谁都阻拦不住。

但他还是想试一试，因为他作为兄长是真的心疼闻时，也是真的担忧。

卜宁闭上眼，叹了一口气，抓住夏樵问："笼在何处？你还能……"他说到一半，忽然记起自己已不复当年，如今还占着别人的身体，不能全然不顾，自作主张。

就在他僵住的那一刻，他忽然听见了周煦的声音，周煦没有切换主控权，而是在意识里，用只有他能听见的声音说："去啊，你顾那么多干吗？我也急，我也想去。"

那不是简单的开门救人，危险难料。他对意识里的周煦说。

"我知道啊，我又不是真的傻。"周煦说，"不管怎样，咱俩多多少少还是有点共通之处的吧？你想干的就是我想干的，没差。你给我留口气就行。"

说完，他没等卜宁再回应，占了身体对夏樵说完了那句话："你还能带一回路吗？我们要过去。"

夏樵说："能。"

"那走——"周煦还没说完，夏樵便哑声道："但进不了笼了。"

"什么意思？"

"为什么会进不了笼？不是说只有你能找到那个地方吗？"张碧灵连忙问。

"我哥推我出来的时候，把笼封了。"夏樵说。

他只要想到那个场景，就说不出话来。他哽了一下，眼睛又红了一圈，才道："他就没打算让其他人进去，也不给别人机会救他。他跟我说……"

"说什么？"周煦怔怔地问。

"他说如果没成功，他就不出来了。"

周煦："……"

就连张碧灵都变得面无血色。

山道上死寂般的沉默持续了几秒后，卜宁叹息似的声音响起来："是他的性格……"

“他真的会出不来吗？”张碧灵轻声问。

其实她知道这是一个傻问题，但她还是忍不住问了一句。

“那笼是他剥下灵本形成的，他自己是笼主，一进笼便会同笼内的意识合二为一。笼主是何种模样，你们都见过。没有旁人进笼点醒他，他可能会就此沉沦其间，再想不起外边的事。”卜宁沉声说。

就是因为他们见过，才知道那有多可怕，多令人难过。

“倘若……”卜宁的嗓音蓦地变得低沉，“倘若他生生破开幻境，自己醒了，又要怎么去救师父呢？他哪来的办法？”

“那封印之局里的尘缘，多到我们师兄弟几个都毕生难见，他如何化解？即便他有法子转移或是化散，还有师父身上的天谴呢。”

“为什么还有天谴？天谴不是已经消了吗？”夏樵愣住了，“张岱岳的笼散的时候，不是都说了会报应到他身上吗？”

他看向张碧灵，希望她能点一下头，但卜宁开口道：“她是柳庄的人，要也只能要柳庄的债，不一样的。”

“那祖师爷呢？”那一刻，夏樵的模样像极了他哥，他仿佛在替闻时讨要一个公平，“祖师爷承受的那些又由谁来还？”

他瞪大了眼睛，蓄积太久的眼泪顺着眼角淌下来，愤怒道：“没道理啊，凭什么？张岱岳做的那些不就相当于改天换命吗？”

“对！”夏樵就像突然抓住了老天的漏洞，“他那明明是换命，为什么他不欠祖师爷的？就像欠柳庄那些人一样，他也欠祖师爷一条命！”

卜宁沉默良久，终于轻声说：“因为师父没死，换命就不成因果。”

“什么？”

“因为天谴只有一世终了才算还，而师父被锁于局中，非生非死。”这才是永不得解脱的意思。

千年的时间只能让他的天谴缓慢消散一点点。他一日没还，因果便卡在最后的临界点，一日不得成。

夏樵愣住了。

最终还是周煦先冒头开了口，他抓住了卜宁话里的意思，说：“你说还天谴的方式只有一种，就是死，对吗？”

没等卜宁回答，张碧灵就轻轻点头道：“是，谁都没办法改。”

周煦转向夏樵，问道："那你哥进笼救人，要先化掉那些黑雾，再消掉天谴，天谴又只有一种办法能消，那他岂不是……"最后几个字他没能说出来。

别说夏樵，连他都有点承受不住这个结果。

"应该不是这样吧……这算什么办法呢？"周煦低声说，"这不就是一命换一命？人死如灯灭，他替祖师爷还掉天谴，再回来就是另一个人了，跟咱们没有关联，跟祖师爷也没有关联，这样的结果和千年之前有什么区别？"

其实卜宁也是这样想的。他知道他那师弟很疯，什么都敢赌，可是……

一命换一命，往后毫无牵连，从此他不会记得自己曾经有个家叫作松云山，曾经遇见过那样一个光风霁月的人，甚至曾经为了留住那个人豁出性命。

这样的结果跟千年之前有什么区别呢？真的值得他拿命去赌吗？

可他却听见夏樵说："有区别的。"

他抬起头，看见夏樵闭眼眨掉眼泪，道："我哥有无相门。"

卜宁一震。

是了。闻时有无相门。

在这之前，他们从未听说过这样一种存在，闻时自己都不知道它从何而来，卜宁也琢磨不清。

他只听闻时说过，那门里的路很长、很安静，除了黑暗，什么也没有，无声无形，是为无相。

卜宁终于知道闻时走这一趟抱的是什么心思了。

如果他成功了，就是再进一趟无相门；如果没成，那他就跟尘不到一起被镇于封印之局下。

"荒唐！"卜宁终于还是斥了一句，"他就不曾想过，无相门连个来由都没有，万一这次偏偏不出现呢？那他拿什么给自己兜着？"

他对夏樵说："还是要劳你带路。"

夏樵忙道："好，你要拦他吗？"

卜宁静了一瞬，说："我去帮他，万一出了事，也好兜底。"

"可是笼主都把笼封了，咱们要怎么进？"张碧灵说。

就见卜宁拿了一张金纹纸出来，递给张碧灵，问："你修的是金纹纸术？"

"对。"

"那有劳你捏个搜物的金纹纸。"卜宁冲她行了个礼，说，"我的灵本天生不稳，金纹纸术和幢术都有些受限。”

张碧灵连忙接过金纹纸，道：“老祖客气了，您用不着行礼的。这金纹纸搜什么呢？”

卜宁说：“搜我师弟的随身之物，牵连越重越好。”

张碧灵一听就明白了，问道：“老祖是要借物开笼门吗？让那笼误以为咱们是闻时老祖？”

卜宁答：“是。”

张碧灵听说过这种方法，但从没试过，毕竟这世上没有多少笼主会自己封笼，更没有哪个笼主有闻时那个能耐。

她没多耽搁，当即捏了金纹纸甩出去。

那张金纹纸绕着夏樵转了一圈，忽然转了个方向，它没朝山顶去，也没往宁安沈家别墅的方向走，而是飞向了一个意料之外的地方。

张碧灵甚至觉得自己是不是弄错金纹纸了，疑惑道：“它怎么去山腰了？”

卜宁和夏樵也满脸疑惑。

“山腰还有什么？”

“不知道。”

他们虽然一头雾水，但还是跟着去了山腰，就见那张金纹纸穿过半开的竹窗，进了屋里。

众人面面相觑，推门进屋。

然后，他们看见那张金纹纸落到了张雅临身上。

张碧灵反应了一下，忽然倒抽了一口气。

而卜宁顿了一下，大步走到榻边。张雅临依然如朽木一般躺在那里，无知无觉，那张金纹纸就贴在他脖颈前。

卜宁伸手揭了那张纸，看到了张雅临脖子上挂的东西。

那是一截指骨，上面缠绕着一根带血的白色幢线。

张碧灵没敢说话，她看见卜宁老祖背对着他们，迟迟没有直起身，只是许久后轻声问了一句：“这是？”

“这是雅临收藏的指骨。”张碧灵犹豫着说，“以前他一直说这是闻时老祖的。”

“那这线……”卜宁依然没回头，也没直起身。

张碧灵说：“应该是跟指骨一块儿的。”

卜宁捏着那枚缠绕着樟线的指骨，闭了一下眼睛。

张碧灵的声音从他背后传来：“可能是我学艺不精，金纹纸弄得不好。这指骨应该不是真的，我看闻时老祖的手是好的。”

“樟师什么都能捏出来，想要把某处补起来很容易。”卜宁低声说，“师弟若是这样做，谁都看不出，包括师父。”

闻时在樟术上的本事已经至顶，跟尘不到几乎无差。他造出来的夏樵跟常人无异，更何况一截指骨。

卜宁终于知道，他那个师弟不是没想过无相门有可能不起作用，而是早在千年之前就给自己兜过底。

闻时连最坏的结果都想好了——如果回来后自己什么都不记得了，跟前尘旧人再无瓜葛，他还能凭借生取的骨血，再遇见一次他今生放不下的人。

疯子。卜宁再顾不得斯文，在心里斥着闻时。

他把指骨连带樟线一起摘下来，握进手里，然后直起身对夏樵说：“有劳。”

可他们最终还是没能进到笼里。

夏樵带着他们一路摸到了笼边，他伸手朝前时，山野的湿雾中显露出那道通天彻地的金色笼壁。

卜宁当即布下镇石，自己捏着指骨站于突破口，想借闻时的指骨和布下的局，让那道金色笼壁出现裂口。

其实有一瞬间，夏樵的手掌前已经出现长而蜿蜒的缝隙了，只要再裂开一些，能让他将手指伸进去，哪怕用尽毕生力气，他也会把笼门撕扯开。

可是那道缝隙只亮了一下，就忽然熄了。

“老祖，为什么缝隙没了？”夏樵惶急转头，叫道，“我已经闻到笼里的味道了，风都吹出来了，为什么缝隙又没了？”

夏樵拍打着笼壁，叫道：“能再试一下吗？再开一次！”

卜宁的脸色比他还要难看，脚下却又加了一道力。

他划破了指尖，将挤出来的血一一滴在布下的镇石上。每落下一滴血，就有玄雷自九天直下，劈在笼壁上，而那道金色笼壁便会剧烈震颤，像两方之间的较劲。

他们要进去，但笼里的人不想他们以身犯险。

“师弟——”

卜宁滴第二轮血的时候，脸上已经看不出血色了。张碧灵的金纹纸跟着拍在笼壁上，试图帮一点忙。

但她知道，其实帮不上忙。

这笼太过特殊——闻时的躯壳和灵本都在其中，虽然笼心没破，就意味着他还没收回灵本，但对笼外的人来说，这个笼的威压相当于他全盛时期的威压。

卜宁这半个灵本抗衡不了闻时，她更抗衡不了。

“师弟——”卜宁又唤了几声，最后沉声道，“闻时！”

可那道笼壁却半步不让，再没有出现过缝隙，坚决地将他们挡在笼外。

卜宁在玄雷和罡风中看着那道笼壁。

他还记得千年之前那个封印之局最后收束的模样，将所有肆虐的尘缘包裹在其中，自此再不见任何局中人的身影。

不知谁说了一句，那真像一座坟，确实像。那就是一座巨大的坟墓，里面其实不仅有尘不到，还有闻时，有曾经的松云山，甚至包括他们几个。

而这道通天彻地的笼壁，就像立在坟前的碑，无一字，又无一不是字。

卜宁的虎口崩裂开来，那些镇石被他抹了三遍血，终于再承受不住，在风里碎成了沙。

那股与笼壁相抗的力道陡然消散，夏樵被掀得朝后摔滚了几圈，被卜宁扶住了肩膀。

“我想进去！”夏樵说，“老祖，我想进去！我跟这笼是有牵连的，我现在很难受。”

他就像能感觉到笼里的动静一般，突然被一股难以磨灭的巨大悲伤笼罩住，眼泪流个不停。

“我哥可能——”

“我知道。”卜宁扶着他的肩说，“我知道。”

但卜宁并没有再去布局强破笼门，而是低下头，默默计算着到笼壁的距离。他退到三丈之远的地方，将那枚缠绕着樟线的指骨埋进土里。

他不知道这枚指骨最初是被谁找到的，又是如何辗转到了张雅临手里，吃了几十年的香火供奉。但他知道，他那个执拗的师弟最初生取骨血，一定是想把它们埋在这里。

曾经书里提过一种重术，说如果今生有什么人实在放不下，那就在临走前生取骨血，以麻线缚之，埋在离坟三丈远的地方。那么即便以后回来，也会隐隐约约记得自己缺了些什么，便会和那人于尘世重逢。

闻时修的是傀术，于傀师而言，没有什么比手指更重要。他生掰这截指骨，可能是想记得更深一些。

卜宁作为师兄，没法眼睁睁看着这截指骨流落旁处。

卜宁做完这一切，开了一道门。

夏樵和张碧灵茫然地看向他，问：“去哪儿？”

“去山坳。”卜宁说。去尘不到当年布了局的山坳。

夏樵和张碧灵不知缘由，其实卜宁自己也并不清楚。他只是觉得自己应该去那儿，那是一切的源头，他总能做些什么。

可当卜宁到那儿的时候，那里已经有人了，不是什么陌生人，而是他之前见过的那些解笼人后人。他们并没有全来，只有十来个人穿破雾瘴，到了山坳边。

张碧灵认出了吴家和杨家的人，但卜宁一概不识，也无心去识。

他立于那潭山坳湖泊前，丢下镇石，背手一扫，一道将生人阻拦在外的屏障便就地而生。

这大概是他生平第一次不通礼数。

被屏障挡在外面的后人们连忙解释道：“老祖，我们来这儿没别的意思……就是知道了祖师爷在这儿布了什么局，我们这群不肖后人有些没脸，想来……想来试试——”

卜宁绕着湖，数着尘不到当年布下的镇石，根本没听他们在说些什么，倒是周煦有些应激，语气并不太好地问：“试什么？”

外人分辨不出他们的区别，只当这话是卜宁所说，当即拱手作揖，有些讷讷。

最后是吴家家主撒开手杖，行了礼说：“我们想分担一些。”

卜宁终于直起身，朝他们看了一眼。

彼时他已经找到了尘不到抹过血印的镇石，就在死门之处。而他已经重新划开了手上的伤口……

“我们想，若是每一个后世人都在这镇石上留下血印，是不是这池里今后再有什么，就是大家一块儿来担着了。”

卜宁从他们身上收回目光，终于摇头回了一句：“不必了。”说完，他却自己朝镇石上抹了一道血。

那一刻，布了千年的局在卜宁抹血的时候有了变动，朝他身上细细地牵了一根金线。

这局本是连着尘不到的，现在因为他的那抹血，也跟他有了一丝微弱的牵连。

他没能进闻时的笼，却还是跟笼连上了。

紧接着，湖水激浪滔天，又在下一秒化为了漫天盖地的黑雾。那些黑雾像一条能贯穿云霄的长龙，飞速旋转着朝某个地方涌去。

可那地方什么也没有，只有一片虚空，仿佛有个看不见的旋涡，竭力席卷着那些没有尽头的雾。

这个场景惊到了众人。

夏樵低呼一声，闯进雾里来，一边找着卜宁，一边高声问道："怎么回事？"

卜宁轻声说："这些黑雾不是真的，是师父身上那些黑雾的投照。因为这个局和师父的关联，咱们才能在这里看见，好比镜花水月。至于那条长龙的归处……"

那是闻时……

那是笼里的闻时，正将封印之局里千年未散的尘缘悉数纳入自己体内。

那些尘缘太多太多，他从站着到不知什么时候跪坐于局中，从孤拔而挺直，到躬身蜷于焦土，但他始终没有停下。

某个意识迷离的瞬间，他心想，可能是老天注定的，他生剥了灵本才会有这副空荡荡的躯壳，又因为这副不同于常人的躯壳，才能这样吸纳这漫天的尘缘。

他很庆幸，一千年后来到这里的还是自己，而他还有一两点长处，不至于全然无能为力。

只是尘缘好多啊……他仿佛在这里跪坐了一千年，却还是没能吸完所有。

那些东西就像一片海，源源不断，永无尽头。他在想，当年的尘不到究竟是怎么忍下这些东西的，会不会有哪个瞬间，也觉得负累疲惫。

他吸纳了那么多，还是没有看到尘不到的身影，可能他还要跪坐一千年吧。

闻时模模糊糊地想，就在这个念头冒出来的那一刻，他突然感觉到一丝异样，就好像有谁忽然帮了他一把，将那瀚海一般的尘缘分了一股出去，接着是第二股、第三股……

他撑着地，抬头去看。笼里依然只有他自己，局中也没有出现任何其他人的影子，而他也没有心力去想了。

浓稠如墨的尘缘在不久后终于变得淡了一些。闻时从混沌中缓慢地眨了一下眼，模糊的视线终于稍稍清晰一些。

他隐约看见了一抹白……

于是他咽下满嘴的血腥味，朝那里伸出手。

他摸索了一会儿，摸到了尘不到的手指。那只手曾经牵着他走出死地，走过松山雪海，在他过去的记忆里，一直是干燥而温暖的，但此时却无知无觉、冷得像冰。

你会醒的。闻时看不清，只攥紧了那只手，执拗地在心里说。

你会醒过来的……等我把这些弄干净。

他在万千尘缘的尽头抓住了他想抓的人。

那个刹那，最后一抹黑雾消融殆尽，钻进了他的身体，一道淡金色印迹在他耳根下浮现出来。

他等了一千年，终于将这道印迹从尘不到身上驱开了。

他有点难受，但是得偿所愿。

那道金痕几乎在他耳根处灼出了疤，他再次躬起身蜷缩了一下。他咬着牙，一声也没有漏出来。

他只是在最后关头动了一下手指。

他的指间还缠着傀线。当年他刚开始学傀术的时候，第一根线就是尘不到教他绕上的。

从那以后，傀线好像再也解不开了。

那些傀线在他的动作下瞬间绷直，紧接着，局的四周同时响起了十二道朗啸声。那是他的傀，一共有十二只。

那些傀由他剥下来的灵本控着，始终环绕在局的周围。

他一度忘了，自己留下这些傀是为了什么，现在他明白了，或许就是为了这一刻吧。

尘不到有半仙之躯，天谴加身之后无人能压制，只能靠封印之局。

但他不一样，他现在只有一副近乎空白的躯壳，完整的灵本还被压在笼心，能操控十二只巨兽，帮他完成最后一击。

看，再没有谁比他更适合做这些了。

当初他从尸山血海里爬出来，看到那个仙客一样的人，于是忘记了冷和疼。现在，他抓着尘不到的手，应该也会忘记这一瞬间的孤独吧。

闻时闭上眼。

下一刻，十二只通天巨幢朝他俯冲而来，像倾泻而下的火海。

在巨击轰然砸落的瞬间，封印之局中那个被镇了整整千年而不得解脱的人忽然挣动了一下。他的手指苍白冰冷，像要抓住什么，却抓了个空。

接着他灵本手腕上缠绕着的鸟羽、珠串以及红绳亮了起来，如同之前的每一次。

很久以前，有这样一个说法，说在某个人亡故的时候，请上十八人日夜诵经，只要心意够诚，那些祝福是会留下印迹的。

印迹有深有浅，浅的多些福报，深的能护那个人一世长寿。

但其实还有一个说法，较之这个凶得多，就连闻时也不知道，说人将死的时候，如果有诵过百年经文的福珠和羁绊最深的贴身物，以周身的血浸染饲之，就能以毕生未享的福报去护一个人。

这样留下的祝福比任何印迹都重，能保那个人生生世世平安喜乐。

那年的腊月初一，尘不到没能喝到松云山上烹好的茶，但他知道那是闻时的生辰……

既然是生辰，他总该送些什么的。

他也只能送这个了。

福珠他从少年时便戴着，随身早已不知多少个百年。青鸟翠羽是他放不下的惦念，幢线是他们之间最深的牵连。

那天的封印之局里血海蜿蜒，将雪白的幢线染成鲜红，自此之后，再未褪下。

他许诺出去的祝福撞上了闻时生剥灵本，于是在六合之外又生出了一道从没有过的门，替代了原本的路。

那道门安静、黑暗，无声无形，后来有了个名字，叫作无相。

这是他自己也未曾想到的。

只在极偶尔的瞬息里，他会忽然感觉到有一道瘦高而孤独的影子，走在一条漫长而没有尽头的路上。

而他好像一如当年在松云山顶倚着门，在背后看着对方。

就这样，他看了整整一千年。

第三章 烟火人间

相比很多城市而言，宁安算不上大，只要哪里发生点事，就会立刻变成闲聊谈资，从城头传至城尾。

宁安的人也爱聊房市，哪里新开了楼盘，哪里富人集中，哪里房屋价格炒得贼高，但没什么人住等等，都摸得门儿清。

所以在老宁安人的认知里，宁安西环的张家弄是一个很特别的地方，特别之处在于“张家弄”这个地名由来已久，按照博物馆里市志、县志的记载，能往前追溯九百多年。

九百多年前，住在那一带的是一大家子，都姓张，具体做什么营生不清楚，只知道人丁兴旺、门规森严，很富庶。那家人有时会在城里布施，又跟官府往来甚密，便有了“张家弄”这么个地名。

这本来没什么可稀奇的，毕竟很多地名都跟姓氏有关。

可九百多年过去了，宁安天翻地覆。西环一带经历过城关变良渚、变荒野，再到村庄、开发区、商圈不断更替。

在正常情况下，那里的人早该换过八百轮了，但事实不是。

二十年前，开发商包了张家弄那块地搞中式宅院，因为价格离谱，一度是宁安房市的热门话题。人人都说那地段、那配套设施、那价格，宅院卖得出去才怪了。

可没想到，那片中式宅院一经落成就住进了人，更怪异的是住户都姓张。有知情人说，张家弄那地方其实从来就没换过人，九百多年来住着的始终是那一家。

于是宁安多了两种传闻，一种说张家人不忘本源，一直守着祖宗根基，所以才福泽绵长、家大业大；另一种就玄乎多了，说张家弄那地方一直都很邪门儿，容易莫名其妙地迷路，也容易听见奇怪的声音、看见奇怪的场景。

据说曾经有人测算过，张家弄那个位置不吉利，应该是一个坟冢，根本不该是住人的地方，也长久不了。

但更多的人说那里依山傍水，是一个格局极好的宝地，人家几百年都住过来了，怎么可能长久不了。

众说纷纭归众说纷纭，那也都是十多年前的老话了，年轻一辈几乎没听过。直到近两天，张家弄才又被人提起。

起因是两天前，有个ID叫“龙腾虎跃”的人在宁安“本地唠”民生论坛里发了一个帖子，说自己是出租司机，做过一个很离奇的梦。

他梦见他半夜跑完最后一个单子回西环交车，结果开到张家弄附近，车出故障抛了锚。他下车检修的时候，突然听见那片中式宅院里一阵巨响，就像房子塌了似的。

他被那动静吓一大跳，实在没忍住，就想过去看看，可走着走着便迷了路，最要命的是手机没网络也没信号，连地图都用不了。

等到他终于能断断续续连上网，已经绕到了张家弄后面的野树林里。

那片野树林出乎意料地大，大到他怀疑自己手机地图有问题。

就在他开了实景导航想要出去的时候，林子里突然起了雾。

那雾也奇怪，就好像什么东西破了，从里面流出来的似的，还有股铁锈味。

当时好奇心作祟，他忍不住朝起雾的地方走了几步，于是看到了让他毛骨悚然的场景——他看见了一大片不该存在的焦黑荒地，荒地中间是盘根错节的枯树，那之中好像躺着一个人，头发极长，衣服又极红，在大雾之中若隐若现。

他当时就吓得有进气没出气，抱着树干往下滑，瘫在地上。

接着，他又看见雾里影影绰绰，凭空出现了许多人，纷纷朝那个红衣人跑去。也不知道是那些人跑得快，还是雾太浓，在他看来，他们就像飘着瞬移过去的。

然后，他就听见了哭声。那哭声凄惨，他当场昏了过去。

等他再醒过来，就发现自己躺在床上，床头手机闹钟在响，时间是早上七点半，旁边是他准备起床的老婆。

他抓着手机茫然了半天，问老婆：“我昨晚回来了？”

他老婆满脸问号。

他又问：“我怎么回来的？”

老婆看了他半天，说：“你是不是有毛病？”

“不是，昨晚谁把我送回来的？”

“你自己回来的啊！”

他问了半天，把老婆问烦了才确认，昨天自己交了车就回家了，很正常地洗了澡，然后倒头睡到了天亮。他看见的那些应该是因为太累，做的噩梦。

他本来都接受这些了，结果傍晚出门接班的时候，他发现自己的鞋底有一层湿泥，而手机地图里的最新一条搜索记录，是车抛锚的那条街。

不仅如此，他还刷到了本地新闻推送，说西环张家弄的中式宅院塌了一座，具体原因尚不明确。

他差点又当场昏倒。

这个“龙腾虎跃”的帖子在“本地唠”论坛里引发了一波热议，但因为他空口无凭，很快就开始有人打假。

虎跃先生很不甘心，说自己不是第一次碰到这种事了。

之前也有一回，他接了一个将军山附近的单子，乘客是一个老人和一个小孩。那小孩湿漉漉的，很怪异，坐在车后座上也不吭气。临到下车的时候，小孩好像长大了一截。

于是那帖子又变了话题，有建议他去庙里拜拜的，有推销辟邪法器的……

讨论持续了两天半，在第三天凌晨突地结束了。

其实帖子没删，但所有人仿佛都在同一时间忘记了它。它迅速被各种房屋买卖租赁信息淹没，沉到了不知多少页的地方，再没被人想起。

那是八月二十三号凌晨一点十分，尘不到在那一刻睁开了眼。

其实那个“龙腾虎跃”没有看错，他跌跌撞撞闯进树林时，刚好碰到闻时笼散，封印之局得解，千年前被藏匿的一切重现天日。

他看见的长发红衣人自然是尘不到，后来拥过去的那一批是卜宁他们，哭的人则是夏樵。

他之所以吓晕过去还能自己修好抛锚的车，回到家，是卜宁他们发现了他，将他暂时转成傀，控着他回去的。

类似于这样的目击，千百年来其实时有发生，总有这样的有缘人会不经意撞见些什么。

解笼人大多能妥善处理这种事，不会留下什么痕迹。当那些人醒过来，只会觉得自己做了一个格外逼真的梦。

像“龙腾虎跃”这样的人是极少数，不是他们粗心大意，而是实在顾不上，因为当时卜宁借着山坳的局，隔空替闻时分担了一些尘缘，正是虚弱的时候，而封印之局中的尘不到状态又很吓人。照理来说，一个被禁锢一千多年的人，本体灵神和躯壳就像耗尽所有的朽木，没有半点活气，复苏的过程则是由死向生的涅槃，应当艰难又漫长，一年甚至几年都不为过，但当时躺在局中的尘不到却不然。

他手腕上缠绕的珠串颤动不息，鸟羽泛着亮光，身下朝八方蜿蜒的鲜血明明早该干涸，却在汩汩流转着，染得他的手腕指尖一片殷红，就好像正在跟某种力量拉锯抗衡。

每拉锯一次，血就淌得更快，他的肤色也更苍白几分。没人知道这是怎么回事，也没人敢贸然动他，生怕打断了什么要紧的事情。

这个过程持续了很久。直到某一刻，珠串当啷碰撞出一阵乱音，蜿蜒八方的血液慢慢洇进泥土里，翠色的鸟羽在风里扬了一下，又落回他手腕上。

之后，整个荒野都静了下来。

又过了好一会儿，众人才敢动弹。

因为卜宁灵本动荡，状态不佳，没人能开松云山境，所以他和尘不到都被带回了沈家别墅。

起先，各家都想留些人帮忙。

于是沈桥过世之后，这栋房子第一次这么热闹，几乎挤满了人。

但夏樵并不习惯，他还是只留下了跟周煦直接相关的张碧灵，对其他几家道了谢，好声好气地送走了他们。然后，他就再也没合过眼。

这是他成为夏樵以来，第一次体会到镗的强处——他可以一直守着，不困不累，不眠不休。

要不是有张碧灵在旁边盯着他，他甚至可以水米不进。

这种情况一直持续到周煦，或者说卜宁醒过来才有所转变。

当时刚退烧的周煦一边喝着药，一边盯着他的脸色说："卜宁告诉我，祖师爷这情况，少说需要一年才会醒，夸张点说，五六年都有可能。还有你哥……"

他顿了一下，道："你是打算把自己等成野人，给他们一个惊喜吗？"

"我是镗，"夏樵摇摇头，说，"不吃不喝不睡也没什么影响。"

"镗你——"周煦可能被卜宁老祖摁住了嘴，挣扎几秒后换了一个委婉点的词，"大爷，你哪有镗的样子，要不你去镜子那儿照照这张脸，气色差得能演恐怖片了。"

夏樵听了他的话，又想起闻时进笼前对自己说的那句“谁把你当橦”，低垂着头，很久没开口。

等他再抬起头，就默默端了张碧灵搁在旁边的粥，老老实实喝了起来。

他们本以为真的要等一年甚至五六年，可是没有，他们真正只等了十二天。

八月二十三号那天深夜，跟之前的每一晚没什么区别。

张碧灵在厨房给他们热粥填肚子。夏樵被换下来去洗澡，周煦从屋里短暂地出来了一下，骑坐在客厅沙发扶手上接张岚的语音电话。

话说到一半的时候，他忽然毫无来由地怔了一下，就像囫囵间走了个神。

张岚问了两句话没得到回应，连“喂”了好几声。

在最后一句问话里，周煦眨着眼回过神来，就像冥冥之中有所感知一样，他下意识转头朝墙上挂着的名谱图看了一眼，结果就见名谱图某处忽然闪过一道亮光，就像行车时外面掠过的灯影。

周煦张着嘴，陷入了某种难以置信的迷茫里。

又过了好几秒，他才终于反应过来，那道亮光来自名谱图的顶端。那是一切后世分支的起始，是解笼人的开端。

那里有着一个名字，沉寂了一千多年，直到这一刻，它真正亮了起来。

那是尘不到。

“我——”周煦的尾音还没出口，人已经奔向了房间。

因为动作太急，他被沙发扶手绊了一下腿，撞倒了高脚椅上的铜摆件，又在地板上打了个趔趄。

就这么一瞬间的工夫，卜宁已经占了主位。

他扶了一把门框，在踏进房门的时候稳住了身形。

也幸亏他扶了一下，因为他一抬眼，就看见尘不到已经醒来，就坐在床边。

他当年常用的白玉簪早不知遗落何处，长发披散下来，大半在身后，还有些顺着肩滑落在衣袍皱褶里。

卧室里的大灯没有开，只有床头灯亮着。

尘不到在灯下抬了右手，看着手腕上圈圈缠绕的珠串和红线。

或许是因为皮肤太过苍白，他的手指显得比过去还要长，骨感分明，衬得手腕上缠绕的线殷红得扎眼。

“师父……”卜宁轻声开口，就像生怕惊扰了尘不到。

话音落下，他就感觉自己被撞了一下。

“怎么——”他身后是听见动静匆忙赶来的张碧灵和头发还滴着水的夏樵，他们想问情况，结果话说了一半就噤了声。

“祖师爷？”夏樵怔怔地叫了一声。片刻后，他就像在替谁确定似的，又叫了一声：“祖师爷！祖师爷……你醒了？”

尘不到转过头来。他的侧脸映着光，视线慢了一步才从手腕上移开。他转过来的时候，眉心是蹙着的，眸光很阴沉。

卜宁愣住了。在卜宁从小到大的所有记忆里，尘不到总是好脾气的。虽然他们都很怕他、敬畏他，虽然他那种好脾气带着一种不问俗事琐事的距离感，但在他们的认知里，他从没有过这样的表情。

哪怕他们干了蠢事，该受管束，他也只是敛去笑意，正了神色，但这就够他们怕的了。

像此刻这样的尘不到，卜宁真的从未见过。他下意识开始惧怕，但更多的是难过。

“闻时呢？”尘不到看着他们说，他的语气并不重，但因为本体沉睡千年，没有开口，嗓音低沉喑哑。

众人表情一僵。古怪的沉默在房间里蔓延开来，沉闷得让人透不过气。

卜宁他们从小就很少直视尘不到的眼睛，大了稍好一些。但在这一瞬，幼年时他常有的那种心虚惶恐感席卷上来。他移开视线，不敢去看尘不到。

“师弟他……”卜宁说了几个字就停了，不知该怎么接下去。

于是，更长时间的沉默笼罩下来。

卜宁没抬头，只盯着尘不到落在地上的影子。哪怕不看师父，他也能感觉到，师父在生气，是那种极心疼，将要爆发却又无人可爆发的责备。

可能是承受不住这种令人难受的氛围，夏樵忽然开口，没头没尾地说了一句：“会出来的。”

说完，他静了一秒，又认真重复道：“我哥会出来的。爷爷说过，无相门是独属于我哥的归路，我哥会走出来的。”

他已经走过那么多次了，这次又怎么会失约呢？只是需要等。

张碧灵轻声问道：“他……闻时老祖上一回走出来用了多久？”

夏樵沉默片刻，道："二十五年。"

这句话落下的时候，尘不到已经朝卜宁摊开了手掌，道："你那些用来预测的东西带了吗？"

卜宁愣了一下，因为都说祖师爷尘不到样样精通，唯独对爻辞术缺了点天生灵窍，所以连他们几个亲徒都知道，他从来不会亲自预测。

"我……"这段时间多是周煦做主，又几乎没出过门，卜宁身上空空如也，什么都没带。

最后是夏樵一溜烟跑去客厅，翻箱倒柜一阵寻找。片刻后，他拿了几枚铜钱来，问道："这个可以吗？"

尘不到将铜钱扫进掌中。

他并没有按部就班地摆什么，只是拇指依次摩挲着铜钱表面的纹路。

没等夏樵和张碧灵反应过来，就听"哗啦"一声，铜钱又回到了夏樵手里。而尘不到已经起身，就地开了一道门。

黑黢黢的门凭空出现在卧室里，潮湿的冷风从里面呼啸着吹过来。

他们都没看到尘不到用镇石，只听见他别开头闷咳了几声。

那几声闷咳，让夏樵一下子找回了熟悉感。

他小声问："祖师爷刚刚在预测什么？"

卜宁道："师父大约在预测无相门会落在何地。"

这倒是好理解。

但是……

"那开门是为什么？"夏樵喃喃问道。

他问话的时候，尘不到已经抬脚进门。

红色的罩袍和白色里衣，被风吹得飘起又落下，转瞬消失在黑暗里。他只留下一句话："抓人。"

夏樵蒙了。他呆了几秒，转头问卜宁："不是，我哥进一次无相门，少说也得十几二十年，祖师爷现在就去，是要定居在那儿吗？"

卜宁更蒙，心想：我既没走过无相门，也不曾见谁走过，你问我，我问谁？

但那一刻他忽然有些高兴，说不出原因，只是冥冥之中有种感觉。

冥冥之中，他觉得闻时快要回来了。冥冥之中，好像一切都要好起来了。

他只剩下一个担忧——师父好像气得不轻，师弟可能出了门就要完蛋。

闻时在这片黑暗里走了有些时候了。

这里没有日升日落，没有四季轮转，到处都是一模一样的黑暗，没有任何东西可以提醒他时间。

在这样的环境里，人是很容易变懒的。

之前他每一次来到这里，都会进入一个漫长的沉睡期，不知人间，不知年月，就像在补一场几十年的觉，等到不那么疲惫了，再起身走出去。可这次不同，他在这片熟悉的黑暗中浮浮沉沉了好一阵子，却怎么都不能安心入睡。

有很长一段时间，他处于一种焦躁里。

他总觉得还有一件要紧事没有做，但又想不起来那究竟是什么了。

直到某一刹那，他隐约听见有人在叫他。

“闻时。”

这声音遥远而模糊，像曾经长久驻留在他身后的人的目光。

只是那束目光他总是找不到，每次回头，只会看见一片更为深沉的黑，但声音不同，那好像不是来自背后，而是前方。

在不知多远的前方，有个人一直在跟他说话。

他总是仔细地听一会儿，跟着声音走一长段，再听一会儿，再走一长段。

那人说了很多，但他听不清，只能听见他自己的名字。

“闻时。”

“闻时？”

“闻时……”

“我听见了。”他有点不耐烦地回了一句。

可惜他的话刚出口，就散在了黑暗里。

他总是站一会儿，又不甘心地继续朝声音走去。

在这片黑暗中太孤单了，能陪着他的，只有那道声音。

他走走停停，不知疲倦。

他走过的路越来越长，也越来越清晰，就像一个从困倦中慢慢苏醒的旅人。

他越走越慢，在某一刻突然停下脚步，然后他又听见了那个声音。

那人说：“雪人，我来接你回家。”

那个瞬间，所有在这片混沌中淡忘的东西悉数朝他涌来，铺天盖地。

他终于想起了那件最要紧的事——他拼尽全力留住了一个人，他想跟那个人回家。

尘不到……

闻时张了张口，但声音依旧淹没在黑暗里。

但是没关系，他自己听见了。

闻时抬脚朝声音来处大步走去，到最后几乎跑了起来，就像他曾经从山脚掠至山巅，那不过是顷刻间。

顷刻间，他走完了曾经漫长到仿佛没有尽头的路。

他在路的末端看见了天光，像透过山间枝叶缝隙落进来的日影，斑驳而耀目。他抬手想要挡一下眼睛，却感觉有一只手伸进黑暗里，抓住了他。

卜宁、夏樵和张碧灵跟着跨进门，摸索着走过长道。

他们从另一端出来的时候，尘不到已经在虚空中破开了一道裂缝。

不用猜，他们也知道，那应该是无相门的出口。

这是他们第一次看见无相门，每个人都是一副震惊模样。

张碧灵震惊于世上居然真的有这样的通道，横跨生死。

夏樵震惊于那二十五年的鸿沟在祖师爷面前居然徒手一劈就烟消云散了。

卜宁则震惊于尘不到的举动……无相门的出口都被生劈开来了，尘不到居然还将手伸了进去。他依旧轻蹙着眉，表情并没有缓和多少，似乎要将门里的人牵拽出来。

他动作间，宽大的袖摆被山风吹得扫过山石树枝。

卜宁从没见过师父这样一面，心想糟了，真的是风雨欲来。

没等他这个念头闪过，尘不到已经从裂缝里牵出来一个人。

卜宁下意识别开头，免得被连坐。

可他突然意识到了不对劲，好像人影有点过分矮了。

他将信将疑地回过头，看到了一个不足尘不到大腿高的小鬼。

那小孩头发乌黑，皮肤极白，眼睛像猫，本该是温顺好逗的模样，却因为他总爱抿着唇，显出一种独有的倔强。

要是他无声无息地杵在那儿，跟山里堆的雪人别无二致。

卜宁在原地惊了好几秒，心想：这不是小时候的闻时吗？看着不超过五岁。

他那不超过五岁的冰碴子师弟可能感知到了风雨，出了门就仰起脸，面无表情又极其无辜地跟牵他出来的那个人对峙。

他那表情，像极了当年摁着大鹏鸟薅鸟毛的模样。

尘不到："……"

山林悄寂无声，黑云压顶，风——风雨反正是来不了了，有也得憋回去。

卜宁看看师弟，又看看师父。尘不到显然没想到自己会从门里拽出一个这么小的娃，表情极为罕见。

他没说话，神色间透着一种复杂的错愕感。良久后，他牵着人的手动了一下。

"你怎么又长回去了……"他自言自语叹了一句，然后弯下腰，看着那双猫似的眼睛。

那双眼睛的瞳仁圆而乌黑，清晰地映着他的影子。他看了一会儿，放低了嗓音问："你还认得我吗？"

闻时就那样看着他，紧抿着没什么血色的嘴唇，一动不动，乍一看，依然像无声的对峙。但慢慢地，他那双眼睛一点点泛了红，却还是极倔强，一眨不眨。

良久，闻时的声音响起："尘不到。"

那一刻，卜宁长长地舒了一口气。

然后他便发现尘不到的肩膀居然也放松了下来，长发从那里滑落，半遮了脸。

从他的角度看不到师父的表情，他只听见尘不到沉沉地应了一声，将面前的人抱起来说："这里寒气重，先回家。"

这次的无相门开在垄西，距离宁安刚巧三千多里，普通人行车需要十多个小时，门一开，就只用一壶茶的工夫。

尘不到走在门内长而漆黑的通道里，听见怀里那一团说："我能走。"

通道很安静，隐约能听见后面卜宁、夏樵他们模糊的人语。尘不到的袍摆轻扫过黑暗，脚步没停，也没把他放下，说："你这么短的腿就算了吧。"

不知道是觉察到尘不到直到现在也没笑过，还是别的什么，以往闻时听到这种话，必然要说点什么或是做点什么回敬回去，就像当年他往尘不到面前拎小王八，这次他却没吭声，就趴在尘不到肩上，老实得几乎算得上温顺。

尘不到走了一会儿，忽然问道："你还记得多少事？"

趴在肩上的人闷着，像快睡着了。过了好久，他才咕哝似的回答道："我都记得。”

其实从看见那双眼睛、听见那句“尘不到”起，尘不到就知道闻时什么都记得。

他从无相门里牵出来的还是那个人，完完整整，一点儿没有丢，只是身体出了点状况，需要从头来过。

但他还是问了一遍，像要确认。

“无相门里的事呢？你都记得吗？”尘不到又开口问。

怀里的人僵了一下。

“无相门里难挨吗？”尘不到问。

“不难挨。”

闻时静默了几秒，又道：“没什么难挨的，睡一觉的事。”

尘不到抱着他走了很长一段路，才再次开口：“所以你觉得哪怕多走几遍也无所谓，是吗？”

“因为等你出来了，就可以骗我说没什么难挨的，不过是睡一觉的事。你这是笃定我进不了无相门，没法知道门里什么样？”

“我要是问你天谴加身、尘缘埋尽是什么滋味，你是不是也要跟我说一句没什么难挨，不过是睡一觉的事？”

“闻时，谁教你的办法？”

即便是这样的话，尘不到也是一字一句缓声说的，只是语调很沉，落在门内的黑暗里，衬得更加旷谧，就好像连虚空都噤声不语。

闻时没吭气。

过了不知多久，尘不到感觉怀里那一团动了一下，闷不作声地搂住了他的脖子，就像小时候又倔强又冷硬，唯独做了莽撞事又不知怎么开口时，会忽然软化一下。

尘不到：“……”

他一手养大的人是什么脾气，他可太清楚了。要是闻时顶着成年模样站在这儿，必然会犟着或是撅回来，拉不下这个脸。

这人也就仗着这会儿有个没他腿高的唬人模样。

尘不到简直气笑了。

他真笑了一声。门里一片漆黑，所以没人能看到他的表情，即便有人看见，也不一定能体会到那种复杂难明的后怕。

“等你恢复原样了，我再跟你好好算这笔账。”

闻时：“……”

这下怀里那个人是真不吭气了。

相比他们这边，落后一段距离的卜宁、夏樵和张碧灵就松快许多。

其实起初卜宁十分担心。

虽然他满腹经纶，懂的也杂，但无相门已经超出了他既有的认知，所有了解都来自闻时的寥寥描述。

这是他第一次真实地见到无相门，也是第一次接到从无相门里出来的人。他差点以为闻时一忘皆空，要全部重来了，还好有夏樵。小樵实操经验为零，但架不住有个接过闻时两次的爷爷。

“以前我听爷爷说过，我哥刚从无相门里出来的时候，确实都是小孩儿模样。”夏樵解释。

“其他呢？其他会受影响吗？”张碧灵问，“像他刚刚的模样，也就四五岁吧？他是只记得四五岁时的人和事，还是都记得？”

“唔——”夏樵回想了一下，“我想想爷爷那时候怎么说的。爷爷好像是说刚出无相门的时候，我哥总会有点反应不过来，可能还没脱离门里的感觉吧，但缓过来了就什么都记得了。”

“那他这模样会持续多久？”卜宁最为担心的就是这点，“得从头长起吗？”

夏樵连忙道：“不用不用，很快的。”

他想起沈桥留给他的日记，说：“辅历一九二一年那次，他接我哥，见到人的时候就已经是十多岁的样子了，没走多远就恢复原样了。还有，我见到他的那次也是，从将军山坐车到我家也就四十来分钟吧，反正他到我面前的时候，就是正常样子。”

夏樵大致算了算，道：“怎么也超不过一小时，快的话，说不定半小时就行。”

“就是半个时辰或者两刻。”周煦突然冒头来了这么一句。

夏樵才反应过来卜宁老祖不那么计时。

“哦。”卜宁放了心，“那就好。”

“老祖别担心。”夏樵又补了一句，“等到从这个门里出去，就可以看见我哥的变化了，少说也能长到十几岁。”

小樵的话说得很满。结果当他们真的从门另一头落地，就看见尘不到抱着胳膊倚着衣柜，床上是夏樵那个缩了水的哥。他盘坐在那儿，不声不响地盯着面前深灰色的床单，留给众人一个乌黑的发顶。

夏樵的脑子里缓缓冒出一串问号。

“这不还是四五岁吗？”周煦第一个没憋住，也不敢乱说话，只狠狠捅了一下夏樵的腰眼。

小樵“噗”地漏了气，“啊”了一声。

“你啊什么啊？”周煦小声往外挤着话，“不是说分分钟长回去吗？你家分钟按最短的针算啊？”

“你问我，我问谁？”夏樵也很蒙。他眨巴眨巴眼睛，小声叫了一句：“哥？”

床上那位参禅的抬了一下眼，朝他看过来，乌黑的眼珠蒙了一层浅色的光，给人的感觉凉飕飕的。

夏樵缩了一下身体，问：“你这是怎么回事啊？”

他这迷你款的哥显然不太乐意说话，盯了他好一会儿，才蹦出一句：“有点问题，暂时长不回去。”

“什么问题？”

“不知道。”

夏樵“唔”了一声。之前在无相门外他们情绪太重，没太注意，现在一听，他哥这声音也有一点退回去了，虽然不太夸张，但以他哥那个脾气，也挺要命的，怪不得他哥不乐意开口。

夏樵不敢触霉头，没再跟他哥说话，而是扭头朝这里位分最高的那位看去，用口型询问：“祖师爷，我哥真的碰到麻烦，没法变大啦？”

尘不到没转头，眸光依然落在床上那祖宗身上。

不知道为什么，夏樵总感觉祖师爷的表情意味深长，有种“我就听着你编”的意思。

过了片刻，尘不到“嗯”了一声，道：“他是变不了，挺麻烦的。”

夏樵听见“麻烦”两个字就有点慌，忙问：“那怎么办？”

尘不到说：“泡药。”

闻时：“……”

他瞪着尘不到，还没开口，夏樵那个傻瓜已经被带着跑了。

“泡药？”夏樵想起以前煮来给闻时泡手的那种药，立刻道，“那我去厨房把上次那个砂钵找出来。”

结果尘不到说了句：“砂钵小了点，装不下你哥。”

闻时：“……”

夏樵问：“噢，那用什么？”

“用浴桶——”尘不到顿了一下，切换到现代人的语言模式，“浴缸，这情况只泡手没什么作用，哪里不长泡哪里。”

夏樵迟疑道：“头呢？”

尘不到说：“一起泡了吧，匀称，有人从小怕丑。”

闻时：“……”

“那药……”

“楼上都有，一会儿让老毛找齐了。”

“老……”

老毛？可是老毛已经不在了啊。

众人听到这话，均是一愣，尤其是张碧灵。

大家都知道金翅大鹏鸟老毛是尘不到的榁，尘不到一旦恢复了，榁就能跟着重见天日，可即便如此，也得先用榁线——

张碧灵的疑问还没出口，就反应过来……是了，祖师爷尘不到捏榁根本不用榁线。

她刚明白这一点，楼上就有了动静。那是一道并不算重的脚步声，因为那人懒得抬脚，在地板上摩擦出沙沙的轻响。

张碧灵听过这样的脚步声，夏樵更是熟悉。

老毛每次在西屏园上下楼梯，或是在沈家别墅二楼房间往来，就会弄出这样并不吵闹的动静。

其实按理说，榁想要做到无声无息很容易，这样的脚步声反而是刻意的——为了不吓到人，为了更有生气，更像生灵。

而只有长年累月的刻意练习，才会形成这种像人一样有特点的脚步声。

张碧灵听着那道脚步声，一时间想不明白，跟着祖师爷尘不到的榁，为什么要练习弄出这种动静。

没等她想明白，夏樵已经一溜烟跑出了屋子。

“老毛叔？”他站在一楼客厅，抻着脖子朝二楼张望。

“你别叫唤，我听见了，正拿药呢。”一道声音从楼上传来。

真的是老毛！

夏樵看见一道人影落在二楼扶手上，从左边房间移到了右边房间，有什么东西被搁下了。

下一秒，他就听见了扑翅声。一个枭鸟似的影子从二楼直掠下来，从他眼前横飞而过，斜扫进房间，翅羽像扇子似的张开，隐隐流动着金色。

它在屋里盘旋一圈，稳稳落在闻时的肩头，一如当年在松云山的每一天。

老毛用并不动听的声音说道：“一般来说，躯壳长不大是因为体质太虚、灵神太弱，支撑不了——”老毛说到一半，鸟眼一瞥，瞥见了闻时的手指。

这祖宗的迷你手指头上还有不知哪天缠绕的傀线，带着残留的血迹。傀线这种东西最能反映傀师的潜意识和灵神强弱。傀师越虚弱，傀线越僵，反之傀师越强，傀线就越灵活。

而闻时的傀线就像有生命一样，正不屈地抖动着，试图张牙舞爪地窜出去。只是线还没来得及窜，就被闻时默默摁住了。

这是一场无声的斗争。老毛落的位置得天独厚，刚巧把闻时的小动作尽收眼底，没说完的话就再也说不下去了。

老毛：“……”

灵神弱？这骗术也就哄哄大傻瓜。

老毛再也不分析了，用毫无起伏的语调和嘎嘎的鸟嗓说：“药找好了，泡你的澡去吧！”吓唬谁呢！

老毛这鸟里鸟气的一嗓子将众人惊回了神。

夏樵一拍脑门，道：“哦，对，药澡！浴缸！等我一下！”

随着家里熟悉的身影越来越多，他终于过渡到高兴的状态里，就像一个后知后觉慢半拍的人，最初是因为失而复得想哭，这会儿才真正开始想笑。

这是一种缓慢堆积出来的亢奋，以至于他说话都带着蹦跳的感觉。他跑进卫生间的时候简直是一溜烟的，伸手捞了一把门框才没有撞上什么。

“小心点——”张碧灵提醒了一句，说完她自己脸上也泛起了压不住的笑意，咕哝着，“挺好。”

人一个接一个地回来了，就一切都好。

夏樵进了卫生间，兴冲冲地要去放水，他的手都碰到水龙头了，才反应过来这浴缸使用过的次数屈指可数，主要集中在刚搬来这里的那两年。

那时候他年纪还小，比起淋浴，更喜欢泡在浴缸里。他经常放上满满的水，试图一动不动地放松四肢，让自己漂在水面上，当然……基本以失败告终。

现在想来，他不仅觉得傻，还觉得有点惊悚，得亏爷爷能容忍。

等过了那个阶段，他就对这种傻事失了兴趣，觉得淋浴更方便省事。之后他就再也没用过浴缸了。

那么问题就来了——一个曾经用过又多年没再用过的浴缸，要怎么搞卫生才能达到标准，在祖师爷的盯视下把他哥放进去？

夏樵在浴缸边趴了一会儿，觉得不如老实交代。

“哥——”他叫了一声。

闻时听到小樵的叫声了，但没有应。

他还盘坐在床上，跟抱着胳膊的尘不到目光相对，正在认真地贯彻一个策略，叫作敌不动，我就一动不动。

还是张碧灵善解人意，朝门外问了一句：“小夏怎么了？”

“呃，就是这个浴缸。”夏樵的声音传过来，“我觉得祖师爷和我哥最好来看一下……”

老毛先往那边飞了过去。尘不到也终于回头，朝那个方向看了一眼。

床上的某位立马绷着脸，窸窸窣窣一阵动作，把手指上的傀线摁死了。

等他摁完傀线一抬眼，尘不到正半垂眸子看着他。

闻时：“……”

他能感觉到尘不到是想笑的，但没有真的笑出来，而是站直了身体，朝他伸出手说：“你的眼睛这么圆就别瞪了，也没什么气势。走，去看看你弟弟怎么回事。”

卜宁作为一个旁观者，见证了他那迷你小师弟教科书式的口是心非——脸上写着“我不情愿也不甘心”，手却老老实实地递了出去。

尘不到牵着闻时下了床。

他们从卜宁面前走过去的时候，卜宁默默看了一会儿闻时的脑袋顶，要是说一点都不手痒绝对是假的，但他懂得基本的礼数。

说时迟那时快，只见周煦突然挤掉了卜宁老祖，以迅雷不及掩耳之势伸手摸了一下闻时的头，又以闪电般的速度龟缩回去，把主位重新让给了另一半自己。

卜宁："……"

只能说人类的手欠是相通的，就看有没有贼胆而已。

总之，那一刻，整个沈家别墅像是凝固了。

闻时面无表情地回过头。

卜宁已经在瞬息间退出去一丈多，背靠着房间的墙，朝闻时拱手作揖："师弟，真不是我。"

如果没有墙的限制，他能退出去八里地。他作完揖一抬眼，对上了师父尘不到的目光，还看见了师弟手指头上瞬间张开的傀线。

卜宁："……"

挨千刀的周煦。

卜宁立刻又作了一个大揖，说："我同他讲讲道理。"

话音落下，他就一动不动了。凡人管这叫"魂游天外"，其实就是躯壳暂时没人管，身体里的灵本"打架"去了。

后来，狗胆包天的周煦偶尔会跟人讲起这惊险刺激的一幕，说："因为我摸了闻时老祖的头，卜宁暴跳如雷。"

张雅临当场摔了一个杯子，问："你摸了谁的头？"

张岚一哆嗦，鲜红指甲油掉到了小黑手上，难以置信地问："你说谁暴跳如雷？"

再后来，"卜宁暴跳如雷"就成了一个梗。

毕竟在所有人眼里，斯斯文文的卜宁老祖这辈子都不可能跟"暴跳如雷"中的任何一个字扯上关系，但有一个人每次听到都能哈哈笑半天。

他姓钟名思，是唯一相信周煦那句鬼话的人，并附和道："在下不才，有幸见识过很多回卜宁暴跳如雷。"

他还表示自己醒得太晚，错过了摸小师弟脑袋的机会，真是可惜、可惜。

因为这些话，他和周煦惨遭了一番"报应"，但那都是未来平静生活里的后话了。

总之这一天，沈家别墅的浴缸最终还是没有派上用场，倒不是因为夏樵担心的那些问题，毕竟尘不到、闻时、卜宁都在，哪怕只有张碧灵，想要把一个东西弄得光亮如新也不算难事。关键在于那个浴缸的水塞有点问题，会漏个不停。

这本来也不是大事，但在养神蓄灵上犯了点忌讳，不适合当下的闻时用。

于是尘不到说："我带他回一趟松云山。"

依照常态，回松云山，卜宁必然是要一起的，但当时的卜宁正在跟周煦"谈心"，没跟过去。卜宁都没动，张碧灵自然也不好冒失。至于夏樵，祖师爷没开口叫众人一起，他就没敢迈步。

于是最终回松云山的就只有尘不到、闻时，以及搂着药的老毛。

松云山被卜宁封禁了很多年。如今尘埃落定、万事太平，那个封山的局已经撤去，只在山脚下布了一个掩人耳目的局，免得有人误闯，迷失在山间。

这片山林一旦通了天地，重重死象就转了生。

道边的山壁上，苔痕又泛了青，夜里虽然看不大清楚，但青草味已经满布山道。

坳间松林如海，山岚云雾是淡淡的乳白色，长风一卷，带着松脂香。

老毛进了山，翅膀一掠，转眼就消失在高高的峰巅。

不一会儿，沿途的风灯就亮了起来，温黄一团，点缀在崖间。

闻时则跟着尘不到走在长长的石阶上，投下一长一短两道影子。

山间夜凉寒气重，牵着他的那只手却是温暖的，没有枯痕、没有逸散出来的黑雾，修长有力，筋骨匀停，一如当年。

闻时转头望向山侧，看到了清心湖静谧的湖影。他又抬头望向山巅，看到了曾经黄粱一梦里怎么也等不到的圆月。

"你出息了，走着走着还能呆住。"尘不到晃了晃他的手，"醒醒。"

闻时怔了一下，从圆月上收回视线。

他们又朝着山顶往上走，只是没走几步，尘不到感觉腿边的罩袍动了一下。他的余光里，某人垂着脑袋朝他挨近了一点，不知道是借着袍子挡风还是百年罕见的黏人。

某人这会儿就像一块不声不响沾上来的雪糕。

到山顶的时候，闻时听到了人声，出乎意料地，竟然叽叽喳喳，有些热闹。

他愣了一瞬，还没反应过来，就看见他那间屋子的窗户被人从里面推开，两个脑袋一左一右从窗棂里探出来。

左边的人说："回来啦！"

右边的人用相似的声音附和道：“总算回来啦！”

“你们走得好慢。”

“是啊，你们好慢，我们等半天了。”

那是大召小召。她们这样闹着挤作一团，总让人怀疑那对白虎自天而降、威震山林的场景，不过是一场逼真的梦境。

热气从屋里散出来，出窗就氤氲成了一团白雾。

大召用手扇了扇，笑眯眯地说：“水已经好了。”

小召接话：“药也投进去了。”

“我们手脚是不是很麻利？”姐妹俩齐声邀功。

结果就听“砰”的一声，老毛抱着已经没有药的空钵走出来，冲她俩说：“桶是我清的，水是我热的，药也是我投的。”

“可是我们陪你了。”

“多稀罕。”老毛一点儿不客气。

大小召嘻嘻哈哈笑歪在窗框上。而老毛已经转过头来，对尘不到和闻时说：“多亏了我手脚麻利，这回真的能泡药澡了。”

闻时将信将疑进了屋，看见屋中间一个大浴桶盛着满满的药水。

药早已化散进水里，乍看起来很浓，味道难以形容。

闻时：“……”

这哪里是要泡澡，分明是要腌山货。

闻时扭头就走。因为个子小且灵神丝毫不虚，他出溜得极快，瞬间就到了屋门口。他刚要迈出门去，就被人拦腰捞了回去。

“你的腿看着只有一点点，跑得倒是快。”尘不到说。

闻时两脚不沾地，皱着眉问：“桶里什么东西？”

“大料，”尘不到说，“山里人多嘴多，给冬天囤点粮。”

闻时扭头盯视他。

“好了，你别乱动，确实是给你泡的药。”尘不到收了逗弄闻时的心思。

闻时挂在他手上，听见他话里的逗弄之意淡下去，低低沉沉的嗓音响起来：“你在生死间走一趟，你说毫无影响就毫无影响？”

话音落下，闻时就已经浸到了药浴桶里。

热水包裹着他整个身体，先是皮肤变得暖热起来，接着便是每一处骨缝关节……尤其是隐隐难受了很久的手指。

真正的药水并没有那样辛辣的味道，相反，其实是好闻的，很容易让人定下神来。

闻时听见尘不到说：“泡半个时辰。”

等他抓住桶壁，从药水里抬起头，就见屋门吱呀一声合上，尘不到的脚步慢慢远去了。

尘不到说是让他安安静静泡半个时辰，中途居然真的一个人都没有来，但他也没顾得上这些，因为没一会儿，他就在药的作用下昏昏欲睡。

等浑身上下每个关节骨缝都被泡得熨帖舒服，他从迷糊的状态里睁开眼，就看见尘不到不知什么时候回来了，就坐在桌案边。

尘不到的长发垂落下来，被烛火勾出微亮的轮廓，单手支着头，一直沉静地陪着他。

“你醒了？”尘不到站起身，袍摆扫过桌沿，“你倒是会掐时间，不多不少，刚巧半个时辰。”

然后尘不到挽了袖子，把闻时从浴桶里抱出来。

被药水浸透的衣服裹在身上，在桶里刚好抵消那股劲，但他出来后，很快有些凉了。

尘不到要帮他把这身湿衣服换下来，他却有一点点别扭。

“我自己换。”他坐在榻上，去抓尘不到手里的干净毛巾。

尘不到拗不过他，也知道他脸皮薄，有些哭笑不得地把毛巾盖在他脑袋上，又从斗橱里找出一件他以前的白袍，搁在一边，道：“行吧，那你自己来。”

当尘不到关门出去的时候，闻时闷在那张大毛巾下，听见他带笑说了一句：“你小的时候，我也不是没帮你换过衣服。”

而后屋里便重归于寂静。

闻时在被毛巾盖住的黑暗里坐了一会儿，想着刚刚尘不到的话，忽然意识到自己跑偏了方向。

算账就算账吧。闻时想。

他抓下毛巾，把自己一一擦弄干净，拿起搁在一旁的袍子披裹在身上，手臂伸进素白宽袖的那一刻，他周身的骨骼都在拉长舒展。

当他的手从袖口里露出来的时候，他已经完全是成年的模样。

屋里还有未散的热气，很暖和。

闻时从榻边勾来一团干净棉线，习惯性地将它们一圈一圈交错缠绕在细白修长的手指上。

屋门忽然"笃笃"响了几声，但在安静的夜幕里并不突兀。

"你换好衣服了？"尘不到高高的影子投映在门边。

"嗯。"闻时应了一声，低头咬了橦线，将最后一个结收束干净。

"我让老毛弄了点药油——"

屋门吱呀一声开了。

尘不到手指上勾着一根细麻绳，麻绳两端挂着两个小竹筒似的器物，正要进门，却在抬眸看到闻时的时候停住了。

山风擦过他的身侧，偷偷溜了进去。屋里桌上的烛火轻轻抖了抖。

尘不到的眸子里映着晃动的烛光。他静了一瞬后眨了一下眼，那抹烛光就化开了。

他走到榻边停住，低头看着闻时，眸光从闻时眼尾扫下来又落回去，开口道："你不是灵神不足，长不大了吗？"

闻时收结的动作一顿。

过了片刻，他松开齿间雪白的橦线，抬起头，撞上了尘不到低垂的眸光。

他背抵着墙，在那片眸光里静了一会儿，又眨了眼，移开视线，坦白道："我装的，你明明看得出来。"

"你为什么要装？"

你明明也知道。闻时动了一下嘴唇，却没出声。

"你怕我生气，怕我找你算账？"尘不到的嗓音低低沉沉。

这间屋子其实很大，他们的说话声却只在这一隅，方寸之间，除了彼此，谁也听不清，就像只照一圈的灯烛。

闻时的手搭在屈着的膝盖上，橦线长长短短地垂挂下来。他无意识地拨了一下橦线，应声道："嗯。"

"那你为什么又不装了？"

闻时抿着唇，没有立刻回答。

过了好久，他才出声道："因为再来一次，我还是这样。"

命都是你给的，走一趟无相门又算什么？

“再来多少次都是这样。”

他的声音很低，因为别开了脸，脖颈的线条被拉得清晰又紧绷，透着一股与生俱来的执拗，好像谁都扭转不了。

但当他说完这句话转过脸来，抬头看向尘不到，漆黑的眼珠带着药浴后未散的热气，微亮而潮湿，那种骨子里的锋利棱角忽然就转化成了一层薄薄的壳。他裹着那层一戳就破的壳，眼睛一眨不眨地看着尘不到。

他的语气还是固执，嗓音还是又沉又低，只是多了些别的东西。

他蜷了一下垂着的手指，㠉线在灯下晃了晃，说：“随你怎么算账。”

晃动的线影落在尘不到眼里，像被风惊扰的灯火。

尘不到忽然垂下眸子，伸手去勾了闻时手指间垂下的㠉线，勾捻着将它们拨分、收直，让它们不再胡乱晃动。

闻时跟着看向自己的手指，任由面前这个人理着㠉线。

其实哪有什么算账，哪里舍得算账。

尘不到只是太过心疼，想让他从此长点教训，再别做任何莽撞事，再别落下一点伤口和痛处，但偏偏对他打不得、斥不了……无从下手，无可奈何。

这大概就是所谓的一物降一物吧。

什么时候睡过去的，闻时已经记不清了。

他不知道的是，当他快要睡过去，意识不再清醒的时候，尘不到借着㠉线跟他说了一句话，是回答他之前心里的那个疑问——山上山下的人那么多，为什么是我？

其实尘不到也说不清，他确实走过太多地方，见过太多人、太多事，好像不论是谁问一句什么，他都能答出个所以然来。

他知道很多东西的来龙去脉，懂很多常人不明白的道理，曾经就连生死在他眼里也不过是一场离别，和他经历的无数场离别没什么不同。

他能回答数不清的“为什么”，唯独这个问题他答不上来。

或许这本就是说不明白的东西吧。

如果一定要说，或许是因为很多年前的那个冬夜吧。

那时他刚修化完尘缘，正在那个无人知晓的山坳里休养生息，忽然接到了老毛的信笺。

信笺里说闻时在山下遇到些麻烦，碰巧路过松云山，就去他屋里翻书了，或许会住上两日。

他那时候的状态是前所未有的差，疲惫虚弱，受那些尘缘影响，甚至有些阴郁，撑不出一点平日的模样。

他本不该出那个山坳的。

但他合上信笺，在湖边站了良久，还是从山坳里出来了。

他开不了太远的门，几乎是走回了松云山。他穿过几座城镇，看到四处挑挂上了新的风灯，才想起来那天是个吉日，有些地方管它叫冬至，有些地方叫履长。

各处的习惯不尽相同，他记得最深的是松云山脚的那些城村。

每隔十年，村里的人会在夜里放一次灯。

十年前的那次，几个徒弟十来岁，年纪还小，他们刚好不在松云山，没能看到那个景象。

卜宁、钟思和庄冶当初咕咕哝哝好几天，总说遗憾，唯独闻时没说什么。但尘不到看得出来，他最不开心。

其他三人忘性大，没那么认死理，没过多久就将这事抛去了脑后，再没提起过，只有闻时，一直惦记着。

时至那一日，刚好十年。

他不禁怀疑，闻时是特地回山来看灯的。

于是他加快了步伐，在入夜的时候回到了松云山。

他记得那天极冷，山道上结了一层薄薄的霜。山下很是热闹，人语交杂，甚至能顺着山岚传上来。

他听着那些声音，快走到山顶的时候，看见了松枝间倚靠着的那个人，像一堆提前落下的积雪。

那人能听出他的脚步声，几乎立刻从枝丫间站起来，落到地上，隔着不算很远的距离看着他。

很巧，在闻时落地的那一刻，山下的人们忙碌一整天，终于放出了灯。

成百上千的灯盏从山下升起来，越过松林和山壁，朝更高远的地方飞去，这是十年才有一次的盛景。

而闻时全然不知，背对着那里，只看着他。

那时候他停了一下脚步，对闻时说："雪人，回头。"

闻时怔了一下，转过身，看见了满天的灯，再转回头时，是笑着的。

闻时笑着说：“尘不到，冬至了。”

那个瞬间，尘不到看着闻时，忽然觉得万般负累不过如此。

或许就是那个满天灯火的冬夜吧，他终于意识到自己并非毫无牵挂。

他送过数不清的人，与他无关的、与他有关的，送完总能转身离开，去进行下一场道别。

唯独那个人，只要多看一眼，他就再也走不了了。

“唉……”松云山顶的浅池边，大召托着脸坐在一个矮墩墩的石台上，长长地叹了一口气。

“唉……”小召蹲在她旁边，跟着叹了一声。

她正捏着一根细长茅草，拨弄着浅池里小王八的脑袋。这姑娘特别讲究，只逗弄其中一个，另一个是碰都不敢碰。

“别唉了，大清早这么一声接一声的，丧不丧啊？”老毛拢着袖子站在一边，睨着她俩，像一个传统又讲究的长辈。

“这叫大清早？”大召仰脸看了看天，望着快到头顶的太阳，质问老毛。

“就是。”小召跟了一句，“太阳都晒屁股了，怎么能叫大清早呢？”

她们抱怨归抱怨，声音却很小，像怕惊扰什么人，只能扎堆说着悄悄话。

老毛转头朝屋子的方向看了一眼，努了努嘴说：“喏，屋里那位说现在是大清早，那就是大清早，要反驳你俩进去说。”

“他自己都起来多久了，还大清早。”大召老老实实垂下脑袋，吸了吸鼻子道，“一言堂。”

小召附和：“指鹿为马。”

大召接一句：“黑白颠倒。”

小召应道：“昏君。”

老毛：“……”

如果里头那位算昏君，那按照站位，他就是候在门外的大太监。

“去你们的。”老毛骂了俩丫头一句。

当檀当得这么嚣张的也是少见，扎堆站在檀主门外说檀主坏话，好像檀主听不见似的。她们也就仗着尘不到好脾气，不跟她们计较。

有时候老毛都觉得尘不到没把他们仨当橦，不过也就是偶尔这么想想而已，不当橦当什么呢？好像也没别的参照。

“你可别玩了，一会儿弄出什么毛病来，好不容易活了这么多年呢。”老毛看着小召手里的细茅草，又看看那只小王八，忍不住说，“再说了，你认得准吗？别逗错了。”

小召一听这话，草茎抖了抖，连忙住了手，小心翼翼捧着小王八翻了个身。

外人从不知晓，松云山这两只宝贝小王八肚皮的软甲上是有字的，出自当年松云山另一个大宝贝之手。

那时候他年纪还小，字不像后来那样锋利劲瘦，是带着几分稚气的。

老毛还记得当年闻时趁尘不到下山，把其中一只小王八捞起来，肚皮朝上摆在桌案上，握着笔恭恭敬敬在软甲上写了个“尘”字，并用黑黑的眼睛无声胁迫老毛，不准他告状。

就是那一次，老毛深切地意识到，闷不吭声的“雪团子”也是会皮的，是那种冷不丁来一下的皮，而且只冲着尘不到。

那次小王八事件的结果老毛也记得十分清楚。

尘不到回山后，当天就发现了小王八肚皮上的字。

但他没有恼，只是倚着门看小徒弟练功，完事后招手把对方叫进屋，拎上了另一只小王八，肚皮朝上搁在桌案上，然后拿了一支笔蘸了墨，握着闻时的爪子，手把手地教（逼迫）闻时在小王八软甲上写了个“时”。

然后闻时自闭了两天。

老毛在心里叹了一口气：一千多年过去了，白云苍狗，物是人非，当年的大宝贝这会儿正睡在尘不到的屋子里。

老毛又默默回头，看了屋子一眼。

小召确认了那只小王八肚皮上是个“时”字，长长松了一口气，又把它放回池子里，用草茎轻轻拨着它的脑袋说：“日上三竿了，醒醒吧。”

“我备了好多好吃的，你不饿吗？”大召跟着说。

老毛实在没忍住，朝窗边挪了挪，缓缓把头伸过去。

屋里，尘不到正翻一本旧书册，闻时还在睡。

老毛刚瞄到一眼，就看见尘不到从书间抬头，食指碰了一下嘴唇。

老毛忙不迭又缩回了墙角。

“醒了没？”大召睁着杏眼，满怀希望地问。

“要吃饭了吗？”小召也精神了。

“没，他让咱们闭嘴。”老毛说。

殊不知，这话刚说完，床上的人就动了一下。

闻时很久没有睡过这么安逸的觉了。

小时候他是因为尘缘缠身不敢多睡，大了又因为心思太重睡不踏实。再后来，他没了灵本和记忆，就连梦里都是空空荡荡的。偶尔梦里闪过一些零星往事，他醒来后能接连头疼好几天。

他对睡觉一贯没有期待，也并不觉得放松，只当是不得不做的一件事。有时候他躺在床上昏昏沉沉一整夜，也比不上当年下棋间隙里点着头打的一个囫囵浅盹。

这是他有记忆以来第一次，没有负担和惦念地睡足一整夜。

他睁眼的时候，天光大亮。

他起初不太适应那个亮度，半眯着眼睛，光就从眼睫的缝隙里一点点漫进来。那是一个缓慢而熨帖的过程，他甚至罕见地产生了再赖一会儿床的冲动，直到他听见了屋外隐约的说话声。

他抬起手肘掩了眼睛，却磕碰到了另一个人的身体。

他上一秒还是迷糊的，下一秒就醒了个彻底。他倏地睁开眼，听见尘不到的嗓音落下来：“他们吵醒你了？”

闻时怔怔地看着尘不到。

闻时第一次睁眼后看见这个角度的尘不到，几乎反应不过来。

“你睡饱了吗？怎么熊猫印子没浅多少呢？”尘不到低头抹了抹他眼下的皮肤，还煞有介事地看了眼自己的拇指，好像那浅浅的青痕会掉色似的。

闻时半是赖床半是躲避，朝里偏了一下头。

“我……”他撑着床榻边沿就要起来，结果刚一动就感觉拉扯到了什么。

闻时有点纳闷，先看了一眼自己的手，有一部分樘线还在手指上，就是很乱，每根都放得很长，蜿蜒纠缠着隐没在衣袍里。

闻时拽了一下袍摆，就见那些樘线有的在他腰上，有些绕过了腿，最末端则凌乱地缠着脚踝。

闻时：“……”

虽然他一言未发，但满脸都写着一句话：我的傀线为什么会绕在我身上？我明明……

“是啊。”尘不到刚好勾了一根线捻在手指间，将这位顶级傀师的疑问听了个齐全。

就见他拎起那根线送到闻时面前，要笑不笑地说：“要不你问问它，怎么关键时候那么不听话，这么多年了也没学会乖？”

闻时：“……”

这话倒是勾起了一些闻时的记忆。

当年闻时刚开始学傀术，跟其他人都不亲近，练功也不肯去山腰，只逮着尘不到一个人当靶子。他有事没事就把傀线往尘不到身上招呼，从最初直直地放出去，到后来学会了偷袭，可惜从来没落着好。

每次他将傀线甩出去，眼看着要碰到尘不到了，对方就会伸手勾住傀线，一边笑斥着“造反”，一边用傀线把人拽到面前，捆粽子似的绕上几圈，还要故意扎个蝴蝶结。

然后两个人之间的斗争就会变成闻时跟自己的傀线之间的斗争。

闻时小时候解开傀线得好几个时辰，解完之后脸红了，汗也出了一身。就这样他也不吸取教训，没过几天还敢那样做。

屡战屡败，屡败屡战，他一直战到了现在。

“你小时候驴脾气就算了，”尘不到把那根傀线搁在他手里，低声道，“大了是故意的吧？”

闻时屈了一下腿，乱缠着傀线的脚踝没进了衣袍。

“不是。”他舔了一下干燥的下唇，没抬眼。

彼时屋外的老毛等了半天，觉得自己可以说话了，敲了敲门就要进来，嘴里说着：“大小召烧了水，要不——”

“别开门。”

闻时下意识觉得自己这狼狈样子不能见人，手指一动，就听“砰”的一声响，刚开一条缝的门瞬间弹了回去。

老毛被门板拍了个正着，气得扑棱着翅膀跑了。

闻时哪管得上那些动静，他屈了一下关节，所有乱缠的傀线就都收回来，老老实实绕在指根，一点都看不出它们之前是什么模样。

他蹦出一句“我去洗漱”，然后匆匆就要走。

只是他刚走没两步，尘不到就拍了拍他的肩，道：“等会儿。”

闻时回过身，尘不到笑着说：“雪人，早。”

老毛飞了两圈泄愤，刚落回地上，就看见尘不到的房门被人从里面推开，一抹白影系着蓝色的绑带从屋里掠出来。

他的长发束得高高的，身形挺拔，脸上表情不变，从人身边走过的时候，白色的袍摆被风吹起来，像一朵绕山而过的游云。

他经过众人的时候，脚步停了一下，沉声说了句“早”，然后便没进了那片葱郁松林，掠下山道。

接着尘不到也走到了门口，他披着红色的罩袍，有些懒散地倚着门。他抬手挡了一下并不恼人的日光，然后笑着看那道白影绕过山壁。

他转头对老毛和大小召说：“早。”

那一刻，老毛有些恍然，好像桑田碧海，物是人非，这山间的青松流云却还是当年的那些，亘古亘今，从未变过。

世间的道理就是这样，有苦尽甘来，就有盛极而衰。

松云山和沈家别墅复归往日的时候，西环的张家本宅却是另一番景象。

之前因为宅院一夜垮塌，张家弄这个地方频频出现在宁安的当地新闻里，最初的说法是垮塌原因不明，引发了一波议论和猜测，后来解释为瓦斯爆炸，便迅速淹没在每日如潮水般的讯息里，好像忽然之间，谁都想不起来这件事了。

只有在路过那里时，人们才隐约有点印象，因为那片错落有致的中式宅院现如今缺了一大片，像一块突兀丑陋的疤。

“岚姐，那个废墟你打算怎么处理？”大东问了一句。

窗边的人架着手肘，拨弄着涂了墨绿色油胶的长指甲，盯着地砖发呆，一言不发。

“岚姐？”大东又叫了一声，见对方没反应，伸手在她眼前晃了晃，“岚姐！”

“嗯？”张岚猛地回神，“什么东西？”

“我是说——”大东问道，“旁边的废墟怎么搞？那玩意儿晾着好多天了，也不是个事啊。是恢复原样，还是把地方清出来，弄点别的？”

张岚抬起眼。

那片废墟就在她这个院子的正后方，从这扇窗户看出去，原本可以看见假山鱼池、人工竹林，以及家主宅院挂着檐铃的一角。

现在那些东西已经不复存在，只剩残垣断壁。这儿冷清不谈，主要有些难看——它提醒着每一个看见它的人，张家究竟发生过什么。

就连其他家族和张家的旁支小辈都会有些尴尬，更何况张岚呢。

这扇窗就在她住的地方，低头不见抬头见。

大东觑了一眼张岚的脸，心想这位姑奶奶心里估计不会好受。

其实整个张家最近都不太好过。

因为老祖宗张岱岳的关系，张家的声势一落千丈，跌到了谷底。

以前不沾边的人拐上十七八个弯，都要说一句“我是张家的”，现在就连本家的一些小辈都有点张不开口。

再加上张雅临迟迟没有恢复，跟前跟后的橦也不在了，整个张家都有一种要就此颓荒的意思。

原本“岚姐”长“岚姐”短的人，现在散了大半。

倒是大东跟之前没什么区别，除了牛皮不常吹了，其他照旧。他和耗子成了往来本家大宅最多的人，跟张岚也有了几分真朋友的意思。

就因为是朋友，他才总提醒张岚清理废墟，免得看了心里发堵。

其实要把废墟恢复原样，对张岚来说不算特别困难，也就是三五天的事。但大东没有这样建议，他在手机里翻找几下，翻出照片给张岚看，提议道：“这是我跟耗子这几天找的，弄个这样的大池子也不错，养点睡莲、锦鲤什么的，气派，讲究！”

其实这样做，主要是能让这死气沉沉的地方有点生机，但他没好意思说。

谁知张岚趴在窗框上，盯着废墟看了很久，说：“我就没打算弄。”

大东蒙了，疑惑道：“啊？”

张岚说：“就这样吧，就这么留着它，挺好的。”

大东满头问号。他要不是尻，恐怕得摸摸这姑奶奶的额头，看看她是不是发烧了，怎么大白天的说胡话。

“那些个碎砖头破瓦又没用又丑，你留着它们干吗？”

"留着给人看哪。"张岚答。

"给谁看？"

"我啊。"张岚从窗户上收回手，直起身，拍着并不明显的灰，浓长的睫毛挡了半垂的眼睛，"给我自己多看看。"

这次的变故，对张家而言，是一夕之间天翻地覆；对她而言，是从众星拱月的高位直坠低谷，摔得其实不算重，但终究是灰扑扑的。

以前她碰到大事，还总有个雅临在身边，这次却只有她自己了。她顺理成章成了新的家主，收拾剩下来的烂摊子，然后等着张雅临醒来。

在将来更加长久的时间里，她需要窗外有那样一片见证过楼起楼塌的废墟，日复一日地提醒她别走偏路，提醒她解笼人这个名号因何存在，又是因何承传至今。

她记得自己第一次用金纹纸、张雅临第一回缠上檀线，不是因为他们身在谁家，而是因为书里那些关于解笼人的往事。

往事说，众生皆苦，有挂碍深重者身陷囹圄。

这是他们最初的来处。

"小……"张岚转头想叫人，结果刚开口就顿住了。

"小谁？"大东跟着她转过头，张望了一会儿却没看见人。

"小黑，"张岚说，"雅临的檀，精通爻辞术的那个，不过现在不在了。"

大东"噢"了一声，说："等雅临哥好了就会有的。檀嘛，都是跟着檀主来的。"

说话间，张岚已经从五斗橱里翻出几枚铜板，自己在桌上排起来了，嘴里喃喃道："我看他弄久了，也试试。"

"你要干什么？"

"找个日子。"

"干吗？"大东纳闷道。

张岚一边排着铜板，一边翻着书，说："发丧。"

白露那天，张家挂了白帐，布了灵堂，堂间的牌位上写着三个字——张正初。张岚披着白麻衣跪在堂前，给那个她本该叫爷爷的人送行。

她和张雅临叫了三十多年的爷爷，真正该答应的那个人却被鸠占鹊巢，一声都没能听见。

灵堂布下的第三天，罗家人、杨家人、林家人、吴家人都到了，从跟张正初平辈的几位家主，到常有往来的后辈，一一点了香。

张岚最初是有些意外的，毕竟张家今不如昔，她没想到各家都会来。

但后来她又不那么意外了——能世世代代做着同一件事的人，除了世俗的那些联系，多少会生出些羁绊吧。

罗老爷子敬香的时候看着灵堂上的照片，对张岚说："你用了他年轻时的照片……有心啊。"

年轻时候的张正初，其实是有一双笑眼的。

"你爸爸简直跟他是一个模子刻出来的，尤其是眼睛。"罗老爷子说完，又看了看张岚，说，"你跟雅临就更像妈妈。"

"我以前还跟你爷爷开过玩笑，说他那双眼睛就不是当家主的眼睛，以后他老了啊，恐怕没什么威严。"

他本来会是慈祥的老人，面对小辈毫无脾气、百依百顺。他会左手抱着一个，右手再牵着一个，去花市鸟市，去河塘钓鱼，然后在老友面前，笑眯眯地显摆他那些天资过人的儿孙。

"可惜后来真到年纪大了，他变了样子，我也忘了那些玩笑话了……"罗老爷子摇了摇头，把香插进了炉里。

张岚伏地磕了个头，直起身的时候，听见老爷子说："阿岚，今天我来这儿，其实还有件事。"

那天傍晚，山里起了秋雾。

闻时泡完最后一次药浴，换了衣服，打算回一趟沈家别墅。

他跟尘不到在松云山住了好些天了，毕竟山里草药多、灵气重以及……草药多，灵气重……

总之，他俩最近住在山里也是为了夏樵、卜宁他们好，否则家里可能会多几个老毛、大小召这样的怨灵。

他们回沈家是事出有因。那天是八月初三，是卜宁的生辰，也是周煦的。

生辰当然是个好日子，只是有些常人不知道的说法。一般来说，人的灵本在几个时间点是不稳的——怀胎三月、出生之时以及每年生辰，生辰又以十二年为一轮。

这对大多数人来说其实没什么影响，但周煦和卜宁不同。

他们天生灵本就不稳当，又被一分为二，经历过种种消耗，还挤在一个躯壳里，这就有点屋漏偏逢连夜雨的意思了。

尘不到和闻时不放心，打算回沈家住几天，看着点他。

他们临下山时，夏樵发来了消息，说张家给枉死的张正初设了灵堂，张碧灵带着周煦去吊唁了。

可尘不到随手放了一张金纹纸出去，却发现张家这会儿是空的，那些去吊唁的人并不在灵堂，而是在相隔千里的百翠山。

“百翠山？”闻时皱起了眉，“去那儿干吗？”

他先前拽着尘不到对过地图，那个湖里布了局的不知名山坳就在百翠山。他对这地方有阴影，一听有人去就条件反射般戒备起来，满脸不爽。

“你先别急着凶。”尘不到屈着的手指碰了碰他的脸，然后破开一道门说，“过去看看再说。”

闻时默默收了奓起的毛，一言不发地被尘不到拉进门里。

他们在竹林中落了地。

闻时扫开雾瘴，就见本该在张家吊唁的那些人都围站在湖边。

他手上的檀线瞬间绷了起来。就在那些削铁如泥的长线迸射出去的前一刻，他看见那些人纷纷伸出了手，捏着指尖朝地上滴了点什么。

闻时愣了一瞬便反应过来，那是血……他们在往镇石上滴血。

血是最深的联系，当初尘不到往镇石上抹了一道，这个局就和他生死相牵，他成了这个局的突破口。

而如今，这些人悄悄来这里补上了自己的血，就相当于签了一份誓书。

自此以后，世间万般尘缘，就不再是那一个人担了，而是后世每一个出现在名谱图上的后人与他一起担了。

那一刻，埋藏于湖底的局在山水之间嗡鸣了一声，山间鸟雀乍然惊起，扇翅声穿过了千年不息的山风。

那张众人烂熟于心的名谱图在这个无人知晓的瞬息亮了起来，亮光自末梢而起，流经每一个名字、每一条线，流向源头，像万千河流奔赴大海。

这是千年以来，这张图上的人第一次真正产生联系。

在亮光流经最初的几个名字时，松云山的养灵池震了一下，池水轻撞石壁，溅出几星飞沫又复归平静。

闻时突然抬手摸了一下后脖颈，指尖触到一片潮意。

刚刚有风吹扫过去，竹叶上的露水抖落了几滴下来，凉得他惊心。

他抬头看了一眼高高的竹叶，又环扫一周，总觉得刚刚似乎听见了什么。

尘不到好像也有所感应，眸光落在竹林的深处。

“你刚刚——”闻时正想问他，就听见湖边的人群里传来一声低呼。

闻时循声回头，看见周煦瘫软下去。

在众人反应过来之前，他和尘不到已经到了人群里，一把抵住了软倒的人。

“小煦！”张碧灵惊慌失措，忙扑过来，她想拍拍周煦的脸叫醒他，又不敢乱碰，只能急急唤道，“小煦？”

她叫了好几声，周煦却毫无反应。但他看起来并不像在忍受什么痛苦，更像忽然之间睡着了，只是脸上血色不足，额头又烫得有些吓人。

“他怎么了？”张碧灵惶急地看向闻时和尘不到。

尘不到用指背碰了一下他的额心，试了片刻后道：“你别慌，是好事。”

人都昏过去了，张碧灵怎么也看不出好在哪里，但这话是尘不到说的，她下意识就放心了一大半。

他们没有在这里耽搁，也没再绕去沈家别墅，而是当即带着周煦回了松云山。

回去的路上，张碧灵忍不住多问了几句，终于明白了尘不到的意思。

周煦和卜宁各占一半灵本，待在一副身体里，虽然相处融洽，排异的情况没那么激烈，不至于出现一方吞噬另一方的惨况，但还是有损耗的。

两人共存的时间越长，损耗就越重。

在正常情况下，要解决这个问题就一个办法，把闯入的灵本抽出来。

但周煦和卜宁有点特殊，他们同本同源，最初是同一个灵本。

如果好端端就把卜宁弄出来，无异于撕掉活人一半灵本，那个过程不是周煦那个体质能承受的。

于是就得等，等到他们灵本都不稳定，比如现在。

所以不是出什么事了，只是到时候了。

闻时凝神闭眼，在周煦身上看到了两道身影，周煦的轮廓清晰一些，卜宁的则淡得几乎看不见。

别人或许不明白，闻时却一眼就看穿了原因。

当灵本共存的时候，损耗本该是双向的，但卜宁一贯温和知礼，做不来鸠占鹊巢的事，也不可能让周煦担下那一半损耗。

他把所有损耗都控制在自己这半个灵本上，一点儿都没伤到原主。

“那……那卜宁老祖从小煦这儿出来之后呢？”张碧灵问。

“给他造一个身体。”闻时说。

张碧灵愣了愣，下意识看向闻时缠绕着傀线的手指，问道：“是说傀吗？”

“可是……傀总归不是真正独立的活人，还是要受傀师控制的。”张碧灵总觉得面前这两位不会捏一副受他们控制的身体给别人用，他们做不来这种事。

“你们不是总管他叫老祖吗？”尘不到搭着闻时的肩，对张碧灵说，“你们有点低估这位老祖的本事了，连我都有点怕他。”

余光里，闻时转过脸来，顶着一副“你在说什么鬼话”的表情看着他。

尘不到假装没看见，却弯了一下眼睛。他对张碧灵道：“他造得出真正独立、像活人一样的傀，看看夏樵。”

他揽着的这个人现在灵本俱全，正值巅峰，当得起一句傀术大宗。

听到夏樵的名字，张碧灵真正松了一口气。

退一万步讲，这帮老祖们会的东西胜过他们百倍，总能有办法。

“那不耽搁了。”张碧灵小心地让到一边，怕自己碍事，“老祖是不是得先捏个躯壳出来？”

谁知闻时却摇了一下头。

闻时看着周煦，在眨眼的间隙里总能看见那两道影子。闻时盯着黯淡到几乎看不见的那道影子，沉声回答张碧灵：“他得先进养灵池。”

一个人担了两方的损耗，受创太重，灵本太虚，现在的卜宁根本不足以支撑一副躯壳，只能先进养灵池，养到足够稳，他才能真正重见天光。

而那道黯淡的影子并不懊丧，他只是冲闻时笑了笑，像少年时期惹毛了人一般，拱手赔罪。

然后，他转向一侧。

一大片纯白如山雾的虚空里，他和周煦面对面站着，像一个人的两处投影，只不过一边是短发，一边是长发；一边是旭日照空，一边是阴山月下。

周煦挠了挠头，问：“你真要走啊？”

卜宁点了点头。

周煦说：“其实我都习惯跟你挤一个地方了，一直这样也不是不行，时不时拉你显摆一下，卜宁老祖啊，多长脸啊。”

卜宁笑起来，说：“嗯，这经历，放眼世间，恐怕也是独一份，自己遇上后世的另一个自己。”

周煦应道：“是啊，找不到第二个这样的了。所以你要不别走了呗，一人一半时间，歇了还能聊聊天，多好。”

卜宁温和地说：“你才十多岁，往后余生长着呢，哪能一直跟人分着过。”

周煦撇撇嘴，不知想到什么，又问：“昨天你是不是就打算走了？我睡觉的时候，感觉不太对劲。”

卜宁点了点头，回道：“多梦则灵不稳，适合走。”

周煦问：“那你怎么还是等到今天了？”

卜宁说：“我思来想去，觉得还是该在你醒着的时候走。我该跟你道声谢，也该跟你道声别。”

他笑着，看着后世里的另一个自己，既像看自己的双生兄弟，又像在看一个与自己有着忘年交情的小辈。

许久之后，他广袖迎风，躬身作了个长揖，温声说：“这段时间叨扰了，多谢。”

“那你什么时候再回来啊？”周煦问。

卜宁转过头，望了一眼身后雪原般的虚空。

他隐约听见了那个雪人师弟和师父之间的话，于是转而对周煦说：“来年冬天吧。”

他会跟千年未见的师兄弟一道归来。

在来年深冬，养灵池滴水成冰，白梅开满后山。

这一年的冬天来得十分突然，气温说降就降，仿佛只是一夜间，到处都冷了下来。

常阳区一带河多水多，清早寒气最重的时候结了一层极薄的冰。

河边路过的行人很少，人张口就能呵出一团白汽，早餐摊点的蒸笼雾气腾腾，亮着稀疏的灯。

这个时间太早，城市还未醒来，居民区很安静，偶尔有刚下大夜班的人，在车库停好小电驴，呵着手匆匆走过。在途经九号楼的时候，他们会转头望一眼。

那栋楼前搭着白事棚子，有人没能熬过这个冷冬。

这个小区老人居多，最冷最热的天里常会发生这样的事情，有些是发了急病，有些是寿终正寝，但不论哪种，总免不了有人悲恸，有人唏嘘。

棚子里的人还没来，棚壁上挂着昨夜收起的白麻孝衣和白麻帽，一个袋子一个袋子扎着，贴着匆忙写下的姓名，有家眷，有近邻，还有一张是空白的，像在等谁来填。

这场白事持续了好些天，结束于昨夜。

剩余的棚子今天就会拆除，不留下任何痕迹。那张空白的纸再吹上半天冷风，就会跟袋子一起，被投进最后一盆火里。

如果问认识这家的人，那张空白纸本该是谁的，他们会说，没赶上这场白事的人叫“兰兰”，是老人一手带大的外孙女。她之所以叫这个小名，不过是因为老人最喜欢的花是葱兰。

九号楼前的花坛里有一大片葱兰，都是老人生前种的，只是现下不是花期，一朵都没有开，就像那个叫“兰兰”的姑娘没能赶回来。

这倒不是因为什么矛盾，只是阴差阳错被耽搁了，于是她错过了和老人的最后一面，没能认真地道个别。

和这世上的很多事相似，人好像总有这样的遗憾。

不过外人不知道的是，兰兰其实回来了。她凌晨到的家，在门口看到那个写着“奠”字的黑色布条，哭着叫了一声“姥姥开门”，然后就踏进了一场梦。

她入笼了。

而她之所以入笼，说不清是因为她悲伤得撕心裂肺放不下，还是因为姥姥一直在等她，或许两者都有吧，毕竟悲欢离合总是双向的。

这是闻时他们这个月进的第九个笼，并不特别，也不复杂，和之前经历过的无数个笼一样，就连成笼的理由都一样很小，在不了解的人听来，甚至不明白这为什么会形成笼，但闻时和尘不到懂。

因为这才是世间常态：为很小的事高兴，为很小的事伤心，为很小的事放不下某个人，为很小的事流连不舍。

于是在这个天还未亮的凌晨，在常人看不见的那个笼里，尘不到垂下手，闻时收了檀线，安静地站在稍远一些的地方，等那个老人攥着兰兰的手，一边摩挲一边告别。

她看着年轻姑娘不断掉落的眼泪，想从口袋里掏一块常带着的手帕，却发现衣服早换成了寿衣，不带口袋，也没有手帕。

于是她只能用手心手背去擦眼泪，哄着兰兰说："哎呀，别哭啦，别哭啊。"

"姥姥一直等着你啊。姥姥没见到你，哪舍得走呢。"

"你是我带大的，从一丁点养到这么高，呼啦一下就长成大姑娘啦。今年这么冷，你一个人在那么远的地方，姥姥不放心啊。"

"是我让你爸爸妈妈别跟你说的。你不是最近在找工作嘛，说拿了第一笔工资要带姥姥吃好吃的，我想着啊……挨一挨，说不定我又有力气了，能跟你出门呢。"

姑娘鼻尖通红，攥着姥姥的手抵着眼睛，哽咽得一句话都说不出。最后她带着哭音说："那你等等我啊。"

"我找好了工作，再过几天就能有第一笔工资了，你怎么不等等我呢？"

"我这不是等着吗？"老人说，"其实我哪里还玩得动哦，就是想多看看你。那天晚上，他们都聚在我房里哭，我其实知道的，就是睁不开眼睛了。"

"那个时候我就想，怎么办啊？兰兰还没安顿下来，我连我这宝贝以后住在哪里都不知道。"

老人捧着姑娘的脸说："你以后的家，姥姥都不认得。"

"广园里……"姑娘听了这话泣不成声，抽抽噎噎地报着地址，"二栋三单元……504，我……刚租好的，我不换了。楼下花坛里有棵……有棵跟楼下一样的玉兰树，特别大。"

"好。"老人点了点头。

"我还买了好多花盆，我回去就去买葱兰。"姑娘说，"我都……都放在阳台上，摆一排，你一看就认得了。"

"好。"老人笑了，"葱兰好，姥姥记住了。"

那个叫"兰兰"的姑娘哭了很久，哭到没有力气，摇摇欲坠。而那个老人就一直捧着她的脸，捂着她的手，像无数老人爱做的那样往怀里掖。

最后，老人摸摸她的头，缓缓地说："姥姥等到你了，知足了，就该走啦！"

她抬头看向闻时和尘不到的方向，和蔼地点了点头，说："谢谢啊。"

闻时也冲她点了一下头，然后转眼看向蹲在一边的夏樵。他或许也想起了曾经的某个老人，跟着哭了不知多久。

闻时沉默了一会儿，伸手不轻不重地推了一下他的背，说："这次你来。"

说完转回头的时候，闻时对上了尘不到的目光。

这是夏樵亲手解的第一个笼。

他把手指搭在老人肩上的时候，黑雾丝丝缕缕顺着指尖涌进他的身体里，像闻时、尘不到曾经无数次做过的一样。

很多不明白的人，觉得这种复杂浓稠的黑雾很脏，但在他们这里，这种东西叫作“尘缘”，是凡人的牵挂。

他能从中尝到万般滋味，那是某个人的一生，也是笼散时的一瞬。

那一瞬，不知何处响起了模糊的唢呐声。定格很久的解笼人名谱图上终于多了一个名字，就跟在沈桥之后。

夏樵注意到名谱图的变化，已经是两天后了。

那天他们收拾了行李，准备离开西州回宁安。临走前，闻时带他去看了看曾经沈桥在西州住过的地方。

那里早已天翻地覆，曾经的老区变成了一座商场，寒冬里也热闹非凡，看不到过去什么影子。

但夏樵还是在那里流连了很久，久到他们甚至遇见了一个人。

那个叫“兰兰”的姑娘穿着白色羽绒服，戴着红色绒线帽，配套的围巾盖过了下巴，鼻尖在寒风里冻得通红。

说来有点哭笑不得，笼里的兰兰泣不成声，还总半低着头，因此他们对她的五官印象不算深，居然是在她低头垂眼的时候才觉得有些熟悉。

她的眼睛还是有些肿，不知在这三天里又哭了多少回，看上去有些心不在焉和疲惫。

直到和闻时擦肩而过，那姑娘才忽然醒了神，盯着闻时他们看了好一会儿，差点撞上迎面而来的其他人。

和很多曾经入过笼的人一样，她其实并不记得笼里的事情，只依稀有些印象。

她只记得做过一个梦，梦里见到了姥姥，好像还有几个人陪着她送了姥姥一程。

可她不记得梦里陪她的人长什么样了，只是偶尔在大街上看到某个行人，会觉得有点面善，似曾相识。

兰兰最终还是没有开口叫住谁。她只是带着一丝抓不住的疑惑在原地站了一会儿，然后摇摇头，转身没入了人海中。

这对她来说是极为偶然的一刻，但对闻时和尘不到而言却是常态，毕竟他们送过太多人，见怪不怪。

这只是平静生活中的某一天，并没有什么稀奇。

尘不到不知什么居心，在那商场附近挑了一家队伍排到天荒地老的糕点店，拉着闻时去买了些点心。他一边笑，一边欣赏樘术老祖那张写着“傻瓜才排这种队，但有人想吃而我不能造反”的脸。

只不过很快他就被报复回来了。

樘术老祖掏出了他并不怎么样的骗术，用西州有家他曾经常去的百年老店，饭菜的味道特别好，他很怀念这种一听就不像他说的邪门鬼话，骗得尘不到点头答应下来。

然后他凭借着二十多年前的记忆，找到了那家以美（辣）味著名的所谓百年老店，让完全不碰一点辣的祖师爷陪他吃了一顿大餐。

那一桌菜形容起来只有三个字：满江红，而尘不到对这顿饭的评价只有一句话：伤敌一千，自损八百，因为某人其实也不能吃辣。

他们那天是打算直接回松云山的，因为离白梅花开也没多久了，得守着养灵之局。但最终门却开到了沈家别墅的客厅里，正对着冰箱。

他们落地的时候，夏樵都蒙了。他跟一人多高的冰箱面对面，然后转头认真地问闻时：“哥，你是热了还是饿了？”

他哥还没开口，祖师爷就接话道：“他是辣坏了，想偷你饮料喝。”

闻时：“……”

自己家的东西，算什么偷。闻时转头瞪着尘不到。他简直纳闷了，都是不吃辣的人，按理说，尘不到别说吃辣的，东西都不常吃，不是应该反应更大吗？怎么嘴唇红了的只有他？

不过闻时这个瞪视只有几秒的工夫，接着他回过身去，拉开冰箱门，便发现整个冰箱保鲜层空空如也，一罐饮料都不剩了。

谁都不知道饮料去了哪里。

老祖不信邪，又皱着眉拉开冷冻层，发现连冰棍、冰淇淋都不见踪影，仿佛人间蒸发。

老祖：“……”

“我的饮料、零食呢？”夏樵目瞪口呆，一时没反应过来这是怎么回事。

只有闻时是明白人，毕竟自己从小到大不知被捉弄过多少回了，除了尘不到，还有谁干得出这么不是人的事？

他舔了一下火辣辣的唇瓣，面无表情地抓着冰箱门站了一会儿，觉得这日子没法过了。于是他丢给夏樵一句“走了”，扭头便没了踪影。

当尘不到开了道门回松云山的时候，老毛和大小召在山道上站岗，见到幢主连招呼也没打，一动不动，绷着脸，仿佛三株迎客松。

“人呢？回来了？”尘不到开口问道。

大召的嘴角抽动了一下，仿佛想交代，但忍住了，只好说了句：“嗯……没回。”

小召跟着道：“真的……没回。”

老毛默默翻了个大白眼，服了这俩丫头，不会说谎的性格也不知道像谁。

尘不到朝不远处紧闭的屋门看了一眼，忍着笑意说：“气得厉害吗？在我屋里还是在他自己屋里？”

大召的嘴角又抽动了一下，说：“嗯……在他自己屋里。”

小召默默给了自己嘴巴一下。

老毛放弃了，忍着第二个白眼说：“您屋里。”

明明凭这师徒俩的本事，山里哪里躲只鸟他们都清楚，偏偏一个不让说，一个还来问，弄得跟真的似的，这是什么新鲜玩法？

“哦。”尘不到煞有介事地点了一下头，抬脚朝屋子走去。

他刚回山的时候还是一副温文尔雅的现代模样，短发、衬衣，走向屋门的过程里，他的头发便由短及长，殷红罩袍和雪白里衣扫过山石蔓草，像在逐渐漫过来的月光下，褪去了障眼的虚影。

他靠在门边，抬手“笃笃”敲了几下。

彼时闻时正坐在桌案前，绷着脸从竹盘里拿了一个杯盏，不轻不重地搁在面前，白色的宽大袖摆堆叠在桌上，又很快垂坠下来。

他手旁有个小火炉，炉上汩汩煎着水，隐隐有茶香顺着雾气散开来。

当敲门声响起的时候，他在心里回了一句“我聋了，听不见”。

可没过片刻，他还是抬起头来。

外面的人仿佛能感应到他的动作，门在他抬头的那一刻“吱呀”一声开了，只是进来的不是尘不到，而是一排矮子。

闻时：“……”

什么玩意儿？

借着门外透进来的月光，闻时终于看清了“来客”。

那是七八只用樟术捏成的兔子，圆滚滚的，像一堆小雪球。它们以正常兔子并不可能做到的姿势，两爪上举，头顶冰可乐，整整齐齐、气势汹汹……排成一纵队朝闻时滚……不是，走来。

领头的那只兔子还有点不一样，它高举的可乐上贴着一张字条，上面是极有风骨的一行字：赔罪来了，笑一个。

闻时：“……”

这就是解笼人祖师爷干出来的事。

闻时漠然地坐了一会儿，然后那些“雪球”开始揪着他的袍子往他身上爬。

又过了几秒，他拽住衣领以免被兔子扯下去，然后抓过一罐冰可乐，“啪”地掰了拉环喝了一口，这才抬起眼。

就见尘不到倚在门边，背后映着月色，眸光扫过桌案和红通通的炉火，对他说：“我来讨茶。”

那一刻，夏樵正站在沈家客厅的墙边，从名谱图的尾端收回手。他在自己名字上抹了一下，指肚上没再留下墨印，因为这一次，“夏樵”两个字不再是他强行添上去的了。

他看了很久，然后走回卧室。

他在卧室那张靠窗的桌子前坐下，从抽屉里拿出一个本子，翻到空白的某一页，抓笔写了起来。

他很小的时候，看见沈桥伏案写着日记，总会忍不住问一句：“爷爷，写这个干吗？”

沈桥说：“我想记住一些东西。”

“那用脑子记住不就行了吗？”

“太多了，总会忘记一些。”

“忘了很严重吗？”

“不严重，”沈桥说，“但是会很遗憾。”

“为什么？”

沈桥斟酌着说：“因为有些故事其实很重要，但故事里的人醒过来时可能就忘记了，如果有人能替他们记住一些，也是好的吧。”

小时候的夏樵听不懂，所以沈桥去世后，那些日记便断了。

好在现在他懂了，又将那些故事续上了。

他写了很久，记下了在西州几天遇到的人、解开的笼，记下了那个叫“兰兰”的姑娘，还有她已经离开的姥姥。

直到圆月从窗格一角缓缓移到正中，银白色的光亮铺满整桌，他从窗户的缝隙里隐约闻到了一丝浅淡的香味。

他怔了良久，抬起头，看见后院那株白梅安静地站在夜色里，长枝顶端不知何时无声绽开了一朵花。

爷爷？他的手指抖了一下，搁下笔，匆忙跑了出去。

笔在桌上滚了一圈，一滴墨在纸页上晕染开来。

墨迹上边，是他刚刚写完的最后几行字：

以前我看过的书里说，诸行无常，诸漏皆苦，众生煞煞然也，世上的清明人太少了。而解笼人之所以存在，就是帮人除碍的。

那时候我没入过笼，也没解过笼，见过的人寥寥无几，误解了这句话的意思。我以为那是希望人们了无挂碍，后来我才知道弄错了。

解笼人不是去了却牵挂的，而是让那些牵挂有处安放。

爷爷说，这是一条看不到头的长路，有人已经走了一千多年，不知道我会走多久。

不过不管多久，我都会像爷爷一样记下那些故事的，这是那些故事发生过的证明。

前天是小寒，一个叫“兰兰”的姑娘见到了她姥姥最后一面，虽然她已经忘记笼里的事了，但是姥姥知道了她住的地方，没留什么遗憾，走的时候是笑着的。

这是我们这一脉存在的意义。

辅历二〇二一年一月七日，白梅开花了。

夏樵于宁安

或许你已经不记得了，你其实跟离开的人好好道过别，于某个长夜。

— 正文完 —

番外

番外一　灵火

松云山很久没有这么冷过了。

雪是从深夜开始下的，又大又密。

山腰的练功台转眼覆了一层白雪，透着极浅的石青，像一块巨大的玉。山道和成顷松林也积了雪，唯独山腰房屋的窗棂瓦缝还保留着原色。

漫天大雪还没碰到檐就已经化了，只剩下一层湿漉漉的雾，因为屋里彻夜点着一盆大火。

盆是纯铜的，重得惊人，里外都刻着梵文，布满盆身。

周煦头一回见到它是三天前，闻时下到山腰，把这铜盆从老柜子里拎出来，往地上一搁。

“咣”的一声重响，山林鸟雀吓飞百来只，周煦默默收回了跨门槛的腿。

“我……”他观察了几秒，将剩下的话咽了回去，悄悄问夏樵，“这盆是不是活的？看着好邪门。”

夏樵没好气道：“我哪知道。”

他本来是要进屋给他哥打下手的，却被周煦强行绊住了脚步。

不过周煦的担心其实没毛病，那盆确实像是活的。几秒钟的工夫里，盆身上的梵文就明灭好几次，起伏节奏仿佛是在无声呼吸。

夏樵脾气好，任由周煦薅着。他想等对方适应一下，再一块儿进屋帮忙。结果十秒钟后，周煦在门槛外蹲下了，决定当个“不靠近、不动手”的吃瓜群众。

夏樵：“……”

周煦悄声说：“你别拽我，你看到盆上的字没？”

夏樵说：“我看不见，看见了也不认识。老物件上都爱刻梵文，我没学，不会。”

结果周煦说："我会。"

夏樵没想到，正要对他刮目相看，他又说："惭愧惭愧，就会一点点。"

自打卜宁老祖上过他的身，他就时不时学一下这种文绉绉的语气，最初是为了挤对卜宁，现在卜宁化归洗灵池已经一年了，他也没改。

夏樵指着闻时正在摆弄的铜盆，问："那你翻译一下，上面都写了什么？"

夏樵也是第一次见闻时用这盆，也很好奇它是干吗的。

结果周煦眯起眼纵观全盆，答："那个现在正亮着的，有一条线拉得特别长，看见没？那是'灵'的意思。最边上那个，就那个，看见没？那是'死'的意思。它旁边那个好像是'放入'。"

夏樵点点头，说："然后呢？"

然后周煦找不出第四个认识的字了。整个盆上密密麻麻刻着的梵文少说有上千字，他就认出仨。指着千分之三来翻译全文，那真是谁都不敢，但是周煦敢。

"前俩字凑一块，那就是搞死灵本的意思。"周煦小声说，"显而易见，你哥应该是要宰了某个难搞的妖怪。"

夏樵无语，说："你还敢说显而易见？"

"不是啊，你得分析。"周煦继续说，"你看你哥最近几天的状态，不觉得不对劲吗？我跟你说——"

夏樵附耳过去，就听见他用更小的声音说："就上礼拜天，我放假过来找你玩儿，刚好碰到你哥匆匆开道门走了。当时他抬了一下手，我隐约看到袖子里有几道红的，就在手腕上。"

"红的？什么红的？"

"他的动作太快，我没看清，但是红的还能有什么，伤呗。"周煦说，"虽然那伤好像不痛不痒的，但是能让闻时老祖挂点彩，肯定是很棘手的妖怪。上次祖师爷不也提过吗，五陇那边惠姑突然成灾，你再联系一下这个盆，事情是不是就很明朗了？"

不过夏樵并不觉得事情变明朗了。

他想了想，问："我哥那天是在哪儿开的门？"

"山门口。"周煦说，"我先去的沈家别墅，没看见你，就找过来了。我来的时候，你哥刚从山道上下来。"

夏樵问："所以你的意思是，我哥从山上下来，手腕上挂了彩？"

周煦说："嗯……"

哪里不太对劲的样子。

两人从沉思中抬起头，看见闻时半蹲在铜盆边，乌黑的眼睛幽幽地看着他们。

夏樵："……"

夏樵人已经没了，但周煦还想自救一下。

他问闻时："老祖，你为什么突然点火？"

闻时面无表情地答："杀人。"先杀尘不到，再杀两个傻瓜，谁都别活。

伴着话音响起的，是"嚓"的一声轻响——闻时手指间捏着一盒火柴，拇指一拨便推了一根出来。他点燃一根火柴，丢进铜盆里，就听"呼"的一声，火焰绽了满盆，烧得又高又旺，是殡仪馆的味道。

周煦之前还在大胆猜测梵文"放入"，十有八九是闻时想要宰了谁，就把谁的东西放进盆里。这才过了几分钟，他就看见闻时掏出一张金纹纸，写了"周煦"两个字，毅然决然扔进了火盆里。

尘不到带了三根白梅枝来到山腰，还没进门，就看见周煦和夏樵两个傻瓜跪在屋里哭。而某人蹲在铜盆边，冷若冰霜，绷着脸往火里添纸。

这次的纸上写着"尘不到"。

尘不到挑了一下眉，低头进屋。

就这么几步路的工夫，闻时又扔进去三张"尘不到"。

"谁给我解释一下？"尘不到走到闻时身边，欣赏了一会儿某人的孽徒行径，转过头来问那两个跪着哭的人，"你们俩究竟干了什么惹到这位祖宗了？"

周煦老老实实叫了句"祖师爷"，抽空瞄了闻时一眼，交代道："我好像说错话了。"

夏樵说："你自信一点，把好像去了。"

尘不到问："你说什么了？我听听。"

"我说——"周煦正要开口，被夏樵摁住了嘴。

"命要紧。"夏樵说。

周煦想了想，觉得有道理，点头闭嘴，决定继续哭。

与此同时，尘不到被人拍了一下腿。他转头一看，就见闻时冲他摊开手掌，一边往火盆里扔第六张"尘不到"，一边头也不抬地跟他要东西："我的树枝呢？"

尘不到将那三根白梅枝放在闻时手心，又在闻时抓住之前抽了回来。

闻时终于抬起脸，盯着尘不到。

“树枝等会儿再说。”他拎起袍摆在闻时身边半蹲下，用花枝碰了碰闻时的脸，慢声道，“先说说火盆。你占了我的午睡时间，使唤我去后山给你挑梅枝，不说记我点好，还蹲在这里干坏事。”

尘不到指了指身侧两个小家伙，又道：“俗话说冤有头，债有主，谁说错了话你烧谁去，怎么只盯着我？”

周煦惊呆了，叫嚷道：“祖师爷，你都不救我们一下？”

尘不到说：“那恐怕救不了。他这脾气我都不敢招惹，凶得很，急了连自己名字都能扔进去烧。”

说话间，闻时正在描新的金纹纸。

周煦和夏樵伸头一瞄，果然见纸上写着两个大字：闻时。

尘不到示意他们看，一脸“我没唬人吧”的表情，道：“你们看见没？”

闻时看着他将食指伸过来，轻轻敲了敲纸面。

尘不到胡说八道：“这就是气蒙了，准备同归于尽呢。”

闻时：“……”

堂堂祖师爷正事不干，净在这里胡说八道、误人子弟。

闻时冲门口偏了一下头，送他一个字：“滚。”

“你是真的凶。”尘不到笑起来，任由闻时抽走那三根白梅枝。

“谁养的怪谁。”闻时低低顶了一句，用的是夏樵和周煦听不到的声音。

他握着那三根白梅枝，在火舌上来回过了三遍。

如果是正常树枝加上正常的火，这会儿已经枯焦了，但闻时手里的这三根却在铜盆的火光中蒙了一层薄薄的灵翳，像散发着温润光泽的膜。

他抽回树枝，正要进行下一步，尘不到已然伸出了手。

“你——”闻时还没来得及阻止，尘不到便握住了那三根树枝。

枝条从尘不到掌心横贯而过，包裹的那层灵翳便泛起了绯色，像沾了血。

“之前明明说好了，走血也是我来。”闻时皱着眉去抓尘不到的手，“手给我看一眼。”

“那是你要赖磨的，我答应了吗？”尘不到顺着闻时的动作摊开手掌。他的掌心有一道被树枝横贯的红痕，正在以肉眼可见的速度消弭，短短几秒，就已经看不见了。

一旁的夏樵和周煦看得一愣一愣的，却并不敢插嘴或者插手，一来他们尚不清楚这两位老祖宗在干吗，二来他们还陷在闻时要赖的冲击中，不能自拔。

等两人回过神，就听见尘不到说：“你从无相门出来不过一年出头，磕碰一下，青痕都得两三天才消，走哪门子的血。”

他垂下已经恢复无恙的手，冲树枝抬了抬下巴，半哄半催地冲闻时说：“缠线去。”

直到这熟悉的一步，夏樵和周煦才明白他们在干吗。金纹纸、树枝、血以及傀线，几样东西放在一块，对于知晓傀术的人来说再清楚不过，这是在做傀呢。

准确而言，这是特殊的傀，跟闻时的螣蛇、尘不到的金翅大鹏不一样，跟夏樵这样由傀成人的也不一样，而是第三种，以前从没有人做成功的一种。

他们要做三个空壳。一方面空壳要极富灵性，跟世上那些鲜活的人一模一样，才能跟灵本完全贴合，不至于出现相斥的异状。另一方面，空壳又不能跟傀师之间灵本互通，必须是全然独立的，否则再像活人也不是人，而是由傀师操控的傀儡。

这两方面几乎天然矛盾，在世上绝大多数傀师眼里，这是根本不可能办到的事。但因为有闻时的存在，这事不再那样遥不可及，毕竟他做出过夏樵。

“所以这盆不是用来宰人的，对吗？”周煦绕了一圈，又把注意力拉回那个铜盆上。

“废话，当然不是。”闻时答。

“那扔进去的那些写着名字的纸？”

“都有用。”

尘不到直供着整个松云山和养灵池，闻时是提供躯壳的傀师，周煦因为有着半个卜宁的灵本，便算是牵连的媒介。而这一整盆火，就是卜宁、钟思和庄冶的灵火。

这火烧多久，躯壳就能等多久。

闻时给那三根树枝缠上傀线。他一反常态，每一圈都缠得极为细致，像当年跟着尘不到初学傀术一样，遵循着书册里所有的规矩。

最古老的傀术里有一句鲜少被记住的话，因为太空泛，多数时候不堪大用。

它说仙无以塑人，魔无以塑人，唯有人方能成人——你见过人世间无数生离死别，没成仙，没成魔，依然有着最广袤的情感和最深刻的悲喜，依然能在某一瞬间孤注一掷或是奋不顾身。你所塑的“人”，才有千万分之一的可能真正成为人。

万幸，闻时算是其中之一。

他是最敏感的傀师，见证一千年漫长的时间。他灵本归体之后，更是记得所有过往，可当他给长枝缠上傀线的时候，却想不起任何完整的事情，只有无数个画面一瞬间涌进脑海。

他记得少时畏高的庄冶从高山之巅纵身一跃，抓着巨傀拖曳的长尾，乘风而下，大笑着朝他们扫来。

他记得童稚时从来养不活花草的钟思十二道金纹纸一出，杏花就开满了那座荒凉百年的太因山。

他也记得向来斯文的卜宁唯一一次醉酒，用三百一十二颗镇石把漫天星斗“挪”到他们脚下。

他们都是曾经最鲜活的存在，至情至性，却因为种种在时间长河里缺席了千百年。

而如今，整座松云山怀抱灵火，静候他们归来。

番外二 倦鸟归巢

闻时做好的躯壳置于洗灵池底，雾岚包裹，河藤静缚。

那盆灵火从点燃起就搁在山腰的屋子里，山风西出东进，它镇在北面。

那间屋子这几天再没离过人，放了假的周煦更是把这里当成了常驻地。

白天他塞着耳机刷他的卷子，晚上就连着他时好时坏的网络在游戏里被打得嗷嗷叫。而夏樵则会出于人道主义精神，帮他把白天的卷子对一遍答案。

他时常因为粗心大意犯错误、出纰漏被山上的每一个人批，甚至这里面包括老毛。他对夏樵抱怨吐槽的时候，“甚至”两个词扎了老毛的心，搞得老毛甚至想变回原形，用大鹏巨大的翅膀扇他。

这天，尘不到、闻时一如往常进了笼，大小召出门去五陇清理残余的惠姑，老毛留在山腰守夜。

夏樵用从沈家厨房翻出来的底料和牛奶，深更半夜在山里做了杂烩锅，香味引得老毛很焦虑。

“两点了。”老毛睨着他们，有点痛心疾首又嫌弃的意思，“凌晨两点了，吃哪门子大炖锅？”

“问这个饭桶。”夏樵指了指周煦。

“上一顿是晚上六点吃的，到现在都八个小时了。八个小时啊，我长个子呢，人都要饿没了。”周煦要死不活地坐在桌边，掰着筷子等炖锅沸腾。

老毛纳闷道：“有人罚你了吗？你早睡觉不就完了，非要拖到现在，一个两个怎么都这么热衷于熬鹰呢？鹰招谁惹谁了？”

“一个两个？”周煦直接抓歪了重点，“还有谁？”

老毛翻了个白眼，回道：“祖宗。”

在松云山，“祖宗”只特指一个人。

周煦“哦”了一声，欣慰道：“那我就放心了。你看他，熬了这么多年鹰，又高又酷又厉害。”

老毛反向滤镜十分厚重，不管现在的闻时什么样，只要提起熬大夜，就只记得当年两眼乌青的“雪团子”。

他撇了撇嘴，对周煦说：“你得想想，那祖宗从小练傀术，到现在一千年，体质基本上跟半仙没区别。他不会丑、不会秃，但你会。”

周煦：“……”

“他不会伤肝、不会伤肾，但你会。”

周煦：“……”

“他不会死，灵本被挖了都活蹦乱跳的，但你还是会。”

周煦：“……”

“他——”

“停！可以了，人身攻击到这里就可以了。”

周煦感觉老毛再说下去，他就算熬不死也怄死了。于是他老老实实交代了原因：“我也不是真那么想熬夜，就是今天感觉怪怪的。”

老毛一脸疑惑。就连夏樵都拎着漏勺转头看他，问：“什么叫怪怪的？”

周煦说：“我不知道，就是觉得不能睡。”

这话说完，桌边三人同时静了一瞬。下一秒，他们又同时转头朝北墙那边看了一眼。

周煦毕竟是卜宁一半，他说不能睡，就必定有事发生。

而如今，这山里如果有事，那只会跟洗灵池那三位有关。

毕竟闻时作为塑造躯壳的人也有所感知。他不止一次说过，成功还是失败就看最近几天了。在有结果之前，灵火万万不能熄。

老毛他们盯着墙角看了好几分钟，隐隐有点坐立难安。

倒是那盆灵火还在无声燃烧，猩红热烈，跟前几天没有任何不同。

本来夏樵他们预备要熬个通宵，熬过这晚再说。结果天不遂人愿，老毛睁眼的时候，浑身一个激灵，因为他居然不知不觉睡着了。

他作为顶级檀，居然在刚刚过去的深夜里，在松云山他们自己的地界内，无声无息睡着了。

都说事出反常必有妖，老毛根本不敢细想，也来不及细想，因为他睁眼的瞬间，就猛地转头看向了北墙。

下一刻，他如坠冰窖。

之前还熊熊燃烧的灵火不知什么时候熄了，就像突然被人扣了个罩子，说没就没。

老毛刚好目睹了最后一点火星熄灭。他几乎立刻蹦了起来，金色翅羽巨大的光影不受控地拂扫而过，像陡然掀起的飓风。

屋里的东西倒了一片，夏樵和周煦惊坐起来。

“唔？”

“怎么了？”

他们没等到回答，只看见金翅大鹏长啸一声，朝山下俯冲而去。

灵火熄灭的那一刻，将要出笼的闻时和尘不到都感知到了。他们对视一眼，几乎等不及崩塌的笼影彻底消散，就在交错的虚影中横开了一道门，直奔松云山。

门的另一端就在洗灵池边，两人大步流星落了地，迎面撞上了俯冲而下的金翅大鹏。

大鹏鸟双翅掀起的山风压弯了万顷松林，也扫开了洗灵池里终年缭绕的冷雾。

闻时在那阵风里闭了一下眼，他听见了深林里群鸟乍惊的声音，骤然喧闹，骤然远去，又骤然复归静寂。

他在静寂中睁开双眸，一眼就望见了洗灵池底。

池底草藤横缠、碎砂成堆，金纹纸被压在镇石下，露出一角淡黄。

什么都有，唯独看不见人。

“人呢？”闻时干咽了一下。

很久以后他才意识到，那一刻他的手凉得像冰，声音低得几乎听不见。也许是期待太大，他耳内嗡鸣作响，什么都听不见。

直到被人拍了拍后颈，闻时才从那种凝滞的状态中脱离出来。

尘不到的嗓音穿过嗡鸣声落在闻时耳边。

他说：“闻时，回头。”

于是闻时转身回头。

……

无论再过多少年，那夜身在松云山上的人都会记得那一幕——

后山的梅花一白十八里，山雪同色，青石如玉，落水成冰。

惊起的鸟雀如云如盖，飞远了，又复归松林。

百年不见的大雪从深夜下到几近天明，而千年未见的三位归人站在弯长的山石道上，身形、模样全然未变。

他们穿过漫天雪色，朝尘不到和闻时望过来，静默良久，又无声笑开，然后在双眼红透之前抬起手，行了一个久违的长礼。

“师父。”

“师弟。”

“当年及冠下山，谁能想到一走就回不来了……”不知谁的话里还带了笑音，但因为嗓音闷哑，听不出来。

或许是钟思吧。

虽然声音听上去是笑着的，但他们始终弯着腰、低着头，怎么也没有抬起头来。

毕竟白云苍狗，那是好多年啊。

都说凡人最无端又最深重的执念莫过于故土难离、落叶归根，他们当年自封于松云山下，沉眠于离家最近的地方，所求不过如此。

时至今日，他们终究求得一场圆满。

倦鸟归巢，得偿所愿。

番外三 老祖复健联盟

以傀术给活人灵本造躯壳，本来就是一件难如登天的事。

闻时能够成功，可以说是世间独一份了。

可即便是这独一份的厉害，他也不可能把躯壳做得像天生天养一样。身体与灵本之间注定会有一段磨合期，需要一点点去适应彼此的频率和节奏。

这个过程说简单，那当然不可能简单；说难呢，倒也不算特别难，总结来说就是不费钱、不费力，唯独特别费脸皮。

这个事情的发展就很离奇，大体是这样的——

起初，能够照看卜宁、钟思还有庄冶的人很多，远的有张碧灵和周煦母子，近的有闻时和夏樵，还有不是人的老毛以及大小召。

众所周知，松云山最不缺的就是人手。哪怕有万分之一的可能，这几个都不行，那也不用担心，因为傀术是个“外挂”，哪里需要哪里加。

松云山有两位世间最强的傀师老祖，尘不到和闻时现搓现捏，一人祭出十二只傀，能凑出一座康复中心，照顾三个人，那还不是绰绰有余。

当然了，尘不到自己理论上也能算一个人，但仅止于理论而已，真到了实践环节……卜宁他们三个可能宁愿“残疾人”互帮互助，也不敢给尘不到实践的机会，毕竟他们在师父面前是真的有点㞞。

师兄弟三人回来的第一天，负责全程陪护的是夏樵、周煦和老毛。除此以外，还有大小召充当副手，供吃供喝、准备药浴、改衣服。

大体而言，他们回来的第一天说不上完美，但也至少可以算是平稳度过了。

夏樵还翻出一个皮面笔记本，跟记日记一样写下了这天发生的种种，给后面负责看护的人做个参考。他在笔记本第一页取了个标题，叫“老祖适应周期观察手册”，又被皮痒的周煦画掉了中间部分，改成了“老祖复健手册”。

说实在话，这名字除了讨打，没有半点毛病。

因为卜宁他们目前面临的最大问题，就是灵本和躯壳协作性略欠火候。

换成人话，那就是手脚不听使唤。他们想站站不起来，想坐坐不下去。灵本想往东去，手脚却往西移，一天里有大半天都是拧巴着的。

但凡换个心态糟糕的人，已经崩溃了。

万幸卜宁他们都是豁达之人，相当想得开。尤其是钟思，几乎有点以此为乐的意思，常指着自己说：“区区不才，旁的不论，脸皮那是铜打铁铸的，耗它三五个月不成问题。”

可即便豁达如钟思，也有差点绷不住的时候。

这就要说到他们回来的第三天了。

这天的松云山，人员格外齐全，就连几乎日日入笼的尘不到和闻时都闲了下来。于是理所当然地，闻时加入了这一天的看护小组。

之前尘不到给他们定的规矩是晌午和傍晚各要泡一次药浴，一次得泡足一小时，有利于刺激全身关窍，尽早适应这个身体。

山腰练功台往下三丈左右有一个天然温泉池，活水，面积不小，足以容纳他们三个。大小召每天都是早早拣好药，用薄纱袋装好扎紧，一袋一袋挂进泉池里。

只需十分钟，泉池就成了药池，药香浓郁。

闻时这天晌午顺着山道下来的时候，刚巧碰上卜宁他们泡药浴。

他绕过天然屏风似的山樟木，来到药池边，就看见了相当混乱的一幕——

庄冶穿着薄里衣，一边说着“辛苦辛苦”“我自己来”“自己来”，一边在老毛的帮忙下慢慢下泉池。只是他左腿下去了，右脚还踩在池边石阶上，打死不动，稳如泰山，愣是就着弓箭步的姿势，僵持了半分钟有余。

卜宁也有点哭笑不得。

他背对着泉池卸的罩袍，卸完就转不过去了，上身倒是听话，两腿却十分叛逆。

钟思乍一看最为正常，因为他广袖宽袍地站在药池里，头发半散不散，还挺有风骨。但只要你多看一会儿就会发现，他保持这个姿势已经有五分钟了。

“老祖你冷吗？”周煦实在没忍住，隔着池水问他。

“冷啊，要不你也脱成这样站一会儿试试？”钟思说。

“不了，我心领了。可是你既然冷，干吗不坐进池里？”

“我要坐得下去，还用你说？”钟思没好气地说。

周煦：“……”

场面一度有点失控。

最后还是老毛看不下去，化了两只翅膀出来，扇了一阵风，把几人全部送进了水里。然后这三位师兄就以各种离奇的姿态歪在池子里，一边自嘲，一边聊笑。

非要形容一下，那就是大型偏瘫集会现场。

闻时：“……”

闻时一时半会儿找不到插手的空隙，看完了整场，就觉得脑壳疼。

一个小时的药浴说快也快，也万幸他们的舌头好控制，不受影响，聊笑几句，时间嗖地就过去了。到后来舒缓过来，他们也能自己调换姿势，就连之前偏瘫的尴尬都盖了过去。

“师兄们，我先脱离苦海了。”钟思第一个泡完药浴，手脚恢复了不少。他扶着池边慢慢站起身来，一边攥着湿漉漉的长发，一边在夏樵的搀扶下跨出药池。

“师弟，劳驾帮我拿条布巾。”他冲一旁的石台努了努嘴，请闻时帮个小忙。

这时候，他还没有意识到这个举动的危险性。

因为在这之前，他们以为自己的问题只有一个——手脚不听使唤。

但那是因为前两天闻时不在。

今天闻时在了，他们就会发现，还有另一个要命隐患——躯壳不听灵本使唤还不是最丢人的，最丢人的是，躯壳在极偶尔的瞬间会突然听檀师的“使唤”。

于是，当闻时伸手去够石台上的毛巾时，手指无意间屈动了两下。

就听身后一声闷响，闻时转过头，发现师兄钟思的左腿突然跟他的手指同步，猛地朝前迈了个大的。一条腿朝前，而另一条腿一无所知，主人又全然被动的结果……就是老祖钟思在众目睽睽下毫无防备劈了个叉。

闻时：“……”

那一瞬间，豁达如钟思也是有点不想活的。

番外四 使诈

对于筋骨并不柔软的人来说，劈叉的酸爽感是直击天灵盖的。

腿劈下来的那个瞬间，钟思只感觉天雷炸裂，灵本模糊。

所有人目瞪口呆，忘了反应。最先回过神来的还是闻时。

如果此时的钟思是一个看热闹的旁观者，恐怕还会觉得挺新鲜的，因为他们一向稳得不行的冰柱子师弟居然有几分手忙脚乱的意思。

闻时脸上还带着错愕，人已经一步瞬移到了受害者面前，正要伸手去扶，却被钟思一把抓住。

“别！”钟思扭头缓了一下那股子酸爽劲，又转回来，“你别动，你可千万别动，再劈一回，你就只有两个师兄了。”

闻时：“……”

老毛他们跟着反应过来，七手八脚就要过来帮忙。

钟思又道：“都别动！我这会儿禁不起扶，你们让我缓缓。”

“什么缓缓？”

闻时听声回头，看见尘不到沿着山道过来了。他挡开遮蔽视线的树枝，目光扫过半路刹车的众人，最后落在钟思离奇的姿势上，纳闷道：“你这是？”

“师父……”钟思已经麻了，他索性两手一拱，道，“腊月了，师弟让我给你拜个早年。”

这个动作牵到了痛处，他“嘶”了一声，撒了手又不知该捂哪儿，最后索性捂住了脸。缓了两秒，他瓮声瓮气地说：“这年不能常拜，费胯。”

说完，他就着捂脸的姿势静了一下，自己先乐了。

这种事情就是这样，只要有一个人打破沉寂笑出来，那就完了。

闻时刚刚连手指都不敢弯，这会儿看着钟思的肩膀越抖越厉害，再想想刚才那套行云流水的动作，那真是……

他别开脸，过了一会儿也开始笑，然后是庄冶、卜宁，再然后是老毛、夏樵，最后由扑通坐在地上的周煦将氛围推上了最高潮。

这边动静太大，引得大小召都折回来，又不好在卜宁他们湿漉漉的时候冲进去，只能在树木屏障后面抓心挠肺。

“你们干吗了？”

“笑什么呀？”

“出什么事了？”

“没事。”庄冶离俩姑娘最近，隔着树木枝叶回了她们一句，“拜年呢。”

钟思听见这话终于抬起头，转头朝药池方向道：“二位师兄光看有什么意思，过来一块儿拜，劈一排，气派。”

可怜卜宁老祖好不容易要撑上岸，被这倒霉玩意儿一记重击，又笑回水里去了。过了好一会儿，他才披着湿漉漉的里衣，慢慢上了岸。

他上岸头一件事，就是冲闻时作了个告饶的揖。

然后他对尘不到说：“师父。”

尘不到正逮着闻时问话呢，闻言弯着眼睛抬起头，低低地应了一声。

卜宁说：“劳烦您把师弟带远一些吧。”

闻时：“……”

此话一出，庄冶和钟思立马附议，跟着连连拱手：“最好是先回山顶，给咱们留点活路。”

而闻时生动演绎了什么叫作笑容突然消失。

他这反应逗乐了除他自己以外的所有人。

尘不到笑了一会儿，冲卜宁他们说："知道了，我逮着他呢。"

他说着抬了一下自己的手，原本空无一物的手指间不知什么时候多了几根细细的橦线，线的另一端缠到了闻时垂着的十指上，弄得闻时每根手指都绷得笔直，弯不起来。

闻时：你有事吗？

"我本来也没动。"闻时没好气地说。

"那不好说，顺应民意我也得看着点。"尘不到抓着闻时呢，不好过去，便招了老毛他们把钟思弄了起来。

"你们照应着点。"他冲老毛和树丛后的大小召说了一句，然后带着闻时上了山道，"我先把罪魁祸首领走了，等你们稳定一点，我再放他下来。"

后面周煦他们又笑得歪成一团。

钟思一边弄干里衣，披着外罩，一边冲闻时的背影道："对了，师弟，师兄还有个问题——"

闻时直觉他要说的不是什么好话，但还是回了头。

钟思说："我这胯要是有遗留症，你能给弄个新壳子吗？"

闻时刚要张口，他又道："身材再好一些。"

闻时："……"

闻时扔了一句话："你凑合着用吧。"说完就上了山道。

长道一拐，山石草木瞬间把药池掩在了后面，不过还能听见钟思吊儿郎当的调子："身量好歹再高些吧，我记着我比你卜宁师兄高两寸有余，怎么如今将将才两寸呢——"

他后面的话突然断了，可能又像当年一样，被卜宁就地送进哪个局中去了，可怜手脚还不听话呢，不知道要花多久他才能绕出来。

也不知道庄冶师兄是假装有事乐得看戏，还是悄悄帮一把。

"你笑什么？"尘不到突然开口。

闻时愣了一下，这才意识到自己的心情有多好。

而他转过脸，看见尘不到眼里也是带着笑的。

他又转回来，看着山中未化的雪色，听着风入松林、鸟雀低鸣，忽然觉得这世间的日子再好不过。

闻时在风里眯了一下眼，忽然开口："尘不到。"

山道窄长，落后半步的人“嗯”了一声，说：“你又想使唤我干什么？”

“你走前面。”闻时停了一下，半侧过身，给他让开路。

尘不到也停下来，细长的眸子抬了一下，朝山道瞥了一眼：“走前面有什么好处？”

闻时：“……”

闻时没想到尘不到会这么来一句，一时间不会答了。

因为我从小到大都是这样。因为我更喜欢安静地跟在师父身后。因为这样我会很安心。因为我就喜欢这样。不过这些话闻时是不可能说出口的，杀了他都不可能。

这种时候他一向靠注视让尘不到意会，反正尘不到总能猜到他所有因为脸皮薄说不出口的话。

但今天有点例外，也许是山风闹人吧，他忽然动了点别的念头。

以前尘不到常开玩笑说他闷着坏，就像在小王八上悄悄写人名字，或是给不能吃辣的人点一桌“满江红”等等，总是以伤敌一千、自损八百的那种方式，从来也只冲着一个人。

尘不到本着逗他的心思，还在好整以暇地等他一如既往的反应。

谁知闻时站了一会儿，缠满傀线的指尖动了动，那些丝丝缠绕的线就朝尘不到探过去。

……

尘不到看着那些难得不带丝毫攻击的傀线轻轻缠上自己的手指，说：“你这可不是偷袭，在我看来算撒娇了。”

闻时说：“不可能。”

尘不到问：“那算什么？”

闻时：“……”

他顶着尘不到的目光沉默半天，憋出两个字：“使诈。”

就因为这句使诈，尘不到一路笑到了山顶。

也是因为这句话，在后来很长一段时间里，傀术老祖闻时莫名其妙被迫使了各种各样的诈。

依然是因为这句话，他们两个在上山的过程中根本没注意周遭其他，所以那天其实还发生了一个小意外，而他们很久以后才知道。

意外虽小，却跟他们脱不开干系。

正如闻时之前猜测的一样，卜宁听到钟思拿两人身高大放厥词，当即抓了一把小石头，把钟思送进了迷宫，只是送钟思的时候，他的手指不听使唤，一不小心把离钟思最近的周煦和庄冶也捎上了。

三个人里两个有疾，再加上这本就是一个玩笑，卜宁当然不会弄什么复杂的局难为人。所以那局是以他们最熟悉的松云山为基，搞了点另类鬼打墙。

结果他阴差阳错把他们三个送到了不该去的地方。

简单来说，就是以钟思为首的倒霉蛋们，被迷宫送到了山间某株恨天高的老树上。他们在老树高高的枝丫上小心翼翼转了个身，刚巧看到了远处山道上闻时使诈的那一幕。

当然，枝叶遮挡，距离又远，他们看得不太真切，很迷离，也很梦幻，但足以让钟思和庄冶一人一趔趄。

还好，人都有求生欲。两人从树上掉下去的时候，下意识捞了一下，捞住了他们刚刚站着的树枝。虽然岌岌可危，但他们勉强靠手臂挂住了。

周煦的魂都让他们吓没了，半天才从要叫不叫的状态里缓过来。

“吓死我了。”他揉着心口，小心翼翼地搂着主树干蹲下来。

如果是普通人这样悬挂在十多层楼高的地方，周煦肯定不会松一口气，起码得把人捞起来再说。但是这两位悬着身体，周煦就不是很怕。

毕竟他们一个是金纹纸术老祖，一个是杂修的老祖，哪怕放根傀线出来都能自救，不比他周煦有用吗？

可是周煦蹲在树枝上，跟这两位老祖大眼瞪小眼等了半天，也没见他们有任何自救的意思，而是等来了一段非常有哲学的话。

钟思吊在树枝上，幽幽地问他：“你看到了吗？”

周煦：“……”

庄冶幽幽地跟了一句：“我看到了。”

周煦：“……”

钟思问：“你看到了什么？”

庄冶答：“我应当是看错了。”

钟思说：“你说说看。”

庄冶拒绝道：“不如你先说。”

周煦："……"

周煦蒙了："你俩别这样，我害怕。"

然后他更怕的来了。

钟思和庄冶同时直勾勾地看着他，道："那你说。"

"我说什么呀，我说？"周煦道。

"刚刚山道上，有人吗？"钟思问。

这问法愣是把周煦问出了一身鸡皮疙瘩。

"有……有的吧。"周煦说。

"谁？"

"祖师爷和闻时老祖？"周煦斟酌着回道。

钟思和庄冶对视了一眼，又转向周煦，问道："然后呢？"

周煦没懂，疑惑道："然后什么？"

钟思说："你看到什么说什么。"

周煦："……"

周煦斟酌了一下，只道："唔。"

这一声欲言又止、意味深长的"唔"，差点把两位老祖"唔"没了。

周煦看这两位老祖的脸色，试着用缓和一点的语气说："你俩完全可以放松一点，其实我刚刚也没看清。咱们离这么远，角度又有点偏，还有树枝晃来晃去，更何况……"

周煦吸了一口气，他编不下去了。

他抓了抓头发，决定还是算了，反正迟早要知道的，这也不算说人闲话。

于是这棒槌一个大喘气，放弃挣扎道："你们醒得晚，所以可能不太知道，理论上……现在闻时老祖的地位有所变化。"

说完他就沉默了，等那两位老祖给个反应。

他等了大概三秒吧，就看见吊着的两人一声不吭松开了手。

周煦满头问号。他还没反应过来这是怎么回事，就被松手的两人带下了树。

跳摩天大楼是什么感觉？周煦今天算是体会了一遍。

他掉下去的时候，脑子里闪过两句话——人的求生欲怎么能说没就没呢？关我什么事啊啊啊……

彼时，山腰药池旁，卜宁刚把钟思他们送进局中，正跟夏樵说话呢。

夏樵有点担心进局的三位出不来，就听卜宁说："你小瞧他们了，这种局他们见得多了，不当真的，只是出路损了一点儿。"

夏樵好奇道："出路是什么？"

卜宁说："跳崖。"

夏樵："……"

夏樵满脸迷茫，问道："老祖你确定这出路他们想得到？"

卜宁说："一时半会儿他们必定想不到，但半个时辰差不多——"话没说完，就见平地飞沙，镇石乱转，原本空无一物的地方突然出现了三个人。

药池边的人定睛一看，就见钟思、庄冶还有周煦三人，整整齐齐地"横尸"在地上。

而这距离他们进局，才过了一分钟。

卜宁的头顶缓缓冒出一个问号。

番外五 言传身教

上次那件事伤害性不大，但冲击力极强，不过他们只是单纯被吓了一跳，但凡有一个人良心发现，给他们预警一下，给个缓冲，他们都不能"死"得那么整齐。

后来有一回得空闲聊，卜宁问道："那天你们何故有那么大反应？"

彼时他们的身体已经恢复大半，能正常进笼，日常练的都是精细度和稳度。

钟思坐在练功台沿，长腿垂在崖外，睁着一只眼睛，手夹金纹纸，瞄着山林深处的某片树叶。他听见卜宁的问话，想了想答道："我没想过而已。"

钟思两指一松，那张金纹纸直朝山林射去。

他甩了甩手腕，又改了左手，夹起新的金纹纸去瞄那片数十里开外的叶子。他一边调整着角度，一边说："小师兄，我需要一些安慰。"

卜宁："……"

根据以往极为丰富的经验，钟某人这么说的时候，往往代表他皮痒。

卜宁斟酌了一下，问："你为什么要安慰？"

钟思放出第二张金纹纸，又甩了甩手腕，转过头来说："师弟的地位长了，我就成了师门垫底，那还不是任你们欺，我当然需要安慰。"

卜宁脑袋疼，并且觉得这人没有良心，无语道："谁欺过你？哪回不是你自己先招惹人的？”

钟思不要脸皮，直接略过这句话，自说自话：“既然是安慰，师兄可否答应师弟一个小……小的请求？”他用手指比了条缝。

卜宁觉得这里面必然有诈，嘴上说着“那你容我考虑考虑”，手已经伸进袖袋里摸镇石了。

“哎哎哎——”钟思一骨碌从崖边站起来，“别一言不合就布局啊。”

他嬉皮笑脸又拱手告饶，而后说道：“要不这样吧，小师兄赏脸陪师弟我做个游戏，就来师兄你最擅长的那种。猜猜看，我刚刚放出去的两张金纹纸是左手更准，还是右手更准，若是猜准了呢……”

“我送你一罐小玩意儿。”钟思背在身后的手一转腕，掏出一个不知哪里冒出来的石罐，罐里的棋子莹莹如玉，又在日光下泛着绯色。

他像玩儿似的，在卜宁眼皮子底下一晃即收。

卜宁愣了一瞬后问道：“你从哪儿弄来的？”

钟思说：“藏的。”

“何时藏的？”

“那可太早了。”早到千年之前，他在松云山百里之外的地方，牵马入城关。

“我以为早没了，没想到又让我找到了。”钟思啧啧感叹。

卜宁半晌没说出话来，良久后问了一句：“我若是没猜准呢？”

“那就陪我下一趟山呗，下回再猜。”

卜宁：“……”

卜宁体质特殊，第六感一向准得很，偏偏在这件小事上屡屡翻车。那罐棋子他一直没弄到手，倒是被钟思拽去了不知多少地方。

不知不觉，四季又转了一轮。

他们其实并不总住在山里，更多是住在重新装修过的沈家别墅。

在漫长的一千年里，世间发生了天翻地覆的变化，他们需要认知、需要适应的新东西多如瀚海，而接触是最好的办法，所以他们在山外的时间比在山里多。

在这方面，能给钟思他们当老师的人很多，但周煦一定是最积极的那一个。

这小子一有时间就往沈家别墅或者松云山跑，碰上长假还一住好多天，起早贪黑、兢兢业业。

夏樵感觉周煦这股热情令人害怕，趁着某次午休把周煦逮来拷问：“你对教师这个行业爱得这么深吗？”

结果周煦回答说：“你不懂。这从人文角度来说是知识的传递，从历史角度来说是文明的延续，从物理角度来说——”

夏樵心想：还有物理角度？

“叫负能量守恒。”周煦说。

夏樵“唔”了一声，不解道：“什么意思？你说给我听听。”

周煦清了清嗓子，说：“主要是在我身上达到了一种守恒。你看，我在学校天天遭受知识的毒打，负能量都在我身上吧？然后我到这里来，用更新奇的知识毒打老祖们，唉，负能量就出去了。”

夏樵：“……”

周煦说：“就是这种守恒。”

夏樵：“……”

周煦又说：“当然，这就是一种比喻。”

夏樵麻木地看着他，片刻后说：“您可能真的欠一顿毒打，现实意义上的，不是比喻。”

周煦一秒就老实了。可说句掏心窝子的话，还有什么事能比摁着一群老祖宗学拼音学简体字、学手机学电脑更爽？没有了。

夏樵想了想，说：“得亏他们脾气好。”

周煦立马拍马屁：“是是是，松云山盛产好脾气的人。”拍完马屁，他顿了一下，又补充道，“除了你哥。”

夏樵：“……”

没毛病，那是祖师爷惯的。

起初周煦什么都教，有用的、没用的，只要让他看见了，就坚决不会放过任何一个当老师的机会，几位老祖也乐意学，渐渐养成了随口一问的习惯，直到有一回让祖师爷以及他惯出来的祖宗目睹了教学现场。

那次钟思和老毛去了太因山，卜宁带着大小召去了莫河附近。

庄冶则跟着尘不到、闻时他们去南边沿海一带处理几个刚成型的笼涡，解决完回宁安的时候，没有直接把门开到家，而是在车站附近落地，之后就权当散步走回家。

庄冶很喜欢看这些陌生的市井百态，很多东西在他看来都稀奇又新鲜。

就是因为这一点，尘不到才说要走回去，否则以闻时的性格，这会儿他们已经坐在沈家餐桌边了。

路过一片红房子的时候，周煦指着前面围栏拦挡着的操场说：“老祖，看，我学校。”

时值周末傍晚，走读生如周煦还没回校，但校园里依然很热闹。

楼里星星点点，亮了一些灯，长道上是三五搭伴去食堂或去宿舍的学生，操场上到处是跑跳的人影。

离他们最近的一个篮球场上大概刚结束一场比拼。一个男生一只手拍着球，一只手撩起T恤宽大的下摆，毫不在意地擦了擦脸边的汗，然后指着不远处另一个男生笑着叫道：“刚刚老韩弄丢我多少次球，还踩我两脚，弄他！”

接着，他们就开始了一项令人困惑的神奇活动。

被指的老韩叫了一声“你等着”，扭头就跑，结果没能跑掉。一群冲过去的男生逮住他，乌压压把他挤在篮球架下。

他们不打架，也不干吗，就纯挤，挤得大汗淋漓。

过一会儿，又不知谁嚷嚷了一句，然后那群男生又“噢噢”鬼叫着，转头把下令的那个男生拍在了操场铁丝网上，也开始挤。

然后他们又一窝蜂拥向了第三个地方，挤起了第三个对象。

……

人似乎都不太聪明，但很快乐。

庄冶一脸困惑。学校他懂，闻时给他讲过。打篮球他也知道，周煦甚至想拉他们一块儿来一场。但后面的神奇活动他就不明白了。

大师兄敏而好学，虚心请教：“这是在做什么？”

周煦想说这叫“集体降智的快乐”，又记起来几分钟前他刚骄傲地介绍过这是他的学校，里面是他的同学们……他实在丢不起这个人。

于是他顿了顿，说：“这是一种神秘的仪式。”

庄冶说：“是吗？”

周煦继续道：“是的，源头已经不可考了，但据说是某种祭祀活动的变种。”

庄冶若有所思道：“哦……”

周煦低头谦虚道：“这方面我不是很懂。”

等周煦再抬起头，就见庄冶老祖已经掏出了他随身携带的便签本（有手机但他用不惯），像少时学各类技法一样，认认真真地做了笔记。

周煦：“……”

这真是一个敢教，一个敢学。

庄冶一边记，一边道：“若是祭祀类的，那小师弟熟啊。”

他说着，转头看向闻时，求知若渴道：“师弟你一贯喜欢这些，看的书也多，知道这个源头是什么吗？你使过吗？”

闻时：“……”

他感觉自己可能受到了人身攻击。

“周煦，”闻时冷静地说，“要不我回去拿刀给你雕雕脑子吧？”

结果旁边尘不到这个浑蛋已经开始笑了，不仅笑，还提点了一句“快跑”。

等闻时黑着脸偏了一下头，绕过庄冶去找周煦那个大傻瓜的时候，大傻瓜已经撒腿跑得没影了。

得亏周煦跑得快，不然能被闻时的橦线抽死。

自那之后，周煦就收敛了很多，不再胡说八道，教些乱七八糟的了。

但这个世界如此广博，就算每天教、每天学，新鲜事依然无处不在。

临近冬至的一天，周煦和夏樵路过公交站台时，看见巨大的广告窗被几个穿工装的人打开，更换上了新的海报——是一部即将上映的电影。

周煦扫了几眼海报，突然一拍脑门说：“对啊，我还没带几位老祖看过 3D 电影呢，找个效果好的，他们又是第一次看，应该还挺唬人、挺刺激的。”

他满怀期待地搓了搓手，并当场点开了 APP。

“挑巨幕厅，人少的，这样位置好。”夏樵提醒道。

“那必须的，就这场吧，咱们第一个订，位置随便挑。”周煦生怕被人抢先，以迅雷不及掩耳之势把票买了，甚至连厅名都没看全。

组团看电影的那天，宁安乃至整个东部地区撞上一股冷空气，温度骤降，但周煦他们热情不减。这位同学十分兴奋，从上车到下车说个不停，从 3D 说到 VR 再说到全息，吹得天花乱坠。他不仅抓着钟思、卜宁和庄冶说，也没放过闻时，听得闻时脑袋嗡嗡的。

这位祖宗的凶是祖师爷认证的，没那么好的耐心。他听到最后没忍住，一脸嫌弃地把周煦搭在下巴上的口罩拉上去了。就听“啪”的一声，世界清静了。

“我看过电影，你别冲着我讲。”闻时说。

周煦捂着微疼的脸，“哦”了一声。几秒后他又噌地支棱起来，嚷嚷道：“什么？你看过电影？ 3D 的？”

闻时“嗯”了一声。

周煦一脸纳闷，问夏樵：“辅历一九九五年有 3D 电影吗？”

闻时：“……”

夏樵在闻时转过来之前，把周煦连头带脸捂到了腿上，免得这家伙又找打。

不过夏樵同样很纳闷，他哥看过 3D 电影？他怎么不知道？

可能是他们脸上的困惑太明显，最后尘不到开口道：“看过，我骗着去的。”

老毛昏昏欲睡，窝在驾驶座上，补充道：“我给订的票，好多回呢。”

一直被蒙在鼓里的夏樵忽然觉得这个家容不下他了。

老毛又委委屈屈地说：“我订那么多回票，他们也没带我一次，带一次能怎么……”

夏樵心里忽然又平衡了。

闻时本来听着老毛的话，想说下次还是把大鹏鸟带上吧。他拱了尘不到一下，刚要开口又顿住了，突然反应过来什么似的，扭头看向钟思他们。

有些事情卜宁是知道的，但是卜宁从来不议论这些事情，那么，理论上钟思和庄冶应该还不知道。可当闻时转头去看他们的时候，他们没有表现出丝毫的迟疑与困惑，而是齐刷刷研究起了窗外的城市夜景。

反正小师弟他们是不敢看的，但不妨碍他们眼尾唇角欲盖弥彰的笑。

闻时头顶一排问号，然后醍醐灌顶，转头盯向了正襟危坐的周煦。

周煦：“……”

周煦觉得这电影他生前是看不成了。

众人就是在这种微妙氛围下进的电影院，因为各有心思，进去的时候也没发现哪里有问题，只有钟思上下扫量一圈，咕哝道：“没人啊。”

当时夏樵还回了一句：“噢，咱们来得早，一会儿肯定就满了，这电影最近很火的。”

结果闻时找到位置往椅子上一坐，就感觉事情并不简单。

“椅子怎么跟以前不一样？”他问了尘不到一句。

尘不到在旁边坐下，显然也感觉到了区别。他把手里的票翻转过来扫了一眼，就见那个电影长长的名称后面跟着一个不起眼的括号，里面写着 4DX。

祖师爷垂眸看了片刻，又把票翻过去，拍了拍闻时说："换了套椅子而已，能按摩，其他都一样，你放心看。"说完，他换了个懒散姿势，支着头等开场了。

鉴于他总爱逗人玩儿，"前科"累累，并不值得盲目信任，所以闻时狐疑地盯了他好半天。

直到他挡了一下闻时的眼睛，失笑道："你怎么疑心这么重？老这么盯着我，我还看什么电影？"

"我为什么疑心重，你不知道？"闻时咕哝了一句，这才收回目光，犹豫片刻，还是窝进了椅子里。

只怪闻时这时候的注意力全在尘不到身上，没回头看看后面一排的周煦和夏樵。他如果看一眼就会发现，那两位发现自己错买成了 4DX，已经缩着脖子不敢吱声了。

"这部电影有打架吗？"周煦小声问。

"你说呢？"夏樵道。

"会刮风下雨、电闪雷鸣吗？"

"你说呢？"

"我完了。"

这部电影不但有打架，而且开场就是打架。

闻时鼻梁上架着黑色眼镜，窝坐在据说带按摩的座椅里，看着屏幕里的人在丛林中被追得连滚带爬，正要进入情境呢，就感觉座椅靠背突然动了。

闻时一脸莫名其妙。

沙发似的柔软布料下，突然多了五六个凸起物，然后配合着屏幕里的嗷嗷惨叫，对着闻时他们的腰背就是一顿猛捶。

卜宁他们也被惊了一跳，钟思扭头摸了摸椅背，刚想说"这是个什么玩意儿"，就见屏幕上主角滚下了山崖，镜头一阵旋转晃动。

然后整个影厅的椅子都开始"咣咣"摇。钟思还转着头呢，差点因为没坐好被椅子掀下去。他抓了一下扶手，才稳住身形。

但这还没有结束……

就在众人为了避免被椅背捶腰子，也避免被晃到吐，抓着扶手朝前倾身的时候，屏幕里的主角滚过瀑布，滚进了一片溪水里。

与此同时，前排座椅背后突然嗡嗡作响，伸出了一排黑黢黢的东西，在众人反应过来之前，“噗”地喷了他们一脸水。

闻时心里在骂人。他闭着眼用手背擦水的时候，隐约听见旁边的钟思笑了一声，不用看也知道是气的。而当他睁开眼，朝右手边一瞥，就见尘不到支着头的手已经半掩住了脸，嘴角是翘着的，显然笑了有一会儿了。

他从没靠过椅背，自然不会被捶。

至于那个喷水的玩意儿……闻时的目光挪过去，就见一张金纹纸悄悄立着，撑出了一片看不见的屏障，把吱哇乱喷的水一滴不漏地全挡在了屏障那边。

闻时：“……”

这一场电影看得几位老祖终身难忘。

为了表达对周煦和夏樵的感谢，卜宁笑着把他们送进了局里面。

又为了缓解被捶出的一身酸痛，他们回了沈家别墅，早早就歇了。

只有闻时越想越气，用傀线把尘不到绑去了山里。

他的本意是不想两人打起来吵到几个师兄，当然，最终结果是一样的，没有吵到其他任何人，就是算账的过程有点南辕北辙。

冷空气终于还是在宁安停留下来，给整个东部带来了一场雪。

这是今年冬天第一次下雪，在冬至前夜。

闻时看着外面满山的白雪，过了好一会儿才想起他最初想问的话，便唤道：“尘不到。”

“嗯。”身边的人应了一声。

“你明明没比我早醒多少，怎么什么都知道？”

尘不到半抬了一下眸。或许是雪天山里安静的缘故，他的嗓音比平时更慵懒一些，带着一点笑：“你怎么还记着仇？”

说着，他顿了一下，看见傀线悄悄探了头，又有要偷袭威胁他的意思。这招自始至终没成功过，但某人从不肯放弃。

“屡教不改。”尘不到低斥了一句，然后把傀线统统还给了作祟的傀师。

……

最后闻时听见尘不到说：“虽然我没比你早醒多久，但我放了很多傀在外面，帮忙听着、帮忙看着，总能知道得多一点。”

闻时老祖记住了这句话。于是这天深夜，万籁俱寂的时候，在人间所有下过雪的地方，数不清的小雪人如雨后春笋般冒了出来，杵在树下路边，替某位傀师一声不吭地看着这个世界。

番外六 松云

闻时这一觉睡到了日上三竿。

很奇怪，在他漫长的生命里，前九百多年他从不知道好好睡一觉是什么滋味，遑论一夜无梦到天明。偏偏这两年，他时常睁眼就是天光大亮，好像在一口气补足以往欠缺的那些。

以前他睡觉总是浅眠，稍有一点动静，哪怕只是风把窗户轻轻吹开一条缝，他也会骤然睁眼。

现在他醒过来，瞧着自己的各种睡姿，都想不起来是怎么睡成这样的。

起初，闻时还有点挂不住面子，醒了就翻身起来，企图用冷静又冷漠的表情掩盖自己睡了懒觉的事实。

尘不到养了一年多，才给他养出了肆无忌惮的性格。

现在他至少不会睁眼就急着起床，有时候实在犯困，还会翻个身用手肘挡着光亮，再闷睡一会儿，一直到尘不到把他叫醒，他才会含混应一声，然后撑坐起来，比如现在。

"你这会儿是撒娇还是使诈？"尘不到低笑道。

闻时只是哼了一声，就感觉自己的嗓子哑得厉害。于是他默默抓了桌案上的茶，一边喝一边垂眼打量自己。

尘不到伸出手来，接了他喝空的杯子，顺手拎了茶壶又给他倒满，道："你昨天穿了身黑色衣服，太沉闷，还是换了顺眼。"

闻时："……"

他还在喝着第二杯润喉水，闷声回了一句："谁搭理你。"

然后他就被捏了一下脸。

闻时："……"

好赖他也是傀术老祖，又凶名在外，这世上敢捏他的人……

行，这个人确实敢捏他。

尘不到推门出去，招了老毛和大小召交代事情，声音隐隐传进来。是个人都听得出，祖师爷今天心情很好。

闻时给自己倒了第三杯凉茶灌下去，才走到屋子另一边，拉开衣柜门。柜子里的衣袍层层叠叠，有许多件，他的手都伸向那身蓝白的了，又鬼使神差收回来。

过了好一会儿吧，屋外的尘不到已经交代完了所有事，大小召正要下山，半掩的屋门忽然“吱呀”一声响。

尘不到倚着树转回头，就见闻时把自己打理得干干净净，抬脚出来了。

他的长发束得一丝不苟，衣领裹到脖颈，抿着的嘴唇在阳光下显得薄而冷淡……总之，什么都跟平时差不多，唯一的区别就是衣服是黑的。

尘不到挑了一下眉。

“咦,他怎么突然改穿黑衣服了？”原本该走的大小召刹住脚步,探头探脑道。

她们没听到尘不到在屋里说的那句话，自然琢磨不通来龙去脉。

当然，尘不到也没打算让她们琢磨。

他转过头来，冲弯长石路抬了抬下巴，对大小召说：“下你们的山。”

今日是冬至，师门上下真正坐在一块儿吃饭已近黄昏时。

老毛调味做了满满当当的炖锅，大小召还煮了白白胖胖的汤圆。

古书里说，冬至又名履长，是万物之始，若是吃上一顿饱足饭，便意味着长久的美满和团圆。

真要算起来，这是松云山上下第一次真正坐在一块儿过冬至。

即便是很久以前，庄冶他们都未及冠下山，也没有像今天这样齐整过。

那时候尘不到从不参与这些，因为他知道，只要他这个做师父的在一旁坐着，几个徒弟就总会束手束脚，尽不了兴。

好在冬至每一年都会如期来到，他们错过了以往的无数次，还是等来了这一次，算是某种意义上的善报。

可能是热汤入喉，茶酒过了三盅，人变得松散了。钟思第一个歪斜下来。他一只手撑着地，一只手捏着青瓷盏，在腾腾白雾里出了一会儿神，忽然道：“师父，我想起自己刚上山那会儿了。太因山大火……”

尘不到应了一句：“烧了十三天。”

那年太因一带突起山火，烧了整整十三天。山下的人大半殁于火海，余下的就成了流民。钟思是流民里最小的一个，不足四岁。

他其实已经不记得前后的事了，只记得有人把他送到了另一座山下，对他说："你顺着石阶上去，能活命。"

"师父居然还记得？"钟思有点讶异。

"你提了，我就想起来了。"尘不到说。

他总是这么说，但闻时知道，他就是记得。

尘不到不爱记事，可当有人聊起那些不知多久前的事情，他又总会接上一句，好像他只是扫一眼，万事就过了心。

庄冶生于钱塘，三岁那年因为大病不愈，被弃置于观塘桥边。刚上山的时候他身材干瘦，像一只猴儿，吃什么都长不了肉，足足两年才有了点孩子样。

卜宁的故乡在青益，出身并不算糟，却受累于天生的那一点灵窍。有人说他这是娘胎里带出来的疯病，也有人说他大了注定痴愚。他上山的时候是晚春，看见满山鸟雀高飞的瞬间，眼里聚着光。

钟思是流民送来的，那时候尘不到正在太因山送那一山的亡灵，偏巧错过，要不是常去山里的樵夫照应了两天，可能他就没这个徒弟了。

而闻时最小，是他从尸山血海里领回来的，在山下养了一年。

闻时上山的那天是腊月十六，他的炉子上烹着酒，炉火烧得正红，外面霜雪裹满了山松。

……

尘不到其实哪件事都记得。

只是当初他做那些事全凭机缘天意，从没想过这几个徒弟会在这条长路上跟着他走这么久。

当老毛收起火炉的时候，雪下了一阵刚停，月色朦胧不清，散发雾一样的微光。

围坐于桌边的师徒众人站起身，理了理衣袍，前后出了门。

冬至天寒，又是节日，他们今晚谁也不得闲。

闻时跟在尘不到身后，迈过门槛，抬眸扫了一眼整座松云山，一片寂然，像是少了一点什么。

他愣了一瞬，忽然记起来。

久远之前的冬至日不会这么清净，松云山下那些城村会放百十盏天灯，祭奠祖先的香火长长袅袅，升到山腰才会化作雾岚，于是满山都是人间烟火味。

如今那些村落早已杳无踪迹，山下也没人再放天灯了。

闻时怔然片刻，忽然动了几下手指。

细长的橦线在夜色下无声铺散出去，下一秒，山道两边就浮起了明黄色的虚火，从山脚一直亮到山巅，乍看过去，就像千年前满山的灯。

尘不到回头看了他一眼，笑了。

接着，这群人便沿着灯火踏上石道。

他们像过往的每一天一样，穿过松风下山道，然后各赴东西，没于人潮，去做他们长久在做的事情。

金翅大鹏清啸一声，隐入云后。

大小召化作两道白影，奔袭进林涛。

只有满山天灯似的火光静静地浮着，映照一条归家路。

已经很少有人知道了，最初松云山下的那些城村过冬至是不放灯的，这个习俗总共也就持续了一百多年。

如果有人能找到最古老的村志，或许还能看到一些记录。村志里说，那些天灯其实就是放给山上的人看的，纪念百余年前，这座无名山来了一位神仙。

他立碑于山下，定居于山巅。

从此，无名山便有了名字。

世上确实是有这样一座山的。

它的山巅常有风雪，山坳有一汪灵泉。长风入林，涛声百里。

它有一个仙客取的名字，叫作松云。

松者，山魂也，送暑迎寒。

云者，众也，苍生如海。

番外七 家

这一年的天气反复无常，尤其是宁安。

十月末年轻人还能穿着薄T恤四处晃悠，十一月初接连两场秋雨，就都老老实实裹上了厚毛衣和厚夹克。

周煦刚结束一场四市联考，得了两天假期，还没出校门就接到了他小姨和小叔叔的“召请”。他穿着校服外套，拉链难得拉到头，两手揣兜，一路跟鸡崽似的哆哆嗦嗦抖进张家大门，骂了句脏话，又说：“我刚刚出地铁的时候，居然看到两个穿羽绒服的，就离谱。”

张雅临可能等了有一会儿了，手里热茶都是现成的，塞了一杯给他焐着：“你不能在那几位面前憋狠了，就在我们这句句带粗，说多了，我也是要告状的。”

“谁憋狠了！”周煦咕哝着梗着脖子否认，“我在那边也这么说话。再说了，跟谁告状啊？谁能管我？”

这话他就说得很心虚了。

因为松云山上那几位祖宗真的把他当亲生的管，半点不见外的！

这两年他但凡捅了娄子，天南海北跑哪儿都没用，那几位祖宗一张金纹纸、一根橦线就能把他逮回来。

他要是落在卜宁或者钟思手里，那就是不幸中的万幸。

因为这两位，一个想着“他算半个自己，忍忍”，一个想着“他是半个卜宁，算啦”，下手都留有余地，顶多几张金纹纸、一个局，让他长长记性和教训。他也权当自己玩了个新密室逃脱，一边检讨反省一边找出路。

相比这两位而言，周煦其实更怕落在庄冶手里。

因为大师兄庄好好没脾气，他从不训人，只会拎着人去钓鱼。

对，钓鱼，坐下就不让动，八个小时起步，不要鱼要命的那种。一般到第三个小时，周煦就不行了，开始回顾自己短暂的一生。

至于闻时……就真的很可怕。

这位老祖从不亲自动手，但他有一万种办法打哭你。

而每当这种时候，那位脾气真好的祖师爷总是一边倚栏看戏（姑且就当他看的是戏吧），一边点评：“你惹谁不好，非挑最凶的这个，我招惹起来都得掂量掂量呢。”

周煦总是一边撒丫子跑一边在心里叫嚣：他为什么是最凶的你不知道吗？啊！

张碧灵时常情真意切地对这帮祖宗表达感激——得亏有他们帮忙，不然单凭她一己之力，跟这叛逆期的倒霉儿子较量，她更年期都要提前了。

不过说归说，周煦还是喜欢跟松云山那几位待一块儿，但凡有假期，书包一拎就过去了。毕竟那几位讲究就事论事，犯错会罚，但不犯错的时候，祖宗们都对他极好。

周煦端着热茶，原地蹦了好一会儿，那个哆哆嗦嗦的劲儿才缓下去。然后他纳闷地看向衬衫、毛衣、薄呢外套一件不落，就差在家里戴围巾的张雅临，问道：“小叔叔，既然你也觉得冷，屋里就不能弄暖和点儿吗？非要这么硬扛？”

其实以前的张家大宅没这些问题，地底下大局叠小局，养得这处地方冬暖夏凉。现在那些局都被掀完了，自然也没了效力。

“问张岚去。”张雅临没好气地拎起桌上的壶，又给自己倒了杯热茶，“你小姨不准在家里布局，也不准贴金纹纸，说是要认真体会普通人的冷暖疾苦，免得忘本。”忘他爷爷的本。

一天下来，为了取暖，他喝了八壶茶，跑了不知多少趟卫生间。合着普通人的疾苦就是秋冬天住在卫生间？

结果周煦说：“我们普通人一般选择开电暖器或者开空调。”

张雅临：“……”

周煦补充道：“再不济也知道抱个热水袋。”

张雅临：“……”

周煦问了一句：“你们知道今天宁安最低温度只有3℃吗？”

“我——”张雅临绿着脸正要开口，就见张岚塞着个耳机，讲着电话从里屋出来了。然后张雅临就“我”不下去了。

为什么呢？因为他亲爱的姐姐在这个最低温度只有3℃的日子里，腿上只有一层薄薄的丝袜。

周煦和张雅临同时打了个寒战。

张雅临的小黑活得像张岚的助理，一米八几的个头跟在张岚身后，捧锦旗一样兢兢业业捧着一条厚裤子，等一个回眸。

张雅临深感糟心，在张岚挂电话的时候开口道：“求求你了，穿条裤子吧。”

张岚朝小黑手里看了一眼，嫌弃道：“你这都是哪里翻出来的大棉裤？不穿，丑死了。”

“你年年这么光着腿冻，等哪天老了，有你哭的，站都站不起来。”张雅临说。

“这么穿的又不是我一个，回头大街上一块儿坐轮椅，谁也不亏。用你操心？”张岚没好气地回了一句，抓着手机转头对周煦说，“小姨找你说正事呢。”

“什么事啊？”

“嗯……你帮小姨问问那几位老祖这会儿在哪儿呢。”

周煦一脸困惑。

如果只是问问，他们完全没必要把他叫到老宅来，一条信息的事而已。

周煦脸上的困惑完全不加掩饰，张岚清了清嗓子，不得不解释道：“是这样，那个……云城那边出了个不知道是笼涡还是什么的东西，没人见识过，也不敢乱来，有点棘手。大家就想聚头商讨一下怎么办，主要是想问一下那几位的意思。”

“噢。”周煦拉长调子，点了点头。

他其实不笨，沾了卜宁的光，脑子非常机灵，稍稍一转就明白了——自打解了封印之局，眼见着祖师爷他们挨个回来，这帮后人大多转了性，撇开那些争来抢去、暗自好强较劲的虚名，统统回归本心了。

但是吧，他们有些遗留性的臭毛病还是改不掉，比如热衷于开会——碰到容易引发争执的事，要开会；碰到容易引发争议的人，要开会；碰到非典型性笼涡或者别的不敢确定是什么玩意儿的东西，还是要开会。

但是这两年来，他们开的碰头会压根没成功过几回，因为他们根本逮不住名谱图顶上的那几位。

周煦掏出手机，瞄着他小姨和小叔叔：“你们这是被一群老头老太推出来逮人的是吧？”

“逮什么啊，这叫请。”张岚干笑两声，“一天十六个电话叨叨，换你你怕不怕？”

张雅临也撂了杯子，两手抱拳冲他拱了拱手：“赶紧问一下吧，救人一命胜造七级浮屠，我俩两条命呢。而且云城那个确实棘手，晚了怕耽误事。”

周煦想了想，背过身去，给夏樵发了条微信：我放假了！你在哪儿？

几乎下一秒，夏樵的回复就来了，手机嗡嗡嗡嗡连续振动了好多下。

周煦一看，好嘛，全是图！

在他冷得要死又饿得要死的时候，夏樵给他发了一张热气腾腾的火锅图。

周煦当场就疯了，也不打字了，摁着屏幕就发了段语音：“我不是你最好的兄弟吗？你在哪儿跟哪些妖精鬼混呢，居然不带我？”

张岚和张雅临秉持非礼勿视的态度，本来是不想看他的手机屏幕的，但被他这一嗓子喊得，不好奇都不行。

他们刚转头，就瞄见手机那边的人又发来一张照片，圆桌边坐了一圈鬼混的妖……不是，人——尘不到、闻时、庄冶、卜宁、钟思还有老毛和大小召，一个不落，全是他们想逮逮不到的。

张雅临立马两手抱拳，无声给周煦拜了个大的。

周煦根本没顾上他,啪啪打字:这个家已经容不下我了,吃团圆饭居然不带我。

夏樵：你不是在大考吗？

周煦：已经考完了！你们吃多久了？我现在打车过去还赶得上吗？

夏樵：打车可能不行。

周煦：咋？

夏樵：我们在云城。

周煦：啊？

想起刚刚张岚、张雅临说的，周煦追问一句：云城？你们去云城干吗？

夏樵：晋云山那边有个挺麻烦的东西，祖师爷他们不放心，下午过去看了一眼。

周煦：解决了吗？

夏樵：解决了。所以这会儿吃饭呢，我哥饿了。

周煦：哦。

他回完微信抬起头："你们之前说云城哪里有问题来着？"

张岚回道："晋云山。"

周煦举起手机道："在老头老太一天十六个电话要请人开会商量一下的时间里，人家可能已经解决完了。"

张岚："……"

张雅临单手掩住了脸。

周煦下了结论："所以说，开会顶什么用啊！"

话音刚落，手机又是一阵振动。夏樵说：卜宁老祖让你发个定位。

周煦回了个问号，还是顺手把定位发了过去。

下一秒，就见张家大宅厅堂里平地起风沙，空中出现了一道幽深裂口。

众人还没反应过来，裂口里就伸出一只手，把发蒙的周煦拽走了。

还有一道温和的声音从裂口里传来，冲张家姐弟客客气气说了句："叨扰。"

那裂口是一道门，来抓人的是卜宁。

周煦感觉自己被提溜着穿过幽深长道，在门的另一端落了地。他刚站稳，热风扑面而来，热出他一身汗。不用问也知道，他到云城了。

周煦低头看了眼自己身上的羊绒毛衣、秋冬校服外套，以及虽然看不见，但存在感极其强烈的秋裤，默默掏出手机，点开手机看天气……云城现在 27℃。

“我犯什么错了，你们要这么罚我？”周煦问，“我现在脱了衣服打赤膊会被抓吗？”

卜宁还没开口，闻时的声音已经传过来了：“他吃不吃？不吃给他原路送回去。”

周煦一个箭步蹿进包厢。这个家还是容得下他的，夏樵已经给他挪了个空位，要好了空碗筷。包厢里开了空调，不像门口那样闷热，总算没那么难熬。

锅底是云城这边地道的野山菌锅，鸡肉打底，鲜香浓郁。看桌上大盘大盘、还没怎么动过的菜就知道，其实他们刚开席。

周煦饿得半死，先盛了一碗浓浓的菌汤喝下肚，这才有心思想别的。他呼噜呼噜吃了好几片肉，扫视了一圈，拱了拱夏樵，小声问：“哎，我之前就想问了，晋云山的笼那么棘手吗？今天人这么齐。”

他会这么问是有原因的。

非逢年过节的情况下，松云山上这几位其实很少有全员都在的时候，就好像张岚他们开会永远逮不住人，并不是因为几位老祖有意躲避——

嗯，尘不到、闻时确实有故意的成分。

钟思也……

卜宁……

反正至少庄好好不太好意思干这种事。

他们性格如此，积习难改，习惯了当年云游的生活，在不同地方解着不同的笼，看着四方世界，得空了就回去住几天。

像这种一个不落、整整齐齐的场面，除了钟思他们不适应躯壳的那阵子，就只有逢年过节或重要日子，再或者，就是碰到难得一见的笼了。

周煦快好奇死了，撺掇着夏樵给他讲。

夏樵也饿极了，这会儿吃个饭都不安生，简直后悔把他招来：“这要怎么说？我想想……就年前那阵子，晋云山那块挖了个大墓出来，不知道你有没有看过那个新闻。”

“好像有点印象。”

周煦不是敷衍附和，他还真有印象。

他一个难得会翻看新闻的人，那天刚巧扫到了手机浏览器弹出来的通知栏，顶着夸大的标题，倒是很吸睛。他当时好像在等车，闲极无聊还点进去看了眼详情。

“说是哪个古国的墓，墓主人可能是个王侯？”周煦摇了摇头说，“记不清了，主要当时我看到的新闻完全是标题党，内容狗屁不通，我翻到最后也没弄明白那是个什么墓。”

“不是王侯，”庄冶道，“是重臣。”

“重臣？你怎么知道？”周煦下意识问完，就给了自己一下，心说好一个蠢问题。这帮人既然是来解笼的，必然是在笼里见识过了。

“当我没问。”周煦叼着块鸡肉，含混地说，“是个重臣，然后呢？”

“早年应该很风光，后来犯了事。”

“再然后？”

“再然后被诛了全族，便有了这座大墓。”

周煦张了张口，轻声道：“我的天，不会被株连的也都在这大墓里吧？而且都诛全族了，怎么会有那种下葬规格啊？”

“这就说来话长了。”

……

他们在聊笼里的事，以及大墓里那些人的生平。

主要是庄冶和钟思在周煦的追问下不紧不慢地讲着，卜宁偶尔补一两句他们遗漏的。老毛闷头吃得很香，大小召一人捧着一袋冰奶茶笑眯眯地啜着。每上一道菜，夏樵就会找空隙轻声提醒一句“哥，你试试这个”，或是“老祖，你尝尝那个”，到后来，索性抓着公筷拨分起来。

闻时吃了一片据说是特色的生切松茸。蘸的酱汁里掺了芥末，他没注意，蘸得有点多，几乎是进口的瞬间，那个呛辣的味道就直冲头顶。

他别开脸等那股冲劲过去，脖颈耳郭已经全红了。

某个王八蛋还在旁边说：“怎么好好吃着饭还上色了？”一边煞有介事地抹了一下他发红的地方，试试会不会染到手指上。

要不是王八蛋叫尘不到，他已经骂人了。

闻时当即又夹了一片生切松茸，蘸了刚才两倍的酱汁，搁在尘不到碗里，道：“吃。”

“回回自己跳坑里了不甘心，转头就来拽我。”尘不到看他呛出来的血色还没褪，盛了一碗热腾腾的菌汤搁在他面前。

闻时反驳不了，那确实是他常干的事。他索性不吭声，闷头喝汤。

尘不到握着细长的筷子，拨了拨碗里那片芥末多得都泛绿的松茸，轻声道："你也是真下得了手。"

闻时充耳不闻。

尘不到夹起松茸，又顿了一下，偏头道："这样吧，我也不能白跳这个坑。要不你说说看，我如果吃了，回头能在你这儿讨着什么好。"

闻时："……"

年轻俊秀的老祖呛了一口汤。等他咳完再抬头，脖子刚褪没多久的血色就又上来了。他把那片松茸抢回来，低声说："讨不到，爬。"

正在聊笼的几位被他突如其来的咳嗽吸引了注意力，纷纷朝这边看过来。

"师弟怎么了？"

"喝点水压压？"老毛拿了只杯子，大小召连忙去拿凉水壶。

结果他们就听尘不到说："没事，骂我呢。"

众人："……"

这话就真的没法接。还是大小召清清脆脆"噢"了一声。闻时瞥了他们一眼，说："聊你们的。"那嗡嗡的聊天声才又响起来，慢慢填满包厢。

其实这时候，一切还如往常。

直到钟思在给周煦解释某个东西的时候说乱了，卡了一下壳，尘不到似乎刚巧听见，不经意似的补了两句，闻时这才感觉到了一丝极为细微的反常。

因为以往他们几个这么聊的时候，尘不到都是支着头听，只听，不多言，除非钟思他们把话题抛给他，或是直接叫着"师父"来问他，像刚刚那样主动开口的情况屈指可数。

这是一个细小到连尘不到自己都没发现的差别。

毕竟人这一生要说那么多话，在某个场合多一句或是少一句都太正常了，谁又能注意到呢？但闻时就是注意到了。

他回想了一下当时的话题……好像周煦在问被诛的全族都包含哪些人，钟思举着例子给周煦数，结果看到进来上菜的服务员，怕吓着人家便停了一下话题，又打了几个岔，等重新接上话的时候，所谓的"全族"就数乱了。

就在钟思收了手指，干脆要重新来过的时候，尘不到说："漏了两个。"然后他用一句话就讲清了所有。

聊天的停顿不足一秒，众人已然顺着说到了下一个话题，包厢里还是人语交错，跟之前并无二样。

除了闻时，没有人会想为什么尘不到会对株连全族之类的事知道得那么清楚，因为在众人眼里，尘不到本就什么都知道。

……

尘不到本就什么都知道。

可人总该有第一次的。他第一次知道这些是因为什么？书上看来的？亲眼见过？或是……亲身经历？

闻时忽然想起当初张婉的那个笼，以及笼散那一刻的画面——那个人一副年少模样，倚着朱栏，意气风发，然后消失在半人高的荒草里。

他当时问了尘不到一句："你解的第一个笼是你自己吗？"

对方回答说："陈年旧事，早就翻篇了。"

后来他总会想，究竟是什么样的事，才会让那样一个走马踏花、通透磊落的人被捆缚在笼中？

直到这一刻，他终于窥见一隅。

尘不到其实有些不解。

之前还绷着脸请他"爬"的某人，不知从哪一刻起，忽然软化下来。

这种变化几乎是不动声色的，直到这顿饭吃到尾声的时候才明显起来。

那时候天色已晚，灯火初上。尘不到朝窗外远处的长街夜市瞥了一眼，成片的灯火映进眸中的时候，他忽然听见闻时叫了他一声。

"尘不到……"

"嗯？"尘不到转回头，却见闻时愣了一下，就好像只是想叫一声，并没有什么事情。

但某人脸皮薄，让他承认这种不经意的心思，不如给他一刀来得痛快。于是他嘴唇紧抿，半天憋出一句借口："我想去夜市。"

尘不到愣了一瞬，笑道："好。"

众人纷纷起身准备离开，尘不到冲面前的老毛说："你们先回去，我跟他要晚两天。"

老毛绿豆似的眼里充满疑惑："啊？"

他本想说"您之前不还说，明天去青州那边看看？"，但"您"字刚出口，他就被大召小召一人一只手，连脸带嘴捂得严严实实，直接拖出了包厢。

"老毛你话好多。"

"就是，上了年纪，话真的好多。"

"你们是要捂死我啊！两个没良心的丫头。"老毛并不唬人的骂声渐渐变得模糊，连带着钟思的笑声一并远了。

卜宁跟师父打了声招呼，追出去开了一道门，把师兄弟们带走了。

老毛却没有一起离开。他不死心也不放心，带着大小召两个姑娘远远地、悄悄地跟上了自家老板，发现那两位祖宗还真去了夜市。

云城的夜市离他们刚刚吃饭的地方并不远，就是之前透过包厢窗户可以看到的那片灯火处。

这天并非什么节日，但刚巧是周末，所以夜市依然算得上人潮汹涌。

尘不到四下扫了一圈，游客乌压压一片，还十分吵闹，说话调门低一点，就有可能淹没在嘈杂声里。但尘不到不爱大声说话，他还是用着惯有的不太费劲的低低嗓音，微微低头问闻时："不是一向不喜欢人挤人的地方吗？今天转性了？"

闻时："……"

人啊，一旦找了个蹩脚借口，就得再想一万个借口去圆它。

闻时闭了闭眼，蹦出一句："刚刚没吃饱，过来随便买点。"

这个夜市确实以吃的为主，大多是当地特色，间或夹杂着一些五湖四海的特产。

尘不到点了点头，依然不拆穿他，还顺着道："之前就说饿了，真上桌了，半天才吃一口。我看看这边有什么吧——"

尘不到朝左边的一排摊子扫视过去，低头跟闻时说："烤榴梿。"

他又朝右边看过去，低头道："臭豆腐。"

接着他朝前面几个摊位望过去，再次低头道："炸虫子。"

最后他问："闻时老祖想吃哪个？"

闻时："……"

你死不死？

可能是老祖表情真的有杀气了，尘不到终于笑开来，抓了闻时抬脚道：“往前走走吧，这里我也不太行。”

摊位多的地方人满为患，直到上了两段台阶，穿过一片水桥纵横的广场，游人才分散开来，再加上习习晚风，他们终于有了几分闲逛的意思。

广场中央立着一座大象石雕，作为象征物，披挂着金银珠宝，很是气派。尘不到忽然道：“那天老毛说——”

远远淹在人群里的老毛突然被点名，讪讪地缩了缩脖子。

“说什么？”闻时问。

“说回头要雕两个石雕，放在山门入口那儿。”

闻时纳闷道：“干吗？也当象征物？”

尘不到说：“估计是吧。”

“他要雕什么？”

“小王八。”

闻时一脸困惑。

尘不到被他困惑至极的表情弄笑了，笑了好一会儿，煞有介事地帮老毛解释：“那两只小王八，长寿活泼，也算是灵物了。”

闻时：“……”

闻时不能理解，并觉得老毛审美上多少有点毛病。

远处的老毛只觉得他家檀主更有毛病，毕竟他根本没说过这话，这纯属造谣逗人玩儿。

这个季节的云城，晚风算不上凉爽，但迎面扫来依然让人惬意。

闻时拎着领口扇了扇风，转身靠在广场边缘的石栏上，看着长长台阶下，一个摊位一把灯伞、花海一般铺出去的热闹集市。

有几个小孩儿迈着小短腿冲上台阶，在不远处追逐嬉笑，虎头虎脑的，又有些吵闹。

“尘不到。”闻时看过去，忽然开口说，“你小时候是什么样的？”

尘不到愣了一下：“这话不是问过？”

“嗯。”

问过，可我没见过。闻时心里这么说着，转头一眨不眨地看过来。

尘不到：“……”

某人又开始那一套了，也不说想要什么，就看着你。

过了大概几秒吧，闻时补了一句：“张碧灵、周煦都看过照片。”

尘不到笑了：“你是在吃——”

“没有。”闻时老祖矢口否认。

“有，我闻到了。”尘不到笑完回想片刻，说，“他们其实没见过，就我印象里，那些寄过去的照片都做过一些更改。”

毕竟那时候的张婉不能确定，那些照片会不会被其他张家人看见。出于保护的心态，她也不会寄原封不动的照片。

不过眼下这会儿，闻时老祖问这话，显然不是为了听这几句解释。

哪怕是活了一千多年的祖师爷，也扛不住某人的目光。

“我真是怕了你了。”尘不到侧开身，挡了后面那些撒欢的孩子可能投注过来的目光，借着昏暗夜色的遮掩，手指一拨。闻时面前便多了个小小的身影。

那孩子真的很小，跟闻时当初被带上松云山差不多年纪，同样生了副好皮相，又截然不同。那孩子像玉砌出来的，穿着绣纹精致的锦衣，矜贵干净。

那小东西抬起头看着闻时，即便是眨眼这样细微的动作，也有几分尘不到的影子。

……

闻时怔怔跟那小东西对看良久，突然说：“你小时候也没有很高。”

那不然呢，四五岁的孩子能顶天吗？

尘不到想笑，又觉得他这反应很有意思，索性靠了栏杆看着那一大一小：“嗯，是正常个头。”

“笑起来很像。”某人又咕哝一句。

“不像就见了鬼了。”

闻时抬眸看了看尘不到，又低头看了看自己面前那个，忽然伸手捏了一下那小东西的脸。

“哎呦我——”依然匿在集市人群里的老毛捂了一下脸，把差点出口的粗话咽了回去。

作为跟了尘不到一千多年、联系深重的檀，他不用远眺，也能看到他家老板为了哄人玩儿都干了些什么。

就惯吧。老毛捂着脸。

大小召一左一右挤对他："你干吗？"

"你话说一半干吗？"

老毛摆摆手，道："没什么，我牙疼。"

"牙疼你捂眼睛干吗？"

"就是，不是应该捂牙吗？"

老毛心说牙个屁，我就是没眼看。

这心里话刚出口，远处广场上的某位祖师爷回了一下头，不经意似的朝这个方向看了一眼。

"过瘾了？"尘不到问了闻时一句。

闻时又捏了小东西的脸一下，口不对心说："还行。"

晚风带着一丝潮热气，他直起身，拎着衣领扇了扇风。

他们来云城同样匆忙，衣服也有些不合时宜。闻时穿的是一件浅灰色带兜帽的宽大卫衣，在宁安刚好，在空调房里也还可以，在这里站久了，就有些闷。

"在这儿等我一会儿。"尘不到说。

"好。"

尘不到下了台阶，没入集市，在一个亮着晚灯的移动小车边买了一听冰可乐。又叫住了灰溜溜想跑的老毛和大小召。

他拎着冰饮穿过人潮往回走，踏上台阶的时候，远远看见自己刚刚逗哄的那个人靠坐着石栏，卫衣袖子已经撸到了手肘，身高腿长，像个普通的二十七八岁的年轻人，又因为生得一副好相貌，远比普通人惹眼。

那个为了哄人开心而放出来的小东西已经不见了，变作了两只毛茸茸的白团。它们熟门熟路地把闻时当树爬，爬到半截，就被闻时拎了起来。

一只被丢到了身后的兜帽里，老老实实趴着。另一只则被抱在手上。

那几个追逐嬉闹的孩子不知什么时候闹到了闻时身边，上一秒还在吵吵嚷嚷，下一秒就乖乖巧巧收了声。

他们齐齐仰着脸，好几双眼睛一眨不眨地盯着闻时手里、兜帽里的白毛团子。

“这是兔子吗？”其中一个小孩儿问。

“算是。”闻时回了一句。

“长得像雪球。”

“有点。”

“我刚刚看到它们突然就出现在这里了。”另一个小孩煞有介事地指着闻时脚边道。

“嗯。”

“所以是没有……”小孩一时间也不知道用什么词形容，打了个磕巴，“没有主人吗？那能给我玩玩吗？”

“给不了。”闻时说，“我家的。”

说完，他转过头，隔着长长的台阶和深浓夜色朝尘不到这边看过来。那双眼睛迎着夜市牵连成片的灯火，明亮如星。

尘不到听到那句话的时候，脚步顿了一下。

很奇怪，他居然罕见地想起了许久之前的某个瞬间——

那个留仙桥头算命的老伯攥着细长竹竿，敲着石板，在笃笃轻响里嗓音沙哑地判着他的命，说他亲缘断绝，天煞孤星，死生难说，望不到头。

这一刻其实跟千百年前的那个晌午毫无相似之处。

这里不是钱塘，没有垂杨柳，也没有白沙堤，没有十里杏亭山，也没有双飞燕归堂。

他脚下不是桥，身边也没有马，倒是身后交织成片的灯火，有几分像当年观过的花。

……

但他就是忽然想起了那个老伯。

或许是后知后觉想回一句话吧，尘不到想跟那位老伯说：

他走了那条漫漫不可知的长路，确实有些难熬。

只是万幸，已经望到头了。

图书在版编目（CIP）数据

判·尘不到 / 木苏里著. -- 长沙 : 湖南文艺出版社, 2021.12（2022.1 重印）
ISBN 978-7-5726-0487-4

Ⅰ. ①判… Ⅱ. ①木… Ⅲ. ①长篇小说－中国－当代 Ⅳ. ① I247.5

中国版本图书馆 CIP 数据核字 (2021) 第 237026 号

判·尘不到

作　　者：木苏里
出 版 人：曾赛丰
责任编辑：曾赛丰　唐　明　袁甲平
装帧设计：吴思龙 @4666 啊
出版发行：湖南文艺出版社
（长沙市雨花区东二环一段 508 号　邮编 410014）
网　　址：www.hnwy.net
印　　刷：长沙鸿发印务实业有限公司
开　　本：710mm × 1000mm　1/16
印　　张：26.5
字　　数：432 千字
版　　次：2021 年 12 月第 1 版
印　　次：2022 年 1 月第 2 次印刷
书　　号：ISBN 978-7-5726-0487-4
定　　价：54.80 元